오피스 스캔들

DAHYANG
ROMANCE STORY

Office Scandal
오피스 스캔들

탐나(TAMNA) 장편 소설

Contents

프롤로그

은도는 서류에서 시선을 떼지 않은 채 습관처럼 무의식적으로 팔을 뻗었다. 하지만 그의 손은 차마 목적지에 닿지 못하고 허공에서 멈추었다. 머그컵이 비어 있단 사실을 뒤늦게 확인한 탓이다. 아, 한숨 섞인 탄식을 흘려보내기 무섭게 둔탁한 노크 소리와 함께 익숙한 남자 목소리가 넘어왔다.

"본부장님. 차 가지고 왔습니다."

은도가 천천히 턱을 들어 올렸다. 문을 열고 가볍게 묵례하며 다가오는 남자 비서 진우가 눈에 들어왔다. 곧이어 집무 책상 위로 조심스레 머그컵이 놓였다. 카모마일의 고소한 향이 물씬 퍼졌다.

"고마워요."

"아닙니다."

진우는 슬쩍 미소를 지으며 팔에 끼워 둔 이력서 파일철을 공손히 넘겨주었다.

"이력서입니다. 내일 오후 2시, 기획 1팀 경력직 면접이 잡혀 있습니다. 참고하셔야 할 경력 사항 부분은 따로 표시해 두었습니다."

"수고하셨습니다."

개인 사정으로 공석이 되어 버린 기획 1팀 팀장 자리에 새로운 인재가 필요한 상황이었다. 회사에 입지를 굳힐 수 있는 절호의 기회인 만큼, 신중을 기울여야 하는 사안이기도 했다.

선택 기준은 단순했다. 맡은 업무에 묵묵히 충실할 사람. 말 많고 탈 많은 사내에서 그 어떤 루머나 스캔들에도 휘둘리지 않을 사람.

최종 이력서에 발탁된 사람은 총 세 명이었다. 둘은 유망한 경력직 팀장이었고, 마지막은 특이하게도 계약직 프리랜서인 프로젝트 매니저였다. 직무는 비슷했지만, 분명 차이는 있었다.

"서 실장님 생각은 어때요."

이력서를 천천히 훑어보던 은도가 시선을 올렸다.

진우는 묵묵부답이었다.

그렇다는 것은 마지막 이력서란 뜻이다. 지금처럼 진우는 자신의 의견을 가장 마지막 선택지에 남겨 두곤 했으니 말이다.

「송 다 정」

스물아홉. 경력직 프로젝트 매니저치곤 많이 어렸다.

은도는 사진을 빤히 바라보았다.

선한 인상은 아니었다. 부드러운 이름의 억양과는 다르게 또렷한 이목구비가 흘러가던 눈을 붙잡았다. 마치, 고양이 같은. 전체적인 인상은 예쁜 편에 속했지만 억지로 입술 끝을 말아 올려 만들어 낸 웃음은 어색하다 못해 심각하리만큼 작위적이다.

이상하게 낯이 익은 얼굴 같은데, 기분 탓인가. 은도는 턱 주변을 문지르며 대수롭지 않게 다음 장으로 넘겼다. 이름 있는 몇몇 중견기업에서 상당한 성과를 이룬 기록이 곳곳에 보였다.

"라인 구축에 있어선 발판부터 확실하게 다져 두셔야 합니다."

진우의 사무적인 조언에 이력서를 한 장 더 넘기려던 은도의 손이 멈칫했다.

오랜 시간 동안 머물러 있는 흐름을 바꿀 시기가 다가왔다는 뜻이자,

조용히 상황을 지켜보기만 하던 윤문혁 회장이 고삐를 쥐었다는 뜻이기도 했다.

'임원들 사이에서 쓸데없이 기 싸움이나 하고 있을 시간에 직원들 인정부터 얻어.'

〈지성가구〉를 설립한 윤문혁 회장은 보기 드문 순수한 CEO였다. 누구보다 자신이 설립한 기업만큼은 깨끗하길 바랐다.

꼴사납게 막무가내로 구는 행동을 곱게 봐 줄 정도로 호락호락한 인물이 아니었다. 은도는 회장의 전폭적인 애정을 받고 있었지만, 자질에 대한 평가만큼은 피해 갈 수 없었다.

측근 없이 올라서기란 제아무리 출중한 능력이 뒷받침되어 준다 한들 한계에 부딪치기 마련이다. 쉽게 비유하자면 언제 대가리가 댕강 잘려 나가도 이상할 것이 없는 전쟁터에서 녹슨 칼 한 자루만 쥔 채 멍청히 서 있는 심정이랄까.

애초부터 우위를 쟁취하는 것에 열망을 느끼는 성향이 아니었다. 목표가 분명하지 않아 알게 모르게 조금씩 지쳐 가고 있던 걸지도 모른다. 다른 차선책이 없으니 그저 묵묵히 견뎌 내고 있을 뿐.

'네가 고개를 들기 시작하면 알아서 움직이게 될 거야. 그때를 놓치지 마.'

결코 빼앗겨선 안 되는 이유만큼은 분명했으므로.

처음으로 직접 직원을 채용하는 만큼, 분명 서 실장의 마음에 들게 된 이유가 있을 것이다. 그것도 무려 팀장 채용을 고사하고 프로젝트 매니저를 선별했다면 더욱이.

묵혀 둔 피로감이 몰려와 은도는 엄지로 관자놀이를 꾸욱 눌렀다. 그러다 어느 부분에서 시선을 사로잡히고 말았다.

「특기: 일
취미: 일」

……뭐야 이 여자.

지금 놀리는 건가. 아니면 대놓고 뽑아 달란 어필을 하고 있는 건가.

은도는 작게 실소하며 이력서를 덮었다.

평소처럼 빡빡한 오전 일정을 마치고 돌아온 은도는 곧장 집무실로 향했다.

앞서 두 명의 지원자 면접은 일전에 마친 상태였다. 이력서에 기재되어 있는 경력은 모자란 것 없이 출중했지만, 어쩐지 기억에 남지 않았다.

"본부장님. 송다정 씨는 이미 도착한 것 같습니다."

진우의 보고에 은도는 가볍게 고개를 끄덕이며 집무실로 들어섰다.

"안녕하십니까! 이번 기획팀 프로젝트 매니저로 입사 지원한 송다정이라고 합니다."

그녀는 발딱 일어나 폴더처럼 허리를 굽히며 씩씩하게 인사했다.

군더더기 없이 단정한 정장 차림이었다. 적당히 꾸며 낸 미소, 하얀색 블라우스, 깔끔하게 올려 묶은 머리, 높지도 낮지도 않은 적당한 구두 굽까지. 그동안 스쳐 간 면접자들과 별반 다를 것 없는 모습이었다. 적어도 지금까지는.

"앉아요."

은도의 손끝이 접대용 소파를 가리켰다. 하지만 그녀는 꼿꼿한 자세를 유지했다. 그 뜻을 이해한 은도가 결국 먼저 자리에 착석했다. 그제야 여자도 뒤늦게 엉덩이를 붙였다. 은도는 꿰뚫듯 그녀를 직시했다.

1초, 2초, 3초.

정확히 3초였다.

이 여자를 알고 있다는 확신이 선 시간.

사진으로만 봤을 땐 긴가민가했으나 직접 대면해 보니 확실해졌다. 자주 찾았던 카페에서 몇 번 스쳤던 기억이 희미하게 떠올랐다.

적나라한 시선이 불편했는지 그녀는 눈꺼풀을 내리깔며 시선을 피했다.

은도는 그녀를 향한 눈길을 거둬 내고 이력서를 펼쳐 들었다. 미처 몰랐는데 이제 보니 직속 비서 진우와 같은 대학을 나왔다.

아는 사이인 걸까.

고집스럽게 다물린 은도의 입술이 느리게 벌어졌다.

"좋은 대학 졸업했네요."

서울에서 1, 2위를 다투는 대학교는 아니어도 6위권 안에는 꼽히는 곳이었다.

돌아온 대답은 없었지만, 분명 그녀는 어깨를 떨며 동요했다.

딱히 학벌이 중요한 것은 아니었다. 그러나 우수한 학력에 비해 중소기업 경력이 대부분이라 의구심이 드는 것도 사실이다. 그래서 별 뜻 없이 물었던 거였다.

방긋방긋 웃던 그녀의 표정은 어느새 딱딱하게 경직되어 있었다. 여자는 여린 입술을 잘근 깨물다 마지못해 입을 열었다.

"옆에 보시면 아시겠지만, 중퇴했습니다."

"어디?"

"그, 자세히 보셔야……."

그녀의 목소리는 처음과 다르게 현저히 작았다. 자신 없다, 이건가.

은도는 다시 이력서를 살피려 미간을 좁혔다. 그녀의 말처럼 학력란 옆에 정말 조그맣게 쓰여 있었다. 대학교 이름이 10pt였다면, 그 옆 '중퇴'는 7pt 정도.

"그, 글씨가 조금 작습니다."

그러네. 조금이 아니라 많이 작네.

글자 크기 줄인 이유를 알 것도 같다. 어느 기업이든 그 이유를 걸고넘어질 테니, 염려가 될 만도. '중퇴' 옆에는 없던 메모가 붙어 있었다. 진우가 인사팀 직원들 모르게 추가한 모양이다. 은도는 메모지에 쓰여 있는 내용을 눈으로만 읽었다.

「경영학과 이순호 교수의 비리(성추행, 학생회비 횡령, 특정 학생 대기업 취업과 관련된 편애)를 인지. 대자보를 붙이고 언론에 보도를 요청한 이력이 있음.」

아아, 그 이유. ……용감하네. 오지랖도 넓고.
은도는 메모지에서 시선을 떼고 다시 다정을 바라보았다. 어째서 진우가 가장 마지막 선택지에 뒀는지 이해할 수 있을 것 같았다.
취향을, 너무 잘 파악했다.
"왜 중퇴했어요?"
대충 이유는 예상됐지만 일부러 모르는 척 물었다.
"별다른 뜻 없이 물어본 겁니다. 궁금해서."
안심시키려는 의도였으나 그녀는 여전히 말하기를 망설이는 눈치였다.
"면접 결과에 지장은 없을 테지만, 껄끄럽다면 말하지 않아도 괜찮고요."
"저와 맞지 않았습니다."
이번엔 지체 않고 바로 대답했다. 은도는 손에 쥐고 있던 펜을 빙글 돌리며 물었다.
"단지 그 이유?"
"……예."
마지못해 꺼낸 대답이었다. 그녀가 작은 손을 작게 말아 쥐었다.
긴장했구나.
은도의 무미건조한 눈빛에 미약하게나마 흥미로움이 스쳤다.
일반적인 기업들은 융통성 없는 직원을 골칫거리라고 생각한다. 그녀가 사실대로 말하지 못하고 입술을 꾹 감쳐물고 있는 것도 어느 정도는 납득이 됐다.
은도는 덤덤하게 감상평을 말했다.

"좋네요."

마음에 들었다.

"……감사합니다."

어쩐지 그녀는 얼떨떨한 표정이었다.

뭐가 됐든 나쁘지 않았다. 마침 융통성 없는 사람이 필요하던 차였으니까.

평소 같았다면 개인적인 이야기는 이쯤에서 마무리 짓고 바로 실무와 관련된 질문으로 넘어갔겠지만, 가만 보고 있자니 궁금해서 참을 수가 없었다.

이 정도 성과면 중퇴를 감수하더라도 더 높은 기업을 선택할 수 있었을 텐데.

"지원한 동기. 물어봐도 됩니까?"

"잠시 머물더라도 계약 기간 동안만큼은 제 역량을 마음껏 펼칠 수 있는, 좋은 환경을 갖추고 있는 회사에서 일하고 싶었습니다."

이런 질문을 던질 줄 알았다는 듯, 면접 직전까지 달달 외운 티가 확연했다. 돌려 말했지만 결국 복지 때문이란 뜻이다. 불안정한 프리랜서의 최대 약점을 모르고 선택하진 않았을 테지만, 여자는 지쳐 보였다.

"아, 이거 어쩌죠. 적어도 나는 송다정 씨 편하게 일 시킬 생각 없는데."

뭔가 한참 착각했네. 은도의 턱이 비스듬히 기울어졌다.

"복지 좋은 이유가 괜히 있다고 생각합니까?"

중견기업이었음에도 불구하고 〈지성가구〉에 입사를 희망하는 사람은 굉장히 많았다. 이유는 그녀의 말처럼 '복지' 덕분이었다. 물론, 그 속사정을 알고 나면 말이 달라진다. 현실은 복지를 누릴 시간보다 업무량을 감당 못 해서 때려 칠 확률이 더 높았다.

은도는 대답 없는 그녀를 가만히 건너보다가 예정에 없던 질문을 불쑥 던졌다.

"계약 기간이 끝난 다음엔, 다른 계획이라도 있습니까."

"아직 거기까진 생각해 보지 않았습니다."

대책 없네.

"보니까, 특기와 취미에 '일' 이라고 적었던데."

무슨 자신감인지는 모르겠다만. 은도는 이력서를 다음 장으로 넘기려다 말고 날렵하게 눈꺼풀을 밀어 올렸다.

"이력서에 장난치려는 의도는 아닌 것 같고."

날아든 매서운 눈빛은 마치 진실을 꿰뚫고 있는 것 같아서 다정은 흠칫했다.

"하나만 묻죠."

"두 가지 물어보셔도 괜찮습니다."

재치 있는 다정의 답변에 은도의 한쪽 입술 끝이 슬쩍 올라섰다.

"송다정 씨 일하는 방식과 인성이 마음에 들었다 치고."

그가 다정을 꿰뚫듯 직시했다.

"내가 만약 계약이 끝난 후에도 계속 내 곁에 남아 달라 하면."

안목. 내게도 그 능력이 있다는 전제하에.

"그렇게 해 줄 수 있습니까?"

보이지 않는 승부수를 걸었다.

01

10개월 후.

일반 사원 평균 나이 28.5세. 젊은 패기로 똘똘 뭉친 〈지성가구〉는 대한민국 가구, 인테리어 제조 및 유통업계의 중심에 있었다. 섬세하고 세련된 디자인과 6년째 믿고 사는 우수한 기술력으로 고객 만족도 1위란 명예를 차지할 수 있었다.

"송 피엠님! 방금 와이넷 홈쇼핑에서 독점 판매 기획안 보내왔습니다!"

하지만 그에 따른 리스크는 분명 존재했다.

"CM쇼핑 측 담당 MD 전화받았습니다. 바로 넘길게요, 송 피엠님!"

"아……."

한계다. 다정은 쓰러지듯 책상 위로 얼굴을 파묻었다. 3주 내내 지속된 철야와 야근의 결과물은 지독했다.

다정은 프로젝트 매니저(Project Manager: PM)였다. 기획과 관련된 프로젝트를 외주받아 해당 기업에 한시적으로 근무하며, 달성 목표를 최대치로 끌어올리는 것에 목적을 둔다.

정규직으로 채용하는 기업도 있지만 다정은 계약직 프리랜서였다. 하지만 결코 계약 기간을 허투루 보내지 않았다고 자부한다. 소수의 몇 명만 제외하면 그동안 쌓아 온 평판과 커리어는 꽤 좋은 편에 속했으니까.

"다정 씨. 이거, 내가 마무리 지으려고 했는데 잘 안 되네. 부탁 좀 하자. 자기 능력 대단하다며. 이런 건 일도 아니지?"

그 소수의 몇 명 중 한 명이 바로 3팀의 김미래 팀장이었다.

미래는 다정의 책상에 툭, 파일철을 던지듯 내려 두고 홀가분하게 떠났다.

'저 싸갈스 바갈쓰가 진짜.'

미래는 프로젝트 매니저로 입사한 다정을 늘 못마땅하게 여겼다. 평소엔 팀이 달라 부딪칠 일이 적었지만, 진행하고 있는 프로젝트 중 하나를 3팀과 처음으로 협업하게 되자 때를 놓치지 않고 다정을 신명 나게 부려먹었다.

다정은 눈을 뒤집어 까고서 미래를 노려보았다. 안 그래도 정신없어 죽겠는데. 1월은 새해라서, 3월은 봄 기획 때문에, 5월은 가정의 달이라 정신없고, 7월은 여름 시즌이라서, 10월은 추석이라서, 12월은 크리스마스라 바빴다.

"차라리 그냥 나를 죽여라, 죽여."

다정은 점차 혼미해지는 정신을 가까스로 붙잡으며 시간을 확인했다. 벌써 점심시간이 훌쩍 지났다. 의자에서 엉덩이를 떼기 무섭게 이정연 주임이 헐레벌떡 달려와 바짝 붙어 섰다.

"송 피엠님. 제가 보낸 메신저 확인하셨어요?"

"아직 못 했지."

"오늘 본부장님께 기획안 결재받는 날인 거, 잊지 않으셨죠?"

"응. 그럼."

누구 말처럼 복지 좋은 데엔 다 이유가 있었다.

다정이 힘없이 고개를 끄덕이며 약봉지를 꺼내 들자, 정연의 눈이 휘둥그레 떠졌다.

"웬 약이에요? 송 피엠님 어디 아프세요?"

멀쩡한 게 더 이상했다. 편두통과 방광염을 달고 산 지 벌써 한 달째인데.

탕비실에 도착한 다정은 종이컵에 정수기 물을 따르고 미리 꺼내 놓은 알약들을 입안으로 전부 털어 넣었다. 그 모습을 계속 지켜보던 이 주임은 곁에서 떠날 줄 몰랐다.

그래. 내가 졌다.

"몇 시까지 제출하래?"

"3시요. 15분 남았어요."

"응, 알겠어요. 가서 일 봐요."

"절대 늦으면 안 돼요. 아시죠?"

알다마다. 시간 약속에 있어선 누구보다 예민한 남자를 모를 리가.

좋은 기회로 〈지성가구〉와 프로젝트 매니저 계약을 맺은 순간부터 귀에 박히도록 들어 왔고, 10개월 동안 여실히 경험했다. '그 남자'에 대한 모든 것을.

다정은 자비 없이 콰직 구겨 낸 종이컵을 그대로 휴지통에 던져 버렸다.

아무리 이력서 취미 특기 사항에 마땅한 것이 없어 '일'이라고 써 놨다지만, 어디까지나 자신 있다는 뜻이었지 업무를 많이 달라는 취지는 아니었단 말이다. 사람 말은 '아' 다르고 '어' 다르다더니, 딱 그 짝이다.

"계약 기간만 끝나 봐라. 죽었다 깨어나도 이쪽 방향으론 오줌도 안 싼다."

아무래도 면접 때 일로 복수하려는 것이 분명하다. 유치한 인간.

다정은 어금니를 바득 갈았다.

본부장실 앞에 당도한 다정은 물끄러미 문패를 바라보았다.

청심환이라도 챙겨 먹고 올걸. 돌이킬 수 없는 후회를 뒤로하고 다정은 심호흡을 크게 한 번 내쉬며 정확히 세 번 노크했다.

"들어와요."

익숙한 음성이 고막 안으로 꽂혔다. 다정은 경건하게 마음을 다잡으며 집무실로 들어섰다.

"판매처 기획안 결재받으러 왔습니다. 본부장님."

눈이 마주치자마자 반사적으로 눈꺼풀을 내리깔았다. 심장이 벌렁거렸다. 당연히 나쁜 의미로.

"가져와요."

어디서든 지고 들어가는 성격은 아니었지만, 저 예리한 눈만큼은 차마 마주할 엄두가 나질 않는다. 머릿속은 이미 암전 상태였다. 다정은 쭈뼛쭈뼛 집무 책상 앞으로 다가갔다. 거리가 가까워지자 시원한 향수 냄새가 코끝에 잠시 머물렀다. 그에게선 항상 같은 향기가 났다. 마시는 차도 늘 카모마일이었다. 손목을 채우고 있는 시계 브랜드마저도.

10개월, 곁에서 악바리로 버티며 알아낸 것 하나. 그는 한번 마음에 드는 것이 있으면 좀처럼 싫증 내는 일이 없다. 신중했고, 보다 더 섬세한 남자였다. 그만큼 쉽게 곁을 내주지 않는다. 그것이 사람이든, 물건이든, 무엇이든지 간에.

다정은 조심조심 기획안 파일을 집무 책상에 내려 두며 뒤로 한 발짝 물러섰다. 집무실은 시계 초침 소리와 서류 종이 넘어가는 소리를 제외하곤 적막했다.

다정은 슬그머니 눈동자를 올려 그의 반응을 살폈다. 변화가 있었다면 어떤 답이 나올지 예상 정돈 가능할 텐데, 도통 속을 알 수 없는 무표정은 여전했다.

기획팀 본부장 차은도.

걸출한 외모와 능력으로 많은 사원들 사이에선 이미 소문난 화제의 인물이었다. 물론, 그 '화제'의 의미는 조금 다르다. 전체적인 인상은 몹시 차가웠다. 이국적인 외모. 굴곡진 입체감 때문에 보다 각진 이목구비는 부드러움과 거리가 멀었다. 빈틈이라고는 찾아볼 수 없는, 냉미남 스타일에 가까웠다. 허리를 꼿꼿하게 세우고 앉은 자세는 말할 것도 없었다.

지금처럼 그의 짙은 눈동자를 마주하고 있으면 절로 간담이 서늘해졌다. 입술이라도 선하게 움직이면 그나마 나을 텐데, 일자로 꽉 다물린 입술은 좀처럼 움직이는 일이 없어서 숨통이 턱턱 막혔다. 외모도 성격도 일을 처리하는 방식도 모두 각진 사람. 흔히 말하는, FM.

차은도를 설명하기에 이보다 적합한 단어가 있을까.

미국 지사에서 기획팀 팀장을 맡고 있다가 2년 전, 혜성처럼 등장했단다. 반응은 이상하리만큼 조용했다고. 물론 다른 측근에서는 그의 뒤를 봐주는 큰손이 있다거나, 이와는 반대로 임원들과 사이가 좋지 않단 소문도 간간히 들렸지만, 팽팽하게 대립하는 루머 중 무엇이 사실인지는 모른다. 증명된 것도 없다.

하지만 기하급수적으로 오른 분기별 매출 변동 추이 그래프를 확인해 본 사람은 누구든 입을 다물 수밖에 없을 것이다. 능력 하난 끝내준다는 뜻이다.

뭐가 됐든 적어도 다정과는 상극이었다.

서류를 다음 장으로 넘기려다 말고 기다란 손가락이 문득 허공에서 멈췄다. 곧이어 그의 시선이 천천히 정면으로 올라왔다. 매서운 눈빛이 살 떨리게 번뜩였다.

"왜 갑자기 바뀐 겁니까."

살 떨리는 고요한 목소리에 다정은 마른침을 꿀꺽 삼켰다.

"어떤……."

"협력업체."

수많은 서류를 빼곡히 채우고 있는 검은색 글자들 중, 아주 살짝 변동된 부분이었다. 같은 기획안을 다섯 번 정도 검토하다 보면 흘러가듯 빠트리는 부분이 있을 법도 한데, 그는 절대 그냥 넘어가는 일이 없었다. 귀신이야?

은도는 다정을 똑바르게 바라보았다. 어디 한번 설명해 보란 뜻이다. 그의 얼굴을 불안스럽게 바라보던 다정은 침을 꼴딱 삼키며 겨우 입을 열었다.

"본부장님도 아시겠지만, 요즘은 홈쇼핑보다 이커머스(전자상거래)를 통해 얻어지는 매출이 급증하는 추세입니다. 그래서 홈쇼핑에 주력하고 있는 와이넷 기업보다, 후자에 집중하고 있는 CM 업체를 선택한."

다정의 말을 끊어 내고 은도가 손을 들었다.

"그건, 20대부터 40대까지의 연령층을 겨냥한 프로젝트였을 때고."

분명 자신의 주장이 틀린 것은 아니었지만, 묵직하게 핵심을 찔러 오는 그의 지적은 피해 갈 수 없었다. 겁에 질린 탓에 거북이처럼 목이 잔뜩 움츠러들었다. 은도는 기다란 손가락 사이에 끼워 둔 펜 끝을 서류 위에 툭툭, 두드리며 말했다.

"CM쇼핑은 개편된 시기가 얼마 되지 않아 기반이 불안한 반면, 와이넷 홈쇼핑은 꾸준히 높은 성적을 보이고 있는 걸로 아는데. 그런 기본적인 정보조차 몰랐다고 하진 않겠죠. 7년 차 프로젝트 매니저가."

"……인지하고 있었습니다."

다정의 입술이 축 늘어졌다. 속이 까맣게 타들어 갔다.

어디까지나 본부장은 실무진들을 대표하는 사람일 뿐, 그 역시 상부에 결재를 받아야 하는 입장이므로 확실한 근거가 있지 않고서는 쉽게 통과시킬 수 없다. 물론, 이해는 한다만.

"그런데, 왜."

내 말에 반박할 수 있으면 어디 한번 해 보라는 추궁 담긴 눈빛이 곧게 쏟아지자 다정은 입술을 꾹 짓이겨 물었다. 역시. 이번에도 입 닫고 있을 줄 알았다는 그의 무덤덤한 표정엔 약간의 한심스러움이 묻어나 있었다.

그 모습을 두 눈으로 직면하게 된 다정은 주먹을 꽉 말아 쥐며 고개를 번쩍 추켜들었다. 집요한 시선을 피하지 않고 마주한 적은 입사 이래, 처음이었다. 다정은 혀로 입술을 축이고 잠시 뜸을 들이다 말을 이었다.

"본부장님."

속으로 욕을 했으면 했지, 단 한 번도 반박한 적 없다. 그런 그녀가 돌연 날을 세워 오니 초지일관 무표정한 은도의 얼굴에 변화가 생겼다.

"까라면 까겠습니다."

첫 시작부터 과격한 단어 선택에 은도의 미간이 미약하게 구겨졌다.

"분명, 본부장님 말씀도 일리가 있다고 생각합니다. 하지만, 제 의견엔 변함없을 겁니다. 와이넷 기업이 진행하고 있는 벤치마킹은 어디까지나 시도일 뿐이지, 이커머스에 주력하고 있는 CM 기업을 따라잡긴 힘듭니다."

여러 기업을 돌아다니며 쌓아 온 판별력을 종잇장 구기듯 하지는 말아달라고, 돌려 말하는 중이다.

"만약 제가 고객이라면, 쇼 호스트의 말보단 직접 경험해 본 다른 고객들의 현실적인 리뷰가 더 믿음직스러울 것 같거든요."

어떤 호통을 듣게 되려나. 아마, 무엇을 상상하든 그 이상일 것이다.

그러니까 이건, 이대로 업무에만 치여 살다간 정말 죽겠다는 절박한 심정으로 불호령이 떨어질 것을 각오하고 던진 자살골이었다.

"……다행히 말은 할 줄 아네."

응?

"송다정 씨가 CM쇼핑을 긍정적으로 생각하고 있을 거라고는 생각 못 했는데. 의외네요."

생각지 못한 반응에 당황한 다정은 눈을 껌뻑거리며 은도를 멀거니 응시했다.

"그래도 다시 제출해요."

"네?"

지금 결재 가지고 밀당하냐? 다정의 눈썹이 억울한 시옷 자 모양으로 변했다.

"내가 까라면 까겠다면서."

"그건!"

"까요, 그럼."

"그, 그럼 다시 까야 하는 이유라도 말씀해 주시면……."

그는 삐딱하게 다정을 응시하며 검지로 파일철을 꾹, 찔렀다.

"왜 이 많은 서류 중에서 해당 업체에 대한 시장 조사나 자료 분석은 한두 장뿐일까요."

이 이상 잔말 말고 마케팅 부서를 구워삶든 영업팀을 달달 볶든 자료를 더 추가하여 가져오란 소리다. 결재받으러 온 지 다섯 번째 만에 겨우 얻어 낸 힌트였다.

"더 말해 줘야 합니까?"

"……시정하겠습니다."

다정은 기어들어 가는 목소리로 잘못을 시인하며 바짝 꼬리를 내렸다. 착잡함을 이루 말할 수가 없다.

"뭐 하고 있습니까. 기회를 줬으면 뛰어가서 잡아야지."

결국 이번에도, 다정의 패배였다.

강남역에 도착한 뒤 1분 1초가 급했다. 다시 시작된 야근 지옥에 고작 세 시간 눈 붙이다 겨우 일어났는데 제정신일 리가 있나. 회사 로비에 도착하자마자 다정은 손에 쥐고 있던 ID카드를 던지다시피 찍고 게이트를 통과했다.

"어어! 잠시만요!"

아슬아슬하게 엘리베이터 앞에 도달한 순간, 문이 스르륵 닫혔다.

"하."

한솥밥 먹는 사람들끼리 이렇게 매정하기 있어?

몸을 일으킬 힘조차 없었다. 다정은 구부정한 자세로 가쁜 숨을 몰아쉬며 힘겹게 홀수 층 버튼에 손을 올렸다. 헌데 왠지 모를 이 부드러운 감촉은 무어란 말인가. 다정은 손가락을 꼼지락거리다 말고 서서히 상체를 세웠다.

"아……."

누군가의 커다란 손등 위로 다정의 손이 겹쳐져 있었다. 엄마야. 다정은 벌레라도 만진 사람처럼 황급히 손을 치워 냈다.

"안녕하십니까, 본부장님."

늦게나마 형식적으로 건넨 인사였지만, 평소와 다를 바 없이 처참하게 무시당했다.

"안 탑니까."

짧은 정적을 뚫고 낮은 음성이 무심하게 흘러나왔다. 어느새 그는 엘리베이터 안에 탑승해 있었다. 심각하리만큼 근사한 낮은 목소리도 다정에겐 무용지물이었다. 다정은 움찔, 어깨를 떨며 부자연스럽게 웃었다.

"아, 네. 본부장님 먼저 올라가십쇼. 저는 볼일이 있어서."

다정은 능청스럽게 입술을 늘였다. 그는 무신경한 얼굴로 다정을 빤히 바라보다가 망설임 없이 버튼에서 손가락을 떼어 냈다.

"그래요. 그럼."

너무나 쉬운 포기였다. 순간 다정은 고민에 빠졌다. 불편한 티 너무 냈나?

"자, 잠시만!"

다정은 문이 닫히기 직전에 재빨리 몸을 구겨 넣었다.

"감사합니다. 다시 생각해 보니 볼일은 사무실에 있더라구요."

일단 이 회사에 다니는 동안만큼은 살고 봐야지. 다정은 억척스럽게 입술을 끌어 올리며 정면을 보고 섰다. 기획팀 직원들은 텅 비어 있는 공간을 보고서도 옴짝달싹하지 않았다.

'다들 왜 안 타요? 얼른 타!'

'먼저 가세요.'

'제발 타 줘! 같이 가자! 응?'

'시, 싫어요. 송 피엠님이 희생해요.'

직원들은 간절한 얼굴로 금붕어처럼 입술만 벙긋대는 다정을 애써 모르는 척했다.

그렇다. 우리 본부장님은 좋게 말해 직원들의 기피 대상이었다. 인기가 하늘을 찌를 것 같은 저 고고한 외모는 고작 명함에 불과했다. 빙하는 매년 10m씩 녹고 있다는데, 저 차가우신 분은 도통 녹을 생각이 없으시다.

회사에서 친목과는 진작 담쌓은 남자였다. 일, 일, 일. 오로지 일 생각뿐.

애석하게도 엘리베이터 문은 참을성 없이 굳게 닫히고 말았다.

숨 막히는 침묵이 감돌았다. 아, 진짜. 불편해 죽겠다.

"오, 오늘 날씨가 참 좋네요. 하하……."

잔뜩 겁먹은 미소를 걸치며 아무렇게나 던진 질문에 돌아온 대답은 지극히 현실적이었다.

"밖에 비 옵니다."

아. 그러네. 비가 오네. 다정은 쭈뼛거리며 벽면에 몸을 밀착시켰다.

엘리베이터가 상승하기 시작한 지 한참 된 것 같은데 1초가 1년처럼 더디게 흘러갔다. 엎친 데 덮친 격으로 그의 노골적인 시선이 따갑게 와 닿자 당황한 다정은 자연스럽게 뒷걸음질 치게 됐다.

왜 그렇게 쳐다보는 건데, 또! 원망 섞인 호소가 목구멍까지 차올랐다. 다정은 가까스로 층수 판에 눈을 고정했다. 금세 흥미를 잃을 줄 알았건만 그의 눈빛은 오히려 전보다 더 집요해졌다.

'오늘 너 꼬락서니가 왜 그 모양이냐.'

마치 그렇게 말하고 있는 눈이었다.

때마침 띵, 소리와 함께 15층에서 엘리베이터가 멈췄다. 줄곧 다정에게 머물러 있던 서늘한 눈길이 드디어 떨어졌다.

뭐야, 기분 나쁘게……. 다정은 꺼림칙한 표정으로 점차 멀어지는 널찍한 은도의 뒷모습을 흘겨보았다.

많은 인파를 뚫고 헐레벌떡 회사로 달려온 탓에 미친 여자처럼 산발이 되어 버린 머리와 흐트러진 차림새를 알아차리게 된 것은, 그로부터 30분 뒤였다.

일주일이나 지났지만 여전히 바빴다. 몇 시간째 싸울 기세로 모니터를 노려보며 집중하다 보니 눈앞이 팽 돌았다. 다정은 대뜸 의자를 밀치고 일어났다.

"아, 깜짝이야. 송 피엠님, 놀랐잖아요!"

"안 되겠어. 카페인. 카페인이 너무 당긴다."

"어어, 로비에 있는 카페테리아 가실 거죠? 저도 같이 가요."

"그래. 같이 가자. 우리 이 주임 고생 많았으니까 내가 쏠게."

이 주임은 '오예!'를 외치며 발딱 자리에서 엉덩이를 떼어 냈다.

다정보다 한 살 어린 정연은 조금 가벼운 부분이 없지 않아 있었지만, 부서별 소식통인 데다가 애교가 많았다. 그녀는 유독 다정을 잘 따랐다. 다정도 그런 정연이 싫지 않았다. 엘리베이터를 타기 위해 나란히 걷다 보니 대화는 자연스럽게 일적인 내용으로 흘러갔다.

"정연 씨. 고객 연령별 서베이 리서치는 다 끝냈어?"

"네. 어떻게 겨우 끝내긴 했어요."

나란히 걷던 이 주임이 울상을 지었다.

"괜히 미안하네. 대신, 오늘은 박 대리님이랑 먼저 퇴근하게 해 줄게."

"진짜요? 하지만 그렇게 되면 피엠님 혼자 일주일 내내 야근하시는 거잖아요."

"적응 기간 동안 여태 내 몫까지 고생해 줬잖아. 나 입사하고 3개월 동안 같이 야근도 해 줬고. 그걸로 충분하지, 암."

"크으, 역시 우리 생각해 주는 건 피엠님밖에 없어요. 사랑해요, 흑."

정연은 엄지를 추켜올리며 진심으로 감동에 젖었다.

"그나저나 송 피엠님. 아픈 건 좀 어떠세요? 저번에 약 드시던데."

아, 그거……. 상세히 말해 주기엔 영 민망한 병명인지라, 다정은 슬쩍 웃어넘겼다.

"알 것 같아요. 방광염 진짜 골치 아프죠."

당황한 다정은 헛기침을 토해 내며 정연을 향해 고개를 홱 돌렸다.

"어떻게 알았어?"

"저번에 봤죠. 약봉지에 떡하니 적혀 있던데요?"

아…….

"그래 봤자 직장인이라면 한 번쯤 앓는 흔한 병인걸요. 요즘 바빠서 매번 점심도 건너뛰고 일하시던데. 약은 잘 챙겨 먹고 계세요?"

뜨끔한 다정은 괜히 찔려서 입술을 감쳐물었다. 방광염 진단을 받은 게 벌써 2주 전인데 3일 치 약을 어제가 되어서야 겨우 처리한 것만 봐도 말다 했다. 왠지 아랫배가 시큰거리는 것 같기도 하고.

"몸 관리 잘하셔야 해요. 바쁘고 귀찮다고 그냥 넘겼다간 일 나요. 물 자주 드시고요. 아, 저 요즘 주기적으로 산부인과 다니는데, 같이 가실래요?"

"그럴 시간이 있어야 말이지."

"하긴……. 송 피엠님이랑 같이 점심 먹은 게 언제인지 기억도 안 나네요."

누가 먼저랄 것도 없이 동시에 한숨을 터트렸다. 엘리베이터를 기다리는 동안, 이 주임은 숨겨 둔 속내를 은밀하게 털어놓았다.

"사실, 저희는 본부장님이 피엠님 엄청 마음에 들어 하신 줄 알았거든요. 면접도 본부장님께서 직접 보셨고 해서."

그 반대가 아닐까 싶네만. 면접에서 없는 말이라도 달게 꾸며 냈어야 했는데, 그때의 일로 완전 눈 밖에 나 버린 것 같다. 하지만 자본이 낳은 괴물이 바로 나, 송다정 아니던가.

무조건 버텨야 한다.

"조금만 더 상냥하면 좀 좋아요. 본부장님이요. 눈만 마주쳐도 오금이 저려서……. 저번에도 인사 한번 했다가 단박에 무시당했다니까요. 아시죠? 본부장님 그 특유의 싸한 분위기. 꼼짝할 수가 없어서 저 무슨 지박령 걸린 줄 알았어요. 어휴."

살가운 정연의 치명적인 단점은 입이 깃털보다 가볍다는 것이다.

"저희는 그렇다 치지만 매번 결재받으러 가야 하는 팀장님들이나 송 피엠님은 오죽하시겠어요, 극한 직업이 따로 없지. 어때요? 들리는 말로는 진짜 성격 장난 없다는데."

"음, 그랬던가?"

"에이, 저한텐 솔직하셔도 괜찮아요. 저번에 3팀 김 팀장님도 결재받으러 가셨다가 울면서 나왔다는 소문도 있어요. 그 자존심 세고 여우 같은 김 팀장님이 우셨다는 게 믿겨져요? 혹시 모르죠. 본부장님 성격이라면 결재 파일을 김 팀장님 면전에 냅다 빡! 던졌을지도."

"허어. 진짜?"

그래서 요즘 김 팀장이 계속 일을 떠미는 건가? 자존심 센 김미래 팀장이 울었다는 건 믿어지지 않지만, 기획팀 직원들 사이에서 본부장과 관련된 소문이 심각하게 와전되었음은 확실하다.

적어도 차은도 본부장은 직원들 면전에 파일철을 내던지거나, 얼굴을 붉히며 면박을 줄 정도로 막나가는 안하무인은 아니었다. 혀를 내두르게 할 만큼 싸가지가 없는 것도 아니었고, 무례한 편도 아니었다. 오히려 다른 임원들에 비해 정중한 편이라면 모를까.

다만, 지나치게 무뚝뚝한 성향이라든가, 시도 때도 없이 결재 리필을 요구하며 야근 지옥을 선사해 준다거나, 맞는 말만 골라 해서 사람 무안해지게 만든다는 것만 제외하면.

"알고 계시죠? 상무이사 선임 기간 다가오는 거. 보통 다른 분들은 평소엔 온갖 갑질에 훈수 두다가도 막상 닥치면 직원들한테 잘하려는 척은 하시던데. 우리 본부장님은 다른 의미로 참 한결같다니까요."

"으음……."

애매한데. 대부분의 직원들이 이 주임과 비슷한 생각을 갖고 있겠지만, 다정은 어쩐지 적극적으로 맞장구치지 못했다. 괴로운 것은 사실이었지만 입사 초반엔, 아니 지금까지도 그의 일하는 방식만큼은 크게 사는 부분이라서.

그러는 사이에도 이 주임의 입은 쉴 새 없이 움직였다.

"회사 행사는 고사하고 회식 때 얼굴 한번 비친 적 없다죠, 아마? 정말 이러다……."

"그만, 그만. 이러다 누가 듣겠다."

당해 본 사람만 안다는 동질감 같은 감정일 뿐, 본부장을 위해 주려는 뜻은 결코 없었다. 플러스로 이 주임의 신변이 걱정되기도 했다.

"하지만."

이 주임이 말을 잇기 직전, 바로 뒤에서 누군가가 헛기침을 뱉었다. 소스라치게 놀란 두 여자는 동시에 뒤를 돌았다. 본부장과 그의 곁을 지키고 있는 비서가 눈에 들어왔다. 다정은 뜨악할 정신도 없이 공허한 탄식만 흘려보냈다.

"아……."

언제 온 거지. 어디서부터 들었을까. 이 주임의 말을 끊어 낸 사람은 진우일 것이다. 주먹을 입가에 가져다 대고 있었으니, 아마도.

다정은 진우와 눈이 마주치자마자 머릿속이 새하얘졌다. 대학 시절, 동경의 대상인 선배였던 만큼, 충격은 배가되어 돌아왔다. 회사에서만큼은 공과 사를 구분해야 하니, 알은척하지 않기로 다짐했기에 곧장 해명을 하고 싶었지만, 그럴 수도 없는 노릇이다.

반면, 은도는 평소와 다를 바 없었다. 의중을 알 수 없는 표정으로 정면만 직시했다.

하나 확실한 것은 들었다. 분명, 다 들었다.

"어떡해. 저 어떡해요, 송 피엠님?"

이 주임은 어쩔 줄 몰라 다정에게 속삭이며 은도의 눈치를 살폈다.

하아……. 이건 분명 엘리베이터의 저주가 틀림없다.

"죄송합니다."

울상을 짓고 있는 정연을 대신해서 다정은 허리를 굽혀 진심으로 사죄했다. 변명조차 없었다. 일찍 말렸어야 했는데, 그러지 못한 잘못도 있었으니까.

다정은 확신했다.

'나 진짜 제대로 찍혔구나.'

그는 눈길 한 번 주지 않고 무심하게 다정을 스쳐 지나갔다.

확신하건대 닫혀 가는 문틈으로 마주친 그의 눈빛은.

"……."

경멸이었다.

❖ ❖ ❖

외부 미팅이 늘어지는 바람에 퇴근 시간이 다 되어서야 집무실에 도착할 수 있었다.

은도는 재킷 단추를 풀어내다 말고 집무 책상을 물끄러미 응시했다. 추진 중에 있는 여러 기획안과 각종 서류들이 부서별로 차곡차곡 쌓여 있다.

불만은 없었다. 살인적인 업무량을 감당하고 있는 건 자신뿐만이 아니었으니까. 하지만 분명 대책은 필요했다.

'백업해 줄 인원을 충당해 달라.'

은도는 직원들의 간절한 희망 사항을 잘 알고 있었다.

어려운 일은 아니었다. 상부들이 게으른 탓이지. 은도가 입김을 불어준 결과, 작년부터 신입 사원 채용 인원이 대폭 늘어났다. 그러나 그들이 실전에 투입되기까지는 어느 정도의 유예 시간이 필요했다. 은도는 작은 의견 하나하나를 귀담아들을 줄 아는 실무진이었다.

물론, 아무도 모른다는 게 가장 큰 함정이었지만.

"본부장님. 부탁하신 커피 가져왔습니다."

진우의 양손엔 커피 캐리어가 각각 하나씩 들려 있었다.

개수로만 봐도 은도 혼자 마실 양은 아니었다.

"미안합니다. 이런 것까지 부탁해서."

"아닙니다."

평소 같았다면, 진우를 시키지 않고 직접 가지러 갔겠지만 촉박한 스케줄 때문에 어쩔 수 없었다.

"주세요."

"제가 올려 두겠습니다. 본부장님."

"괜찮습니다. 딱히 어려운 일도 아니고."

비서를 작은 일까지 떠맡는 심부름꾼으로 만들고 싶지 않았던 은도는 단호히 거절하며 팔을 뻗었다. 결국 진우는 들고 있던 테이크아웃 커피 캐리어를 넘겨 드려야 했다.

"1팀 직원들은 저녁 식사 하러 간 겁니까? 자리가 비어 있던 것 같은데."

은도는 오늘 어느 팀이 야근을 하는지 정확하게 인지하고 있었지만, 그들이 퇴근했단 사실까진 모르고 있었다. 진우 역시 마찬가지였다.

진우는 조금 열려 있는 집무실 문틈 사이로 기획팀 사무실을 힐긋 확인하며 대답했다.

"확실하진 않지만, 그런 것 같습니다."

누가 보면 큰일이라도 나는 건가 생각할지 몰라도 은도의 성격을 누구보다 잘 알고 있는 진우에겐 익숙했다.

"서 실장님도 그만 퇴근하세요."

"예."

진우는 예의 바르게 허리를 숙였다.

기획팀 직원들이 불편해하는 것도 어느 정도는 이해가 됐다. 그가 무표정하게 있으면 괜히 죄지은 기분이 들곤 했으니까.

하지만 비서를 '실장님'이라며 높게 대우해 주는 직속상관도 거의 없을뿐더러, 꼭 저렇게 아무도 몰래 뒤에서만 좋은 일을 행하시니. 볼수록 참 귀여우신 분이다.

그 누가 알겠는가. 기획팀 본부장님의 과묵한 성격 뒤에 숨겨진 심각한 낯가림을. 슬쩍 흘리는 방법도 있었지만, 회장님의 지시 때문에 그럴 수도 없다.

'언젠간 직원들도 알아주겠지.'

직원들의 업무 책상에 커피를 올려 두고 있는 은도의 모습을 말없이 지켜보며, 진우는 부드럽게 미소 지었다.

❖ ❖ ❖

라떼 3잔, 아이스 아메리카노 7잔. 그중 9잔이 1팀 직원들의 업무 책상 위에 놓였다. 평소 직원들이 마시는 음료를 지나가던 길에 유심히 봐 두고 기억해 둔 것이 이럴 땐 참 좋은 역할을 했다. 순간 이상하단 직감이 들었던 건, 비어 있는 다정의 자리에 커피를 올려 둔 때였다.

책상 위에 정신없이 어질러진 서류들. 화면 보호기가 되어 있지 않아 업무를 보던 상태 그대로 켜져 있는 모니터. 마지막으로 의자에 떡하니 놓여 있는 핸드백까지. 깔끔하게 정리되어 있는 다른 직원들의 자리와는 확연히 다른 모습이다.

은도는 그녀가 업무와 야근을 대신 도맡게 되었다는 사실을 뒤늦게 깨달았다.

"미련한 건지. 무식한 건지."

'내가 만약 계약이 끝난 후에도 계속 내 곁에 남아 달라 하면. 그렇게 해 줄 수 있습니까?'

사정을 전부 묵살하고 밑도 끝도 없이 던진 질문에도 그녀는 당황한 내색 한번 보이지 않았다. 오히려 필요 이상으로 당돌했고, 당혹스러울 정도로 솔직했다.

'죄송하지만 저는 어디까지나 프리랜서입니다. 한곳에 오래 머무를 생각도 없을뿐더러, 귀속될 마음도 없습니다.'

제 눈을 피하지 않고 똑바르게 마주하던 직원은 처음이었다. 더군다나, 면접자가.

'그렇지만 뽑아 주신다면 계약 기간 동안만큼은 후회 없으실 겁니다!'

다급한 목소리에 비해서 흔들림 없던 또렷한 그녀의 눈빛을, 잊을 수 없다.

은도의 시선이 흘러가듯 아래로 향했다. 반쯤 열려 있는 서랍 안에 하얀색 봉투가 눈에 들어왔다. 함부로 엿보는 취미는 없었으나 반드시 확인해야 할 것 같은 느낌이 강하게 들었다. 은도는 주변을 한 번 살핀 뒤, 조심스럽게 서랍을 마저 열었다.

「사 직 서」

봉투 겉면에 큼지막하게 쓰인 글씨를 확인하자마자 은도의 눈살이 확 구겨졌다. 얼마나 망설인 건지. 수도 없이 꺼내 본 흔적이 남아 있었다.

'나 때문인가.'

채용한 건 어디까지나 오기였다.

솔직히, 다른 직원보다 유독 송다정 앞에서 깐깐하게 굴었던 건 인정한다. 취미도 일, 특기도 일이라 하기에. 회사에 지원하게 된 계기가 복지 때문이라 해서. 초반부터 패기를 부리는 태도가 괘씸했다.

어디까지 버티나 보자 했지만, 시간이 지날수록 생각이 달라졌다. 하나를 알려 주면 송다정은 만족스러운 세 가지 이상의 결과물을 가져왔다. 속으론 분명 부당하단 생각을 할 법도 한데, 군말 없이 버텼다. 독종이었다.

욕심은 욕심을 부르게 되는 법이라고, 이제는 자연스럽게 그 이상을 바라게 됐다.

그녀가 자신을 기피 대상으로 여긴다는 것쯤은 웬만큼 눈치채고 있었다. 눈만 마주쳐도 썩은 물을 마신 사람처럼 화들짝 놀라며 표정부터 굳히는데, 모를 리가 있나. 그러나 막상 사직서를 직면하게 되니 충격이 컸던 걸지도 모르겠다.

꿉꿉한 마음을 뒤로하고 서랍을 원상 복귀 시켜 놨더니, 이번엔 다른 것이 시선을 붙들었다. 다정이 대충 벗어 던져 둔 분홍색 고양이 슬리퍼.

"취향 한번 참……."

은도의 잇새로 짧은 실소가 터졌다.

❖ ❖ ❖

다정은 편의점에서 저녁을 대충 해결했다.

진우 선배한테 연락해 볼까? 하지만 느닷없이 연락해서 뭘 어쩔 텐가. 오전에 있던 일은 오해였다고? 아니. 그렇게 되면 더 우스워진다. 번호만 알았지 연락은 한 번도 해 본 적 없는데.

한숨이 터지려는 찰나, 기가 막힌 타이밍에 휴대폰이 울렸다.

[다정 씨. 저번에 내가 부탁한 거 왜 아직도 소식이 없어? 못해도 다음 주까진 해결해 줘. 아, 설마 계약직 프리랜서라서 팀워크가 뭔지 모르는 건 아니지? ㅋ]

'ㅋ' 하나 붙었다고 이렇게 열이 받을 수가 있나. 능력이라면 능력이다.

김 팀장. 이 여자를 진짜 어쩌지. 다정은 신경질적으로 팔을 내렸다. 휴대폰의 속박에서 풀려나니 자연스레 주변을 훑게 됐다.

"기가 막힌다, 진짜."

어찌 된 게 나 빼고 다 퇴근하는 것 같냐. 하지만 원망한들 누굴 탓하겠는가. 좋다고 지옥 불에 뛰어든 내 잘못이지.

쉽게 체념한 다정은 걸음을 돌렸다. 3분쯤 걸었을까. 회사 정문과 고작 몇 걸음 떨어진 곳에서 발길이 우뚝 멈춰 섰다.

'일 났다.'

다정은 위기가 닥쳤음을 직감했다.

두 번 다신 경험하고 싶지 않았던 찌릿함이 아랫배에서 격하게 요동쳤다.

"아……."

젠장. 또 시작이다. 밀린 업무 때문에 점심은 고사하고 제때 약을 챙겨 먹지 않았던 것이 화근이었다.

약으로 완치하기에는 시기가 너무 지났다며 경고하던 의사의 말을 흘려듣지 말았어야 했다. 어제 점심때 먹은 약이 끝이었는데. 생각하기 무섭게 잔뇨감과 아린 통증이 파도처럼 거세게 밀려왔다.

오, 주여. 다정은 두 손으로 배를 감싸고 끙끙거렸다.

일단 회사로 들어가자. 오로지 그 일념 하나로 안간힘을 써서 허리를 세웠다. 하지만 저절로 인상이 찌푸려졌다. 얼마 남지 않은 목적지를 두 눈에 새기며 힘겹게 걸음을 뗐을 때, 익숙한 사람 형체가 아른거렸다.

맙소사. 당신이 왜 여기서 나와? 그렇다. 회사 정문에서 본부장이 걸어 나오고 있었다. 저 인간이 왜. 대체 왜 지금? 분명 외근 나갔던 걸로 기억하는데. 어쩜 타이밍마저 이렇게 개 같을 수가. 없던 적의감마저 휘몰아 친다.

"윽!"

고비는 점점 더 극한으로 다다랐다. 환각이 아닐까 생각하며 다정은 다시 한번 눈을 감았다 떴다. 하지만 틀림없었다. 끝내주는 슈트 핏만 봐도 저건, 절대 부정할 수 없는 차은도다.

번쩍 정신이 돌아왔다. 다정은 정색하며 반사적으로 얼굴을 틀었다.

'오지 마! 제발 오지 마!'

아, 빌어먹을. 시선이 정통으로 부딪쳤다. 그는 어느새 바로 코앞까지 다가와 있었다. 다정은 머리를 더욱 깊게 수그렸다.

그런다고 가려질 크기가 아닌데.

"……뭐 하는 겁니까. 여기서."

긴박한 상황과는 전혀 어울리지 않는 그윽한 남자 목소리가 끼어들었다.

아, 울고 싶다.

그가 어떤 표정을 짓고 내려다보고 있을지 상상조차 하고 싶지 않았다. 그러는 와중에도 야속한 아랫배는 찌릿, 찌릿 쉴 새 없이 잔뇨감과 통증을 번갈아 가며 선사해 주었다.

미치겠네!

"괜찮아요?"

다정은 최대한 허벅지를 배배 꼬며 힘을 주었다.

"아, 예. 괜찮, 읏!"

말도 안 나온다. 하반신이 부르르 떨렸다. 평소엔 마주쳐도 일절 무시했으면서 왜 오늘따라 어울리지 않게 친한 척이랍니까. 눈을 가늘게 뜬 다정은 거친 숨을 내뱉으며 가까스로 고개를 들었다. 심각한 제 몸 상태와 달리 그는 태연했다.

"상태가 많이 안 좋아 보이는데."

예의고 나발이고 이대로라면 진짜 큰일 날 것 같았다. 못해도 5년 내내 밤잠을 설치게 할 흑역사감이란 말이다. 다정은 오만상을 지으며 천천히 은도를 스쳐 지나갔다. 아니, 그러려고 했다.

"이봐요. 송다정 씨."

은도가 순발력 있게 다정의 팔을 잡아챘다.

"본부장님!"

일촉즉발의 상황에 다다르자, 본의 아니게 격양된 음성이 터졌다. 은도의 얼굴에 당혹스러움이 스쳤다.

"제가 지금 진짜 급해서요. 그래서. 그러니까 잠시만, 제가, 뜨하흑!"

시야가 흐릿해졌다. 복통은 둘째 치고 자칫하면 오줌이 줄줄 흐를 위기였다. 식은땀으로 흠뻑 젖었지만 머릿속은 새하얘지고 아무것도 생각나지 않았다. 이성이 반쯤 날아가 버린 상태에서 다정은 지푸라기라도 잡는 심정으로, 은도의 묵직한 팔을 꽉 그러쥐었다.

그나마 감사한 건, 그가 냉정히 내치지 않았다는 것 정도랄까. 이대로 움직이면. 정말 끝이다.

"본부장님……."

그녀가 애원하듯 그를 부르자, 은도의 미간 사이로 주름이 깊어졌다. 그러면서도 다정이 쓰러지지 않도록 순발력을 발휘해 팔을 뻗어 그녀를 받쳐 주었다.

"저 좀 살려, 흐윽."

이건 무조건 꿈이어야만 한다. 지금 이 순간만큼은 눈에 뵈는 게 없다.

‘그러니까 나더러 뭘 어떻게 해 달라고.’

어지간히 당황한 듯, 은도는 난감하다는 표정으로 묵직한 한숨을 토해냈다.

“송다정 씨 지금 상태가 어떤지 말을 해 줘야 내가.”

“집이요!”

“……뭐?”

상대가 본부장이고 나발이고 다정은 그 어느 때보다 절박하게 매달렸다.

“제발! 제발 저 지금 당장 퇴근 좀 시켜 주세요!”

나 진짜 지려 버릴 것 같다고.

02

우여곡절 끝에 병원 응급실에 도착하긴 했다.

"치료 시기를 놓쳐서 만성으로 이어진 것 같네요. 만성 방광염은 항생제를 복용해도 잘 낫지 않을 확률이 높아요."

죽을 맛이라는 것이 문제지만. 어째서 몸이 이 지경이 될 때까지 방치해 둔 거냐며 혼을 내는 의사의 말이 하나도 들리지 않았다.

'일단, 병원부터 갑시다.'

'아뇨, 아뇨! 괜찮습니다. 저 혼자서도 충분히…….'

그는 다정의 말을 무시하고 택시를 잡아 세웠다. 떠밀리듯 택시에 탑승한 이후, 둘은 약속이라도 한 것처럼 입을 열지 않았다. 다정은 눈치 없는 아랫배가 쉴 새 없이 요동을 쳐 대는 바람에 정신이 없었다.

거기까진 참을 수 있었다. 하지만 더 큰 문제는 병원에 도착한 다음이었다.

'어떻게 오셨어요?'

접수처 직원이 묻는 질문에 다정은 뭐 마려운 강아지처럼 머뭇거렸다. 참으로 뭐 같은 상황이 아닐 수 없었다. 단순한 복통이었다면 모를까, 동반한 보호자가 무려 본부장님인데 '오줌보가 고장 났습니다.' 라는 말을 어찌한단 말인가.

'환자분. 어떻게 오셨냐니까요.'

접수처 직원의 계속된 채근에, 다정은 두 눈을 질끈 감고 기어들어 가는 목소리로 대답해야 했다.

'방광염 때문에…….'

도무지 잊히지 않는다.

어이없어하던 본부장님의 표정을. 태풍처럼 몰아치던 수치스러움을.

병원에 오기까지의 파란만장한 과정들이 생생하게 떠올라 다정은 넋을 놓고 말았다. 완벽한 패닉 상태에 빠진 것이다.

"일단, 약은 평일이기도 하고, 응급실 원칙 때문에 하루 치만 처방해 드릴 거고요. 혹시 모르니까 주사 맞고 가세요."

"네에……."

다정은 고개를 푹 떨구며 작은 목소리로 대답했다. 상황은 이렇게 일단락되는 줄 알았다.

"아, 혹시 보호자님이 환자분 남자 친구 되세요?"

"예?"

잘못 들었나 싶어 경악에 찬 다정은 눈을 치뜨며 되물었다. 의사는 뭘 그렇게 놀라는 거냐며 도리어 이상한 시선으로 훑었다. 즉시 부정해야 했지만, 선생님은 그 짧은 시간조차 허용하지 않았다.

"여성 방광염은 주로 스트레스나 피로감 때문에 면역력이 떨어져 발병되는 경우도 있지만, 주로 세균성 질염으로 시작되는 경우가 많아요."

"뭐, 뭐요?"

지, 질염이라니.

다정은 태어나 처음으로 의사에게 원망이란 감정을 느꼈다. 다정에게서 눈을 뗀 의사는 시선을 돌려 은도를 응시했다. 그는 무슨 생각을 하는 건지 도무지 알 수 없는 무표정을 유지하고 있었다.

"두 분, 마지막으로 성관계를 맺은 게 언제였어요?"

"컥! 커흡!"

직구로 던져진 의사의 질문에 다정은 그만 사레가 들리고 말았다. 입을 틀어막고 컥컥거리던 다정은 사정없이 고개를 좌우로 흔들다가 곧장 시선을 옮겼다. 본부장님의 얼굴은 싸하게 식어 있었다. 은도는 다정을 물끄러미 내려다보다 이내 긴 숨을 뱉었다. 그런 관계가 아니란 해명을 대신 해 주고자 드디어 마음을 먹은 모양인지, 천천히 입술이 떨어졌다.

그러나 이번 역시 의사가 더 빨랐다.

"일단, 비뇨기과나 산부인과에 먼저 가 보세요. 성관계로 갑작스러운 자극을 받게 되면 외음부와 요도에 부종을 초래할 수 있어요. 물론, 단순한 스트레스일 수도 있고요. 확실한 건 검사를 받아 보셔야 알 거예요."

아무래도 함께 온 보호자가 남성이다 보니, 오해의 소지가 있을 법도 하지만.

비뇨기과. 산부인과. 성관계. 외음부. 요도. 소변. 세균 감염.

적나라한 단어가 연이어 귓속을 퍽퍽 강타했다. 다정은 눈앞이 캄캄해졌다. 설상가상 본부장님이 헛기침을 뱉었다. 아, 나 진짜 회사 때려 칠까?

"만약 성관계에 의한 세균 감염이 맞는다면, 남자 친구분도 함께 약 처방받으셔야 할 겁니다."

정말 이제 갈 때까지 갔구나. 분명 방광염은 살인적인 업무량이 원인이었지만, 의사는 이미 하지도 않은 성관계 때문이란 결론을 내린 뒤였다.

"아닙니다. 그 이유."

한껏 가라앉은 목소리였지만 그 어느 때보다 반가웠다. 그제야 쉴 새 없이 움직이던 의사의 입술도 얌전히 다물렸다. 다정은 소심하게 은도의 눈치를 살폈다.

화났나? 화가 났을 만도 하다. 말만 안 했지, 매번 자신을 기피하던 행동을 그가 모를 리 없었다. 여러 사건이 있었지만, 가장 최근 일만 생각해 봐도 알 수 있다. 직접 험담에 가담하거나 맞장구를 치진 않았으나 적어도 그가 보기엔 그렇게 느껴졌을 테니까.

그럼에도 기껏 미운 부하 직원의 안타까운 사정을 모르는 척하지 않고 도와줬는데. 이젠 또 남자 친구에, 세균 감염의 원인자 취급까지 받고 있으니 억울할 만도.

"흠. 자세한 건 산부인과나 비뇨기과 가셔서 확인하시고요. 환자분은 따라오세요. 주사 맞게."

의사는 짐작한 것이 보란 듯이 어긋나자 민망했는지, 서둘러 몸을 돌렸다. 다정 역시 상황을 피하고 싶었던 건 마찬가지였기에 군말 않고 베드에서 엉덩이를 떼어 냈다. 의사는 주사실로 걸어가며 다정에게 물었다.

"약 처방 때문에 그러는데, 환자분 혹시 월경 중이세요?"

"……아뇨. 아직 멀었습니다만."

왜 꼭 그런 말을 지금 하시는 건가요.

"임신은 아니시고요?"

의사의 마지막 직격탄에 다정은 스르륵 눈을 감았다.

"약 처방값과 주사까지 해서 총 육만 육천 원입니다."

"어, 얼마요?"

다정은 도무지 믿을 수가 없는 금액에 입을 떡 벌렸다.

"육만 육천 원이요."

접수처 직원은 이것이 현실이라고 또박또박 다시 일깨워 주었다.

다정은 어렸을 때를 제외하면 응급실에 와 본 적이 없었다. 어쩔 수 없는 부분이겠지만, 애먼 데서 돈을 뜯기는 기분이 드는 건 왜일까. 이게 다 누구 때문이다. 최소한 점심시간만 보장해 주었더라면 이 사태까진 발생하지 않았을 텐데. 그나저나, 월급날까지 얼마나 남았더라.

"……죄송한데요. 혹시 이거, 실비 처리 될까요?"

물어보고도 황당한 질문이었다. 최대한 소곤소곤 말했다고 생각했는데, 뒤통수로 따가운 시선이 느껴졌다.

“영수증 첨부해서 보험사에 한번 제출해 보세요.”
그때였다. 접수대 위로 신용카드 한 장이 툭, 놓였다.
“그걸로 계산해 주세요.”
어느새 곁으로 다가온 은도가 무심히 말했다. 당황한 다정은 더 생각해 볼 것도 없이 본부장님의 카드를 냉큼 채 갔다.
“아니요, 아니요. 이거 말고 제 걸로 해 주세요.”
저도 돈 있거든욧! 다정은 신용카드를 은도에게 돌려준 뒤, 부랴부랴 바지 주머니에 넣어 둔 자신의 체크카드를 꺼내어 당당히 내밀었다. 은도가 지금 뭐 하는 거냐는 눈빛으로 쳐다보자, 다정은 어색하게 웃었다.
“보험 처리 하면 됩니다. 하핫. 마음만 감사히 받겠습니다, 본부장님.”
그는 못마땅하다는 기색이 역력했지만 다정은 애써 못 본 척했다.
“그렇게 해요. 그럼.”
두 번을 모르는 남자였다. 예의상 한 번 더 내가 결제하겠다 다시 말해 줬더라면, 야근으로 고생한 지난날을 보상받기 위해서라도 감사히 얻어 먹으려고 했건만. 아쉬워 입맛을 다시고 있는 다정에게 다시 한번 뜻하지 못한 위기가 닥쳤다.
“환자분 잔액 부족 뜨는데요. 다른 카드 없으세요?”
“그, 그럴 리가 없는데? 다시 한번 봐 주시겠어요?”
“세 번째인데 안 돼요.”
……빌어먹을. 직원의 말에 다정의 얼굴이 홍당무처럼 시뻘겋게 달아올랐다. 아무리 월급일까지 이틀 남았다고는 하나, 큰돈을 쓴 적도 없는데 왜! 다정은 재빨리 카드를 확인했다. 저녁만 먹는다고 급히 들고 나온 카드가 하필이면 자주 쓰지 않았던 카드였다.
“계산해 주세요.”
그가 다시 자신의 카드를 내밀었다. 다정은 벙찐 얼굴로 은도를 바라보았다.
“저는 진짜 괜찮은데…….”
네가 괜찮으면 지금 상황에서 뭐 어쩔 건데. 그의 눈은 그렇게 말하고 있었다.

"내가 안 괜찮을 것 같아서 그럽니다."

은도는 무뚝뚝하게 선을 그었다. 더는 귀찮게 하지 말라는 뜻이었다. 저 양반도 감정이라는 건 있는가 보다. 다정은 새삼 때아닌 감동에 젖었다.

"감사합니다. 본부장님."

다정은 그가 주는 떡을 두 번 이상 거절하지 않았다. 알고 보면 본부장도 꽤 괜찮은 사람이 아닐까. 사람이 이렇게나 간사한 동물이다.

그런 생각을 하는 사이, 계산은 신속하게 끝났다. 착잡한 마음을 뒤로하고 터덜터덜 병원 밖으로 나왔을 땐, 이미 한참 늦은 시간이었다. 서늘한 바람이 살갗을 아프게 스쳤다. 하. 영혼까지 탈탈 털린 기분이다. 이제 어쩐다. 주변은 고요했다. 소음이라곤 자비 없이 도로 위를 쌩쌩 내달리고 있는 자동차뿐이었다.

"저……."

정적을 끊고 말문을 튼 사람은 다정이었다. 어쨌거나 도움을 받았으니 몇 번이고 고마움을 표하는 것이 도리라 생각했지만, 입술이 도통 떨어지지 않았다. 다정의 눈빛이 불쾌했는지, 은도의 미간이 작게 좁혀졌다.

"예전부터 묻고 싶었는데. 왜 자꾸 그런 눈으로 쳐다보는 겁니까."

그 말속엔 '불쾌하다'는 뜻이 내포되어 있었다. 기분 탓이겠지, 생각하며 다정은 억지로 입술 끝을 당겼다.

"……죄송합니다."

뭔가 오해가 있는 듯하지만 다정은 순순히 사죄했다. 호의를 받고 모르쇠로 일관할 만큼 다정은 뻔뻔하지 못했다.

잠시 침묵하던 그가 입술을 떼어 냈다.

"몸은, 좀 어때요."

"덕분에 괜찮아졌습니다."

제발 택시가 빨리 잡혔으면 좋겠다. 다정이 안절부절못하고 있는 때였다.

"다행이네."

“예?”

혼잣말하듯 작게 중얼거리는 은도의 목소리를 용케 알아들은 다정이 놀라 되물었다.

“계속 일할 수 있게 돼서 다행이라고요.”

은도는 즉시 말을 덧붙였다. 괜찮은 사람 같다는 말 취소할까. 다정은 몰래 입술을 삐죽였다.

“그러게요. 정말 다행이네요.”

은도는 손목에 채워진 시계를 힐긋거렸다.

“퇴근 하나밖에 없습니까?”

“퇴근이라뇨?”

“송다정 씨가 원하는 거.”

“아, 그건.”

그저 민망한 상황을 피하고자 한 말이었다. 괘념치 말아 달라, 하고 싶었지만 다정은 지금이 기회라고 생각해 급히 입을 다물었다. 그것이 긍정이라 판단한 은도는 큰 선심 쓰듯 말했다.

“하세요. 퇴근.”

“정말요?”

“대신, 바로 퇴근해요. 회사 들르지 말고.”

뜻을 알 수 없는 말이었다.

“하지만, 짐이 회사에…….”

“카드는 갖고 있잖아요.”

“컴퓨터도 끄지 않고 나왔는걸요. 마무리해야 할 업무도 남아 있구요.”

“컴퓨터는 나오면서 내가 껐고, 남은 업무는 내일 처리하면 되겠고.”

“아…….”

“그거 말고 다른 문제 있습니까?”

머릿속이 순식간에 복잡해졌다. 저 남자가 원래 직원의 사정을 봐주던 사람이었던가? 그건 절대 아닌데. 혹시 동정하는 건가. 그렇담 냅다 감사하다고 해야 할까. 아니면 한사코 괜찮다 거절하며 성실한 직원임을 열정적으로 어필해야 하는 시점인가.

"싫어요?"

권력을 쥐고 있는 자의 여유였다. 치사한 인간.

"싫으면 말고."

"아뇨! 할게요. 하겠습니다. 퇴근."

왠지 시험대에 오른 기분이 들었지만, 지금은 아프니까. 동정심이든 방광염이든 뭐든 좋으니 덥석 물어야지. 택시가 도착했다. 다정은 뭐가 됐든 일단 집에 가서 쉬고 싶은 마음이 간절했다. 하지만 상사를 두고 그럴 수도 없었기에 잠자코 뒤로 물러섰다.

은도는 빤히 다정을 응시했다. 뭐지. 같이 타고 가자는 건가?

"본부장님. 택시 왔는데……."

"택시비는 있습니까?"

"네. 그 정도는 있습니다."

발끈한 다정은 일부러 힘주어 답했다.

"……아마도요."

가져온 카드의 존재가 뒤늦게 상기되어 마지막 말은 들릴 듯 말 듯 작았지만. 그는 한 번을 돌아보지 않고 뒷좌석에 몸을 실었다. '같이 갑시다.' 와 같은 흔한 친절은 찾아볼 수 없었다.

"저, 본부장님."

은도가 시선을 틀었다.

"오늘 일은 감사했습니다."

"됐어요. 감사 인사 받자고 한 일 아니니까."

"그래도 감사합니다. 본부장님께서 도와주지 않았다면 저는 정말……."

"공짜 아닙니다. 갚으세요."

"아, 네."

다정의 눈꺼풀이 파르르 경련했다.

"그리고 내일 점심시간에 다시 병원 가 봐요. 남자 친구 불러서."
"네. 그렇게 하겠습."
업무 좀 줄여 주고 나서 그런 말을 하든가. 누구 약 올리는 것도 아니…….
"예?"
"아까 의사 선생님이 한 말 못 들었습니까?"
산부인과. 성관계. 외음부. 요도. 소변. 남자 친구와 함께 약 처방.
"저 남자 친구 없는데요?!"
억울함에 사무친 고함이 쩌렁쩌렁 울려 퍼졌다. 본부장님이 앞에 계신단 사실을 까맣게 잊어버린 채 두 주먹을 꽉 쥐었다.
순간, 은도의 입술 끝이 슬쩍 꿈틀댔다.
"한번 놀려 본 겁니다."
무슨 농담도 저런. 이 인간이 오늘 뭘 잘못 먹었나. 언제부터 장난치는 사이였다고.
회사에서 마주칠 때완 확연하게 다른 그의 이면적인 모습에 다정이 황당해하는 사이, 은도를 태운 택시는 쌩하니 사라졌다.
진짜 혼자 가냐! 아픈 것도 서러운데! 야박한 인간.
다정은 이유 모를 서러움에 코를 쿨쩍였다. 그로부터 정확히 30초 뒤, 코빼기도 보이지 않던 빈 택시가 거짓말처럼 도착했다. 기사가 조수석 창문 쪽으로 고개를 내렸다.
"콜택시 부르셨죠?"
운이 좋다고 생각했는데 콜택시였다니. 허탈해졌다.
"안 불렀는데요."
"어? 이상하네. 여기가 맞는데. 혹시 성함이 송다정 씨 아니에요?"
"이름은 맞는데……."
뭔가 이상해. 다정은 선뜻 탑승하지 못하고 눈치를 살폈다.
"에이, 그럼 맞네. 얼른 타세요."
운전기사는 사람 좋게 웃었다.

❖ ❖ ❖

다음 날 아침, 다정의 얼굴엔 생기가 돌았다.

“좋은 아침입니다!”

다정이 활짝 웃으며 기획팀 사무실로 들어서자, 박지호 대리와 이정연 주임이 손을 흔들며 반겨 주었다.

“송 피엠님, 오늘은 컨디션 좋으신가 보네요?”

“맞아요. 매일 야근에 철야에 얼굴이 말이 아니었는데, 오늘은 활짝 피셨어요!”

어젯밤은 야근도 없었고, 자택 근무도 없었으며 방광도 튼실하다. 기분 나쁠 이유가 전혀 없었다.

“그러게, 송 피엠. 맨날 오늘내일하는 사람처럼 다니더니. 설마, 소개팅이라도 하는 거야?”

오 과장은 능청스럽게 입술을 늘이며 커피를 한입 들이켰다.

“그런 거 아니거든요. 주선이나 해 주시고 그런 말씀 하세요.”

“괜찮은 사람이야 많지. 해 주면. 소개팅 나갈 마음은 있어?”

“에이, 과장님. 송 피엠님한테 너무 뭐라고 하지 마요. 어제도 저희 대신 야근하셨단 말이에요. 마음이 없는 게 아니라 시간이 없으신 거라고요. 그쵸, 송 피엠님?”

지호의 지원 사격에 다정은 멋쩍게 웃기만 했다. 가만히 듣고 있던 오 과장이 의아하다는 듯 물었다.

“어제 어쩌다가 다정 씨 혼자 야근했어? 설마. 잠깐 머물다 갈 사람이라고 왕따 시키는 건 아니지? 나는 너희 그렇게 키운 적 없다.”

“저희가 송 피엠님을 얼마나 좋아하는데 그런 무서운 소리를 하십니까. 과장님.”

화기애애한 분위기 속에서 다정은 기분 좋게 착석했다. 어제 정리하지 못한 서류를 옆으로 치워 두려는데 웬 커피가 눈에 들어왔다.

라떼였다.

다정은 고개를 들어 주변을 살폈다. 아니나 다를까, 1팀 직원들 손엔 각자 다른 취향의 커피가 하나씩 들려 있었다.

다정이 물었다.

"대리님. 어제도 누가 커피 놓고 갔어요?"

"네. 아 맞다, 그거 물어보려고 했는데 깜빡했네. 누군지 모르세요? 어제 야근한 사람은 송 피엠님밖에 없잖아요."

알 리가 있나. 어젯밤엔……. 다정은 모르겠다며 절레절레 얼굴을 흔들었다.

"저번부터 우리 회사 조금 이상하죠? 요즘 마니또가 다시 유행하나?"

"아, 초등학교 때 이후로 간만에 듣네요. 근데 마니또는 지정된 사람한테만 몰래 선물 주고 그러는 거 아니었어요?"

여직원들의 수다에 지호가 뒤늦게 끼어들었다.

"뭐가 됐든 난 이거 나쁘지 않은데요? 뭐, 얼음은 다 녹았지만 오늘만 그런 거니까. 그래도 기분은 좋잖아요. 귀엽기도 하고. 신기하지 않아요? 직원들 취향은 또 어떻게 알았는지."

"으음……."

다정은 깊은 생각에 잠겼다. 어제 야근을 하다가 저녁을 먹으러 나가기 전까지만 해도 분명 없었는데. 대체 누굴까.

"아, 혹시 나 좋아하는 여직원이 있나? 들키지 않으려고 일부러 직원들 것까지 돌렸다거나. 듣고 있다면 오늘 밤에 문자 하나만 넣어 줘요, 마니또님!"

지호가 우스갯소리를 던지기 무섭게 '어후!' 하며 비난 어린 직원들의 아유가 곳곳에서 터졌다. 처음 있는 일이었다면 가장 마지막에 퇴근한 다정일 것이라 생각하겠지만, 벌써 두 달째 야근하는 팀 자리엔 매번 커피가 놓여 있었다. 그것을 시작으로 직원들은 지금처럼 때아닌 탐정 놀이를 즐기곤 했다.

“나만 그런가? 아무도 몰래 매번 이러는 거, 난 좀 소름 돋는데.”

다른 여직원의 볼멘소리에 그럴 수도 있겠다, 하며 맞장구치는 이도 있었다. 박지호 대리는 너무 심각한 것 아니냐며 웃었다.

“나쁘게 생각할 이유가 뭐가 있어? 특정된 사람 자리에만 있는 것도 아니고.”

다정은 자신의 자리에 놓인 아이스 라떼를 물끄러미 바라보았다. 문득, 어제저녁, 회사 정문으로 퇴근하던 은도의 모습이 뇌리를 빠르게 스쳐 지나갔다. 잊고 있던 ‘그 남자’의 존재감이 보다 크게 다가왔다.

“그, 혹시. 본부장님은 출근하셨나요?”

다정이 본부장실을 힐긋거리며 다급하게 묻자, 1팀 직원들은 하나같이 어리둥절한 표정으로 고개를 흔들었다.

“하. 다행이다.”

“응? 송 피엠님. 뭐가 다행이라는 거예요?”

“아, 아니야, 아무것도.”

이정연 주임의 수상하단 표정을 애써 못 본 척하며 컴퓨터 본체 버튼을 눌렀다.

오랜만에 1팀 직원들과 근처 쌈밥집에서 점심을 해결했다. 회사로 돌아와 도란도란 대화를 나누고 있는데 엘리베이터가 도착했다. 문 사이로 등장한 인물을 향해 박지호 대리가 정중히 묵례했다. 나머지 직원들도 하나둘씩 그를 발견하고 허리를 숙였다.

차은도 본부장이 진우와 나란히 걸어 나오고 있었다.

긴장을 늦추면 안 됐다. 자리를 비운 사이에 출근을 하신 건지는 몰라도 오전엔 그와 마주칠 일이 없어 어제의 사건으로 민망하던 차에 다행이라 생각했는데, 점심시간을 잊고 있었다.

다정은 재빠르게 시선을 내리깔았다.

제멋대로 쿵쿵 뛰어 대는 심장을 간신히 진정시킨 뒤, 빼꼼 눈동자를 올린 순간, 잡으려는 눈과 도망치려는 눈이 정통으로 부딪쳤다.

젠장……. 자고 일어나면 다 괜찮아지겠지, 가볍게 넘겨 버린 어제의 내가 이토록 원망스러울 수 없다. 그대로 굳어 버린 다정은 옴짝달싹할 수 없어서 멋쩍게 웃었다.

걱정했던 것과 달리, 잠시 닿았던 무심한 눈은 미련 없이 떨어졌다. 그는 모르는 사람을 대하듯, 차갑게 다정을 지나쳤다. 간신히 참고 있던 뜨거운 숨이 한가득 쏟아졌다. 직원들이 곁으로 슬금슬금 다가왔다.

"뭐예요? 송 피엠님, 사고 치셨어요?"

있었지. 사고……. 그냥 사고도 아니고 대형 사고.

"설마. 기획안이 갑자기 반려됐거나 그런 건 아니죠?"

"아, 제발 끔찍한 소리 하지 마세요. 대리님."

"다들 본부장님 표정 봤어? 오늘따라 유난히 살벌하시던데."

"송 피엠님, 어떡해요. 설마, 어제 일로 저 때문에 찍히신 거 아니에요?"

걱정스러워하는 직원들의 염려가 다정에게 우수수 쏟아졌다.

아, 맞다. 빌린 돈 드려야 하는데. 지금이라도 달려가서 드릴까. 잠시 고민했지만 보는 눈이 많다. 다정은 결국 다음을 기약했다.

자꾸, 비밀이 많아진다.

경기도 외곽에 위치한 한식 전문 식당. 그곳엔 윤문혁 회장과 비서인 진우, 그리고 은도가 늦은 점심을 함께했다.

통창 너머로 아기자기하게 꾸며진 정원을 흡족하게 바라보던 문혁은 고개를 돌려 은도의 안부를 물었다.

"요즘은 어떠냐. 일은 할 만하고?"

"예."

"잠자리는. 괜찮은 거냐?"

"……."

"여전한 모양이구만. 정 박사한테 치료 한번 받아 보래도 그렇게 고집을 피워."

은도는 차분히 젓가락을 내려 두었다. 문혁의 얼굴에 언짢은 기색이 스쳤다.

"저 자식 무뚝뚝한 성격하고는. 이놈아. 말할 땐 사람 좀 쳐다보면서 대답해라!"

"……."

"이봐. 서 실장. 저놈이랑 일하기 숨 막히지 않나?"

대놓고 타박하는 문혁의 잔소리에도 은도는 묵묵부답이다. 음식에 꿀을 발라 놓은 것도 아닌데 애먼 곳에 정신이 팔린 은도를 대신해 진우가 나섰다.

"아닙니다. 오히려 신경 써 주신 덕분에 편히 업무에 임하고 있습니다."

"정말이야? 뒤에서 협박당하고 있는 건 아니고?"

"그럴 리가요, 회장님."

"예끼. 아니긴 뭐가 아니야, 이 사람아. 여기저기서 불만을 토로하는 소리가 나한테까지 다 들려오는데."

"아, 그건……."

진우는 순간 말문이 막혔다. 직원들끼리 내통하는 뒷담화를 직접 들어버린 마당에 할 말이 없었다.

"이게 다 저놈 성격이 이상한 탓이지 자네 탓할 생각은 없으니 염려마. 직원들한테 살갑게 굴면 얼마나 좋아. 지 이미지 하나 구축 못 해선, 쯧. 회사 판 뒤집혀 봐야 정신을 차리지?"

은도를 노려보던 문혁은 팽, 콧방귀를 뀌었다.

"혹여나 나 믿고 설칠 생각 마라. 네놈 싫다는 소리 한 번만 더 들려오면 당장에 내쳐 버릴 테니까."

거친 말투 속에 숨겨진 진심 어린 걱정은 은도에겐 익숙했지만, 진우의 입장에선 영 적응하기가 어려운 난제였다. 그저 어색한 미소를 걸치는 것밖엔 다른 수가 없었다.

문혁과 은도의 첫 만남은 꽤 오랜 시간을 거슬러 올라간다. 17년 전. 계절은 가을이었고, 은도가 열일곱 살 때 처음으로 만남이 성사됐다.

문혁은 은도의 고등학교 1회 졸업생이었다. 나름 성공도 했으니, 베풀고 싶다는 취지로 자신의 모교에 후원할 겸, 동창인 이사장을 만날 겸 겸사겸사 학교에 들렀다.

그때 장학생으로 나온 학생이 바로 은도였다. 직접 상장을 수여하고, 함께 사진도 찍었다. 대화는 강단 뒤에서 이뤄졌다.

'너, 이름이 뭐냐.'

'차은도입니다.'

한창 혈기 왕성할 때였지만, 은도는 또래들과 달랐다. 장난스러운 웃음이나, 짓궂은 기색이라곤 찾아볼 수 없었다. 그렇다고 반항기가 묻어난 것도 아니었다. 나이답지 않게 차분했고, 조용했으며 지나치게 무심했다.

살짝만 건드려도 부서질 것처럼 바짝 메말라 버린 낙엽 같았다고나 할까. 문혁은 오랜 시간 동안 높은 자리에 머물며 사람 보는 안목 하나만큼은 출중했다. 은도에겐 특별한 무언가가 있다고 확신했다.

일찍이 아내와 사별하고 난 뒤, 문혁은 남들 다 있다는 흔한 자식 하나 없었다. 사무치는 외로움을 달랠 곳이 없던 차에, 은도의 무거운 속사정을 알게 됐다.

은도가 완벽히 혼자가 된 나이는 고작 열세 살. 친어머니는 은도가 일곱 살 때 지병으로 세상을 떠났고, 재혼한 새어머니와 아버지는 사고사로 명을 다했다. 캠핑을 가던 길에 차량이 전복되었으며, 은도 홀로 살아남았다.

이 어찌 운명의 장난이란 말인가. 은도의 새어머니는 중국인이었다. 그나마 다행이었던 것은 정신적으로든 육체적으로든 학대는 없었다 했다. 오히려 새어머니가 중국인이란 이유로 주변 동성 친구들에게 괴롭힘을 당했으면 당했지, 직접 낳은 부모보다 더 살뜰하게 챙겨 준 탓에 은도는 친어머니보다 새어머니를 더 의지하며 자랐다고.

은도의 가정사를 처음은 이사장에게, 자세한 이야기는 담임 선생에게 전해 듣고 문혁은 참 많은 생각을 하게 됐다. 보기엔 멀쩡해 보여도 분명 누군가의 관심과 사랑에 갈증을 느끼고 있을 터.

어쩐지, 문혁은 은도의 외로움을 이해할 수 있을 것 같았다.

"데려오고 나서 1년인가. 눈도 못 마주치던 놈이 말이야. 많이 컸지."

혼자가 된 은도는 자연스레 고모에게 맡겨졌고, 눈치받는 신세가 됐다. 너에게 들어가는 돈이 얼마인 줄은 아느냐며, 얼른 독립해서 빚부터 갚으란 말로 이제 갓 중학생이 된 은도를 재촉했다.

어린 은도에게 남겨진 재산은 양육비라는 명목으로 고모에게 쥐어졌고, 그것은 곧 그들이 벌이고 다닌 대출 빚을 상환하는 데 고스란히 쓰였다.

은도를 만나고 나서 문혁은 한동안 잠을 설칠 정도로 분에 사무쳤다. 도통 그 어린놈이 머릿속에서 떠나지 않았다. 그래서 고모란 사람에게 일억 원이란 돈을 쥐여 주고 은도를 데려왔다.

다행인지 불행인지 은도는 순순히 따라왔다. 문제는 그다음이었다.

'이놈아! 갖고 싶은 게 있음 다 말하래도!'

'없습니다.'

17년 전 문혁의 나이는 50대 후반이었다. 그는 은도를 늦둥이 아들쯤으로 여겼지만 아버지라는 호칭까지는 바라지도 않았다. 은도는 문혁을 항상 '회장님'이라 부르며 거리를 두었다.

늘 부딪침의 연속이었다. 답답한 나머지 윽박을 질러 봐도 은도의 대답은 항상 냉담했다. 12평짜리 옥탑에서 82평에 다다르는 대저택으로, 인스턴트 음식에서 12첩 밥상으로. 모든 것이 변했는데 은도 혼자 한결같았다.

회사 일을 제쳐 두고 직원들에게 요즘 유행하는 것들을 건너 들어 값비싼 브랜드의 옷, 신발, 가방 전부를 손에 쥐여 줘 봐도 거부했고 순수한 애정조차 의심했다.

은도는 낯가림이 심했다. 그래서 문혁은 그를 지켜보는 내내 안타까웠다.

다가갈수록 은도는 철저하게 자신을 숨겼다. 좀처럼 나서지 않았고, 동정과 연민을 경계했으며 타인을 외면했다. 싫었던 것이 아니라, 낯설어서. 방법을 몰라 먼저 다가가지 못한 것이다. 어쩌면 친구보다 책과 친해진 것은 당연했다.

'허, 참. 은도야. 난 말이다. 가진 것이라곤 돈밖에 없는 사람이다.'

'압니다.'

'뭣이? 알어?'

'그렇다고 돈으로 감정까지 매수할 수 있는 건 아니지 않습니까.'

감정을 매수하다니. 그 나이대의 아이가 뱉을 수 있는 말이 아니었다. 잃을 것이 없으면 마음도 편할 거라 확신하는 어린 은도가 가여웠다.

자식을 품에 안아 본 적 없던 문혁이었다. 제아무리 고명한 총수라 한들 그 또한 아버지의 역할은 처음이었다. 문혁에게 있는 거라곤 악착같이 모아 둔 재산뿐이다.

은도 역시 혼자였다. 하지만 일찍이 홀로서기를 해 왔기 때문일까. 쓴맛뿐인 어른들의 세상을 너무 빨리 깨달았다. 누군가에게 선뜻 마음 내주기를 어려워했다.

'후원해 주신 것은 진심으로 감사하게 생각합니다. 반드시 갚겠습니다.'

'내가 너한테 쓴 돈이 얼만데 그걸 갚겠다고? 지나가던 개가 다 웃겠다, 이놈아.'

'…….'

'대학만 졸업하면 회사로 들어와.'

'싫습니다.'

'낙하산 취급 받을까 그러는 거냐? 그 이유 때문이라면 나도 밝힐 생각 없으니 걱정 말고. 사원부터 차근차근 시작해 보는 것도 나쁘지 않겠어.'

'그런 이유 때문이 아닙니다.'

'아니면, 뭐 다른 꿈이라도 있어?'

'없습니다.'

'공부를 그렇게 잘하는 놈이?'

'공부만 잘하면 꿈이 저절로 생깁니까?'

'난 그랬다.'

'전 아닙니다.'

좀처럼 예쁜 말을 뱉지 못하는 두 남자의 거리가 좁혀지기란 참 오랜 시간이 걸렸다. 살가운 사이가 되기엔 아직도 한참 멀었지만.

시간이 약이라는 말이 있듯이 그것은 은도에게도 해당되는 부분이었다. 조금씩 무뎌지다 서서히 잊어 갔지만, 어렸을 때부터 고집해 온 버릇과 습관들은 어느새 당연한 성향으로 깊숙하게 자리 잡았다.

그런 그들의 관계와 모든 사정을 알고 있는 유일한 사람이 진우였다.

"요즘 바라는 게 하나 생겼다."

별안간 문혁의 표정이 진중해졌다. 항상 입에 달고 살던 말이었기에 진우는 익숙하게 답했다.

"본부장님께서 대표직에 선임되는 순간 말입니까?"

"뭐, 그때까지 내가 살아 있을지도 모르는 일이니 그건 이미 됐어."

"그런 말 마십시오, 회장님."

문혁은 호탕하게 껄껄 웃었다.

"뭔지 궁금하지는 않어?"

"궁금합니다."

진우는 침묵하는 은도 대신 대답했다. 문혁은 굳은 의지를 담아 근엄하게 크흠, 헛기침을 뱉었다.

"나도 증손자 한번 안아 보고 싶어졌다."

혹여 부담이 될까, 단 한 번도 언급하지 않았던 말이었다.

"좋은 인연을 만나 정분이라도 나누다 보면 저 몹쓸 성격이 조금이나

마 다정해지지 않겠어?"

하지만 문혁의 뜬금없는 발언에도 은도는 묵묵부답이다. 평소 같았으면 한껏 정색하며 따박따박 대들어야 정상인데, 그러지 않았던 이유는 은도의 머릿속을 가득 채우고 있는 것이 따로 있었기 때문이다.

「사 직 서」

오로지 그것.

송다정 생각뿐이다.

오늘은 분명 칼퇴근을 할 수 있을 거라 믿어 의심치 않았건만, 이번엔 영업팀이 속을 썩였다.

"하……. 저도 더는 기다려 드릴 수가 없다니까요? 분명 오늘 점심 전까지 보내 주겠다고 하셨잖아요. 곧 결재받는 날인데 약속 시간은 지켜 주셔야죠! 저 진짜 본부장님한테 죽어요!"

업무용 수화기를 쥐고 있던 다정의 손에 힘이 꽉 실렸다.

"이보세요. 한 팀장님. 영업팀 회식만 중요합니까? 왜요. 내일은 또 퇴근해야 해서 내일 전달해 주겠다고 하시죠? 뭐요? 술 먹는 중? 지금 장난똥 때리……. 여보세요? 여보세욧!"

결국 아무런 성과조차 이뤄 내지 못한 채 통화가 끊겼다. 던지듯 수화기를 내려 둔 다정이 신경질적으로 의자를 밀치고 일어났다. 머리털을 쥐어뜯으며 괴성을 내질러 봐도 나아지는 것은 없었다.

"와! 하."

다정은 주먹을 부들부들 떨었다.

"누가 이기나 한번 해보자 이거지?"

계약 기간만 채우고 떠나면 그만일 사람 취급하며 일이나 대충 떠넘기려는 행동이 한두 번도 아니고, 더는 못 참겠다. 영업팀 직원들이 회식하고 있다는 술집으로 찾아가서 따져 묻고 달달 볶아서라도 자료를 받아 내야 속이 풀릴 것 같다.

다정은 흡사 전쟁터로 향하는 장군처럼 핸드백을 챙겨 들고 기획팀 사무실을 나섰다. 퇴근 시간이 지난 터라 주변은 한가로웠다. 19층에 머물러 있던 엘리베이터는 층마다 멈추지 않고 순조롭게 내려왔다.

하지만 문이 열렸을 때, 다정의 머릿속은 순식간에 복잡해졌다.

열심히 피해 다닌다고 노력했건만, 왜 매번 엘리베이터 앞에만 서면 물거품이 되어 버리는 건지 도통 모를 일이다. 시간이 지나면서 차차 긴장이 풀리는 바람에 깜빡 잊고 있었다. 최근 들어 부쩍 차은도 본부장과 엘리베이터 앞에서 마주치는 일이 잦아졌다는 사실을.

그는 혼자였다. 19층에 머물러 있던 걸로 보아, 임원들과 미팅이 있던 모양이다.

"……."

"……."

다정과 은도는 눈을 마주치고도 말이 없었다. 다정은 늦게나마 예의상 묵례를 하는 것으로 인사를 대신했다.

아, 도저히 안 되겠다. 영업팀은 나중에 해결하자.

"어머! 내 정신 좀 봐. 깜빡하고 지갑을 두고 왔네?"

다정은 최대한 천연덕스럽게 연기했다. 은도는 반응이 없었다. 꿰뚫듯 다정의 얼굴을 직시할 뿐. 마치, 이미 진실을 파악한 사람처럼.

"타요."

단호했다.

03

그 말은, '나 상관하지 말고 타라'는 배려가 아니라, '할 말이 있으니 타라'는 강압적인 명령에 더 가까웠다. 다정은 잠시 멈칫했으나, 신세 진 것이 많아 다른 수 없이 죽을상을 지으며 엘리베이터 안으로 걸음을 옮겼다.

딱히 할 말도 없어 다정은 얌전히 입술을 다물었다. 다음부턴 아무리 바빠도 비상구를 택하는 편이 정신 건강에 이롭겠다는 생각을 하고 있을 무렵이었다.

"지금 퇴근합니까?"

"아, 그게……."

영업팀 직원들 잡으러 갑니다, 라고 차마 말할 수 없어 다정은 말끝을 흐렸다. 그러자 다시금 그가 사무적인 투로 질문을 던졌다.

"프로모션 준비는."

"거의 마무리됐습니다. 다음 주 화요일 안으로 바로 결재 올리겠습니다."

빌어먹을 영업팀 때문에 늦춰졌다며 고자질하고 싶은 마음은 굴뚝같았으나, 다정은 다른 팀의 탓으로 돌리지 않았다. 과정이 어찌 됐든 결과를 중요시하는 그의 성향을 잘 알기 때문이다. 일적인 대화에 흐름이 끊기니

정적은 기다렸다는 듯이 찾아왔다. 이젠 일상처럼 느껴져서 그러려니 하려던 차였다.

"그땐, 잘 들어갔습니까?"

관심 없을 줄 알았는데. 다정은 의아하다는 얼굴로 고개를 돌려 은도를 응시했다. 그의 옆모습을 넋 놓고 바라보던 다정은 얼른 정신을 차렸다.

"네. 덕분에 무사 귀환 했습니다."

"그런 것 같네요."

왜 물어본 거야.

다정은 속으로 툴툴댔다. 하지만 이내 잊고 있던 것이 생각난 듯, 다정은 서둘러 주머니를 뒤적거렸다.

"아, 본부장님. 이거."

다정이 펼친 손바닥 위에 만 원짜리 일곱 장이 놓여 있었다. 그는 꺼림칙하다는 듯 눈매를 누그러뜨리며 다정의 두 손에 놓인 지폐를 내려다보며 입을 열었다.

"……뭡니까, 이건."

더없이 무뚝뚝한 말투였지만, 다정은 어깨를 으쓱이며 태연하게 응수했다.

"저번에 빌려주신 육만 육천 원입니다. 진작 드렸어야 했는데 죄송합니다."

은도의 미간이 작게 구겨졌다. 어처구니없어 하는 그의 심리를 알 리 없던 다정은 목덜미를 긁적거리며 말을 덧붙였다.

"아, 그리고 천 원짜리가 없어서요. 그냥 이자라고 생각하시고 받아 주세요. 제가 또 빚지고는 못 사는 성격이라. 하핫."

다정은 자신의 배포가 뿌듯해 너그럽게 씩 웃었다. 하지만 그녀의 기대는 얼마 지나지 않아 순식간에 박살 났다. 은도는 실소하며 냉담히 시선을 돌렸다.

"됐어요."

뭐…… 뭐? 당황한 다정은 커다란 눈을 껌뻑거리며 은도를 올려다보았다.

"하지만, 그땐 분명 갚으라고 하셨잖……."

"그냥 해 본 말이었습니다."

뭐 어쩌란 건가 싶었지만 괜찮다는데 억지 부리는 것도 도리는 아니지 싶다. 다정은 슬쩍 은도의 눈치를 살피다가, 펼치고 있던 손가락을 슬슬 오므렸다. 지폐가 완벽하게 은폐된 뒤에야 다정은 흡족한 미소를 걸쳤다.

치사하게 보일지는 몰라도 언제 마음이 변할지 모르니까. 이 돈이면 무려 치킨 네 마리하고 반 마리는 먹을 수 있다.

영업팀의 횡포에 분노할 땐 언제고 그녀의 입술은 지조 없이 들썩였다.

"그렇다고 갚지 않아도 된다는 말은 아니었고."

다정의 표정이 삽시간에 굳었다. 이쯤 되면 놀리는 게 분명하다.

"그럼 제가 어떻게 해야 할까요. 하하, 하."

"생각 중입니다."

"아, 예."

혹시, 부하 직원의 현찰을 덥석 받기엔 자존심 상했나. 신중하게 고민하던 다정은 회심의 방안을 제시했다.

"현금이 부담스러우신 거면…… 이체시켜 드리는 방법은 어떠신지요."

"번거롭습니다."

길어 봤자 10초면 끝나는 간단한 일인데요. 심지어 내가 보내는 건데 당신이 왜 번거로운 건가요. 반박하고 싶은 마음은 굴뚝같았지만 앞에 계신 분은 상사였다. 다정은 입술을 꽉 다문 채 억지스럽게 입술 끝을 올렸다.

순간, 묵직하게 내려앉아 있던 그의 입술 끝이 꿈틀, 움직였다.

"이체는 됐고."

"……."

"저녁 식사 했습니까?"

"아뇨, 아직 못 했습니다만."

"그럼 저녁이나 함께하죠."

"네. ……예?"

자연스럽게 이어진 대화에 의식의 흐름대로 대답하던 다정은 반박자 늦게 반응했다. 누구와 누가, 식사를 같이해? 귀가 이상해졌나 싶어 다시 물으려는 찰나, 1층에 도착했다. 이놈의 엘리베이터는 언제나 뭐 같은 타이밍에서만 문이 열리고 난리다. 애꿎은 곳에 원망을 하는 사이, 은도는 긴 다리를 뻗으며 저벅저벅 앞서 걸었다.

직장인이라면 다들 공감할 테지만, 상사와의 겸상은 업무의 연장선이다. 더군다나 단 한 번도 이런 적이 없었기에 다정은 얼떨떨하면서도 긴장이 됐다. 불편한 건 말할 것도 없었다.

보폭이 넓은 은도의 뒤를 쫄쫄 따라 걷던 다정은 수줍게 손가락을 매만지며 운을 뗐다.

“이렇게까지 하지 않으셔도 저는 정말 괜찮은데……. 병원비도 대신 내 주시고 저녁까지 얻어먹으면 제가 너무 죄송할 것 같아서요.”

“누가 사 주겠다고 했습니까? 오늘 저녁은 송다정 씨가 사세요.”

다정은 예상 못 한 은도의 발언에 눈을 껌뻑였다.

아, 김칫국. 먼저 저녁 식사를 제안한 사람 쪽에서 사는 줄로만 알았건만 크게 한 방 먹었다. 그녀는 재빨리 태세를 전환했다.

“에헤이! 그럼요! 당연히 농담이었습니다. 저도 염치란 게 있는걸요.”

“그나마 양심이라도 남아 있었다니 다행이네요.”

말 한번 참 뭐 같게 하시네. 다정의 입술이 뒤틀렸다. 은도의 뒤를 다시 졸졸 쫓아가며 물었다.

“어디로 모실까요?”

“송다정 씨가 원하는 곳으로 가요.”

은도는 무신경하게 대꾸했다.

젠장……. 저건 결코 배려가 아니다. 하지만 어쩌겠는가. 빚은 갚아야지. 그의 걸음이 늦춰진 틈을 놓치지 않고 앞서 걸으며 다정은 재빨리 머리를 굴렸다. 일단 회사 근처는 탈락이다. 아는 곳도 별로 없었지만, 일단은 보는 눈이 많아 최대한 피해야 했다.

본부장님이 평소 다른 직원들과 겸상하며 친밀한 관계를 유지했더라면 크게 상관없었을지도 모르겠으나, 아니었기에 문제가 됐다.

다정은 계약 기간 동안만큼은 될 수 있으면 조용히, 웬만하면 무난하게 지내고 싶었다. 방랑자처럼 여러 기업들을 전전해 오며 배운 깨달음이다.

자연스럽게 인적이 없는 회사 뒷문으로 안내하는 것까진 성공했지만, 응급실 일로 본의 아니게 신세까지 지게 되었는데 그의 취향을 고려하지 않을 수도 없는 노릇이다. 회사 근처에서 벗어났을 무렵, 슬쩍 고개를 돌린 다정은 다시 한번 물었다.

"혹시 특별히 좋아하는 음식이라도 있으신지요?"

"아무거나 괜찮습니다."

아, 사회생활이고 뭐고 그쪽 명치 한 대만 세게 치고 싶네요.

다정은 세상에서 '아무거나'가 가장 싫었다. 작정하고 좋아하는 걸 고르자면 선택지는 분명 많았다. 문제는 호불호가 많이 갈리는 것들뿐이라는 것. 이를테면, 똠양꿍이라든지 쌀국수라든지 마라탕이나 마라샹궈 같은 음식 말이다.

"그 본부장님께서 생각하시는 '아무거나'에 어떤 음식이 포함되어 있는지, 감히 여쭤봐도 될까요?"

다정이 뒤지지 않고 조금 더 집요하게 물어 오자, 은도는 무심히 답했다.

"말했잖아요. 송다정 씨가 원하는 곳으로 가라고."

"아아……. 네에."

일할 때 두 번씩 반복하여 대답하는 것을 병적으로 질색하는 차은도 본부장의 성향으로 보건대, 이건 마지막이다. 정말 제멋대로 결정할 겁니다? 후회하지 마세요. 뭐라고 꾸짖지도 마세요. 다정은 눈빛으로 대신 경고했다. 방법은 없었다. 다정은 은도 몰래 친구 지윤에게 도움을 요청했다.

[지윤아 나 좀 도와주라.]

다행히 답장은 신속하게 도착했다.

[뭔데?]

[강남역 근처에 엄청 불편한 상사 데리고 갈 만한 식당 알아?]

[직장 상사 직급이 뭔데. 너 위로 있는 사람이면 과장? 아님 차장? 성별은?]

[……남자 본부장.]

[미쳤네. 체할 일 있어? 본부장이랑 이 시간에 저녁을 왜 같이 먹어. 차라리 안 먹고 찍히고 말지. 너 혹시 약점 잡혔냐? 설마. 이게 그 말로만 듣던 직장 내 성희롱? 괴롭힘이라도 당하는 거야?]

할 말을 잃었다. 다정은 슬쩍슬쩍 은도의 눈치를 살피며 손가락을 움직였다.

[성희롱은 아니고. 신세를 좀 졌어.]

[무슨 신세?]

[그런 게 있다.]

[잘생김? 젊냐?]

[지금 그게 중요해?]

[잘생기고 젊구나. 그럼 됐어. 인성만 괜찮으면 언니는 허락한다.]

갈수록 태산이다.

[아까 직장 내 성희롱 드립치던 분은 어디 가셨는지?]

[대머리나 유부남만 아니면 됐지, 뭐. 혹시나 허튼짓하려고 하면 회사에 대문짝만하게 대자보 붙여 버린다고 해. 경험 살려서.]

미친 계집애야.

다정은 한숨을 푹 내쉬며 액정을 두드렸다.

[쓸데없는 말 그만하고 도와줘. 나 진짜 급하다.]

[난 네가 좋아하는 똠양꿍을 추천한다. 고수 엄청 많이 넣어 주는 곳으로. 크게 한번 당해 봐야 다음부턴 함부로 저녁 같이 먹잔 말 안 하지.]

[근데 만약 반전으로 똠양꿍을 좋아하면 어떡하지?]

얼마 후 도착한 지윤의 문자를 확인한 다정은 도움을 요청한 걸 진심으로 후회했다.

[그럼 완전 운명 아니야?]

운명은 무슨 얼어 죽을 운명. 기가 막혀서 진짜.

다정의 성난 콧구멍이 크게 벌렁거렸다.

결국 두 정거장이나 걸었다. 다행히 그는 힘든 기색 없이 척척 잘만 따라왔다. 다정이 선택한 곳은 삼겹살집이었다. 고기를 싫어하는 사람은 없으니까.

"본부장님. 혹시 삼겹살 좋아하십니까?"

"가리는 것 없습니다."

"다행이네요. 여기 되게 괜찮거든요. 퇴근하고 친구랑 만나서 가끔 먹었었는데 서비스도 좋고 고기 상태도 완전 굿입니다."

제일 좋은 건 만만한 가격이었지만. 다정은 익살스럽게 웃었다.

"그런 말도 있지 않습니까? 저기압일 땐 고기 앞으로 가라!"

"몰랐네요. 나와 겸상하는 일이 저기압일 줄은."

"아, 아니. 그런 뜻이 아니고……."

은도는 절망하는 다정을 두고, 먼저 식당 안으로 걸음을 옮겼다. 덩그러니 홀로 남겨진 다정도 헐레벌떡 따라 들어갔다. 식당은 금요일 밤인데도 한적했다. 단골만 찾는 곳이라 그런지 시끄럽지 않아 최적의 장소였다.

"어떤 걸로 드시겠어요?"

은도는 그녀가 정중히 내민 메뉴판을 힐긋 건너보다가, 툭 던지듯 말했다.

"송다정 씨 먹고 싶은 메뉴로 시켜요."

벌써 저 말만 몇 번째지. 다정은 속으로 이씨, 하며 욕을 삼켰다.

"흠, 그렇다면 삼삼하게 삼겹살로 하겠습니다."

다정은 재미없는 농담에 정색하는 그를 애써 못 본 척 외면했다. 주문한 삼겹살은 금방 나왔다. 다정은 곧장 집게를 들고 능숙하게 고기를 뒤집어 가며 상태를 살피다가 보기 좋게 잘랐다. 고기가 먹음직스럽게 익었을 때쯤, 다정이 빵—긋 웃었다.

"다 익었어요. 얼른 드셔 보세요."

초롱초롱 빛나는 눈동자가 부담스러워서 은도는 마지못해 젓가락을 들었다. 다정은 몰래 은도를 관찰했다. 고기 한 점을 먹어도 되게 차분히 먹는다. 음식물이 보이지 않도록 입술을 꼭 다문 채. 그는 젓가락질마저 정갈했다.

흠이 없는 남자는 별론데. 쓸데없는 평가였다.

기분이 이상했다. 이렇게나 가까운 곳에서 본부장님이 음식을 드시는 모습도, 조금 전까지만 해도 불편한 사이였는데 아무렇지 않게 대화를 나누고 있는 지금의 상황이 신기하면서 어쩐지 적응하기가 영 힘들었다. 따가운 눈총을 느꼈는지 문득 그의 시선이 올라왔다.

"내 얼굴에 뭐 묻었습니까?"

화들짝 놀란 다정이 젓가락을 세웠다.

"아, 아닙니다. 깨끗하십니다. 아, 참. 맛은 어떠세요?"

"먹을 만하네요."

"그렇죠? 여기 진짜 맛있어요. 여기 사장님이랑 되게 친하거든요. 그런데 오늘은 안 나오셨나 봐요. 어디 아프신가?"

"원래 음식 앞에 두고 말이 많은 편입니까?"

"죄송합니다. 지금부턴 입 다물고 식사에만 집중하겠습니답."

그녀가 입을 합, 다물었다. 다정은 불편한 상대와 둘이 있을 땐 어색한 분위기를 견디지 못하고 일부러 말을 많이 하는 버릇이 있었다. 그 사실을 알 리 없는 은도의 입장에선 평소 말없던 다정이 음식을 앞에 두고 쉬지 않고 떠들고 있으니 신경 쓰일 만도.

은도는 젓가락을 내려 두고 다정을 건너다보았다.

"다른 하실 말씀이라도……."

"송다정 씨가 입사한 지 얼마나 됐죠."

"10개월 정도 된 것 같습니다."

계약 만료까지는 앞으로 두 달. 고작 그 두 달을 못 참겠어서 그만둘 생각을 했다고? 은도는 왠지 모르게 밀려오는 실망감을 감추고 목적과 먼 질문을 했다.

"회사는, 다닐 만합니까?"

"네, 뭐……."

'할 말은 많지만 하지 않겠습니다.'

다정은 어색하게 입술 끝을 올렸다. 은도는 그 사연 많은 미소를 가만히 직시하다가, 이내 묵직한 한숨을 흘려보냈다.

"송다정 씨는 아직도 내가 많이 불편해 보이네요."

"당연, 네? 네. 네? 아뇨! 전혀요. 그럴 리가요."

적잖게 당황스러운 질문에 다정은 눈을 크게 떴다. 잠시 침묵을 지키던 그의 입술이 천천히 움직였다.

"그때 방광염 일은."

"보, 본부장님."

병명이 너무 적나라하십니다. 깜빡이 좀 켜고 들어오시든가 순화를 시켜 주세요. 다정이 보내는 다급한 눈빛의 뜻을 이해한 은도는 말을 다시 정정했다.

"……응급실 일은. 송다정 씨가 아니었어도 똑같이 했을 겁니다."

"아하, 그러시군요."

전보다 다정의 말수가 줄었다. 실수한 건가. 은도는 떨떠름한 표정으로 부가 설명을 덧붙였다.

"그러니까 너무 그렇게 내 눈치 볼 필요 없다는 뜻입니다."

"그래서 본부장님 말씀은, 저와 가까워지고 싶다는 말쓰……."

"절대 아니고요."

"아, 네."

또다시 찾아온 숨 막히는 침묵을 더는 감당하기가 어려웠다. 다정은 결국 참지 못하고 번쩍 손을 들었다.

"이모! 여기, 소주 한 병, 맥주 두 병 주세요!"

"이봐요."

"네?"

"아픈 건 다 나았어요?"

"아뇨? 아직 치료받고 있습니다만."

뭔데, 저 당당함은. 은도는 마냥 해맑게 대답하는 다정을 어처구니가 없다는 눈으로 바라보았다. 때마침 테이블 위로 소주 한 병과 맥주 두 병이 놓였다. 그녀는 자연스럽게 소주를 집어 들고 방정맞게 손목을 흔들었다. 그 모습을 못미덥게 지켜보던 은도가 물었다.

"상태가 그런데 술 마셔도 괜찮은 겁니까?"

"아아, 이거 제가 마실 거 아닌데요?"

"그럼요."

"당연히 본부장님만 드셔야죠. 저, 소맥 진짜 맛있게 잘 말거든요. 기대하셔도 좋습니다."

다정은 어떻게든 지금의 어색한 분위기를 탈피해 보고자 필사적이었다.

"안 마십니다. 난."

세상에. 다정은 큰 실례를 저질렀음을 깨달았다.

"아이고, 본부장님이 술을 못하실 줄은 정말 몰랐어요. 죄송합니다. 바로 물릴……."

"말은 바로 하죠. 못 마시는 게 아니라 안 마시는 겁니다."

"아아, 네. 이해했습니다. 주량이 약하시군요. 어쩐지, 회식 때도 참석 안 하……."

은도의 인상이 점차 과격하게 일그러졌다.

"그거 줘요."

그가 손짓했다. 다정은 다급히 손사래 치며 만류했다.

"아뇨! 술 못하시는데 억지로 드시는 건 고문이나 다름없어요. 술 안 받는 사람은 몸만 상해요."

그걸 잘 아는 사람이 술을 시켜? 그것도 술 세 병을 한 번에? 어이가 없네. 은도는 다정의 조언을 무시하며 팔을 뻗었다.

"됐으니까, 줘요."

"그, 그럼 아주 조금만 따라 드릴게요."

이상한 데서 자존심 상하게 만드는 것에 도가 튼 여자다. 평소 욱하는 일이 없던 은도였지만, 이번만큼은 달랐다. 살다 살다 이런 무시는 처음이었다.

"내. 가. 합. 니. 다."

은도는 한 글자 한 글자 힘을 실어 말했다. 다정의 손에 들려 있던 초록색 술병은 결국 은도에게 넘어갔다. 은도는 지체 않고 알코올을 한가득 따른 뒤 바로 술잔을 꺾었다. 한 방울조차 남김없이 비워진 잔을 멍하니 바라보던 다정은 은도의 눈치를 살폈다. 그는 표정 변화 없이 초연했다.

"안 쓰세요?"

"써요."

다정은 재차 물었다.

"물이라도 드릴까요?"

"필요 없고요."

"와아. 저는 물 없으면 술 한 잔도 못 마시는데, 정말 대단하십니다!"

별것도 아닌 일에 다정은 짝짝짝, 손뼉을 부딪치며 과한 반응을 보였다. 어디까지나 상사에게 잘 보이기 위한 자본주의 리액션이었다.

그때까지도 다정은 알지 못했다.

알게 모르게 은도의 입술 끝이 슬쩍 올라섰다는 사실을.

그 후로 대화는 단절됐다. 업무에 대한 주제를 제외하면 딱히 할 말이 없는 관계였으니 어쩌면 당연한 결과였다. 정말 배가 고팠던 건지, 분위기가 불편했던 건지 다정은 며칠 굶은 사람처럼 공격적으로 삼겹살을 입안에 쑤셔 넣었다.

그러거나 말거나 은도는 묵묵히 술잔만 기울였다. 사직서에 대한 이야기를 꺼내야 하는데. 어디서부터 시작해야 할지 몰라 난감했다. 은도는 다시 잔에 알코올을 채웠다.

“본부장님. 물잔이라도 괜찮으시다면 같이 부딪쳐 드릴까요?”

홀로 술을 마시고 있는 상사의 모습이 신경 쓰인 모양이다. 다정은 부자연스러운 미소를 걸치며 공손히 물잔을 받쳐 들었다. 은도는 냉담히 다정을 외면했다.

“됐으니까 마저 먹기나 해요.”

“아, 네.”

어느덧 철판 위에 놓인 삼겹살은 하나뿐이었다. 다정은 한 손에 젓가락을 꼬옥 쥔 채로 은도의 눈치를 살폈다. 은도는 어처구니가 없어 헛웃음을 터트렸다.

“왜요. 내가 뺏어 먹을까 봐 그럽니까?”

아, 들킬 뻔.

다정은 세차게 고개를 흔들었다.

“아뇨, 그게 아니라. 제가 대접하기로 해 놓고 너무 혼자만 먹었나 싶어서요.”

양심은 있네. 은도는 비소를 흘렸다.

“나 신경 쓰지 말고 계속 먹어요.”

“오, 그럼 사양 않고 잘 먹겠습니다.”

다정은 마지막 남은 고기 한 점까지 말끔하게 해치우고 나서야 뿌듯한 표정을 지으며 부푼 복부를 만족스럽게 쓰다듬었다.

“아, 1인분만 더 먹고 싶…….”

앞에 계신 분이 본부장이란 사실을 깨닫자마자 다정은 아차, 하며 입을 다물고 은도의 표정을 살폈다.

가지가지 한다. 그의 일그러진 표정은 그렇게 말하고 있었다.

"질문 하나 합시다."

"두 가지 하셔도 괜찮습니다."

면접 때도 저 말을 했던 것 같은데.

"이번 주는 1팀 전체 야근이었던 걸로 아는데. 왜 혼자 하는 겁니까."

"그걸 어떻게……."

그녀가 눈을 동그랗게 뜨며 놀란 듯 말을 흐리자 은도는 순간 멈칫했다.

"어쩌다 보니 알게 됐어요."

"아, 뭐. 저도 어쩌다 보니……."

은도는 황당하다는 표정으로 다정을 응시했다. 피할 수 없겠구나. 그녀는 한동안 말하기를 망설이다가, 어렵게 말문을 텄다.

"그게, 아시려나 모르겠지만 제가 입사한 당시만 해도 팀장님께 인수인계받느라 업무량이 지금보다 더 어마어마했습니다."

"압니다. 그건."

알고 계셨다니 그것 참 다행이군요.

"아, 예. 적응하느라 정신없었을 때 1팀 직원분들이 저 대신 많이 희생해 주셨고요. 그에 대한 답례 같은 겁니다."

은도의 눈이 가늘어졌다.

"부당하단 생각은 안 듭니까?"

한번 말을 뱉으니 다음은 수월했다.

"부당할 게 뭐가 있나요. 받은 만큼 제 권한 내에서 배려해 드리는 것뿐인데요. 대부분 제 담당 업무를 분할해서 도와주느라 야근하는 거니까요. 어쨌든 제가 처리해야 할 부분이기도 하구요."

프리랜서 매니저는 자신을 고용한 기업의 중대한 프로젝트 성과를 책임져야 하는 의무가 있는 만큼, 팀 내에서 행사할 수 있는 권리 또한 막대했다. 그렇기 때문에 그 부분을 미덥지 않게 생각하는 직원도 분명 생겨날 수밖에 없었다. 적어도 그 이유 때문에 직원들에게 잘 보이려는 줄 알았다. 그런데 순수한 배려였다니. 모순이다.

"조금 더 고생해서 프로젝트 성과가 높게 나오면, 이미지도 챙기고 경력도 쌓이니까 좋고, 직원들은 고생 덜하고 인센티브 나와서 좋고. 누이 좋고 매부 좋고, 도랑 치고 가재 잡고. 뭐 그런 것 아니겠습니까? 아하핫!"

누가 봐도 상사에게 점수를 따기 위한 가식적인 대답이었다. 문득 은도가 시선을 올렸다.

"그래서 사직서 제출할 생각을 한 겁니까?"

"사직서요?"

다정은 영문을 모르겠다는 듯 은도를 빤히 바라보았다.

"본의 아니게 봤습니다. 송다정 씨 서랍."

다정은 곰곰이 기억을 더듬었다. 그러다 어느 순간 그녀의 턱이 느슨히 벌어졌다.

"아, 그건……."

은도는 어떤 말이 나올지 몰라 뚫어져라 그녀의 입술을 직시했다.

"제 거 아닌데요?"

뭐?

은도의 눈썹이 들썩였다.

"누구라고 딱 말씀드리긴 어렵지만, 잘못 짚으셨어요. 그거 제 거 아니에요."

엄청난 무언가가 뒤통수를 세게 강타한 기분이다. 그것 하나가 신경 쓰여 그동안 얼마나 속을 앓았던가. 외근을 나갈 때도, 식사를 할 때도 온통 그 생각뿐이라서 무엇 하나 제대로 집중할 수가 없었는데. 이유 모를 배신감과 분노, 허탈한 감정이 은도의 머릿속을 가득 채웠다.

"사직서는 해당 직원을 설득시켜서 철회된 상태구요. 다행이죠?"

퍽이나 다행. 그런 은도의 마음을 아는지 모르는지 다정은 이때를 놓치지 않고 검은 목적을 드러냈다.

"그러니까 본부장님. 제발 업무 좀 적당……."

다정이 말을 채 잇기도 전에 벌어진 일이었다. 은도는 앞에 놓인 술잔에 담긴 알코올을 그대로 입안에 털어 넣었다.

"헉, 본부장님!"

소스라치게 놀란 다정이 급히 말려 봤지만, 그 후로 그는 끝끝내 주문한 술들을 모두 해치웠다.

"본부장님…… 괜찮으세요?"

다정은 염려스럽게 물었다.

"다 먹었으면 그만 일어나죠."

그는 마지막 잔까지 말끔히 비워 내고는 자리에서 일어났다. 그를 따라 다정의 걱정스러운 눈동자도 함께 올라갔다.

겉으론 평소와 다를 것 없어 보였지만, 흐릿하게 풀려 버린 눈빛과 느릿느릿 감겼다 떠지는 눈꺼풀하며, 피곤한 기색을 감추지 못하고 한쪽 눈을 찡그리는 행동까지.

본부장. 취했구나.

그렇게 쫓기는 사람처럼 혼자 빨리 마시더니. 빈틈없던 그에게서 이런 모습을 보게 될 줄은 꿈에도 몰랐다. 느슨히 풀어진 모습은 보다 더 낯설었다. 하지만 다정의 입장에선 훤하게 펼쳐진 고생길 걱정이 먼저였다.

은도는 카운터를 지나, 곧이어 출입문을 열고 홀연히 사라졌다. 다정은 허겁지겁 핸드백을 어깨에 걸치고선 빠르게 카운터로 다가갔다.

"이모. 여기, 계산이요."

그녀가 서둘러 카드를 건네자, 이모님은 웃으며 됐다는 손짓을 했다. 그러고는 문 너머를 힐긋거린다.

"계산은 이미 다 끝났어. 얼른 가 봐."

"예? 언제요?"

"아까, 아가씨 정신없이 고기 먹고 있을 때 말이야."

젠장……. 삼겹살로 대충 무마시키려고 했는데. 아쉽게 됐군.

다정은 근심 어린 얼굴로 고깃집을 빠져나왔다. 그는 버스 정류장 벤치에 등을 기댄 채 앉아 있었다. 곧장 은도의 곁으로 달려간 다정은 공손히 고개를 수그렸다.

"저, 본부장님. 오늘 저녁은 정말 감사드립니다. 다음번에 기회가 된다면 제가 꼭 식사 대접하겠……."

다음 말을 잇기 위해 고개를 들었다. 하지만 차분히 눈꺼풀을 내린 채 숙면에 빠진 그의 평온한 얼굴을 직면하게 되자, 다정은 말문이 턱 막히고 말았다.

"주, 주무세요?"

"……."

이 남자. 잔다. 혼자 따르고 마시기에 불안하다 싶더라니. 진짜, 진짜로 잔다.

"헐……."

분명, 이런 전개는 없었던 것 같은데.

버스는 끊겼다. 설상가상 잡히는 택시도 없었다. 콜택시를 부를까 했지만 다정은 기사 대신 진우에게 도움을 요청했다. 택시를 부른다 해도 집까지 멀쩡하게 들어간다는 확신도 없으니까. 뒤끝 없이 확실하게 마무리 짓기 위해선 이 방법이 최선이었다.

다행히 진우는 업무 시간이 아니었음에도 한걸음에 달려와 주겠노라며 의리를 지켰다. 모시는 상사의 안위가 걱정됐던 거겠지. 어쩜. 진우 선배는 마음씨도 곱다. 나 같았으면 당장 휴대폰을 꺼 놓았을 텐데.

진우를 기다리며 인기 가요를 한창 흥얼대고 있는데, 얌전히 눈꺼풀을 내리고 있는 은도의 옆모습이 눈에 들어왔다. 이마를 타고 높은 콧대를 지나 꽉 다물린 입술까지. 굴곡진 선을 따라 만져 보고 싶다는 생각이 충동적으로 들었다. 정말 주무시는 건가. 손바닥을 그의 얼굴 앞에 가져다 대고 흔들어 봤지만, 미동조차 없다. 그제야 다정은 한결 가벼워진 마음으로 한숨을 폭 내쉬었다. 그러는 순간에도 힐긋힐긋 절로 시선이 돌아갔다.

"진짜 얼굴 하나는 국보급이시군요."

성격만 고치면 완벽할 남자다. 취해서 잠들었으니 듣지 못할 거란 근본 없는 확신 때문에 이상한 용기가 솟아났다.

얼굴 그렇게 막 쓸 거면 그냥 날 주지. 진짜 잘 활용할 자신 있는데. 직원들한테 인기도 한 몸에 받아 내며 온 세상 사람들을 휘어잡을 옴므파탈. 의자왕이 되리라. 다정은 개구쟁이처럼 큭큭 숨죽여 웃었다.

"아, 맞다. 저번엔 감사했습니다. 병원 일도 그렇고, 택시도."

"……."

"그때 콜택시, 본부장님이 잡아 주신 거였죠?"

같이 가자고 하면 불편해할까 봐. 하지만 뒷말은 아껴 두기로 했다. 얼마나 더 기다렸을까. 하얀색 승용차가 은도와 다정이 앉아 있는 버스 정류장 앞에 부드럽게 정차했다.

"엇, 선배님!"

운전석에서 내리는 진우를 발견한 다정은 헐레벌떡 엉덩이를 떼어 냈다.

"많이 기다렸지? 본부장님은, 괜찮으셔?"

"아아. 네."

제 걱정은요? 다정은 시무룩한 표정으로 상사를 부축하느라 정신이 없는 진우의 뒷모습을 응시하다가, 이내 서둘러 정신을 차리고 부산스럽게 움직였다.

"선배님, 저도 도와드릴게요."

"아니야. 본부장님은 내가 부축해 드릴게. 먼저 차에 타 있어."

진우는 단호하게 선을 그었다. 졸지에 이방인이 되어 버린 다정은 민망함을 참지 못하고 뒷덜미를 긁적였다.

둘이 되게 친한가 보네. 어쩐지, 두 남자 사이에 끼어들 틈이 없다.

❖ ❖ ❖

은도는 뒷좌석 시트에 느른히 몸을 기대어 눈을 감고 있었다.

현재 그는 의도치 않게 잠든 척을 하는 중이다. 분명 취한 것은 아니었다. 몸을 제대로 가누지 못할 정도로 인사불성이 된 것도 아니었다. 피로가 누적된 상태에서 알코올이 흡수되니 피곤함은 배가되어 돌아왔다.

잠시 뻑뻑해진 눈을 붙이고 있던 것뿐인데, 뜰 타이밍을 놓쳤다. 멀쩡히 몸을 일으키면 실컷 노래 부르며 혼잣말을 줄줄이 늘어놓던 송다정이 민망해할까 봐. 더 할 말도 없었고 딱히 하고 싶은 말도 없었다는 이유도 있었다.

그 결과, 은도는 어쩌지도 못하고 술에 절어 버린 사람이 됐다. 업무 외 시간에 직원들을 부려 먹는 못된 상사가 되어 버린 것이다.

"와, 정말요? 찬웅 선배랑 미연 선배가 결혼이요?"

"응. 다음 달에 식 올릴 거래. 조만간 너한테도 연락 갈 거야."

"진짜 대단해요! 9년 연애 후 결혼이라니. 너무 낭만적이에요."

차량 안은 친목의 장이 되어 버렸다. 물론, 은도를 제외하고.

그들이 대학 동문이라는 건 일찍부터 알고 있었지만 회사에서는 서로 데면데면하기에 명색만 있는 사이인 줄 알았다. 그런데 사적으로도 꽤 친한 모양이다. 자신 앞에선 어지간히 불편한 기색을 보였으면서, 진우에겐 살갑게 웃는 다정이 어쩐지 못마땅하게 느껴져 은도는 저도 모르게 눈살을 찌푸렸다.

"아, 선배님. 그때 일 있잖아요."

답답한 마음에 슬슬 감고 있던 눈을 뜨고 싶었지만, 그럴 수도 없었다.

난감하다. 난감해. 은도는 결국 지그시 눈을 감은 채, 가만히 둘의 대화에 귀를 기울였다.

"응? 그때 일이라니?"

"저번에, 엘리베이터 앞에서 본부장님이랑 마주쳤을 때요."
"아아, 그때."
"오해하셨을까 봐 해서요."
"알아. 네가 험담을 할 성격도 아니고, 직원들도 오해가 있는 모양이니까."
"선배가 그렇게 생각해 주신다면 다행이지만, 본부장님은."
"그럴 분 아니셔. 직원들의 쓴소리도 달게 받으실 거야."
"그으래요?"
뭔데, 저 못미덥다는 말투는. 은도는 아무도 모르게 미간을 좁혔다.
"그나저나 너야말로 어떻게 된 거야? 나 전화받고 되게 당황했다."
"……말 못 할 여러 사정이 있어서요."
그런 식으로 말하면 오히려 오해만 더 커진다는 사실을, 저 여자는 전혀 모르는 듯하다.
"좋으신 분이야."
"네?"
"본부장님."
"아……."
평소엔 자신보다 더 말이 없던 진우였다. 은도는 어쩐지 기분이 이상했다. 그의 말처럼 딱히 좋은 사람이었던 적도 없었는데 말이다. 그러는 사이, 차량은 도착지에 멈춰 섰다.
"여기서 내려 주면 돼?"
"네!"
"어두운데, 조심히 들어가고."
"에이, 괜찮아요. 집이 코앞인데요, 뭘."
"그래."
"그럼, 휴무 잘 보내세요!"
탁. 조수석 문이 닫혔다. 은도의 눈이 가늘게 떠졌다.
"비록 주무시고 계시지만, 본부장님도 조심히 들어가십쇼!"

다정은 씩씩하게 거수경례를 했다. 그 모습에 은도의 잇새로 픽, 하고 바람 빠진 웃음소리가 샜다. 차량이 다시 움직이기 시작했다. 그제야 반쯤 감겨 있던 은도의 눈꺼풀이 완벽하게 떠밀려 올라갔다.

"귀여운 친구죠."

진우는 은도가 진작부터 깨어 있었다는 사실을 알고 있던 사람처럼 말했다.

"미안합니다. 늦은 시간에."

은도는 백미러로 진우의 눈을 마주하며 정중하게 사과했다.

04

쾅! 고막이 찢기는 굉음과 함께 여자의 품에 안겼다.

뼈가 꺾이는 통증을 참아 내며 겨우 고개를 들었을 땐, 여자는 피를 토해 내고 있었다. 눈물을 머금고 있는 충혈된 그녀의 눈을 마주하고, 무어라 중얼거리는 소리를 들으며 잠에서 깨어났다.

식은땀으로 흠뻑 젖어 버린 머리칼을 신경질적으로 쓸어 올렸다. 후유증은 생각한 것보다 정도가 심각했다. 은도는 움직일 기력조차 없어 한동안 멍하니 천장만 바라보았다. 꿈에선 들리지 않았지만, 어떤 말을 했는지 알고 있다. 잊을 수나 있을까. 같은 장소, 같은 시간, 같은 장면.

'은도야. 아줌마가 해 준 게 없어서 미안해. 너무 미안해. 꼭 행복해야 해. 꼭.'

울부짖는 어린 저를 꽉 껴안은 채 죽어 가던, 새어머니의 모습을. 마지막까지 엄마의 자리를 빼앗았단 죄책감에 단 한 번도 '엄마'라는 호칭을 자처하지 못했던, 참 미련스럽게도 착했던 사람.

잊을 만하면 부모님의 사고 현장을 마주해야 했다. 평소엔 괜찮다가도 잠드는 순간만 되면 곤욕스러웠다. 행복하라고 했으면서 왜 매번 그런 모습으로 찾아오시는 건지. 그들이 평안하게 웃는 모습으로 나타난 적은 단

한 번도 없었다. 심연 같았다. 이보다 더한 지옥이 있을까.

외상 후 스트레스 장애(PTSD). 불면증에 맞서지 못할 정도로 체력이 바닥이 되어 버틸 수 없을 때, 비로소 지쳐 잠들었다. 꿈 없는 어둠 속에서 깨어났다 한들 개운하지 않았다. 그저 언젠가는 괜찮아지겠지 스스로를 타이르며 어제의 밤을 견뎌 내고, 오늘의 아침을 맞이할 뿐. 그뿐이었다.

은도는 침대에서 벗어나자마자 창문을 활짝 열어 지저분한 기분을 떨쳐 냈다.

답답한 집을 벗어나 봄기운이 물씬 풍기는 가로수길 거리를 걷던 은도의 발이 작은 카페 앞에서 멈췄다.

"어서 오세요."

문을 열고 들어서자, 직원의 인사와 함께 은은한 커피 향이 코를 자극했다. 은도가 쉬는 날마다 주로 찾는 곳이었다. 사람이 없는 편이라 시끄럽거나 복잡하지 않았고, 2층엔 폴딩 도어가 활짝 열려 있어서 시원한 바람을 마음껏 만끽할 수 있었다.

"항상 드시던 카모마일 차, 차갑게. 맞으시죠?"

직원은 은도를 한눈에 알아보았다. 단골인 것도 있지만, 흔치 않은 미남형 외모가 크게 한몫했다. 하지만 그 사실을 알 리 없는 은도는 가볍게 고개만 끄덕였다.

짧은 기다림 끝에 나온 음료를 들고 2층으로 올라온 은도는 익숙하게 창가 쪽으로 걸음을 옮겼다. 늘 앉던 자리가 좋았다.

그러나 목적지에 당도한 그는 선뜻 자리에 앉지 못했다.

"또……."

이 여자다. 송다정.

어제까지 지겹도록 마주한 얼굴을 뜻하지 못한 장소에서 보게 되니 감회가 새롭다거나, 반갑다거나. 그런 것은 절대 아니었다.

오늘은 설마, 했던 것이 역시나, 가 되었다는 것에 한숨만 나올 뿐.

우연인 건지 악연인 건지는 모르겠지만, 그녀는 자신처럼 이 카페를 자주 찾았다. 지금 시간이 오후 3시니까, 아마도 한 시간 전인 오후 2시쯤에. 그녀가 〈지성가구〉에 입사하기 훨씬 전부터. 다정은 꿈에서도 모를 일이겠지만, 은도의 입장에선 모를 수가 없었다. 그녀는 늘 지금처럼 저 자리에 앉아 있곤 했다.

오래 앉아 있기가 눈치 보였는지 이것저것 참 많이도 시켰다. 테이블 위엔 손댄 흔적이 없는 커피 두 잔과 조각 케이크 두 개. 그리고 낡은 노트북과 각종 서류들이 너저분하게 펼쳐져 있었다. 친구와 수다를 떨고 있거나, 밀린 업무를 처리하고 있거나. 보통 둘 중 하나인데 오늘은 후자인 모양이다.

하나 다른 점은 벽에 머리를 기댄 채 단잠에 빠진 상태라는 것 정도였다. 다른 자리를 찾기 위해 은도는 천천히 주변을 두리번거렸다. 하지만 이상하게 카페는 오늘따라 만석이다.

여기까지 와서 그냥 돌아가기엔 왠지 허무했다. 매출 도표를 확인하고 해외 바이어 측에 메일만 보내면 끝이었다. 길어 봤자 30분. 그녀가 깨어나기 전에 해결하고 돌아가면 아무도 모를 일이었다.

"괜찮겠지."

병원비도 대신 내 주고 저녁도 사 줬는데. 은도는 잠시 망설이다가 그녀의 맞은편에 의자를 꺼내어 앉았다. 그녀가 잠에서 깨지 않도록, 최대한 소리가 나지 않게. 조심히.

얼마나 깊은 잠에 취한 건지, 다정은 은도가 노트북을 두드리거나 서류 뒤적거리는 소리조차 듣지 못했다. 분기별 매출 도표를 확인하느라, 한동안 노트북 모니터에 고정되어 있던 은도의 시선이 문득 다정에게로 옮겨졌다.

그녀의 앞에 놓인 스케줄러 수첩 속 동글동글한 글씨체가 은도의 눈을 붙들었다.

「☆☆☆☆☆본부장님한테 빌린 돈 꼭 갚기.」

이게 뭐가 중요한 거라고 별을 다섯 개씩이나 붙였을까.

수첩에서 눈을 뗀 은도의 시선이 천천히 정면으로 올라왔다. 맞은편에선 여전히 새근거리는 호흡이 일정하게 흘러나왔다.

“신기하네.”

길다면 길고 짧다면 짧은 10개월 동안 그녀를 곁에서 지켜본 결과, 송다정은 꽤 재미있는 여자였다.

감당하기 힘든 업무량에 치여 곧 죽을 사람처럼 골골대며 잠에 흠뻑 취해 있다가, 불만에 가득 찬 표정으로 입술을 삐죽거리기도 하고, 어떤 때는 못 볼 것을 본 사람처럼 화들짝 놀라며 눈을 피하기도 했다. 그리고 또 어떤 때는 신이 난 어린아이처럼 활짝 웃으며 직원들과 떠들기 바쁘다.

자신과는 다르게 매 순간이. 말은 안 해도 드러나는 표정만큼은 솔직했다.

그래서 신기했다.

‘진짜 얼굴 하나는 국보급이시군요.’

얼굴을 보고 있자니 자연스럽게 어제의 몹쓸 말도 함께 떠올라 헛웃음이 터졌다. 다시 생각해 봐도 건방져.

그녀는 회사에서 보여 준 모습과 다르게 밖에선 의외로 조심성이 없었다.

「〈지성가구〉 계약 기간 끝난 후 계획」

이번엔 다른 내용에서 시선이 멈췄다.

「첫 해외여행. 일본? 중국? 하와이? 유학? 워홀?」

워홀이라면, working holiday. 재계약할 생각은 조금도 없어 보였다. 이 이유 때문에 면접 때 그런 말을 했던 건가. 꿈이 많구나. 넌. 부럽고,

기특하면서도 한편으론 서운한. 이상한, 마음이었다.

은도는 수첩에서 눈을 떼고 턱을 올렸다. 활짝 열린 창문 틈 사이로 선선한 바람이 훅, 밀려 들어왔다. 바람을 타고 들썩이던 기다란 머리카락이 그녀의 뺨에 닿았다. 간지러웠는지 다정은 미간을 찌푸리며 불편한 기색을 보였다. 떼어 줄까. 은도의 손가락이 무의식적으로 꿈틀거렸다.

"우음……."

작은 잠꼬대에 은도는 죄지은 사람처럼 멈칫, 움직임을 멈췄다. 삐걱거리는 시소처럼 꾸벅, 꾸벅 그녀의 얼굴이 위태롭게 흔들렸다. 테이블 위로 그녀의 얼굴이 내리꽂히려는 찰나. 은도가 순발력 있게 팔을 뻗었다.

"아……."

의도치 않게 커다란 손바닥 위로 다정의 얼굴이 폭, 쏟아져 내렸다. 그런 줄도 모르고, 그녀는 은도의 손바닥을 베개 삼아 편안한 숙면을 취했다. 그렇게 한참 동안, 은도는 제 손을 내어 주었다.

팔이 아픈 줄도 모르고, 창문 사이로 벚꽃들이 활짝 만개한 줄도 모르고. 다정은 죽었다 깨어나도 모를 일이겠지만. 선선한 바람에 취해, 은도는 그녀의 평온한 얼굴을 바라보았다. 꽤나 오래도록, 지그시.

"야, 송다정!"

하이 톤 목소리에 다정은 인상을 찌푸렸다.

"얼른 일어나! 얘가 미쳤나 봐. 여기가 어디라고 잠을 자."

지윤은 안 되겠다 싶었는지, 다정의 어깨를 격하게 흔들었다. 그제야 다정의 눈이 힘겹게 떠밀려 올라갔다.

"으음……."

"얼씨구. 잠꼬대까지?"

"아, 언제 왔어?"

"방금 왔다, 계집애야. 허, 이건 또 뭐야. 뭘 이렇게 많이 시켰대?"

"카페에 오래 있으면 눈치 보이잖아. 자리 값은 내야지."

지윤은 기가 막혀 죽겠단 듯 헛웃음을 터트리며 맞은편 의자에 털썩 엉덩이를 붙였다.

"대체 뭔 놈의 회사가 애를 토요일에도 쉴 새 없이 구워삶냐."

하음, 다정은 쩌억 하품을 하며 뭉친 피로를 몰아냈다.

"그러게 말이다. 나 어제 한숨도 못 잤어."

이게 다 영업팀 때문이다. 그렇게 어제까지 보내 달라 애원했건만, 결국 토요일 오후가 되어서야 자료를 전달받았다. 원망할 시간도 없었다. 다정은 다시 노트북 모니터에 눈을 고정했다. 지윤은 지겹다는 표정으로 채근했다.

"일 끝나려면 아직 멀었어?"

"거의 끝났……."

다정은 말을 다 잇지 못했다. 너저분하게 흩어져 있던 서류들이 각 부서, 거래처별로 깔끔하게 정리되어 있다. 우렁각시가 다녀간 것도 아니고. 지윤이가 정리해 뒀나? 그 순간 바람을 타고 서류 한 장이 살랑살랑 바닥으로 떨어졌다. 다정은 서류를 주워 들며 허리를 세웠다.

"혹시 너 오기 전에 누구 있었어?"

"아니. 아무도 없었는데?"

"그래?"

아무래도 바람에 휩쓸려 떨어진 것을 누군가가 대신 올려 줬나 보다.

"그나저나 어젠 어떻게 됐어?"

지윤은 대수롭지 않게 화제를 돌렸다. 현재 그녀의 관심사는 오로지 젊고 잘생긴 본부장님과의 저녁 식사에 있었다.

"뭘 어떻게 되긴 어떻게 돼."

다정은 시큰둥하게 말하며 서류를 넘겼다.

"그러지 말고 말해 줘라. 응? 저녁 메뉴는 뭐였는데?"

"우리 자주 가던 삼겹살집. 여전히 두툼하고 맛있더라. 최고."

“아아, 하긴. 거기가 제일 만만하긴 해. 그래서?”
“뭐가 또 그래서야.”
“별 얘기 없었어? 예전부터 몰래 좋아했다든가.”
“그분이 내 어디를 보고. 그동안 딱히 부딪칠 일도 없었는데.”
다정이 눈살을 찌푸리자, 지윤은 그런 말 말라며 가르치듯 설명했다.
“얘가 뭘 모르네. 원래 보고 또 보다 보면 정들게 되어 있어. 미운 정이든 뭐든.”
“그럼 본부장님은 우리 회사 직원들 전부를 사랑하는 거네.”
다정은 더 볼 것도 없다는 듯이 파일철을 덮었다.

적어도 지금은 월요병이고 나발이고 앓고 즐길 여유조차 사치였다. 기획 1팀 직원들은 결재일이 다가올수록 기획안이 무사히 통과되기를 바라며 업무를 마무리 짓는 것에 혈안이 되어 있었다.
마침 집무실 문이 열렸다. 그 사이로 은도와 진우가 나란히 걸어 나왔다. 이 시간에 나가는 것으로 보아, 외부 미팅이 있는 듯했다. 3일 전 저녁 식사를 함께한 사이지만 다정과 은도는 서로를 모르는 척했다. 상대가 외면하는데 혼자 반가운 척을 하는 것도 뭔가 이상하지 않은가.
그래서 가만히 있었다. 그는 잠시나마 마주 앉아 식사를 하던 기억을 모조리 리셋시켜 버린 사람 같았다. 회사 내에선 당연한 거겠지만, 왠지 모르게 서운한 기분이 드는 건 착각일까.
“다녀오십시오, 본부장님.”
가장 가까운 곳에 있던 1팀 직원들은 일을 뒤로하고 정중히 허리를 굽혔다. 다정도 그들을 따라 살짝 고개를 숙였다. 하지만 은도는 대꾸 한 번 없이 직원들을 슬쩍 흘기며 스쳐 지나갔다.
“워후, 살 떨려. 걸어 다니는 에어컨이 따로 없네. 냉방병 걸릴 뻔.”

박 대리는 부르르 몸을 떨었다. 그 정도는 아닌데……. 아이고. 괜한 참견이다. 지금 누굴 걱정해. 다정은 입술을 꼬옥 감쳐물었다. 기획팀 사무실 문을 열고 영업팀 한 팀장이 등장했다.

"저…… 송 피엠. 바빠?"

눈치를 살피며 총총걸음으로 다가온 영석은 슬그머니 다정의 안위를 물으며 눈치를 살폈다.

"브뻡느드. 느그 득븐에."

다정은 모니터에 시선을 고정한 채, 이를 뭉갰다.

"허, 허허. 마, 많이 화났구나. 다정 씨. 미안해. 이번 일은 진짜 미안했어. 입이 열 개라도 할 말이 없다."

"뭐가요."

"일 계속 미루다가 다정 씨 주말까지 헌납하게 만든 거. 정말 미안해."

"맨날 말로만 미안하다 하시잖아요. 저 진짜 저번 주 내내 죽는 줄 알았습니다. 어떻게 주말까지 자택 근무를 하게 만들 수가 있어요?"

다정은 밉지 않게 추궁했다. 일주일 동안 속을 앓게 했던 점은 괘씸했지만, 문제도 해결됐고 사과도 받았으니 그걸로 됐다고 생각했다. 뒤끝은 없었지만 그래도 주말 내내 고생했는데 조금 더 생색내도 괜찮지 않을까, 그런 마음이었다. 영업팀 한 팀장은 맞댄 손바닥을 싹싹 비비며 다정의 비위를 맞췄다.

"미안해, 미안해. 뭐 먹고 싶은 거 있어? 말만 해. 내가 다 사 줄게."

"됐습니다—"

"아이, 왜 그래. 정 없어 보이게. 진짜 바빴단 말이야. 접대 스케줄도 그렇고, 회계팀에서 매출 데이터 늦게 주는 바람에 우리도 곤욕스러웠어. 죽다 살아났다고."

"흥. 안 믿어요."

"어어, 진짠데? 우리도 믿는 구석이 있어서 그런 거야."

"만만해서가 아니고요?"

"와. 큰일 날 소리 하네. 다정 씨를 못 미덥게 여겼으면 감히 그럴 생각이나 했겠어? 영업팀까지 이미 소문 쫙 퍼졌다고. 우리 송 해결사, 짱짱걸인 거."

송 해결사는 뭐고 짱짱걸은 또 뭐야. 으, 아재개그. 누가 영업팀 아니랄까 봐. 달콤한 말로 살살 달래는 능력은 단연 최고였다.

"미안해. 정말 미안해. 두 번 다신 이런 일 없도록 할게. 손가락 걸고 약속이라도 할까? 복사, 지장까지 찍을게."

사과마저 하지 않았더라면 크게 한마디 하려고 했지만, 이렇게 나오면 다른 수가 없다. 다정은 못 이기는 척, 전보단 누그러진 눈빛으로 한 팀장을 바라보았다.

"……다음부턴 진짜 그러지 마세요. 또 그러시면 저 정말 화낼 거예요."

"알겠어. 다음부턴 약속 날짜 꼭 지킬게."

"저는 아메리카노 싫어요. 라떼로 사 주세요."

"오케이!"

한 팀장은 가뿐하게 기획팀을 빠져나갔다. 시간을 확인한 다정은 서둘러 자리에서 일어났다.

"1팀 C사 프로모션 회의 시작할게요!"

그렇게, 끝날 것 같지 않던 월요일도 서서히 저물어 가고 있었다.

〈지성가구〉 쇼룸은 인천 지역이 가장 유명했고 대중적이었다. 새롭게 출시되거나 이벤트 중인 상품들을 전시하여 고객들이 가격, 제품 성능 등을 직접 비교하고 구매할 수 있도록 서비스를 제공했다.

분위기에 이끌려 구매하는 고객들도 심심찮게 늘어나고 있는 추세라 쇼룸 인테리어의 영향은 생각보다 훨씬 컸다. 은도 역시 인테리어에 상당한 안목을 가지고 있었지만, 전문가의 판단을 더 중요하게 생각했다. 때문에 〈지성가구〉 전속 디자이너들과 함께 쇼룸을 둘러보며 계절마다 색

다른 연출을 의논했다.

"월넛 색상 가구는 아무래도 따뜻한 이미지가 강하기 때문에 다가올 여름을 대비해서 안쪽으로 위치를 바꿨습니다. 조명은 주광색 4500K 조명으로 교체했고요. 화이트 계열은 출입구와 가장 가까운 곳으로 옮겨 두는 편이 훨씬 시원한 느낌을 줄 수 있을 것 같아서 본부장님이 의견 주신 대로 진행했습니다."

은도는 화이트 계열의 인테리어 가구가 배치되어 있는 공간을 꼼꼼히 살피다가 천장을 힐긋거렸다.

"이번 조명은 주백색 5000K가 좋을 것 같은데."

"네. 그렇게 하겠습니다."

은도는 디자이너의 설명에 수긍한다는 눈치였다.

"자세한 3D 도면은 USB에 저장해 뒀습니다. 돌아가셔서 확인하신 뒤에 수정할 사항이 있으면 다시 연락 주시면 될 것 같습니다."

은도는 디자이너가 내민 직사각형의 USB를 건네받으며 천천히 쇼룸을 둘러보곤 다시 한번 당부했다.

"앞으로도 잘 부탁드립니다. 인천 쇼룸뿐만 아니라 판교, 천안, 부산 지역 쇼룸도 신경 써 주시고. 점장님들은 쇼룸에 입점될 프랜차이즈 카페나 식당 선별하셔서 기획 3팀 김미래 팀장 쪽으로 전달하세요."

"네, 본부장님."

대기하고 있던 각 지역 쇼룸 점장들과 디자이너들이 허리를 숙여 은도를 배웅했다.

본사 실무진의 방문은 항상 긴장의 연속이었지만, 그중에서도 차은도 본부장이 직접 걸음 하는 날엔 외부 직원들은 평소보다 두 배로 겁에 질렸다. 살갑게 수다를 떨거나 친근한 웃음이라곤 찾아볼 수 없었다. 일적인 이야기로 시작해 일적인 이야기로 끝나다 보니 사막처럼 건조했다.

하지만 오늘의 본부장님은 평소와 달랐다. 어딘가 모르게 급해 보이기도 했고, 자잘한 지적을 제외하면 따끔한 불호령도 없었다. 은도와 그의 비서 진우가 쇼룸을 빠져나가자 나머지 직원들은 한마음 한뜻으로 숨을 돌렸다.

차량으로 돌아왔을 땐 주변은 어느덧 어둑해져 있었다. 고요한 침묵이 감돌았다. 회사에 다다르자 차량은 퇴근 시간과 맞물려 심각한 교통 체증에 부딪쳤다. 느리게 굴러가다 멈추기를 끊임없이 반복하는 탓에 답답함을 느낀 건지, 은도는 미간을 좁히며 시선을 내려 손목시계를 확인했다.

그 모습을 백미러로 힐긋거리던 진우가 입을 열었다.

"불편하시면 갓길에 잠시 멈추겠습니다."

진우는 평소엔 괜찮다가도 1년에 두어 번 오래전 사고 현장이 불현듯이 떠올라 힘들어하는 은도를 잘 알고 있었다. 은도는 손을 들어 보이며 괜찮다 했다. 애석하게도 진우가 생각하는 그 이유 때문이 아니었다.

월요일은 야근이 없었다. 하지만 1팀 회의가 늘어지고 있다는 소식을 30분 전 진우에게 전해 들었다. 지금쯤이면 끝나지 않았을까. 괜히 초조했다. 늦게나마 은도의 의중을 깨달은 진우는 슬그머니 미소를 걸치며 센스 있게 차를 세웠다.

"한 블록 떨어진 곳에 커피 전문점이 있습니다. 아무래도 걸어가시는 편이 늦지 않을 것 같습니다."

진우의 의견이 맞다. 주차까지 하면 시간이 꽤 소요됐다. 은도는 고개를 작게 주억거리며 뒷좌석 문을 열었다.

결국 회의는 퇴근 시간이 훌쩍 넘은 뒤에서야 끝이 났다. 최종적으로 정리를 하느라 가장 마지막에 회의실을 빠져나온 다정은 서둘러 사무실로 향했다. 오늘은 평소보다 일찍 집에 갈 수 있다. 흥얼흥얼 절로 콧노래가 나왔다.

기획팀 사무실에 도착했을 땐, 주변은 온통 암흑이었다. 월요일은 오후 9시 정각이 되면 자동으로 소등된다. 정부의 뜻에 따라 야근을 없애잔 취지에서 생겨난 방안이었지만, 직원들은 딱히 자동 소등을 바라지 않았다.

'일은 많은데 야근은 하지 말라고? 대체 어쩌라는 거야.'

불만이 대부분이었다. 사무실엔 백색 소음만 감돌았다. 직원들은 전부 퇴근한 모양이다.

"다들 퇴근할 땐 엄청 빠르네."

다정은 실없는 웃음을 터트리며 대수롭지 않게 자리로 걸어갔다. 하지만 자리에 가까워질수록 이상한 기운이 물씬 풍겼다.

'뭐지? 이 찝찝한…….'

어둠에 익숙해지기까진 어느 정도 시간이 필요했다. 다정은 미간을 좁히며 눈을 가늘게 떴다. 점차 보이지 않던 물체들이 흐릿해지고, 점점 형태를 갖춰 갔다.

웬 커다란 그림자가 움직였다. 그와 동시에 저벅, 거리는 발소리가 선명하게 귓가를 스쳤다. 소름이 쫙 끼치면서 심장이 덜커덕 내려앉았다.

다정은 최대한 침착하게 주머니 속에서 휴대폰을 꺼내어 들었다. 곧이어 밝은 액정 빛이 쏟아졌다. 누군가가 자신의 자리에 무언가를 올려 두고 있다. 일시 정지 된 상태로 뒷모습만 보이고 있어서 상대가 누군지는 자세히 알 수 없었다.

하지만 커다란 체격에 슈트 차림인 것을 보아 성별은 남자였다.

"이봐요! 지금 뭐 하는 거예요?"

"……."

"거기 누구냐고!"

짧은 시간이 흐르고, 남자가 천천히 몸을 돌렸다.

"어?"

다정의 눈이 커다랗게 떠졌다.

"본부장님?"

전혀 예상 못 했다. 다정은 입을 떡 벌리고 서서 망연히 은도를 바라보았다. 평소 일교차 없던 그의 얼굴에 언뜻 당혹스러움이 스쳤다. 피차 놀랐다. 서로를 바라보며, 눈만 깜빡였다.

다정은 줄기차게 마른침만 삼키다가 천천히 입술을 떼어 냈다.

"저, 본부……."

말을 멈추고 다정의 눈동자가 느리게 굴러갔다. 1팀 직원들의 자리엔 각각 커피로 추정되는 음료가 하나씩 놓여 있었다. 다시금 그녀의 눈동자가 제자리를 찾았다. 그는 뒤늦게 커피 캐리어를 슬쩍 뒤로 숨겼다. 누가 봐도 수상한 움직임이다.

"본부장님, 그거 혹시……."

저걸 전부 혼자 마실 생각은 아니었을 테고.

"설마, 본부장님이 마니또?"

속으로 생각하던 말이 튀어나오자 다정은 뜨악하며 입을 다물었다. 평소와 다를 바 없는 무표정이었지만, 분명히 봤다. 그의 눈동자가 미묘하게 흔들리고 있었음을. 내내 침묵을 지키고 있던 은도가 드디어 입을 열었다.

"회의가 길어지고 있다 들어서."

"……."

"수고했다는 의미로."

안 물어봤는데요. 다정의 의심스러운 표정은 도통 지워질 줄 몰랐다.

"뭐 잘못됐습니까?"

"아, 아뇨. 전혀요."

방귀 뀐 놈이 성낸다고. 사실, 그의 말대로 잘못된 것은 없었다. 상사가 부하 직원에게 소처럼 일하느라 수고했다며 커피 한 잔씩 돌리는 것쯤이야 회사에서 간간히 있는 일이었으니까. 하지만 그 상사가 차은도라면 문제가 됐다. 다정의 머릿속은 혼란의 정도를 넘어서고 있었다.

직원들의 기피 대상이었던 그가 뒤에서 몰래, 그것도 무려 두 달째 이런 깜찍한 이벤트를 준비했다는 사실이 놀라우면서도 귀엽기도 하고. 직원들이 퇴근한 줄도 모르고 있을 테니, 안타깝기도 하고. 잘 보이려 애쓰던 입사 초반의 제 모습을 보고 있는 것만 같아 동정심도 들었다.

또 한편으론 마니또의 정체가 자신을 짝사랑하고 있는 여직원일 것이라고 확신하던 박지호 대리가 내심 가엽기도 했다. 슬슬 가출했던 정신이 되돌아오기 시작하자, 다정은 자꾸만 웃음이 터지려고 했다. 뱉으면 안 된다. 절대 안 된다. 차라리 혀를 깨물고 죽는 편이 낫다.

다정은 혀 대신 여린 입술을 씹으며 눈을 감았다 떴다. 그래도 무리였다. 자꾸만 입술이 부르르 떨려 왔다.

"이봐요, 송다정 씨."

딱딱하게 굳은 표정을 마주하자마자 다정은 즉시 자세를 고쳐 세웠다.

"네, 본부장님."

그가 묵직하게 한숨을 흘리며 말문을 열었다.

"이번 일은……."

"……."

"못 본 걸로 합시다."

다정은 다시 한번 눈을 질끈 감았다 떴다. 어색한 분위기라도 풀어 볼 겸, 조심스럽게 운을 뗐다.

"……저한테라도 말씀하시지 그러셨어요."

어쩌지도 못했을 그의 마음을 생각하니 어쩐지 측은하면서도 애잔해졌다.

"그랬다면 뒤에서라도 조금이나마 도와드릴 수 있었을 텐데요. 저는 매번 야근할 때마다 커피를 놓고 가시는 분이 본부장님일 거라고는 상상도……."

분위기라도 풀어 볼 심산으로 다정은 실없이 웃어 보였지만, 서늘하게 식어 버린 은도의 눈빛을 마주하자마자 즉시 웃음기를 지워 냈다.

"그래도 저는 본부장님 마음 충분히 이해합니다."

이해? 무슨 수작이야.

"겉모습 때문에 오해부터 받고, 그런 사람 아니라며 해명하자니 처지가 우습게 되고. 그도 그럴 게, 직원들과 친해지고 싶어도 본부장님 위치에서 먼저 다가가기가 쉽지 않으니까……."

묘하게 돌려 까는 것 같은데. 은도가 눈썹을 꿈틀거렸다.

"사람들과 아무렇지 않게 어울리는 거, 사실 말이 쉽지 어려운 일이니까요. 음, 그러니까……. 어색한 상대와 마주 보고 있기만 해도 숨이 턱턱 막힌다거나…… 또오…… 한시라도 빨리 벗어나고 싶다는 생각만 든다거나."

다정은 자신이 무슨 말을 하고 있는지 몰랐다. 의식의 흐름대로 주절주절 떠들고 있었다.

"그래서. 하고 싶은 말이 뭡니까."

"본부장님이 절대 이상한 게 아니란 뜻이에요. 그저 다를 뿐이죠."

"……."

"저어, 실례가 되지 않는다면, 한 말씀 드려도 될까요?"

"말해요."

"도움이 될지는 잘 모르겠지만, 직원들은 커피보단 본부장님께서 반갑게 인사를 받아 주시는 모습을 더 좋아할 것 같은데……. 죄송합니다. 헛소리였습니다."

은도가 묵직한 한숨을 내쉬었다.

"지금 뭔가 오해를 한 것 같은데."

"……네?"

"송다정 씨가 생각하는 그거, 아닙니다."

"제가 생각하는 거요?"

"마니또인지 뭔지."

"아하. 그러시군요."

그래서 매번 직원들의 취향을 귀신같이 알아차리신 거군요.

"혹시라도 걱정 마세요. 저는 오늘 일 못 봤고, 못 들었습니다."

은도는 마지막으로 남아 있던 커피를 마저 다정의 책상에 올려 두었다.

"일단 마셔요."

"……."

"송다정 씨 생각해서 사 온 거니까."

"저, 저요?"

다정은 손가락으로 제 가슴팍을 콕 가리키며 되물었다. 저를 포함한 직원들을 생각해서가 아니고요? 묻고 싶었지만 다정은 참을성 있게 입을 다물었다. 은도는 뒤돌아 가려다 말고 아, 하며 멈칫 발을 세웠다.

"아까 그거. 송다정 씨도 해당되는 부분입니까?"

"어떤 부분을 말씀하시는 건지……."

"커피보다 인사받아 주는 모습을 더 좋아할 것 같다면서."

"네? 아, 예. 뭐. 그렇, 겠죠?"

들은 척도 하지 않고 멀어져 가는 그의 뒷모습을 향해 다정은 다시 한 번 진심을 담아 응원했다.

"본부장님, 커피 잘 마시겠습니다. 힘내세요!"

쾅! 쾅! 마지막까지 은도의 가슴에 커다란 못이 연속적으로 박혔다.

물을 틀어 놓은 채 은도는 두 손으로 세면대를 짚고 고개를 숙였다.

'일 잘하는 놈, 능력 있는 놈들은 천지에 깔리고 넘쳤어. 너 한 명 없어져도 회사는 잘만 돌아가. 하루아침에 망할 일도 없을 테고.'

윤 회장이 늘 버릇처럼 하던 말이었다.

'직원이라 해 봤자 고작 10명 내외였던 이 작은 회사가 여기까지 올라올 수 있었던 건, 전부 직원들의 노고 덕분이다.'

그랬기 때문에 직원들의 복지를 최우선으로 생각한다고 했다.

'헌데, 지금 네놈 하는 꼬락서니 좀 봐라. 누가 보면 네놈이 회장인 줄 알겠어. 언제까지 과거에만 얽혀 있을 생각이냐.'

터무니없는 소리였다. 벌써 서른넷이다. 기일이 다가오면, 순간순간 먹먹해질 뿐이지, 어린 시절 부모를 잃은 아픔 따위야 진작 털어 냈다. 능력을 뽐내거나 우월감에 젖어 있는 것과는 태생부터 거리가 멀었다.

하지만 윤 회장의 타박을 반박할 수 없었다. 윤 회장이 은퇴를 선언하게 될 시기는 미정이지만, 언제 발표하게 되더라도 이상하지 않다. 젊어서부터 일만 하는 것에 지쳤다며, 슬슬 외곽으로 내려가 쉬고 싶단 말을 입에 달고 살았으니까. 아마, 투표 결과에 따라 전문 경영인에게 위탁을 맡기게 될지도 모를 일이다. 그건, 투명성을 강조하던 윤문혁 회장의 마지막 남은 자존심이자, 은도를 위한 배려였다.

'맞지 않는 옷을 억지로 입고 있는 것이라면 당장 벗어도 좋다. 나는 네 꿈이 우선이지, 아무리 내가 널 억지로 회사에 끌고 왔다지만 어디까지나 그뿐이야.'

윤 회장은 혹시라도 하고 싶은 일이 생기면 언제든 품을 벗어나도 괜찮다 했다. 그때를 대비해 관계를 밝히지 않았던 것이니 부담 가질 필요 없단 말로 안심시키려 했다. 하지만 진심이 아닐 것이다. 그가 이 회사에 얼마나 많은 애정을 쏟았는지 알고 있었기에 확신할 수 있었다.

언젠가, 편법 없이 당당히 대표직에 앉게 되는 저의 모습을 은연중 바라던 것 역시.

그의 바람을 꺾고 꿈을 위해 살겠단 이기적인 생각은 처음부터 버렸다. 대가 없는 친절은 없듯, 한평생 살아도 갖지 못할 것들을 얻을 수 있었음에 감사하며 순응하고 현재의 위치에서 최선을 다하는 것이 보답이라 생각했다.

일과 관련된 대화를 나누고, 사무적으로 대하는 것은 전혀 문제가 되지 않았지만, 더 깊은 부분들을 공유하며 의미 없는 웃음을 보이는 것이 어려운 건 사실이다.

하지만 이번 일은 전혀 다른 문제였다. 장담컨대, 상무이사 진급을 빌미 삼아 직원들에게 좋은 이미지를 얻고자 수작을 부렸던 것은 아니었다. 그것도 무려, 고작 몇 푼 하는 커피 따위로.

그들이 자신을 어떻게 생각하고 있든지 간에, 믿고 따라와 준 데 대한 고마움. 그저 사람 된 도리를 지키고 싶었을 뿐이다. 처음은 송다정. 단지, 그녀를 위해 시작한 일이었다.

기획안에 서툰 부분이 보일 때마다 직설적으로 면박을 일삼았던 날이면 어떻게든 인정받기 위해 철야를 감행하며 이를 악물고 버티던 악바리에, 결재를 받기 직전 문 앞에 서서 두 주먹을 불끈 쥐며 심호흡을 하던 모습에.

'내가 이쪽 방향으론 두 번 다시 오줌도 안 싼다!'

버릇처럼 회사 옥상으로 올라와 소리치던 그녀에게, 내심 고맙기도 하고, 미안하기도 해서. 아마 죽었다 깨어나도 모르겠지만.

매번 야근하는 직원들 자리에 몰래 커피를 놓고 갔던 것은, 평판을 위해 시작한 일이 아니라 그저, 내가 처음으로 선택한 네가 밤새 일하는 모습이 안쓰러워 다른 의도 없이 순수한 마음으로 선물한 작은 응원이었다.

혹시라도 들켰을 때를 대비해, 다정의 입장이 난처해질까 봐 다른 직원들의 것까지 준비했던 나름대로의 치밀한 계획이었다. 반응은 생각했던 것보다 뜨거웠다. 커피 한 잔에 아이처럼 기뻐하는 직원들의 모습을 보며 내심 뿌듯하기도 했다.

영원히 몰랐으면 하면서도, 내심 알아주길 바라던 마음도 있었다. 그래서 한편으론 다른 사람이 아닌 너에게 들켜 다행이라고, 잠시 생각도 했다.

'미치겠네.'

정확한 답을 내릴 수 없는 이중적인 감정에 휘둘려선 이 새벽까지 뭐하고 있나 싶다.

은도는 거울에 비친 제 모습을 가만히 바라보다 헛웃음을 터트렸다.

사무실은 아침부터 소란스러웠다. 직원들은 업무를 준비하기 직전에 주어진 휴식 시간을 알뜰히 사용했다. 어제 본 영화에 대해 떠들기도 했고, 아직 이른 휴가 계획 정보를 공유하기도 하며 쉴 새 없이 수다를 떨었다. 그 누구도 지금의 평화가 혼돈의 카오스로 빠져들게 될 것이라고는 상상조차 하지 못했다.

째깍. 초침이 한 번 움직였다. 오전 9시 정각. 거짓말처럼 기획팀 사무실 문이 활짝 열렸다. 직원들은 즉시 하던 일을 멈추고 뒤를 돌았다.

"오셨습니까. 본부장님."

항상 그래 왔듯 박 대리가 선두로 허리를 굽히자, 하나둘씩 따라서 묵례했다. 잠시 동안 차가운 침묵이 흘렀다. 지금쯤이면 들어가셨겠지.

하지만 그 예상은 보란 듯이 어긋나 버렸다. 집무실로 향하던 그의 발이 어느 지점에서 우두커니 멈추었다. 고개를 숙이고 있던 다정은 싸한 기운을 느끼고 삐그덕 얼굴을 들었다.

'이런.'

그와 눈을 마주치고 말았다. 다정은 급히 시선을 피하며 마른침을 꿀떡 삼켰다. 그의 부탁대로 아무것도 발설하지 않았건만 이상하게 가슴이 쿵쿵 뛰었다. 여기저기 떠벌리고 다녔을까 봐 걱정이 되셨던 걸까.

종잡을 수 없는 은도의 무표정한 얼굴을 마주하게 되자 다정은 혼란스러웠다. 타는 속도 모르고 은도는 천천히 직원들을 둘러보았다.

평소 같았다면 뒤도 돌아보지 않고 집무실로 직행해야 정상인데, 느닷없이 뚫어져라 눈을 맞춰 오는 본부장님의 의미 모를 행동에 기획 1팀 직원들을 포함한 기획팀 전 직원들의 호기심 어린 이목이 쏠렸다.

숨 막히는 정적이 흐르고, 집무실 문이 닫힌 지 정확히 5초가 흘렀다. 단체로 얼어 있던 직원들은 누가 먼저랄 것도 없이 참아 온 숨을 훅 내쉬었다.

"바, 방금. 뭐였죠?"

박지호 대리는 좀처럼 믿기 힘들다는 표정으로 되물었다.

"우리, 이번 기획안 누락된 거 있어요? 아, 아닌가? 너무 잘해서 그런가? 뭐지, 진짜?"

이정연 주임은 경악하기까지 했다.

"후자는 아닌 것 같은데요. 표정 굳어 있는 거 보셨잖아요. 진짜 까딱하면 모가지 날려 버리겠단 기세던데."

어제의 일로 사정을 알고 나니 그가 홀로 고군분투하는 것처럼 느껴졌다. 하지만 그 속사정을 모르고 있을 사원들의 오해는 점점 더 깊어져만 갔다.

"숨 막혀서 어디 일이나 제대로 할 수 있겠어? 진짜, 너무하신다고. 본인이 얼마나 극한적인 파급력을 갖고 있는지 본부장님도 아셔야 해."

지금이라도 그런 게 아니라고 두둔해 볼까? 사실은 좋은 분이라고. 병원비도 대신 내 주시고, 택시도 잡아 주시고, 고기도 사 주셨다고. 어제의 사건까지 솔직하게 털어놓을까? 하지만 그랬다간 관계부터 의심할 게 뻔했다.

상대와 어떤 말도 맞추지 않은 상황에서 뭣 모르고 나섰다가 오히려 본부장님 입장이 난감해질 수도 있고. 그렇게 철저히 숨기려고 하시는 걸 보면, 들키고 싶지 않았던 것 같은데. 왜 갑자기 노선을 변경하신 거지.

다정은 이러지도 저러지도 못하고 끙끙거렸다.

무슨 심경의 변화였나.

핑계로 들릴지도 모르겠지만 지금껏 떠밀리듯 맡게 된 업무만 산더미였다. 일에 몰두하느라 주변을 둘러볼 시간 자체가 부족했다. 직원들이 자신을 어떻게 생각하고, 제 평판이 어떠한지 신경 쓸 여유가 없었다는 뜻이다.

개인주의 성향이 강했기 때문인지 솔직히 귀찮았다.

타인의 시선을 의식하며 사서 스트레스받고 싶은 마음은 추호도 없었다. 시간 낭비라 생각했다. 하지만 어제 송다정의 조언으로 하여금 회장님이 그렇게나 염려할 정도였던가, 궁금하기도 했다.

그래서 직원들의 얼굴을 천천히 살펴보았더니, 생각보다 현실은 처참했다. 인정할 수밖에 없었다. 나, 생각보다 훨씬 더 개차반이었구나. 이따위 문제로 고민하게 될 줄은 정말이지 꿈에도 몰랐다. 모르는 것이 약이라고, 왜 안 하던 짓을 해선. 은도는 길게 한숨을 쉬었다.

때마침 노크 소리가 울렸다. 아득히 멀어진 정신이 되돌아왔다.

"들어오세요."

말이 떨어지기 무섭게 벌컥, 문이 열렸다. 송다정이었다.

"저, 본부장님. 기획안 결재받으러 왔습니다."

그녀가 슬금슬금 눈치를 살폈다. 마음을 이해한다며 오지랖 부릴 땐 언제고 평소의 소심한 송다정으로 돌아온 것이다.

은도가 가지고 오라며 눈짓하자 총총걸음으로 다가온 다정이 파일철을 내밀었다. 은도는 파일철을 펼쳤다. 약점 하나 잡혔다고 봐줄 생각은 전혀 없다. 작은 글자, 소수점까지 빼놓지 않고 눈에 담았다.

"저번에 지적해 주셨던 협력업체에 대한 자료 조사 부분은 조금 더 신경 써서 추가했습니다."

은도는 숨도 쉬지 않고 이어지는 다정의 부가 설명을 묵묵히 경청하며 서류를 다음 장으로 넘겼다.

"다음 페이지를 보시면 아시겠지만, 판매 대행사 기업 측에 보낼 제품 설명과 방통위(방송통신위원회) 심의에 걸릴 것 같은 멘트도 전부 수정해 달라고 전달해 뒀습니다. 본부장님 결재 승인만 떨어지면 바로 미팅 일정 잡겠습니다."

사그락, 뒤로 넘어가는 종이 소리가 차갑기만 하다. 기획안을 중반까지 살피던 은도가 별안간 파일철을 덮고 시선을 올렸다. 인정하고 싶진 않지만.

"좋네요. 수고했어요."

무려 여섯 번을 거쳐 온 기획안은 흠잡을 곳 없이 완벽했다.

"와이넷, CM쇼핑 두 업체 다 미팅 일정 잡아요."

처음으로 다정의 의견에 손을 들어 준 것이다. 뒤늦게 그 뜻을 이해한 그녀는 경직된 표정을 풀고 활짝 웃었다. 이제 그만 나가 보란 말을 해야 하는데, 도무지 입이 떨어지지 않았다.

다정 역시 할 말이 있는 건지 머뭇거리기만 할 뿐, 뒤돌 생각이 없어 보였다.

"저, 본부장님."

"송다정 씨."

동시에 서로를 호명했다.

"본부장님 먼저 말씀하세요."

"송다정 씨 먼저 말해요."

"아, 그게……."

그녀는 연신 머뭇거리며 눈치를 살폈다. 공백이 길어지자, 은도가 미간을 좁혔다. 어쩐지 불편했다. 그녀를 마주 보고 있는 일분일초가.

"조금 주제넘는 말일지도 모르겠지만, 오늘 출근하셨을 때 직원들 눈 마주쳐 주신 것은 정말 좋았습니다."

뭐?

"대신, 조금만 웃어 주시면 더욱 나이스하실 것 같습니다!"

다정은 양 엄지를 번쩍 추켜올리며 활짝 웃었다. 은도의 눈가가 확 구겨졌다. 하지만 이내 표정이 미묘하게 변했다.

"그, 그럼 저는 이만……."

다정은 서둘러 뒤를 돌았다.

"잠깐."

낮은 음성이 다정의 발목을 잡았다.

"그때, 송다정 씨가 갚겠다던 빚 말인데."

"……아, 예."

"그거. 지금 갚죠."

"지금요? 저 지금은 현금이 없는데."

"돈 말고."

설마. 몸으로 때우란 소린가. 흔들림 없이 단호한 눈빛에 다정은 엑스자로 만든 팔을 가슴팍에 가져다 대며 눈동자를 불안하게 흔들었다.

'자세한 대화는 퇴근 후에 합시다.'

차마 본부장님을 기다리게 할 수 없었던 다정은 약속한 시간보다 30분

일찍 카페에 도착했다. 물론, 기획안이 통과되어 일주일 동안은 시간적 여유가 있었기에 가능한 일이었다.

억대 사채를 빌리게 된 채무자가 채권자를 기다리는 심정이었다. 어떻게 갚으라는 명확한 제시가 없어 불안했다. 강박증에 시달리는 사람처럼 다정은 다리를 덜덜 떨었다.

혹시 몰라 준비해 둔 오만 원짜리 두 장을 한 손에 꾹 쥔 채로. 5분이 흐르고 10분이 지났다. 다정이 손목시계를 힐긋거렸을 땐, 약속한 8시, 정각이다.

“지금이라도 도망칠까.”

후우으. 호흡을 가다듬고 있는데, 마침 카페 문이 열렸다. 보지 않아도 누군지 알 수 있다. 출근 시간 단 1분도 어긴 적 없던 그였으니까. 다정은 자리에서 일어나 뒤를 돌았다. 그녀의 예상대로 문을 열고 들어온 사람은 차은도가 맞았다. 다정을 발견한 은도는 넓은 보폭으로 다가왔다.

“오셨습니까, 본부장님.”

“앉아요.”

그는 사무적으로 답하며 맞은편에 앉았다. 다정 역시 냉큼 의자에 엉덩이를 붙였다. 은도는 다정을 빤히 응시했다. 그녀의 작은 손에 쥐어진 지폐에 시선이 머물렀다. 그의 잇새로 헛웃음이 툭 튀어나왔다. 유치하게 빚 갚으란 말로 몰아붙일 생각은 없었다. 헷갈린다면, 일단 질러 보자는 식이었는데. 어쩌다 보니 상황이 이렇게 됐다.

이거 정말 괜찮은 건가. 수많은 잡념이 은도의 머릿속을 가득 채워 갔다. 이미 면접 때 한번 대차게 차여 본 경험이 있기 때문에 더 망설여진다. 아니, 어쩌면. 그래서 가능할지도.

가장 가깝고, 편한 사람. 목적과 고민을 동시에 해결해 줄 수 있는 사람. 모든 것이 송다정을 가리키고 있었다. 목적. 고민. 가장, 가까운 사람. 긴 고민을 끝낸 은도는 굳게 마음을 다잡으며 천천히 입술을 열었다.

“송다정 씨.”

"앗, 네. 본부장님."

갑작스러운 부름에 화들짝 놀란 다정은 들고 있던 음료를 부랴부랴 테이블에 올려 두고 허리를 꼿꼿하게 세웠다. ……왜 저러시는 거지. 그의 혼란스러운 속마음을 알 리 없던 다정은 나름대로 죽을 맛이다. 살벌한 눈빛으로 노려보다가. 헛웃음을 뱉었다가. 다시 흘겨보다가. 이젠 또 한숨까지.

나, 뭐 잘못했나. 긴장한 다정은 입술의 안쪽 여린 살을 잘근 씹었다. 가시방석이 따로 없었다. 한시라도 빨리 도망치고 싶다.

"안 잡아먹을 테니까 표정 풀어요."

"하하. 네."

"받을 생각 없으니까 손에 쥐고 있는 그것 좀 치우고."

은도가 작게 턱짓하며 다정의 손에 쥐어진 지폐를 가리켰다. 이게 아니었나? 다정은 멋쩍게 웃으며 지폐를 주머니 안으로 밀어 넣었다.

"원래, 라떼 즐겨 먹지 않았습니까?"

이번에 그는 눈으로 다정의 앞에 놓인 아이스티를 가리켰다. 그녀의 입술이 느슨하게 벌어졌다.

"아…… 이거……."

그냥, 오늘따라 시원한 아이스티가 끌려서 시킨 것뿐인데. 놀랐다.

"어떻게 아셨어요? 제가 라떼 좋아하는 거."

은도는 아차 싶으면서도 어제의 일을 모르는 척하는 그녀가 괘씸해 퉁명스레 말했다.

"이제 와서 모르는 척할 필요 없어요."

"아, 네."

다시금 둘의 입술이 얌전히 다물렸다. 잊을 만하면 찾아오는 침묵 속에서 은도는 한숨을 내쉬며 천천히 시선을 올렸다.

"각설하고 본론만 말하죠."

"네. 말씀하세요."

"어제 그랬었죠. 날 이해한다고. 도와줄 의향이 있었다고."

예상치 못한 상황에 다정은 대답할 타이밍을 놓치고 말았다. 은도는 줄곧 망설이다 어렵게 운을 뗐다.

"송다정 씨도 어느 정도는 눈치챘겠지만, 사람 대하는 일이 힘듭니다. 난."

자진해서 수치스러운 이면을 터놓고 있다. 다른 사람도 아닌, 송다정에게.

"소속감이나 연대감. 그런 것들이 내겐 버겁고 어색한 것들이라."

나조차도 황당한데 듣고 있을 당신은 내가 얼마나 우스울까.

"그래서. 송다정 씨가 나를 좀 도와줬으면 해요."

아니나 다를까, 파격적인 제안에 다정이 헛숨을 훅 들이켰다. 그 말은, 인정한다는 건가? 매번 야근하는 팀 자리에 커피를 두고 사라졌던 마니또의 정체가 본인이라고.

이곳까지 따로 불러내서 일주일 치 업무를 몰아주는 건 아닐까, 잠시나마 생각했건만 뜬금없이 도와 달라니. 사람 대하는 일이 어렵다니.

우습진 않았다. 다만, 믿을 수 없어서 다시 되묻고 싶었다. 진정 내가 두 귀로 들어 버린 말이 사실이냐고. 하루가 멀다 하고 까대고, 면박 주는 것을 일삼던 상사, 차은도가 맞느냐고.

하지만 세상 진지하게 고민을 터놓고 있는 사람에게 실례가 될까 싶어 얌전히 입술을 머금었다. 요 며칠 동안 그와 자주 엮이면서 느낀 거지만, 그는 절대 사람 대하는 일을 어려워하는 사람처럼 보이지 않았다. 적어도, 자신에게만큼은.

가끔씩 웃기도 하고, 재미는 없지만 농담도 칠 줄 알고. 분명 그랬는데. 다정은 멍해졌다.

"빚 갚으라고 했던 건 그냥 해 본 말이었습니다. 지금이라도 내키지 않다면 말해요. 억지로 종용할 생각은 없으니까."

"아뇨. 그런 건 아니고, 조금 당황스러워서……."

"부탁을 들어줄 의향이 있다면, 대가는 충분히 치르죠."

"대가요?"

딱히. 이게 대가가 필요할 만큼 대단한 부탁이었던가? 직원들과 친하게 지내는 방법을 알려 달라는데. 사람들과 어울릴 수 있게, 소속될 수 있도록 도와 달라는데.

하지만 그냥 놓치는 것도 바보다. 이왕 이렇게 된 거, 업무를 줄여 달라고 해 볼까? 아니면, 무조건 프리 패스를 요청해 봐?

다정은 그래선 안 된다는 것을 잘 알고 있었지만 잠시나마 행복한 고민에 젖었다. 사람마다 여러 유형이 있듯이, 적어도 그의 입장에선 있는 자존심 다 버리고 수없이 고민하다 힘겹게 꺼낸 부탁일 테니.

그것도 무려 부하 직원 앞에서 말이다.

"에이, 아닙니다. 저는 또 무슨 큰 부탁이라고."

다정은 일부러 더 가볍게 웃으며 손을 내저었다. 별것이 아님을 전하고 싶었다. 다른 사람도 아닌 차은도에게서 죽었다 깨어나도 없을 거라 자부했던 인간미를 본 것만으로도 나름 새롭고 친근했으니, 그것으로 됐다.

"공짜로 해 드릴게요. 공짜로."

은도의 눈가가 미약하게 구겨졌다.

"내가 싫습니다. 그건."

"에이, 괜찮습니다. 오래 걸리는 일도 아니구요. 무엇보다 저도 본부장님께 도움 많이 받았으니까요."

뭐, 좋은 일 한다, 생각하면 마음도 편하고. 나쁠 건 없지.

"저, 실례가 안 된다면 한 가지만 여쭈어 봐도 괜찮을까요?"

"말해요."

"혹시, 뼈아픈 과거라도 있으신지요."

은도의 표정이 급격하게 굳어졌다. 다정은 급히 해명했다.

"아, 기분 상하셨다면 죄송해요. 그게, 그러니까 저는 나쁜 뜻으로 여쭤본 게 아니라……."

"과거 없는 사람도 있나?"

그 말은 있다는 뜻? 사생활까지 말할 필요가 있느냐며 단호하게 선을 그을 줄 알았다. 그런데 과거라면 여자 문제? 가족 문제? 아님, 학창 시절

따돌림을 당했다든지.

뭐가 됐든 다행이다. 토끼 똥만큼의 희망은 보인다. 어떤 과거였는지 미치도록 궁금했지만, 다정은 더 이상 파고들지 않기로 했다. 듣고 나서 책임지지 못할 대답은 피하는 편이 이로우니까.

하나 확실한 것은 그의 과거가 어땠든, 사람들에게 연대감을 느끼지 못했던 이유가 따로 있는 모양이다.

"친구는 있으셨죠? 학창 시절 때."

이건 또 무슨. 무시를 해도 정도껏 해야지. 은도는 삐딱하게 다정을 직시하며 성의 없이 고개를 까딱였다.

"어떤 사이였는데요?"

"그냥."

그냥?

"물어보면 대답해 주는 사이 정도."

"아……."

다정의 잇새로 안타까운 탄식이 흘렀다. 당신에게 친구는 학급 동료였구나. 먼저 다가온 사람들의 목적이 순수한 진심이었든, 치장용이든 상관없이 귀찮게 달라붙었다가 얼음장보다 차가운 그의 반응에 혀를 내두르며 포기했을 모습이 눈에 훤했다.

"먼저 다가갔던 적은……. 예. 없으셨겠죠."

그는 긍정도 부정도 하지 않고 가만히 다정을 응시했다. 괜한 것을 물었나 보다. 저 무뚝뚝한 성격에 먼저 다가갔을 리가 있나.

"그렇다면 시간이 조금 걸릴 것 같은데……."

백지와 같은 상태라면 장기전이 될 수밖에 없다. 다정은 그의 납득할 수 없다는 표정을 애써 모르는 척하며 말을 이었다.

"사람들이 가장 많이 실수하는 것 중에 하나가, 겉모습만 보고 자기들 편한 대로 판단하고, 편견 갖는 행동이니까요. 하지만 그건 어쩔 수 없는 습성이니 이해한다지만, 완벽하게까진 아니더라도 직원들에게 어느 정도는 좋은 상사로 인식되는 것도 나쁘진 않다고 생각해요. 시기가 시기인 만큼."

틀린 말은 아니지만, 은도의 입장에선 이해할 수 없는 말이었다.

"그 과정에선 적당한 가식과 의도치 못한 희생도 필요할 거고, 본부장님이 절대 하지 못했던 행동들도 어쩔 수 없이 하게 될 텐데. 그래도, 괜찮으시겠어요?"

그렇게까지 하면서 시간 낭비를 해야만 하는 건지.

"계속 말해요."

"직원들의 평판. 절대 무시할 수 없죠. 그러려면, 먼저 다정한 모습이 필요할 것 같은데……."

말끝을 흘리며 턱을 쓸어내리는 다정을 말없이 건너다보았다. 마치 자신의 일인 것처럼 진지하게 고민하는 모습에 조금 놀랐다.

"아, 물론 무조건 상냥하게 대해 달란 뜻은 아닙니다. 아니다 싶을 땐 확실하게 선을 긋고. 대신, 잘했으면 잘했다고 아낌없이 격려할 것! 이건 정말 중요한 핵심이에요. 본부장님은 단순히 친구를 사귀는 게 목적이 아니니까요."

직원들의 존경을 받기란, 그녀의 말처럼 결코 쉬운 일이 아니다. 현실적으로 생각해 봤을 때, '싫다'면 싫은 것이고 '좋다'면 좋은 것이다. 싫지만 좋다는 모순이 동시에 존재하기란 굉장히 어렵다. 적어도, 직장 내에선.

"저…… 한번 웃어 보시겠어요? 이렇게요."

그녀가 활짝 웃는다. 어색함은 없었다. 겉으로 봤을 땐 오히려 자연스러웠고, 그녀의 이름처럼 다정했다. 하지만 은도의 시선에 비친 다정의 미소는 어쩐지 힘겨워 보인다.

은도는 보는 사람이 더 민망해질 법하게 빤히 다정을 직시했다.

"왜 그렇게까지 하는 겁니까."

그의 질문에 다정은 순간 멈칫했다.

"네?"

"선뜻 나를 도와주려는 의도가 뭐냐고 묻는 겁니다."

당신, 나 싫어하잖아. 은도는 뒷말을 삼키며 다정을 건너다보았다.

"그야, 본부장님께서……."

도와 달라 할 땐 언제고, 이제 와서 의도가 뭐냐고 물어보면 뭐라고 대답해야 해? 그녀 나름대로 난감했다.

"면접 땐 거절 잘만 하던데."

은도의 핵심을 찔러 오는 말에 다정은 말문이 턱 막혔다. 그러게. 나 왜 그랬을까. 왜 도와주려는 거지. 동정인가. 동질감인가. 모르겠다.

"말씀드렸다시피 제가 또 빚지고는 못 사는 성격이라."

"말해요."

"뭐를요?"

"원하는 것."

새로 알게 된 사실. 그는 이상하리만큼 대가에 집착하는 경향이 있다. 이런 성향을 가진 사람에겐 모르는 척 수긍해 주는 편이 위해 주는 방법이다.

"정말요? 저, 진짜 말합니다?"

"그렇다고 터무니없게 말하지는 말고."

그의 표정이 한결 느슨해졌다.

"그럼, 계약 끝나는 날에 밥 한번 사 주세요. 수고했단 의미로."

"……그게 답니까?"

"네. 다예요."

다정이 웃었다.

인위적이었던 조금 전과 달리, 훨씬 편안하게.

05

은도는 대답 대신 고개를 작게 주억거렸다.

"그래요."

"좋아요. 그럼, 몇 가지만 지켜 주세요."

"뭐를요."

"첫째. 회사 내에서 업무 외에 물어볼 것이 있으면 휴대폰으로. 절대 제 자리에 오셔서 말 거시면 안 돼요."

"왜?"

"직원들이 오해할 수도 있으니까요. 저는 최대한 길고 가늘게 살아남고 싶거든요. 제 신원도 보장해 주셔야죠."

을의 입장에서 순식간에 갑으로 신분 상승한 다정은 알게 모르게 들떠 보였다. 어쩐지 말려 버린 기분이 꺼림칙했지만, 은도는 마지못해 수긍했다.

"내 번호는 압니까?"

"이따가 알려 주세요."

그녀가 새침하게 대꾸하자, 은도는 할 말을 잃고 입술을 꾹 다물었다.

"다음, 두 번째. 신호입니다!"

"신호?"

"네. 본부장님과 저만의 시그널이랄까요?"

다정이 사랑의 총알을 뿅뿅 날리자 은도는 정색하며 눈가를 찡그렸다.

"회사에서 본부장님이 진짜 이건 오버다 싶은 행동을 하시면 제가 이렇게, 질끈 눈을 감고 고개를 흔들게요. 그럼 그 즉시 입을 다무세요."

"……."

"만약, 잘하고 있다, 할 땐 이렇게. 흐뭇한 미소를 지으면서 고개를 끄덕일 거예요. 그럼 계속하란 뜻으로 아시면 돼요. 오케이?"

나 참. 별, 이상한……. 각양각색으로 변하는 그녀의 표정이 어처구니가 없어, 은도가 헛웃음을 터트렸다.

"그리고 마지막."

또 있어?

"응급실 사건이나, 단둘이서 삼겹살 먹었던 것은 비밀로 해 주셨으면 해요. 알려지게 되면 어떻게 될지…… 아시죠?"

모르겠지만 일단은.

"그러죠."

어차피 처음부터 말할 생각도 없었다. 여기저기 떠벌리고 다니는 성격도 아니지만, 그녀는 생각보다 남의 시선을 의식하는 것처럼 보였다. 마지막이 가장 쉬운 부탁이라, 은도는 그러겠다며 쉽게 수긍했다.

"오늘은 이걸로 끝입니다. 세부적인 건, 나중에……. 그럼, 전 이만!"

다정은 대충 이야기를 마무리하며 도망치듯 자리에서 일어났다.

"잠깐."

은도가 다정을 잡아 세웠다.

"더 하실 말씀이라도 있으세요?"

"일주일에 한 번."

엥? 다정이 고개를 갸웃거렸다.

"혹은 두 번."

왠지 모를 위기감이 엄습할 때였다.

"송다정 씨는 나를 좀 만나 줘야겠습니다."

"그게 무슨 말씀이신지. 회사에서 이미 질리게……. 아니, 매일 만나는 걸요. 하하."

다정이 어색하게 웃자, 은도는 여유롭게 한쪽 다리를 꼬며 팔짱을 꼈다.

"회사 말고. 밖에서, 사적으로."

"예?"

다정이 경악하며 소리치자 은도가 눈을 찡그렸다. 데시벨이 기준치 이상으로 높아진 탓에 이곳저곳에서 힐긋힐긋 쏟아지는 시선을 의식한 다정은 급히 어깨를 수그렸다.

"도와주겠다면서요."

"부, 분명 그랬죠."

"회사에선 신원을 지켜 달라 하고. 그럼, 따로 만나서 배워야지 별수 있습니까."

"배우다니……."

아, 진짜 저한테 왜 이러세요. 본부장님.

"수박 겉 핥기식으로 대충 하고 말 생각이었다면 처음부터 부탁하는 일도 없었을 겁니다. 나도 나름대로 급한 사정이 있고, 송다정 씨도 내 부탁에 응해 준 이상, 최선을 다할 필요가 있겠죠."

은도는 덤덤하게 입장을 표명했다. 사실, 직원들이 생각하는 이미지야 아무래도 상관없었다. 숨겨진 진짜 의도는 따로 있었으니까. 가끔씩 나를 웃게 해 줬던 너마저 떠나 버리면. 정말 많이 쓸쓸할 것 같아서.

몇 개월 뒤, 계약 기간이 끝난 후에 없던 사람처럼 사라져 버릴 송다정을 붙잡아 놓을 구실이 필요했다. 그러려면 우선, 친해져야 한다.

"요일과 시간은 내가 정합니다."

"헐……."

"그럼, 앞으로 잘 부탁합니다. 송다정 씨."

은도는 아직 다정을 포기하지 않았다.

❖ ❖ ❖

"웬일이래? 먼저 만나자 하고."

지윤은 의아하다는 듯 술잔을 기울이며 물었다.

"도무지 혼자서는 안 될 것 같아서."

"뭐?"

일주일에 두 번은 따로 만나야 한다니. 잘 부탁한다니. 이게 무슨 날벼락이란 말인가. 아까 전의 여파가 채 가시지 않은 상태에서 집에 돌아갔다간 뜬눈으로 밤을 지새울 것 같았다. 그렇게 좋아하는 치킨을 앞에 두고도 통 입맛이 없다.

"제정신? 대체 뭔 소리래."

알 수 없는 말만 늘어놓으며 술만 마시고 있으니, 사정을 알 리 없는 지윤의 입장에선 답답할 만도 했다. 오랜만에 같이 맛집을 가자 해 봐도 일이 바빠서 안 된다. 술이나 가볍게 한잔하자 하면, 야근이다, 철야다. 그럼 주말은 어떠냐는 제안엔 이번엔 자택 근무다, 라는 핑계가 붙었다.

지금처럼 다정과 만나 술을 마실 수 있는 기회는 흔치 않았기에 반가운 마음으로 한걸음에 달려 나왔건만, 접착제라도 붙여 놓은 듯 다정의 입술은 도통 열릴 생각이 없다.

"야. 사람 불러다 놓고 뭐 하자는 건데. 아까부터 한숨만 푹푹 쉬고 있고. 무슨 일 있었냐?"

지윤이 뻥튀기를 잘근잘근 씹으며 채근하자 다정은 초점 잃은 흐릿한 눈으로 대답했다.

"일이야 많았지……."

"뭔데, 그게?"

"내 말이. 대체 뭐였을까, 그게."

임금님 귀는 당나귀 귀라고 말하지 못하는 이 심정을, 너는 아니? 난 이제야 알겠다. 대나무 숲에 들어가서 마음껏 소리치고 싶은 마음. 동정이 낳은 결과가 이토록 무섭다는 사실을.

다정은 푹, 한숨을 내쉬었다. 그러자 지윤이 눈을 가늘게 뜨며 물었다.

"설마. 남자 문제?"

성별은 맞지만 내용은 전혀 다르지.

"절대 아니야."

다정이 정색하며 고개를 흔들어 봤지만 지윤은 거들떠보지도 않았다.

"딱 보니까 맞구만 뭘. 왜, 그 진우인가 뭔가 하는 선배랑 같은 회사라더니, 맨날 마주치다 보니까 식었던 감정이 다시 샘솟기라도 하디?"

"그건 사랑이 아니라 동경이었대도 그런다."

다정은 완강하게 부정했다. 심난한 속은 여전히 꽉 막힌 듯 텁텁하다. 다정은 결국 익명으로 고민을 털어놓기로 했다.

"야. 만약에 엄청 안 친한 상사가 갑자기 사람 대하는 일이 어렵다면서 자기 좀 도와 달래. 그럼 넌 어떤 식으로 도와줄래?"

"뭘 도와줘?"

"이미지 체인지."

그래. 그 책임이 어떨지 모르고 무턱대고 도와주겠다 했다는 것이 문제였다. 대체 왜 그랬을까. 왜 하필 나였을까. 당장 내일이면 이것저것 코치를 해 줘야 할 텐데, 별 소득이 없으면 어떤 후환이 있을지 모른다.

"그러니까, 별로 안 친한데 왜 도와주느냐고."

사정을 모르고 있는 지윤은 도리어 다정을 이상한 사람 취급했다. 다정은 결국 사연을 털어놓기로 했다.

"방광염으로 지릴 뻔했는데 응급실까지 데려다주고, 병원비도 대신 내주고, 택시도 잡아 주고, 고기도 사 줬어. 그런 사람 부탁인데 단박에 싫다고 다른 사람 알아보라면서 거절할 수도 없잖아. 정 없어 보이게."

잠시 정적이 흐르고. 지윤은 제법 진지하게 물었다.

"……별로 안 친한 사이 맞냐?"

그냥 말을 말자……. 다정은 답답한 속을 달래려 술잔을 꺾었다. 맞은 편의 지윤은 이때다 싶었는지 빙그레 웃으며 물어 왔다.

"이거, 그때 그 상사 얘기 맞지? 잘생기고 젊다는 남자 본부장."

그렇게 말한 기억은 없다만.

"어떻게 알았어?"

"신세 졌다며, 저번에."

다정은 순간 멈칫했다. 들고 있던 술잔을 급히 내려 두더니 지윤에게 급히 반문했다.

"그래. 이참에 좀 묻자. 대체 왜 그런 부탁을 나한테 했을까? 솔직히 직원이 한두 명도 아니고, 비서도 있는데."

"고민할 게 뭐 있냐. 제일 만만한 사람이 너였나 보지."

"야."

다정은 뭐 씹은 얼굴로 지윤을 바라보았다. 저것도 친구라고.

"이상할 것도 없지 않아? 나이가 젊다는 것만 제외하면, 회사 어디든 부장이 왕따인 건 기정사실인 거고. 직원들한테 쓴소리해야 하는 입장인데 어울리지 못하는 게 이상한 것도 아니지. 울 아부지도 그랬어. 고등학생 때 아빠 회사 갔다가 직원들끼리 험담하는 거 들었거든. 청승맞게 혼자 점심 먹었을 모습 생각하면 아직도 가슴이 미어진다."

"그렇게 말하면 내가 너무 인정머리 없는 년 되는 것 같잖아."

"그러니까 잘해 주라고. 얼마나 터놓을 곳이 없으면 너한테 그런 부탁을 하겠어."

그런가. 다정은 어느새 납득하고 있는 자신을 발견했다.

"만약 그게 아니라면 백퍼 본부장이 너 좋아해서 수작 부리는 거다."

그럼 그렇지. 다정은 뭐 씹은 얼굴로 지윤을 노려보았다.

"심심한데 치킨집 골든벨이나 울려 볼까?"

"누가. 네가? 말도 안 되는 소리 하고 있네."

"그래. 그 정도로 말이 안 되는 소리야."

"그거랑 이거는 다르지. 솔직히 후자일 확률이 크다고 본다. 그렇게 잘 생겼다면서 인기가 없다는 게 말이야 방귀야. 나 같으면 아무리 성격이 개판이라도 좋겠다."

"너 남자 만날 때 조심해라. 진짜 한번 큰일 나겠다."

"난 M 성향이라서 상관없음."

미치겠네. 술을 들이켜고 있던 다정은 썩은 물을 마신 얼굴로 잔을 내려놓았다. 지윤은 때를 놓치지 않고 소설을 써 댔다.

"몰래 너를 지켜봤던 거지. 근데 어느 순간부터 못생긴 얼굴이 예뻐 보이는 거야. 원래 자기랑 성향 반대인 사람한테 끌린다잖아. 딱 그거라니까? 내가 운명이라 했잖아."

그래서. 내가 못생겼다고?

"싸울래?"

살벌한 다정의 눈빛에도 지윤 혼자 한껏 신이 났다.

"아니라면 그 많고 많은 직원 중에서 왜 하필 넌데?"

"그러니까, 내 말이 그 말이라니까?"

대화는 진전이 없었다. 돌고 돌아 다시 원점이었다. 지윤은 앞에 놓인 닭다리를 포크로 푹 찍으며 말했다.

"뭐, 심각하게 고민할 필요 있냐? 그냥 이참에, 콱 찍어 버려."

"찍긴 뭘 찍어."

"너희 본부장 말이야."

"말도 안 되는 소리 그만할 때 된 것 같다."

"이야— 송다정이. 조만간 터질 경사, 미리 축하한다!"

하아……. 더는 대꾸할 힘도 없던 다정은 대화하기를 포기했다.

집으로 돌아온 다정은 쉽게 잠을 이루지 못하고 계속 뒤척였다.

“아오, 제발! 제발 잠 좀 잡시다. 본부장님!”

손을 내밀며 악수를 권하던 차은도가 머릿속에서 둥둥 떠다니는 바람에 미칠 지경이다.

‘악수하죠.’

아주 찰나의 순간, 그의 눈이 장난스럽게 빛났다. 마치, 소년처럼.

한쪽 입술을 들어 올리며 씩, 웃었다. 그렇게 웃는 건 처음 봤다. 인정하긴 싫지만 아주 조금은, 근사했다. 손이 참 컸다. 손가락도 가늘고 길었다. 고생이 뭔 줄 모르는 고운 손이었다.

선뜻 잡을 수도 없어서, 다정은 내밀어진 그의 손을 가만히 내려다보았다.

‘거절하는 겁니까?’

장난 반. 진담 반. 그의 얼굴에 서운함이 스쳤다. 그렇게 한참을 머뭇거리다가 조심스레 그의 손을 맞잡게 되었을 때. 다정은 놀랐다. 차가울 줄 알았던 그의 손이 생각보다 훨씬 더 따뜻해서. 어쩌면 누구보다 먼저 그의 겉모습만 보고 편견을 가졌던 건 나였는데.

“왠지, 미안해지네.”

아직도 손에 온기가 묻어 있는 것만 같아서 다정은 손을 꾹 말아 쥐었다. 10개월 만에 처음으로 알게 된 본부장님의 전화번호를 물끄러미 바라보다가, 다정은 새벽 3시가 되어서야 겨우 눈을 감았다.

대망의 날이 밝았다. 평소보다 일찍 눈이 떠진 덕분에 조금 이른 시간에 출근길에 올랐다.

소풍 가기 전의 심정이라기보단, 수능 보기 전 심정과 비슷했다. 정말 딱 죽기 직전만큼 피곤했으나, 이상하게 참을 만했다.

끝없이 긴 줄 때문에 하염없이 지하철을 기다릴 필요도 없었고, 빈자리가 많아서 편하게 앉아 꾸벅꾸벅 졸며 갈 수 있었다. 가끔씩은 지금처럼 일찍 나오는 것도 나쁘지 않겠다. 뭐, 그래 봤자 평화로움보단 잠을 선택하게 되겠지만. 원래 사람은 같은 실수를 반복하게 되는 동물이다. 강남역에 나왔을 땐 8시 15분. 무려, 45분이나 남았다.

"그냥 들어가긴 아까운데……."

그렇지 않은가. 회사에 일찍 출근해 봤자, 잠을 더 잘 수 있는 것도 아니고. 마침 근처 프랜차이즈 빵집이 눈에 들어왔다. 배고픈데 샌드위치나 먹자. 다정은 흐뭇한 미소를 그리며 프랜차이즈 빵집 문을 열고 들어섰다. 고소한 빵 냄새가 후각을 곤두세우게 만들었다.

"어서 오세요."

직원의 상냥한 인사를 받으며 다정은 진열대로 향했다. 이것도 맛있겠고, 저건 맛이 궁금하고. 샌드위치만 먹을 생각이었는데, 신중히 고르고 고르다 보니, 선택한 빵 종류는 무려 6개가 넘었다.

……이건 좀 너무한가? 아니지. 모자란 것보단 낫지.

다정은 가벼운 마음으로 계산을 마쳤다. 구색을 갖춘 쟁반을 들고 구석진 곳에 모여 있는 테이블을 향해 걸었다. 그러다 익숙한 형체를 발견한 다정의 두 발이 멈춰 섰다.

"본부장님?"

그의 자리엔 반쯤 먹은 샌드위치와 차가 놓여 있었다. 은도는 태블릿에서 시선을 떼고 다정을 올려다보았다.

"지금 출근합니까?"

뭐랍니까, 그 의외라는 눈빛은.

"네. 오늘은 일찍 눈이 떠져서요."

누구 때문에 잠을 설친 탓이지만요. 다정은 뒷말을 삼키며 물었다.

"매일 여기서 아침 드시는 거예요?"

은도가 대답 대신 고개를 주억거렸다.

"아아, 그러시군요. 그럼, 저는 먼저 들어가 보겠습니다."

"먹고 가려던 거 아니었습니까?"

"네. 생각해 보니까 회사에서 먹는 게 더 효율적일 것 같아서요."

주춤거리는 다정을 말없이 응시하던 은도는 잠시 입술을 다물었다. 내가 불편해서 그런가. 아니면.

"여태까지 지금 시간대에 직원들과 마주친 적 없습니다."

"네?"

"보는 눈이 신경 쓰여서 그러는 것 같은데, 걱정 말고 앉아서 먹어요."

"아……."

회사에 가져가서 먹든, 길거리에서 먹고 가든 일절 관심 없을 줄 알았건만. 그녀가 당혹스럽다는 얼굴로 은도를 바라보자, 은도는 눈썹을 치뜨며 물었다.

"혹시. 내가 불편해서 그럽니까?"

"아아, 아닙니다. 그런 게 아니라……. 먹고 가겠습니다. 네. 먹고 가야죠."

저를 보는 시선이 신경 쓰였던 것도 맞고, 차은도가 불편했던 것도 어느 정도는 사실이었지만, 왠지 이대로 돌아가면 본부장님이 상처받을 것 같다.

아니겠지만, 그냥 느낌이 그랬다. 다정은 마음을 다잡으며 테이블 위에 쟁반을 내려 두고 의자에 엉덩이를 붙였다. 물론, 본부장님 맞은편이 아니라 한 칸 떨어진 자리에.

"지금 뭐 하는……."

은도는 그 행동이 어처구니가 없어 헛웃음을 터트렸다. 그녀의 얼굴에 떡하니 쓰여 있었다. '경계심 풀가동 상태' 라고. 그래. 네 마음대로 해라. 은도는 다정을 외면했다. 태블릿에 시선을 고정한 채 업무에 열중했다. 그런데. 왜 자꾸 따가운 시선이 느껴지는 건지.

은도의 미간이 좁아지려는 때였다.

"봉부장닝."

우물우물. 다정은 빵 하나를 입에 한가득 욱여넣어 두 볼이 빵빵해진 채로 은도를 불렀다.

"왜요."

은도는 태블릿에 시선을 떼지 않고 무심히 답했다.
"추근 저부터 엄무 보시능 고예요?"
뭐라는 거야. 은도가 눈살을 구기며 고개를 돌려 다정을 바라보았다.
"그것 좀 마저 다 먹고 말해요."
"아, 에."
꾸울꺽. 다정의 목울대가 크게 움직였다.
"출근 전부터 업무 보시는 거예요?"
"네."
"힘들지 않으세요?"
다정은 뭐 저런 괴물 같은 인간이 다 있냐, 라는 표정으로 은도를 바라보았다. 은도는 무심하게 답했다.
"안 힘듭니다."
"우와. 대단하시네요."
"지금 비꼬는 겁니까?"
"아뇨. 정말 순수한 마음으로 존경스러워서요. 저는 죽었다 깨어나도 못 할 것 같거든요."
'존경' 이라는 대목에서 은도가 멈칫했다. 아아, 안 되겠다. 생전 해 본 적 없는 새로운 도전을 기약하는 날인 만큼 잠시나마 마음을 차분히 가라앉히려고 했는데.
은도는 주변을 정리하고 자리에서 일어났다.
"벌써 가시게요? 아직 출근까지 한참 남았……."
"지각이나 하지 마세요."
내 일에 신경 끄란 소리다. 은도는 그 말을 끝으로 바람처럼 사라졌다.
쥐각이나 하쥐 마쉐요. 다정은 은도의 말투를 과하게 따라 하며 입술을 들썩였다.
"절대 안 할 거거든요."
그의 뒷모습을 밉지 않게 흘겨보았다. 얄미운데 그냥 내버려 둘까, 했지만 펄펄 끓어오르는 인류애를 차마 무시하지 못하고 다정은 결국 휴대폰을 들었다.

회사 근처는 조용했다. 업무가 밀려 있는 다른 부서의 몇몇 직원들을 제외하고 익숙한 얼굴은 보이지 않았다.

다행인 건지, 불행인 건지. 은도는 손목시계를 힐긋거렸다. 오전 8시 30분. 30분이나 남았다. 은도는 회사 안으로 들어가려다 말고 우두커니 멈춰 섰다. 재킷 안주머니에서 부르르, 떨리는 진동 때문이다.

이 시간에 연락 올 사람이 있던가. 있어 봤자 일정을 알려 주려는 진우겠거니, 생각하며 은도는 아무런 의심 없이 휴대폰을 꺼내 들었다.

모르는 번호였다. 괜히 싸한 느낌을 뒤로하고 은도는 엄지로 메시지 버튼을 꾹 눌렀다.

[본부장님. 저 송다정입니다. 혹시 카톡은 안 하시나요? 새로운 친구 목록에 안 떠서요.]

아, 송다정.

일방적으로 번호를 알려 주기만 해서 정작 다정의 번호는 모르고 있었다. 그나저나 새로운 친구 목록은 또 뭐야. 언제부터 내가 네 친구였다고. 은도는 표정을 굳힌 채로 툭, 툭, 툭 액정을 두드렸다.

[그런 것 안 합니다.]

[요즘 카톡 안 하는 사람도 있구나;; 저희 부모님도 하시는데;;]

카톡이 뭔지 궁금하지도 않거든?

[그래서. 할 말이 뭡니까.]

[아, 오늘도 어제처럼 직원들 인사 꼭 받아 주시라고 연락드렸습니당.

1. 직원들이 인사하면 부드럽게 웃으면서 고개 끄덕여 주세요.

2. 아침에 만나면 '좋은 아침입니다~' 오후에 외근 나가실 때는 '수고

해요.' 하면서 다정하게 대해 주세요!

3. 만약, 마주쳤을 때 어색해질 것 같으면, 해당 직원의 안부를 물어 주세요.

ex) 다정 씨, 어젠 푹 쉬었어요? 오늘도 고생이 많아요.

이렇게요! 조금 더 친근해 보이기 위해서 성은 빼고, 이름만 붙여 부르는 것도 팁이랍니다. 밍밍한 음식에 조미료 뿌린다고 생각하세용! ^~^]

천천히 눈으로만 읽었다. 군데군데 과하게 애교스러운 그녀의 말투가 심히 껄끄러웠다. 의미를 알 수 없는 이모티콘은 더욱. 밍밍한 음식이란 건 나를 뜻하는 건가. 의도를 파악한 은도는 심기가 언짢았다.

그래도 정성 하나만큼은 기특하다. 딱히 기대를 했다거나 구체적인 해결 방안을 바랐던 것은 아니라서, 의외였다. 하지만 저런 정보를 몰라서 안 했던 게 아니다. 그저, 다 알지만 못 했을 뿐이지. 아마 그녀는 자신이 사회적인 부분에 있어서 아예 결여된 사람일 거라고 확신한 모양이다.

다시 한번 진동이 울렸다.

[아, 그리고 카톡은 꼭 다운받으세요. 문자는 확인하기 번거롭거든요.]

은근히 자기 할 말은 다 하지.

[힘내세요, 본부장님. 파이팅!]

바람 빠진 웃음이 절로 새어 나왔다. 은도는 휴대폰을 주머니에 밀어 넣으며 발을 떼어 냈다. 왠지, 걸음이 가볍다.

점심시간이 가까워졌다. 아직까지 수군거림이 없는 것을 보아, 본부장과 직원들이 부딪치는 일은 없던 모양이다.

"송 피엠님. 여기, 와이넷 측에서 보내온 기획안이이요."

이 주임이 내민 서류를 건네받으며 다정이 물었다.

"고마워요. 심의는 통과됐대요?"

"2차 심의에 걸리는 부분이 몇 군데 있어서, 추가적으로 보완하겠대요."
"응. 수고했어요."
"아, 맞다. 송 피엠님. 이번 주에 회사 행사 있는 건 아시죠?"
"나는 처음 듣는 말인데?"
다정은 정말 모르겠다는 표정으로 눈을 깜빡였다.
"한, 2주 전쯤인가. 인사팀 직원이 참석 여부 조사하러 왔었는데 자리에 없으셨나 보다."
"무슨 행사?"
"저도 대충 봐서, 잠시만요……."
정연은 바로 자리로 돌아가 회사 홈페이지에 접속했다. 마침 건너편 파티션 너머로 박지호 대리의 얼굴이 삐죽 올라왔다.
"등산이야, 등산."
정연이 손뼉을 짝 부딪쳤다.
"아, 맞다! 등산이었다."
빌어먹을……. 다정의 얼굴 위로 절망이 스쳤다. 아. 왜 하필 등산이지? 운동은 젬병이고 땀 흘리는 건 질색이다. 그중에서도 단연 등산이 제일 싫었다. 일그러지는 다정의 표정을 눈치껏 알아차린 지호가 설명을 덧붙였다.
"말이 체력 증진이다, 팀워크다 하지만 전무님 등산 엄청 좋아하시잖아요."
박지호 대리가 어깨를 으쓱이자, 정연은 오만상을 찌푸리며 끊임없이 불만을 토로했다.
"아, 그래도 진짜 싫다! 그 시간에 차라리 잠을 자게 해 주지. 우리 회사 복지도 좋고, 연봉도 다 괜찮은데 그놈의 등산이 옥에 티라니까요, 증말!"
이번엔 박 대리가 타이르듯 한마디 거들었다.
"그래도 골프 아닌 게 어디야. 전무님, 나이스 샷! 하면서 졸졸 쫓아다녔을 거 생각하면 어우. 인사과 얘기 들어 보니까, 직원들 지갑 사정 고려해서 백번 양보한 게 등산이었대."
"으. 그래도 양보할 게 따로 있죠."

정연은 질색하며 손사래를 쳤다. 다정 역시 같은 심정이었다. 직원들에게 대접받고 싶은 마음은 충분히 이해한다만, 본인 취미를 남에게 강요하는 건 도무지 이해할 수 없다. 다정은 일말의 희망을 품고 물었다.

"그래서, 언제 간다는데요?"

마지막 기대까지 무너지게 할 생각인 건지, 박 대리는 고개를 내저으며 쯧, 혀를 찼다.

"말해 뭐 해요. 다음 주 토요일로 확정 났습니다."

맙소사……. 박 대리와 이 주임. 그리고 다정은 동시에 한숨을 푹 내쉬었다. 전날에 아프단 핑계라도 대 볼까?

"아마 아프단 핑계는 안 통할 테니까 다들 꿈 깨세요. 참석 유무는 그냥 형식상이거든요. 이번엔 전무님도 참석하신답니다. 그래도 금요일은 자체 휴무니까, 그걸로 위로 삼죠, 우리."

다정의 속내를 꿰뚫듯 박 대리는 절레절레 얼굴을 흔들며 마지막 남은 기대마저 박살 냈다.

"설마, 황 전무님 이번에도 허튼짓하는 건 아니겠죠? 보는 눈도 많을 텐데."

"혹시 알아? 이때가 기회라고 생각할 수도. 다들 조심해요."

변태 같은 황덕현 전무의 만행은 알 만한 사람이라면 다 알았다. 아오, 아오, 아오! 허공에다 대고 주먹을 휘두르던 다정은 잠시 멈칫했다. 아니지, 잠깐. 설마…… 본부장님도?

에이, 말도 안 돼. 본부장님 성격이라면 전무가 참석하든 부회장이 참석하든 내 알 바 아니다, 하고 무시하고도 남을 텐데. 하지만…….

다정은 곧장 휴대폰을 꺼냈다.

워커호텔에서 CIPO(Chief Intellectual Property Officer) 세미나가 주최

됐다. 지식 재산을 바탕으로 기업 경영과 활성화를 위한 경영층 교육이 목적이었다. 각 중견, 대기업에서 내로라하는 최고 실무진들이 참석해 자리를 빛낸 만큼 나름 중요한 세미나였다.

일정이 변경되어 이른 아침부터 시작된 세미나는 점점 늘어지다가 결국 점심시간이 훌쩍 지나서야 끝이 났다.

"가시죠. 본부장님."

어느새 은도의 곁으로 다가온 진우가 고요히 속삭였다. 호텔 밖으로 나온 은도는 뒷좌석에 몸을 실었다.

"이번 세미나를 끝으로 차질이 없다면, 2주 동안은 여유로울 것 같습니다."

살짝 열린 창문 틈 사이로 시원한 바람이 밀려 들어왔다. 은도는 빠르게 스쳐 지나가는 서울 풍경을 물끄러미 바라보다가, 무의식적으로 재킷 안주머니에 손을 밀어 넣었다. 손가락 끝에 직사각형의 물체가 닿았다. 휴대폰이었다. 은도는 꺼내 든 휴대폰을 빤히 바라보았다.

평소라면 전화받는 용도를 제외하곤 휴대폰을 먼저 열어 보는 일이 극히 드물었지만, 이쯤 되면 왠지 확인해야 할 것만 같다. 하루아침. 아니, 고작 몇 시간 만에 이뤄진 변화였다.

그 여자로 인해서.

아니나 다를까, 팝업창엔 익숙한 번호로 도착한 메시지가 줄줄이 나열되어 있었다.

[본부장님! 다름이 아니라, 혹시 오늘 아침에 직원들과 인사는 나누셨는지요?]

아직 이름을 저장하진 않았지만, 이상하리만큼 찝찝한 번호만 봐도 알겠다. 송다정. 글만 읽고 있는데 시끄러운 게 여기까지 전해진다.

그렇게 불편해하며 기피할 땐 언제고, 이젠 아주 10년 친구처럼 당연하다는 듯이 문자를 보내왔다. 싫은 것은 아니었다. 뭐랄까. 귀찮기도 하고 쉬지 않고 재잘대는 모습이 아주 조금은 귀엽…….

어이가 없네. 은도는 거기까지 생각에 미치자 그 '어이가 없는' 생각을 당장 그만두었다.

[본부장님. 토요일에 회사에서 등산 행사 있다던데, 혹시 참석하실 건가요?]

은도는 다정이 보내온 문자 내용을 이어서 눈으로만 훑었다.

[지극히 개인적인 저의 의견을 말씀드리자면, 참석하시는 것을 적극 추천드리는 바입니다. 직원들과 자연스럽게 소통할 수 있는 절호의 기회! 과연, 본부장님의 선택은?]

당연히 안 가. 토요일에 편히 쉬지도 못하고 회사 사람들과 등산하는 것만으로도 부아가 치밀 텐데, 상사 한 명 더 늘어나 봤자 불편과 불만만 더해질 뿐이다. 그들을 위해 해 줄 수 있는 것은 불참 의사를 밝히는 것밖엔 없다고 확신했다.

그것이 회식이든, 워크숍이든 간에. 은도는 거절의 의사를 알리기 위해 느리게 손가락을 움직였다. 반면, 내내 운전에 집중하던 진우는 알게 모르게 백미러를 힐긋거리며 은도의 표정을 살피고 있었다.

'좋은 일이라도 있으신 건가.'

항상 무표정한 상사의 얼굴에 이따금씩 미소가 번진다. 도통 손에 쥐어지는 일이 없던 휴대폰 또한. 두 눈으로 목격해 놓고도 진우는 좀처럼 믿을 수 없었다.

회사 근처에 다다랐을 때쯤, 뒤늦게 생각난 것이 있는지 진우가 다급히 입을 열었다.

"저, 본부장님."

진우의 부름에 은도는 하던 행동을 멈추고 시선을 올렸다.

"전달드리지 못한 일정이 있습니다. 다음 주 토요일에……."

"등산, 말입니까?"

"아, 예."

어떻게 아셨지. 적잖게 놀랐으나 진우는 차분히 다음 말을 이었다.

"불참하실 예정이라고 전달해 두겠습니다."

"잠깐."

"네, 본부장님."

"혹시, 이번 행사에 임원들도 참석합니까?"

"아, 주최자인 황덕현 전무님만 참석하시는 걸로 알고 있습니다."

황덕현 전무. 여직원들 사이에서 꽤나 유명한 임원이었다. 물론, 나쁜 쪽으로. 더군다나 황 전무가 다른 임직원들은 전부 불참하는 행사에 홀로 참석한다면, 제 구역인 양 활개를 치고 다닐 것이 뻔했다.

"참석하겠다고 전달하세요."

"예?"

진우는 의아하다는 표정으로 다시 되물었다.

"이번 행사, 참석합니다."

은도는 다정에게 끝내 문자를 전송하지 못하고 휴대폰을 내렸다.

'이 인간은 왜 답장을 안 해? 도와 달라 부탁할 땐 언제고.'

다정은 손톱을 툭, 툭 물어뜯으며 소식 없는 휴대폰을 뚫어져라 바라보았다. 잠깐. 지금 나 뭐 하는 건데?

"하, 참. 어이가 없네."

모르는 사람이 본다면, 짝사랑하는 남자의 연락을 오매불망 기다리고 있는 모습이다. 다정은 관심 없는 척 새침하게 휴대폰을 던지듯 책상에 올려 두었다. 일하자. 일. 일. 주문을 외우며 모니터에 시선을 돌리려는 무렵, 지잉— 휴대폰이 울린다.

'엇! 본부장님인가?'

다정은 호다닥 휴대폰을 집어 들었다.

'아, 씨……. 스팸 문자잖아.'

허탈하면서 수치스럽고, 이따위에 호들갑을 떨었다니 자존심이 상했다.

"아, 현타 온다."

다정은 목을 젖히고 멍하니 천장을 바라보았다. 그때, 기획 부서 사무실 문이 활짝 열렸다.

두 번은 안 속아.

분명 다른 직원일 것이라 생각하며, 다정은 천장에서 시선을 떼지 않았다. 그 무렵, 조금 떨어진 곳에서 기획 3팀 여직원의 정중한 목소리가 들렸다.

"본부장님. 여기, 회계팀에서 전달받은 채권 회수율 보고서입니다. 상무님께서 해외 일정으로 자리를 비우셔서요."

'본부장' 이란 직함을 듣자마자 다정의 고개가 홱, 꺾어졌다. 이번엔 진짜였다. 출입문 앞에는 은도와 그의 비서 진우가 나란히 서 있었다. 그는 보고서를 건네받으며 여직원의 어깨 너머로 시선을 멀리 두었다. 무심한 은도의 눈과 당황한 다정의 눈이 정통으로 부딪쳤다.

한동안 다정을 물끄러미 응시하던 은도는 다시 눈을 돌려 자신에게 인사를 건넨 직원을 마주 보았다.

"……."

숨 막히는 침묵 끝에 일자로 꽉 다물린 은도의 입술이 억지로 꿈틀꿈틀 위로 향하기 시작했다. 맙소사. 그러니까 저건. 믿기지 않겠지만, 웃음. 아니, 썩은 미소였다. 그러면서 한다는 말이.

"……오늘도 고생이 많아요. 하영 씨."

"네. 네……?"

당황한 것은 인사를 건넨 여직원뿐만이 아니었다. 기획 부서 전 직원, 그리고 그의 곁에 서 있던 진우까지. 일동 굳었다. 반응은 생각보다 훨씬 구렸다. 은도 역시 이건 아니다 싶었는지, 날카로운 눈빛으로 다정을 쏘아보았다.

왜 저를 그렇게 째려보시는 건가요? 자연스럽게 물 흐르듯이 다정하라고 했지, 누가 시비 걸라고 했습니까?

다정은 억울했다. 그날, 은도에게 당부했던 것처럼 다정은 있는 힘껏 눈을 꽉 감고 도리도리 고개를 흔들고 싶었다. 하지만 너무 놀라 '어어, 그거 아니야. 지금 당장 그 입 다물어.' 라는 신호를 보낼 타이밍을 놓치고 말았다.

다정이 멍하니 눈을 깜빡이고 있는 가운데, 사무실의 정적을 깨고 중저음의 목소리가 나직하게 흘러나왔다.

"하영 씨. 어젠, 푹 쉬었어요?"

[3. 만약, 마주쳤을 때 어색해질 것 같으면, 해당 직원의 안부를 물어주세요.]

용케 여직원의 이름을 기억하고 있는 것까진 좋았지만. 조언한 문자 내용대로 착실히 실행에 옮긴 자세까진 정말 좋았지만. 그는 고장 난 로봇처럼 굉장히 부자연스럽게 직원의 안부를 묻고 있었다. 전혀 궁금하진 않지만 일단 그렇게 하라니 물어는 보겠단 식으로.

그렇다. 현재 은도는 입을 떡 벌리고 있는 다정의 표정을 보고 '그래, 너 지금 굉장히 잘하고 있다' 로 잘못 해석한 것이다.

세상에. 어떤 인간이 과정 따윈 박살 내고 다짜고짜 저럴 수 있지? 융통성을 밥 말아 먹은 건가? 차은도. 당신 말이야. 이번 생은 글렀어. 아무래도 그런 것 같아.

"아, 그게……. 그러니까……."

졸지에 희생양이 되어 버린 죄 없는 여직원은 울먹이며 물었다.

"저…… 본부장님. 혹시 제가 뭐 잘못했나요?"

아, 난 죽었다. 다정은 손으로 이마를 짚으며 그만 스르륵 눈을 감고 말았다.

06

본의 아니게 기획 부서 직원들을 충격과 공포로 몰아넣었던 그날 사건 이후, 은도는 따로 다정을 호출하지 않았다. 어떻게 된 일이냐며 따져 묻지도 않았다. 그저 가끔씩. 다정의 자리를 스쳐 지나갈 때마다 잠시 멈춰 서서 의미 모를 표정으로 물끄러미 그녀를 내려다봤을 뿐. 아마도 그건,

[죄송하지만 본부장님. 생각할 시간 좀 주십시오. 며칠이면 됩니다. 뻔뻔하게 본부장님을 찾아뵙기엔 아직 마음의 준비가 덜 된 것 같습니다. 최대한 빠른 시일 내에 어떻게든 방법을 모색하겠습니다. 본부장님도 충격이 크실 것 같은데, 마음 추스르실 시간이 필요하지 않을까 싶습니다. 직원들도 처음이라 당황한 것 같으니 부디 상처받지 마시고 훌훌 털어 내세요. 이건 전부 제가 부족했던 탓입니다.]

그날 밤 다정이 보내온 거대한 양의 문자 내용 때문이었다. 내용엔 처음 문자를 주고받을 때처럼 자본주의가 물씬 풍기는 애교도 없었고, 부담스러운 이모티콘도 찾아볼 수 없었다.

맞춤법과 띄어쓰기는 물론이거니와 군대도 아닌데 송다정은 '다, 나, 까' 말투를 착실히 지켰다. 죄책감. 아무래도 충격은 내가 아니라 송다정이 더 컸던 모양이다. 반응이 이 정도로 파격적일 줄은 그녀도 몰랐을 테니까.

"대체……."

어떻게 해야 하는 건지. 웃어야 하나, 울어야 하나. 그날 이후 직원들의 수군거림이 심해졌지만 딱히 상처받을 일도 아니었고, 송다정을 타박할 생각은 더더욱 없었다. 큰일도 아니지 않은가. 직원들의 반응은 이미 한 번 경험해 봐서 어느 정도는 예상한 일이었다. 딱히 큰 기대도 없었다.

하지만 설마설마했던 것이 두 번이 되니 이쯤 되면 인정할 수밖에. 무뚝뚝한 성격은 인정한다. 살갑게 인사를 건네거나 웃으며 안부를 물어보지 못한 것도. 하지만 결코 나쁜 상사는 아니었다고 확신했다.

눈치 없이 회식 자리에 끼어서 자리를 불편하게 만든 적도 없었다. 그런데 왜. 인사 한번 한 것이 그렇게 문제가 될 일인가. 은도는 근본적인 문제가 무엇인지 가늠을 못 하고 있었다.

집무실 책상 앞에 앉아 깊은 고민에 잠겨 있던 은도가 혼잣말하듯 중얼거렸다.

"내가 그 정도로 별로인가?"

"……예?"

집무실 구석에 서 있던 진우는 적잖게 당황한 듯 눈을 깜빡였다. 다음 일정을 위해 그가 자신을 기다리고 있었다는 사실을 잠시 잊고 있었다.

"아. 아닙니다. 아무것도."

못내 민망했는지 은도는 서둘러 자리에서 일어났다.

기획 1팀과 3팀 직원들이 한자리에 모였다. 각각 독점으로 판매될 제품을 선별하기 위한 회의가 소집됐다.

"이번 와이넷 홈쇼핑에서 독점으로 판매하게 될 제품은 프라임 리클라이너 4인 소파입니다. 독점이 풀리면 지성 온라인 쇼핑몰에 순차적으로 개시될 예정입니다."

발표를 맡게 된 박지호 대리의 진행은 능숙했다. 부가 설명이 적혀 있는 서류 종이를 꼼꼼히 살피던 다정은 턱을 들고 박지호 대리를 바라보았다.

"박 대리님. 와이넷 홈쇼핑에 단독으로 방송될 리클라이너 소파 말이에요."

"아, 네."

"그거, 예전에 우리 회사 공식 쇼핑몰에 판매됐던 적 있지 않았나요?"

다정의 말에 직원들은 놀란 듯 그녀를 바라보았다.

"맞습니다. 아마, 3년 전쯤 프라임 시리즈 아래 버전으로 판매되었을 겁니다."

다정이 입사하기도 한참 전에 출시되었던, 심각한 적자를 본 제품이었다. 그것까지 확인하고 기억할 줄이야. 직원들은 놀란 기색이었지만 다정은 덤덤하게 고개를 끄덕였다.

"이번 리클라이너 소파가 새 버전으로 나온 것까진 좋은데, 3년 전에 출시되었던 15버전은 고가의 가격대로 매출이 하락해서 적자를 봤잖아요."

"아, 네……."

박지호 대리는 3팀의 김미래 팀장 눈치를 살피며 고개를 끄덕였다. 김미래 팀장의 의견에 따라 기존 시장의 시세보다 훨씬 비싼 가격대에 출시되었다. 그 결과, 대폭 적자를 봤고 3팀은 해당 분기 내내 고개를 들 수 없었다.

분명, 은도가 본부장 자리에 있었더라면 결코 결재 승인이 불가했겠지만, 그 당시엔 그도 해외 지사에 근무하는 중이었던지라 불가피하게 막을 수 없었다. 이 모든 것은 '명품' 이란 타이틀에 환장한 이윤석 부장의 허락이 떨어졌기에 가능한 일이었다.

"여러분도 아시겠지만 요즘 고객들, 똑똑합니다. 홈쇼핑에서 제품 판매가 시작되면, 방송을 보던 고객들은 분명 전 시리즈도 같이 리서치할 거예요."

다정의 말에 박 대리는 고개를 갸웃했다.

"그게 왜……."

다정은 턱을 문지르며 입을 열었다.

"생각해 보세요. 보통 신상 제품이 출시되면, 일반적으론 전 제품보다 높거나 비슷한 가격대로 책정이 된단 말이죠. 그런데 전 버전이 적자를 봤다 해서 무리하게 신상 제품 가격대를 낮춰 버리면, 고객들 입장에선 의구심을 가질 수밖에 없지 않을까요? 원재료와 비교했을 때 너무 비현실적으로 고가이지도, 저렴하지도 않게 타산에 맞는 가격대로 선정하는 것이 중요해요. 다들 아시잖아요."

직원들은 다 같이 고개를 끄덕였다. 고객들이 다른 브랜드를 두고 〈지성가구〉를 고집하는 이유는 바로 투명성 때문이었다. 거기엔 점차 기울어져 가던 〈지성가구〉 기획팀에 2년 전 혜성처럼 등장했던 은도의 덕이 컸다.

이대로 회의가 마무리됐다간 결국 은도에게 혼쭐이 날 사람은 이번 프로모션 책임자로 지정된 프로젝트 매니저, 다정이었다.

"어째서 가격대가 갑자기 저렴해진 건지, 비싸졌다면 왜 가격이 올랐는지 고객들을 납득시킬 수 있는 이유가 필요할 것 같아요. 그런 설명이 없다면 고객들은 제품성이 전 버전보다 뒤떨어졌기 때문이라고 생각할 테니까."

"그럼, 어떻게……."

이 주임이 번쩍 손을 들고 의견을 제시했다.

"한정 이벤트 어때요? 싫어하는 사람은 없을 것 같은데."

"오, 그거 좋네!"

직원들은 크게 수긍했다.

"한정 이벤트, 괜찮네요. 다들 이 주임 의견에 동의하시면 제가 따로 세부적인 내용 취합해서 결재 올리겠습니다."

대부분 대책을 마음에 들어 하는 눈치였으나, 3팀의 김미래 팀장은 아니었다. 1팀을 포함한 다정이 대놓고 자신이 추진한 기획안을 폄하했다 생각한 것이다. 쉽게 말해서 3팀의 견제 정도랄까. 미래는 눈을 뾰족하게 세우며 공격적으로 물었다.

"자기야. 그건 너무 터무니없는 소리 아닐까? 홈쇼핑에서 독점 판매 기간이 끝나면, 우리 쪽 공식 쇼핑몰에서도 론칭 시작될 텐데. 그때도 한정 이벤트 타령할 거야? 한정 의미를 몰라서 그러는 건 아니지? 먼저 구매한 고객들이 호구도 아니고, 그걸 어떻게 납득해?"

그녀의 의견도 어느 정도는 맞는 말이었다. 직원들이 그것도 그러네, 하며 수군대자 김미래 팀장은 비웃듯 코웃음을 흘리며 말을 덧붙였다.

"아무리 프리랜서고, 프로젝트 매니저라지만 이곳저곳 옮겨 다닌다고 해서 당장 벌어진 문제만 해결하고 보자는 그 태도는 좀 아니지 않아? 자기는 계약 기간 끝나고 다른 곳으로 떠나면 그만이지만, 우린 아니거든? 1팀이 싸질러 놓은 똥은 누가 치워?"

틀린 말은 아니지만 말에 가시가 박혀 있었다. 어떻게든 자신을 못 잡아먹어서 안달 난 그녀를 잘 알기에, 다정은 놀라지 않고 반박했다.

"김 팀장님 말씀도 맞습니다. 그 문제에 대해서도 설명해 드리려 했어요."

미래가 얄밉게 웃었다.

"정말? 너무 궁금하다. 한번 말해 볼래? 어디 들어나 보게."

"추후에 저희 쇼핑몰에서 판매할 때는, 이를테면 소파 테이블과 함께 원 플러스 원 이벤트로 가격대를 조금 올려 판매하는 것도 괜찮을 것 같아요."

"그걸 왜 자기가 멋대로 결정해?"

"어떻게 제멋대로 결정해요. 일단 지금 제 생각이 그렇다는 겁니다. 당연히 직원들 의견 먼저 물어보고, 과반수가 동의하면 그때 본부장님께 결재받으러 갈 생각이었고요."

"어찌 됐든 결국은 주임 따위가 내놓은 의견대로 가자는 거 아니야!"

"주임 따위가 아니라 직원입니다. 회의에 참석한 일원이면 누구든 의견 정돈 제시할 수 있고요. 합당하다면 문은 언제나 열려 있다, 가 〈지성가구〉의 모토 아니었어요?"

조곤조곤 반박하는 다정의 태도에 김미래 팀장은 허, 하고 헛웃음을 뱉을 뿐 더는 따지고 들지 못했다.

"그럼, 회의는 여기까지 하죠. 해당 업체 프로모션 준비는 차질 없게 신경 써 주세요."

끝을 알리는 다정의 말에 직원들은 알겠다 말하며, 하나둘씩 자리를 정리했다. 미래는 질 수 없다는 듯 다정의 뒤를 바짝 쫓았다.

"이봐, 다정 씨!"

"네."

격양된 김 팀장과 달리 다정은 덤덤했다. 또 시작이구나. 미래는 주변 사람들의 눈을 신경 쓰는 여자가 아니었다. 한두 번 있는 일도 아니었기에 직원들은 익숙한 듯 두 여자의 불꽃 튀는 신경전을 흥미롭게 관망했다.

"저번에 내가 부탁한 일은 어떻게 된 거야? 왜 아직도 소식이 없어?"

아아, 아무래도 저것 때문에 시비를 걸었나 보다. 다정은 허리에 한쪽 손을 올린 채 미래를 똑바르게 마주 보았다.

"김 팀장님 업무를 왜 제가 해 드려야 합니까?"

"그땐 아무 말도 없었잖아!"

"그렇다고 해 드리겠단 말도 한 적 없는데요."

"뭐?"

미래의 속눈썹이 파르르 떨렸다.

"그냥 대충 검토하고 본부장님께 결재만 올리면 끝이었단 말이야! 그게 그렇게 어려워?"

다정은 한 귀로 흘려들으며 잡고 있던 문손잡이를 내렸다.

"그러니까요. 그렇게 간단한 일이었으면 김 팀장님이 직접 하시면 되잖아요."

"와. 자기 진짜 무서운 사람이구나? 저번에 한 팀장님이 늦었을 땐 괜찮다며 웃어 주고, 다른 직원들 일도 다 맡아서 해 주더니, 왜 나한테만 이래? 다정 씨, 지금 사람 차별하니? 어차피 두 달만 버티면 끝날 계약직이다, 이거야?"

다정은 푹 한숨을 쉬었다.

"영업팀 일은 어쨌든 전달받아야 할 자료였으니까요. 그 일로 더 추궁해봤자 기획팀한테 좋을 게 없을 것 같아서 참았습니다. 물론, 사과도 받았고요. 그리고 제가 입사했을 당시에 1팀 직원들이 저 대신 많이 희생했어요. 그래서 받은 만큼 저도 행사할 수 있는 권한 내에서 배려해 드리는 것뿐이지, 직원들 개인 업무를 대신 맡아 해 준 적은 단언컨대 한 번도 없습니다.”
“하, 참 나.”
“사람 차별하는 거 아니에요. 바보라서 싫은 소리 못 했던 것도 아니구요. 그리고 이건 확실히 해 둬야 할 것 같아서 말씀드리는 건데. 저, 계약직 프리랜서는 맞지만 엄연히 프로젝트 매니저입니다. 김 팀장님 부하 직원이 아니라요.”
다정은 마지막까지 또박또박 대응하며 회의실 문을 활짝 열어젖혔다.
“무, 무섭단 말이야! 본부장님한테 결재받으러 가는 거!”
최후의 발악이었다. 그 이유가 너무 뜬금없어서 다정의 눈이 휘둥그레 커졌다. 자존심 높기로 유명한 그녀가 이토록 절박하게 매달리는 모습은 처음이다. 하지만 다정은 내내 자신을 폄하하던 김 팀장에게 친절을 베풀고 싶지 않았다.
“저도 무서워요. 여기 계시는 분들 중에서 본부장님 안 무서워하는 사람 있어요?”
“그래도 다정 씨는 그나마 본부장님이랑 친하잖아! 내가 꼭 이런 말까지 해야겠어?”
눈을 꽉 감고 꽥 소리치는 김 팀장의 발악에 다정은 할 말을 잃고 말았다.

미래의 입에서 ‘본부장’이란 단어가 언급되기 무섭게 3팀 직원들의 수군거림이 커졌다.
“본부장님이 다정 씨랑 친하다고? 하영 씨랑 친한 거 아니었어? 둘이 인사했잖아.”
“에이, 그때 하영 씨 울려고 했잖아요.”
“셋이 뭔 일 있었던 거 아닐까?”
“가능성은 있지. 요즘 본부장님 조금 이상하지 않았어? 그날 이후로 다정 씨 자리 앞에서 계속 머뭇거리셨잖아. 죄지은 사람처럼."

"어어. 맞아요. 아, 그리고 며칠 전인가 아침에 본부장님이랑 송 피엠님 빵집에 같이 있던데? 아침이라 정신없어서 설마 했는데, 이제 보니 맞는 것 같아요."

"허. 진짜?"

3팀 직원들끼리 지어낸 신파극이 점점 도가 지나치려 하자, 보다 못한 박 대리가 나섰다.

"다들 말이 심하시네. 없는 말 지어내는 게 3팀 취미입니까?"

덕분에 3팀 직원들의 입은 다물어졌지만, 어긋난 분위기가 나아진 건 아니었다. 젠장. 본부장님! 그 시간대에는 직원들이랑 부딪칠 일 없다면서요? 다정은 당장 본부장실로 쳐들어가 따져 묻고 싶은 심정이었다.

화제성 스캔들이 수면 위로 떠오르자 자기 일처럼 훈수 두기 바쁜 직원들의 '아님 말고' 식의 악취미는 멈출 생각이 없어 보였다. 옹기종기 모여서 작은 목소리로 떠들기 바쁜 직원들을 힐긋거리던 다정은 큰 숨을 내쉬었다. 처음부터 본부장님께 이래라저래라 오지랖 부리지 않았더라면. 처음부터 도와드릴 레벨이 되지 않아 죄송하다고 정중히 거절했더라면. 모든 게 다 내 잘못이다. 그래도 아닌 건 아니지. 다정은 눈에 힘을 주고 미래를 바라보았다.

"그런 이유 때문이라면. 더욱 도와드릴 수 없을 것 같습니다."

진한 화장을 한 미래의 얼굴이 처참하게 일그러졌다.

"다정 씨 속 좁게 계속 이럴래? 설마, 진짜 본부장님이랑 뭔 일 있던 거 아냐? 자기 좀 수상하다?"

"그건 또 무슨 말도 안 되는……."

"그럼 왜! 대체 뭐 때문에 못 도와주겠다는 건데!"

나왔다. 저 단순 무식 지랄.

"저야 김 팀장님 말처럼 계약 기간만 채우고 그만둘 사람이니까 그렇다 치지만, 김 팀장님은 좋든 싫든 이 회사에 계속 남아야 하잖아요. 언제까지 피하실 생각인데요? 저 그만두고 나면 다른 직원들한테 부탁하실 거예요?"

"그건……!"

타인의 시선을 그렇게 신경 썼으면서, 어째서 지금은 본부장님을 두둔하기 위해 발 벗고 나서고 있는 건지. 스스로 생각해 봐도 이해할 수 없었지만 다정은 물러서지 않았다.

"저도 매일 혼나요. 그래도 어쩌겠어요. 회사가 학교도 아니고, 직원 한 명이 저지른 실수가 매출로 직결될 텐데. 나중에 시말서 쓰고 징계받는 것보단 본부장님한테 혼나는 편이 훨씬 낫죠."

그것을 미연에 방지해 주고자 하는 것이 바로 본부장의 역할인데, 그 간단한 것을 모른다. 아니, 알면서 모르는 척하려고 한다. 단지, 자신들의 입맛에 맞지 않는다는 이유 하나만으로.

"그것도 다 관심 있어서 그러시는 거예요. 무서워해야 할 건, 본부장님이 아니라 본부장님의 무관심입니다."

이건 김미래 팀장에게만 해당되는 말이 아니었다.

"본부장님이 여직원을 추행한 것도 아니고, 없는 잘못을 만들어서 추궁한 적도 없는데, 직원한테 인사 한번 한 것 가지고 왜 이렇게 유난인 건지 아무리 생각해도 모르겠네요. 저는."

다정은 김 미래 팀장을 포함한 3팀 직원들에게 흘리듯 일침을 날리며 회의실을 빠져나왔다. 틀렸다. 이건 완전 실수다. 직무는 비슷하대도 팀장에게 가르치듯 해선 안 됐다. 가늘고 길게 살자가 목표였건만. 아무렇지 않은 척했어도 심장이 터질 것 같았다.

"봐. 맞지? 내가 그랬잖아. 다정 씨가 본부장님 좋아하는 거라고."

"설마, 둘이 벌써 사귀고 있는 건 아닐까요?"

"본부장님 성격에, 연애라고? 아니야. 다정 씨 혼자 짝사랑하는 게 뻔해."

뒤에서 3팀 직원들의 속닥거리는 목소리가 괜히 더 크게 들렸다. 내가 뭐가 어때서. 다정은 괜히 시큰해진 코를 슥 닦았다.

"송 피엠님. 괜찮으세요?"

이 주임이 걱정했지만, 다정은 괜찮다는 손짓을 해 보였다. 다행히 그녀는 더 따라오지 않았다. 혼란스러운 마음을 뒤로하고 다정은 시선을 바닥에 박은 채 성큼성큼 걸었다. 왼쪽으로 꺾으려는 순간, 다른 직원과 툭 팔이 부딪쳤다. 다정은 누군지 확인해 보지도 않고 고개를 숙였다.

"죄송합니다."

그 인사를 끝으로 그녀는 홀연히 멀어져 갔다.

은도는 우두커니 서서 다정이 아프게 치고 지나간 곳을 무덤덤하게 바라보았다. 그런 얼굴은 처음 봤다. 무겁게 가라앉아 있는 송다정의 표정이 좀처럼 머릿속에서 떠나지 않았다. 뭔가, 잘못돼도 한참 잘못됐다.

그렇게까지 나설 필요는 없었는데. 못 이기는 척 김 팀장을 도와줄 수도 있었는데. 순간적으로 울컥해서 너무 오버했다. 없는 일을 저들 입맛대로 각색해 대니 도무지 참을 수가 없더라. 하지만.

'나 대체 무슨 짓을 한 거냐.'

으으. 다정은 손가락을 두피 깊숙이 밀어 넣어 머리카락을 꽉 쥐어짰다. 졸지에 본부장님을 짝사랑하는 순정녀가 되어 버렸다.

팔은 안으로 굽는다고 그나마 소속된 1팀은 괜찮겠지만 3팀은 다르다. 1팀과 3팀은 암묵적인 라이벌 구도였던지라 더욱 신경 쓰였다. 분명, 자기들끼리 뒤에서 신랄하게 까고 놀겠지.

'어쩌자고. 대체 어쩌자고!'

다정은 속으로 분통을 토했다. 괜히 지고 싶지 않아서 일부러 더 똑 부러지는 척했지만 사실은 심장이 터질 것 같았다.

아니야. 침착해. 아직 완전히 망하진 않았어. 내일이라도 당장 김 팀장님 일을 대신 해 주자. ……기엔 너무 자존심 상하는데.

"후……."

묵직한 한숨이 왈칵 쏟아졌다. 다정은 일부러 늦은 시간까지 버텼다. 그때까지도 본부장실은 환했다. 결국 짐을 챙겨 들고 회사 정문에 다다랐지만, 다정은 선뜻 발을 뗄 수가 없었다. 돌아가서 오늘 벌어진 일 전부를 이실직고할까. 그렇담 뭐라고 말해야 하나. 어쩌다 보니 내가 당신을 짝사랑하고 있더라. 조만간 연애하는 사이가 될 것 같다, 라고? 아니다. 그냥 집에 가자.

돌아가? 집에 가? 가? 말아?

"신경 쓰여 죽겠네. 진짜!"

다정은 거칠게 머리를 흩트리며 입술을 잘근 씹었다. 직원들에게 단단히 찍혀 버린 것도 신경 쓰이지만, 지금 당장은 본부장이 훨씬 더 신경 쓰인다.

면전을 마주하는 건 조금 무서우니까 대신 연락해 보자. 그때 일은 죄송했다고. 너무 성급했고, 쉽게 생각했다고. 아무래도 직원들이 멋대로 오해해서 관계를 의심하는 모양이니 이쯤에서 접는 것이 좋겠다고. 생각을 끝낸 다정은 휴대폰을 꺼내 들었다.

[저, 본부장님. 혹시 지금 시간 되시나요?]

거기까지 입력했을 때, 다정의 손가락이 멈췄다. 연신 머뭇거리며 고민할 때였다. 뒤에서 낮은 목소리가 흘러나왔다.

"됩니다. 시간."

화들짝 놀란 다정이 몸을 홱 돌렸다. 어느새 다가온 은도가 비스듬히 고개를 기울인 채 다정을 바라보고 있었다.

"깜, 깜짝이야."

놀란 사람치고 힘없는 리액션이었으나, 그는 딱히 신경 쓰지 않는 눈치였다.

"이 시간까지 여태 퇴근 안 하고 여기서 뭐 하는 겁니까."

"아, 그게……."

어디서부터 말을 해야 할지 몰라 다정은 말을 늘였다. 은도는 물끄러미 다정을 내려다보다가, 천천히 입술을 떼어 냈다.

"힘들면 그만둬요. 괜찮으니까."

마치, '오늘 점심은 맛있게 먹었어요?' 라고 말하는 것처럼 평온한 말투라, 하마터면 네. 당장 그만두겠습니다. 라고 대답할 뻔했다.

"그게 무슨 말씀이세요?"

"곤란해졌잖습니까. 나 때문에."

다른 직원에게 상황을 전해 들었나? 아님, 엿보기라도 한 건가? 다정은 초조해진 마음에 일부러 호탕하게 웃었다.

"하하! 누, 누가 그래요? 되게 웃긴다! 저 지금 엄청 괜찮은데?"

그렇게 말하면서도 다정은 슬쩍 그의 눈을 피했다. 물끄러미 그녀를 내려다보던 은도가 작게 한숨 쉬었다.

"처음부터 순전히 내 욕심 때문에 시작된 일이었고."

울컥.

"송다정 씨 입장이 어떨지 깊게 생각해 본 적도 없……."

"본부장님. 말씀 끊어서 죄송하지만, 싫습니다."

편들어 줘서 고맙다고 칭찬해 줘도 모자랄 판에 그만두라고? 그렇게 진지한 표정으로 부탁해 놓고, 이제 와서? 누군 스캔들의 여주인공이 됐는데? 다정은 밉지 않게 눈썹을 구기며 반항심이 가득한 눈빛으로 은도를 올려다보았다.

"그러니까 내 말은."

"할 거예요. 저, 다른 건 몰라도 약속만큼은 꼭 지킵니다. 제가 또 책임감 빼면 시체거든요. 한 입으로 두 말 안 해요. 욕심이요? 맘껏 부리셔도 돼요. 제 입장이요? 생각 안 하셔도 됩니다. 먼저 도와드리겠다고 무턱대고 나선 사람은 저였으니까요. 본부장님께 보은한다 생각하고 이렇게 된 이상, 오기로라도 끝장 볼 겁니다, 전! 두고 보세요."

다정은 꾹 참고 있던 숨을 뱉으며 씩씩거렸다.

"그리고요, 저도 나름 괜찮거든요? 이만하면 얼굴도 예쁜 편이고, 성격도 어디 가서 꿀리지 않거든요? 학창 시절 땐 인기도 엄청 많았다고요! 나름, 나름대로."

느낌표와 물음표가 난무하고, 말은 두 번이나 끊겼다. 마지막 말은 상황과 전혀 동떨어진 원망이었지만, 아무래도 짝사랑하고 있다는 직원들의 추측에 상처받았지 싶다.

와다다 쏟아진 다정의 항변에 은도는 적잖게 당황한 듯 헛웃음을 터트렸다. 처음부터 순전히 내 욕심 때문에 시작된 일이었고, 당신 입장이 어떨지 단 한 번도 깊게 생각해 본 적도 없다. 적어도, 어제까지는.

'그래도 나 좀 도와줬으면 해요. 송다정 씨만 괜찮다면.'

사실은 뻔뻔함을 무릅쓰고 힘들더라도 계속 도와줬으면 한다고 부탁하려 했는데. 어지간히 억울했나 보다. 많이 화났구나. 너. 은도는 다정의 얼굴에 머물러 있던 시선을 슬쩍 내리며 희미하게 웃었다.

"송다정 씨는 보면 참, 신기합니다."

"무슨……."

"보고 있으면 계속 웃게 돼서."

예고도 없이 훅 들어온 말에 다정은 당혹스러움을 감출 수 없었다.

"알고 있습니다."

"뭐를, 요?"

"송다정 씨 예쁜 거."

문득 선선한 바람이 불었다. 긴 머리카락이 흩날리고, 은도의 재킷 밑단이 흔들렸다.

"그리고 생각보다 훨씬 더, 괜찮은 여자인 것도. 압니다."

그 이후 누구 한 명 입을 열지 않았다. 고요했다. 별안간 머리 위로 커다란 손이 내려앉았다. 정수리에서 잠시 머물었던 따뜻한 손은 이내 긴 머리카락을 부드럽게 타고 춤을 추듯 아래로 떨어졌다.

숨 막히는 정적 끝에, 그가 말했다.

"고마워요. 오늘, 내 편 들어 줘서."

진심으로, 고맙다고.

이 남자. 선수인 것이 분명하다.

❈ ❖ ❈

4월 5일은 식목일이다. 비록 공휴일은 폐지됐지만, 〈지성가구〉는 자체적으로 그날을 휴무로 지정했다. 기업 특정상 원목 가구의 사용률이 높은 만큼, 나무를 심거나 식물을 가꾸라는 취지에서 생겨난 복지 중 하나였다. 참신한 발상이었지만, 착실히 지키는 직원은 별로 없었다.

그것을 방지하고자 본인 SNS에 #지성가구 #식목일휴무, 라는 해시태그를 걸어 사진을 올리라는 지시가 떨어졌지만, 역시 권장 사항일 뿐 필수는 아니었다. 별수 없이 〈지성가구〉 공식 SNS 페이지에만 행사 인증샷이 올라가곤 했는데, 뜻밖에도 대중들의 반응은 꽤 긍정적이었다. 이 모든 것은 은도의 머릿속에서 나온 아이디어였다.

급변하는 트렌드를 두고 애들 장난이라며 무시하는 고지식한 기업인들의 고집을 꺾기까진 꽤 많은 시간을 할애해야 했지만, 결과가 좋으니 다들 입을 다물었다. 가구 유통업계의 대표 주자란 명예로운 수식어를 얻게 된 것도 은도의 공이 컸다. 그는 고질적인 문제를 간파하고 새로운 발판을 만들어 발 빠르게 반영했다.

임직원들의 강력한 반대에도 굴하지 않았던 결과, 직원들의 복지와 회사의 브랜드 가치, 그리고 홍보까지. 세 마리의 토끼를 한 번에 잡을 수 있었다. 새로운 복지가 추가되었어도 직원들 입장에선 누가 만들었는지 알 바 아니었다. 즐기기만 하면 그만이었다.

대부분의 임원들 역시 입을 다물었다. 은도의 입지가 커져 봤자 좋을 게 없다는 이유에서였다. 은도 역시 그것에 대해 딱히 불만을 가지진 않았다. 칭찬받기 위해 행한 일이 아니었으므로.

은도는 오전에 식목일 기념행사에 다녀오고 나서 습관처럼 헬스장으로 향했다. 운동을 끝내고 곧장 남은 업무를 처리하기 위해 회사로 출근할 생각이었다. 은도는 이를 악물며 근력 운동에 집중했다. 일주일 내내 쌓아 둔 잡념과 스트레스를 한 번에 날려 버릴 생각인 건지, 평소보다 다섯 세트를 더 했다. 마지막 세트를 끝내고 은도는 목에 걸치고 있던 수건으로 대충 이마에 맺힌 땀을 닦아 내며 러닝머신으로 걸음을 옮겼다.

지이이잉. 지이이잉. 지이이잉. 아까부터 계속 저런다. 러닝머신 옆 거치대에 꽂아 둔 휴대폰은 30초마다 한 번씩 진동했다.

'무시하자.'

은도는 액정을 힐긋거리다가 일부러 속도를 더 올렸다.

지이이잉.

"하……."

결국 은도는 러닝머신을 멈추고 휴대폰을 들었다. 액정을 켜자마자 문자가 우수수 쏟아졌다. 연락이 없었을 때보다는 훨씬 안심이 됐지만, 그 날 이후로 이건 이것 나름대로 곤욕이다.

충동적이었다. 손끝에 아직도 송다정의 샴푸 향이 남아 있는 것만 같아서, 그 저릿함을 참을 수 없어서, 은도는 손을 세게 말아 쥐었다.

[본부장님. 저, 송다정입니다. 휴무는 잘 보내고 계신가요?]

이상하게.

[다름이 아니라 어젠 경황이 없어서 말씀드리지 못했는데, 독점 판매 회의 내용 정리해서 메일로 전송했습니다.]

자꾸 네가 보고 싶어져서. 괜한 장난으로 놀리고 싶어져서.

[휴무 날에 연락드려서 죄송합니다.]

스크롤을 내리던 은도의 엄지손가락이 굳었다.

……큰일이다.

다정은 노트북을 닫고 침대에 털썩 앉았다. 기가 쏙 빨렸다.

'보고 있으면 계속 웃게 돼서.'

'송다정 씨 예쁜 거.'

'고마워요. 내 편 들어 줘서.'

달래 주려고 아무 감정 없이 던진 대사일 텐데, 그 말이 뭐라고. 머리카락을 쓸던 손길이 자꾸 떠올라서 다정은 격하게 머리를 흔들었다. 마침 진동이 울렸다. 다정은 빛의 속도로 문자를 확인했다.

[혹시 시간 되면 지금 회사로 와 줄 수 있습니까?]

아…… 왜요. 본부장님. 죄송하다고 말씀드렸잖아요. 그런데 회사라뇨. 세상 그 무엇과도 바꿀 수 없는 황금 같은 휴무 날에 회사라니요! 제가 미쳤습니까.

[본부장님 정말 죄송하지만 휴무 날에 회사는 좀;;]

이번만큼은 확실하게 거절 의사를 말할 생각이었지만, 다정은 차마 '전송' 버튼을 누르지 못했다. 보고서가 잘못됐나? 결국 한숨을 푹, 내쉬며 문자 내용을 싹 지워 버리고 정정했다.

[네! 당연하죠. 빛의 속도로 냉큼 달려가겠습니다! *^^*]

그녀도 어쩔 수 없는 직장인이었던 것이다.

[1시까지 와요.]

다정은 신경질적으로 던지듯 침대 위에 휴대폰을 내팽개쳤지만 다시금 냉큼 집어 들었다.

12시 30분.

"으억!"

시간을 확인한 다정은 스프링처럼 침대에서 튕겨 올랐다.

회사 앞에 도착했다. 다정은 후우, 심호흡하며 가슴을 쓸어내렸다. 끝없이 높은 본사 건물을 올려다보고 있자니, 눈물이 핑 돌았다.

"날씨 하난 더럽게 좋네……."

왠지 괴롭힘당하는 기분을 지울 수 없었다. 설마 어제 일로 복수하려는 걸까. 그렇게 치졸하고 속 좁은 사람은 아닌 것 같은데.

여차저차 도착한 기획 부서 사무실은 고요하기만 하다. 그렇게 익숙한 곳이 오늘따라 이상하게 적응이 안 됐다. 천천히 걸음을 옮겨 기획 부서 본부장실 앞에 다다랐다. 다정은 심호흡을 내쉬며, 작은 목소리로 신분을 밝혔다.

"본부장님. 저, 송다정입니다."

"들어와요."

넘어온 낮은 목소리에 다정은 조심스럽게 문손잡이를 내렸다. 문을 열고 들어서니 한창 업무에 열중하고 있던 차은도가 눈에 들어왔다. 하지만 평일에 질리도록 봐 온 것과는 조금 다른 모습이었다.

휴일이라 그런가. 깔끔한 브라운 니트에 차분히 내린 앞머리. 평소 격식을 차린 슈트 차림이 아니라 그런지 느낌이 달랐다. 뚜렷한 이목구비 때문에 차가운 인상은 여전했지만.

물기에 조금 젖어 있는 그의 머리카락에 잠시 시선을 빼앗겼다. 얼마나 처리해야 할 일이 많았으면 샤워하고 머리 말릴 시간조차 없었을까. 쉬는 날에 일해 봤자 누가 알아준다고.

"저어, 본부장님."

서류에 고정되어 있던 그의 시선이 위로 향했다. 은도는 눈짓으로 접대용 소파를 가리켰다.

"앉아요."

다정은 괜히 민망해서 어깨를 으쓱이며 자리에 착석했다.

"늦어서 죄송합니다."

"됐어요. 갑자기 부른 건 나였으니까."

'아닙니다.' 라고 말하면서 고개를 돌리려는 순간, 테이블 위에 놓인 테이크아웃 커피 한 잔이 다정의 시야로 들어왔다.

"어? 이건……."

"날씨가 풀려서 차가운 걸로 사 왔는데. 혹시 다른 것 마시고 싶으면."
은도가 재킷 안주머니를 뒤적거리려 하자, 다정은 급히 손을 내저었다.
"아뇨, 직접 준비해 주실 줄은 몰라서 놀란 것뿐입니다. 잘 마시겠습니다!"
"불러 놓고 기다리게 해서 미안한데, 아직 처리해야 할 게 남아서. 금방 끝납니다."
"아닙니다. 저는 신경 쓰지 말고 편하게 업무 보세요."
다정은 활짝 웃으며 빨대를 쪽쪽 빨았다. 시원한 라떼가 목구멍으로 넘어가니 기분이 좋았다. 정신없이 흡입하고 있는데, 옆통수가 데일 듯 뜨거웠다. 뭐지. 더 반응해 달란 뜻인가.
다정은 라떼를 흔들어 보이며 생긋 웃었다.
"본부장님께서 사 주셔서 그런지 평소보다 더 맛있고 달달하네요. 하하."
이 정도면 만족했겠지. 하지만 예상한 반응과는 달리 그는 어처구니가 없다는 눈으로 다정을 응시했다.
"……죄송합니다. 기분 탓이었나 봅니다."
그 뜻이 아니었다. 미쳤지. 다정은 이유 모를 긴장감에 빨대를 와작와작 씹었다. 그 모습을 가만히 바라보던 은도가 피식 실소를 터트렸다.
"송다정 씨는 사회생활 하난 문제없겠네요."
그는 다정에게 머물러 있던 눈길을 치워 내고 다시 업무에 집중했다.
저거, 칭찬인가 욕인가. 다정은 지난날을 회상하며 본부장실을 눈으로 훑었다. 그러고 보면 결재나 컨펌을 받으러 올 때나 잠깐 들렀지, 지금처럼 용무가 없는 상황에서 긴 시간 머무른 적은 처음이었다.
집무실은 너무하다 싶게 깔끔했고 단조로웠다. 가구 인테리어 회사가 맞나 의문이 들 정도로 그 흔하다는 화분 하나 없었다.
더욱 낯설었던 것은 집무실에서 업무를 보는 본부장님의 모습이다. 가깝지도, 멀지도 않은 거리. 보이지 않는 경계선을 사이에 두고 그를 지켜보았다. 기분이 참 이상했다.
위이잉. 공기 청정기가 돌아가는 소리가 보다 크게 들려올 때쯤, 다정은 정적이 너무 길어졌다는 사실을 체감했다. 마침 일을 끝낸 모양이다. 그가 의자에서 몸을 일으켰다.

다정은 천천히 다가오는 은도를 눈으로 좇으며 물었다.

"휴무 날에도 출근하시나 봐요."

"밥값은 해야죠."

"아하, 그러시구나."

너희보다 연봉 많이 받는 데엔 다 이유가 있다, 이거군. 다정은 백번 납득한다는 뜻을 담아 고개를 끄덕였다.

그러면서도 한편으론 이해가 안 됐다. 어느새 맞은편에 다리를 꼬고 앉아 태연한 표정으로 자신을 바라보고 있는 본부장님의 의중이. 여태 잘 참고 기다렸다 생각하며 다정은 조심스럽게 운을 뗐다.

"저, 본부장님. 오늘 회사엔 어쩐 일로 부르신 건지……."

심지어 휴무 날인데.

"혹시 보고서에 문제라도 생겼나요?"

"아니."

"그럼요?"

"만나 달라는 약속, 잊었나 봅니다."

"……네?"

"일주일에 두 번. 장소와 시간은 내가 정하기로 했던 것 같은데."

아. 그거.

"힘들면 그만둬도 괜찮다는 내 말에 그럴 일 없을 거라며 호기롭게 거절한 사람은 송다정 씨였잖습니까."

어제의 흑역사가 떠오르려고 한다. 다정은 손바닥을 들어 보이며 은도를 멈춰 세웠다.

"잠, 잠시만요. 타임. 질문을 정정하겠습니다."

"어떻게?"

"만나자는 의미가 뭐였는지. 만나서 무엇을 하자는 뜻이었는지 궁금합니다."

……잠깐. 말을 뱉고 보니 뭔가 이상하다. 분명 뜻은 맞는데, 듣는 사람 입장에선 굉장히 음흉하게 들릴 수 있는.

"저, 본부장님. 이상한 뜻 아니었다는 거, 아시죠?"

그가 입술 끝을 길게 늘어뜨렸다.

"잘 모르겠는데."

"아니……. 아닙니다. 아무것도."

진짜. 되는 게 하나도 없네. 스피치 학원이라도 다녀야 하나. 매일 하는 일이 PT 발표인데도 이 남자 앞에서는 속수무책으로 말 못 하는 저주에 걸려 버리니, 미칠 지경이다.

그가 슬쩍 웃으며 물었다.

"휴무 날에 불러서 화 많이 났습니까?"

"아뇨."

사실은 맞지만요.

"나름 사정이 있어서 그랬던 거니까 그 정돈 이해해 줘요."

그렇게 갑자기 잘생긴 얼굴로 미안하다 하시면 제가 뭐가 됩니까.

"대체 사정이란 것이 어떤……."

오만 가지 잡생각으로 혼란에 빠져 허우적거리는 다정을 가만히 건너다보다 은도는 놀리는 것을 그만두기로 했다.

"송다정 씨와 친해지고 싶어서."

오늘 아침, 당신이 생각났다고. 이상하게 문득 보고 싶어졌다고.

"그래서 만나자고 했습니다."

……그런 뜻이었다.

07

나름대로 많이 순화시켰다고 생각했지만, 다정에겐 이보다 더 직설적이고 충격적일 수가 없었다. 설마, 직원들과 친해지고 싶다며 도와 달라 했던 말들은 수작이었던 겁니까?

하마터면 미친 척하고 물어볼 뻔했다. 다정은 멍청하게 입을 벌린 채 눈을 껌뻑대다 손가락으로 제 가슴팍을 꾹 찌르며 다시 물었다.

"저랑, 요?"

"네."

"그러니까, 저와 만나고 싶어서. 부르셨다고요? 이렇게나 날씨가 좋은, 하필이면 휴무, 날에?"

"네."

"왜요?"

"직원들과 친해지기 전에 송다정 씨와 먼저 친해지는 게 순서가 아닐까 싶은데."

"아……."

이제야 납득한 모양이다. 은도는 그녀 앞에 놓인 바닥을 드러낸 커피잔을 물끄러미 바라보다 시선을 올렸다.

"점심은, 먹었습니까?"

"아뇨, 아직."

누구 때문에 먹고 싶어도 못 먹었다는 얼굴이다. 말만 안 했지 그녀의 표정엔 불만이 가득해서 설핏 웃음이 샜다. 은도는 지체하지 않고 자리에서 일어나 재킷을 둘러 입었다. 단추를 채우려는데, 그녀가 다급히 물어 왔다.

"본부장님 뭐 하세요?"

"만나서 뭘 하려고 하는지 보여 주려고 그럽니다."

"……본부장님 진짜 저한테 왜 이러세요."

다정은 울상을 지으며 어깨를 바짝 움츠렸다.

아, 진짜 웃겨. 은도는 못 말리겠다는 듯 고개를 절레절레 흔들었다.

"점수 따려는 거니까 너무 걱정은 말고."

정신을 차리고 나서 보니 회사에서 5분 정도 떨어진 스테이크 전문점에 도착해 있었다. 몇 번 직원들을 통해 들은 적 있는 곳이었다. 세련된 인테리어와 맛이 일품이라며 알 만한 사람들은 다 알고 있다고.

"먼저 골라요."

"아무거나 시켜도 돼요?"

"얼마든지."

은도가 어깨를 으쓱이자 다정은 눈으로 빠르게 메뉴판을 훑었다. 엄청나게 비싸지도, 너무하게 저렴하지도 않은, 딱 적당한.

"그럼, 저는 이걸로 할게요."

메뉴 이름이 너무 길어서, 다정은 대충 손으로 사진을 가리켰다. 맛은 모르겠으나, 그중에선 가장 저렴한 것이었다. 각자 취향대로 주문을 마치고, 다정은 자세히 둘러보지 못한 인테리어를 마저 꼼꼼히 훑었다.

저건 얼마쯤 하겠고, 저건 어떤 브랜드의 것이겠구나. 길지 않은 시간이었지만, 어떻게든 가구, 인테리어 회사에 뿌리를 내리려고 달달 외우던 것이 이럴 때 효과를 발휘했다.

다정은 내심 고생한 지난날이 뿌듯하면서도 짠해서 속으로 웃었다. 그러다 맞은편에서 따갑게 쏟아지는 눈길에 정신이 번뜩 돌아왔다. 은도는 언제부터인지 하염없이 다정을 바라보고 있었다. 비스듬히 고개를 기울인 채 미간을 좁히거나, 미약하게 웃음을 터트리기도 했다.

무슨 생각을 하시는 건지.

"무슨 생각을 그렇게 합니까?"

그가 물었다. 다정은 자신의 속마음을 들킨 것 같아 깜짝 놀란 눈으로 은도를 응시했다.

"어……. 그냥요. 여기 인테리어가 참 예쁘다고……."

'그러는 본부장님은요?' 라고 되묻고 싶었으나 다정은 말을 삼켰다. 더 급한 것이 있어서였다.

"아, 맞다. 본부장님. 아까 그 말, 진심이세요?"

"친해지고 싶다는 말?"

"네."

"내가 송다정 씨한테 거짓말을 왜 해요."

그 말은 진심이라는 뜻이다.

"점수 따겠다는 말씀은, 여기서 스테이크 사 주겠다는 뜻이고요?"

그가 고개를 끄덕였다.

"이상하네요. 전 꽤 본부장님과 친해졌다고 생각했는데. 착각이었나 봐요."

은도의 의아하단 표정에 다정이 풋 웃음을 터트렸다.

"농담이에요. 그나저나 저와 친해지시려면 먼저 말부터 편하게 놓으셔야 할 것 같은데요? 군대도 아닌데 '다, 나, 까' 는 너무 딱딱하지 않나."

"그건 송다정 씨도 마찬가지 아닌가."

"본부장님은 제 상사니까 당연하죠."

"나도 내 방식대로 존중하는 겁니다. 상사라 해서 부하 직원을 하대하는 행동이 당연시되면 안 된다고 생각하니까."

"오……. 뭔가 감동적인데요? 본부장님의 이런 면을 직원들이 알아야 할 텐데요. 그래도 적당히 편하게 말 놓으세요. 그게 더 친근하고 좋거든요. 저도 편하고."

"습관이라. 노력은 해 보죠."

존댓말을 고집했던 것은, 선을 넘지 않으려는 최선이었다는 것을 다정은 알지 못했다. 곧 주문한 스테이크가 나왔다. 다정은 앞에 놓인 주먹만 한 스테이크를 허망하게 바라보았다.

이걸 먹고 배가 불러? 진심이야? 도무지 표정 관리가 안 됐다. 다정은 슬쩍 은도의 것을 건너다보았다. 반면 그의 것은 풍족했다. 아, 가격 차이인 건가. 다정은 절실하게 후회했다. 비싼 것 시킬걸.

그런 그녀의 마음을 아는지 모르는지 그는 칼질하는 데 여념이 없었다. 그릇을 더럽히지 않고 정갈하고 반듯하게 고기를 썰었다. 다정이 나이프를 쥐려는데, 앞에 놓여 있던 접시가 난데없이 허공으로 올라왔다.

그가 자신의 접시와 다정의 것을 바꿔 놓으려는 것이다.

"본부장님 지금 뭐 하시는……."

"먹어요."

자신의 음식을 탐내던 눈빛을 알아차린 걸까.

"어휴, 아닙니다. 본부장님 이거 드세요. 그건……."

배 안 차요. 매니 매니 안 차요.

"시간 외 수당이라 생각해요."

은도는 다정의 말을 들은 체도 하지 않았다. 맛있게 잘만 먹는다.

저 주먹만 한 고깃덩어리를. 하는 수 없이 다정은 더 억지 부리지 않고 감사합니다, 인사했다. 원래는 그의 것이었던 메뉴를, 본부장님께서 직접 먹기 좋게 손수 잘라 준 스테이크를 입에 넣는 기분이란, 참으로 묘했다고 하겠다.

"맛있습니까?"

“네, 완전 대박. 엄청 맛있어요! 입에서 살살 녹아요. 처음부터 이걸로 시킬걸.”

뺏어 먹어서 더 그런 것 같지만. 다정은 양 엄지를 척 올렸다. 그 격양된 리액션이 나쁘지 않았던 모양인지 그는 씩 웃었다. 그 후로 둘은 조용히 식사만 했다.

이상했다. 최근 들어 그의 미소를 부쩍 자주 보게 되는 것 같아서. 솔직히 눈치 보지 않고 허겁지겁 먹고 싶은 마음이 굴뚝같았으나, 다정은 힐긋힐긋 맞은편 접시 상태를 확인하며 상사의 식사 속도에 맞추느라 정신이 없었다.

시간이 어떻게 흘러갔나, 분명 맛은 있었던 것 같은데 무슨 맛이었나. 생각이 잘 안 난다. 냅킨으로 입가를 툭툭 닦아 내던 그가 눈꺼풀을 밀어 올렸다. 눈이 마주쳤다. 다정은 어색하게 은도의 눈치를 살피다가 재빨리 일어섰다.

“아, 저 잠시만 화장실 좀 다녀오겠습니다. 천천히 나오세요.”

핸드백을 챙겨 들고 화장실로 향하는 척하다가, 곧장 카운터로 걸음을 옮겼다. 자리가 계산대와 멀리 떨어져 있어 다행이었다. 다정은 몰래 챙겨 두었던 빌지를 직원에게 건네주며 지갑을 꺼내 들었다.

아까 슬쩍 계산해 봤을 땐 대략 팔만 원 정도. 적당한 가격이었다. 스테이크 전문점에서 식사를 했으면 저 정도는 나올 것이라 어느 정도는 예상했던지라 놀랍지 않았다. 다정은 체크카드를 내밀며 ‘계산해 주세요.’ 했다. 그러는 순간에도 자리를 힐끔 확인했다.

“얼마죠?”

“아…….”

직원은 난감하단 표정으로 멋쩍게 웃었다.

“분명 점수 따고 싶다 했던 것 같은데. 시간 외 수당이란 말도 했고.”

바로 뒤에서 낮은 목소리가 흘러나왔다. 다정은 놀란 가슴을 쓸어내리며 뒤를 돌았다.

“아닙니다. 저 여태 본부장님께 신세 진 것들이 너무 많아서요. 이번엔 제가 사겠습…….”

"고객님. 말씀 중에 죄송합니다만, 저희는 선불 결제라서요."

"예?"

직원은 상냥하게 웃으며 카드를 돌려주었다. 다정은 서둘러 눈으로 은도를 좇았다. 그는 이미 출입문을 통과한 뒤였다. 계단을 올라가는 뒷모습이 점점 작아졌다.

아……. 또 실패야. 다정은 시무룩하게 입술을 축 늘어뜨리며 가게를 빠져나왔다.

나란히 걸었다.

'데려다주고 싶은데, 차를 안 가져와서. 택시 잡아 줄게요.'

'아뇨, 지하철 타면 됩니다.'

아마도 그 대화 때문에. 그는 지하철역까지 데려다주겠다며 친절을 베풀었다. 예전 같았다면 삭막하고 불편해야 정상인데, 지금은 그렇지가 않다. 숨 막히는 침묵도 익숙해졌고, 그 나름대로 편했다. 무심하지만 사려 깊은 그의 성격을, 진심을 알게 되었기 때문이 아닐까. 이제 길만 건너면 도착이다. 다정은 그와 마주 보고 서서 꾸벅 허리를 숙였다.

"본부장님, 오늘은 감사했습니다. 매번 얻어먹고, 빚만 지게 되는 것 같아서 마음은 조금 불편하지만, 그래도 값진 음식 기분 좋게 맛있게 잘 먹었습니다!"

절로 기분이 좋아지게 만드는 감사 인사였다. 가식적이지 않아서 더. 또랑또랑한 그녀의 목소리에 은도는 슬쩍 입술을 늘였다.

"내가 더 고마워요."

"네?"

"밥 같이 먹어 줘서."

항상 혼자 먹었는데. 아이러니하게도 점수를 따고 있는 쪽은 내가 아니라 당신이 되어 버린 것 같다.

"아닙니다. 저야말로……."

"그래서. 점수는?"

점수? 아, 점수 따겠다고 했었지.

"……70점?"

"생각보다 짜네. 90점은 될 줄 알았는데."

그가 웃었다. 뭐, 뭐야……. 쓸데없이 멋있잖아. 오늘따라 덥다. 왜 이렇게 덥지. 아직 4월인데 이상하네. 다정은 손부채질을 하며 하하 웃었다.

"앗. 신호 바뀌었네요. 그럼 전 이만!"

다정이 서둘러 발을 떼어 내려는 찰나, 골목에서 승용차 한 대가 툭 튀어나왔다. 클랙슨 소리가 울리기도 전에 벌어진 일이었다. 얇은 손목을 잡아챈 은도가 제 쪽으로 다정을 확 끌어당겼다.

널찍한 어깨에 다정이 이마를 콩, 부딪쳤다. 창문 너머로 '미안해요!'라고 소리치는 운전자의 목소리가 언뜻 스치고 지나갔다. 다정의 정수리 위로 안도 섞인 숨이 묵직하게 내려앉는다. 품에 파묻힌 탓인지 그의 시원한 향기가 물씬 풍겼다.

아직 상황 파악이 되지 않아 눈을 깜빡거리던 다정이 슬쩍 고개를 들었다. 그의 머리 위로 태양빛이 고스란히 쏟아졌다. 멍하니 그 모습을 바라보다가 문득 정신을 차렸을 땐, 손바닥 한 뼘 거리에 그의 입술이 있었다.

다정의 눈이 크게 떠졌다. 지진이 난 것처럼 동공이 흔들렸다. 숨을 쉴 때마다 그의 냄새가 가슴속 깊이 스며든다. 향이 짙어질수록 심장이 뛰는 속도가 점차 빨라졌다. 드디어 미친 건가. 심장이 당장이라도 폭발할 것처럼 뛰었다. 놀란 그녀가 허우적거리며 내적 갈등과 싸우고 있을 때까지도 은도는 좀처럼 품에 안고 있는 다정을 놓아주지 않았다.

"보, 본부장님. 손 좀……."

은도는 그제야 아, 하고 낮게 탄식하며 다정의 손목을 놓아주었다. 당황한 것은 은도 역시 마찬가지였다. 악력이 약해진 틈을 타, 품에서 빠져나온 다정을 망연히 내려다볼 수밖에 없었다.

"감사합니다. 어후. 하마터면 큰일 날 뻔했네요. 신호 좀 잘 보고 다니지."

그럴싸한 변명을 늘어놓기엔 신호는 벌써 반밖에 남아 있지 않았다.

“저, 이제 그만 들어가 보겠습니다.”

다정은 어쩔 줄 몰라 하며 허둥거리다가 냉큼 뒤를 돌았다. 뭐가 그렇게 바쁜 건지, 다시 한번 꾸벅 허리를 굽혀 인사한 다정은 뒤도 돌아보지 않고 길을 건넜다. 그녀가 지하철역 안으로 사라질 때까지, 은도의 시선은 다정을 집요하게 좇았다.

흔들림 없던 은도의 눈이, 미세하게 진동했다. 주변은 시끄럽기만 한데 혼자만 고요해서 심장 소리가 더 크게 들렸다. 대신 태양빛을 받아서 그런지, 평소보다 몸이 뜨겁다. 무의식적으로 신호가 늦게 바뀌었으면 좋겠다고 생각했다. 낯설고, 알 수 없는 기분에 은도가 미간을 찌푸렸다.

“괜히 불렀나…….”

의미 없는 후회였다.

대망의 날이 밝았다.

오후 2시 30분. 이 모든 것은 황덕현 전무의 지시하에 결정됐다. 어쭙잖은 배려랍시고 푹 자다가 아침, 점심은 든든하게 챙겨 먹고 오라나 뭐라나.

많은 인원을 수용할 수 없던 탓에 기획 부서, 영업 부서, 인사 부서를 제외한 다른 부서의 등산 행사는 내년을 기약하게 되었단다. 정말, 운도 지지리도 없어라. 시끌벅적한 분위기 속에 정신이 하나도 없었다. 회사 직원들뿐만 아니라, 등산객들이 밀집되어 있어 어수선함은 한층 더 심했다.

“4월밖에 안 됐는데 왜 이렇게 덥대요? 산이라 그런가? 자외선 때문에 기미 생기면 안 되는데.”

이정연 주임이 불만을 토로하고 있는데, 박지호 대리가 다가왔다.

“어어, 다들 여기 모여 있었네요. 휴무는 잘 보내셨어요?”

다정은 억지로 웃었다. 내내 그의 향기가 코에 머무르는 것만 같고, 입술이 떠올라서 미쳐 버릴 지경이라 잠도 설쳤는데, 등산까지 하려니 벌써부터 멀미가 날 것 같다.

"벌써부터 지치면 어떡해요. 이번 등산 코스 되게 힘들다는데. 혹시, 저번 일 때문에 그러시는 거예요?"

아마도 회의 사건을 말하는 것 같았다. 다정은 허겁지겁 손을 내저었다.

"아뇨! 그런 건 절대 아니에요. 아, 박 대리님. 혹시 그때 저 가고 나서 김 팀장님 많이 화나셨어요?"

"에이, 김 팀장님이야 워낙 유난이잖아요. 단순해서 금방 잊어버리실 거예요. 너무 신경 쓰지 마세요. 그때 얼마나 속이 시원했는데요. 다 맞는 말만 하셨어요."

박지호 대리는 힘내라는 위로와 함께 다정을 안심시켰다. 이 주임도 옆에서 한몫 거들었다.

"맞아요. 그때 피엠님이 제 편 들어 주셔서 저 엄청 감동받았잖아요. 3팀은 어떨지 몰라도 우리 1팀은 송 피엠님 편이에요."

"정말?"

다정은 감동에 젖어 울먹이며 이 주임의 손을 맞잡았다.

"그럼요! 그나저나 본부장님은 결국 안 오셨나 보네요."

그때, 박지호 대리가 대화에 끼어들었다.

"어? 아닌데? 오셨던데?"

박 대리의 말에 다정은 급히 주변을 두리번거렸다. 정말이다. 조금 멀리 떨어진 곳에 차은도가 있었다. 커다란 키 덕분에 더욱 도드라져 보였다. 왜 이제 알았나 싶을 정도로.

등산복을 갖춰 입은 직원들 사이에서 그는 검은색 운동복 차림이었다. 슬림하게 딱 떨어진 핏. 하지만 탄탄한 근육은 건재하다. 혼자 광고 찍다 온 줄. 다른 여직원들도 다들 비슷한 생각을 갖고 있었는지, 몰래 그를 훔쳐보았다. 안 올 줄 알았는데. 다정 역시 오랫동안 그에게 시선을 빼앗겼다.

자연스럽게 그의 품이 떠오르고, 입술에 눈길이 갔다. 다정은 떨리는 숨을 밀어 내며 '그 민망한 사건'을 잊어 보고자 필사적으로 고개를 흔들었다.

"다들 무섭다 뭐다 하지만, 잘생긴 건 어쩔 수 없나 봐요. 그쵸, 피엠님?"

이 주임이 농담을 던지기 무섭게 저 멀리서 우렁찬 목소리가 들려왔다.

"자, 인원 체크는 다 끝났으니까 이제 등산 시작할게요! 반드시 정해진 코스로만 등산하셔야 합니다!"

그렇게, 지옥은 시작되었다.

무작정 오르기만 한 시간째. 다정은 곧 죽을 사람처럼 가쁜 숨을 몰아쉬었다.

원래 다정은 운동과 친하지 않았다. 숨 쉬고 먹고 자는 것만으로도 충분히 벅찼다. 체력을 키우기 위해 잠깐 복싱을 배웠었지만, 때리기만 잘했지, 땀 흘리는 건 질색이라 당장 그만두었다. 오르면 오를수록 다리가 바들바들 떨리고 목구멍에선 비린내가 진동을 했다.

"피엠님, 괜찮으세요?"

이 주임이 안쓰럽다는 표정으로 물었다.

"어어……. 나, 나는 헉, 괜…… 괜찮……."

다정은 질끈 눈을 감았다 떴다.

"어머. 우리 송 피엠 체력이 왜 그래? 그러니까 평소에 운동 좀 하지 그랬어. 그렇게 방심하다가 살 축축 처진다? 본부장님한테 잘 보여야 할 텐데 어떡하려고 그래?"

김 팀장이 곁을 스쳐 지나가며 비아냥거렸다.

저, 씨…….

힘들어서 욕도 안 나온다. 이미 김 팀장은 자신이 본부장을 짝사랑하고 있다고 확신한 듯 보였다. 더군다나 그녀의 핫 바디를 보라. 고가의 PT에, 요가에, 필라테스. 심지어 폴 댄스까지 한다던 소문이 헛소문은 아닌 모양이다.

그래서 차마 김 팀장의 자신감 넘치는 비웃음을 부정할 수 없었다. 김 팀장은 가뿐한 걸음으로 정상을 향해 가는데, 정작 다정은 고개를 푹 떨구고 말았다.

"하……. 진짜 죽겠네……."

"송 피엠님. 어떡해요! 저희가 꼴찌예요!"

"먼저 가. 난 이미 글렀어."

"송 피엠님. 일단 여기 앉아서 쉬어요, 우리."

이 주임 역시 힘든 건 마찬가지였나 보다. 이마에 맺힌 땀을 힘겹게 닦아 내며 마시던 생수를 다정에게 건넸다.

"휴, 피엠님. 여기요. 물 좀 드세요."

다정은 이 주임을 따라 힘겹게 엉덩이를 앉히고 생수를 받았다. 그러곤 벌컥벌컥 들이켰다. 바짝 마른 목구멍에 단비가 쏟아지니 이제야 좀 살 것 같다.

"하……."

"많이 힘드시면 포기하고 내려가실래요?"

"아니야. 그럴 순 없지."

자존심이 있는데! 잠시만 쉬다 가자. 잠시만. 한숨을 쉬며 천천히 고개를 들었다. 가장 뒤처진 건 이 주임과 저인 줄 알았건만 황덕현 전무와 차은도 본부장이 뒤에서 나란히 올라오고 있었다.

"피엠님. 저기, 전무님이랑 본부장님 아니에요?"

이 주임도 발견한 모양이다. 다정은 손으로 부채질을 하며 태연스럽게 고개를 끄덕였다.

"그런 것 같네."

정말, 저 그림은 정말이지.

"진짜 안 어울리는 투샷이네요."

이 주임의 말에 적극 동감한다. 다정은 피시식 웃음을 터트렸다. 그는 힘들어하는 기색조차 없었다. 운동복도, 얼굴도 이제 막 등산하기 시작한 사람처럼 건조했고 말끔했다. 누가 봐도 일부러 맞춰 주고 있는 모양새다. 정연과 다정은 곧장 일어나서 허리를 숙여 인사했다.

"어어, 이게 누구야. 우리 차 본부장 직원들 아닌가! 자네는 익숙한데, 자네는 누구였더라?"

황덕현 전무는 다정을 콕 가리키며 물었다. 은도와 다정의 시선이 허공에서 정통으로 부딪쳤다. 다정은 서둘러 그의 눈을 피하며 답했다.

"아, 예. 작년에 기획팀으로 입사한 프로젝트 매니저, 송다정이라고 합니다. 전무님."

"오오, 그래. 수고가 많아."

황 전무는 음흉한 시선으로 다정을 천천히 훑어보았다. 꺼림칙한 시선을 무리 없이 외면하며 다정은 한껏 입술을 올려 웃었다.

"그러지 말고, 다들 같이 가지."

"아, 저희는……."

"한창 젊은 사람들이 벌써 지쳐서 쓰나! 힘내야지! 뭐 해, 어서 오지 않고."

이런……. 하는 수 없이 발을 떼어 냈다.

"이름이, 송다정이라고 했었나?"

"전무님 체력을 직원들이 어떻게 따라갑니까. 저와 먼저 올라가시죠."

중저음의 목소리가 대화를 차단했다. 전무의 심기를 건드리지 않는 선에서 단호했다. 산처럼 불룩 튀어나와 있는 복부와 이미 땀범벅이 되어 있는 몰골만 봐도 전혀 괜찮지 않아 보였으나, 황 전무는 기분이 좋았는지 껄껄 웃었다.

"그래, 그래. 역시, 차 본부장이 보는 눈은 있단 말이지. 내가 말이야. 이 체력 하나 믿고 여태 살았다니까? 밤마다 우리 마누라가……."

은도는 점점 길어지는 황 전무의 저질스러운 수다를 묵묵히 견뎠다. 그는 다정에게 의미 모를 눈빛을 던지고 몸을 돌렸다. 그 순간만큼은 본부장님의 뒤태에서 부처님의 후광이 번쩍였다. 그리고 그건 저뿐만이 아닌 듯하다. 멀어져 가는 두 남자의 뒷모습을 멍하니 바라보던 이 주임이 탄식을 흘렸다.

"와, 진짜 대단하시다."

"응? 뭐가?"

"본부장님 말이에요. 집합할 때부터 지금까지 계속 황 전무님 전담 마크 하고 있단 얘긴 들었는데, 진짜였네요. 등산하는 것도 충분히 곤욕스러울 텐데."

싫다 할 땐 언제고.

"아무래도 여직원들 지켜 주시려나 봐요. 오늘따라 이상하게 본부장님이 다르게 보이네요."

"그러게……."

"그게 아니고서야 회사 행사에 매번 불참하시던 분이 왜 갑자기 참석했겠어요. 당연히 황 전무님 오신다고 하니까 그런 거죠. 저, 이제 보니까 말 많은 남자보단 과묵한 남자가 훨씬 낫겠다 싶어요."

이 주임이 쉬지 않고 떠드는 사이, 다정은 뒤늦게 감을 잡았다. 가만, 이거…… 기회 아닌가? 다정은 정연의 눈치를 살피다가, 천연덕스럽게 웃었다.

"맞아. 사람은 겉만 보고 판단하면 안 되지. 사정이 있을 수도 있으니까."

"예를 들면요?"

"음, 낯가림이 심하다거나?"

정연이 손뼉을 짝, 부딪쳤다.

"어, 진짜 그럴 수도 있겠네요. 본부장님 인상이 차갑긴 하지만, 그건 어떻게 할 수 있는 부분이 아니니까요. 낯가림이 심하면 사무적으로 사람 대하긴 쉬워도 마음 주는 건 어려울 수 있죠."

"그치? 그렇지?"

동감해 주는 측근이 생기니 다정은 저도 모르게 신이 났다.

"결재받으러 갈 때마다 본부장님한테 많이 혼나긴 했지만 솔직히 너무하다 싶을 정도는 아니었거든. 진짜 혼날 부분만 혼났으니까. 그래도 잘해 오면 수고했다고 칭찬도 해 주셨어. 아, 예전에 혼자 야근할 때 커피사 주신 적도 있고."

"정말요? 본부장님이 그러셨다고요?"

"……아닌가?"

너무 멀리 갔다. 다정이 멋쩍게 뒷덜미를 긁적이자, 이 주임은 뒤늦게 생각난 것이 있는지 아, 하고 탄성을 뱉었다.

"피엠님 말 듣고 생각난 건데, 혹시 마니또는 본부장님이 아니었을까요?"

"어…… 어. 그, 그럴 수도."

맞지만.

"세상에. 저는 그런 줄도 모르고 여태 신랄하게 본부장님 흉이나 보고. 입이 방정이지, 진짜."

"에이, 이제부터라도 잘하면 되지. 너무 걱정 마."

"피엠님. 3팀 직원분들 말은 믿고 싶지 않지만, 하나만 여쭤봐도 돼요?"

"응. 뭔데?"

"저번에 빵집에서 본부장님이랑 아침 식사 같이했다는 소문, 진짜예요?"

"아, 그건."

별안간 이 주임이 음흉하게 눈을 흘겼다.

"피엠님. 본부장님 좋아하죠."

푸하하! 다정은 누가 봐도 의심스럽게 박장대소를 터트렸다.

"갑자기 왜 이야기가 그쪽으로 튈까? 정연 씨까지 그러지 말자."

"아니, 그도 그럴 게 저번에 엘리베이터 앞에서 제가 본부장님 무섭다고 했을 때, 피엠님 아무 말도 못 하셨잖아요. 지금도 그래요. 안 그러다가 갑자기 본부장님 편들고."

너무 황당해서 순간 할 말을 잃었다.

"괜찮아요. 사랑이 죄도 아니고, 불륜만 아니면 회사도 사람 있는 곳인데 이상할 게 뭐가 있어요?"

이봐. 왜 내가 짝사랑하고 있을 거라는 전제가 깔리는 건데? 본부장이 나를 좋아하고 있을 수도 있잖아? ……는 현실성이 없구나.

"정연 씨. 그게 아니……."

"걱정 말고 저만 믿으세요. 제가 다른 부서는 몰라도 1팀 직원들한테는 본부장님 미담 많이 퍼트리고 다닐게요. 그동안 마음고생 심하셨죠? 다들 본부장님 기피하는데, 그걸 곁에서 지켜본 피엠님 속은 얼마나 답답했겠어요."

아니라고! 아니라니까!

"아, 물론 피엠님이 본부장님 짝사랑하고 있다는 사실은 비밀로 할게요."

할 필요 없대도?

"아닛……."

"저 먼저 올라가 볼게요. 조금 더 쉬다 천천히 오세요."

비밀을 지켜 주겠다는 말과 달리 정연은 입술이 간질거려 미치겠다는 얼굴로 부랴부랴 자리를 떠났다. 혼자 남게 되어 버린 다정은 어이가 없어서 헛웃음을 터트렸다.

아무래도 나…… 망한 것 같지?

언제까지고 쉴 수는 없어 홀로 다시금 패기롭게 시작한 산행이었지만, 정상에 다다를수록 경사가 점차 심해졌다. 직원들과 동떨어져서 그런지, 혼자 하는 등산은 정말 외롭고 끔찍했다.

하지만 한시라도 빨리 이 주임을 찾아내서 해명해야 한다. 멈출 수 없었다. 정상이 조금씩 보이기 시작하자 다정의 입가로 희미한 미소가 걸렸다.

"내려가는 길 위험하니까 다들 다치지 않게 조심히 하산하세요!"

뭐? 다정의 고개가 홱 돌아갔다.

"어? 피엠님!"

"송 피엠님. 아직도 올라오고 계셨어요? 체력 완전 꽝이시네!"

저 멀리서 다정을 발견한 이 주임과 박 대리가 반갑게 손을 흔들었다. 다정의 입술이 느슨하게 벌어졌다.

"뭐, 뭐야? 왜 벌써 내려가요?"

"저도 10분 전에 도착했는데, 사진 대충 몇 번 찍더니 내려가자고 하더라고요. 더 놀고 싶은 직원들끼리 모여서 간단하게 저녁 먹고 집에 갈 사람은 가래요."

허. 이럴 거면 왜 올라왔어?

"저희는 먼저 내려갈게요, 피엠님! 좋은 시간 보내세요!"

하산하는 직원들의 뒷모습을 보고 있자니, 다정은 허탈함을 이루 말할 수 없었다. 내려가? 아님, 마저 올라가? 결국 고생한 것이 아까워서라도 끝까지 오르기로 했다. 눈치 볼 상사도 없으니 오히려 마음 편하고 나쁠 건 없었다.

다시 힘겹게 발을 뗐다. 남은 50m 구간은 그야말로 생지옥이었다. 몸은 이미 엉망진창 됐다. 그렇게 하염없이 땅만 보고 걷다 보니, 드디어 정상의 문턱이 보였다.

"으윽!"

정상에 도착하자마자 다정은 그대로 풀썩 주저앉으며 간신히 숨을 뱉었다. 그냥 내려갈걸. 내가 미쳤지. 남아 있던 물이 모조리 목구멍으로 사라진 뒤에서야 천천히 고개를 들었다. 숨을 돌릴 틈도 없었다.

그리고 눈앞엔, 은도가 있었다. 다정은 눈을 깜빡였다.

"본, 본부장님."

즉시 일어나려고 했지만 다리가 말을 듣지 않았다.

"포기하고 하산한 줄 알았는데. 혼자 올라온 겁니까?"

"하하. 네. 제가 체력은 없어도 끈기는 있거든요."

말은 씩씩했지만, 사실 다정의 현재 몰골은 처참했다. 하얗게 질린 얼굴 하며, 땀에 흠뻑 젖어 지워진 화장과 미역이 되어 버린 머리카락. 그리고 실연당한 비련의 여주인공과 다를 바 없는 포즈까지. 은도는 힘들어하는 다정을 이해할 수 없다는 듯이 내려다보았다.

"괜찮습니까?"

"아, 네. 괜, 찮습니다."

끙, 무릎을 짚고 자리에서 일어난 다정은 주변을 둘러보았다. 중년의 등산객 몇 명을 제외하곤 한적했다.

"본부장님은 왜 여태 안 내려가셨어요?"

은도는 침묵했다. 내내 보이지 않던 그녀가 신경 쓰인 것도 맞고, 걱정이 되어서 기다렸던 것도, 끈질기게 발목을 잡는 황 전무를 간신히 떼어 놓느라 진이 빠진 것도 맞지만. 왠지 사실 그대로 말해 버리면 오해만 불러일으킬 것 같아서, 화제를 돌리기로 했다.

"경치가 좋던데."

그가 턱짓으로 벤치를 가리켰다. '앉았다 가자.' 라는 뜻으로. 대충 봐도 정말 좋은 자리였다. 풍경을 한눈에 담을 수 있는. 은도의 말을 이해한 다정이 격하게 고개를 끄덕였다.

"네. 좋아요!"

혹시라도 다른 등산객에게 자리를 빼앗길까 봐, 다정은 다리가 아픈 줄도 모르고 후다닥 벤치로 달려갔다.

"얼른 오세요! 본부장님!"

먼저 자리를 차지한 다정은 은도를 향해 활짝 웃으며 손을 흔들었다. 뜨거운 태양빛을 받아 그녀가 반짝 빛났다. 갑작스럽게 두 다리가 무거워진다. 은도는 그녀를 멍하니 바라보다가 천천히 발을 떼어 냈다.

어쩌다 보니, 은도와 다정은 나란히 앉게 되었다. 비록 멀찍이 떨어져 있었지만, 이렇게 가까운 거리는 처음이라 절로 긴장이 됐다. 하지만, 그것도 잠시뿐이다.

"와……. 진짜, 너무 예쁘다!"

생각보다 경치는 훨씬 멋졌다. 이 주임이 어떤 오해를 하고 있든, 그날 본부장님과 어떤 일이 있었든, 아무것도 상관없다고 느껴질 정도로.

기억도 가물가물한 수련회나 수학여행 때를 제외하면 이만큼 높은 산을 등산한 적은 처음이라, 감회가 새롭다. 그래. 내가 이거 한 번 보려고 그 고생을 했지. 후회는 없다. 정말, 끝내줬으니까.

"이 맛에 등산을 하는 건가 봐요. 숨이 탁 트이네요! 그쵸? 보고 있으니까 갑자기 여행 가고 싶어지네. 계약 기간 끝나면 바로 여행사부터 가 봐야겠어요."

그녀가 아무런 생각 없이 고개를 돌렸다.

"아……."

정면을 보고 있을 거라 생각했건만, 은도는 이미 한참 전부터 다정을 응시하고 있었다. 그가 혼잣말하듯 작게 중얼거렸다.

"이젠 안 피하네."

많이 컸다, 뭐 그런 뜻인가? 다정의 귀엔 보다 정확하게 들렸다.

"아뇨, 절대 아닙니다. 본부장님은 아직도 제겐 충분히 어려운 분이십니다."

"이젠 아주 대놓고 상처 주기로 작정한 겁니까?"

상처받은 사람치곤 굉장히 태연스러운 어투였음에도 어지간히 놀란 듯, 다정이 눈을 휘둥그레 떴다.

"앗, 상처받으셨어요? 전 그런 뜻으로 말한 게 아니라……."

허둥거리던 다정은 그의 장난임을 뒤늦게 깨닫고 뚱한 표정으로 물었다.

"본부장님. 저 싫죠?"

은도는 끝내 웃음을 터트렸다.

"아니. 좋아하는데."

"예?"

"장난입니다."

"뭐예요. 진짜."

"반은 진심이고."

"……."

"마저 구경해요."

은도는 무심한 표정으로 풍경을 바라보았다. 다정도 다시 얼굴을 돌렸다. 얼마나 시간이 지났을까. 넋을 놓은 채 풍경을 감상하던 다정이 입술을 떼어 냈다.

"……솔직히 예전엔 불만스러운 것도 없지 않아 있었거든요."

뜬금없는 말에 은도의 고개가 옆으로 천천히 돌아갔다. 다정은 여전히 정면에 시선을 고정한 채 말을 이었다.

"근데, 지금 본부장님은 정말 좋은 분 같아요. 그래서 더 죄송해요. 사실, 저도 알게 모르게 처음엔 본부장님에 대한 편견을 갖고 있었거든요."

은도는 순간 멈칫했다. 나에 대해서 얼마나 안다고.

"고기 몇 번 사 줬다고 이러는 겁니까?"

"……예?"

아닌가. 당황스러워하는 다정을 보고 은도는 입을 다물었다.

"아니……. 아, 예. 뭐 꼭 그런 것 때문만은 아닌데……."

이런 흐름을 원했던 게 아닌데. 다정은 머쓱하게 뒷머리를 긁적였다.

"쉽네요. 송다정 씨한테 좋은 사람 되는 건."

은도가 피식 웃음을 흘렸다. 다정은 홀린 듯 은도에게 시선을 빼앗기고 말았다. 더 비아냥거릴 줄 알았는데, 예상을 깨고 그의 입술 사이로 듣기 좋은 목소리가 흘러나왔다.

"많이 사 줄게요. 고기."

두근.

뭐냐. 내 심장 왜 뛰어? 설마, 고작 저 멘트 때문에? 아니, 무슨 고기 사 주겠단 말을 저렇게 근사한 목소리로 해. 다정은 당황스러워할 새도 없이 급히 손사래를 쳤다.

"아, 아뇨! 완전 오해십니다. 단지 그것 때문만이 아니라, 저번에 제가 아팠을 때도 도와주셨고, 택시도 잡아 주셨고, 또 오늘 전무님 일도……."

"알겠어요."

알긴 뭘 알아? 표정은 전혀 모르고 있는데? 하지만 여기서 더 말해 봐야 무슨 소용이겠는가. 등산 감성이 다 얼어 죽었다. 결국 체념한 다정이 한숨을 푹 내쉰 찰나, 문득 은도가 다정을 불렀다.

"송다정 씨."

"네?"

그녀가 고개를 들어 은도를 바라보았다.

"아직도 계약 기간 끝나면 그만둘 생각입니까?"

"네."

"재계약 생각은 조금도 없고?"

다정은 한 치의 망설임도 없이 고개를 끄덕였다. 순간 할 말을 잃어버린 은도는 잠시 침묵하다, 다시 물었다.

"회사에서 좋은 조건을 제시해도?"

"음, 얼마나 좋은 조건인데요?"

들어나 봅시다. 다정은 빼지 않고 눈을 반짝였다. 이때가 기회다 싶었는지, 던져진 제안을 덥석 물었다. 적어도, 은도에겐 그렇게 보였다. 은도가 허탈하게 웃었다. 그러거나 말거나 다정은 씨알도 안 먹힐 조건부를 제시했다.

"한, 두 배 정도 부르시면 생각해 볼게요."

노골적이다 못해 뻔뻔하기까지. 어이가 없었다. 제아무리 본부장이라 한들, 계약 연봉 금액까지 멋대로 제시할 수 있는 위치가 아니었다. 상부에 슬쩍 입김을 넣어 주는 것이 최선이다.

그 사실을 그녀 역시 모르진 않을 터다. 그러니까 이건, 돌려서 거절하기. 은근슬쩍 엿 먹이기. 그 비슷한 것 같은데. 은도의 미간이 좁아졌다.

그냥 나가라. 나도 나 싫다는 너 필요 없다. 지원하려는 사람은 천지에 깔리고도 남았다. 라고 말하고 싶었지만.

"사천오백."

이렇게라도 구질구질하게 붙잡고 싶어질 만큼 송다정이 간절하다. 동그랗게 눈을 뜨며 놀라 하는 그녀의 반응을 보니, 좀 더 밀어붙이면 가능성이 보일 듯하다.

"이번 프로젝트가 성공적으로 마무리됐다는 전제하에 피엠 1년 재계약 연봉, 사천오백. 계약 연장 때마다 성과에 따라 다시 재협상. 거기까진 힘써 보죠. 그 이상은 안 됩니다."

다정의 경력에 비해 파격적인 금액이었다. 거쳐 온 중소, 중견기업에서도 많이 쳐줘 봤자 삼천이었는데. 전혀 손해 볼 것 없는 장사임은 분명했다.

속으로는 심장이 덜덜 떨렸다. 하지만 다정은 내색하지 않고 어림도 없다는 듯이 싱긋 웃었다.

"오천오백."

허. 어이가 없네. 은도가 헛웃음을 짧게 터트렸다. 이건 협상 수준이 아니라 사기 수준이잖아.

"장난하자는 거 아닙니다."

"저 진심인데요?"

"컨택 들어온 기업이라도 있습니까?"

"없지만요."

"여행 다녀오면. 그 후엔 뭐 하려고요. 평생 놀고먹을 생각은 아닐 것 아닙니까."

"그건 그렇지만……. 너무 대놓고 아픈 곳만 골라 찌르시네요."

윽. 상처. 그녀가 가슴팍을 움켜쥐며 신음했다. 누가 봐도 장난치는 것이 분명했다. 조금도 타격받지 않아 보였으니까. 그러거나 말거나 그녀는 지나치게 순수한 미소를 그렸다.

'저는 아무것도 몰라요.' 그렇게 말하고 있는 것처럼. 은도는 입술을 꽉 물었다.

"지금 나 놀려요?"

그녀가 어깨를 으쓱였다.

"언제 건수 떨어질지 모르는데, 바짝 당겨야죠."

"오천에 임직원 복지 카드."

은도가 다시 제시했다. 다정은 고개를 흔들었다.

"복지 카드 받고 육천."

은도가 눈살을 찌푸렸다. 너 나한테 왜 그래. 이 정도면 싫다는 거잖아. 그냥 말로 해. 재계약하기 싫다고.

환상적인 경치를 눈앞에 두고, 참으로 무의미한 협상이었다.

“그만 내려가죠.”

말장난을 그만두겠단 뜻이었다. 쉽게 휘둘리는 편도 아닐뿐더러 가벼운 농담을 즐겨 하는 성격은 더더욱 아니었는데, 최근 들어 송다정과 함께 있으면 없던 면을 새롭게 개척하고 있는 기분이다. 쉽게 욱하게 된다거나, 어이가 없어서 헛웃음을 터트리게 된다거나. 그 변화가 썩 유쾌하진 않았다.

은도가 미련 없이 벤치에서 엉덩이를 떼어 내자, 다정도 얼떨결에 따라 일어났다.

“벌써요?”

“어두워지면 위험하니까.”

그 저질스러운 체력으로 버틸 순 있겠냐는 뜻을 돌려 말했다. 다정은 못내 아쉬워하는 눈치였지만, 뜻을 거스를 생각은 없어 보였다.

“본부장님. 혹시, 아까 제가 했던 말 진심으로 받아들이신 건 아니죠?”

“장난이라기엔 원하는 것들이 상당히 구체적이던데.”

“하하……. 아닙니다. 장난이었어요, 장난.”

그렇다 한들 무엇이 달라질까. 결국 그녀가 재계약을 바라지 않고 있다는 사실은 변함이 없어 보이는데. 은도는 더 묻지 않고 걸음을 재촉했다.

오를 때처럼 몇 번이나 주저앉기를 반복하며 힘들어할 줄 알았으나, 금세 체력이 회복된 건지 다정은 걱정과 달리 씩씩했다.

경사가 가파른 지점에 다다르면 생명줄이라도 되는 양 두 손으로 안전줄을 꼬옥 부여잡고 한 칸, 한 칸 신중에 신중을 기했다. 그 모습을 뒤에서 지켜보던 은도는 팔을 잡아 줄까, 잠시 고민했지만 이내 그만두었다.

"본부장님! 그쪽 엄청 미끄럽습니다. 조심히 내려오세요!"

누가 누구 걱정을 하는 건지. 너나 잘하세요…….

보는 사람이 더 안쓰러울 지경이다. 다리를 부들부들 떨며 애써 웃어 보이는 송다정의 애처로운 모습이란. 여태 엎어지지 않고 있는 것이 용하다.

아무래도 도움이 필요하지 싶다. 저러다 발목 접질리지. 은도는 보다 못해 성큼성큼 다정에게 다가갔다. 기척이 가까워지자 다정의 고개가 옆으로 돌아갔다.

"잡아요."

은도가 팔을 내밀었다. 다정은 휘둥그레 커진 눈으로 물끄러미 그의 손을 바라보기만 할 뿐, 선뜻 잡지 못했다. 아, 이거 진짜 이상한데. 진짜 설마. 혹시라도.

"그러다 엎어지면 누굴 탓하려고 그럽니까."

아, 아니군. 다정은 멋쩍게 웃으며 커다란 손바닥 위에 제 손을 올렸다.

"생각해 보니까 엎어지는 것보단 본부장님 손 잡는 게 덜 창피할 것 같네요. 그런 의미로, 잠시만 실례하겠습니다."

막상 그녀의 작은 손이 닿게 되자 절로 손가락이 움찔 떨렸다. 은도는 내색하지 않으려고 일부러 잡고 있는 손에 힘을 더 주었다. 다정의 작은 손이 보이지 않게 될 만큼.

생각보다 훨씬 강한 악력에, 따뜻함을 넘어선 뜨거운 온도에 다정도 잠시 멈칫했지만, 그냥 내버려 두었다. 적어도 지금은, 그러고 싶었다.

산에서 벗어났을 무렵, 해는 벌써 뉘엿뉘엿 저물어 가고 있었다. 푸른 하늘이 주황색 노을로 변해 간다. 설설 불어닥치는 바람을 타고 넘어온 싱그러운 풀 냄새가 코를 자극했다.

"후으……. 끝이다."

오르는 것보다 내려오는 것이 더 힘든 게 바로 등산이라더라. 다정은 그 의미를 오늘 제대로 실감했다. 집합했던 장소에 다시 도착한 다정은 뒤를 돌아 은도를 바라보았다. 경사가 심했던 구간에서 아주 잠시 동안 손을 잡았던 거지만, 왠지 본부장님 얼굴을 마주하기가 어색하다.

'만약 그게 아니라면 백퍼 본부장이 너 좋아해서 수작 부리는 거다.'

하필이면 그때, 지윤의 말이 자꾸만 떠오를 건 뭐란 말인가. 반면 그는 여전히 힘든 기색 하나 없었다. 평소에 운동을 얼마나 했으면. 다정은 분위기라도 전환해 볼 생각으로 화제를 돌렸다.

"본부장님. 주차는 어디에 하셨어요?"

집합 장소가 곧 주차장이었다. 고로, 두 사람이 서 있는 지금 이 자리도 주차장이다. 보통 주차장에 도착하면 가장 먼저 차 키를 눌러 차량 위치부터 확인해야 정상인데, 은도는 물끄러미 다정을 내려다보기만 할 뿐, 움직이지 않았다. 얼른 배웅해 드리고 편하게 버스에서 눈 붙이며 가고 싶은 마음이 간절하다.

"저…… 본부장님?"

"안 가져왔습니다."

"네?"

그의 말을 이해하기까진 얼마 걸리지 않았다. 이상했다. 보통 이런 귀찮고 힘든 날엔 차를 끌고 오지 않나? 하산 후 지쳐 있을 몸을 생각해서 차를 가져온 직원이 수두룩했다. 일반 사원부터 전무님까지.

짐짓 생각에 잠겨 있는 다정을 힐긋거리던 은도가 운을 뗐다.

"오늘처럼 운동하는 날이나 번잡한 곳. 특히나 출퇴근 시간대에는 웬만해선 운전대 안 잡습니다. 더 궁금한 것 있어요?"

운전할 때마저 합리를 따지다니.

"아뇨. 없습니다."

"그럼 이제 그만 갑시다."

은도는 곧장 발을 떼어 냈다. 다정은 한 소리 들을까 싶었는지 헐레벌떡 은도의 곁으로 달려와 바짝 붙어 섰다. 버스 정류장은 인적이 없었다.

"본부장님은 몇 번 버스 타고 가세요?"

"송다정 씨는요."

"저는 14번이요."

"같은 것 탑니다."

"아, 네. 그러시군요."

후로 대화는 단절됐다. 땀이 식어 버린 탓에 조금은 서늘한 기운이 감돌았다. 다정은 밀려오는 한기를 참지 못하고 허리에 묶어 둔 얇은 점퍼를 껴입었다. 목 끝까지 바짝 지퍼를 올렸을 때쯤, 그가 넌지시 물어 왔다.

"그때."

처음으로 내가 부탁했던 날.

"내가 우습진 않았습니까?"

사실, 묻고 싶었다. 어차피 고작 해 봤자 두 달. 그 후엔 미련 없이 떠날 사람이라 그런지 그녀에게선 근심이 보이지 않았다.

그만둘 때 그만두더라도 좋은 일 하나 하고 가자는, 그런 가벼운 마음인 걸까. 넌. 좀처럼 무리에 소속되지 못하고 겉도는 내가. 평판을 위해 무작정 도와 달라 부탁하는 상사가 매력 없진 않았냐고. 함축된 질문이었다. 갑자기 왜 이런 질문을 던졌는지는 은도 저 자신도 모를 일이었다.

눈치껏 질문을 이해한 다정은 어깨를 으쓱였다.

"왜요? 전 다른 의미로 멋있던데요."

은도의 고요한 눈동자가 잠시 정처를 잃고 흔들렸다.

"부하 직원에게 쉽게 터놓을 수 있을 만큼 가벼운 부탁도 아니었고요. 아마 그건 상대가 친한 친구였어도 마찬가지였을 거예요."

"……."

"오히려 저를 믿어 주신 것 같아서 기분 좋았어요. 물론, 조금 놀라기도 했고 어떻게 도와드려야 하나 걱정도 돼서 막막하긴 했지만. 저희 아버지도 생각나고 친구네 아빠도 생각나서 의지가 생겼어요."

왜 이 부분에서 너희 아버지와 친구 아버지가 등장하는 거냐고 묻고 싶었지만, 은도는 가만히 입술을 다물었다. 다정의 말엔 잘 보이려고 일부러 꾸며 낸 티가 묻어 있지 않았다. 그래서 은도는 더 마음이 이상했다. 간지럽기도 하고, 울렁거리기도 하고. 정말, 뜬금없이.

'멋있던데요.'

그래. 아마 아무렇지 않게 뱉은 그 맥락에서. 은도는 절로 주먹을 꽉 쥐게 됐다. 때마침 저 멀리서 14번 버스가 정류장을 향해 다가오고 있었다.

"……본부장님은요? 왜 저를 선택하신 거예요?"

은도가 천천히 고개를 돌려 다정을 바라보았다. 그녀의 질문에 은도는 선뜻 답할 수 없었다. 정작 본인도 풀 수 없는 난제였으니까.

단지 편한 상대여서? 빚을 졌으니까? 아니. 그건 아닌 것 같다.

"……잃기 싫어서."

친구가 있었다면, 이런 기분이었을까. 당신의 존재에 대한 정의를 어떻게 내려야 할지, 그건 잘 모르겠지만. 다른 사람들이 오해하는 것은 얼마든지 상관없다. 단지 네가 나에 대해 편견을 갖게 되면 조금은 우울해질 것 같다는 이상한 확신만 있을 뿐.

"이봐요! 안 타요?"

하지만 그 작은 진심은 허공에서 흔적조차 없이 사라졌다. 버스 기사의 커다란 목소리에 묻혀 듣지 못한 건지, 다정은 헐레벌떡 자리에서 일어났다.

"본부장님! 얼른 타세요!"

잔잔했던 호수에 돌멩이를 던져 파동을 일으키고 떠나 버린 당사자는 모른다. 그 후에 얼마나 커다란 타격이 있었는지.

승객이라곤 다섯이 전부였다. 다정과 은도는 거리를 두고 따로 앉았다. 누가 보면 모르는 사람인 줄 알겠다 싶을 정도로 먼 거리를 유지했다.

다정도 그것이 이상하다 싶었는지 중간중간 힐긋 뒤를 돌아보았다. 하지만 어느새 그녀는 이어폰을 귀에 꽂아 넣고 음악을 들으며 빠르게 지나치는 풍경을 감상하느라 여념이 없다.

은도는 거리의 풍경 대신 다정의 뒷모습을 가만히 바라보았다. 출퇴근을 할 때 너는 지금과 같은 모습이었을까. 즐겨 듣는 노래는 무엇일지. 무슨 생각을 하고 있을지. 작은 것 하나부터 커다란 것 열까지 궁금해하는 지금의 내 마음을 도무지 이해할 수 없다. 은도는 덩그러니 주차장에 주차되어 있는 자신의 차량을 떠올리며 자조적인 웃음을 터트렸다.

마음 놓고 보고 싶어, 무의식적으로 내뱉어진 거짓말은 다시 생각해 봐도 기가 막힐 노릇이다. 잃을 것이 없으면 무서울 것도 없다고 했다. 그런데 언젠가 너에게 겁도 없이 다가서고 싶어지면. 이성보다 감정이 앞서게 되는 순간이 오면. 그땐, 정말 그땐 어떡해야 하나.

무섭다. 잃을까 전전긍긍하게 될 그 순간이.

30분이 흘렀다. 다정은 내려야 할 정류장에 가까워지자 벨을 눌렀다. 비틀거리며 걸어오는 그녀를 확인하자마자 은도는 즉시 시선을 창문으로 돌렸다.

"본부장님."

조심조심 저를 부르는 목소리에 은도의 고개가 옆으로 틀어졌다.

"저, 이제 내립니다. 인사는 드리고 가야 할 것 같아서요."

"조심히 들어가요."

그게 끝이었다. 다정은 예의 바르게 고개 숙여 인사를 마치고, 문이 열리기 무섭게 쏙 빠져나갔다. 은도는 한동안 무언가에 홀려 버린 사람처럼 다정을 눈으로 좇았다. 그녀가 점점 작은 점이 되어 멀어지고, 정차한 버스가 다시 움직이기 시작할 때까지도.

'아…… 여긴 어디야.'

무작정 따라 타 놓고, 어딘 줄도 모르는 동네에 덜렁 버려졌다.

결국 은도는 한 정거장 지난 곳에 내려서 택시를 잡아타야 했다.

❖ ❖ ❖

"윽."

통증은 며칠째 지속됐다. 등산의 여파로 온몸의 근육들이 살려 달라 비명을 질러 대는 것 같았다. 더군다나 김미래 팀장과 거하게 한판 하고, 입이 가벼운 이 주임에게 피치 못할 오해까지 안겨 주었으니 짠, 하고 등장하면 직원들이 어떤 반응을 보이려나. 상상만으로도 끔찍했다.

그래도 중간중간 휴무도 끼어 있었고, 지금쯤이면 다들 잊어버리지 않았을까. 제발 이 주임만 조용해 주었길 간절히 바랄 수밖에. 다정은 기획팀 사무실에 선뜻 들어서지 못하고 연신 서성거렸다.

"이게 누구야?"

익숙한 하이 톤의 목소리가 등 뒤에서 흘러나왔다. 다정은 삐그덕 고개를 돌렸다. 아니나 다를까, 김미래 팀장이었다. 들어갈까 말까 고민하는 사이에 벌써 시간이 훌쩍 지났나 보다.

"하하. 김 팀장님. 일찍 오셨네요."

"응. 누구 때문에 가뜩이나 많은 일 더 생겼지 뭐야."

저 때문이라는 겁니까? 어차피 본인이 해야 할 일이었으면서. 그렇게 싫으면 너희 팀 사원들 시키든가. 왜 다른 팀인 나한테 화풀이하고 그래.

따지고 싶은 말들을 꾸역꾸역 욱여넣었다. 그놈의 자본주의와 사회생활의 현실이 목구멍을 쥐어짰다. 다정은 억지로 웃으며 김 팀장에게 고개를 숙였다.

"그때 일은 정말 죄송했습니다. 아무리 욱했어도 직원들 있는 앞에서 팀장님께 그런 식으로 말하면 안 됐는데……."

"알긴 아니?"

흥, 김미래 팀장은 새침하게 콧방귀를 뀌며 다정을 스쳐 지나갔다. 따라가서 더 비위를 맞춰 드려야 하나, 아니면 될 대로 되라는 식으로 자리에 돌아가야 하나. 고민하고 있는데, 하필 지금 엘리베이터에서 우르르 빠져나온 기획팀 직원들이 소란스럽게 다가왔다.

"뭐야. 오늘은 어쩐 일로 출근 선두 주자가 김 팀장이랑 송 피엠이야? 설마, 둘이 또 출근하자마자 싸운 건 아니지?"

오 과장이 눈치 없이 불을 지폈다. 그의 장난스러운 농담에 김 팀장은 눈을 흘기기만 할 뿐, 반박하진 못했다. 아무래도 한참 연차가 있는 선배라 차마 대응할 수는 없었나 보다.

오 과장은 벌써 50대에 가까운 나이였다. 승진의 기회는 많았지만, 이혼의 아픔을 겪은 이후로 죽기 살기로 치열하게 치고 올라가 봤자 부질없다며 욕심 자체를 버렸다.

하지만 월급 루팡도 아니었고, 맡은 바 업무는 착실히 이행했다. 그뿐만 아니라 서글서글한 성격과 두터운 인줄 때문에 잘 보이려 애쓰면 애썼지 그를 낮잡아 보거나 무시하는 직원은 없었다.

"간만에 프로젝트도 협업하게 됐는데, 서로 얼굴 붉혀서 좋을 것 있어? 김 팀장은 예전에 MD였으니 상품 보는 눈이 있을 거고, 송 피엠은 프로젝트 매니저답게 센스 있고 현명하니까 둘이 잘해 보면 이번 매출은 따 놓은 당상일 텐데 말이야. 안 그래, 박 대리?"

"예? 아, 예. 그렇죠."

오 과장이 옆구리를 푹 찌르자, 박 대리는 얼떨결에 고개를 끄덕였다. 예기치 못한 칭찬 덕분인지 김미래 팀장의 표정은 전보단 많이 누그러져 있었다. 오 과장은 다정을 향해 눈을 찡긋거렸다. 아마, 그 뜻은.

'나 잘했지?'

그래. 일단 어떻게든 위기는 넘겼다. 다정은 자리로 돌아와 컴퓨터를 켜고, 어질러져 있는 서류들을 정리했다.

"헉, 허……. 피엠님."

아슬아슬하게 세이프한 이 주임이 비틀거리며 다가왔다.

"숨 좀 돌려. 2분 남았어."

하구, 다행이다. 이 주임은 손부채질을 하며 의자에 털썩 앉았다. 다정은 뒤늦게 생각난 것이 있는지 긴박하게 정연의 팔을 잡아당겼다.

"으앗. 피엠님, 왜 그러세요?"

"나 아니다?"

"뭐가요!"

다정은 주변을 살피며 작게 속삭였다.

"어제 이 주임이 오해한 거야."

이 주임은 '아, 그거요—?' 하며 의미 모를 감탄사를 흘렸다.

"걱정 마세요. 비밀. 비밀. 등산 때 본부장님께서 전무님 전담 마크 해주던 미담밖에 아직 말 안 했어요."

아직이라니!

"그런 게 아니래도."

"알겠어요. 근데 저 말고도 다른 직원들은 피엠님이 본부장님 좋아하는 줄 알고 있던데."

"허. 왜?"

"벌써 잊으신 건 아니죠? 회의 대첩. 김 팀장님이랑 파이트하셨잖아요. 그 사건 때문이겠죠, 뭐."

오, 맙소사.

다들 조용하기에 흐지부지되어 버린 줄 알았는데, 그게 아니었다. 다정이 이마를 짚자, 이 주임은 너무 걱정 말라 말하며 위로를 건넸다.

"그래도 본부장님 보는 시선이 조금씩 달라지고 있는 것 같아요. 전무님 일도 있었지만, 등산할 때 정상에서 남자 직원분들이랑 아무렇지 않게 대화 나누고 계시더라고요."

"진짜? 무슨 대화?"

"몰랐는데, 본부장님도 운동에 관심이 많으신가 봐요. 아시죠? 저희 회사에 축구 동호회 있는 거. 왜, 남자들은 그런 대화로 금방 친해지잖아요. 아마 시간 되면 참석해 달라고 하지 않았을까요?"

"누가 먼저 말 걸었어?"

"박지호 대리님이요. 제가 부탁했거든요. 본부장님 혼자 계시는 모습이 조금 그래 보여서, 가서 대화 좀 걸어 드리라고. 여직원이 들이대면 부담스러워하실까 봐요. 저 잘했죠?"

잘했긴 한데…….

"정말 그렇게만 말했어? 내가 본부장님을 좋아하고 있다느니, 직원들이 본부장님 기피하는 걸 곁에서 보면 얼마나 마음이 아프겠냐는 둥 그런 쓸데없는 말 한 건 아니지?"

다정은 의심 어린 눈으로 채근했다. 그러자 이 주임은 어색하게 입꼬리를 올리며 얼굴을 주억거렸다.

"대박. 피엠님 이참에 점집 하나 차리시는 게 어때요?"

빌어먹을. 하지만 따져 봤자 이미 엎질러진 물 주워 담을 수도 없고, 아무도 묻지 않았는데 한 명 한 명 붙잡고 오해라며 말하고 다니는 것도 웃기지 않은가.

하……. 다정은 넋이 나간 얼굴로 모니터를 응시했다.

"뭐예요? 아까부터 둘이서만 속닥속닥. 본부장님 얘기 하는 것 같던데?"

귀신같이 듣고 나타난 박 대리가 음흉한 표정으로 다정을 바라보았다.

"아이고, 아무것도 아닙니다. 으챠! 일해야지, 일!"

다정은 오버스러운 리액션을 취하며 바쁘게 몸을 움직였다. 박 대리가 서운한 기색으로 말했다.

"지금 저 왕따 시키는 겁니까?"

"왕따는 무슨. 아니에요."

모니터 하단에 떠오른 시간이 흘러가듯 다정의 시야를 스치고 지나갔다. 오전 9시 15분.

"아, 박 대리님. 본부장님은요? 아직도 출근 안 하셨어요?"

아무런 생각 없이 질문을 던진 순간, 박 대리를 포함한 기획팀 직원들의 의미 모를 시선이 다정에게 집중됐다.

아……. 뒤늦게 깨달았을 땐 이미 늦었다. 박 대리의 눈이 짓궂게 휘어졌다.

“아, 피엠님은 잘 모르시겠구나. 본부장님은 회장님 생신날에는 회사 안 나오세요. 그것 때문에 혈연이니 뭐니 하는 루머가 있었던 거고요. 뭐, 결국 아닌 걸로 확인됐지만요.”

오늘이 회장님 생신이었나? 그러고 보니 회사 로비에 축하 화환이 엄청 많았던 것 같기도 하다.

“오늘 야근도 없고 날도 좋은데, 일 끝나고 다들 한잔하실래요?”

박지호 대리의 말이 들리지 않았다.

오늘은 회사에서 못 보겠구나, 그 생각뿐.

왠지 아쉬운데……. 다정은 순간 흠칫하며 격렬하게 얼굴을 흔들었다.

“들어라.”

문혁의 말에 식탁에 둘러앉아 있던 셋은 차례차례 숟가락을 움직였다.

“아주버님, 요즘 건강은 괜찮으세요?”

“죽는 날만 기다리고 있는 늙은이 건강은 왜 물어. 때 되면 알아서 가겠지.”

“예나 지금이나 여전하시네요, 정말.”

미정이 한숨을 밀어 내며 마저 남은 음식을 나르던 가사도우미 아주머니를 불러 세웠다.

“아주머니, 도라지무침 좀 더 가져다주세요. 아주버님. 이거 드세요. 아까 무칠 때 먹어 보니 맛있게 잘됐더라구요.”

미정은 멀리 떨어져 있는 반찬 접시를 가까이 놓아 주었다. 문혁은 도라지무침엔 눈길조차 주지 않았다. 문혁의 손에 들린 포크는 은도가 챙겨 온 떡케이크 쪽으로만 움직였다.

자리부터가 이상했다. 문혁의 옆자리는 은도가 지키고 있었고, 맞은편엔 미정과 그녀의 아들인 주원이 있었다. 축하받고, 축하해야 마땅한 날이었지만, 누구의 표정도 밝지 않았다. 자리를 뺏으려는 자와, 지키려는 자만이 있을 뿐. 평소 짓궂던 문혁은 없었다. 애정 어린 잔소리는 어디까지나 은도에게만 해당되는 부분이었으니까.

문혁은 더없이 매몰차게 대꾸했다.

“됐다. 나이 먹는 것이 뭐가 그리 대수라고. 매번 챙기지 말라는데 남의 집까지 찾아와서 마음에도 없는 억지를 부려.”

“아주버님!”

“습. 애들 있는 데서 언성 높이지 마.”

“대체 왜 그러시는 거예요? 제가 생신 챙겨 드리는 것이 그렇게 못마땅하세요?”

“반갑지 않다.”

“저는 그렇다 치지만 주원이요. 8년 만이에요. 중국 지사에서 일하느라 정신없는 애, 무리해서 데려왔다구요. 애 아빠 그렇게 됐을 때, 제가 아주버님 단 한 번이라도 원망한 적 있나요? 저, 시아버지보다 아주버님을 더 극진하게 모셨어요. 오히려 제게 고마워하셔야 하는 것 아니에요?”

미정이 점점 도를 지나치려 들자, 문혁이 눈썹을 구겼다. 그녀가 가슴을 퍽퍽 쳤다.

“정말 해도 해도 너무하세요.”

문혁에겐 열 살 어린 늦둥이 남동생이 있었다. 당시 한창 사업을 확장하는 일에 몰두하던 문혁은 직계 경영을 일절 하지 않았다. 남동생의 씀씀이를 잘 알고 있었기 때문이다. 그는 불법 도박을 일삼으며 문혁을 찾아와 돈을 구걸했다.

남동생이 처음 미정을 데려왔을 때 그녀는 고작 스무 살이었다. 남동생은 문혁의 배경을 등에 업고 미정에게 청혼했다. 조카뻘 되는 미정이 탐탁지는 않았지만, 가장이 되면 남동생도 의젓해지지 않을까 생각하며 받아들였다.

문혁은 결혼식과 혼수 비용, 심지어는 30평의 아파트까지 마련해 주었다. 그것이 실수였을까. 이후로도 무능력한 남동생은 문혁을 끈질기게 괴롭혔다. 다시 술과 도박에 손을 대기 시작한 것이다.

한 번, 두 번 도와주고 나니 이젠 습관이 되고 버릇이 됐다. 몇 번이고 경고를 해 봐도 먹히지 않자 문혁은 남동생과 연락을 끊고 의절을 감행했다. 회사 앞에 찾아와도 경비를 불러 매몰차게 쫓아냈다.

그날이 마지막이었다. 5년이 지나 경찰로부터 전화 한 통이 걸려 왔다. 남동생의 자살 소식. 하필 아내와 사별한 시기와 맞물리며 문혁은 다시 죄책감에 시달려야 했다. 남동생을 자신이 죽인 것만 같은 생각에 잠을 제대로 이룰 수 없었다.

그러던 어느 날, 처음 보는 꼬마가 집 앞을 찾아왔다. 비를 쫄딱 맞은 채로.

'큰아버지, 사랑해요.'

문혁은 충격적인 그 말을 아직도 잊을 수 없었다.

어린아이를 달래 가며 사정을 물었을 땐, 더 큰 충격을 받았다.

'어머니가 그렇게 말하면 큰아버지가 돈을 줄 거라고 했어요.'

지독한 여자였다.

08

문혁은 조소를 흘렸다. 원망, 이라. 한 기업을 대표하는 총수가 되어 보니 다른 것은 몰라도 사람 보는 안목 하나만큼은 확실해졌다.

그녀는 남동생을 사랑해서 결혼을 선택한 것이 아니다. 그 사실을 알면서도 묵인한 자신의 잘못도 있었다. 하지만 이제 와 잘못을 따져 무엇 할까.

문혁은 슬쩍 시선을 돌려 은도의 잔뜩 굳어진 얼굴을 확인하고는 의자를 밀고 일어섰다.

"그쯤 하고 다들 돌아가."

"아주버님!"

"대체 누굴 위한 자리냐. 내 생일? 하나도 즐겁지 않아. 다음부턴 챙기지 않아도 좋으니 찾아오지 마."

문혁은 더 들을 것도 없다는 듯 식탁 위에 냅킨을 투박하게 던져 놓으며 등을 돌렸다.

"주원이는요! 우리 주원이는 안 불쌍하세요? 태생도 알 수 없는 저 애는 1초라도 눈에 안 보이면 그토록 불안해하시고 애달파하시면서, 우리 주원이는요!"

"어머니."

주원은 흥분하여 벌벌 떨고 있는 제 어머니의 손을 잡아 내리며 자중하시라 했다. 문혁의 걸음이 우두커니 멈춰 섰다.

"너. 대체 내게 원하는 것이 뭐냐."

근엄한 목소리가 한층 더 낮게 가라앉았다. 적잖게 화가 났다는 증거였다.

"내가 이 이상 얼마나 더 해 줘야 하느냐고 묻고 있는 게야."

결혼식부터 집까지. 그때까지는 순수하게 기쁜 마음으로 선물했다. 하지만 미정의 요구는 갈수록 노골적으로 변해 갔다. 주원의 유학 비용과 터무니없는 금액대의 생활비. 심지어는 회사 내에 자리를 마련해 주기까지 했다. 그럼에도 그녀의 욕심은 끝이 없었다. 물리다 못해 질려 버릴 지경이었다.

그녀는 눈을 부라리며 떨리는 가슴을 움켜잡았다.

"본사로 불러 주세요. 주원이."

"뭐야?"

하다하다 이젠 회사 내의 입지를 굳혀 달라니. 제 아들을 앞세워 가며 떳떳하게 요구할 줄은 꿈에도 몰랐다.

"안 보이는 곳에 방치하지 마시고, 한국으로 불러 주세요! 저도 제 아들 보며 살고 싶어요. 그동안 이 집에 오지 못한 것도 다 저 애 때문이었다구요! 멀쩡한 가족 두고 왜 그러세요, 정말!"

미정의 악에 차오른 호소에 답은 돌아오지 않았다. 문혁은 미정을 한심하단 듯 흘겨보다가 이내 자리를 떠났다. 쾅! 온 집 안을 뒤흔들 정도로 문이 거칠게 닫혔다. 미정의 불씨는 은도에게 돌아갔다.

"넌, 양심도 없니."

"……."

"네 고모라는 여자는 대체 어디서 뭘 하고 있어."

저 말만 벌써 몇 년째인지. 지옥 같다. 숨통이 막혀서 은도는 차마 대답할 수 없었다. 그 어떤 사연이 있었든, 당신들에게 내가 할 말이 있을까.

초대받지 못한 손님. 그뿐인데.

"너. 좋게 말할 때 그만큼 받고 누렸으면 눈치껏 알아서 떨어져. 내 아들 앞길 막지 말고. 가엽게 여겨서 참고 있어 주는 것도 한계야."

은도는 묵묵히 시선을 내렸다. 깊게 잠긴 눈빛은 더없이 침착했다. 알 수 없는 그의 표정에 미정은 들끓는 속을 참을 수 없었다.

"아주버님만 없었으면 진작……!"

미정은 입술을 꾹 감쳐물며 아프게 은도의 어깨를 치고 지나갔다. 정적만이 감도는 공간에 더는 남아 있을 이유가 없었다. 은도는 천천히 몸을 일으켰다.

"참, 신기하지."

하지만 주원의 의미 모를 말에 발목을 잡혀 앞으로 나아갈 수 없었다.

"뭐, 같은 처지인 건 피차 마찬가진데, 나이까지 같아서."

주원이 싱긋 웃자 은도의 눈이 매섭게 빛났다.

"나는 너 안 싫어해."

"……."

"벌여 놓은 일 처리도 안 하고 죽어 버린 아버지나, 여태 그놈의 돈 욕심을 버리지 못해서 자식 팔아먹는 데 혈안이 된 어머니가 끔찍할 뿐이지."

굳이 듣고 싶지도, 반갑지도 않은 말이었다. 은도는 무시하며 고개를 돌렸다.

"근데. 네가 부러운 건 어쩔 수가 없다. 자격지심인지, 열등감인지."

"간다."

"송다정, 이라고 했지."

멈칫. 은도의 발이 멈췄다.

"맞지? 네가 공들이고 있는 친구. 인사팀 거치지 않고 직접 채용했길래 뭐 있나 해서 보니까, 특별한 것도 없던데. 라인 구축이라면 차라리 서 실장 쪽이 더 낫지 않나?"

뒤를 캐고 다녔다.

"사람. 특히 여자는 더 믿지 마. 내 꼴 나기 싫으면."

은도의 날카로운 눈빛이 전보다 더 살벌해졌다.

"무슨 수작이야, 너."

"잘못 짚었어. 그쪽 아니야."

주원은 사람 좋게 웃으며 자리에서 일어났다.

"정 많은 큰아버지는 조만간 본사로 나를 부르게 될 거고, 넌 앞으로 내 상사가 될 텐데. 잘 보여서 나쁠 건 없겠다 싶어서."

주원은 은도의 어깨를 가볍게 쥐었다 떼어 냈다.

"앞으로 잘 부탁해. 본부장님."

욕심내면 안 되는 것들이었다. 어쩌면, 처음부터.

윤 회장은 모든 것이 괜찮다고 했다. 대학교를 가지 않아도, 회사에 입사하지 않아도, 공부를 하지 않아도.

그런 그가 눈을 감게 되면, 곁에서 주름진 손을 잡아 주며 꼭 전하고 싶었던 말이 있다. 당신은 참 괜찮은 삶을 살았다고. 힘겨운 인생을 견뎌 왔지만, 당신이 잘못했던 것은 하나도 없었다고. 맹세컨대, 열일곱 살 이후로 내겐 당신이 전부였다고. 친구였고, 아버지였으며, 은사였다고. 당신으로부터 구원받았으니 무슨 일이 있어도 회사를 지켜 내겠노라고.

……욕심이었나.

만약, 그의 남동생이 우직하고 정직했더라면. 남동생도, 일찍 사별한 그의 아내도 건강하게 살아 있었다면. 과연, 그에게 내가 필요했을까.

이성적으로 살지 않으면 당장이라도 무너질 것 같았다. 폭풍처럼 몰아치는 감정들을 감당할 수 없을 것 같았다. 그래서 다채로운 것보다는 무채(無彩)를, 넘실대는 열망보단 잔잔한 무관심을 선호했다.

헌데, 생명줄이라도 되는 것처럼 단단히 잡고 있던 무언가가 탁 풀어졌다. 무의식 상태였다. 생각 없이 무작정 택시를 잡아타고 걷다 보니 낯설지만 익숙한 곳에 도착했다.

발끝에 머물러 있던 은도의 시선이 느리게 위로 향했다.

"……드디어 미친 건가."

송다정이 내렸던 버스 정류장이었다. 무의식은 생각보다 훨씬 무서웠다. 기억조차 하지 못할 정도로 아주 찰나의 순간 지나쳤던 곳에 당연하게 도달했다는 사실이 어이가 없어서 실소가 터졌다. 이대로 다시 돌아갈까 했지만, 왠지 그러고 싶지 않았다. 어디든 결국 혼자일 테니까.

은도는 편의점 앞에 구비되어 있는 플라스틱 의자에 등을 기대고 앉아 목을 젖혔다. 별 하나 없는 밤하늘은 흐렸다. 가만히 눈을 감자, 서늘한 바람이 불어왔다. 꽉 막혔던 숨통이 트이진 않았다. 정장 탓인가. 대충 아무렇게나 재킷 단추를 풀어 헤쳤다. 하지만, 여전히 숨이 막힌다.

결국 아무렇게나 흐트러진 채로 내버려 두었다. 지금쯤이면 넌, 퇴근했을까. 다른 부서 직원들에게 시달리고 있으려나. 혹시 또 혼자 야근하는 건 아닐까. 오늘은 커피 못 사다 주는데.

처음부터 끝까지 송다정 생각이다.

"돌겠네……."

말은 그렇게 하면서 휴대폰을 꺼내 들었다. 오늘따라 왜 이렇게 조용해. 평소 같았으면 정신없이 울려야 정상인데. 서운하게.

언제부턴가 온통 송다정 생각뿐이다. 지금 당장은 모두 부질없게 느껴져 너마저 지우고 싶어 다시금 지그시 눈을 감았다.

"아, 그러니까. 엄마. 나도 진짜 힘들다니까? 집에 내려갈 시간이 없어."

익숙한 목소리가 귀에 꽂혔다.

"우리 회사에 일이 얼마나 많은데."

송다정.

"계약 기간 끝나 봐. 바로 해외로 뜰……. 아니, 왜? 지금 내 나이가 몇인데 엄마한테 허락을 받아야 해? 어린애도 아니고, 죽어라 일해서 모아둔 돈으로 가겠다는데."

은도가 기대고 있던 상체를 서서히 일으켰다.
“또 이런다, 또. 맨날 자기 할 말만 하고 끊지.”
투덜대는 목소리가 점차 가깝게 들렸다. 송다정의 향기가 코끝을 스칠 때쯤, 걸어오던 그녀와 눈이 부딪쳤다.
“보, 본부장님?”
헉. 그녀가 숨을 들이켜며 굳었다. 이게 현실이 맞나 싶었는지 눈을 아프게 비벼 댔다.
“본부장님. 여긴 어쩐 일로……. 놀랐잖아요!”
놀라게 해서 미안하다고, 해야 하는데. 말이 나오지 않았다.
“저희 집은 어떻게 아신 거예요?”
은도가 작게 웃으며 가까이 오라는 뜻으로 손짓했다. 미안해. 나 지금 말할 힘도 없어. 다가온 다정은 물끄러미 자신을 바라보고 있는 은도의 눈을 마주했다. 직감적으로 무언가를 알아차린 듯, 그녀가 한층 진정된 투로 물었다.
“무슨 일, 있으셨어요?”
“……”
“어디 아프세요? 안색이……”
“송다정.”
평소보다 낮게 잠겨 버린 탓에 목소리가 까칠했다.
“예?”
다정은 심각하게 당황했다. 꼬박꼬박 ‘송다정 씨.’ 하던 사람이 다짜고짜 이름 석 자를 부르니 놀랄 만도. 하지만 은도는 아무래도 상관없었다.
송다정. 다시 한번 다정의 이름을 입에서 굴렸다. 둥글둥글한 발음이, 기분 좋다. 술은 입에도 안 댔는데 취한 것 같아. 은도의 입술이 언뜻 올라섰다.
이상하다. 너를 보는 순간,
“나, 술 좀 사 줘.”
숨이 트여.

❖ ❖ ❖

뜬금없이 나타나선 다짜고짜 술을 사 달라니. 다정은 그에게 가까이 다가가 코를 킁킁댔다. 자칫하면 입술이 닿을 거리에 은도가 숨을 죽였다.

"혹시, 술 드셨어요?"

긴장이 확 풀렸다. 그제야 은도는 다정에게서 알싸한 알코올 향이 풍겨오고 있었음을 알아차렸다.

"술은 내가 아니라 송다정 씨가 마신 것 같은데."

은도의 나지막한 목소리에 다정은 어느 정도 거리를 두고 떨어졌다.

"아, 네. 오늘 팀원들이랑 퇴근하고 한잔하고 오는 길입니다만……."

물으시니 일단 대답은 했지만 다정은 어처구니가 없었다. 이미 술을 마시고 온 상태라서 환청을 듣고 있나 싶었다.

뭐지. 이거 몰래 카메라인가. 아니, 그럴 리가. 본부장님만 아니었다면 정색하며 어디서 수작이야 했겠지만, 금방이라도 무너질 것만 같은 그의 표정을 보고 있자니 도무지 말이 안 나왔다.

다정은 작게 한숨을 내쉬며 조심히 다리를 굽히고 앉았다. 두 팔을 무릎 위에 올려놓고 고개를 들어 그를 바라보았다.

"본부장님. 정말 괜찮으세요? 병원 가실래요?"

평소 무시무시하게 느껴졌던 서늘한 눈빛이 아니었다. 무심해 보이는 것은 여전하나 오늘따라 많이 젖어 있다. 착각일까. 문득 그가 헛웃음을 터트리며 먼저 눈을 피했다.

"그냥 한번 해 본 말이었습니다. 들어가 봐요."

그 역시 자신이 뱉은 말에 기가 막힌 듯했다. 하지만 다정은 선뜻 일어나서 집으로 돌아갈 수 없었다.

"어떻게 그냥 가요."

그렇게 간절하게 잡아 놓고. 여기까지 찾아와 놓고. 사실 눈치채고 있었다. 그의 손이 옅게 떨리고 있었음을. 그래서 일부러 주먹을 꽉 쥐었다는 사실까지도. 분명, 무슨 일이 있었던 것 같은데. 물어볼까? 아니, 그건 너무 오지랖인가. 그래도 본부장님 입장에선 내가 제일 편한 상대일 수도 있잖아. 그래서 의지하고 싶으신 거야. 요즘 들어 많이 친해졌으니까.

그렇게 생각하니 한결 마음이 가벼워졌다. 다정은 굽히고 있던 무릎을 펴고 일어섰다.

"잠시만 여기서 기다리세요."

"어디 가요."

"술 사러 갑니다."

말을 끝낸 다정은 편의점 안으로 쏙 사라졌다. 사 줄 거란 기대도 없었지만, 그렇다고 편의점은 아니었는데. 은도는 차마 다정을 잡아 세우지 못했다.

다정이 테이블 위로 펼쳐 놓은 것들을 눈으로 훑던 은도가 무심히 말했다.

"이게 다 뭡니까."

"뭐긴요. 맥주죠."

몰라서 물었던 것이 아니다. 쥐포 하나, 매운 새우깡 하나. 그리고 캔맥주 두 개가 전부였다. 함께 술을 마실 의사가 있다고 밝혔더라면 적어도 분위기 좋은 바에 데려가려고 했는데.

"힘들 때 부어라 마셔라 하면 더 힘들어요. 충분히 버거운데, 술 취한 상태로 집에 돌아가면 더 공허하잖아요. 다음 날 숙취 때문에 몸 아프면 그보다 서러운 것도 없고요. 그런 의미로, 오늘은 제가 술친구 해 드릴게요."

나쁘진 않았다. 네가 눈앞에 있는데 뭔들.

"경험인가?"

"대부분이 그렇죠."

다정이 새우깡을 집어 들었다. 으잇, 으잇 요상한 소리를 내며 두 손으로 봉지를 뜯으려고 안간힘을 쓰고 있다. 다정의 얼굴이 시뻘겋게 달아오를 때쯤 은도가 팔을 뻗었다.

"줘요."

"아, 뜯어 주시려구요? 죄송해요. 제가 약한 척하는 게 아니라, 오는 길에 핸드크림을 발라서."

새우깡을 건네받은 은도가 손에 살짝 힘을 주자 봉지는 허무하게 뜯어졌다. 다정은 멋쩍게 웃으며 과자를 다시 돌려받았다.

"하하, 힘도 세셔라……."

다정이 헤헤 웃으며 새우깡을 하나 집어 먹었다. 와작와작 씹어 먹으며 "오, 오랜만에 먹으니 맛있네요." 한다.

그녀가 캔 맥주를 땄다. 착, 하며 탄산 빠지는 소리가 시원했다. 다정이 은도 앞으로 캔 맥주를 내밀었다.

"드세요. 저는 이 이상 마시면 취할 것 같아서요. 본부장님 앞에서 실수하면 안 되니까 기분만 낼게요."

뭘 해 주고 싶어도 틈을 안 줘. 은도는 다정을 힐긋거리며 술을 한입 들이켰다.

"저, 본부장님. 하나 여쭤보고 싶은 게 있는데요."

"물어봐요."

"혹시, 회장님 아들……. 아, 아닙니다."

눈치를 살피던 그녀가 입을 다물자 은도의 눈빛이 집요해졌다.

"왜 말을 하다 맙니까."

"회장님 생신 때마다 회사에 안 나오신다 해서요."

"그래서?"

다정은 더 말을 잇지 못하고 우물쭈물했다. 픽. 기어코 은도의 잇새로 웃음이 터졌다. 무엇을 묻고자 하는지 눈치챘다. 예전에 회사에서 떠돌던 무성한 소문들은 이미 익히 들어 알고 있었다. 은도는 다리를 꼬아 올리며 고개를 비스듬히 틀었다.

“송다정 씨가 생각하고 있는 전개보단 회장님의 전폭적인 지지를 받고 있었다는 쪽이 더 그럴듯할 것 같은데.”

“헉. 그러셨어요? 어쩐지…….”

“직원들이 그럽니까? 내가 회장님의 숨겨 둔 아들이라고.”

“네? 아, 아뇨.”

다정은 뜨끔한 얼굴로 대답했다. 그가 맥주를 들이켰다. 목울대가 크게 움직이고, 테이블 위로 캔 맥주가 놓였다. 다시 눈이 마주친 순간 다정은 마른침을 꼴깍 삼켰다. 왠지, 그의 표정이 가라앉아 있었다.

실수했구나. 다정은 뒤늦게 깨닫고 입을 다물었다. 마음 같아선 속 시원하게 무슨 일이 있었느냐고 묻고 싶었으나, 이게 참. 가깝지도 멀지도 않은 사이라 애매했다. 결국 다정은 숨겨 두었던 검은색 봉지를 활짝 열었다. 봉인 해제다.

“그냥 먹고 죽죠, 우리.”

“무슨…….”

무려 소주가 네 병이나 나왔다. 은도는 적잖게 당황한 표정으로 다정을 응시했다.

너 술 마시고 왔다며.

“이봐요. 송다정 씨.”

“먼저 스타트 끊은 사람은 본부장님이잖아요. 이제 와서 말릴 생각 마세요. 뺄 생각도 마시고요.”

다정은 소주잔 크기가 없었다고 말하며 꺼낸 일반 종이컵에 소주를 반이나 따랐다. 말려 보기도 전에 그녀가 깔끔히 잔을 비웠다.

“크흑. 조우아써. 달려 봅시다. 본부장님의 괴로움이 모조리 씻겨 나갈 때까지.”

그럼 하루론 모자랄 텐데. 어떻게든 위로해 주려고 애쓰고 있는 모습이 기특하다고 해야 하나.

“대신, 저 취해도 감당하셔야 해요. 저번에 저도 본부장님 취하셨을 때

책임지고 댁까지 모셔다드렸으니 모르는 척하시면 안 됩니다?"
"그때 나 취한 거 아니었습니다."
"네네. 알겠습니다아."
믿지 마. 마시지 마, 말리려 하는 순간, 이미 그녀의 술잔은 꺾어졌다.

"허흐윽. 본부장님. 저는요. 저는 말이죠. 정말 많이 슬퍼요."
취했다. 탁하게 풀어진 초점 하며, 질끈 감았다 뜨는 눈이며, 연거푸 헛숨을 뱉는 모습까지. 물론, 함께 술잔을 부딪쳤던 은도 역시 적당히 취기가 오른 상태였지만 다정만큼은 아니었다. 처음부터 말렸어야 했는데. 술에 취한 송다정의 모습은 처음이라, 새로워서 가만히 두었던 것이 화근이었다. 정작 취하고 싶은 사람은 난데, 네가 먼저 취해 버리면 어떡하라고.
은도가 작게 한숨을 쉬었다.
"……그러니까, 뭐가."
"본부장님이 힘든 것도 슬프구요, 회사 일이 많은 것도 슬프구요. 울 엄마가 여행 못 가게 하는 것도 정말 많이 슬퍼요."
같은 말만 벌써 다섯 번째다. 은도는 지친 표정으로 대꾸했다.
"그 여행은 대체 왜 그렇게 가고 싶어 하는 건데. 연차 내고 잠깐 다녀오면 되잖아."
어차피 취한 상대 앞에서 존댓말 해 봤자 무슨 소용일까. 다정은 은도가 반말을 뱉는 줄도 몰랐다. 그녀는 사납게 눈을 치뜨며 반박했다.
"본부장님. 지금 저 무시하시는 겁니까? 계약직 피엠이 연차를 어떻게 써요. 그리구요. 저는 몇 박으로 다녀오는 짧은 여행을 말하고 있는 게 아니거든요! 길게. 기이이일게 다녀오고 싶거든요! 마음 같아선 세계 일주라도 하고 싶은 심정입니다. 유학도 좋고요. 저, 매일 자기 전에 영상 챙겨 보고 있거든요? 근데 볼 때마다 이게 다 뭐 하고 있는 건가, 무슨 소용인가 싶더라구요. 어차피 돈은 쓰라고 버는 건데."

어째 위로받아야 할 상대가 바뀐 듯하다. 하지만 은도는 다른 의미로 열이 받았다. 기를 쓰고 떠나려고만 하니까.

"그러니까, 왜."

"진짜 스물두 살 때부터 쉬지 않고 일만 했어요. 공부 더 하고 싶어요. 더 많은 것을 보고 느끼고 싶은데……. 이 나이 먹고 제주도도 못 가 봤다는 게 말이나 돼요? 그런데 엄마가 자꾸 안 된대요. 언니는 다 되는데 굳이 나만 안 된대요. 나이도 찼는데 결혼할 남자도 없고, 제대로 안정된 직장도 하나 못 찾고 떠돌아다니면서 무슨 여행이냐고오……!"

다정은 속이 말이 아니라며 가슴팍을 주먹으로 퍽퍽 아프게 내리쳤다.

"높은 연봉 좋죠. 안정된 직장에 결혼까지 다 좋다 이거예요. 그래도 저는요! 자유로운 영혼이랍니다? 한곳에 머무르는 건 정말 끔찍하고 싫다구요. 인생은 한 방인데 어떻게 인생의 절반을 같은 곳에서 썩어요! 본부장님은 어떻게 생각하세요? 울 엄마처럼 이런 제가 이해 안 되세요? 그렇게 철이 없어 보여요?"

이해가 안 되는 건 아닌데.

"……가지 않았으면 좋겠어."

은도의 목소리가 한층 낮아졌다.

"계속 회사에 남아 줬으면 좋겠어."

너와 함께 있으면 즐거우니까. 숨을 쉴 수 있으니까. 웃게 되니까. 욕심인 건 아는데, 그래도.

"내 곁에 있어 줬으면 좋겠어."

어렵게 전한 진심에 다정은 살벌하게 눈을 뒤집어 까며 은도를 노려보았다.

"배신자……."

"……뭐?"

"오늘 본부장님 회사 안 나오셔서 제가 얼마나 걱정을 했는데 어떻게 그런 말을 하실 수가 있어요? 너무해요! 휴대폰에 저장한 본부장님 이름

바꿀 거예요. 배신자로! 아, 아니다. 지금 바꿔야지!"

너 술 깨면 이 일을 무슨 수로 감당하려고 이러는 거니.

"내 걱정, 했어?"

"네. 했어요. 엄청 많이."

술 취해서 하는 말이라는 것을 알고 있지만, 그래도 기분은 좋았다.

"보고 싶었어요! 연락도 기다렸구요! 하지만 지금은 아니네요!"

휴대폰을 꺼내 들며 부산스럽게 움직이고 있는 다정을 물끄러미 건너다보던 은도가 긴 숨을 밀어 내며 자리에서 일어났다. 천천히 다가가 그녀의 곁에 멈춰 서서 힐긋 휴대폰을 내려다보았다.

[본부장 놈]

'님'이 아닌 '놈'이란 호칭에서 은도의 눈가가 확 구겨졌다. 이젠 아주 맞먹으려고 하네. 은도는 그녀의 손에 들려 있던 휴대폰을 가볍게 낚아챘다.

"이해해. 송다정 씨 생각."

"이제 와서요? 안 통하거든여."

그녀가 입술을 삐죽였다.

"진짜야. 존중해. 멋있다고 생각해. 그런 꿈 갖고 있는 거."

"정말요?"

"그래. 정말."

내가 한 번도 가져 보지 못한 것을 넌 당연하다는 듯 꾸고 있으니까. 그제야 다정의 눈빛이 순하게 풀어졌다.

"죄송해요. 원래는 본부장님 위로해 주려고 술 마셨던 건데, 정작 제 신세 한탄만 주절주절 늘어놓게 됐네요."

"알면 됐으니까 이제 그만 갑시다."

은도가 그녀의 팔을 잡아 일으켜 세웠다. 다정은 중심을 잡지 못하고 휘청거렸다.

"조심……!"

은도가 순발력 있게 다정의 허리를 받쳐 안았다.

“아야…….”

아스팔트 바닥에 머리를 박는 참사는 막을 수 있었지만 발목이 꺾인 것까지는 막을 수 없었다.

“괜찮습니까?”

“아, 저…….”

발목은 둘째 치고 다정은 예기치 못하게 가까워진 거리에 당황했다. 서로의 따뜻한 숨결이 여과 없이 전해졌다. 뒤늦게 상황을 깨달은 은도는 다정의 붉은 입술에 시선이 빼앗겼다. 순간 정신이 아득해졌다.

그녀의 입술이 서서히 벌어졌다.

“본부장님.”

아, 뭔가 심쿵이야. 술기운 때문인가.

다정은 가슴에 두 손을 모으며 두 눈을 깜빡였다.

“지금 이거…… 그린 라이트인가요?”

은도가 웃음을 터트렸다.

“그래. 그린 라이트야.”

귀여워. 송다정.

은도는 등을 받치고 있던 팔에 힘을 주며 다정의 상체를 일으켜 세웠다. 다정은 멍하니 은도를 바라보다 두 손으로 제 뺨을 찰싹 쳤다.

“아이구. 감사합니다. 예전에 오줌보 고장 한번 났다고 어제까지 금주를 했더니, 간이 예전 같지가 않네요. 아무래도 저, 취했나 봐요. 실수하면 안 되는데.”

잘못 들었다고 생각한 모양이다. 진심이었는데.

“그럼 저는 내일의 출근을 위해서 그만 가 보겠습니다. 본부장님도 조심히 들어가세요. 힘든 일들 훌훌 털어 내시구요.”

다정은 공손히 배꼽에 두 손을 모으며 깊게 허리를 숙였다. 그녀가 비틀거리며 몸을 돌렸다. 걷는 내내 꺾인 발목에 통증이 있는지 한쪽 다리를 절뚝거린다. 은도의 미간에 주름이 깊어졌다.

위태로운 다정의 뒷모습을 불안스럽게 지켜보다 주변을 훑었다. 멀쩡한 가로등이 몇 개 없었다. 그마저도 간격이 넓어서 골목은 무척 어두웠다. 은도는 묵직한 숨을 밀어 내며 넓은 보폭으로 다가가 다정의 손목을 잡아챘다. 그 반동 때문에 다정의 몸이 빙글 돌아갔다.

"본부장님?"

따라올 줄은 몰랐다는 듯 놀란 다정의 얼굴을 뒤로하고 은도는 그녀의 앞에 등을 보인 채 한쪽 다리를 굽혀 앉았다.

"업혀요."

"예?"

"데려다줄게."

다정은 뜨악하며 손을 내저었다.

"아뇨, 아뇨. 어떻게 감히 제가. 히끅!"

이젠 딸꾹질까지. 은도는 입을 틀어막는 다정을 바라보며 실소했다.

"발목 다쳤잖습니까, 지금."

"진짜 괜찮은데……."

"취하면 책임지고 집까지 데려다 달라면서."

"……술 깨면 추궁하실 건가요?"

"아니."

"저 지금 술 많이 마셔서 무거울 텐데요."

"마음 단단히 먹고 있을 테니까 일단 업혀 주죠. 슬슬 다리 아픈데."

"잠들지도 몰라요."

"송다정 씨 탓할 생각 없습니다. 집 가겠다던 사람 붙잡은 사람은 나니까."

은도는 뭐 하고 있느냐며 턱짓으로 얼른 업히라는 제스처를 보였다. 다정은 그래도 고민이 되는지 널찍한 등을 물끄러미 바라보며 아랫입술을 지그시 깨물었다.

"뭐 하고 있습니까. 얼른 업히지 않고."

재촉이 떨어지자 다정은 얼떨결에 은도의 목을 감싸고 엉거주춤 등에 상체를 기대었다. 은도가 다정의 무릎 사이로 두 팔을 밀어 넣었다. 편안하게 업으려면 엉덩이를 받쳐야 했지만 접촉이 불쾌할까 봐, 매너 손을 착실히 지키며 다리에 힘을 주고 가뿐하게 일어섰다.

"괜찮으세요? 무겁진 않으세요? 지금 저 완전 민폐 맞죠?"

"안 무겁습니다. 민폐도 아니고."

"생각보다 술 잘 드시네요. 예전에 본부장님 취하신 것 보고 주량은 비슷한 줄 알았는데."

이 여자가 진짜. 취한 것 아니었다니까 그러네. 은도는 터져 나오려는 말을 간신히 억누르며 묵묵히 걸었다.

"10분 정도 쭉 걷다 보면 성심마트 있어요. 그 옆에 2층이 저희 집이에요. 신축 빌라. 전세 구천오백에 실평수 10평. 흐흐. 신림 땅값 더럽게 비싸."

너희 집 전세금 안 궁금하거든. 그녀의 손가락이 가리키고 있는 곳을 따라 은도의 시선이 멀어졌다. 취해도 집만큼은 잘 찾아가나 보다. 기특하긴 한데, 상대가 어떤 사람인지 자세히 알지도 못하면서 너무 경계심이 없는 것은 아닌가, 하는 걱정도 됐다. 잠시 대화가 단절됐다. 잠들었나. 그녀의 상태를 확인하기 위해 은도가 고개를 살짝 돌리려는 찰나였다.

"……있잖아요. 본부장니임."

"응."

"이건 정말 술김에 하는 쓸데없는 소리긴 한데요. 세상 진짜 불공평한 것 같지 않아요?"

술에 취한 탓인지 다정이 혼자 주절주절 떠드는 말에서 개연성이라곤 찾아볼 수 없었다.

"매번 잘 못 하던 사람이 한 번 잘하면 의외라면서 사람 잘못 봤었나 보다, 하고, 항상 잘하던 사람이 한 번 잘못하거나 실수하면 그렇게 안 봤는데 실망이야, 하잖아요. 정작 나에 대해선 하나도 모르면서. 어쩜 사람들은 그렇게 손바닥 뒤집듯 확확 바뀔 수가 있죠?"

다정은 몰려오는 술기운에 벅찼는지 후우, 크게 한숨을 쉬었다. 말을 뱉을 때마다 그녀의 숨결이 목덜미에 내려앉는다. 은도는 눈을 질끈 감았다가 떴다. 그런 그의 심정도 모르고, 다정은 은도의 어깨로 얼굴을 폭 파묻었다.

"가끔은 숨이 턱턱 막힌다니까요."

난 지금 숨이 막힌다. 너 때문에. 은도는 그녀의 푸념에 귀를 기울이려고 무던히 노력했다.

"사실 이건 비밀인데요. 전요, 사람들 시선을 진짜 많이 신경 쓰는 편이에요. 사람들이 나한테 실망하게 되는 모습이 두렵고 무서워서요. 이제 정말 어른이 된 건가 싶으면서도 나다운 것이 뭐였는지 가끔은 헷갈려요. 몰랐는데, 나이를 먹을수록 자꾸 겁쟁이가 되는 것 같아요."

겁쟁이……. 그래, 맞는 것 같다. 다른 건 몰라도 이건 알겠어. 네가 모자람 없이 넘치도록 사랑받으며 자라 왔을 거란 것.

"그래서 본부장님과 얽히게 되는 일이 걱정, 아니. 싫었어요. 그랬는데요, 이젠 괜찮아졌어요. 왠지 본부장님은 제 편일 것 같은 기분이랄까요? 히끅."

술에 취한 탓에 발음이 엉키고, 중간중간 늘어지는 목소리에 집중했다. 점점 도착 지점이 가까워지자 절로 걸음을 늦추게 됐다.

"……그러니까 저도 본부장님 편 해 줄게요. 공평하게."

그 말을 듣는 순간 은도의 다리가 우뚝 멈춰 섰다.

"무슨 일이 있었고, 무엇 때문에 힘든 건지는 잘 모르겠지만요. 힘내세요. 지나고 나면 다 괜찮아질 거예요. 정말로요."

그녀의 말이 점점 느려졌다.

"너무 흔한 말인가……. 히히. 사실 저, 위로 같은 거 잘 못 해요. 죄송해요."

은도는 다정의 다리를 받치고 있는 팔에 힘을 주었다.

"그래도 그 말밖에 떠오르지 않아요. 저도 그랬거든요. 그 당시엔 정말 힘들고 못 버티겠던 일들이 시간이 지나면서 무뎌졌어요. 좋은 사람들을 만나다 보면 그 존재 자체가 위로가 돼서 정말 다 괜찮아져요. 만약, 본부장님한테 그런 사람들마저 없다면, 내가 대신 해 주면 되지."

몽클하다.

"직원들이요, 생각보다 그렇게 본부장님 미워하지 않아요. 오히려 좋아해요. 점점 변하고 있어요."

직원들은 날 좋아하는 게 아니라, 널 좋아하는 거야. 그래서 그런 건데. 어떡하지. 다가가고 싶어졌다. 잃을까 두려워 망설이던 마음마저 가뿐히 무시할 수 있을 만큼.

"어쨌든 힘내세요. 꼭. 힘, 내셔야 해요……."

그 후로 쉬지 않고 떠들던 다정은 언제 그랬냐는 듯 조용해졌다. 새근새근, 고른 숨이 다정의 현재 상태를 대변했다.

……자는구나.

"그래. 힘낼게."

낮은 목소리는 정처를 잃고 허공에서 흩날렸다.

좋은 밤이었다. 위로받아, 좋았던 그날의 저녁 냄새를 잊을 수가 없다.

은도는 다정의 집에 도착하자마자 다시 왔던 길을 되돌아가 택시를 잡아타야 했다. 집 위치를 말하고 잠든 것까진 좋았는데, 문제는 도어록 비밀번호였다. 몇 번이나 깨워도 물먹은 미역처럼 추욱 늘어져 버린 다정은 도통 일어날 기미가 보이지 않았다.

'비밀번호 말해요.'

'……엄마. 비밀번호만큼은 절대 안 돼.'

은도가 인상을 구겼다.

'나, 당신 엄마 아닙니다. 그러니까 비밀번호 말해요.'

'알려 주면 매일 우리 집 와서 청소 안 했다고 잔소리할 거잖아…….'

'안 한다고.'

다시는 너랑 술 안 마셔.

은도는 이를 악물며 다시 물었다.

'이봐. 송다정 씨.'

'우으……. 자꾸 말 시키지 마. 이 자식아.'

자식? 이게 진짜. 콱 꿀밤 한 대만 때릴까, 잠시 고민했다.

'토할 것 같다니까…….'

'미안해. 하지 마. 그냥 말하지 마.'

이렇게 되면 자신의 집으로 데려가거나, 모텔을 선택하는 방법밖엔 없었다. 하지만 그것은 최후의 보루였다. 적어도 그때까지는.

송다정이 깨어나면 어떤 소리를 듣게 될지 안 봐도 뻔해서 은도는 급한 대로 다정의 생일을 떠올렸다. 6월 6일. 그래. 하필 생일도 현충일이라 기억에 남았다. 비밀번호로 설정하기엔 너무 쉬워서 설마, 했지만 밑져야 본전이라 생각하며 도어록 버튼을 눌러 보긴 했다.

하지만 역시나. 저 단순한 비밀번호 따위로 문이 열릴 리가 있나. 다행이라 생각하면서도 막상 집에 송다정을 데리고 오니 암담했다. 일단 눕히고 봐야 할 것 같아서 은도는 익숙하게 현관 비밀번호를 누르고 집 안으로 들어섰다.

"내가. 어쩌다. 너를."

잠시 다정을 내려 둔 은도는 땀으로 범벅이 되어 버린 머리를 쓸어 올리며 셔츠 단추를 거칠게 풀어냈다.

아무리 죽기 직전까지 운동하는 것에 취미가 있다 한들, 왔던 길을 다시 되돌아오고, 택시를 잡아타고, 또 업고. 힘에 부칠 수밖에 없었다.

다시 다정을 업었다. 들고 있던 그녀의 핸드백을 소파에 내려 두고 침실로 들어갔다. 침대 위에 그녀를 조심스럽게 눕혀 주었다. 순간, 은도가 멈칫하며 움직임을 멈추었다.

"아……."

일어설 수도, 그렇다고 그대로 무너질 수도 없는 상황이었다. 손바닥 하나가 겨우 들어갈 정도로 비좁은 틈을 두고, 입술과 입술 사이로 서로의 숨결이 적나라하게 전해졌다. 평온하게 잠들어 있는 다정의 얼굴보다, 클로즈업되어 보이는 그녀의 입술에 시선이 묶여 은도는 어쩌지도 못하고 숨을 참았다. 잠시 동안 초점이 흐려지며 동공이 잘게 흔들렸다.

미쳤……. 미쳤지. 진짜.

자칫했으면 입 맞출 뻔했다. 미친놈처럼 키스할 뻔했다. 주먹을 세게 쥐었다. 혼미해진 이성을 간신히 부여잡은 은도가 천천히 상체를 세우려는 때였다. 잠자리가 달라져 불편한 건지, 술기운 때문에 힘겨운 건지는 모르겠지만 다정이 인상을 구기며 몸을 뒤척였다.

"으음……."

입술과 입술이 스치듯 부딪쳤다. 은도의 눈이 크게 떠졌다. 입맞춤이라기엔 예기치 못한 사고였고, 머문 시간도 터무니없이 짧았지만 은도는 그 자리에서 동상처럼 뻣뻣하게 얼어붙었다. 작은 접촉이었을 뿐인데도 신경들이 제멋대로 날뛰고, 심장이 발작을 일으켰다.

기둥처럼 박힌 두 팔 사이에 갇혀 있던 다정은 어느새 등을 돌린 채였다. 은도의 고개가 푹 떨궈졌다.

"……하."

마른 헛웃음이 터졌다. 당장이라도 터져 나갈 기세였던 모든 욕망을 애써 억누르며 은도가 힘겹게 상체를 일으켰다. 그제야 제대로 숨을 쉴 수 있었다.

네 말대로 책임졌다, 난. 빚도 깔끔하게 갚았어.

은도는 밉지 않게 다정을 흘겼다. 누군 속 터져 죽을 것 같은데 혼자 잘만 잔다. 그는 푹 한숨을 밀어 내며 불청객이 차지한 제 방을 훑어보았다.

이상한 일이다. 씻고 잠만 자는 용도로 이용됐던 삭막한 공간이 송다정 한 명 더해졌다고 다르게 보였다.

정말 이상해. 네가 있어서 오늘은 악몽도 꾸지 않을 것 같아. 은도는 무언가에 홀린듯 다정에게 다가가 침대에 걸터앉았다. 지그시 다정을 응시하다, 천천히 손을 뻗었다. 그녀의 뺨에 손이 닿으려는 찰나, 다시금 허공에서 팔이 멈췄다.

깊게 내쉬는 숨이 잘게 떨렸다. 단 한 번도 느껴 보지 못했던 감정의 너울은 생각보다 거칠어서, 억지로 참아도 보고 삼켜도 봤지만, 심장은 보란 듯이 더 빠르게 뛰었다.

지금이라도 당장 안고 싶다. 몰아치는 감정에 휩쓸리기 직전에 은도는 자리를 박차고 일어났다. 아무래도 취한 것이 분명하다. 손으로 건조해진 얼굴을 쓸어 냈다.

"그냥 믿지 말라고 할 걸 그랬나."

후회는 되지만 그래도……. 위로해 줬으니까. 아무것도 묻지 않아 줬으니까. 무리하면서까지 함께 술잔을 기울여 줬으니까, 봐준다. 아무래도 너와 더 있고 싶어서 골목을 세 바퀴나 돌았다는 사실은 평생 비밀로 해야 할 것 같다.

어느 순간부턴가 스며든 너라서. 뭣도 모르고 무작정 다가가면 부담스러워할까 봐 조심했는데. 지금은 듣지 못할 테니까.

취기를 빌려 고백할게.

"좋아해."

애틋해.

그 말을 감히 쉽게 입에 담을 수 없을 만큼 네가 좋아졌어.

진심이야.

강력한 비트의 음악이 쩌렁쩌렁 울렸다. 그토록 좋아하고 즐겨 부르던 노래방 18번 곡이었건만, 지금은 전혀 반갑지가 않다. 출근할 시간이 임박했단 뜻이었으니까.

심각하리만큼 커다란 알람 소리가 괴로워 절로 미간이 구겨졌다. 누군가 머리통을 쥐어짜는 것 같다. 가위에 눌린 듯 온몸이 무거웠다.

"으…… 제바알……."

다정은 몸을 뒤척이며 시름시름 앓는 소리를 냈다. 1차는 회사 사람들과, 2차는 본부장님과 줄기차게 마셔 댄 탓에 두통이 아찔하다.

잠깐. 눈이 번쩍 떠졌다. 흐린 초점이 또렷해지자 눈동자를 굴렸다. 좁은 원룸이 아니었다. 지나치게 넓은 침실은 낯선 곳이었다. 그레이와 화이트 계열의 깔끔한 인테리어는 제집과 판이하게 다른 모습이다. 절로 숨을 들이마시게 되는 좋은 향기는 또 어떻고.

다정은 무의식적으로 하얀색 침대 이불을 꼬옥 움켜쥐었다. 뭐, 뭐야. 왜 이렇게 푹신해? 킹사이즈의 침대는 세 명이 뒹굴어도 충분히 수용 가능해 보였다. 그녀의 동공이 불안하게 떨렸다. 익숙함이라곤 조금도 찾아볼 수 없었다.

반쯤 열려 있는 통창 사이로 아침 바람을 타고 하얀색 시폰 커튼이 살랑살랑 흔들렸다. 쿵쾅거리는 심장과는 상반된 평화로움이었다. 아니, 지금은 태평하게 남의 집 인테리어를 구경할 때가 아니지. 왠지 모를 시선이 느껴져 다정이 고개를 홱 돌렸다. 문에 기대고 서서 팔짱을 낀 채 자신을 바라보고 있는 남자를 확인한 순간, 다정의 눈이 큼지막하게 커졌다.

"어, 억……!"

차은도.

"보, 보, 본부장……."

너무 어이가 없어서 차마 '님' 소리가 나오지 않았다.

"어제부터 자꾸 맞먹으려고 하네."

"님. 님이 왜……."

거기서 나와? 다정은 심장이 터질 것 같았다.

그는 언제 일어난 건지 진작 출근 준비를 마친 상태였다. 왁스로 멀끔하게 넘긴 머리와 구김 하나 없는 정장 차림은 더할 나위 없이 완벽했다.

상황 파악을 마치기까지는 꽤 오랜 시간을 필요로 했다.

조각처럼 끊어져 있는 기억을 이어 붙이려고 애썼지만 잠이 덜 깼는지 무리였다. 은도는 한가롭게 손목에 채워진 시계를 힐긋 내려다보며 무심히 말했다.

"……이러다 늦겠는데."

아, 출근! 침대 이불을 걷어 내려는 찰나였다.

잠시 움직임을 멈춘 다정은 힐긋 은도의 눈치를 살피곤 슬쩍 고개를 내려 이불 속을 빼꼼 확인했다.

아, 옷은 입고 있군. 다행이다.

입기 번거로운 블라우스의 단추도 꼼꼼히 채워져 있고, 스타킹 역시 벗은 흔적이 없다. 하지만 혹시 모르니까. 다정은 슬금슬금 팔을 뒤로 꺾어 등 쪽을 더듬거렸다. 다행히 후크는 가장 안쪽에 채워져 있었다.

내 소중한 브래지어, 멀쩡하구나. 다리를 조금 움직이자, 얼음주머니가 침대 밑으로 툭 떨어졌다. 저건 또 뭐야. 무의식적으로 발목을 움직였다. 그러자 시큰거리는 통증이 전해졌다. 걷다 엎어진 건가. 하하. 참. 나 어제 별 지랄을 다 했구나. 스스로를 원망하면서도 자꾸 얼음주머니에 시선이 갔다. 찜질해 주신 걸까.

새삼 이런 부분까지 신경 써 준 그에게 감동했다. 다정은 한숨을 내쉬며 쿵쿵 뛰는 심장 소리를 뒤로하고 다시 은도를 바라보았다. 그는 자신의 행동에 기가 막힌 듯 보였다.

"발목은. 괜찮습니까?"

다정은 발목을 빙글 돌려 보았다.

"아, 네. 덕분에 멀쩡합니다. 저, 본부장님. 죄송하지만 혹시 저 어제 실수 많이 했나요?"

그는 물끄러미 다정을 응시하다가 천천히 고개를 흔들었다.

"아뇨."

"하. 다행이다……. 아, 그럼 제가 스스로 본부장님 집에 가겠다고 억지를 부렸던가요?"

"그것도, 아니."

그럼 집도 못 찾아갈 정도로 인사불성이 되어 버렸다는 뜻인가. 미쳤네. 정신 못 차리게 부어라 마셔라 해도 집만큼은 꼬박꼬박 잘 찾아 들어갔었는데. 어쩌자고. 다정은 절망하며 울상을 지었다.

엄마, 아빠가 이 사실을 알았다간 대노할 일이다. 출가했다는 사실에 백번 감사하며 가슴을 쓸어내렸다. 매몰차게 길바닥에 두고 가지 않아 줘서 감사하단 말은 해야겠지.

"본부장님."

그때였다. 은도가 그쯤 하라는 신호로 손을 들었다.

"잠깐."

다정의 입술이 얌전히 다물리자 그는 작게 한숨을 내쉬며 천천히 말문을 텄다.

"지금 송다정 씨가 뭘 걱정하고 있는지는 잘 알겠는데, 걱정할 만한 일 없었으니 안심해요. 현관문 비밀번호를 몰라서, 본의 아니게 데려온 것뿐이니까."

"걱정할 만한 일이라니요?"

영문을 모르겠다는 다정의 물음에 은도는 말하기가 난감했는지 입술을 지그시 깨물었다. 다정은 반박자 늦게 그 의미를 깨닫고 격하게 손을 내저었다.

"아, 그 일! 어휴, 아뇨, 아닙니다. 저 그런 걱정은 조금도, 요만큼도 하지 않았습니다."

왜 걱정을 안 해. 해야지. 은도가 눈썹을 구겼다.

"물론 처음엔 살짝 걱정됐지만, 본부장님이 그럴 분도 아니고, 옷도 멀쩡하구요. 오히려 감사합니다. 끝까지 책임져 주셔서."

다정의 속을 알 리 없으니 은도는 그 나름대로 어처구니가 없었다. 오해를 받지 않아 다행이면서도 한편으로는 너무 초연하게 행동하는 그녀에게 화도 났다.

"그걸 지금 말이라고……."

은도는 말끝을 흐리며 다정의 알 수 없는 행동을 가만히 지켜보았다. 그녀는 침대에서 조심조심 내려와 가장 먼저 이불을 쫙 펼쳐 원상 복귀시켰다. 혹여나 술 냄새가 스며들진 않았을까 걱정이 됐는지 코를 박고 킁킁대다가, 손으로 먼지를 털어 내기도 하면서 필사적으로 자신이 머물렀던 흔적을 지우고자 애썼다.

뒷정리를 끝낸 다정이 고개를 들었다. 시선이 마주치자 눈을 휘며 어색하게 웃는다. 힐끔 은도의 안색을 살피며 총총걸음으로 다가온 다정은 소심하게 손가락을 들어 거실 쪽을 가리켰다.

"죄, 죄송하지만 제가 지금 급해서요. 실례를 무릅쓰고 화장실 좀 빌려도 괜찮을까요?"

진짜, 가지가지 한다. 은도는 끝내 헛웃음을 터트렸다.

가까스로 화장실을 찾아 들어온 다정은 거울을 보자마자 기겁했다.

"내 몰골 실화냐?"

번진 아이라이너와 마스카라는 말할 것도 없었다. 아침에 눈 뜨자마자 이런 얼굴을 마주한 죄 없는 본부장님은 얼마나 곤욕스러웠을까. 괜찮은 척, 태연한 척 다 해 놓고 이제 와 절망하는 것도 우습지만, 가장 코미디는 지금 거울에 비친 내 모습이 아닐까.

아, 진짜 시간을 되돌릴 수 있다면 영혼이라도 팔고 싶다.

「먼저 내려가서 차 빼고 있을 테니 준비 다 되면 앞으로 내려와요.」

준비할 동안 기다리고 있는 모습을 보이면 불편할 것을 생각해 배려해 주신 모양이다. 직사각형 메모지에 적혀 있는 반듯한 필체를 보고, 다정은 안심했다. 다정은 빛의 속도로 출근 준비를 마치고 아파트를 빠져나왔다.

입구엔 하얀색 외제차가 대기하고 있었다. 슬쩍 고개를 숙였다. 그는 운전석 시트에 머리를 기댄 채 잠시 눈을 붙이고 있었다. 다정은 쭈뼛쭈뼛 다가가 조수석 창문을 손등으로 톡톡 두드렸다. 달칵. 잠금장치가 풀리는 소리가 들리자, 그녀는 차 문을 열고 조심조심 조수석에 올라탔다.

"늦어서 죄송합니다."

"먹어요."

그가 작은 봉지를 내밀었다. 얼떨결에 받아 든 봉지 안에는 숙취 해소 음료와 샌드위치, 그리고 라떼가 들어 있었다.

"어머. 언제 이런 걸……."

잊고 있던 죄책감이 스멀스멀 밀려왔다.

"아침 먹고 가면 늦을 것 같아서."

"감사합니다."

다정은 꾸벅 고개를 숙였다.

하지만 마음 편히 먹을 수 있을 리가 없었다. 상사가 운전하고 있는데 그 옆에서 여유롭게 아침 식사를 하는 모습은, 아무리 생각해 봐도 무리다.

그렇다고 아예 거들떠도 보지 않는 것 역시 신경 쓰인다. 다정은 샌드위치 대신 라떼를 선택했다. 샌드위치는 회사에서 먹어 치울 심산으로. 다정이 라떼를 마시고 있는 동안, 은도는 핸들을 돌리며 물었다.

"속은 좀 어때요."

"심하진 않습니다."

아무리 별일은 없었다지만, 본부장님과 같은 공간에서 밤을 보내고, 함께 출근이라니. 어색하다 못해 죽고 싶을 지경이라서 저도 모르게 격식을 차리게 됐다. 아파트 정문을 빠져나갈 때쯤, 다정이 말했다.

"저번에 아침엔 운전 안 하신다고……."

"아침부터 송다정 씨 데리고 지하철 탈 수는 없으니까."

아, 그러시군요. 아직 출근 시간까진 여유가 있어 다행이었지만 다른 의미로 답답했다.

묵묵히 운전에 집중하던 그가 넌지시 물어 왔다.

"어제 일은, 기억납니까?"

정곡을 찔러 오는 질문에 다정은 흠칫하며 눈동자를 이리저리 굴렸다.

"그게……."

아침에 눈을 떴을 땐 너무 당황해서 어젯밤 무슨 대화를 나눴는지, 어떤 일이 있었는지 떠올릴 여유가 없었으나, 지금은 아니다. 적어도 내가 어떤 말을 뱉었는지 부분적으로 기억났다.

세안을 하는 도중에도, 화장을 하는 도중에도 문득문득 떠올라 얼마나 소리 없는 아우성을 내질렀는지 모른다.

이 죽일 놈의 기억력은 이럴 때만 쓸데없이 좋고 난리야.

'오늘 본부장님 회사 안 나오셔서 제가 얼마나 걱정을 했는데 어떻게 그런 말을 하실 수가 있어요? 너무해요! 휴대폰에 저장한 본부장님 이름 바꿀 거예요. 배신자로! 아, 아니다. 지금 바꿔야지!'

그런 말이 어떤 말인지는 모르겠지만, 진정 내가 미쳤지.

인생 2회 차도 아닌데 어쩌자고 상사에게 겁도 없이 저 따위 언사를.

'지금 이거…… 그린 라이트인가요?'

아아악! 으아악! 엄마. 나 죽을게. 그냥 죽고 불효녀 될게!

그린 라이트는 무슨. 레드 라이트다. 레드 라이트.

돌아 버리겠다. 더 환장하겠는 것은 상사의 등에 넙죽 업힌 것도 기억나고, 엄마로 착각해 도어록 비밀번호를 알려 주지 않겠다며 억지 부린 것도 다 기억나는데.

그가 어떤 대답을 했고, 어떤 말을 했었는지 하나도 떠오르지 않는다. 편집도 기가 막히게 됐다. 끊길 거면 일관성 있게 다 끊겨야지, 이게 뭐람.

다정은 다 포기한 사람처럼 고개를 푹 수그리며 사죄했다.

"죄송합니다. 어제 제가 본부장님께 무례를, 하……. 정말 죄송합니다.

입이 열 개라도 할 말이 없습니다……."

"뭐가 그렇게 죄송하다는 건지 모르겠네."

"예?"

다정이 슬쩍 눈을 올렸다. 그의 입술 끝이 길게 늘어져 있었다. 잘못 본 건가 싶어 눈을 감았다 떴다. 확실했다. 그는 웃고 있었다. 더 호러다.

다정은 애원하듯 빌었다.

"솔직하게 말씀해 주세요. 어제 저, 정말 실수한 것 없었나요? 길가에 주저앉아서 울었다거나, 바닥을 기어 다녔다든가. 아님, 지나가는 사람 붙잡고 시비를 걸었다든가……. 혹시 그런 제 모습에 욱해서 욕을 하셨다 해도 저는 충분히 감당할 준비 됐습니다."

그 광경이 너무 기가 막혀서. 다시 떠올려 봐도 웃음밖에 안 나와서. 그래서 이러시는 건가 싶었다.

"원래 주사가 그 정도였다면 내가 운이 좋았던 건가."

"제발, 그만 놀리시구요. 저 정말 괴롭습니다. 본부장님."

"말해 주면 후회할 텐데."

어제의 나. 그 정도로 심각했어?

"안 할게요."

"……욕은 안 했고."

그의 입에서 어떤 말이 나올지 몰라 다정은 마른침을 꿀떡 삼켰다. 마침 신호에 걸렸다. 차량이 매끄럽게 정차하자, 그가 천천히 고개를 돌렸다.

"고백은 했어요."

지극히 평화로운 말투였다.

09

'고백은 했어요.'

다정은 끊임없이 반복되는 환청에 넋을 놓았다.

내가? 아님 네가? 대체 누가 고백을 했다는 건데. 그가 뱉은 말엔 주어가 없어 더 환장하겠다. 어느 쪽이든 듣게 되면 감당할 수 없을 것 같아서 장난도 심하셔라 하며 어물쩍 상황을 넘기긴 했지만, 그는 그런 말로 장난칠 사람이 아니다.

막상 혼자가 되니 머릿속이 복잡해서 다정은 소리를 내지르고 싶었다. 뭐가 됐든 취한 자는 반박할 자격이 없다. 만약 그의 말이 진실이라고 가정하면, 고백을 한 사람은 본부장님보단 자신일 확률이 높았다.

이건 그린 라이트가 아니냐며, 보고 싶었다며, 낯부끄러운 말을 아무렇지 않게 뱉은 사람이 저이지 않았던가.

젠장. 그래. 아무래도 내가 술에 취해 고백을 했나 보다. 방정맞은 입술이 좋아한다며 멋대로 떠들어 댔나 보다. 이제 본부장님은 직원들의 인사에 슬쩍 미소를 걸치는 여유까지 부리고 있는데, 혼자 야단났다.

"고백은 했어?"

이 주임의 목소리에 번쩍 정신이 되돌아왔다. 흐린 초점이 또렷해지자,

모니터에 엑셀 창에 기입되어 있는 글자가 선명해졌다.

「고백은 했어」

미, 미치겠네. 다정은 서둘러 글자를 지워 내고 파일철을 펼치며 바쁘게 움직였다.

"대박. 설마, 어제 회식 끝나고 본부장님 만나셨어요? 고백하신 거예요?"

응. 아무래도 그런 것 같은데.

"말도 안 되는 소리."

"그럼 이건 뭔데요?"

대화 소리는 기어들어 갈 듯 작았지만 다정은 혹시라도 누가 들었을까, 손가락을 입에 가져다 대며 정연을 흘겼다.

하. 진짜 쪽팔려. 내가 두 번 다신 술 마시나 봐라. 인간도 아니다. 진짜.

다정은 두 손에 얼굴을 묻으며 한숨을 푹 내쉬었다.

진우는 은도의 속도에 맞춰 걸으며 보고했다.

"X브랜드 협력업체는 〈르보아〉로 최종 결정 되었습니다."

〈리젠〉 기업은 은도 자신이 직접 선별한 기업이라 인지하고 있었지만, 〈르보아〉는 처음 듣는 정보였다. 물론 기업 정보는 알고 있었다. 몇 번이나 기획전 프로모션에 심사를 넣었다가 떨어진 이력이 있는 기업이었다.

소비자의 안전과 제품성보다 매출에 대한 집념이 유별난, 4년 전 론칭된 업체인데 마음에 들 리가 없다. 은도는 서류를 뒤로 넘기다 말고 고개를 틀어 진우를 바라보았다.

"이번 업체, 누가 선정한 겁니까."

"그게……."

진우는 쉽게 말을 잇지 못했다. 자신의 관할도 아닌 일에 허락도, 보고도 없이 손을 댄다는 것은 굉장히 무례한 행동이었다. 더군다나 절차마저 무시했다는 것은 무언의 도전이다.

지금처럼 대놓고 자신의 심기를 건들 만한 인물은 한 명뿐이었다.

"윤주원."

"……예."

아직 중국 지사에서 본사로 넘어오지도 않았는데 벌써부터 움직이기 시작했다. 서류를 바라보던 은도의 눈빛이 싸하게 식어 갔다.

"결재를 승인한 임원은요."

"황 전무님입니다."

예상한 일이었다. 황덕현 전무는 단순했다. 득이 될 것이라며 입김을 불어 주면, 의심하지 않고 득달같이 직진을 감행하는 성향이었다.

매출 성과의 숫자를 들먹여 가며 황 전무의 노선을 변경했을 가능성이 크다. 공공연하게 알려진 회장님 친조카의 의견인데 망설일 이유도 없었을 것이다.

하지만 윤주원은 무르지 않았다. 쉽게 손을 들어 준 상대에게 선뜻 속사정을 터놓지도, 함께 작당을 꾸밀 생각도 처음부터 없었을 것이다. 아직 밀고 나갈 수 있는 권한이 부족한 저 대신 결재를 따내 줄 사람. 황덕현 전무는 그저 윤주원의 이용물에 지나지 않는다.

회사 내부 사정을 뚜렷하게 알고 있고, 언제라도 개입할 수 있는. 조금 더 의지가 분명한 주원이 숨겨 둔 측근을 찾아야 한다.

"전략팀 박성호 차장, 인가."

"……제 생각도 그렇습니다."

은도의 혼잣말을 용케 알아들은 진우가 조용히 제 의사를 전했다. 기획팀과 전략팀의 업무는 비슷했으나, 사무실도 달랐고 라인도 확실히 구분되어 있었다.

일단은 기획팀 본부장인 은도가 전략팀까지 지휘하고 있었지만, 주원이 본사로 발령받아 오게 되면 말이 달라진다. 모르는 직원이 봐도 구도가 확실히 나눠지게 되는 상황이었다.

박성호 차장은 본의 아니게 전략팀마저 삼켜 버린 은도를 항상 경계하며 눈엣가시로 생각했다. 어쩌면, 윤주원에게 다정의 정보를 흘렸을 가능성도 무시할 수 없다.

조만간 주원은 전략팀으로 발령 나게 될 테니 박성호는 자연스럽게 주원의 곁에 설 것이다. 처음부터 차근차근 유추해 보면 쉽게 방증되는 결과였다.

"지금이라도 결재 승인 건에 반박하시죠. 황 전무님 전속 비서실에 연락 넣겠습니다."

황덕현 전무는 언제라도 쉽게 구슬릴 수 있다. 은도는 손을 올리며 진우에게 그만두란 신호를 보였다.

은도의 시선은 다른 곳을 향해 있었다. 당당하게 엘리베이터 앞으로 다가와 묵례를 하는 남자에게.

"안녕하십니까. 차은도 본부장님, 맞으시죠?"

남자는 친근하게 말을 걸어왔다. 20대 후반. 다정과 비슷한 또래로 추정되는 얼굴이었다.

"말씀은 많이 들었습니다. 능력도, 외모도 굉장히 출중하시다고."

쓸데없는 미사여구가 길다. 마치, 작정하기라도 한 것처럼.

은도는 말없이 눈앞의 남자를 꿰뚫듯 직시했다.

"프로젝트 분기마다 1순위로 심사 넣었는데……. 기억하실지 모르겠습니다. 비록 본부장님께 뽑힌 건 아니라서 그 부분이 굉장히 아쉽긴 하지만, 실망시켜 드리는 일 없도록 최선을 다해 보겠습니다. 믿고 맡겨 주십시오. 〈르보아〉 기업 마케팅 담당자 이호성입니다."

호기롭게 소개를 마친 남자는 허리를 굽히며 악수를 청했다. 한동안 남자를 물끄러미 내려다보던 은도는 천천히 팔을 뻗어 그의 손을 맞잡았다.

"패기는 좋네요."

"아……. 감사합니다."

"잘해 봐요."

그리 말하며, 은도는 느리게 몸을 돌려 엘리베이터를 마주 보고 섰다.

"어후, 이제야 좀 살겠네."

심란한 속을 달래기 위해 탕비실에 들렀다. 물을 마시고 나와 별다른 생각 없이 걷고 있는데, 김 팀장이 홀로 끙끙거리며 고군분투하고 있는 모습에 절로 발이 멈칫했다. 그녀의 모니터엔 3팀과 1팀이 함께 밀고 있는 프로모션 보고서 창이 업체별로 떠올라 있었다.

'저것 때문이군.'

근데 왜? 저 자료는 김 팀장이 맡은 업무가 아니었다. 아무도 도와주지 않은 건가.

무시할까 했지만, 결재까지 얼마 남지 않은 시점에서 그럴 수도 없었다. 다정은 미래의 옆에 놓여 있는 작은 간이 의자에 털썩 엉덩이를 붙였다.

"〈르보아〉 기업은 원목재를 기반으로 하는 가구 제조업체예요. 침실 가구, 특히 세련된 디자인과 저렴한 가격대로 SNS에서 유명세를 타고 있고요."

다정의 조언에 미래가 홱 고개를 돌렸다.

"웬 오지랖? 나도 알거든? 잘난 척 정도껏 하고 그만 가 줄래?"

"제 생각이 짧았어요. 단독적인 프로모션도 아니고, 3팀과 함께 진행하는 프로젝트였는데. 결재를 대신 받아 드리는 건 무리지만 결과적으론 같이 머리 맞대고 고민해야 하는 부분이었어요. 죄송해요, 팀장님. 도와드릴게요."

"이제 와서? 됐거든?"

미래가 새침하게 대꾸하며 다정을 흘겼다. 어마어마하게 삐졌구만. 다정은 보고서에 공백으로 남겨 둔 곳을 손가락으로 가리켰다.

"어. 저기 하나 빠졌다."

"어디?"

"여기요. 여기."

"어머. 진짜네. 고마……. 아니, 얘. 너 그냥 가라니까? 생각할수록 어이없네, 진짜. 쪽팔리게 면박 줄 땐 언제고 왜 이제 와서 착한 척이니?"

"그 부분은 변명할 여지없이 죄송해요. 그래도 저 이제 고작 두 달도 안 남았잖아요. 그렇게 뾰족하게 굴지 않으셔도 알아서 나갈 사람이라구요. 직원들도 불편해하는데, 그때까지만 참으시고 제 사과 받아 주세요. 팀장님."

다정의 말에 미래는 더 이상 날카롭게 쏘아붙이지 않고 입을 다물었다.

아무래도 꽤 타격이 컸던 모양이다. 직원들 앞에서 도와주지 않겠단 말로 못 박아 둔 사건 이후, 자존심은 있어서 팀원들에게 물어보지도 못하고 마음고생했을 것이 눈에 훤했다.

김 팀장은 말을 삐뚤게 하는 편이었지만 뼛속부터 못된 성격은 아니었다. 난데없이 나타나서 나이도 어린 것이 팀장 업무를 이행하며 이래라저래라 하니 달갑지 않게 보일 만도.

아예 이해가 되지 않았던 것도 아니라서 다정은 그런 미래를 마음 놓고 미워할 수 없었다.

"그렇게 제가 싫으세요?"

"그럼 좋겠니? 나보다 한참 어린 애가 뜬금없이 나타나선 팀장 직무 대신해 가며 이래라저래라 하는데. 프로젝트 매니저면 프로젝트나 담당할 것이지."

미래가 퉁명스레 말했다.

다정은 살풋 웃었다.

"거기, 수치 틀렸어요. 140,235가 아니고 11,402,350입니다."

"하, 진짜 나 미쳤나 봐. 근데, 자기 수치 표까지 다 외운 거야?"

"그렇게라도 해야 이 바닥에서 무시 안 당하고 버티죠."

"대단하네."

"이거, 정 대리님이 하셔야 하는 업무인 것 같은데 왜 팀장님이 대신 하시는 거예요? 보고받고 취합해서 결재 올리시면 되잖아요."

"……말처럼 기간만 채우고 떠나면 그만인 송다정 씨가 뭘 알겠어."

저도 제 나름대로 고충이라는 것이 있습니다만.

"눈치는 부하 직원이 아니라 내가 더 많이 봐. 왕따당할까 봐. 좀만 타박 주면 뒤에서 상사 욕이나 하고 말이야."

"그러는 김 팀장님은요? 상사 뒷담화 한 번도 안 해 보셨어요?"

"해 봤으니까 아무 말도 못 하는 것 아냐."

"아아……."

다정은 수긍하며 고개를 끄덕였다. 때마침 기획팀 사무실 문이 열리며 익숙한 얼굴이 등장했다. 차은도 본부장. 방심하면 나타나는 그 남자. 직원들은 하나둘씩 고개를 숙이며 인사했다.

평소 같았다면 다시 하던 일에 집중해야 하는데, 직원들의 호기심 어린 눈길은 여전히 은도를 향해 있었다.

무슨 일 있나? 힐끔. 다정의 눈동자가 다시 위로 올라갔다. 다시 보니 그는 혼자가 아니었다. 본부장님의 곁엔 처음 보는 남자가 떡하니 서 있었다.

호기심이 증폭될 때쯤 은도와 눈이 마주쳤다. 흘러가는 시선이 아니었다. 마치, 사무실에 들어올 때부터 지켜보고 있었다는 듯, 은도는 다정에게서 눈을 떼지 못했다.

어떡하지. 먼저 피해야 하나. 고민하고 있는 사이, 이번엔 은도의 곁에 선 남자와 정통으로 눈이 딱 부딪쳤다. 이상했다. 분명 일면식도 없는 사람인데, 왠지 익숙했다. 착각인가. 별다른 생각 없이 고개를 돌리려는 순간이었다.

남자의 입술 끝이 아주 미세하게 말려 올라갔다. 여전히 저를 똑바로 바라본 채로.

❖ ❖ ❖

뭐야. 저 웃음은. 어쩐지 불쾌한 미소였다. 너무 예민해졌나. 그래. 최근 본부장님 일 때문에 신경이 곤두선 모양이다. 그때였다.

"김 팀장, 송 피엠은 잠시 나 좀 보죠."

잉? 우리? 처음이었다. 그에게 두 직원이 동시에 호명된 적은. 다정과 미래는 서로를 마주 보며 얼떨떨한 표정을 지었다. 은도는 걸음을 돌려 집무실로 멀어졌고, 의문의 남자도 그의 뒤를 좇았다.

❖ ❖ ❖

본부장 집무실 앞에 당도한 미래와 다정은 문을 두드리기 직전에 한마음 한뜻으로 심호흡을 하며 마음을 다잡았다.

"김 팀장님. 수치랑 협력업체 정보, 기억하고 계시죠?"

"알아, 알아. 〈르보아〉는 원목재 침실 가구. 특히 수납형 침대 디자인으로 유명세를 타고 있고, 〈리젠〉은 거실 가구. 수치는 11,402,350."

"오……. 맞아요. 되게 빨리 외우셨네요. 헷갈리셨을 텐데."

다정이 엄지를 척 들어 보이자, 미래는 씩 웃으며 턱을 추켜올렸다.

"그러니까 무시하지 말아 줄래? 이래 보여도 단기 기억력만큼은 자신 있거든?"

"무시한 적 없거든요."

두 여자는 작게 속닥거리며 집무실 앞에서마저 티격태격했다.

"그나저나, 다정 씨. 괜찮겠어?"

"뭐가요?"

"아까 그 본부장님 옆에 있던 남자, 혹시 아는 사이야?"

"아뇨. 오늘 처음 봤어요."

"흐음. 왠지 송 피엠 보는 눈빛이 구면 같아 보여서. 안 좋은 쪽으로."

비단 저만 느낀 것이 아닌 모양이다.

미래가 어깨를 으쓱이며 화제를 돌렸다.

"그나저나, 고백은 했어?"

"네?"

"본부장님 말이야. 너 계속 그렇게 넋 놓고 있다가 다른 사람한테 눈 뜨고 뺏긴다?"

"뭘 뺏! ……겨요."

"송다정 씨가 본부장님 짝사랑하는 거, 이미 회사에 소문 쫙 퍼졌거든?"

"아니라니까요? 그거 헛소문이라고요."

"뺏기든 말든 내 알 반 아니지만, 마음 알아차렸으면 빠르게 움직여. 어차피 계약 기간 끝나면 회사 다닐 것도 아닌데 걸릴 게 뭐가 있어? 차일 땐 차이더라도 마음 정했으면 뭐라도 일단 지르고 봐야……."

"들어가도 됩니까."

중저음의 목소리가 뒤에서 넘어왔다. 음성만 듣고도 차은도 본부장임을 알아챈 두 여자는 사색이 된 얼굴로 뻣뻣하게 웃었다.

"아, 하하……. 예."

집무실에 있던 거 아니었어? 김 팀장님. 으으. 괜히 쓸데없는 소리를 해선. 도움이 안 된다.

다정은 죽을상을 지으며 옆으로 비켜섰다. 미래와 다정은 먼저 문을 열고 집무실 안으로 들어서는 은도의 뒤를 얌전히 따랐다.

집무실의 접대용 소파엔 이미 '의문의 남자'가 엉덩이를 붙이고 있었다.

"인사해요. 이쪽은 〈르보아〉 담당자, 이호성 씨. 그리고 이쪽은 기획팀 직원, 3팀 김미래 팀장. 1팀 송다정 프로젝트 매니저."

은도가 중간에서 대신 소개했다. 그러자 자리에서 일어나 다가온 호성이 먼저 다정을 향해 팔을 내밀며 악수를 청했다.

"이호성입니다. 앞으로 프로젝트 기간 동안 잘 부탁해요. 송다정, 씨."

직급으로 따지자면 비슷한 위치였지만, 호성은 어디까지나 기획전 심사에 붙은 협력업체 직원이었다. 지금처럼 상하 관계를 딱 잘라 정하기 애매한 자리에선, 더군다나 회사 업무차 만나게 된 상대가 초면일 땐 직급을 붙여 부르는 것이 일반적일 텐데 호성은 대놓고 우위를 자처했다.

일종의 유치한 기 싸움이었다. 과감하게 아래위로 훑는 시선이 마냥 달갑게 느껴지진 않았다.

옆에 서 있던 김미래 팀장 역시 같은 생각이었는지 알게 모르게 표정이 굳어 있었다. 하지만 미소 짓고 있는 호성의 얼굴에 악의는 없어 보였다. 다정은 사람 좋게 웃으며 호성의 손을 맞잡았다.

"네. 송다정입니다. 앞으로 잘 부탁드립니다. 담당자님."

악수를 하는 것까진 좋았는데, 맞잡은 호성의 손에 악력이 점차 과하게 실리기 시작했다. 으윽……. 뭐야, 이 남자. 슬슬 손가락이 저리고, 뼈가 어그러지는 기분이 들 때쯤, 호성이 손에 힘을 풀었다. 그는 냉큼 고개를 돌려 김미래 팀장을 바라보았다.

"잘 부탁드립니다. 김미래 팀장님."

다정을 대했을 때완 달리 더없이 공손한 말투였다. 저, 저거……. 다정은 기가 막혀서 입을 떡 벌렸다. 미래는 피식 웃으며 손을 맞잡았다.

"잘 부탁해요. 이호성 씨."

조금 전 다정이 당했던 것을 그대로 돌려주려는 듯, 미래는 있는 힘껏 잡은 손에 힘을 주었다. 배로 돌려받게 된 호성은 억척스러운 미래의 손힘을 참지 못하고 인상을 구겼다.

미래는 악수를 풀고 똑바르게 호성을 직시했다. 남자든 여자든 이 구역의 미친년은 나다, 라고 경고하는 눈빛이었다.

다른 의미로 힘겨웠던 자기소개가 끝나고 고개를 돌렸을 땐 은도는 이미 집무 의자에 앉아 있었다.

"인사 끝났으면 가서 일 보세요. 김 팀장님은 잠시 남으시고."

무서울 것 하나 없던 미래에게도 천적은 존재했다. 함께 결재를 받게 될 줄 알았건만. 미래의 동공이 불안하게 흔들렸다.

'힘내요. 김 팀장님.'

다정은 은밀하게 주먹을 흔들며 입 모양으로 마음을 전달했다.

이틀이 지나고, 어느덧 치열했던 하루도 저물어 가고 있었다. 중요한 자료를 USB에 옮겨 저장하고 있는데, 바빠서 미처 확인하지 못했던 메신저가 눈에 들어왔다.

[송 피엠 덕분에 나 결재 통과됐어. 자기 아니었음 수치 틀려서 엄청 혼났을 듯.]

김미래 팀장이었다. 다정은 슬쩍 웃으며 키보드를 두드렸다.

[축하드려요. ㅋㅋ]

[본부장님 되게 사려 깊더라. 다시 봤어.]

[엥?]

[그때 결재받으러 갔을 때 일부러 내 입장 생각해서 다정 씨 내보냈던 것 같아. 사람들 있는 곳에서 까이면 자존심 상할 수 있으니까 배려해 주신 거지. 누구랑은 다르게.]

[아, 그렇구나.]

[황 전무가 본부장일 때는 집무실로 부르지도 않았어. 그 진상은 직원들 자리로 찾아와서 면전에 기획안 내던지고, 바락바락 소리나 질렀지.]

김 팀장이 본부장님에 대한 오해를 풀었다니 다행이다. 다정은 가까스로 정신을 차리며 메신저를 마저 보냈다.

[퇴근 안 하세요?]

[응. 본부장님이 부탁하신 게 있어서. 그거 마저 처리하고 퇴근하려고. 자기는?]

[이제 슬슬 퇴근하려구요.]

제가 술김에 고백을 해서요. 차마 본부장님을 마주칠 용기가 없습니다. 그래서 며칠째 야근만 피하자는 심정으로 피 터져라 일하고 있습니다. 그 사실은 쏙 빼고 말했다.

[그래. 나중에 술 한잔해. 내가 살게.]

오늘 도와줘서 고맙다는, 김미래 팀장식 인사였다. 재빨리 메신저를 끄고 벌떡 자리에서 일어난 다정은 구부정하게 허리를 수그린 채 엉금엉금 기어가다시피 사무실을 빠져나왔다.

엘리베이터를 향해 가는 동안에도 긴장을 늦출 수 없었다. 차은도. 그가 어디서 나타날지 모르니까.

화장실을 지나가고 있을 때였다. 마침 일을 보고 나온 남자와 어깨를 툭, 부딪쳤다.

"아, 씨……."

〈르보아〉 담당자 이호성이었다.

그는 불쾌한 듯 눈살을 찌푸리며 욕을 읊조리다가, 이내 부딪친 사람이 다정인 것을 확인하고는 언제 그랬냐는 듯 바로 표정을 풀었다.

"아, 다정 씨였구나. 난 또 누군가 했네."

다 들었거든.

"네. 그럼, 안녕히 계세요."

다정은 빛의 속도로 끝인사까지 건넸다. 이제 조금 있으면 본부장님이 퇴근할 시간이다. 지체 않고 지나치려는데, 발목을 붙잡혔다.

"어딜 그렇게 바쁘게 가요?"

"퇴근합니다. 그럼."

"아, 잘됐네. 만난 김에 나 좀 도와주면 안 될까? 최종 결정된 자료 PDF로 변환해서 다운받아야 하는데, 지정받은 자리 컴퓨터 비밀번호를 몰라서."

내가 컴퓨터 고쳐 주는 사람이냐. 그가 자연스럽게 하대해 오는 이유는 자신이 프로젝트 매니저든 뭐든 어쨌거나 계약직이라는 이유가 크게 한

묶하는 듯했다.

"저도 제 자리 말고는 비밀번호를 몰라서요. 박지호 대리님한테 한번 가 보세요. 아마 오늘 야근이라 자리에 계실 거예요."

"아, 하긴. 그렇겠네요. 다정 씨는 계약직이니까……."

본사 컴퓨터 비밀번호는 당연히 모르겠네. 은근슬쩍 비아냥거리는 말투하며, 일부러 '계약직'을 들먹거리는 저 의도는 무엇인가. 저건 대놓고 물 먹이겠단 뜻으로밖에 해석이 안 됐다.

다정은 그의 태도에 속으로 기함했다.

그래. 나 계약직은 맞는데, 엄연히 전문직이거든? 반박하고 싶은 마음은 굴뚝같았으나 애써 솟구치는 짜증을 억눌러 참았다.

"말씀 끝나셨으면 이만 가 봐도 될까요?"

"여긴 어떻게 입사하셨습니까?"

"뭐라고요?"

"설마. 뒤 봐주는 사람이라도 있나?"

"이보세요. 이호성 씨."

"아, 기분 나쁘셨으면 죄송해요. 너무 궁금해서."

진짜 환장하겠네. 하필이면 맞은편에서 차은도 본부장이 걸어오고 있다. 피할 시간이 모자랐다. 어쩌지. 발을 동동 구르던 다정은 다급히 고개를 비틀었다. 하지만 때는 이미 늦었다. 차은도는 어느새 바로 앞까지 다가와 있었다.

"송다정 씨."

다 봤으니 그쯤 하라는 눈빛이 날아들었다. 말없이 두 사람을 번갈아 보던 은도가 천천히 입을 열었다.

"이호성 씨. 컨펌까지 10분 남은 걸로 아는데. 시간 많습니까?"

"아……. 아닙니다. 본부장님."

묵직했다. 낮고 힘 있는 목소리에 호성은 변명 한번 하지 못하고 헐레벌떡 자리를 피했다. 그도 직감적으로 느낀 것이다. 어설픈 행동이 그에게 통할 리 없다는 것을.

이쯤 되면 갖고 싶다. 저 눈빛.

그럼 적어도 지금처럼 누군가에게 무시를 당하거나 귀찮은 일에 휘말리진 않을 텐데. 그는 호성이 사무실 안으로 들어가는 것까지 확인한 뒤, 시선을 돌려 다정을 내려다보았다.

"나 피해 다니느라 고생이 많아 보입니다."

"피하다뇨. 기분 탓이 아닐까 싶습니다."

"아아. 기분 탓."

그의 고개가 삐뚜름하게 기울어졌다.

"10분 뒤에 지하 3층 주차장으로 내려와요."

"……예?"

"개인적으로 할 말이 있어서."

"할 말, 이라니……."

"여기서 말해도 괜찮겠습니까? 난 상관없는데."

아니요. 절대 아니요! 회사에서만큼은 제 체면을 세워 주셔야 합니다! 다정은 급히 손을 내저었다.

"아뇨! 기다리겠습니다."

세상 근심이란 근심은 전부 떠안고 있는 사람처럼 울상이 되어 버린 다정을 넌지시 바라보던 은도는 결국 참지 못하고 웃음을 터트렸다.

"기다리게 한 만큼 마음의 준비도 좀 하고."

별안간 그의 손길이 스쳤다. 화들짝 놀라 고개를 들었을 땐 그는 어느새 저만치 멀어져 있었다. 다정의 시선이 밑으로 떨어졌다.

손바닥 위엔 차량 키가 덩그러니 놓여 있었다.

[G3 35]

문자 한 통이 도착했다. 내용엔 달랑 주차 구역만 적혀 있었다. 은도가

은밀하게 건네준 차 키 덕분에 다정은 어렵지 않게 은도의 차량을 찾아냈다. 거기까진 좋았는데,

"……어쩌자고."

뭘 믿고 대뜸 건네주신 걸까. 다정은 차량 키를 손에 꼭 쥐었다. 그의 손이 스치고 지나갔을 때, 솜털 하나하나가 삐죽삐죽 솟던 그 기분을 도무지 잊을 수 없다.

하지만 언제까지고 계속 멍하니 서 있을 수도 없는 노릇이다. 주차장에 도착하긴 했지만 선뜻 먼저 차량에 오를 수 없었다. 남의 차에 혼자 덜컥 타있는 것도 우습지만 혹여나 다른 직원이 본부장님 차에 타 있는 모습을 보게 되면 큰일이니까. 다정은 조금 떨어진 곳에서 정처 없이 서성거렸다.

'내가 무슨, 파파라치 피해 다니는 연예인도 아니고…….'

처한 상황이 어처구니가 없어서 헛웃음이 터졌다.

"이제 어떡하지."

문제는, 본부장님과 단둘이 남게 되었을 때였다. 죄송하다고, 도무지 그때 일이 기억나질 않으니 크게 생각하지 마시고 잊어 달라고 말해 볼까.

하지만, 그 이유 때문에 부른 것이 아니었다면? 그래. 일단, 먼저 부른 연유를 듣고 말하자. 그게 낫겠다. 준비해 둔 멘트를 머릿속으로 몇 번이나 연습하고, 시뮬레이션을 펼쳤다.

얼마쯤 시간이 흘렀을까.

인기척이 느껴졌다. 엘리베이터에서 내린 그가 출입문을 열고 등장했다. 은도는 어렵지 않게 다정을 발견하고 저벅저벅 걸어왔다.

새삼 느끼는 거지만, 그는 머리부터 발끝까지 무엇 하나 흠 잡을 곳이 없는 남자였다. 겁도 없이 술김에 그에게 고백한 것이 이젠 충분히 그럴 수도 있지 않나, 생각될 만큼.

다정은 곧게 허리를 세웠다. 본부장님은 점점 더 가깝게 다가오는데, 도무지 눈을 똑바르게 마주할 수가 없다.

"왜 타 있지 않고 그러고 있습니까."

"누가 볼까 봐 걱정돼서요."
"아아."
누군 조마조마해 죽겠는데, 고작 아아? 그의 표정에서는 조금의 걱정도 찾아볼 수 없었다. 대체 뭘 믿고……. 회사에서 스캔들 한번 터져 봐야, 직원들의 시선을 한 몸에 받아 봐야 정신을 차리실 건가.
"저, 본부장님. 어쩐 일로 저를 부르신 건지."
"주차장에서 할 대화는 아닌 것 같고. 일단 타요."
"아니요. 저는……."
하필 이제 막 엘리베이터에서 내리고 있는 다른 부서 직원들이 눈에 들어왔다. 다정은 후다닥 걸음을 옮겼다.
"본부장님! 빨리 타세요!"
타기 싫다 할 땐 언제고 다정은 즉각적으로 태세를 전환하며 재촉했다. 은도는 물끄러미 그녀를 응시할 뿐이다.
"뭐 하고 계세요! 얼른요!"
"……문을 열어 줘야 타지."
"예? 그게 무슨 소립니까. 이거, 본부장님 차 아니에요?"
일촉즉발의 상황이었다. 깔깔 웃는 직원들의 목소리가 점차 가까워졌다. 그러는 와중에도 그는 여유로웠다.
"내 차는 맞는데."
"맞는데 뭐요!"
"차 키. 송다정 씨가 가지고 있잖아요."
"아……."
다정은 손에 떡하니 쥐고 있는 차량 키를 내려다보며 멋쩍게 웃었다. 그녀가 차량 키를 꾹 눌렀다. 삐빅, 잠금이 풀리는 소리와 함께 헤드라이트가 번쩍였다.
다정은 상사에게 먼저 타시란 말조차 하지 못하고 냉큼 조수석에 올라탔다. 그 모습을 가만히 지켜보던 은도는 픽 웃음을 터트리며 걸음을 옮겼다.

❖ ❖ ❖

차량 내부는 조용했다.

다정은 꼿꼿한 자세로 안전벨트를 꽉 쥐었다. 그리고 긴장이 역력한 표정으로 정면에 시선을 고정했다. 앞에서 총알이 날아오는 것도 아닌데, 눈 한번 깜빡이지 않았다.

은도는 운전에 집중하다가도 신호에 멈출 때마다 다정을 힐긋거렸다. 지금으로부터 15분 전 주차장 입구에 다다랐을 때, 마침 정문을 빠져나오고 있는 직원들을 보고 '어억!' 괴상한 비명을 내지르던 게 떠올랐다.

아무래도 어지간히 놀랐던 모양이다. 시트를 뒤로 확 넘기던 그녀의 모습이 잊을 만하면 생각나서 절로 큭, 웃음이 터졌다.

"아까부터 왜 자꾸 그렇게 웃으세요? 웃을 일이 있으면 같이 웃죠."

"아, 미안합니다."

그녀의 부풀어 오른 두 뺨엔 심통이 가득했다. 저 혼자서만 유별나게 놀라 하는 것이 퍽 억울해 보였다.

그동안 얼마나 알은척을 하고 싶었는지 모른다. 타인의 시선을 유난히 신경 쓰는 그녀를 모르는 것도 아니라서 흘러가는 시선을 묶어 잡아 놓느라 무던히도 애썼다.

'고백은 했어요.'

'하하. 하하하. 자, 장난도 심하셔라……. 저는 여기서 내려 주시면 될 것 같습니다.'

며칠 전, 말을 싹둑 끊어 내고 도망치듯 차에서 내리던 그녀의 뒷모습이 줄곧 신경 쓰였다. 사실 진지하게 말하려 했지만 상황은 좀처럼 원하는 대로 흘러가 주지 않았다.

"어, 이거……. 본부장님 저 이것 좀 봐도 돼요?"

문득 그녀가 운전석과 조수석 사이에 올려 둔 파일철을 가리키며 물었다. 어차피 내일이면 기획 1, 3팀 직원들에게 전달될 자료였다. 은도는 그렇게 하라는 뜻으로 고개를 끄덕였다.

「〈르보아〉X〈지성가구〉 기획전」

다정은 한 글자 한 글자 빼놓지 않고 눈에 담았다. 꽤나 집중한 듯 입술을 잘근 깨물기도 하고, 손으로 턱을 쓸어 내기도 했다. 은도는 정면을 주시한 채 물었다.

"송다정 씨 생각은 어때요."

"〈르보아〉 제품은 대부분이 처음에 선보였던 디자인과 비슷하네요. 뭐, 신생이기도 하고, 이제 막 인기를 얻고 있으니까 가장 매출이 좋았던 제품과 비슷한 디자인으로 론칭하는 전략을 선택할 수밖에 없겠지만요."

역시. 안목이 있다. 여러 기업을 전전하며 쌓아 온 경험이 가장 큰 무기인 프로젝트 매니저. 특히 송다정의 의견은 충분히 귀담아들을 가치가 있었다. 은도의 얼굴에 만족스럽다는 기색이 스쳤다.

"그래서?"

"장점은 군더더기 없이 깔끔한 디자인과 고객들이 주로 선호하는 색상, 실용성인 것 같고, 단점은 자재인 것 같아요. 〈지성가구〉는 인체에 무해한 E0등급 자재만 사용하잖아요. 그런데 〈르보아〉는 E0등급은 고사하고 E1등급 자재도 쓰지 않으면서 책정 가격이 터무니없이 높아요."

서류를 뒤적거리던 다정은 도표를 손가락으로 툭툭 두드리며 말을 이었다.

"전면 수납이나 LED 조명, 220V 내장 조건이 있어서 실용성은 있지만, 그래도 나름 원목 침대인데……. 매트리스도 그렇고요. 솔직히 말씀드려도 괜찮을까요?"

"해요. 그러라고 보라 한 거니까."

"어째서 〈르보아〉를 선택하신 거예요? 본부장님이 추구하는 방향성과

〈르보아〉는 완전 반대인 걸로 아는데요. 충분히 가능성 있는 곳도 많은데. 이해가 잘 안 돼요. 자체 심사에서 몇 번이나 떨어진 업체이기도 하고, 무엇보다 승인 불가 처리한 사람은 본부장님이셨잖아요."

은도의 표정이 알게 모르게 굳었다. 찰나의 변화를 놓치지 않고 목격한 다정은 얌전히 입술을 다물었다.

"혹시 저, 말실수한 건가요?"

"아니. 아주 잘하고 있어요. 앞으로도 계속 지금처럼 해요."

"네?"

"고자질하는 입장 만들어서 미안하긴 한데, 작은 것 하나라도 그냥 넘어가는 일 없이. 조금이라도 의심스럽다 싶은 부분이 있으면 지금처럼 계속 나한테 보고 올려요."

"그게 무슨……."

어느덧 차량은 익숙한 신축 빌라 앞에서 정차했다. 은도는 기어를 바꾼 뒤에서야 고개를 돌려 다정을 직시했다.

"지금 당장 믿을 수 있는 사람은 송다정 씨뿐이라. 정황이 확실해지면 내부 사정은 그때 가서 상세히 말해 줄게요."

이번 기획전에 투입될 업체를 직접 뽑아 놓은 사람이 협력업체가 전달하는 자료 전부를 의심하라고, 그렇게 말하고 있었다. 내부에 무슨 일이 벌어지고 있는 건지는 몰라도 상황이 좋지 않다는 것쯤은 예상할 수 있었다.

다정은 말하기를 망설이다가 어렵게 말문을 텄다.

"설마, 이거 말씀하시려고 절 부르셨던 거예요?"

"아니."

"그럼요?"

"송다정 씨 집에 데려다주려고."

"왜요?"

"퇴근길만큼은 편하게 해 주고 싶어서."

퇴근길만큼은? 마지막으로 해 줄 수 있는 배려란 건가. 그렇다는 건 고백에 대한 거절을 돌려서 말하고 있다는 뜻? 아무리 술김에 뱉은 말이라지만 왠지 심장 부근이 아리다. 다정은 시큰해진 코를 슥 닦으며 수긍했다.

“아, 네. 본부장님 마음은 잘 이해했습니다.”

“이해했다면 다행이네.”

엇갈린 오해는 점차 부풀고 있었다.

“근데 왜 저번부터 은근슬쩍 반말하세요?”

괜한 심술이었다.

“언젠 말 놓으라면서.”

다정은 순간 할 말을 잃고 입을 다물었다. 자꾸 말리는 기분이다.

“엇. 그럼 저는 이만 들어가 보겠습니다. 데려다주셔서 감사합니다. 조심히 들어가십쇼.”

다정은 곧장 안전벨트를 풀어내고 조수석에서 벗어났다. 차량 보닛 앞에 선 다정은 운전석을 향해 다시 한번 허리를 깊게 숙이며 인사했다. 이제 얼른 도망치자. 그 일념 하나로 현관 비밀번호를 누르려는 찰나였다.

탁, 운전석 문이 닫히는 소리가 들리고 점차 그의 걸음이 가까워졌다. 발소리가 뚝 끊기자 다정은 울상을 지으며 고개를 돌렸다.

“왜요, 또…….”

“아직 내 말 안 끝났습니다.”

“다 하신 것 아니었어요?”

“지금까진 공적인 얘기였고. 사적인 얘기는 지금부터, 하려고.”

“사적인 얘기라면…….”

“그날, 내가 말했던.”

“자, 잠시만요! 스톱!”

다정은 급한 마음에 무턱대고 손바닥을 쫙 펼쳐 들었다. 다행히 요구대로 그가 입을 다물어 주긴 했지만, 직선적으로 날아드는 그의 눈빛을 더는 감당할 수가 없다.

“아, 저. 그게. 그러니까.”

더는 미룰 수도, 피할 수도 없다. 그래. 그냥 깔끔하게 인정하자.

"말 끊어서 죄송한데, 그래도 염치 불구하고 먼저 말하겠습니다. 그날은 제가 술에 개떡……이 아니라, 많이 취해서 의식의 흐름대로 본부장님께 감히 그런 말도 안 되는 소리를 했던 것 같습니다. 혹시라도 불편하셨거나 곤란하셨다면 정말 죄송합니다."

다정은 바닥에 시선을 고정한 채 두 손을 꼬옥 맞잡았다. 그가 어떤 표정을 짓고 있을지 마주 볼 엄두가 나지 않았다.

"뭐를요."

와, 이 남자 봐. 이제 와서 왜 모르는 척해? 아, 내 입으로 직접 말하라는 건가.

"그게 사실은……. 기억이 잘 안 납니다. 그러니 본부장님도 회식 자리에서 취한 부하 직원이 주사 부린 거라고 생각해 주시고, 아무런 일도 없던 것처럼 그냥 한 번만 넘어가 주시면…… 안 될까요? 두 번 다시는 술 마시고 실수하는 일 없도록 하겠습니다."

얘 지금 뭐라는 거야. 은도가 눈살을 구겼다. 그녀의 두서없는 말들을 이해하려고 노력했지만 무리였다.

"지금 대체 무슨 소릴 하고 있는……."

답답함을 참지 못하고 다정이 목청껏 소리쳤다.

"그러니까 저는 본부장님을 좋아하지 않는단 말입니다!"

……뭐?

때아닌 충격에 휩싸인 은도는 그 자리에서 목석처럼 굳어 버렸다.

상황을 파악하기까지 소요된 시간은 약 30초. 그 시간 동안 은도는 말없이 다정을 뚫어져라 바라보며 생각에 잠겼다.

좋아하지 않는다고…….

이보다 더 확실한 거절이 있을까. 말을 꺼내 보지도 못하고 허무하게 차여 버린 것은 둘째 치고, 좋아하지 않는다며 소리칠 정도면 대체 얼마나 싫은 거야.

어이가 없어서 실소가 터졌다. 하지만 이상했다. 면전에서 거절을 당했으면 적어도 허탈해지거나 심장 부근이 따끔거려야 정상인데, 신기할 정도로 멀쩡했다.

현실을 납득하지 못하고 있거나. 그런 것들이 전혀 상관없게 느껴질 만큼 송다정을 깊게 품었거나.

"전부 다 술김이었단 말이에요."

……오해가 있었다거나.

"아무리 생각해 봐도 본부장님한테 고백한 기억이 없어요. 저는."

다정의 입술 끝이 축 처졌다.

"물론, 본부장님 입장도 이해가 아예 안 되는 건 아니에요. 저 때문에 당황스럽고 난감했을 테고, 괘씸하셨겠죠. 하지만 저도 나름대로 죽을 맛이었다고요. 아무리 술김이라지만 고백을 했다고 하니까 창피해 죽겠는데, 정작 기억은 안 나고. 저도 제 나름대로 얼마나 괴로웠는데요."

이제야 상황을 이해한 은도는 헛웃음을 짧게 터트리며 다정을 마주 보았다.

"추궁할 생각은 애초부터 없었으니까 걱정 말고."

"네?"

"그래도 조금 서운하긴 하네."

"뭐가요?"

"그렇게 싫다고 소리 지를 정도로 내가 싫었습니까?"

다정은 순간 멍해졌다.

'그러니까 저는 본부장님을 좋아하지 않는단 말입니다!'

나 대체.

"아……. 그 부분은 죄송합니다. 답답한 마음에 말이 잘못 나온 거예요. 제가 본부장님을 싫어할 이유가 뭐가 있겠어요. 어떻게든 오해를 풀고 싶어서 급했나 봐요."

"그렇다고 내가 좋은 것도 아니고?"

"아니, 그건……."

그녀는 차마 말을 잇지 못하고 눈동자를 굴렸다. 저만치 미뤄 둔 감정들이 슥슥 머리를 스치고 지나갔다. 그래, 나는 피해자다. 다정은 매섭게 눈을 치떴다.

"잠시만요. 생각할수록 억울하네? 그러고 보면 처음부터 오해하게 만든 사람은 본부장님이잖아요! 왜 고백했다는 장난을 치셔서 이런 사태를 만드세요?"

"누가 장난이라는데."

돌연 그의 목소리가 낮게 가라앉았다.

"예?"

"말도 안 끝났는데 멋대로 장난이라 치부해 놓고 차 세워 달라 한 쪽은 송다정 씨 아니었나."

반박할 수 없었다. 전부 맞는 말이라 다정은 할 말을 잃었다. 입장 차이의 골은 생각보다 깊었다.

다정은 힘껏 항변했다.

"그럼, 그런 상황에서 제가 어떤 반응을 보여야 할까요? 와, 대박! 완전 궁금해! 손뼉 짝짝 치면서 누가요? 누가 고백했는데요? 태평하게 물어볼까요? 정황상 제가 저지른 짓이 분명한데! 무엇 하나 분명하게 떠오르는 게 없어서 충분히 불안하고 답답한 상황에서 어떻게 그래요. 저 보기와 다르게 완전 개복치거든요?"

"개복치?"

뜬금없이 개복치가 여기에서 왜 나와. 은도의 눈썹이 구겨졌다.

"개복치 모르세요? 툭하면 돌연사하는 유리 멘탈 개복치요! 그리고 아깐 추궁할 생각 없다면서 왜 그렇게 무서운 얼굴로 몰아붙이시는 거예요?"

무서운 얼굴은 당신이 하고 있는 것 같은데.

"몰아붙인 적 없습니다."

"했잖아요! 이렇게, 이런 표정으로!"

다정은 어설프게 은도의 표정을 따라 했다. 부리부리 뜬 눈에 힘을 주고 미간을 바짝 좁힌 채로. 심각하게 과장된 그녀의 얼굴에 은도가 헛웃음을 터트렸다.

"본부장님은 부하 직원 놀려 먹는 게 재밌을지 몰라도 저는 아니란 말이에요. 본부장님도 지금 시간까지 상사랑 마주 보고 있어 봐요. 회사에서도 밖에서도 개미처럼 일만 하는 기분이라구요. 나도 퇴근하면 숨 좀 돌리고 편히 쉬고 싶은데. 차이기까지 하면, 씨……."

"씨?"

그가 눈을 치뜨며 되묻자 다정은 즉시 꼬리를 내렸다.

"욕 아니에요. 씬난다고 말하려고 했어요."

슬슬 기력이 빠졌다. 지금까지 무엇을 위해 이토록 논쟁을 펼치고 있는지 모르겠다. 다정은 잠시 숨을 고르고 고개를 들었다.

"어쨌든, 오해가 풀렸다면 그걸로 됐어요. 충분해요. 그래도 앞으로 그런 농담은 피해 주셨음 좋겠어요."

"농담 아니라고 분명 말했습니다."

"……."

"내가 왜 지금 이 시간까지 송다정 씨를 붙잡고 있다고 생각합니까."

잠시 꽉 다물려 있던 그의 입술이 천천히 벌어졌다.

"뭔가 오해하고 있는 모양인데. 퇴근한 부하 직원 데리고 한가롭게 장난치고 있을 만큼 시간 많은 사람 아닙니다, 난."

그의 입술 사이로 긴 숨이 묵직하게 흘러나왔다.

"그날 고백은."

방금 전과 조금은 달라진 그의 분위기에 다정은 순간적으로 흡, 숨을 참게 됐다.

"내가 했어요. 송다정 씨가 아니라."

사고가 멈추었다. 다정은 멍하니 뜬 눈만 끔뻑댔다.

"……예?"

원래 표정 변화가 없던 남자라 무슨 생각을 하고 있는지 예측하기가 힘들어, 다정은 은도의 짙은 눈을 똑바르게 응시했다. 정작 파격적인 말을 뱉은 당사자는 느긋했다. 흔들림 없는 시선은 정확히 그녀의 눈에 고정되어 있었다.

거짓이 아님을 증명하는 눈이다. 다정은 억지스럽게 웃었다.

"하하. 보, 본부장님. 지금 하신 말씀, 굉장히 오해하기 쉬운……."

"얼마든지 오해해도 돼요. 그러라고 하는 말이니까."

다정의 눈이 점점 크게 떠졌다.

'말해 주면. 감당할 자신은 있고?'

'네. 감당하겠습니다.'

'후회할 텐데.'

'안 해요.'

그래. 그는, 기회를 줬다. 당장은 피할 수 있는 기회. 잘근 감쳐물고 있던 다정의 입술이 서서히 풀어졌다. 이거, 꿈인가. 두 귀로 정확히 들어 놓고도 믿을 수 없었다.

"내가."

그가 희미하게 웃었다.

"더는 참지 못할 것 같아서."

짐작이나 할까. 그렇게 네가 간절하고 절실했던 그날, 거짓말처럼 내 눈앞에 나타났을 때.

"놓치고 싶지 않아서."

술에 취한 상태로 등에 업혀서 물먹은 목소리로 위로해 줬을 때.

"곁에 둬야 살 것 같아서. 안심이 될 것 같아서."

내 침대 위에서 곤히 잠든 널 바라만 봐야 했을 때. 얼마나 무너지고 싶었는지.

"그래서 고백했어."

억척스럽게 쌓아 온 모든 것을, 여태 억지로 참고 삭여 가며 모르는 척 외면했던 감정 전부를 얼마나 쏟아 내고 싶었는지.

"다시 말할게."

취기를 빌린 고백이 아니야.

"동료 말고, 여자로서."

그의 얼굴에 언뜻 미소가 떠올랐다.

"좋아해."

지쳤다.

샤워를 끝낸 다정은 침대에 철퍼덕 누웠다가 다시 벌떡 상체를 일으켰다. 무슨 정신으로, 어떤 말로 마무리를 지었는지 사실 생각이 잘 안 난다.

"계급장을 떼자고 했어……."

본부장님이. 하늘이 두 쪽이 나도, 해가 서쪽에서 떠도 눈 하나 깜빡하지 않을 것 같던, 무려 그 본부장님이.

"나를 좋아한다고?"

여자로서 좋아한다고, 했다. 분명 고백은 내가 했을 거라고 생각했건만, 전혀 예상 못 한 대답이 돌아왔다. 가끔씩 묘한 분위기와 해석하기 어려운 흐름을 무의식적으로 읽긴 했지만, 그건 지윤의 괜한 소리에 휘둘려 그랬던 것이라 생각하고 말았다.

그런데.

"하하……."

분명 좋아서 수작 부리는 거라는. 지윤의 말도 안 되는 추측이 맞다니. 전투력을 상실한 다정은 옆에 놓인 휴대폰을 멍하니 바라보기만 했다.

'여자로서 좋아해.'

파격적인 그 대사를 들었을 때, 나는 어떤 표정을 짓고 있었나. 아마, 세상에서 가장 멍청한 얼굴이 아니었을까. 멍하니 넋을 놓은 채로. 그는 은근하게 웃음을 터트리며 말했다.

'미안.'

고백해 놓고, 미안하다니.

'어디까지나 내가 감당해야 할 감정이었는데. 본의 아니게 송다정 씨한테 떠넘기게 돼서.'

좋아하는 마음을 전하는 진심이 언제부터 상대에게 미안한 일이 되었나. 이해할 수 없었다.

감당이라니. 떠넘기게 되었다니.

그동안 어떤 환경 속에서 지내 왔던 걸까. 대체 어떤 사랑을 해 왔던 걸까, 이 남자는. 처음으로 온전히 그 남자, '차은도'에 대해서 궁금해진 순간이다. 하지만, 불과 몇 시간 전까지만 해도 궁금함보단 걱정이 앞섰다.

'……대답, 지금 드려야 하나요?'

난감하다는 듯 물었던 질문에 그는 은근한 미소를 그린 채로 고개를 내저었다.

'편할 때 와요.'

그는 대답을 다급하게 재촉하지 않았다. 일방적이지도, 무례하지도, 구걸하지도 않았다.

'언제든, 기다리고 있을 테니까.'

그것이 거절이든, 수락이든. 무엇이라도 괜찮다 했다. 문득 머리 위로 무게감이 느껴져서 시선을 올렸을 땐, 그의 커다란 손바닥이 얹어져 있었다.

'내일 봅시다.'

내일…….

……내일.

그래, 내일도. 그를 만나게 된다. 당연한 말인데, 그게 뭐라고 새롭게 들리는 걸까. 다정은 그의 손이 잠시 머물다 간 정수리 위로 손을 가져다 댔다.

"진짜, 이상한 남자야……."

어쩐지, 아직도 따뜻한 기운이 남아 있는 것만 같아. 부드러우면서도 여전히 무심하고. 나긋했던 그 목소리가 지워지질 않는다.

아, 모르겠다. 다정은 다시 침대에 드러누웠다. 깜깜한 천장을 바라보고 있자니 점점 눈꺼풀이 감기는 속도가 느려진다. 피곤하긴 했던 모양이다. 이런 상황에도 잠이 올 정도면.

지금쯤이면 도착하셨을까…….

집까지 데려다주셨는데 감사 인사 정도는 해야겠지. 졸린 눈으로 휴대폰 액정을 물끄러미 바라보다가, 결국 집어 들었다. 갑작스럽게 쏟아지는 밝은 빛에 눈을 찡그리며 키패드를 툭, 툭 두드렸다.

"오늘, 데려다, 주셔서, 감사했, 습니다."

전송할 문자 내용을 소리 내어 말하며 천천히 써 내려갔다.

"조심히, 들어가세요……. 느낌표."

이 정도면 괜찮겠지. 급격히 졸음이 쏟아졌다. 다정은 문자가 정확하게 전송되었는지 확인해 보지도 않고 휴대폰을 뒤집어 놓았다.

무리해서 퇴근한 결과는 참혹했다. 마음을 추스를 시간도 없이 집으로 돌아오자마자 노트북을 켜고 일에 몰두한 지 한 시간 정도 지났을까. 슬슬 끝이 보이기 시작하자 지친 숨이 절로 흘러나왔다. 내내 집중하지 못했다. 정신이 산만했다.

은도는 쓰고 있던 안경을 벗어 내며 뻑뻑해진 눈두덩이를 엄지로 꾹 눌렀다. 심장은 여전히 이상 신호를 보내고 있었다. 앞에선 아무렇지 않은 척 무표정한 얼굴을 유지했지만, 사실 참 힘들었다.

살벌하게 뛰어 대던 심장에서 찌릿한 전율이 흘렀다. 그 느낌은 생각했던 것보다 훨씬 낯설고 생소한 것이라, 은도는 작게 눈살을 찌푸렸다. 무거운 눈꺼풀을 억지로 밀어 올리며 시간을 확인하기 위해 휴대폰을 켰다.

한참 전에 도착해 있던 문자에 시선이 묶였다.

[오늘 데려다주서 감사했ㅅ다.]

……뭐야.

잘못 봤나 싶어 발신자를 재차 확인했다. 분명 송다정인데. 은도의 시선이 아래로 내려갔다.

[조신히 들어가ㅛ♥]

그 마지막 메시지에 피식, 바람 빠진 웃음이 샜다.

점심은 오 과장의 의견에 따라 쌀국수로 정해졌다.

각자 좋아하는 메뉴를 골라 주문을 끝낸 뒤, 자연스럽게 화제성 있는 주제로 대화가 이어졌다. 처음은 역시나 구설수에 오른 〈르보아〉 업체에 대한 주제로 흘러갔다. 이상하다고 느꼈던 것은 다정뿐만이 아니었다. 회사 사정에 조금이라도 관심이 있는 사람이라면 어째서 〈르보아〉가 〈지성가구〉 X브랜드 프로젝트 업체로 선별된 것인지 의구심을 가질 수밖에 없었다.

결국 답을 알 수 없는 주제는 금세 관심 밖으로 밀려났다. 무언가 잊고 있던 것이 생각난 듯, 이 주임이 손뼉을 짝 부딪쳤다.

"아, 맞다. 혹시 요즘 들어서 본부장님께 인사받으신 분 계세요?"

"저요."

"나도, 나도."

"저도 받았어요."

평소보다 조금 늦게 출근한 다정을 제외하고 대부분이 손을 들었다.

"저만 받은 줄 알고 신기해서 물어본 건데, 다들 받으셨나 보네요?"

"응. 근데, 최근 들어선 이상한 일도 아니지 않아? 예전보다 많이 부드러워지셨잖아. 살갑게 웃으면서 수다 떨 정도는 아니지만, 인사하면 고개 살짝 흔들어 주시고, 가끔은 미소도 지어 주시고. 처음엔 진짜 적응 안 돼서 당황스러웠는데, 지금은 괜찮던데?"

여직원의 말에 지호도 한마디 거들었다.

"맞아요. 다음 주 일요일에 축구 동호회도 참석하시기로 했어요. 본부장님."

"와, 진짜? 어떻게 수락하셨네? 박 대리님도 엄청 강심장이다. 하긴, 박 대리님은 워낙 친화력이 남다르니까 어색하지 않겠어요?"

"뭐 어때요. 남자들은 백 마디 말보단 땀 흘리고 살 부대끼면서 친해지는데."

"완전 상상 안 된다……. 본부장님이 축구하시는 모습."

"멋지실 것 같은데요? 체격도 좋으시고 날렵하니까."

다정을 제외하고 다들 맞장구치는 분위기였다. 다정은 말없이 물만 들이켰다. 초조했다. 언제부터 대화 주제가 본부장님으로 흘러가게 되었는지…….

박지호 대리가 음흉하게 눈을 치뜨고선 은근슬쩍 다정을 겨냥하듯 말을 흘렸다.

"혹시 말이에요. 본부장님 연애하시는 건 아닐까요?"

"푸흡—!"

다정은 마시고 있던 물을 내뿜으며 캑캑거렸다.

"아, 송 피엠님!"

결국 물세례를 맞게 된 박 대리는 뜨악하며 이 주임이 건네준 물티슈로 셔츠에 묻은 물기를 닦아 냈다.

"뭐야, 뭐야. 지금 이거 뭐야? 요즘 좀 수상하다, 송 피엠?"

오 과장이 시선을 늘이며 의심스럽게 물어 오자, 다정은 울상을 지었다.

"어우, 정말 다들 왜 그러세요……."

"송 피엠 앞으로 더 열심히 해야겠어. 이러다가 경쟁자만 늘어난다? 인생 선배로서 한마디 하자면, 뭐든 부지런한 사람이 쟁취하는 법이라고.

그게 투자든, 사랑이든."

다들 오 과장의 조언에 고개를 끄덕이며 수긍했다. 이 사람들. 아무래도 저를 놀리는 재미에 푹 빠졌지 싶다.

"자꾸 놀리시면 저 진짜 웁니다?"

"흐음……. 그래. 이렇게 하자. 조만간 회식 있지? 그때 송 피엠이 힘 좀 써 봐."

"무슨 힘이요?"

"본부장님 한번 모시고 오라고. 한 번도 회식에 참석한 적 없으시잖아."

"그건 그렇지만, 왜 저예요. 본부장님 성격 모르세요? 분명 싫다 하실 거예요."

몰아가는 것에 진저리가 날 것 같았다. 안 그래도 자꾸 어젯밤 일이 떠올라서 어찌해야 할지 몰라 미칠 지경인데. 그 사정을 알 리 없는 직원들은 저들끼리 신이 났다.

하아……. 그냥 문자 보내지 말걸. 일어나서 얼마나 기겁했는지 모른다. 졸음을 이기지 못한 채로 감각에 몸을 맡기지 말았어야 했는데.

하트가 뭐야. 하트가. 다정이 속으로 비명을 질러 대고 있는 사이, 오 과장은 검지를 흔들며 씩 웃었다.

"아니지. 송 피엠 말이면 못 이기는 척 참석하실걸? 무엇보다 송 피엠 이제 계약 만료까지 얼마 안 남았잖아. 이번 브랜드 협업 프로젝트만 마무리되면 끝 아니야? 그 전에 한번 뭉쳐야지. 특명이야. 어떻게든 본부장님 모셔 와. 참석만 하시면 우리 팀이 최초라고. 팀 견제는 이런 식으로 하는 거야."

"그건 그렇지만……!"

"어허. 상사 말에 토 달기 있어?"

"……없습니다."

때마침 주문한 국수가 차례대로 테이블 위에 놓였다.

다정은 한숨을 푹 내쉬었다.

쌀국수가 코로 들어가는지 입으로 들어가는지 알 게 뭐람.

❖ ❖ ❖

다정은 쏟아지는 1팀 직원들의 시선을 한 몸에 받으며 본부장 집무실 앞에 섰다.

'송 피엠님 파이팅!'

박지호 대리와 이정연 주임은 보이지 않게 주먹을 흔들어 보이며 씩 웃었다.

차라리 그냥 죽으라고 해라……. 다정은 손등을 올렸다 내리기를 반복하다가 등 뒤로 쏟아지는 오 과장의 채근을 이겨 내지 못하고 마지못해 문을 두드렸다.

들어오세요. 낮은 목소리가 넘어왔다. 후우, 다정은 심호흡을 내쉬며 힘찬 걸음으로 들어섰다. 은도의 눈길이 아래로 떨어졌다. 멈춘 곳은 다정이 꽉 끌어안고 있는 파일철이었다.

"가까이 와요."

저 말이 왜 다른 의미로 들리는 건데. 드디어 미쳤는가 보다. 뒷말을 싹둑 잘라먹고서 말을 놓을 땐 언제고, 언제 그랬냐는 듯 다시 그의 말끝엔 존댓말이 붙어 있다.

얼어 있는 다정을 보자, 은도의 미간이 작게 구겨졌다. 뒤늦게 정신을 차린 다정은 억지로 입술 끝을 당기며 다리를 움직였다.

"……X브랜드 프로젝트 예상 기획안입니다."

다정이 조심스럽게 기획안을 내려 두었다. 은도는 고개를 끄덕이며 다정이 제출한 기획안을 펼쳤다.

곳곳에 붙어 있는 노란색 메모지가 가장 먼저 눈에 띄었다. 새롭게 추가된 사항들을 세심하게 적어 놓은 동글동글한 글씨체를 본 은도는 소리 없는 웃음을 흘렸다. 버릇은 여전하다.

그 웃음의 의미를 알 리 없던 다정은 꿀꺽 침을 삼켰다. 어쩐지 피곤해 보이는 그의 안색 때문이다. 더 정확하게 말하자면, 집무 책상 위에 있는 그의 휴대폰으로 자꾸만 눈길이 가는 탓이다.

다정의 머릿속엔 온통 잘못 전송된 문자 생각뿐이었다. 답장이 없었던 걸로 봐선 아직 보지 못하신 건가? 아니, 그럴 리가 있나. 분명 봤을 것이다. 손가락에 저주가 걸린 것이 분명하다. 그렇지 않고서야 느낌표를 어떻게 하트로 보낼 수 있겠는가. 다정은 은도의 눈치를 살피다가 애써 웃으며 어렵게 운을 뗐다.

"저, 본부장님 어제 문자는……."

"받아요."

다정의 말허리를 싹둑 잘라 낸 은도는 자리 한쪽에 미뤄 두었던 다른 파일철을 내밀었다.

"〈르보아〉 측에서 전달받은 최종 기획안 따로 프린트해 둔 겁니다."

다정은 나지막하게 '아…….' 하고 탄식을 흘리며 얼떨결에 파일철을 받아 들었다. 그는 초연했다. 어젯밤, 자신에게 여자로 보인다며 떨리는 숨결로 고백을 전했던 남자는 어디에서도 찾아볼 수 없었다.

"확인해 보고 우리 쪽에서 제시한 조건에 부합하지 않는 부분을 들먹거린다거나, 말 같지도 않은 소리 해 대며 고집 피우면 조율 없이 무조건 〈지성가구〉 지침대로 진행해요. 정 안 된다 싶을 때는 서 실장님 통해서 전달하고."

"네. 알겠습니다. 저, 본부장님."

"음?"

"어제 문자는요. 그게 그러니까……."

"알아요. 잠결에 잘못 보낸 거."

허무한 대답이었다. 두 번이나 당황한 다정은 그저 눈만 깜빡이며 은도를 응시했다.

"더 할 말, 남았습니까?"

툭툭 내던지는 말투는 지극히 무심했고 그보다 더 사무적이었다. 평소와 달라진 것은 하나도 없었다. 아주 가끔씩, 실없는 농담에 피식 웃어 주던 그의 희미한 웃음마저 사라졌다는 것만 제외하면.

다정은 왠지 모르게 울컥하고, 서운해져서 입술을 질끈 감쳐물었다.

"……아뇨. 없습니다."

잠시나마 머물렀던 그의 시선이 미련 없이 떨어졌다. 은도는 다정이 제출한 기획안 서류를 뒤적거리다가 이따금씩 말아 쥔 손을 입에 가져다 대며 큼, 목을 가다듬었다.

감기에 걸리신 걸까.

어쩐지, 낮은 목소리가 한층 더 깊게 잠긴 것 같더라니. 오늘따라 유독 까칠하게 들렸다. 연신 머뭇거리던 다정은 겨우 등을 돌렸다. 이대로 나가면 되나?

……아니. 그건 싫은데. 반쯤 몸을 돌린 다정이 다시 은도를 똑바르게 마주 보고 섰다.

"본부장님."

서류에 고정되어 있던 그의 눈이 다시 정면으로 올라왔다.

"조만간 1팀 회식이 예정되어 있습니다. 직원들은 본부장님이 참석해 주시길 바라고 있어요."

잠시 침묵이 흘렀다. 은도는 한동안 다정을 뚫어져라 직시하다, 천천히 입을 열었다.

"그 직원들 중에 송다정 씨도 포함되어 있는 건가?"

혼잣말하듯 작은 목소리는 다정에게까지 닿지 않았다.

"네?"

"참석할게요."

"아……. 참석하신다고요?"

"참석해 달라는 뜻으로 물어본 것 아닙니까?"

"그렇긴 하지만요."

아까부터 왜 이렇게 쉬워.

"대답 됐으면 그만 나가 봐요."

"갑자기 왜 이러시는 거예요?"

발끈한 다정은 힘주어 물었다.

"뭐를."

"혹시 제가 본부장님 심기를 건드리기라도 했나요?"

"심기?"

"아뇨, 아닙니다. 아무것도."

서류에 사인을 하며 막힘없이 움직이던 그의 손목이 멈칫했다.

은도는 속으로 그 단어를 곱씹으며 비소를 흘렸다.

"난 평소와 다를 것 없이 송다정 씨를 대하고 있다고 생각하는데."

아니잖아요.

교묘하게 뒤틀린 분위기를 눈치 없는 내가 알아챌 정도면 분명히 뭔가 달라진 게 확실해. 다정은 고집스럽게 입을 꾹 다물고 은도를 흘겼다. 가슴 깊은 곳에서 무언가가 울컥, 하고 치밀어 올랐다.

"어젠……!"

다정은 말을 이을 수 없었다. 말해서 뭘 어쩌려고. 감당할 수나 있겠어? 스스로에게 물어보면 답이 나오는 문제였다. 더군다나 그가 손을 들며 멈추라는 신호를 보내고 있으니 일단은 멈추어야 할 때였다.

은도가 집무 책상 위에 놓인 리모컨을 들어 버튼을 누르자 통창 블라인드가 철커덕 내려갔다. 전부터 힐긋 넘어오는 직원들의 시선이 예사롭지 않았다. 은도에겐 상관없더라도 타인을 의식하던 다정에겐 충분히 예민할 수 있는 문제였다. 어디까지나 다정을 위한 처사였지만 현재의 그녀는 타인의 시선을 느끼지 못할 만큼 흥분한 상태였다. 창문을 꼼꼼히 가린 블라인드를 확인한 은도가 고개를 돌렸다.

"계속 말해요."

"아뇨. 됐습니다."

"이런 걸 바란 거 아니었어?"

평소처럼 대해 주는 것.

"내 감정대로 무턱대고 다가가면 부담스러워할 거잖아. 내키는 대로 하면 다른 의미로 송다정 씨에겐 폭력이 될 수도 있잖아. 직원들 시선이 신경 쓰인다며. 신변 보호해 달라며."

다정의 눈동자가 갈피를 잃고 이리저리 흔들렸다.

"송다정 씨 마음이 어떤지 모르는 상황에서 내가 할 수 있는 건 이것밖에 없어요. 내 말이 틀렸습니까?"

"틀린 말은 아닌데요. 그래도 그런 식으로 말씀하시면 제가 너무 못나고 속 좁은 사람이 된 것 같아서 조금 그래요."

"내가 모진 사람이 아니라는 걸 말해 주고 있는 거야. 오해하지 말라고."

그가 숨을 길게 내쉬었다.

"내 마음은 변함없어."

"……."

"앞으로도 계속, 그럴 거고."

네가 나를 싫어한다 해도, 멈출 수 없을 거라는 걸 각오하고 전한 진심이었으니까.

심장이 쿵쿵 뛰었다.

울컥한 마음에 저지르긴 했는데 막상 면전에서 그의 진심을 듣게 될 줄은 몰랐다. 다정이 뒷덜미를 긁적였다.

"그렇다고 직구를 던져 달란 뜻은 아니었는데. 완전 홈런을 쳐 주셨네. 하하……."

정말 미치겠네. 서운했다가, 당황스러웠다가 심장이 폭발할 듯 뛰었다가, 철렁거렸다가. 마음이, 감정이 제멋대로 흘러가서 제대로 정신을 차릴 수가 없다.

고백을 들어 버린 이후부터. 아무래도, 쑥스럽고 부끄러워서. 간질거리는 이 낯선 기분에 익숙해지려면 조금 더 시간이 필요하지 싶다.

"그, 그럼 저는 이만 자리로 돌아가 보겠습니다."

다정은 멋쩍게 뒷덜미를 긁적대다가 서둘러 몸을 돌렸다.

"오해는, 다 풀린 겁니까?"

등 뒤로 나긋한 목소리가 날아든다. 다정은 뒤돌아보지 않고 고개만 작게 끄덕였다.

"……네. 저, 본부장님."

"말해요."

"하나 여쭤보고 싶은 게 있는데요."

"뭔데요, 그게."

"언제부터 제게 그런 감정을 느끼셨던 거예요? 전 도무지 이해가 안 돼서요."

생각보다 훨씬 더 당돌하고 솔직한 질문이라 은도는 입을 다물었다.

잠시 무거운 침묵이 흘렀다. 그가 어떤 표정을 짓고 있을지 두려웠던 다정은 문손잡이에 시선을 고정했다.

"그런 질문은 내 얼굴을 보고 해야지, 왜 문을 쳐다보면서 합니까."

"그냥 말해 주시면 안 돼요? 지금은 얼굴 보기가 좀……."

쑥스러워서요. 예상 못 한 대답에 은도는 바람 빠지는 소리를 내며 웃었다.

"말해 주면, 가산점 주나?"

"봐서요?"

긴장된 분위기를 풀어 보려고 가벼운 농담을 던진 그가 의미심장한 미소를 흘렸다.

"면접 봤을 때."

"며, 면접이요?"

"대체 뭘 믿고 저렇게 당당할까. 단순히 오기로 시작된 호기심이었는데."

"……."

"끝까지 악바리로 버텨 내는 모습을 보고, 내가 송다정 씨를 선택한 일이

틀리지 않았다는 것을 증명받는 기분이라 들뜨기도 했고. 기특하기도 했고."

무언가에 홀려 버린 사람처럼, 다정이 천천히 몸을 돌렸다.

"일적인 부분에서만큼은 자존심 부리는 일 없이 믿고 따라와 주니까. 요령 없이 최선을 다하는 송다정을 언제부턴가 응원하고 있는 날 발견하게 됐어. 그때까지만 해도 그랬는데."

은도는 눈을 잠시 아래로 내리깔았다가 다정의 눈을 똑바르게 바라보았다. 새까만 눈동자에 꼼짝없이 시선이 묶여 버렸다.

"송다정 씨가 퇴사하려는 줄 알았을 때, 도무지 일이 손에 잡히지 않아서 짜증도 났어. 답답하기도 했고. 어떻게든 잡아 두려고, 엮여 보려고 자기 합리화나 하고 있는 내 모습이 우습기도 했고."

"……."

"보고 싶고. 보고 있으면 웃게 되고. 더 같이 있고 싶어서 같잖은 핑계나 대고 있고. 괜히 장난치고 싶고. 안고 싶고. 송다정 씨가 봤을 땐 내가 왜 이러는 것 같습니까."

진정, 낯간지러운 말을 뱉고 계신 분이 본부장님이 맞나.

"진지하게 생각해 봤어. 참아 볼까. 참으면, 네가 다른 남자를 만나도 아무렇지 않을까. 근데, 안 되겠더라고. 속이 뒤틀리는 기분, 혹시 압니까? 난 생각했던 것보다 훨씬 불쾌하던데."

다정은 입술만 벙긋댔다.

"혼란스러운데. 그럴 때마다 자꾸 예쁜 소리만 하잖아. 그런데 어떻게 끌리지 않을 수가 있어."

꿈을 꾸고 있는 걸까.

"나는 단 한 번도 사랑이란 걸 해 본 적 없는 사람입니다. 타인도, 내 자신도. 그럴 만한 여유도, 가치도 없다고 생각했으니까."

다정의 눈꺼풀이 느리게 떠밀려 올라갔다.

"그랬던 내가, 당신을 좋아하게 됐다는 건 나를 좋아하게 됐다는 뜻이기도 해."

고막이 고장 난 것 같았다.

“그래서 곁에 둬야겠다는 게 내 결론이야. 거절할지, 받아 줄진 송다정 씨 마음이고. 그래도 웬만하면 받아 줘. 후회 없을 테니까.”

“아…….”

“대답, 더 해야 합니까?”

“아, 아뇨. 충분. 완전 충분합니다.”

청산유수처럼 술술 말을 뱉는 그를 두 눈으로 봐 놓고도 못 믿겠다.

“그럼. 이번엔 내가 질문하죠.”

입장이 바뀌자 다정은 한껏 긴장한 표정으로 마지못해 고개를 끄덕였다.

“부담돼?”

“아뇨.”

“아직도 내가 의심스러워?”

“아닙니다.”

“그럼. 집에 데려다줘도 돼?”

“아니……. 네?”

그가 참지 못하고 웃음을 터트렸다.

“퇴근하고 기다려. 데려다줄게.”

“…….”

“같이 가자.”

나긋한 목소리로 드러낸 사심을 도무지 거절할 수 없다.

“아니, 같이 가 줘. 나랑.”

도무지.

결국 약을 샀다.

감기약. 무슨 정신으로 일을 끝내고, 퇴근을 하고, 근처 약국에 들러 약을 사 왔는지 모르겠다. 결국, 무작정 그를 기다리기로 했다. 그럼, 답이 나올 것 같아서.

"……이게 맞는 건가."

살까, 말까 할 때는 사라. 할까, 말까 할 땐 하라는, 신념을 따랐을 뿐이다.

"무슨 남자가 그렇게 밑도 끝도 없을 수가 있어?"

푹 잠긴 그의 목소리가. 가끔 뱉는 기침이 신경 쓰였을 뿐이다. 다정은 회전문을 통과하며 마음을 다잡았다. 어찌 됐든 기다리기로 했으니, 직원 휴게실에서 시간을 때울 생각이었다.

마침 엘리베이터가 도착하고, 걸음을 떼어 냈다. 곁에 누가 있는지 알아차린 것은 층수 버튼을 누른 때였다.

옆에서 대놓고 바라보는 시선이 부담스러워서 다정은 힐긋 눈동자를 올렸다. 처음 보는 남자였다. 다른 부서 사람인가, 잠시 생각했지만 그가 누른 층수는 기획팀 사무실이 있는 15층이었다. 언뜻 보아도 고급스러운 슈트 차림이, 일반 사원으로 보이진 않았다.

"……."

다정은 자신에게 와 닿는 눈길이 껄끄러워 본능적으로 어깨를 움츠렸다. 서서히 밑으로 향하던 남자의 시선은 다정의 목에 걸려 있는 사원증에서 잠시 멈췄다. 계약직은 줄 색이 노란색이고 정직원은 파란색이었는데, 아무래도 그것을 확인하려는 듯 보였다. 그러다 사진이 박혀 있는 ID카드를 확인하고는 다시 눈꺼풀을 밀어 올렸다.

"송다정 씨?"

"……저 아세요?"

"맞네."

남자가 불쑥 팔을 내밀었다.

"반가워요. 옆 동네로 이사 온 윤주원입니다."

……옆 동네?

"전략팀."

"아……."

무슨 생각을 하고 있는지 단숨에 알아차린 남자가 못내 꺼림칙해서 다정은 선뜻 손을 맞잡지 못했다. 전략팀은 인원을 충당할 필요가 없을 텐데. 타이밍 좋게 엘리베이터는 6층에서 먼저 멈춰 주었다. 다정은 대충 고개를 수그리고 서둘러 엘리베이터를 빠져나왔다.

악수를 거절당한 것에 전혀 무안해하지 않는다. 당황한 기색도 없었다. 문이 닫히기 직전까지도 남자는 의미심장한 미소를 걸친 채 다정을 바라보았다.

"나중에 봐요."

겉모습은 괜찮았다. 결코 나쁜 사람으로 보이지 않을 만큼 부드러운 인상이었다. 어딘지 모르게 감돌고 있는 싸한 기운만 빼면.

"오랜만이야. 상사님."

노크도 없이 대뜸 문을 열고 등장한 침입자의 얼굴을 확인하자마자 은도의 낯빛이 서늘하게 식었다.

"예의가 없네."

은도의 목소리가 깊게 가라앉았다.

"우리 사이에 차릴 예의가 어디에 있다고."

그러거나 말거나 주원은 생글 웃어 보였다.

"잘 지냈어?"

"……."

"아아, 서운하다. 오랜만에 만난 친구 앞에 두고 쳐다보지도 않고."

은도는 끝까지 일관된 태도로 주원을 무시했다. 전달받은 서류에 마저 사인을 하고, 내일 일정을 전달받기 위해 수화기를 들었다.

"엘리베이터에서 만났는데."

주원은 허락도 없이 접대용 소파에 털썩 엉덩이를 붙이며 다리를 꼬았다. 주어 없는 대사였지만, 주원이 누구를 지목하고 있는지 충분히 예상 가능했다. 수화기를 들고 있던 은도의 손에 힘이 실렸다.

"나도 이렇게 빨리 만날 줄은 몰라서 놀랐지만, 실물이 더 낫더라. 송다정."

은도가 탁, 던지듯 수화기를 내려놓았다.

"이젠 화도 낼 줄 알아?"

"……."

"가끔씩 만날 때도 그렇고, 이상했단 말이지. 어머니가 모진 소리 할 때 대꾸도 없어, 화 한 번을 안 내. 항상 무표정이라서 보기에만 번지르르한 윤 회장 전문 인형인가, 싶더니. 좀 새롭다?"

"……너지."

"음?"

주원은 고개를 돌려 은도를 마주 보았다.

"〈르보아〉 업체. 심사 거치지 않고 무작정 끼워 넣은 거. 네가 한 짓이냐고 물었어."

"아아……. 그거."

주원은 태연스럽게 손가락을 튕기며 웃었다.

"왜. 내가 네 자리 뺏을까 봐 걱정돼?"

주원은 은도의 성향을 누구보다 잘 파악하고 있었다. 아무리 막무가내로 헤집고 다니며 맑았던 물을 흙탕물로 변질시켜 놨다 한들, 차은도라면 묵묵히 다른 대책을 찾아낼 테고, 결국은 성공으로 이끌 것이다.

"분에 넘치도록 큰아버지 애정 받아 봤자 달라질 게 있어? 방계라도 가족인 건 변함없는데."

다른 누구도 아닌, 윤 회장이 선택한 놈이니까. 과정, 선택, 결과까지 뼛속부터 완벽한 윤문혁 회장의 복제품일 테니까. 할 수 있는 거라곤, 지금처럼 살살 심기나 건드리는 것뿐이다.

"너무 그렇게 화내지 마. 나 왔다고, 격하게 인사 한번 해 본 거니까."

"……."

"요즘 평판은 어때. 사정은 좀 나아졌냐? 이번엔 상무로 승진해야지."

"이 정도로 나한테 관심이 많은 줄은 몰랐는데."

주원이 웃으며 속을 긁어 오는데도 은도는 덤덤했다. 다정을 언급했을 때 잠시나마 보였던 반응과 상반된 무관심이었다.

"너희 고모 말이야."

치뜬 은도의 눈이 살벌하게 빛났다.

"저번에 연락 왔거든, 네 번호 아냐고. 보니까 사채까지 끌어다 쓰는 것 같던데."

"……."

"유일하게 남은 가족인데 좀 도와주지 그래. 그동안 회장님 덕 봐 가면서 쌓아 둔 돈도 많을 텐데 정 없게 모르는 척하지 말고. 회장님이 좋아하시는 거잖아. 베풀고 사는 거."

이곳까지 일부러 찾아와서 떠보듯 하는 의도를 대충 파악한 은도는 표정을 풀고 짧게 실소를 터트렸다.

"애쓴다, 너도."

처음과 확연하게 달라진 은도의 태도에 이번엔 주원이 눈살을 구겼다.

"뭐?"

은도는 되묻는 주원의 말을 무시하고 행거로 다가가 재킷을 빼어 냈다.

"네가 나를 너무 높게 평가하는 것 같아서 말해 두는데."

"……."

"나. 네가 생각하는 것처럼 그렇게 착한 놈 아니야."

은도는 재킷을 둘러 입으며 단추를 마저 채우고 나서야 턱을 들어 거만하게 주원을 내려다보았다.

"두 번째야. 너한테 송다정 이름 듣는 거."

본 적 없는 눈이었다.

"선 넘지 말자. 서로."

정말 자칫했다간 어떤 일이라도 불사하겠다는, 도덕심이라곤 어디에서도 찾아볼 수 없는 날것 그대로의 살얼음 같은 눈이었다.

텅 비어 있는 휴게실에 홀로 남았다. 다정은 주변을 두리번거리다가 배치되어 있는 안마 의자에 털썩 엉덩이를 붙이고 앉았다. 이걸 누르면 작동이 되는 건가. 버튼을 누르자 꿀렁이는 딱딱한 무언가가 등뼈를 뭉근하게 타고 흘러 내려갔다.

"아! 이거 왜 이렇게 아파……."

두드드. 두드드. 뭉친 어깨와 등을 사정없이 두드려 주는 소음은 거칠었지만, 묵은 피로가 싹 가신다. 다정은 느른히 안마 의자에 몸을 파묻으며 지그시 눈을 감았다.

"이 좋은 걸……."

왜 여태 사용하지 않았던 건지. 바지 주머니가 부르르 떨렸다. 안마 의자에서 전해지는 진동이 아니었다. 본부장님인가, 생각하며 다정은 얼른 주머니에서 휴대폰을 꺼내 들었다.

발신자는 지윤이었다.

"뭐야. 너냐."

— 어허. 말투 봐라? 기다리는 전화라도 있었던 모양?

"아니거든. 어쩐 일이야?"

— 퇴근하고 집에 가는 길인데, 갑자기 네 생각이 딱 나더라고. 만난 지도 꽤 됐고 해서 별일 없으면 집 들어가기 전에 같이 술이나 한잔할까 했지.

"으음……."

— 보아하니 선약이 있구만. 친구.

"그렇다. 오늘 말고 나중에 한잔하시게."

— 나 방금 촉이 딱 왔다. 누군데? 내 약속도 미룰 만큼 대단한 선약 상

대가. 남자면 용서해 준다.

뜨끔한 다정은 화두를 돌리려고 했지만, 같은 회사도 아니고 친한 친구인데 굳이 그럴 필요가 있겠나 싶어서 솔직하게 터놓기로 노선을 바꾸었다.

"야, 지윤아."

— 엉?

"객관적으로 봤을 때 나, 예쁜 편인가?"

— 일만 하더니 드디어 미친 거야?

"아님, 매력이 엄청났던가?"

— 죄송합니다. 아무래도 제가 전화를 잘못 건 것 같네요. 네, 그럼. 끊겠습니다.

"야아."

— 너 뭐 잘못 먹었어? 갑자기 왜 이래 답정너처럼.

"……네 말이 맞았어."

— 내 말?

"본부장님이 연애하재."

잠시 정적이 흐르고, 얼마 지나지 않아 경쾌한 목소리가 고막을 흔들었다.

— 대애박! 진짜? 실화지, 이거? 맞잖아! 내가 그랬잖아! 백 프로 수작부리는 거라니까! 그래서?

어째, 고백받은 당사자보다 더 신이 났다.

"그래서라니."

— 그래서 어떻게 됐냐고. 고백을 받았으면 답도 했을 것 아냐. 사귀는 거냐고, 마는 거냐고.

"으음……. 사귀는 것도 아니고, 그렇다고 아닌 것도 아니고……."

— 와, 설사 싸고 안 닦는 소리 하고 있네!

너는 비유를 들어도 참.

— 너는? 네 마음은 어떤데?

"솔직히 아직도 실감이 안 나. 그도 그럴 게 너무 갑작스럽잖아. 최근 들어서 도와 달라 했던 것 때문에 본부장님이랑 조금 친해진 건 사실이지만, 원래는 일적인 문제 아니면 부딪칠 일도 없었던 사무적인 관계였단 말이야. 조금이라도 티를 냈다면 알아차렸을 텐데, 그런 것도 아니고."

— 진짜 티를 안 냈어? 네가 눈치를 못 챘던 건 아니고? 잘 생각해 봐.

"글쎄……."

생각해 보면, 어느 순간부턴가 본부장님이 이상해지긴 했다.

병원 일을 도와준 것이나, 사직서를 오해해서 저녁을 같이 먹은 것까지는 그렇다 쳐도 그 이후가 아리송했다. 휴무 날에 굳이 불러서 친해지잔 핑계로 스테이크를 사 줬던 것은 뭐였고, 워크숍 때 산 정상에서 굳이 기다려 준 것은 뭐였으며, 다짜고짜 집 근처로 찾아와 술을 사 달라…….

'지금 이거…… 그린 라이트인가요?'

'그래. 그린 라이트야.'

헉. 아무리 떠올려도 기억나지 않던 대답이 왜 하필 지금 되살아난 건데! 귀까지 벌겋게 달아올랐다.

— ……송다정! 내 말 듣고 있어?

"어, 어? 뭐라고 했어?"

— 네 마음은 어떠냐고.

내 마음…….

— 어차피 너 계약까지 한 달 정도밖에 안 남지 않았어? 직원들 보는 시선이 껄끄럽다거나, 나중에 헤어지게 되더라도 어쩔 수 없이 마주쳐야 하는 사내 연애 리스크는 일단 없어진 셈이니까, 마음만 있다면 괜찮지 않아?

잊고 있었다. 계약 기간. 그렇다면, 본부장님이 등산 워크숍 때 기를 쓰고 협상을 제안하셨던 이유가. ……진심이었어?

오. 세상에. 근거 없는 확신이 상기되자마자 다시 얼굴이 후끈거린다.

— 그냥 마음 가는 대로 해. 마음 가는 대로. 너, 답답하고 질질 끄는 거 싫어하잖아.

마음 가는 대로, 라……. 참, 간단하면서도 어려운 일이다.

— 정 어렵다 싶으면, 뚫어져라 눈 한번 봐 봐. 눈은 거짓말을 못 한다잖아. 그 사람 진심도 볼 수 있고, 네 마음도 알 수 있는 최선의 방법이지.

"오, 웬일로 서정적이다?"

— 미리 보기 이용권처럼 키스 한번 해 볼 수 있으면 얼마나 좋겠냐마는.

그래. 김지윤 네가 마지막까지 정상적일 리가 없지.

정신을 차려 보니 벌써 11시였다. 잠깐 눈만 붙이려고 했는데 무려 세 시간이나 잤다. 다정은 서둘러 자리에서 일어나서 휴대폰을 확인했다. 부재중 전화가 무려, 25통. 좀처럼 먼저 연락하는 일이 없던 그에게 문자도 꽤 많이 도착해 있었다.

[어딥니까.]

[왜 전화를 안 받아.]

[문자 보면 바로 전화해요.]

그리고, 마지막 문자.

[집 도착했어?]

집? 집에 갔다고 생각하신 걸까. 휴대폰 액정에 떠올라 있는 글자만 봐도 평소 그의 성격이 전부 드러났다. 무뚝뚝하지만, 어딘가 모르게 상냥한. 적정선을 지키려는 듯하지만, 왠지 모르게 느껴지는 조급함까지도.

다정은 아직 잠이 덜 깬 상태로 허겁지겁 휴게실 문을 열고 나와 엘리베이터를 탔다. 15층에 도착하자마자 서둘러 휑한 기획팀 사무실을 가로질러 걸어갔다. 깜깜한 사무실과 달리 집무실 불은 환하게 켜져 있었다. 마침 집무실 문을 닫고 나오는 진우와 시선이 부딪쳤다.

"선배?"

"아, 다정이구나."

"저, 혹시, 안에 본부장님 아직 계시나요?"

"응. 계셔."

가슴을 쓸어 내는 다정을 물끄러미 바라보던 진우가 말문을 텄다.

"걱정하지 마. 내가 말씀드렸어."

"네?"

"아까, 휴게실에서 자고 있는 모습 봤거든. 깨워서 집으로 돌려보냈다고 말씀드렸으니까, 오늘은 그만 들어가 봐."

"아……."

그는 자신이 집무실 안으로 들어가려는 것을 좀처럼 허락하지 않는 것처럼 보였다. 겸연쩍게 미소 짓고 있는 다정의 속마음을 눈치껏 알아챈 진우가 부가 설명을 덧붙였다.

"어제부터 계속 컨디션이 좋지 않으셨어. 들어가 보니까 주무시고 계셔서 깨우지 않는 편이 나을 것 같아."

다정은 애써 웃으며 고개를 끄덕였다.

"아, 그렇군요."

"시간 늦었는데, 집 근처까지 데려다줄까?"

"아뇨, 택시 타고 가면 돼요. 그럼 저는 그만 가 볼게요."

"아, 잠깐. 다정아."

진우가 몸을 돌리려는 다정을 불러 세웠다. 그녀의 손에 들린 감기약 봉지를 늦게나마 발견한 탓이다.

"네?"

진우가 집무실 문에서 슬쩍 비켜섰다.

"들어가 봐."

"아뇨, 아뇨. 괜찮아요."

다정이 손을 내젓자, 진우는 미소를 지으며 작게 말했다.

"좋아하실 거야."

그 말을 끝으로 진우는 최대한 소리가 나지 않도록 조심히 문손잡이를 내렸다. 진우가 눈짓하며 재촉하자, 다정은 떠밀리듯 집무실 안으로 천천히 다리를 움직였다.

조용히 문이 닫혔다.

그는 가죽 의자에 기대어 지그시 눈을 감고 있었다. 저렇게 자면, 담 걸릴 텐데. 집무 책상과의 간격을 한 걸음 남겨 두고 다정이 발을 멈춰 세웠다. 가장 먼저 시선을 사로잡은 것은 수북하게 쌓여 있는 서류였다.

뭐가 저렇게 많아…….

새삼 일이 많다며 툴툴거렸던 지난날의 자신이 부끄러워지는 순간이다. 일에 얼마나 시달렸으면 회사에서 잠들어 버린 걸까. 적어도 본부장님 앞에선 힘들다고 투정 부리지 말아야지, 생각한 무렵이었다.

큼, 갈라진 기침 소리가 툭 튀어나왔다. 화들짝 놀란 다정이 고개를 돌려 은도를 바라보았다. 다행히 잠결에 그런 모양이다.

놀래라……. 다정은 숨을 길게 내쉬며 손에 꼬옥 쥐고 있던 약봉지를 조심스레 책상 위에 내려놓으며 은밀한 속마음을 꺼냈다.

"……아프지 마세요."

그가 무작정 집 근처로 찾아왔을 때가 생각났다. 술 좀 사 달라며, 당장이라도 무너질 것 같았던 그의 얼굴이 어렴풋이 떠오른다.

누구든 말 못 할 속사정 하나쯤은 품고 있겠지만, 그의 사정이 무엇인진 몰라도 참 딱하게 느껴져서, 그 순간만큼은 저도 모르게 팔을 뻗어 안아 주고 싶다는 충동이 들었었다.

다정은 다시 꼼꼼하게 은도의 얼굴을 눈에 담았다.

진한 눈썹도, 매서운 눈매도, 시원하게 뻗은 콧대도, 꽉 다물린 입술도.

점 하나 없는 깨끗한 도화지 같은 피부도. 베일 듯한 턱선도. 냉기가 풍기는 전체적인 분위기는 달라진 것이 없는데. 여전히 매정할 것만 같은데. 왜일까, 어쩐지 다르게 느껴진다. 그를 자세히 들여다보려고 하지 않았을 땐 몰랐던 것들이 보이기 시작한다.

저 입술로 나를 좋아한다고 말했단 말이지……. 다시 생각해 봐도 비현실적이라서. 좀처럼 믿기가 어렵다.

"아무래도 저, 얼굴보단 매력이 엄청난가 봐요."

전해지지 않을 말이라서 그런가, 피시식 웃음이 터졌다. 점잖던 그의 얼굴에 변화가 생기기 시작했다. 미간에 주름이 깊어지고, 눈썹이 꿈틀거렸다.

악몽을 꾸시는 걸까. 다정은 잠시 망설이다, 무의식적으로 천천히 팔을 뻗었다. 검지로 그의 미간 가운데를 살포시 누르며 주문을 외웠다.

"좋은 꿈만 꾸세요."

거짓말처럼, 깊어진 주름이 점차 말끔하게 펴졌다. 다정의 입술로 흡족한 미소가 그려졌다.

10

매달 마지막 주말은 은도와 윤 회장이 함께 겸상하는 날이었다. 암묵적으로 정해진 약속이었대도 그날만큼은 빠지는 일 없이 곧잘 모습을 드러냈던 은도는 웬일로 자리에 나타나지 않았다.

좌식 의자에 등을 기댄 채 앉아 평소처럼 바깥 풍경을 감상하던 윤 회장이 맞은편의 진우를 향해 퉁명스러운 투로 물었다.

"그놈, 많이 아파?"

"요즘 유행하는 독감에 걸리신 모양입니다."

평소 운동에 집착하던 은도였지만, 잦은 불면증으로 인한 수면 부족과 과로를 피해 갈 수는 없었던 모양이다. 미련한 놈. 윤 회장은 마뜩잖다는 듯 혀를 찼다.

"겉만 멀쩡하면 뭐 해. 속이 건강해야지. 관리를 하고 있기는 무슨."

말은 그렇게 했어도 윤 회장은 진심으로 은도를 걱정하고 있었다. 은도를 알고 지낸 17년 동안, 단 한 번도 아파 앓는 모습을 본 적이 없었기에 더욱 그랬다.

참고 내색하지 않았던 건지, 정말 건강했던 건지는 몰라도. 헌데, 약속 자리에 나오지 못하겠단 연락조차 없을 정도면 얼마나 아픈 건지. 윤 회장은 묵묵히 빈 그릇에 시선을 두고 물었다.

"그 애는. 출근했어?"

주원을 가리키는 말이었다. 눈치껏 의미를 알아차린 진우가 고개를 끄덕였다.

"예. 어제 퇴근 시간에 맞춰 잠시 들르셨습니다. 본격적인 출근은 아마 다음 주 월요일이 될 것 같습니다."

"누굴 먼저 만났어."

"전략팀 박성호 차장과 황덕현 전무님입니다."

윤 회장이 콧방귀를 뀌었다.

"허, 그새 줄을 만들었어?"

"……."

"발 빠른 것으로 치면 은도 녀석보단 낫구만."

진우는 쉽게 맞장구치지 못했다. 윤 회장은 미래를 가늠하듯 시선을 멀리 두었다가 입을 열었다.

"어떤 생각을 하고 있는지 나조차도 예상이 불가한 놈이야. 섣부르게 판단하지 말라고 일러둬."

"예."

"좀처럼 마음을 내주지 않는 은도 녀석에 비해서 주원이 그놈은 수상하다 싶을 정도로 상냥하지. 헌데 깊이 보면 또 달라. 한번 정을 주기 시작하면 끝없이 퍼 주는 놈과 속을 알 수 없는 개인적인 성향이 강한 놈. 그렇다 해도 대부분 임원들이나 직원들은 윤주원이 편에 서게 될 거야. 직원들 입장에선 깊이 살필 여유도 그럴 필요도 없으니."

"……그런 이유로 회장님의 선택은 본부장님이셨던 겁니까?"

"글쎄. 아무래도 단편적인 사업가의 기질은 주원이 놈이 더 높을지도 모르지."

윤 회장은 씁쓸한 미소를 지으며 말을 이었다.

"하지만 나도 어쩔 수 없는 모양이야."

"……."

"편견 없이 바라볼 수 있는 나이가 되었다고 해서 개인적인 감정마저 없는 것은 아니니까. 이상하게 은도 녀석에게 마음이 가. 그간 쌓아 온 시간 때문인가 했는데, 아니야. 은도를 보고 있으면 젊었을 적 나를 보는 듯해."

피 한 방울도 섞이지 않은 타인이었지만, 17년이란 세월 동안 쌓아 온 유대감 덕분인지 확실히 윤문혁 회장과 은도는 어딘가 모르게 닮아 있었다. 분위기와 작은 성향, 습관들까지도.

"그런데 왜……."

진우는 어째서 주원을 불러들인 것이냐고 묻고 싶었지만, 면전에 대고 묻기엔 예민한 문제여서 말끝을 흐렸다. 윤 회장은 분명한 어조로 말했다.

"앞을 봐주기 시작하면 끝이 없어. 어찌 보면 호기롭게 시작한 도박일 수도 있겠지. 하지만 이번 일을 해결해 준다고 해서 무엇이 달라질까. 당장 내다보기보단 멀리 봐야 해."

연줄도 없고, 봐주는 사람도 없다. 표면적으로만 따져 보자면 백조는 주원이었고, 미운 오리는 은도였다.

윗선에선 은도가 윤 회장의 애정을 받고 있다는 사실을 모르고 있을 테니 당장 임원진에 무난히 올라설 수 있을지도 미지수다.

"하지만, 회장님께선 누구보다 회사에 애착이 강하시지 않습니까. 충분히 미연에 막을 수 있으셨을 텐데요."

"내가 없으면 아무것도 못 하는 멍청이로 만들고 싶지 않아."

제아무리 차은도 본부장을 믿고 시작한 도박이었대도 회사의 미래를 걸 정도라니. 위험성이 짙다.

"그렇지. 어찌 보면 내 안사람 덕분에 성공한 사업이었으니까."

그에게 지금의 〈지성가구〉가 얼마나 값진 재산인지 알고 있기에, 주원의 계략이 회사에 해가 되진 않을지 진우는 염려스러웠다.

"이젠 그것도 됐어. 현생에서 제아무리 아등바등하며 명예를 쌓고 재산이나 불려 본들 부질없지 않나. 끝없이 성장해 봤자 무슨 이득이 있고,

무너져 봐야 얼마나 하겠어. 결국 그렇게 된다면 내 것이 아닌 거지."

"……."

"어차피 난 하루 더 살면 감사한 입장이고, 곧 있으면 영희를 만나게 될 테니 후회는 없네. 늙은이가 너무 주책을 떨었구만."

윤 회장은 호탕하게 웃음을 터트렸다. 남다른 순정을 품은 그의 마음은 알겠다만, 인생의 끝을 담담하게 준비하고 있는 모습을 보니 진우는 마음이 무거웠다.

"그런 말씀 마십시오."

"두 놈끼리 얼마든지 치고받고 싸우라고 해. 내버려 둬. 것도 능력이고 타고난 운명이야. 기회를 잡는 것도 능력일 테니."

"……네."

윤 회장이 먼저 잔을 꺾자, 뒤이어 진우도 고개를 돌려 입안으로 술을 털어 냈다.

"그나저나, 그놈. 병원은 다녀온 게야? 또 무식하게 혼자 집에서 끙끙 앓고 있는 건 아니고?"

"……."

"말이 없는 것을 보니 맞나 보구만. 무식한 놈."

"제대로 신경 쓰지 못한 제 불찰입니다. 저녁에 다시 들러 본부장님 상태 확인해 본 뒤에 정 박사님께 연락 넣겠습니다."

진우가 고개를 숙이자, 윤 회장은 손을 들어 보였다.

"됐어, 이 양반아. 그 뜻이 아니야."

"예?"

"쯔쯧. 눈치가 그리 없어서야……."

무테안경 너머로 윤 회장의 음흉한 눈빛이 곧게 날아들었다.

"뭐 있잖아. 그놈."

진우는 순간 움찔하며 저도 모르게 시선을 피했다. 그럴수록 윤 회장의 눈은 더욱 집요해졌다.

"차은도. 지금 만나는 여자가 있느냐고 묻는 거야. 저번에 봤을 때도 영 정신이 다른 곳에 팔려 있고 말이야. 아무리 바빠도 일주일에 한 번은 꼬박꼬박 안부 물어 오던 놈이 웬일로 연락 두절인데, 의심이 안 가?"

"아. 그게……."

사실 진우 역시 은도의 분위기가 알게 모르게 달라졌다는 것은 직감적으로 느끼고 있었지만, 확신은 아니었다. 무엇보다 상사의 개인적인 사생활을 크게 생각하지 않았으니 이렇다 저렇다 할 입장이 못 되었다.

진우가 난처한 듯 입술을 달싹거리자, 윤 회장은 말 안 해도 괜찮다며 손을 내저었다.

"나도 당장 눈앞에 데려오란 소리는 안 해. 다 큰 놈 연애사 궁금해해서 뭐 해. 어련히 알아서 잘하겠지. 제삼자들은 끼어들지 말고 잠자코 있자는 소리야."

"알겠습니다."

그렇게 식사는 마무리되어 가는 것 같았다. 윤 회장의 개인 기사에게 연락을 넣기 위해 진우가 엉거주춤 자리에서 먼저 일어서려는 때였다.

"이봐, 서 실장."

"예. 회장님."

"……은도가 만나는 여자 말이야. 혹시, 우리 회사 직원인가?"

처음엔 잘못 본 줄 알았다.

밀린 집안일을 해결하고, 이제 막 침대에 누워 주말의 휴식을 즐기려던 참이었는데 걸려 온 전화의 발신자 이름을 보고 의아했다. 개인적으로 연락을 주고받을 사이가 아닌데, 왜?

다정은 휴대폰을 들고 멍하니 굳어 있다가, 뒤늦게 정신을 번뜩 차리고 귓가로 휴대폰을 가져다 댔다.

"선배?"

— 아, 다정이 맞구나.

"네. 어쩐 일로……."

— 혹시 지금 바빠?

"아, 아뇨!"

누워서 팩을 하고 있었지만요.

— 미안한데, 내가 급한 일이 생겨서. 혹시 본부장님 댁으로 와 줄 수 있니?

'본부장' 이라는 호칭을 듣자마자 상체를 벌떡 일으켰다.

"지, 지금요?"

— 응. 지금.

툭, 마스크 팩이 허벅지 위로 떨어졌다.

편한 차림으로 와도 괜찮다던 진우 선배의 말에 정말 트레이닝복 차림으로 머리를 질끈 묶은 채 택시를 잡아탔지만, 정말 이래도 되나 싶다.

아무리 그래도 상산데…….

아니지. 뭐 어때. 주무시고 있다 했으니까, 부탁받은 전복죽만 놓고 나오면 되겠지. 그런데 왜 하필 선배 대타가 내가 되었는지 의문이 들었다.

어제 약을 사 들고 집무실을 찾았던 모습을 봐서인가. 다정은 익숙하고도 낯선 고급 아파트의 위용을 새삼 체감했다. 지금, 이거, 현실인가. 상상이나 해 봤던 일인가. 본부장님 댁에, 무려 전복죽을 들고 다시 오게 되다니. 비밀번호를 이리도 쉽게 전달받게 되다니.

다정은 연신 머뭇거리다가 마지못해 손을 올려 현관 비밀번호를 조심스럽게 눌렀다. 현관문은 허무하리만큼 쉽게 열렸다. 이방인을 반겨 주는 것은 그 무엇도 없었다. 한 줄기 빛조차 새어 나오지 않았다. 과하게 깔끔하고 넓은 집은 외롭고, 차가웠다.

"실례합니다아……."

돌아온 대답은 없었다. 손님용 슬리퍼조차 없다. 다정은 맨발로 살금살금 걸었다. 대리석 바닥의 차가운 기운에 머리카락이 삐죽 솟았다.

본능적으로 주변을 두리번거리며 침실에 도착했다. 들어서자 며칠 전, 감히 주제도 모르고 탐했던 본부장님의 침대가 눈에 들어왔다.

같은 침대 다른 느낌. 다시 찾아온 기시감과 함께 낯선 이질감이 들었다.

"……."

그리고 그 위엔, 무방비한 상태로 잠에 취해 있는 본부장님이 있다.

다정은 조금 더 가까이 다가갔다.

"저, 본부장님. 혹시 주무세요?"

기어들어 갈 듯 작은 목소리가 그에게 닿을 리 없었다. 절로 마른침이 꿀꺽 삼켜졌다.

'그래. 이건 단지 걱정이야.'

다정은 입술을 잘근 씹으며 그의 이마에 손바닥을 올렸다. 불에 데인 듯 뜨겁다.

"세상에……."

이 정도가 될 때까지 멀쩡하게 회사에 나와 일을 했다고? 독한 건지, 미련한 건지.

상사의 이마에 무턱대고 손을 올린, 그 건방진 행동이 얼마나 위험했는지 깨닫기까지의 시간은 얼마 걸리지 않았다. 다정은 서둘러 손을 치워냈다. 아니, 그러려고 했다. 손목에 아릿한 악력이 전해졌다. 피할 새도 없이 손목이 붙잡힌 탓이다. 시선을 내리자, 천천히 위로 떠밀려 올라가는 그의 눈꺼풀이 보였다.

"송다정?"

어딘가 지친 듯 흐릿하게 풀어진 눈빛은 뜻밖에도 지나치게 색정적이다.

"……꿈인가."

깊게 잠겨 까칠해진 목소리가 나른하게 흘러나왔다. 은도가 얇은 손목을 살짝 잡아당겼다. 무방비한 상태에서 다정의 상체가 앞으로 끌려가듯 기울어졌다.
손바닥 한 뼘 정도 거리를 두고 다정의 얼굴이 멈추었다.
"꿈이네."
은도가 힘없이 웃으며 중얼거렸다.

얇은 손목을 그러쥐고 있던 은도의 손에 힘이 풀렸다. 곧이어 팔이 힘없이 침대 아래로 툭, 떨어졌다. 자칫했다간 그의 몸 위로 무너질 위기에 처한 다정은 급한 대로 팔을 뻗어 협탁을 짚고 무게를 지탱했다.
다행히, 그는 평온하게 눈을 감고 있었다. 적어도, 아직까지는.
"하아……."
다리에 힘이 풀리려는 것을 간신히 버텨 내자 이번엔 하얀색 봉투에 시선이 묶였다.
"약봉지네……."
집무실에서 잠든 본부장님 몰래 놓고 나왔던, 감기약이었다.
설마, 다녀간 것을 눈치챘을까. 내용물이 꺼내져 있는 것으로 보아 약은 챙겨 드신 모양인데. 아무래도 안 되겠다. 얼른 죽만 올려 두고 나가자.
다정은 최대한 소리가 나지 않도록 일인용 소파에 포장된 죽이 들어 있는 쇼핑백을 올려 두고 얼굴을 들었다.
"네가 여기에 왜 있어."
순간 건조하게 갈라진 목소리에 가슴이 철렁, 내려앉았다. 은도는 지그시 다정을 바라보고 있었다.
"아……. 저, 그게……."
크게 당황한 나머지 다정은 죄를 지은 사람처럼 말을 더듬거렸다.
"겁도 없이 여기가 어디라고, 와."
침을 삼키는 것조차 버거웠던 모양인지, 은도가 눈살을 찌푸렸다. 그래도 걱정이 되어 죽을 사 들고 한걸음에 달려온 사람인데, 이런 취급을 받는 것은 어쩐지 억울해 다정은 눈에 힘을 주며 똑바로 은도를 바라보았다.

"서 실장님이 급한 일이 생기셨다 해서, 부탁받고 왔습니다."

"서 실장이?"

"네."

다정이 상호명이 쓰인 쇼핑백을 가리키자, 은도는 대충 건너다보며 한숨 쉬듯 말했다.

"미치겠네……."

전혀 예상 못 한 반응이었다. 그가 천천히 상체를 일으켰다. 터지려는 기침을 억지로 참아 내 가며 눈썹에 힘을 준 채, 다정을 바라보았다.

"가."

아파서 사람이 어떻게 되어 버린 걸까.

"데려다줄게."

아니, 아닌가.

"아뇨, 전 괜찮습……."

"늦었잖아."

무뚝뚝함과 다정함의 중간쯤. 그를 알 수 없다. 침대에서 벗어난 은도가 저벅저벅 걸어와 다정을 스쳐 지나갔다. 은도가 침실 문 앞에 다다랐을 때, 다정이 긴박하게 소리쳤다.

"자, 잠시만요!"

은도의 두 다리가 멈췄다.

"아프시잖아요. 그냥 쉬세요. 저 혼자 갈 수 있어요."

은도는 다정의 말을 귓등으로 흘려듣고서 문손잡이를 잡았다.

"아니, 저는 정말 괜찮다니까요."

다정은 빠른 걸음으로 다가가 무의식적으로 은도의 반팔 밑단을 붙잡았다.

"넌 괜찮을지 몰라도 난 아니야."

그의 고개가 반쯤 틀어졌다. 시니컬하게 내려다보는 눈빛이 예사롭지 않아, 다정은 움찔 어깨를 떨었다.

"걱정돼서 와 준 건 고마운데, 간신히 견디고 있는 것도 충분히 버거워."

은도의 눈이 옅게 떨렸다.

"그러니까 고집부리지 마."

그래. 그의 입장에선 그럴 수도 있겠구나. 확실한 대답도 없고, 결론도 없는 어중간한 시점에서 자꾸만 자신의 영역 안으로 침범하려는 내가, 버겁게 느껴질 만도 하겠구나.

하지만.

"죄송해요."

"……."

"충분한 시간이 있었는데도 분명하게 대답드리지 못했던 것은 정말 죄송해요. 하지만 저도 본부장님 마음을 알게 된 지 얼마 안 됐잖아요. 놀라서. 정말 경황이 없어서 그랬어요."

나 지금 뭐라는 거야.

다정이 잠시 말을 멈추며 숨을 내쉬었다.

"사실, 저도 제 마음을 잘 모르겠어요. 그도 그럴 게, 너무 갑작스러웠으니까요. 적어도 제 입장에선요. 시간이 필요했어요. 제 마음을 들여다볼 시간이요."

내내 침묵하며 다정의 말을 경청하던 그가 입술을 움직였다.

"추궁할 생각 없어. 대답 한번 듣자고 몰아붙이려는 의도도 없었고."

"알아요. 저 혼자 찔려서 이러는 거죠."

그는 의미 모를 표정으로 다정을 내려다보았다. 혼란스러움이 뒤섞인 표정으로.

"어째서 실장님 부탁을 거절하지 못한 거냐고 물어보시면 몰라요. 몰랐어요. 근데, 지금은 알 것 같기도 해요."

"뭘 알 것 같은데."

"확인받고 싶었나 봐요. 조금 미친 소리로 들릴 수도 있겠지만요. 몇 초만 아무것도 묻지도, 말하지도 말고 볼 수 있게 해 주세요."

"그러니까, 뭐를."

"본부장님 눈이요."

황당한 제안이었다.

은도는 작게 실소를 터트리며 커다란 손으로 얼굴을 쓸어내렸다.

"왜?"

"눈을 보면, 진심을 알 수 있대요."

"누가 그래."

"누구든 아는 얘기잖아요."

"내 진심이 거짓 같다?"

"삐뚤게 말하지 마세요. 괜히 분위기에 취해서 성급하게 선택했다가 나중에 상처받고 싶지 않아서 그래요. 쉽게 빠져드는 불같은 연애를 할 나이는 지났으니까요. 본부장님도, 저도."

"말은 잘하지."

"저 프로젝트 매니저 괜히 선택한 거 아니에요."

"그래, 봐."

흔쾌히 허락해 주겠다는 듯, 삐딱하게 선 채로 그가 천천히 눈을 감았다 떴다. 올곧은 시선이 여과 없이 쏟아져 내렸다. 다정은 피하지 않고 은도의 눈을 똑바르게 응시하려 애썼다. 싸늘한 눈매. 기다란 속눈썹. 차갑고, 동요 없는 눈빛. 그 속엔 조금은 상처받은 소년과 농염한 남자 어른의 성숙함이 깃들어 있다. 달빛을 받아, 그의 짙은 눈동자가 일렁거렸다. 투영된 저 자신의 모습이 미약하게 반사됐다.

당신 눈에 비친 내 모습은. 내 눈에 비친 당신의 모습은. 어두운 밤, 고요한 침실 한가운데에서 마주 보고 서 있는 우리는. 당신의 기에 눌리지 않으려 애쓰고 있는 나는.

"어때."

충동적인 감정일까.

"답, 나왔어?"

차곡차곡 쌓아 온, 감정일까.

"아뇨. 잘 모르겠어요."

"속이려면 얼마든지 속일 수 있어. 눈빛만 보고 알 수 있다는 말은 전부 편협한 상술이야."

"그래서. 속이고 있는 중인가요?"

"아니."

"그럼요?"

"참고 있어."

"뭐를요?"

"입 맞추고 싶은 충동."

덜컹. 심장이 추락했다. 피할까. 피해야 하나? 아니, 그건 싫다.

"해요."

"……뭐?"

"해 봐요. 키스."

"너……."

그의 짙은 눈동자가 흔들렸다.

"저. 생각보다 순수하지 않아요. 키스 한번 한다고 입술이 닳는 것도 아니고."

언제부턴가 눈을 피하지 않고 더 다가오려는 그녀가 낯설기만 하다. 은도는 한 발짝 물러서며 단호하게 말했다.

"오지 마."

"왜요?"

"감기 옮아."

"저 면역력 강해요."

그 말의 뜻은 입맞춤 한 번으로 당신에게 파도처럼 휩쓸리지도, 물들지도 않을 것이란, 어쭙잖은 자신감과 어리숙한 고집이 섞여 있는 작은 반항이었다. 하. 은도가 헛웃음을 터트렸다.

언제 그랬냐는 듯 그의 얼굴에 잠시나마 머물렀던 웃음기가 싹 가셨다.

"내가 못 할 줄 알고 이러지, 너."

순간적으로 은도의 눈빛이 돌변했다. 치뜬 눈은 더 이상 자비롭지 않았다. 말은 호기롭게 했지만 내심 다정은 두려웠다. 심장이 터질 듯 뛰었다. 실수했음을 안다. 의도치 않게 경험하게 되어 버린 설렘에 휘청거렸다는 것도. 괜히 지기 싫었던 같잖은 허세와 센 척이었다는 것 역시, 안다.

알게 모르게 속눈썹이 파르르 떨리고, 마비된 듯 안면 근육이 굳어 버렸으니까.

"송다정."

나지막한 목소리에 다정이 고개를 들었다. 다시 눈이 마주쳤다. 은도는 여태 자신의 옷 밑단을 꼬옥 말아 쥐고 있는 그녀의 작은 손을 잠시 내려다보다 시선을 추켜올려 고요히 다정을 바라보았다.

"지금 너. 실수한 거야."

얇은 손목을 힘 있게 잡아챈 은도가 단숨에 제 품으로 다정을 확 끌어당겼다. 놀랄 새도 없이 벌어진 일이었다. 눈을 깜빡하기도 전에 은도의 뜨거운 입술이 다정의 입술을 덮쳐 왔다.

낯선 감촉이다. 전과 비교할 수 없을 정도로 심장이 미친 듯이 쿵쿵 발작하기 시작했다. 입술에 경련이 일어난 듯 부르르 떨려 왔다. 어디 한번 해볼 테면 해 보란 식으로 겁 없이 대응하던 다정의 모습은 온데간데없었다.

그 어떤 것과도 비교할 수 없는 비현실적인 느낌.

모르겠다고 했지만, 어쩌면 예전부터 무의식적으로 알고 있었는지도 모르겠다. 심장이 폭발할 것처럼 뛰어 대고 있는데 모를 리가 없다. 부정할 수 있을 리가 없다.

다정은 느리게, 눈을 깜빡였다. 지그시 눈을 감은 채 평온하게 입을 맞춰 오는 그의 얼굴이 보였다. 지나치게 뜨거운 입술의 감촉에 정신을 차릴 수 없다.

코끝을 간지럽게 하는 스킨 향이 은근하게 풍겨 오고, 당장이라도 터질 듯한 심장 소리가 고막을 얼얼하게 만들었다. 진득하게 감겨 오는 키스도 아닌, 그저 짧은 입맞춤이었는데. 고작 이게 뭐라고.

그의 입술은 금세 떨어졌다. 감기가 옮을까 걱정이 되었던 걸까.

"하아……."

비좁은 틈을 두고 떨어진 입술과 입술 사이에서 누구 것인지 모를 숨결이 섞였다.

다정의 눈을 지그시 들여다보던 은도는 엄지로 다정의 뺨을 상냥하게 매만졌다. 묘한 긴장감에 다정이 입술을 달싹거렸다. 그 틈을 놓치지 않고 은도는 다시금 참을성 없이 다가와 입을 맞춰 오기 시작했다. 다리에 힘이 풀려 비틀거리는 다정의 허리를 단단히 받쳐 줌과 동시에 빠져나가지 못하도록 부드러이 목덜미를 감싼 손에 힘을 실었다.

전과 달리, 진한 입맞춤이었다. 뜨거운 숨결이 울컥, 울컥 입안으로 쏟아졌다. 그의 턱이 비스듬히 기울어지고, 키스는 더욱 깊어졌다. 머릿속이 새하얘지고, 사고는 멈추었다.

본능에 잠식된 남자는 멈출 생각이 없었다. 혀끝으로 천천히 치열을 훑는 여유를 부리다가도, 방심하는 순간 더 깊게 들어와 긴장으로 굳어 버린 혀를 부드럽게 감아 당겼다.

단둘만이 남은 공간은 침실이었고, 무언의 허락이 있었던 지금. 어떤 일이 일어나도 이상하지 않다. 미약한 감각마저 예민하게 반응했다. 이성을 잃고 간지럽게 척추를 타고 올라오던 그의 손가락이 문득 어느 지점에서 멈추었다. 등 뒤로 그가 힘껏 주먹을 말아 쥐는 것이 고스란히 전해졌다.

이 남자, 지금 참고 있다. 다음 일은 생각나지 않았다. 궁금하지도 않았다. 주먹을 꽉 말아 쥐고 있던 다정은 서서히 손을 펴고, 느리게 은도의 목을 둘러 안았다. 매달리듯, 절로 발꿈치가 세워졌다. 은도는 다정의 머리카락 깊숙이 손을 밀어 넣으며 허리를 감싸 안았다.

꽉 붙었다. 입안 깊숙이, 혀가 얽히고 숨결과 타액이 뒤섞였다. 거칠고 농염하면서도 다정한 키스에 하마터면, 지조 없이 무너질 뻔했다.

무슨 정신으로 집까지 왔나.

그 이상 분위기에 취했다간 감당 못 할 일이 펼쳐질 것 같은 위기감에 무작정 인사를 하고 도망치듯 빠져나왔는데, 그 행동이 이제 와서 후회가 됐다. 보란 듯이 먼저 하자고 허락했을 땐 언제고, 부끄러움에 몸 둘 바를 몰라 하는 이중적인 제 모습에 어이가 없었다.

다정은 쓰러지듯 소파에 드러누워 멍하니 천장만 바라보았다.

"미쳤어……."

아직도 열감이 전해졌다. 입술에 가져다 댄 손끝이 가늘게 떨렸다. 떨려 버렸다. 다정은 이리저리 몸을 뒤척거리다 허공에 다리를 뻥뻥 차 댔다.

망했다.

"……오늘 잠은 다 잤다."

평소보다 긴 밤이었다.

샤워를 끝내고 욕실을 빠져나온 은도는 수건으로 물기가 남아 있는 머리를 탈탈 털며 드레스룸으로 들어갔다. 붙박이장의 슬라이드 문을 열고 그레이 빛이 도는 정장을 골라 입기 시작했다. 셔츠의 단추를 채운 뒤 순조롭게 넥타이를 매었다.

손이 잠시 멈추었다.

"……신기하네."

오래 앓을 줄 알았는데, 뜻하지 못한 송다정을 보게 되니 거짓말처럼 나았다. 무거운 바위가 온몸을 짓누르고 있는 느낌도, 39도 가까이 올랐던 열도, 두통도, 피로감도 말끔해졌다.

목이 조금 따끔거리는 것만 제외하면, 정말 꾀병을 부렸다고 생각될 만큼.

감기, 옮았을까. ……걱정이다.

거울에 비친 자신의 얼굴을 한동안 빤히 응시했다. 넥타이 색상이 마음에 들지 않았다. 잘 보이고 싶은 건가. 실없는 웃음이 터졌다.

“송 피엠님!”

익숙한 목소리에 다정이 고개를 돌렸다. 정연이 반갑게 손을 흔들며 엘리베이터로 뛰어왔다.

“웬일이래, 지각쟁이가?”

“이상하게 일찍 눈이 떠져서요.”

“오오…….”

뒤이어 박지호 대리가 모습을 드러냈다.

“좋은 아침입니다.”

이젠 아주 대놓고 같이 출근한다, 이거지? 다정은 모르는 척하며 인사를 받아 주었다.

“박 대리님도 좋은 아침이요.”

박 대리가 씩 웃었다. 알게 모르게 이 주임의 눈치를 살피다가, 분위기가 묘해지려는 순간 화제를 돌렸다.

“아, 다들 그 소식 들으셨어요? 옆 동네 전략팀에 팀장 새로 왔다는 소식이요. 전략팀은 조만간 기획팀에 흡수된다고 해서 팀장 자리 계속 공석이었잖아요.”

잊고 있던 기억이 떠올랐다. 전략팀에 새로 왔다던, 남자. ……윤주원이라 했던가. 줄곧 입을 다물고 있던 이 주임이 불쑥 끼어들었다.

“헐. 그걸 왜 지금 알려 줘요?”

“나도 어젯밤에 들었어.”

"그럼 흡수되는 건 전부 없던 일로 되는 거예요?"

"되긴 될걸? 문제는 기획전략팀이 될지 전략기획팀이 될지가 관건인데."

"그게 무슨 차이라고요?"

"보기엔 순서만 바뀌는 것 같지만 결국은 누가 주도권을 잡게 되느냐, 이거거든. 완전 중대한 문제지. 원랜 본부장님이 통솔권 쥐고 있었는데, 새로 등장한 전략팀 팀장한테 반은 내주는 셈이 됐으니까."

경악에 찬 이 주임은 손으로 입을 가렸다.

"맙소사. 그럼 우리 기획팀은 본부장님을 응원해야겠네요?"

"당연하지. 그래도 혹시 몰라. 새로 온 팀장이 중국 지사에서 TF팀 지시 떨어졌던 건 알지? 그 업무도 성공시켰대. 문제 해결되자마자 승승장구였겠지. 알다시피 중국 시장 어마어마하니까 기회도 많았을 테고."

"별일이야 없겠지만, 그래도 조금 찝찝하네요. 전략팀이 우위에 서게 된다고 생각하니까."

"전략팀은 그동안 기획팀한테 알게 모르게 받아 온 수모가 있어서 대놓고 무시할걸. 더군다나 전략팀 팀장님이 회장님 친조카라더라."

"대—박."

정연이 입을 떡 벌렸다. 놀란 것은 듣고 있던 다정도 마찬가지였다.

"그, 그래도 회장님은 직계 경영 지양하시잖아요."

희망을 잃을 수 없다는 정연의 항변에 박 대리가 절레절레 고개를 내저었다.

"지양한다는 거지, 절대 하지 않겠단 뜻은 아니니까."

"그럼 이제 어떡해요, 우리 본부장님?"

"회장님의 애정을 듬뿍 받고 있거나 힘 있는 임직원 라인을 타셨길 바라야지, 별수 있나."

이 말이 전부 사실이라면, 이번 프로젝트라도 각 잡고 열심히 해야겠다. 다정은 마음을 굳게 다잡았다.

"마침 저기 본부장님 오시네."

박 대리의 말에 두 여자의 시선이 옆으로 쏠렸다. 지호의 말처럼 게이트를 통과한 은도가 엘리베이터 쪽으로 다가오고 있었다. 잠시나마 잊고 있던 기억이 떠올라 다정은 뒤로 물러섰다.

"출근하셨습니까, 본부장님."

박 대리가 선두로 인사하자, 정연과 다정도 슬쩍 고개를 수그렸다. 얼굴을 들었을 때, 아주 잠시 동안 그와 시선이 부딪쳤다. 은밀한 비밀을 간직한 남자 상사와 부하 직원 사이엔 미묘한 긴장감이 흘렀다.

"좋은 아침입니다."

많이 나아진 모습이었다. 아픈 것도, 직원들에게 다정히 인사해 주는 것도. 처음과 다르게, 여유를 찾았다. 타이밍에 맞춰 엘리베이터가 도착했다. 은도가 먼저 걸음을 옮겨 탑승했다. 나머지 인원이 타기를 기다리는 듯, 열림 버튼을 누른 채 정면을 바라보고 있다.

"타요."

"아, 예. 감사합니다, 본부장님."

눈치 없는 박 대리가 서글서글하게 웃으며 발을 떼어 내려는 찰나였다. 뒤에 서 있던 이 주임이 "눈치를 옆집에 팔아먹었나!" 작게 속삭이며 박 대리의 손목을 잡아끌었다.

"피엠님! 먼저 올라가세요! 저희는 따로 볼일이 있어서……."

이 주임은 어색한 미소를 걸치며 다정의 등을 떠밀었다.

"아니 자, 잠깐만!"

어찌나 힘이 억세던지, 두 발에 힘을 주어 버텨 봤지만 결국 어쩌지도 못하고 몸을 싣게 됐다. 스르륵 닫히는 엘리베이터 문 사이로 이 주임이 주먹을 흔들며 입 모양으로 파이팅을 외쳤다.

기시감이 들었다. 달라진 것이 있다면, 본부장을 기피했던 초반과는 다른 불편함과 어색함이 감돌고 있다는 정도랄까.

다정은 힐긋 눈동자만 돌려 은도를 바라보았다. 아, 환장하겠다. 입술만 확대되어 보인다. 이 미친 남자. 오늘따라 왜 이렇게 쓸데없이 잘생겨 보이고 난리야. 쉬워도 너무 쉽다.

지금의 나. 입맞춤 한 번으로 휩쓸리지 않을 거라고 그렇게나 자부해 놓고, 결국 완벽하게 당해 버렸으니.

"몸은 어때."

"……예?"

그건 제가 물어봐야 할 질문 같은데요.

"옮았을까 봐."

"아……. 하하. 예. 괜찮습니다. 전 아주아주 멀쩡합니다. 제가 또 건강 빼면 시체거든요. 키스 한번 했다고 감기가 옮을 정도로 나약하지 않……."

미치겠네. 나 지금 무슨 소리를 지껄이고 있는 거야. 즉시 입을 다문 다정은 빠르게 눈을 깜빡이며 괜히 층수 판에 눈을 고정했다.

"끝까지 한 번을 안 봐 주네. 서운하게."

별 뜻 없는 말에 다정은 화들짝 놀라며 은도를 마주 보았다.

"죄송합니다. 아직 잠이 덜 깨서."

통할 리 없는 변명이다. 다정이 어색하게 입술 끝을 올리며 뒤늦게 안부를 물었다.

"몸은, 괜찮으세요?"

"응."

"……다행이네요."

아직까진 그의 목소리에 비음이 섞여 있었지만, 열이 내렸다니 다행이다. 가슴을 쓸어내리기도 전에 쉴 틈조차 주지 않고 그가 다시 한번 훅 치고 들어왔다.

"내 걱정 했어?"

나긋한 목소리로 물어 오는 통에 다정은 순간 말문이 턱 막혔다. 똑바르게 다정의 눈을 바라보는 시선엔 흔들림이 없다. 대답을 하려는 순간, 기획팀 사무실 층에 도착했다.

"송다정 씨."

"네?"

은도는 둥글게 만 손가락으로 다정의 이마를 아프지 않게 툭 치며 웃었다.

"정신 차려."

아아……. 정말 정신 못 차리게 한다.

기획팀 사무실엔 뜻하지 못한 의견 대립이 한창이었다.

"왜 안 된다는 겁니까?"

삐딱하게 서서 불만을 토로하는 호성의 항의에 다정은 한숨을 밀어 내며 파일철을 탁, 소리 나게 내려 두었다.

"협업하게 됐다고 해서 특혜를 줄 수 있는 건 아니에요. 당연하길 바라는 것도 잘못된 거구요. 벌써 몇 번째 말씀드렸잖아요."

"아니, 결국은 하게 된 거잖아요. 그럼 내가 여기에 있을 이유가 뭐가 있겠습니까."

내가 불렀냐고. 〈르보아〉 업체가 심사에 합격됐다는 정보도, 업체 담당자가 일주일에 3일은 〈지성가구〉로 출근하게 됐다는 사실도 직원들 전부가 알게 된 지는 얼마 되지 않았다. 심지어 본부장님도 몰랐던 눈치다. 위에서 까라면 시키는 대로 군말 없이 까야 하는 것이 직장인의 숙명이라지만, 피차 당황스러운 마당에.

"최소한 우리 업체도 의견을 낼 수 있는 권한 정도는 줘야 하는 거 아닌가? 지금 우리 업체 규모 작다고 무시하는 거예요?"

"무시한 적 없습니다. 의견이야 얼마든지 낼 수 있죠. 하지만 그것도 거기까지인 거구요. 판단과 결정은 저희가 합니다. 철저히 내부 지침에 따라서요."

"내부 지침? 언제부터 〈지성가구〉가 구닥다리 전통만 지키는 고리타분

한 기업이 됐지? 난 몰랐는데.”

〈지성가구〉 영역에서 아무렇지 않게 기업을 폄하하는 말을 뱉고 있는 호성에게 집중된 직원들의 시선이 곱지 않다. 아, 머리 아파. 다정은 지그시 눈을 감았다 뜨며 확실하게 선을 그었다. 호성도 그제야 주변을 의식했는지 더 말을 잇지 못하고 입을 다물었다.

다정은 들고 있던 서류를 펼쳐 들고 어느 부분을 손으로 가리켰다.

“이거요. AG0824 제품. 3년 전에 〈르보아〉에서 이미 론칭한 제품이잖아요. 신제품으로 프로모션 진행하기로 한 건데, 이번 기회에 남은 재고 처리하잔 생각으로 뻔뻔하게 기획안 올리시면 저희 기업을 기만하는 행동으로밖에 안 보입니다.”

“하…….”

호성은 내심 찔렸는지 반박하지 못하고 헛웃음을 터트렸다.

“이번 X브랜드 심사에 참여한 업체가 출품한 제품은 100% 모두 신상품이었어요. 오로지 〈지성가구〉와의 협업 프로젝트를 위해서요. 〈르보아〉 업체만 편의 봐주기 시작하면, 분명 다른 업체에서도 항의하기 시작할 거구요.”

다정은 책상에 던지듯 내려놓은 파일철을 호성에게 건네주며 단호한 눈빛으로 응수했다.

“〈르보아〉 업체 직원들과 상의하시고 다시 새로운 제품으로 기획안 올리세요. 끝까지 고집 피우시면 상부에 보고해서 다른 업체 뽑을 테니까 그렇게 아시고요.”

다정의 빈틈없는 맹공격에 호성은 주춤하는 듯 보였으나, 이내 비웃음을 흘리며 조롱했다.

“송다정 씨야말로 대체 뭘 믿고 이러는 건지 모르겠네요. 엄연히 전략팀 팀장님과 전무님께서 선별한 업체인데.”

“뭔가 착각하고 계신 모양인데, 저는 본부장님이 직접 채용한 직원이지, 전략팀 팀장님이나 전무님 직원이 아닙니다. 그분들이 무서웠으면 지금처럼 말도 꺼내지 못했겠죠."

"아……. 재수 없는 건 여전하네, 진짜."

자신에게만 들릴 정도로 작게 중얼대는 호성의 혼잣말에 기가 막혔다. 지금 누구 앞에서 갑질이야. 다정은 미간을 구기며 손을 내밀었다.

"불만이 많아 보이는데. 그렇게 내가 내린 처사가 억울하고, 제품에 당당하면 이 기획안 그대로 본부장님, 전략팀 팀장님, 전무님께 결재 올려 볼게요. 줘요."

"됐습니다."

호성은 다정이 가로채지 못하도록 파일철을 들고 있던 손을 위로 올리며 표정을 구겼다. 그가 사무실을 빠져나가자, 직원들은 참았던 말을 한꺼번에 토해 냈다.

"와……. 송 피엠님. 완전 멋졌어요. 카리스마 대박."

직원들의 칭찬에도 다정은 편히 웃을 수 없었다. 협업하게 된 업체와 의견이 엇갈리는 것은 한두 번 있는 일도 아니었는데, 왠지 이번엔 느낌이 싸했다.

폭풍이 몰아치기 전, 소름이 돋을 만큼 평화로운 분위기라서.

부모님은 무리해 가며 지갑을 열었다. 학과장 눈에 들기 위해 수단과 방법을 가리지 않고 공략한 결과, 재학 중이던 대학교 학과장 교수의 추천서를 받았다. 그다음은 수월했다. 대한민국 6위권 대학에 편입으로 무사히 들어갈 수 있었다.

반칙 한 번 정도는 괜찮다고. 그 또한 실력이라고.

하지만 그 생각은 안일했다. 이쪽 세계는 완벽하게 그들만이 사는 고립된 세상이었다.

'4년제 지잡대 출신 편입생'이란 타이틀 자체만으로도 충분히 차별의 대상이 됐고, 더 나아가 무수한 소문과 따가운 눈총들이 학업을 방해했다.

제대로 어깨를 펴고 다니지는 못했지만, 그런 것 따윈 아무래도 좋았다. 다른 동기들이 먹고 놀 때 호성은 학점 쌓는 일에만 열중했다. 수능 시험을 봤을 때보다 훨씬 더 많이 공부했다. 하지만 아무리 노력해 봐도 제자리였다. 애매한 지금의 성적으로는 그 무엇도 이룰 수 없었다.

반면 송다정은 늘 1등이었다. 교수님들의 총애를 한 몸에 받던. 단 한 번도 전액 장학금을 놓치지 않았던. 송다정은 늘 생기가 넘쳤고, 누구에게든 이름처럼 다정했으며, 불의를 보면 참지 못하는 성격 덕분에 인기도 많았다. 모두가 그녀를 좋아했다.

예상했던 것보다 한계는 일찍 찾아왔다. 아무리 무식하게 전공 책만 들여다본다 한들 무리였다. 결국 방향을 바꿔야 했다.

'그래. 부모님 통해 잘 받았다. 이번 성적은 걱정하지 않아도 돼. 취업 자리도 알아봐 줄 테니 지금처럼 열심히만 해.'

여대생들만 편애하기로 유명한 이순호 교수를 다루는 것은 그다지 어렵지 않았다. 왜 여태 밤낮으로 공부하며 사서 고생을 했던 건지. 허무할 정도였다.

아무래도 좋았다. 이번만큼은 송다정을 이길 수 있었으니까. 교환 학생도, 장학금도, 다른 동기들의 인정이나 더 나아가 대기업 취업까지도 모두 쥘 수 있었다.

그러나 그 부푼 꿈은 얼마 가지 못했다.

'그거 들었어? 이순호 교수, 징계래.'

'대박. 그, 비리 엄청 많던 이순호 교수?'

'응. 누가 대자보 붙였다더라. 소문으론 다정이란 말도 있어. 이번 사건 언론에 퍼져서 대학 이미지 나빠졌다고 위에서 엄청 눈치 주는 것 같더라.'

'불쌍하다.'

'그러니까 왜 나서서……. 하여튼 조심하자. 괜히 얽혀서 좋을 거 없으니까.'

전부 송다정 때문이다. 송다정 때문에 기껏 쏟아부은 것들이 전부 물거품으로 돌아갔다. 그래서 나는, 너를 인정했던 그 많은 사람이 한순간에 등을 돌리고 외면하는 것을 몰래 즐기기로 했다.

차오르는 서러움과 억울함을 참지 못해, 인문관 계단에 혼자 쭈그려 앉아 펑펑 울음을 터트리는 너의 뒷모습을 방관했다. 결국 그녀가 스스로 캠퍼스 정문을 나섰을 때, 속으로는 작게나마 희열했다. 나빴다고 하면, 나빴다고 하겠다. 치졸했다 하면, 치졸했다 하겠다. 그래도 나는 널 싫어했지만 괴롭히진 않았어.

그런 말로 스스로를 타일렀다. 그런데 명문대를 졸업한 나는 왜, 이름도 모르는 소기업 가구업체의 대리이며, 쫓겨나다시피 자퇴한 너는 어째서, 업계에서만큼은 대기업이라 칭송받는 회사에서 그때처럼 인정받고 있는 걸까. 학력도 경력도 나이도. 모든 것이 나보다 미달인 고작, 계약직 프로젝트 매니저가. 이해할 수 없다.

"마실래요?"

눈앞으로 커피가 불쑥 나타났다. 호성의 시선이 천천히 올라갔다. 종이컵을 감싸고 있는 손을 지나, 얼굴에 도달하자 호성은 반사적으로 벤치에서 벌떡 일어섰다.

"……팀장님!"

주원은 사람 좋은 미소를 걸쳤다.

"저번에 한국 들어왔을 때 카페에서 처음 봤으니까, 이번이 두 번째네요. 적응은, 잘되어 갑니까?"

"그게……."

"많이 힘든가 보네. 담배 한 대 태울래요?"

"아, 그럼요."

호성은 주원이 건넨 담배를 두 손으로 공손히 받아 들었다.

"저…… 팀장님."

"음?"

"실례가 안 된다면, 하나 여쭤봐도 되겠습니까?"

"말해요."

"어째서 저희 업체를 선택해 주신 건지 의중이 궁금합니다. 저희는 몇 번이나 심사에서 떨어진 업체였고, 미팅만 진행해 달라 부탁했을 때도 단호하게 거절당했었는데요. 그것도 유선상으로요. 팀장님도 알고 계셨으리라 생각하는데."

작년과 다를 바 없이 이번 역시 메일로 협업 가능 여부를 묻고 기획안을 보냈지만, '읽지 않음' 상태는 변하지 않았다. 그래서 당연히 끝난 줄 알았다.

포기할 때쯤, 부장님은 본사 직원이 아닌 〈지성가구〉 중국 지사 팀장에게 따로 만나 보고 싶단 연락을 받았다고 했다. 지체할 것 없이 바로 미팅을 진행하라는 지시가 떨어졌다. 꿈인가 싶었다.

처음으로 회사에서 인정받을 수 있는 기회가 생겼으니까.

"무리한 질문이었다면 죄송합니다. 하지만 제 입장에선 도무지 이해할 수가 없어서……."

"글쎄요. 나도 우리 쪽 직원을 통해서 추천받은 입장이라."

주원은 의미심장한 표정을 지으며 다리를 꼬았다. 호성은 더욱 그를 이해하기 힘들었다.

"예상대로 별 볼 일 없었다면 내가 이호성 씨를 두 번 볼 일도 없었겠죠. 어떤 계약이든 업체의 이미지보단 담당자의 성향을 보고 성사되는 경우가 많으니까."

무언가가 호성의 뇌리를 강력하게 꿰뚫었다.

'부장님께 들었습니다. 많은 업체를 두고 저희를 선택해 주셨다고. 정말 감사드립니다. 이건, 이번에 저희 업체가 기획한 보고서입니다.'

그때인가. ……아니다. 그는 정말 보고서를 훑어보기만 했다. 주원의 표정이 점차 굳어지는 것을 보고, 급한 마음에 무작정 내질렀다.

'송다정이라고, 혹시 아실런지는 모르겠지만 제 대학 동기가 〈지성가구〉 기

획팀에서 일하고 있습니다.'

그 부분인가. 송다정이 〈지성가구〉에 있을 거라는 정보는 그저 들리는 소문에 불과했지만, 대학교에서 인사 한번 나눠 본 적 없는 사이였지만, 그만큼 절박했다.

부장님의 연줄을 통해 〈지성가구〉 측 팀장과 대면하는 데까진 성공했지만, 결과는 장담할 수 없는 상황이었다. 진심이 통했던 걸까. 감흥 없는 그의 눈빛에 잠시나마 흥미가 스쳤다. 분명했다.

'송다정?'

이때다 싶었다.

'예. 정말 좋은 회사라고, 충분히 배울 점이 많은 곳이라고 귀에 딱지가 앉도록 들었습니다. 그런 회사와 함께한다면 영광일 것 같습니다. 제발, 저희에게도 기회를 주십시오.'

'흐음……. 어떤 친구예요? 송다정이란 그 친구.'

인정하고 싶진 않았지만, 역시나. 이번에도 중심은 송다정이었다.

"열심히 해 봐요."

주원은 마지막까지 친절했다.

"〈르보아〉 업체가 힘을 내 줘야, 믿고 지지해 준 나도 체면이 설 테니까."

PM 11:30

은도는 손가락을 벌려 블라인드 사이를 넓혔다. 사무실은 텅 비어 있다. 천천히 움직이던 시선이 익숙한 자리에서 멈추었다. 다정은 책상 위에 엎드려 있었다. 은도는 지체할 것 없이 다리를 움직였다. 집무실을 빠져나와 자연스레 당도한 곳은 다정의 자리였다. 그녀의 옆자리. 가지런히 들어가 있는 의자를 소리 없이 꺼내어 앉았다.

손등 위에 턱을 괴고 비스듬히 고개를 돌려 잠든 다정을 물끄러미 바라보았다. 회사라 편히 숙면을 취하지 못하고 선잠에 들었는지, 노골적으로 쏟아지는 은도의 눈길을 느낀 듯 그녀의 눈꺼풀이 느리게 떠밀려 올라갔다.

"뭘 믿고 회사에서 잠을 자?"

장난 섞인 추궁에 그녀가 힘없이 웃었다.

"뭘 믿긴요. 며칠째 야근인데 이 정도는 봐주세요."

그는 나른한 웃음을 흘리며 다정의 긴 머리카락을 귀 뒤로 넘겨 주었다.

"요즘 잠을 못 잤어요."

변명이라기엔 다정은 정말 많이 지쳐 보였다.

"요즘 내가 일을 너무 많이 시켰나?"

"그걸 이제 아셨다니……. 아니, 이제라도 아셨다니 다행인가."

다정이 푸스스 웃었다. 반면 은도는 꽤나 진지하게 정색하며 말했다.

"미안."

"장난이에요."

다정의 머리카락을 매만지는 그의 손길은 멈추지 않았다.

"그거 아세요? 제 자리에서 엎드려 있으면 CCTV에 안 찍히는 거. 몇 안 되는 사각지대거든요. 이 주임이랑 알아낸 거예요."

다정은 어린아이처럼 키득거렸다. 은도의 입술 끝이 길게 늘어졌다.

"꼼수 부려, 지금?"

"꼼수라뇨. 이런 맛이라도 있어야 회사 생활 버티죠."

"일할 때도 이러면 혼나."

누가 FM 아니랄까 봐. 다정이 작게 투덜대자 은도가 그녀의 이마를 아프지 않게 툭 쳤다.

"지금 저, 기분 되게 이상해요."

"왜?"

"그렇잖아요. 예전 같았으면 상상도 못 할 일이라구요. 이렇게 엎드려서 본부장님과 마주 보고 대화를 나누고 있는 것 자체가."

서로의 눈을 맞추고, 일적인 대화가 아닌 은밀한 감정을 품은 채 간질거리는 이야기를 속삭이고 있는 지금. 아무리 생각해봐도 비현실적이다.

"본부장님."

"응."

"예전처럼 존댓말 한 번만 해 주시면 안 될까요?"

"언제는 반말이 친근해서 좋다며."

"원래 사람은 간사하잖아요. 왠지 그리워져서 그래요."

처음은 어려웠지만 막상 말을 놓게 되니 그녀의 요구를 들어주기가 싫었다. 왠지, 멀게 느껴지는 것 같아서.

"싫어."

"에이, 왜요. 한 번만요."

"……싫다니까."

다정이 입술을 삐죽거렸다. 심통을 부리는 모습마저 예뻐서 큰일이다. 결국 은도는 못 이기는 척 받아 주었다.

"지시한 업무는 다 끝냈습니까, 송다정 씨?"

원하는 대로 해 줬음에도 불구하고 다정은 뜨악하며 표정을 굳혔다.

"와……. 방금 완전 소름. 많고 많은 존댓말 중에서 왜 하필 그런 말이에요? 예전 생각나서 벌떡 일어날 뻔."

"업무 시간엔 하지 말라 해도 지금처럼 할 거야. 예외는 없어. 불만 갖지 마."

"원하는 바거든요."

밉지 않게 은도를 흘기던 다정은 느릿느릿 눈을 감았다 뜨며 조용히 말했다.

"……있잖아요."

"응."

"저요. 곰곰이 생각해 봤는데, 아무래도 본부장님 좋아하는 것 같아요."

이건 진짜 예상 못 했다. 뜬금없는 그녀의 고백에 은도의 눈이 크게 떠졌다. 언제나 예상 못 한 부분에서 솔직하지. 넌.

"하지만 그만큼 전, 저도 좋아해요. 아주 많이."

"……."

"그런데, 지금은 아닐지도 모르겠어요."

의미를 파악하기 힘든 말이었다.

"왜?"

은도는 작게 미간을 좁히며 묵묵히 다정을 바라보았다.

"말씀드렸잖아요. 정말 뒤돌아볼 새도 없이 앞만 보면서 달려왔다고."

"……그래서?"

"지친 것 같아요."

아직 시작도 안 했는데 지쳤다고.

"아, 물론 제가요."

어떻게 이해를 해야 할까.

"저번에 제가 술 취해서 했던 말, 기억하시죠? 이번 계약 끝나고 나면 유학 가고 싶다고. 배우고 싶은 것들이 아직 너무 많다고."

까맣게 놓치고 있던 부분이었다.

"건강한 사랑을 하고 싶어요."

건강한, 사랑이라…….

"그러려면, 내가 먼저 행복해야 하지 않을까, 생각해요."

어떤 표정을 지어야 할까. 잘 모르겠다.

"시작하기 전에 먼저 말씀드리는 게 순서인 것 같아서요. 어쩌면, 지금은 한가롭게 연애 타령이나 하고 있을 때가 아닐지도 모르겠지만, 본부장님은 놓치기엔 너무 아까운 남자거든요."

"비겁하네. 송다정."

"실망하셨어요?"

은도는 대답이 없었다. 실망이라기보다는, 뭐라 말할 수 없는 답답함 때문에.

"죄송해요. 저는 여전히 재계약할 생각도 없고, 오래전부터 계획한 일을 뒤로할 생각도 없어요."

마지막까지 잔인하다. 하지만 그랬기에 네게 끌렸다면 납득이 될까. 넌 똑똑하고 조금 많이, 사랑스러우니까.

"내가, 가지 말라고 하면 어떻게 되는데?"

"서운하겠죠."

"다녀오라고 응원해 주면?"

"본부장님한테 더 빠지게 될 것 같은데요."

못 이기겠다. 결국, 큰 소리로 웃고 말았다.

"송다정 씨."

낮은 목소리로 이름을 불렀다. 눈이 마주치자 은도는 가만히 다정을 들여다보며 그녀의 얇고 가느다란 손을 잡아 엄지로 손등을 살살 쓸었다.

"그런 건 일단 뭐라도 해 주고 나서 말해."

은도는 잡고 있던 손을 풀어 주는 듯하더니 다시 팔을 뻗어 다정의 뒤통수를 감싸 안았다. 그대로 다정의 얼굴이 끌어당겨졌다. 텅 빈 회사 사무실. 사각지대에서 이루어진, 짧은 입맞춤이었다. 놀란 다정의 눈이 동그랗게 떠졌다.

"내일도 보고 싶다 하면, 만나 주나?"

다정은 환히 웃으며 고개를 끄덕였다.

"당연하죠."

내일은, 토요일이었다.

11

열여덟 살이 되던 해 주원을 처음 만났다. 매년 집안 행사가 있던 날. 윤 회장의 유일한 친인척인 미정과 주원, 그리고 극소수의 윤 회장 측근들이 찾아왔다. 시시하고 지루한 기업과 관련된 이야기가 오가는 중에 맞은편에 앉아 있던 주원이 대뜸 말을 걸어왔다.

'넌 졸업하고 나서 뭐 할 거야? 똑똑하니까 바로 대학 가려나? 난 음악 하고 싶은데.'

대답할 수 없었다. 무시하려는 것이 아니라, 정말 생각해 본 적 없어 당황했다. 초대받지 못한 이방인이 대뜸 끼어들었으니 악의까진 아니더라도 경계심 정도는 내비칠 줄 알았으나, 주원에게선 그 어떤 불만도, 언짢은 기색도 찾아볼 수 없었다. 그때까지만 해도 친해질 수 있지 않을까, 하는 우스운 생각을 했다.

'……생각 안 해 봤는데.'

무뚝뚝한 은도의 대답에, 미정은 눈을 치뜨며 노골적으로 비아냥거렸다.

'넌 애가 성격이 왜 이러니? 그런 식으로 대답하면 주원이가 얼마나 민망하겠어. 못 배운 티를 꼭 그렇게 내야 해?'

주원은 은도에게 너무 그러지 말란 말로 미정을 중재했다.

아무렇지 않았다. 그녀의 따가운 말은 수차례 경험해 봤기에 큰 타격은 없었다. 없어야 한다고, 생각했다.

'그리고 주원이 너. 넌 지금 이 자리가 어떤 자린 줄 알면서 그런 경솔한 발언을 하고 있어.'

순식간에 주변 공기가 싸하게 얼어붙었다. 주원은 잠시 침묵했지만, 이내 미소를 걸치며 미정을 안심시켰다.

'장난인 거 아시면서 그런다.'

상황이 그렇다 보니 화제는 자연스레 은도에게로 집중되었다. 윤 회장의 측근들은 은도를 시험하려는 듯, 그 나이 또래 아이들이 알기엔 어려울 법한 시사와 관련된 질문을 던졌고, 은도는 자신을 거두어 준 회장님의 자존심을 위해서라도 마지못해 대답해 주었다.

그럴수록 은도에 대한 기대는 점점 더 커져만 갔다. 불편했다. 조금도 반갑지 않았다. 견디기가 벅차 잠시 화장실에 다녀오겠단 핑계를 대 가며 자리를 빠져나왔다.

'너도 나왔네. 피차 숨 막혔던 건 마찬가지지?'

그곳에서 주원과 처음으로 단둘이 대면할 수 있었다.

'정말 궁금해서 그러는데, 너희 엄마 아빠 새엄마까지 진짜 다 죽었어?'

잘못 들은 줄 알았다.

'아니, 어떻게 그럴 수가 있나, 정말 신기해서.'

자신의 눈을 똑바르게 들여다보며 환하게 웃는 주원의 얼굴은 더없이 순수해서 소름이 끼쳤다.

'아니면, 어머니 말대로 노리는 거라도 있어? 아아, 아니지. 네가 그럴 리가 없지.'

그리 말하며 주원은 담배를 꺼내 물고 고개를 숙여 불을 붙였다. 일탈. 어른들 앞에선 단 한 번도 보인 적 없던 모습이었다.

'회장님이 보시면 어쩌려고.'

'너만 입 다물면 돼. 어차피 말하라 해도 못 하겠지만.'

시기와 질투. 동정과 열등감. 연민과 동질감. 이유 있는 원망과 원인 모를 끌림. 서로를 향한 감정들의 집합체였다.

'너의 그런 답답한 면이 끔찍하게 싫은데, 그래서 마음에 들어.'

서로를 좋아할 수도, 싫어할 수도 없도록 상황 자체가 치밀하게 엮어 낸, 그런 복잡한 사이.

주원이 길게 숨을 내쉬자, 희뿌연 담배 연기가 허공으로 자욱이 뿜어졌다. 주원은 짧게 웃음을 흘리며 고개를 돌렸다.

'왜. 신기해? 너도 한 대 피울래?'

알싸하고도 역한 담배 향에 은도가 눈살을 찡그리며 발을 돌렸다.

'먼저 들어간다.'

'차은도.'

무시했어야 했다.

'넌 꿈 갖지 마.'

못 들은 척 돌아갔어야 했다.

'이 집안에 들어선 순간부턴 그런 생각 버려. 그래야 공평하지.'

물욕에 눈이 멀어 자식을 이용하는 어머니를 버리지 못하는 너와, 소중한 가족을 전부 죽음으로 몰아넣은 죄로 죄책감에 시달린 끝에 모든 것을 내려놓으려는 나. 둘 중에 누가 더 안됐고, 불쌍한가를 논하고 있는 우리는.

'내가, 뭐 하나 말해 줄게.'

그저 가련하게 희생된 피해자인가. 스스로를 아프게 찔러 대고 있는 가해자인가.

'어머니는 분을 못 이겨 매일 밤 우셨어. 잠든 지 새끼를 깨워서 남자 하나 잘못 만나 인생 망쳤다고. 그 남자를 쏙 빼닮은 네가 밉다고. 너만 없었어도 행복했을 거라면서 울분과 원망을 쏟아 냈지.'

그제야 깨달았다.

'이건 비밀인데, 어렸을 땐 어머니를 죽여 버리고 싶다는 충동도 들

없어.'

너와 난. 누구보다 서로를 가장 깊게 이해할 수 있으면서도 결코 이해할 수 없는 관계가 될 것이라는 사실을. 서로의 상처를. 입장을. 현실을.

'진심이야. 나는 네가 미치게 부러워.'

적어도 넌, 잠시마나 행복했잖아. 지금까지도 윤 회장에게 넘치도록 사랑받고 있잖아. 주원은 그렇게 말하고 있었다.

'그러니까, 허튼 꿈 꾸지 마. 다른 길로 샐 생각도 하지 말고, 고분고분 큰아버지 뜻대로 회사 들어가서 뭐라도 이뤄 놔. 어머니가 네 것 전부를 빼앗아 달라 재촉하기 전에. 난 그쪽으론 취미 없으니까, 마음 놓고 즐길 거 즐기면서 그 감옥 같은 곳에서 너나 갇혀 살라고.'

'…….'

'큰아버지마저 없어지면, 그땐 너 정말 혼자잖아. 내 부탁 들어주면 그때까진 나도 친한 친구인 척해 줄게.'

주원이 히죽거리며 웃었다.

'난 분명히 경고했다?'

그날의 날씨는 흐렸고, 공기는 습했다. 선명하게 기억나는 것은 그뿐이었다.

"연락이라도 주시지 그러셨어요."

"왜. 내가 못 올 곳이라도 왔냐?"

윤 회장은 현관문에 대충 신발을 벗어 두고 성큼성큼 거실로 걸어 들어왔다. 그가 집을 찾아온 적은 처음이라, 은도는 당혹스러움을 숨길 수 없었다. 윤 회장의 양손엔 열대 과일 바구니와 한약 박스가 각각 하나씩 들려 있었다. 은도는 윤 회장이 내민 것들을 얼떨결에 건네받으며 물었다.

"……이게 다 뭡니까."

"뭐긴 뭐야, 이 녀석아. 서 실장 통해 들었다. 비실대고 있다고. 입 구멍은 괜히 뚫렸어?"

윤 회장은 거친 투로 은도를 몰아세웠다. 벌써 서른넷인데도 그의 눈에 은도는 아직 어린 소년으로 보이는 모양이다.

"건강은, 괜찮으십니까?"

"지금 누가 누굴 걱정해?"

윤 회장은 작게 한숨을 내쉬는 은도를 밉지 않게 흘겼다.

"뭘 그리 멍청하게 서 있어. 가서 냉수나 한 잔 내와."

식탁으로 다가간 윤 회장이 의자를 꺼내어 털썩 앉았다. 은도는 시원한 물이 담긴 컵을 윤 회장 앞에 내려 두며 맞은편에 엉덩이를 붙였다.

"이젠 좀 살 만한 거야?"

"네."

"며칠 전에, 그 아가씨 왔어?"

"……아가씨라니요."

"며칠 전 아파 드러누웠을 때 말이야. 너, 요즘 우리 회사 여직원 만나고 있잖아."

흠칫거리며 은도가 작게 동요하자, 윤 회장은 이때다 싶었는지 씩 웃었다.

"요것 봐라. 이놈아. 내가 회사 평판 먼저 생각하라 했지, 언제 연애하라 했어?"

말은 그렇게 해도 내심 반가운 모양이다. 윤 회장은 상체를 가까이 당겨 물었다.

"그래서. 누구냐?"

"서 실장이 그럽니까?"

"아니?"

윤 회장은 당황한 표정을 지으며 즉시 부정했다.

"그럼, 회장님께서 지시하셨던 일이었나 보네요."

"무엇을."

"서 실장님 대신 송다정 씨를 집으로 보낸 것 말입니다."

"내가 그렇게 할 일이 없어 보여? 분명 아니라고 했다!"

윤 회장은 연거푸 헛기침을 토해 내며 냉수를 들이마셨다.

"그런데, 그 아가씨 이름이 송다정이야?"

마시던 물컵을 내려놓으며 묻자, 이번엔 은도가 움찔거렸다.

"흐음……."

윤 회장은 의미심장한 미소를 걸치며 음흉한 눈빛으로 은도를 들여다보다, 점잖게 말했다.

"진지하게 만나는 거면 한번 데려와 봐."

"아직은 생각 없습니다. 회장님과의 관계를 모르고 있어서 부담스러워할 거예요."

"그걸 왜 여태 숨기고 있어?"

"기회가 없었던 것뿐입니다."

"얼씨구. 변명은. 오늘만 살지, 내일까지 살지 모르는 노인네가 궁금해서 그런다, 이놈아. 죽을 땐 죽더라도 네 녀석이 선택한 사람은 보고 죽어야 덜 억울할 것 같아서."

죽는다는 말을 버릇처럼 하곤 했지만, 좀처럼 적응하기가 힘들었다.

은도의 굳어진 얼굴을 넌지시 바라보던 윤 회장이 말을 이었다.

"잘 대해 줘."

은도가 고개를 들고 시선을 마주했다.

"나도 그렇지만 너도 이젠 알 것 아니냐. 떠난 뒤에 후회해 봤자 부질없다는 것쯤은."

"……."

"내게 데려오기 전에 납골당 들르는 것도 잊지 말고."

"……예."

"무엇이든 다 해 줘라. 꽃이 좋다면 품에 한 아름 안겨 주고, 별을 따다 달라 부탁하거든 그 비슷한 것이라도 가져다주도록 해. 조금이라도 서운해할 짓은 하지 말고."

윤 회장은 약지에 끼워진 낡은 금반지를 바라보며 웃었다.

"어련히 알아서 잘하겠지만."

묵묵히 윤 회장의 말을 경청하던 은도가 천천히 입술을 떼어 냈다.

"사모님은, 무엇을 가장 좋아하셨습니까?"

"음?"

"……선물이요."

잠시 정적이 흘렀다. 뒤늦게 은도의 말뜻을 이해한 윤 회장이 박장대소를 터트렸다.

"하하! 미치겠구만! 너, 진정 내가 아는 차은도가 맞아?"

기회를 놓치지 않고 신명 나게 놀려 대는 윤 회장의 태도에 은도는 작게 미간을 구겼다. 언제 그랬냐는 듯, 윤 회장은 오래 지나 가물가물해진 추억에 잠겨 흘러가듯 말했다.

"꽃. 분홍색 수국을 참 좋아했지."

지금 이 순간만큼은 사랑하는 여인을 그리워하는 남자의 얼굴로.

"세상에! 집 꼬락서니가 이게 뭐니! 냉장고는 왜 또 이 모양 이 꼴이래? 대체 왜 냉동실에 음식물 쓰레기가 있어?"

"엄마가 자취생을 잘 몰라서 그래. 혼자 사는데 먹으면 얼마나 먹는다고. 음식물 쓰레기봉투 아까우니까 그렇지. 냉동실에 넣어 두면 냄새도 안 나고 좋단 말이야."

"그게 아까워? 돈도 많이 버는 계집애가!"

"엄마, 제발 오늘은 이쯤하고 가 주라, 응? 나 이제 슬슬 약속 시간 다 됐어."

"그깟 약속이 엄마 아빠보다 더 중요해?"

"미리 연락이라도 하고 왔으면 좀 좋아. 엄마도 언니랑 아빠랑 영화 보러 가던 길에 생각나서 잠깐 들른 거라며."

오랜만에 재회하자마자 투닥거렸다. 종숙과 다정은 친구 같은 모녀였다. 그래서 그만큼 티격태격하는 일도 잦았다. 작은 소파에 앉아 조용히 야구 중계방송을 시청하던 민석은 전원을 끄고 슬쩍 곁으로 다가와 소심하게 말렸다.

"여보. 이제 그만 싸우고 영화 보러 가자. 다정이도 약속 있다잖아."

"당신은 좀 가만히 있어요!"

"왜 아빠한테 그래, 엄마는?"

"내가 내 남편한테 뭐라 하겠다는데, 왜! 불만 있어?"

조용한 원룸은 어느새 시끌벅적한 전쟁터가 되었다. 그럴수록 다정은 초조해졌다. 오늘은 본부장님과 만나기로 한 날이었다. 근처로 데리러 오겠다 했는데. 지금쯤이면 도착했을지도 모를 일이다.

"어머니. 제발 다음번을 기약하기로 하고, 오늘은 이쯤하시죠."

이대로라면 정말 끝이 없다. 시간을 확인해 보니 약속 시간은 벌써 15분이나 훌쩍 지나 있었다. 다정은 종숙을 어르고 달래 가며 손을 잡아끌었다.

"앞까지 배웅해 줄게. 얼른 와요. 나 진짜 큰일 났어."

다정은 급한 대로 냉동실에서 음식물이 가득 찬 쓰레기봉투를 꺼내 들었다. 그리고 얼른 빌라 앞까지 내려와 빼꼼 고개를 내민 채 주변을 살폈다. 다행히 본부장님은 없…….

……분명 없어야 하는데, 조금 떨어진 거리에서 정통으로 눈이 마주쳤다. 끝내주는 슈트 핏을 뽐내며 분홍색 꽃다발을 한 아름 들고 있는 근사한 남자와.

"어휴, 얘는 왜 이렇게 걸음이 빨라!"

뒤이어 따라 나온 종숙의 잔소리가 들리지 않았다.

툭.

다정의 손에 들려 있던 음식물 쓰레기봉투가 바닥으로 떨어졌다.

❖ ❖ ❖

여긴 어디이고, 나는 누구인가.

다정은 반쯤 넋이 나간 채로 멍하니 허공을 응시했다. 정신을 차렸을 땐 분홍색 수국 꽃다발을 한가득 품에 안고서 영화관에 앉아 있었다. 그리고 앞줄엔 부모님이 있다. 정확히 말하자면 엄마와 아빠, 그리고 언니가 나란히 앉아 영화 스크린을 바라보고 있다.

가족의 뒤통수를 불안스럽게 바라보던 다정은 울상을 지으며 작은 목소리로 사죄했다.

"……본부장님. 정말 죄송해요. 죄송합니다."

은도는 덤덤히 고개를 내저었다.

"괜찮아."

정말, 정말 일이 이렇게 될 줄은 꿈에서도 상상하지 못했다. 왜 하필 오늘. 많고 많은 영화관 중 왜 하필 이곳에서. 또 하필이면, 본부장님이 직접 예매한 영화도, 상영관도 같을 수 있는지. 어떻게 이럴 수 있나.

'어머……. 다정아. 이분은 누구야? 혹시 남자 친구?'

종숙은 노골적으로 관심을 드러냈다. 소심한 아빠는 힐긋힐긋 본부장님을 바라보기만 할 뿐, 별다른 말은 없었다. 뜻하지 못한 상황에서 부모님을 만나게 되었는데도, 그는 당황한 내색 한번 없이 폴더처럼 허리를 굽히며 정중히 인사했다.

'안녕하십니까, 차은도입니다.'

회사에선 부서를 이끄는 최고 실무진이었기에, 어쩐지 적응하기가 힘들었다. 걸출한 겉모습과 한껏 각진 태도가 마음에 들었던 모양이다. 종숙은 고상하게 손으로 입을 가리며 은도를 바라보고는 연신 "어머, 세상에."를 연발했다. 하지만 영화관에서 다시 가족들과 마주친 순간, 다정은 지옥을 봤다.

'엄마, 쟤 다정이 아니야? 왜 여기에……. 엥, 남자?'

원수 같은 언니, 송다현이 문제였다. 다정은 입술을 꽉 감쳐물며 어떻게든 은도와 자리를 뜨려고 했지만, 그마저도 무리였다.

'이것도 인연인데 괜찮으면 같이 봐요. 예매했는데 버리면 아깝잖아요. 시간도 다 돼서 환불도 어렵고. 아, 불편하시려나?'

'아닙니다. 괜찮습니다.'

그렇게 말하면 퍽이나 불편하다 하겠다. 그리하여 예정에 없던 가족과 함께 영화를 관람하게 되었다. ……물론, 본부장님도 함께. 평소엔 길게만 느껴지던 광고가 언제 끝났는지, 가장 좋아했던 영화의 내용이 뭐였는지 역시, 하나도 기억나지 않았다.

도무지 본부장님을 볼 낯이 없어 절로 한숨이 터졌다. 그때, 손등 위로 커다란 손이 얹어졌다. 난 정말 괜찮다고, 말해 주는 듯했다.

스크린이 까맣게 암전되며 영화의 엔딩 크레딧이 올라오기 시작했다. 하나둘씩 자리에서 일어나 출구로 향했고, 많은 사람 틈에 끼어서 걸음을 옮겼다. 얼떨결에 함께 탑승하게 된 엘리베이터는 적막했다. 종숙과 다현은 처음 보는 다정의 남자 친구에 대해 몹시 궁금해하는 눈치였지만 선뜻 말을 붙이면 부담스러워할까, 너무 유난을 떠는 것은 아닐까 조심하려는 기색도 다분했다.

간지러운 입술을 꾹 닫고서 다현과 종숙은 힐끔힐끔 은도를 훔쳐보기만 했다. 은도의 과묵한 성격을 누구보다 잘 알고 있기에 더 난감했다. 가족과 수다를 떨자니 본부장님이 신경 쓰이고, 이대로 침묵을 지키자니 미어캣처럼 고개를 빼꼼 내밀고 있는 가족들이 신경 쓰인다.

묵묵히 정면을 보고 서 있던 은도가 팔을 뻗어 9층을 눌렀다. 9층은 백화점 식당가인데, 왜.

"혹시, 한식 좋아하십니까?"

갑작스러운 은도의 질문에 종숙은 화들짝 놀라며 대답했다.

"어, 응? 아, 그럼요. 그런데 한식은 갑자기 왜?"

"괜찮으시다면, 함께 식사하시죠. 대접하겠습니다."

"어머……."

"대박."

전자는 종숙이었고, 후자는 다현이었다. 두 여자는 서로의 어깨를 팡팡 내려치며 좋아 어쩔 줄을 몰라 했다. 놀란 것은 다정도 마찬가지였다. 엄마와 언니가 괜히 호들갑을 떨어서 마지못해 이러시는 걸까.

"어, 엄마. 아침엔 밥 먹었다 하지 않았어요?"

"얘는! 그게 언젠데. 너희 아빠 오전 8시에 아침 먹고 여태 빈속이야."

끙……. 다정은 떨떠름한 표정으로 다현과 종숙을 밉지 않게 흘겼다. 왠지 홀로 동떨어져 있는 아빠가 안쓰럽게 느껴질 정도였다. 9층에 도착하자마자 은도는 망설임 없이 다리를 뻗으며 한식집 앞까지 에스코트했다.

백화점 식당가에 위치해 있지만, 꽤 유명하다고 소문난 프랜차이즈 전문점이었다. 군더더기 없이 깔끔한 인테리어로 꾸며진 식당 내부는 손님도 그리 많지 않아 조용했다.

바깥 풍경이 한눈에 보이는 창가 자리에 자리를 잡고 앉았다. 은도의 추천을 받아 가장 맛이 좋다다는 코스 메뉴로 주문까지 무사히 마쳤다. 은도는 당연하다는 듯이 아빠, 엄마, 언니 순서대로 수저와 젓가락을 놓아 주었고, 빈 컵에 두 손을 받쳐 물을 따라 주기까지 했다.

"아휴, 고마워요."

"……아닙니다. 당연히 제가 해야 할 일을 했을 뿐입니다."

"참 바르네. 이럴 줄 알았으면 박 서방도 데려올 걸 그랬나 보다. 그렇지?"

"그러게."

엄마와 언니는 한껏 신이 났다. 하지만 이내 대화 소재가 바닥을 보이자, 종숙은 팔꿈치로 다현의 옆구리를 푹 찌르며 무슨 말이라도 해 보라는 신호를 보냈다. 다현은 다정의 다리에 놓인 꽃다발을 묘한 눈빛으로 바라보다, 말문을 텄다.

"안녕하세요. 소개가 많이 늦었죠. 저는 다정이 언니 송다현이에요."

"예. 말씀 많이 들었습니다. 차은도입니다."

"어머. 쟤가 내 얘기를 했어요?"

누가 봐도 예의상 하는 말이잖아. 하아……. 절로 한숨이 샜다. 그러거나 말거나 다현의 질문은 쉬지 않고 흘러나왔다.

"어떻게 만난 거예요, 둘이?"

"회사에서 만났습니다."

"그렇다는 건, 다정이 상사분?"

"예."

은도의 점잖은 목소리가 낯설게 느껴졌다. 왠지, 취조당하는 느낌을 지울 수 없었다.

"그럼, 그 회사에서 만나 연애하게 된 거예요?"

종숙이 불쑥 끼어들었다.

"에이, 엄마. 너무 앞서갔다. 상사분이라잖아. 부담 주지 말자."

이미 꽃다발도 봐 놓고, 어떤 관계인지 눈치도 챘으면서. 다정은 조용히 이를 물었다.

'그믄흐르.'

입 모양으로 신호를 보내 봤지만, 다현은 어깨를 으쓱이며 모르는 척했다. 언니가 이토록 원망스러운 적은 처음이다. 그러거나 말거나 다현은 사람 좋게 웃으며 말했다.

"죄송해요. 갑작스러운 자리라 많이 불편하시죠?"

"괜찮습니다."

"다정이랑 같은 부서세요?"

"예."

"잘됐다. 잘 좀 부탁해요, 우리 다정이. 다른 건 몰라도 책임감 하나는 끝내줘서, 누가 되는 일은 없을 거예요."

제발……. 다정은 속으로 참을 인(忍) 자를 수없이 새겼다.

"네. 덕분에 편하게 일하고 있습니다."

난처할 텐데도 은도는 부드럽게 웃었다. 때마침 주문한 음식이 차례차례 나오기 시작했다. 먹음직한 보쌈과 소고기 샤브샤브, 돌솥 밥, 된장찌개와 상다리가 휘어질 정도로 많은 밑반찬까지. 운이 좋았던 건지는 몰라도 작은 것부터 메인 메뉴까지 전부 엄마와 아빠가 좋아하는 음식들이었다.

아빠는 말없이 수저를 들었다.

"으이구, 이이도 참. 미안해요. 애 아빠가 워낙에 말이 없고 낯을 가리는 성격이라……."

종숙은 민망한 듯 웃으며 얼른 먹자 했다. 가장 마지막에 은도가 젓가락을 들었다. 하지만 그는 메인 메뉴엔 손도 대지 않았다. 그 모습을 물끄러미 지켜보던 민석이 대뜸 보쌈 세 조각을 집어 은도의 앞접시에 놓아 주었다.

"못 먹고 있는 것 같아 보여서. 크흠."

멋쩍은 부가 설명이 붙었다. 민석은 머리를 긁적이며 다시 식사를 이어 갔다. 은도가 감사 인사를 전하려는 찰나, 종숙이 가로막았다.

"우리 남편 방식이에요. 마음에 들어서 그래. 너무 신경 쓰지 말고 먹어요, 어서. 불편해서 편히 못 먹는 것 같은데, 그럼 우리가 너무 미안해지잖아. 응?"

"……예, 어머니."

"어머. 어머니라니……. 우리 은도 씨는 젓가락질도 참 정갈하네."

이게 무슨 말도 안 되는 칭찬이야. 수줍게 얼굴을 붉히는 종숙의 모습이 좀처럼 적응되지 않아 다정은 쥐구멍에 숨고 싶은 심정이었다.

식사비는 은도가 계산했다. 종숙은 격하게 손사래를 치며 딸아이를 잘 부탁한다는 뜻으로 우리가 사겠다 했지만, 은도는 단호하면서도 정중히 거절했다.

“너무 잘 먹었어요. 다음번엔 한번 다정이랑 같이 본가로 와요. 그땐 우리가 제대로 대접해 줄게.”

“예. 감사합니다. 그렇게 하겠습니다.”

지하 주차장에서 헤어지기 직전이었다. 종숙은 은도 몰래 다정의 주머니에 억지로 오만 원짜리 지폐를 두 장이나 찔러주었다.

“얻어먹지만 말고. 알지? 커피라도 사 드려.”

“됐어, 엄마. 나도 돈 있어.”

괜찮다, 내가 더 괜찮다. 입씨름 끝에 억척스러운 엄마의 힘을 이겨 내지 못하고 받아야 했다.

“저 남자, 괜찮더라. 인성도 인성이지만, 특히나 얼굴이. 돈이고 나발이고 인생의 재미는 얼굴인 거, 알지? 아무튼 파이팅 해. 눈치 없이 끼어들어서 나댄 건 진심으로 미안하다.”

사귀는 사이라는 것을 가장 먼저 눈치챈 다현이 스쳐 지나가며 말했다.

우여곡절 끝에 집으로 돌아가는 길. 은도의 차량 조수석에 앉아 있던 다정은 지속적으로 그의 눈치를 살폈다.

“죄송해요. 많이 불편하셨죠.”

“……아니.”

핸들을 꺾는 그의 옆모습을 바라보았다. 정말 아무렇지 않은 듯한 얼굴이었다.

“원래는 둘이 만나기로 한 거였잖아요. 예정에 없던 가족들 만나서 밥도 사 주시고. 죄송하고 감사해요. 그동안 신세 진 게 워낙 많아서 원래 계획은 제가 다 부담하려고 했는데…….”

“좋았어, 난.”

“정말요?”

“응.”

서서히 해가 저물며 새빨간 노을이 서울의 높은 빌딩 사이로 번져 갔다. 은도가 조용한 목소리로 말했다.

"처음이었거든."

"뭐가요?"

"시끌벅적한 분위기. 좋던데."

덤덤하게 말하는 목소리가 조금은 서글프게 들렸다면, 착각이었을까. 그러고 보면 그의 개인적인 사정을 모르고 있었다. 혹시 실수한 건 아닐까. 어쩐지 가슴 한구석이 불편해진다.

"아, 뭐. 좋으셨다면 다행이지만요."

"꽃은. 마음에 들어?"

아, 맞다. 꽃.

다정은 그제야 꽃다발을 꼬옥 쥐며 킁킁, 향기를 맡다가 활짝 웃었다.

"네. 정말 감동받았어요. 어떻게 아셨어요? 안 어울리겠지만, 저 꽃 진짜 좋아하거든요. 선물 주실 줄 몰라서 놀라기도 했고……."

"어울리는데."

"뭐가요?"

"꽃이랑, 너. 닮았어."

어떻게 이 남자는 얼굴색 하나 변하지 않고 저런 말을 하지……. 순식간에 다정의 얼굴이 화르륵 달아올랐다. 괜히 민망해서 서둘러 화제를 돌렸다.

"미리 감사하다고 인사드렸어야 했는데 경황이 없어서……. 죄송해요."

"오늘 송다정 죄송한 일 참 많네."

"정말, 가능하다면 시간을 되돌리고 싶은 심정이라구요."

"왜?"

"제대로 놀지도 못했잖아요. 본부장님 불편하게 만들기만 하고."

"누가 보내 준대?"

"네?"

"난 아직 너 집 보낼 생각 없는데."

그가 의미 모를 미소를 흘렸다.

❖ ❖ ❖

차량이 멈춘 곳은 한적한 한강 공원이었다.

'난 아직 너 집 보낼 생각 없는데.'

그 말을 듣고 나만 이상한 생각 한 거, 아니지? 썩었구나, 썩어 버렸어. 다정은 앞서간 자신이 어처구니가 없어서 속으로 허탈한 웃음을 터트렸다.

"걸을까?"

"좋아요."

잔잔하게 흐르는 강을 사이에 두고, 많은 사연을 담은 사람들을 태운 지하철이 빠른 속도로 지나갔다.

이제 막 두발자전거를 배우기 시작한 어린아이와 조깅을 하는 커플, 잔디에 돗자리를 깔고 앉아 치킨을 먹는 여학생들까지. 꽤 오랜만에 찾은 한강은 여전히 평화로웠다. 다정은 주변 풍경을 감상하며 선선한 바람을 온몸으로 느꼈다.

"……역시, 야경은 한강에서 보는 게 최고인 것 같아요."

은도는 걸음이 느린 다정의 속도에 맞춰 주었다. 문득 그녀가 고개를 돌려 은도를 바라보았다.

"본부장님 머릿속에서 나온 생각이에요?"

"뭐가?"

"한강이요."

사실, 다정을 만나러 나오기 직전에 급히 진우에게 전화를 걸었다. 선뜻 말이 나오지 않아, 무슨 일이 있느냐며 묻는 서 실장의 말에 대답할 수 없었다. 내일 있을 출장 일정을 다시 물어보기도 하고, 이미 다 알고 있는 업무상 이야기를 들먹거리기도 하며 말을 빙빙 돌려대던 끝에 어렵게 물었다.

조용하고, 한적한 곳을 아느냐고. 간단한 질문이었지만, 서 실장은 눈치가 빨랐다. 처음은 당황한 듯 침묵하던 그가 머지않아 명쾌한 답을 내놓았다.

'한강이 좋을 것 같습니다. 야경이 좋거든요.'

은도는 차마 그 이야기를 다정에게 솔직히 터놓을 수 없어 굳게 입술을 다물었다.

"저 사실, 어제 잠도 못 자고 진짜 기대했어요. 밖에서 본부장님 만날 생각에."

쑥스러운 듯, 수줍게 속삭이는 다정은 누가 보아도 사랑에 빠진 모습이었다.

"나한테 이런 모습도 있었나, 조금 당황했지만요."

"가만 보면 넌, 놀랄 정도로 솔직할 때가 있어."

"그래서 싫으세요?"

"아니, 그 반대야."

"저도 좋았어요. 꽃을 든 남자 콘셉트."

다정이 품에 안고 있던 꽃다발을 들어 보이며 샐쭉 웃었다.

"왜 들고 나왔어. 무겁게."

"에이, 뭘 모르시네. 이렇게 있으면 아주 잠깐이라도 지나치는 사람들이 꽃을 들고 있는 저를 볼 거예요. 그 옆엔 근사한 남자 친구가 있구요. 다들 부러워하겠죠? 아, 저 여잔 남부럽지 않게 사랑받고 있구나, 하고. 그냥, 이 기분 그대로 여기저기 자랑하고 싶은 거예요. 단순하게."

은도의 얼굴에 잔잔한 미소가 떠올랐다.

"앞으로 자주 사 줘야겠네."

"거절하진 않을게요."

정처 없이 걷다가 비어 있는 벤치를 발견한 다정이 먼저 "앉을까요?" 물었다. 은도는 작게 고개를 주억거렸고, 둘은 나란히 벤치에 엉덩이를 붙였다. 잔잔하게 흐르는 강물을 바라보며 다정이 먼저 운을 뗐다.

"전요. 어렸을 때부터 언니랑 엄청 많이 싸우면서 자랐거든요?"

"……."

"친할 땐 정말 둘도 없는 친구 같다가도, 한번 뒤틀리기 시작하면 온 집 안이 뒤흔들릴 정도로 싸웠어요. 완전 개판이었죠. 목청 터져라 소리 지르고, 울고불고 난리도 아니었다니까요."

은도의 얼굴이 천천히 옆으로 돌아갔다.

"뭐 때문에 그렇게 싸웠는데?"

"지금 생각해 보면 별 이유도 아니었어요. 언니가 내 옷을 허락도 없이 가져가서 입었다든가, 4개월 동안 겨우겨우 모은 용돈으로 큰맘 먹고 산 가방을 쏙 가져가 버렸다든가. 그거, 포장도 안 뜯은 거였거든요."

은도는 픽 웃으며 다정을 두둔했다.

"화날 만했네."

"근데, 제가 좀 유난인 건 맞아요. 어렸을 때부터 제 건 없었거든요. 항상 언니만 새 옷이었고, 저는 늘 언니 것을 물려받기만 했어요. 나름 그것에 대한 불만과 집착이 있었거든요."

"……."

"언니는 장녀란 이유로 없는 형편에 무리해 가면서까지 전부를 지원받았는데, 그에 비해서 저는 열아홉 살 때부터 용돈이 끊겼어요. 비싼 대학 입학금도, 등록금도 전부 제가 벌어야 했구요. 지금 생각해 보면 부모님은 늘 제게 미안해하셨던 것 같아요. 근데 그땐 너무 어려서 눈에 뵈는 게 없었던 거죠. 철이 없어도 너무 없었어."

"그땐 다 그렇지."

"와, 역시. 본부장님은 제 편 들어 주실 줄 알았어요. 혹시 지루하세요?"

"아니. 계속 말해. 듣고 싶어."

"뭐, 덕분에 저는 세상 어디에도 없는 효녀로 신분 상승했죠. 나름 명문대에 입학도 했겠다, 아마 그때 우리 엄마 아빠 동네방네 자랑하고 다니느라 정신없었을 거예요. 자퇴하기 전까지는."

“지금도 충분히 자랑스러워하실 거야.”

“알죠. 아는데, 그냥 제 느낌이 그랬어요. 많이 아쉬워하시는 게 눈에 보였으니까. 저 자퇴한 날, 엄청 두들겨 맞았어요.”

“아팠어?”

“엄청요. 혹시 제가 대학교 자퇴한 이유, 알고 계세요? 면접 때 이후로 한 번도 안 물어보셨잖아요.”

바보가 아닌 이상 눈치챌 수밖에 없었던 부분이었다. 사실, 서 실장을 통해 전해 들어 알고 있었지만, 은도는 묵묵히 다정의 말에 귀를 기울이며 침묵했다.

“비리가 엄청 많던 교수님이 계셨어요. 학점 편애, 취업 관련 협박, 학생회비 횡령까지. 힘이 있으니 가능했던 거겠지만, 다른 의미로 대단했죠.”

“…….”

“경영학과 학생들이라면 대부분 알고 있는 것들이었어요. 알면서도 피해를 입진 않을까 묵인했죠. 물론, 저도 그중 한 명이었고요.”

다정은 어깨를 으쓱이며 말을 이었다.

“그런 와중에, 제 친한 동기 한 명이 성추행당하는 모습을 우연히 엿보게 됐어요. 알고 보니까 그 친구 말고도 많은 동기, 선후배가 당했더라고요. 물론 저도, 당할 뻔했고요. 더는 참을 수 없어서 친구를 설득했어요. 피해자는 우린데 왜 숨느냐고. 친구는 무섭다고 했어요. 자기 대신 도와달라고 부탁했고요.”

절로 주먹을 쥔 손에 힘이 실렸다.

“솔직히 저도 무서웠어요. 어떻게 들어온 대학교인데. 그래서 생각해 낸 것이 익명이 보장되는 대자보를 붙이는 거였는데…….”

다정의 잇새로 긴 한숨이 토해졌다.

“하필 그 모습이 CCTV에 떡하니 찍혔더라고요. 그 이후로 매번 불려 다녔어요. 총장실, 조교실, 총학생회, 교수님들끼리 주최한 회의까지. 부정 할 수도 없는 입장이었죠, 뭐. 그럴 생각도 없었지만.”

가만히 이야기를 듣고만 있던 은도가 이마를 찌푸렸다.

"사실 저는 동기들이 나서서 도와줄 줄 알았거든요. 근데, 그렇게 도와달라 부탁하던 친구마저 입 싹 닫고 모르는 척하더라고요. 다른 학교는 똘똘 뭉쳐서 시위도 하고 그러던데."

"그건 좀, 너무한데."

"어쩌겠어요. 타인인데. 그냥 전부 묵살하고 결론만 말하자면, 그냥 더러워서 때려치웠어요. 힘이 없어서 해결하진 못했지만, 이따위 대학 안 나와도 충분히 성공할 수 있단 근본 없는 확신은 있었거든요."

"내가 봐도 넌 충분히 그러고도 남아."

개인적인 감정을 전부 제외하고, 같이 일했던 상사의 입장에서만 봤을 때 송다정의 실력만큼은 인정한다. 그녀의 잠재력은 충분했고, 그것을 스스로 깨닫고 자기 것으로 만들 수 있는 능력이 있었다.

"사실, 아직도 부모님한테 솔직히 말씀 못 드렸어요."

"왜 말하지 않았어?"

"글쎄요. 그냥, 변명처럼 들릴 것 같아서요."

긴 이야기를 끝낸 다정은 속이 다 후련하다는 듯, 팔을 쭉 뻗으며 기지개를 켰다.

"하, 시원하다. 누구한테 말하는 건 처음인데."

다정은 해맑게 웃으며 씩씩하게 말했다.

"전요. 우리나라가 정말 작다고 생각해요. 작은 땅덩어리 안에서 서로 죽자고 치열하게 싸우고, 까다롭게 재고, 따지고. 자퇴한 이후로, 왠지 자유와 배움에 대한 갈증이 더 심해진 것 같아요. 틀에 박힌 공부 말고요."

은도는 물끄러미 다정의 얼굴을 들여다보았다.

"그래서 기뻐요. 전부 안 된다며 말리는 상황에서, 진심으로 나를 응원해 줄 수 있는 사람이 생겼다는 게."

자신과는 너무나 다른 그녀의 모습이 어쩐지 멀게도 느껴졌지만, 한편으론 존경스럽기까지 하다.

“그 사람이 본부장님이라서 다행이에요.”

눈이 부셨다.

“처음엔 본부장님이 너무 무섭고, 싫었던 것도 사실이지만. 분명한 건, 그만큼 배울 점도 많아서 몰래 닮고 싶단 생각도 했어요.”

서로가 너무 다르기 때문에. 내가 너에게 끌렸던 이유가 너무 당연해지는 순간이다.

“저는, 이제 다 말했어요. 그러니까 본부장님도 준비가 되면, 숨김없이 전부 말해 주세요. 공평하게.”

다정이 주먹을 앞으로 내밀었다. 예상 못 한 말과 행동에 적잖게 당황한 은도의 눈이 잠시 크게 떠졌다. 하지만 이내 실소하듯 바람 빠진 웃음을 흘리며 말아 쥔 손을 다정의 작은 주먹에 부딪쳐 주었다.

언제부터 눈치채고 있었던 거니, 넌.

“많이 길 텐데.”

“괜찮아요. 우리에게 주어진 시간은 아직 한참 많이 남았으니까.”

“그래. 그럴게.”

별안간 다정의 표정이 어울리지 않게 근엄해졌다.

“앞으로는 더 긴장하셔야 할 거예요.”

“뭐?”

“저, 쿨한 행동 잘 못 해요. 체질에 안 맞아서.”

다정이 콧등을 찡긋거렸다.

“알고 계시려나 모르겠는데, 본부장님은 꽤 미남이거든요.”

무방비한 상태에서 훅 치고 들어오는 다정의 말에 은도가 헛웃음을 터트렸다.

“매일 질척거릴 거예요.”

“해. 얼마든지.”

“귀찮게 할 거예요.”

“어떻게?”

"음, 우선……. 집에 데려다주세요."

은도는 피식 웃음을 터트리며 고개를 끄덕였다.

"질릴 때까지 데려다줄게."

이보다 설레는 고백이 있을까.

— 본부장님. 무사히 도착하셨어요?

휴대폰 너머로 전해진 또랑또랑한 목소리에 기분이 좋아진다.

"응. 무사해."

— 저, 지금 본부장님이 뭐 하고 있는지 알 것 같아요.

현관문 앞에 서서 도어록 비밀번호를 누르던 은도의 손이 멈칫했다.

— 비밀번호 누르고 계시죠?

"어떻게 알았어?"

— 소리 들렸어요.

은도의 입가에 자리 잡은 미소는 도통 떠날 줄 몰랐다. 비밀번호를 마저 누르고 집 안으로 들어서자마자 곧장 거실로 걸음을 옮겼다. 은도는 소파에 느른히 기대어 앉으며 다리를 꼬았다.

— 이제 씻고 주무셔야죠.

"……아니."

— 응?

"더 하자, 통화."

목소리 계속 듣고 싶어.

— 얼른 주무셔야죠. 내일 출장 가신다면서 비행기 시간 늦으면 어떡하려구요?

"회사에서 다시 끊어 주겠지."

— 본부장님답지 않게 왜 이러세요. 통화는 내일도 할 수 있잖아요.

"네 목소리 듣는 게 더 중요해."

— 아, 진짜. 그렇게 말하면 마음 약해지는데. 그걸 또 어떻게 아시고.

다정이 소리 내어 웃었다. 쑥스러워 일부러 더 크게 웃는 것을 안다.

— 내일부터 2박 3일 동안 상해로 출장 다녀오시는 거, 맞죠?

"응."

— 조심히 다녀오세요.

은도는 다정의 목소리를 들으며 힐긋 시선을 내려 손목시계를 확인했다. 한 것도 없는데 벌써, 10시다. 원래 같았으면 일에 치여 피곤과 싸워야 할 시간이었다. 거실 테이블 위에 놓인 서류에 잠시 시선이 묶였지만 금세 눈을 돌려 버렸다. 아무것도 하고 싶지 않았다. 적어도, 지금 이 순간만큼은. 은도는 넥타이를 느슨히 풀어 헤치며 목을 뒤로 젖혔다.

"……뭐 해?"

— 음, 그냥 침대에 누워 있어요.

"침대?"

— 네. 아까 본부장님 가시자마자 후딱 씻고 나왔거든요.

씻고 나왔다고……. 몹쓸 상상이 머릿속에서 자연스레 그려졌다. 은도는 자조적인 웃음을 짧게 흘리며 차분히 눈을 감았다.

— 본부장님은요? 언제 씻으시게요?

"같이 있고 싶다."

충동적이었다. 뜬금없는 말에 다정은 적잖이 당황한 듯 침묵하다 다시 되물었다.

— 네?

"다 들었으면서 왜 모르는 척해."

— 아……. 잘못 들었어요.

"뭐라고 들었는데?"

은도의 입술 끝이 짓궂게 올라섰다.

— 자꾸 놀리지 마세요. 깜짝 놀랐단 말이에요. 같이 씻고 싶다는 줄 알고.

"그것도 맞는 말이긴 한데."

— 아, 진짜!

은도는 결국 참지 못하고 크게 웃음을 터트렸다.

— ……지금 웃으신 거예요?

"난 웃으면 안 돼?"

— 아뇨. 그건 아니지만, 지금처럼 크게 웃는 건 처음 들어 보는 것 같아서요.

"별론가?"

— 전혀요. 훨씬 좋은데요?

"그래. 나도 너 좋아해."

— 언제부턴가 되게 능청스러워지신 것 같네요.

"원래는 어땠는데, 내가."

— 음……. 되게 무뚝뚝하고 낯가림도 심하셨고, 엄청 냉정했죠. 본부장실 들어갈 때마다 살얼음판 걷는 기분이었다구요.

"그렇게 내가 끔찍했어? 몰랐는데."

— 기억 안 나세요? 저번에 제가 올린 기획안 무려 다섯 번이나 까셨잖아요.

"그땐 정말 못했으니까."

— 와……. 말이 심하시네.

"그래도 마지막엔 항상 완벽했잖아. 송다정."

— 병 주고 약 주지 마세요.

심통이 나서 뾰로통하게 입술을 내밀고 있는 송다정이 눈에 훤하다.

— 그래도 저는 지금이 좋아요. 왠지 내가 되게 특별해진 것 같잖아.

아, 아무래도 쉽게 돌려보내지 말 걸 그랬나. 조급한 마음을 참아 내느라 무던히 애썼던 몇 시간 전의 자신이 이토록 원망스러울 수 없다.

— 본부장님.

"응."

— 보고 싶어요.

정말, 미치겠네.

크게 울리는 심장 소리가 낯설다. 안 되겠다. 은도는 던져둔 차 키를 다시 집어 들었다.

“지금 갈게.”

— 그러지 마요. 무슨 말을 못 하겠어……. 내일을 위해서 참아 주죠?

다정이 숨죽여 웃었다. 몸을 뒤척이고 있는 건지, 사그락거리며 이불이 움직이는 소리가 들렸다.

— 본부장니임…….

아니나 다를까. 늘어진 다정의 목소리엔 졸음이 가득 묻어났다.

“졸려?”

— 네. 슬슬.

“그래, 끊고 자.”

— 아쉬운데…….

“자꾸 그러면 진짜 간다.”

— 도착하면 저는 이미 자고 있을 텐데요?

“비밀번호만 말하고 자. 눈뜨면 옆에 누워 있을 테니까.”

— 변태.

“자, 얼른.”

— 먼저 끊으세요.

“됐어. 먼저 끊어.”

의미 없는 입씨름을 지속하던 끝에, 다정이 말했다.

— 맛있는 거 사 오세요.

그의 입술 사이로 바람 빠진 웃음이 흘러나왔다. 은도는 쉽게 휴대폰을 귓가에서 떼어 내지 못했다. 새근새근 흘러나오는 다정의 숨소리 때문이다.

“……자?”

돌아오는 대답은 없었다.

"송다정."

…….

"다정아."

넌 왜 자꾸 예쁘니. 왜 자꾸 사랑스러운 짓만 해. 은도는 한동안 침묵하다, 꽉 다문 입술을 느리게 떼어 냈다.

"사랑해."

서로의 깊숙한 곳에 침범하기를 허락한 시점에서 어렵게 전한 진심이 자칫 쉬워 보일까, 수없이 망설이게 했던, 사랑해. 누구든 마음만 먹으면 전할 수 있는 가볍기만 한 고백이 내겐 그 어떤 것보다 무거워 차마 전할 수 없었다.

'사랑해, 은도야.'

'아줌마가, 많이 사랑해.'

그래서 그토록 후회했던 걸까. 이렇게나 벅찬 감정일 줄 알았다면, 조금 더 많이 표현할 걸 그랬다. 잊고 싶어도 도무지 잊을 수 없던 그날의 사고 기억이 떠올라, 은도는 쓰게 웃을 수밖에 없었다.

"……잘 자."

통화는 끊기지 않았다. 다음 날, 다정이 잠에서 깨어날 때까지도.

다정은 알람 소리에 눈을 뜨자마자 기함했다. 여전히 통화 중인 휴대폰을 보고.

설마, 여태 깨어 있던 걸까 놀라 물었더니, 그는 자신도 방금 일어났다 했다. 출장 첫 일정을 준비하고 있었다고. 출근 준비를 하고, 지옥철을 뚫고, 강남역에 도착할 때까지도 통화는 쭉 이어졌다.

지금처럼 오랜 시간 동안 휴대폰을 귀에 붙이고 있던 적도, 의미 없는 대화와 침묵이 질리지 않았던 적도 처음이어서 적응이 안 되긴 했지만 컨디션만큼은 최상이었다. 아침이 특별해졌다. 출근하는 일이 즐겁다. 모르는 사람이 듣는다면, 미친 소리라고 하겠지만.

"본부장님. 저 잠깐 카페 들렀어요."

— 왜?

"직원분들 커피 좀 사게요."

— 누가 시켰어?

"아뇨. 요즘 마니또가 통 소식이 없다고 다들 서운해하는 눈치길래, 제가 본부장님 역할을 대신해 볼 생각입니다."

그는 대답이 없었다. 다정은 히죽 웃었다. 마침, 직원이 완성된 커피를 캐리어에 꽂고 있었다.

"아, 커피 다 나왔어요. 어쩌죠? 저 커피 들면 손이 없는데."

— 끊자고?

"히히. 틈날 때마다 몰래 연락할게요."

— 혼난다, 너.

아, 맞다. 이 남자 본부장이었지.

"장난입니다. 점심때 전화할게요."

— 괜찮으니까 나 신경 쓰지 말고 편하게 밥 먹어.

그렇게 오래 전화를 했으면서도 막상 끊으려니 어쩐지 아쉽다. 다정은 연신 머뭇거리다가, 먼저 끊을게요, 인사를 끝으로 휴대폰을 내렸다.

카페 직원이 건네준 커피 캐리어를 양손에 들고 회사로 돌아왔을 땐, 직원들 대부분이 놀란 얼굴이었다.

"송 피엠님, 그게 다 뭐예요?"

지호가 입을 떡 벌리며 묻자, 다정은 능청스럽게 커피 캐리어를 들고 있던 손을 높이 추켜올렸다.

"커피 배달 왔습니다."

"헉. 요즘 뜸하다 했는데, 마니또가 송 피엠님이었어요?"

"대박. 우린 마니또가 본부장님인 줄 알았는데?"

전자는 지호였고 후자는 정연이었다. 다정은 너그럽게 고개를 끄덕이며 책상 위에 캐리어를 내려놓았다.

“맞는데?”

“엥?”

“마니또, 본부장님 맞아요.”

“진짜요? 근데 왜 송 피엠님이…….”

“출장 가셨잖아.”

“대박! 본부장님이 송 피엠님한테 부탁하신 거예요? 우리 마실 커피 대신 사다 주라고?”

그런 건 아니지만……. 다정은 진실을 삼키며 씩 웃었다.

“다들 마셔요!”

말이 끝나기 무섭게 직원들이 우르르 몰려왔다.

직원들이 한마음 한뜻으로 간절히 기다려 온 점심시간이 시작된 지도 벌써 30분이나 흘렀지만, 구내식당은 아직까지도 복작거렸다. 기획 1팀 직원들은 옹기종기 구석 자리에 모여 식사를 함께했다.

수다는 쉬지 않고 이어졌다. 웃으며 고개를 끄덕이고, 직원들의 말에 맞장구를 치고 있긴 했지만, 다정의 머릿속은 온통 은도로 가득했다.

집무실에서 무표정한 얼굴로 일을 하던 평소의 모습과 단정히 허리를 굽히며 부모님께 인사하고, 달콤한 말을 속삭이던 어제의 모습까지. 수없이 떠올려 봐도 좀처럼 공존하기 힘든 것이라, 실없는 웃음이 터진다.

숟가락을 내려놓고 식당을 훑어보다 누군가를 발견한 다정은 시선을 멈추었다. 〈르보아〉 업체의 직원, 이호성 담당자였다. 일주일에 두세 번 정도는 〈지성가구〉로 출근한다던데, 그날이 오늘이었나 보다. 그는 홀로 식사 중이었다.

보다 못해 부를까, 했지만 식사도 거의 마무리된 상황이다. 오라 해서 올 성격도 아닐뿐더러, 괜한 오지랖이지 싶다. 다시 고개를 제자리로 돌리자, 맞은편의 오 과장이 말을 걸어왔다.

"그나저나, 송 피엠. 알고 있지?"

"네? 뭘요?"

"회식 말이야, 회식. 본부장님 참석 여부는?"

"오신대요."

다정의 말에 기획 1팀 직원들의 눈이 크게 떠졌다. 세상에, 맙소사를 연발하며 저들끼리 떠들기 바쁜 틈을 타, 다정은 먼저 할 일이 있어 가 보겠다는 핑계와 함께 재빨리 엉덩이를 떼어 냈다.

도둑이 제 발 저리다고, 이대로 있다간 왠지 물릴 것 같았다. 다정은 식판을 반납하고 구내식당을 빠져나와 엘리베이터 앞에 섰다. 그때, 뒤에서 누군가가 손가락으로 어깨를 콕콕 찔러 왔다.

뒤를 돌자 낯설지만 익숙한 남자가 싱긋 웃고 있었다. 윤주원. 중국 지사에서 쥐도 새도 모르게 본사 전략팀으로 인사이동 되었다는 팀장.

"아, 안녕하세요."

다정이 사무적으로 인사했다.

"잠깐 시간 돼요?"

"아뇨. 아직 할 일이 남아 있어서요. 죄송합니다."

거절을 당했음에도 그의 입가에 머물러 있던 미소는 여전했다.

괜히 찝찝한 마음을 뒤로하고 다정이 다시 등을 돌리려는 찰나였다.

"그쪽 본부장 얘긴데, 이래도 시간 안 내 주나?"

석연치 못한 기분을 지울 수 없어, 다정은 일부러 유동이 많은 카페테리아를 선택했다. 혹시 모를 일을 미연에 방지하기 위해서.

"이제, 하실 말씀 하세요."

다정은 일부러 손목시계를 내려다보며 할애할 시간이 얼마 남지 않았다는 말을 돌려 했다.

딱히 저한테 피해를 준 것도 아닌데 왜 이렇게 저 사람이 꺼림칙할까 생각해 보니, 답은 쉽게 찾을 수 있었다.

우연히 마주쳤을 때 동물원의 동물을 보듯 신기하게 훑던 시선이나, 본부장님을 들먹거리며 시간 좀 내 달라 하는 반협박적인 무례한 태도하며, 일전에 박지호 대리에게 전해 들었던 회사 내부 사정까지.

결코 좋게 보일 수가 없었다. 상대가 대놓고 불편한 기색을 보이는데도, 주원은 그러거나 말거나 여유로운 태도로 일관했다.

"뭐가 그렇게 급해요. 마셔요."

주원은 건너편에 놓인 다정의 커피를 턱짓으로 가리키며 태평하게 웃었다. 그래 봤자 오백 원 차이였지만, 친분이 없는 상대에게 얻어먹기가 뭐해서 그나마 가장 저렴한 것으로 주문한 것인데, 문제는 쓰기만 하고 입맛에 맞지 않는단 것이다.

하지만 사 준 성의를 무시할 수도 없는 노릇이라, 다정은 커피를 짧게 한입 들이켰다. 역시나. 썼다. 얼음이라도 빨리 녹았으면 하는 심정으로 빨대를 빙글빙글 돌렸다.

따가운 시선이 느껴져 다정이 눈을 올리자, 그가 싱긋 웃는다.

"커피, 잘 못 마시나 봐요?"

"아뇨. 마실 줄 압니다."

별로 안 좋아해서 그렇지.

"입맛에 맞는 걸로 다시 시켜 줄까요?"

"아뇨. 충분합니다."

차은도 꽤 힘들겠는데…….

주원이 혼잣말하듯 작게 중얼대자, 빨대를 돌리던 다정의 손이 정지됐다. 주원은 한 모금 들이켠 커피를 테이블에 내려 두며 입술로만 웃었다.

"되게 경계하는 눈빛이네. 무섭게."
"어째서 저를 보자고 하신 건지 말씀해 주세요."
"제대로 얼굴 한번 보고 싶었어요. 대체 어떤 여자길래 그렇게 꽁꽁 숨겨 두는 건가, 궁금해서."
숨겨? 나를?
다정의 미간이 좁아졌다.
"마침 출장 갔다길래, 지금이 기회다 싶었고."
"……."
"둘이 만나요?"
예민한 질문을 아무렇지 않게 물어 오는 것도 능력이라면 능력일까.
"아니면. 만나려고 한쪽에서 열심히 노 젓고 있는 중인가?"
"이보세요."
"그래서."
"윤주원 팀장님."
"받아 줬어요?"
무례하고 오만했다. 무엇이 잘못되었고, 옳은 것인지 몰라 무작정 내지르고 보는 아이처럼.
하지만 단지 그것만으로 확정 짓기엔 다른 느낌이었다. 이상했다.
뭐라고 표현해야 할까. 알 것 같으면서도 시원하게 함축할 수 있는 단어가 좀처럼 떠오르지 않아 답답했다.
"지금 제게 무슨 말씀을 하고 싶으신 건지 잘 모르겠습니다."
이 대답이 최선이었다.
지금 상황에서 예측할 수 있는 것이라곤 차은도와 윤주원의 사이가 그다지 좋지 않다는 것. 그뿐이다.
"내가 지금 무슨 말을 하고 있는지 알고 있잖아요."
주원은 시선을 멀리 두며 카페 내부를 훑었다. 전보다 사람이 현저하게 줄어든 것을 확인하고는 상체를 가까이 앞으로 당겼다.

"차은도, 만나고 있냐고."

그래, 생각났다. 윤주원의 이해할 수 없는 행동을 함축할 수 있는 단어.

"사정은 어디까지 알고 있고, 어떤 목적으로 접근한 거냐고 물었어."

집착이었다. 윤주원은 차은도에게 집착을 하고 있는 것처럼 보였다. 이유는 몰라도. 알 수 없는 웃음을 머금고 있던 표정은 온데간데없었다. 경계심으로 무장된 눈빛을 속수무책 받아 내던 다정은 마른침을 꿀꺽 삼키며 애써 침착하게 대응했다.

"누가 보면 윤 팀장님이 본부장님 가족이라도 되는 줄 알겠어요. 고작 그 질문 때문에 절 보자고 하신 건가요?"

말없이 자신을 바라보는 주원의 눈빛을 좀처럼 읽을 수 없었다.

"그리고 사실이 뭐가 됐든 제 개인적인 사생활인데 굳이 말씀드려야 할 의무는 없다고 생각합니다."

"지금 나 장난치자는 거 아닌데."

주원은 살벌하게 눈을 치뜨며 다정을 집어삼킬 듯 직시했다.

"저도 아닌데요. 장난."

다정 역시 뒤지지 않고 맞서자 별안간 그가 표정을 풀고 작게 웃음을 터트렸다.

"설마 했는데 진짜 아무것도 모르고 있는 눈치네."

말허리를 싹둑 잘라먹고 불쑥 감탄사를 던져 오니 다정은 얼떨떨했다.

"오해해서 미안해요. 내가 워낙에 의심이 많은 사람이라."

주원은 비스듬히 고개를 기울이며 빙그레 입술을 말아 올렸다. 경계가 한결 느슨해졌다.

"가족까진 아니고, 표면적으론 그렇게 보일 수도 있는 관계랄까. 이 정도 참견은 할 수 있는, 꽤 각별한?"

각별한? 다정은 멍청하게 눈을 깜빡였다.

"나를 악역쯤 되는 역할로 생각했나 본데, 아쉽지만 그쪽 방면으론 취미가 없어서. 귀찮기도 하고, 그렇게 열정적인 성격도 못 되고."

"……."

"지금은 나 하나도 건사하기 바쁜 상황이라, 다른 목적이 없다면 둘 사이를 갈라놓고 그럴 일은 없을 테니 안심해요."

주원은 허리를 꼿꼿하게 세우며 풀어진 재킷 단추를 채웠다.

"뭐, 차은도 입장에선 충분히 날 경계하고 있을지도 모르겠지만."

"……그게 무슨 뜻이에요?"

"몰래 말해 주는 건 너무 치졸한 것 같아서 못 하겠고……. 아, 그래. 이번 프로젝트에 통과된 〈르보아〉 업체. 그거 내가 밀어붙인 거예요. 이렇게 말해 주면, 이해가 되나?"

엇나갔던 부분이 딱 들어맞았다. 외부 업체가 선정되면 일개 평사원의 입장에선 당연히 마지막 결정권은 본부장에게 있다고 생각한다. 때문에 다정 역시 그럴 거라 확신했고, 그의 결정이 이상하다 생각했다.

본부장님의 곧고 빈틈없는 성격상 절대 있을 수 없는 일이었으니까. 하지만 이번 중국 지사에서 본사 전략팀 팀장으로 발령받은 윤주원이 회장님의 친조카라면 말이 달라진다.

왜 거기까진 생각하지 못했을까. 본부장님이 〈르보아〉 업체에 수상한 부분이 보이면 즉시 보고해 달라 부탁했을 때부터 이상하다 생각하긴 했다. 박 대리가 설명해 줬을 때 바로 알아차렸어야 했는데.

"본부장님도 알고 계신가요?"

"아마도?"

"어째서 그런 말을 저에게 해 주시는 거예요?"

"어차피 지나고 나면 다 알게 될 텐데, 숨겨 봤자 뭐가 달라지나, 싶어서?"

"하시는 말씀이 앞뒤가 안 맞아서 이해하기가 힘드네요."

"말했잖아요. 나부터 건사하기도 바쁜 상황이라고."

"아깐 분명, 가족처럼 각별한 관계라고 하셨잖아요. 분명 〈르보아〉는 자격 미달로 심사에 탈락된 이력이 있는 업체였습니다."

"가족도 가족 나름이지. 송다정 씨가 생각하는 화목한 가족이 있는 반면, 남보다 못한 가족도 있고. 데면데면하며 각자 말 못 할 속사정을 품고 사는 가족도 있는 것처럼?"

"……승진을 바라시는 건가요?"

"승진?"

"네. 아무리 생각해 봐도 성공 확률이 낮은 업체에 일부러 투자하신 것처럼 보여서요."

이를테면, 도박? 주원이 크게 웃음을 터트렸다.

"아, 그건 진짜 예상 못 했다."

정말, 속을 모를 남자다.

"똑똑한 건 인정하겠는데, 그 반대라면 모를까 너무 뻔해서 틀렸다고 할게요."

"그게 무슨……."

주원이 커피를 한 모금 들이켰다.

"말 안 해 줄 겁니다. 송다정 씨도 개인적인 부분은 말하기 싫다며. 나만 말해 주면 손해 보는 느낌이니까."

언제부턴가 은근하게 자신을 놀리고 있다는 느낌에 기분이 썩 좋지 않았다. 다정은 미련 없이 의자를 뒤로 밀치며 벌떡 일어났다.

"그럼 더 하실 말씀 없는 걸로 알고, 이만 가 보겠습니다. 커피는 감사히 잘 마셨습니다."

예의상 짧게 묵례하며 그대로 지나치려 했다.

"어어, 그건 안 되지. 단물만 쏙 빨아먹고 가겠다고?"

"이런 자리 원한 적 없습니다."

"인영대 자퇴했다고 들었는데."

그 말에 다정의 발이 우뚝 멈췄다. 어떻게 안 걸까, 이 남자.

다른 회사는 어떨지 몰라도 〈지성가구〉는 직원들의 개인 정보와 이력에 대한 보호가 철저했다. 대학 라인으로 편을 나누며 차별하고 멸시하는 것을 방지하기 위함이라 들었다. 상대가 인사과 직원이든, 하물며 임원이라 할지라도 본인이 아닌 이상 열람할 수 없도록 엄중히 규제했다.

해당 직원이 회사에 물의를 일으키지 않는 이상은 절대 불가였다. 맨 처음 직원을 채용한 실무진, 그러니까 본부장님을 제외하면 그 사실을 알 수 있는 방법 자체가 없다는 뜻이다.

이게 말로만 듣던 권력 남용인가? 아니면…….

"직원들은 알아요? 송다정 씨가 자퇴생인 거."

주원은 손톱을 튕기며 홀로 납득한 듯, 고개를 끄덕였다.

"아, 물론 알아 봤자 좋을 건 없으니까."

"자퇴가 범죄도 아닌데, 문제 될 게 되나요?"

"아니. 문제 될 건 없지. 인성에 문제가 있다면 모를까."

밝혀지는 것은 아무런 문제가 되지 않았다. 하지만 중요한 것은 그게 아니었다. 가장 수치스러운 약점을 생판 모르는 사람의 입에서 듣게 됐단 사실이 문제였다.

"협박하시는 겁니까?"

"에이, 협박은 무슨."

"저에 대해서 무슨 얘기를 듣고 와 이러시는 건지는 모르겠지만."

"동에 번쩍 서에 번쩍 날아다니면서 꽤 시끄럽고 오지랖 넓은 학생이었다."

분명 자신을 겨냥하는 투였다.

"교수고 뭐고 조금이라도 자기 기준에 맞지 않으면 눈에 불을 켜고 덤벼들기 일쑤. 연줄 넓은 교수를 골라 의도적으로 스캔들을 터트렸고, 요구를 들어주지 않자 해당 교수에 대한 악의적인 내용을 적은 대자보를 붙였다……. 정도?"

"하. 대체 누가 그런 말도 안 되는……."

절로 실소가 터졌다.

깎아내리려는 의도가 너무 뻔해서 억울한 것은 둘째 치고 어처구니가 없었다.

“물론 양쪽 입장 전부 다 들어 봐야겠지만, 당연히 내 입장에선 송다정 씨가 의심스러울 만하지.”

“제가 대체 뭘 노렸을 거라 의심하셨던 건데요?”

“듣기만 해도 욕심이 과해 보이잖아. 차은도한테 야망 많은 여잔 별로 안 어울리거든.”

그 뜻은 내가 돈 많고 능력 있는 본부장님에게 붙어먹으려고 한 줄 알았다고?

“그만 표정 풀어요. 아니라는 건 충분히 알았으니까.”

“…….”

“말해 두는데, 적어도 송다정 씨 적은 내가 아니야. 보다 더 가까운 곳에 있는 사람이지. 애먼 사람한테 적대감 품지 말자. 나 그렇게 나쁜 사람 아니니까.”

“나쁜 사람 아니라고 말하는 사람치고 좋은 사람도 못 봤지만, 지금 팀장님은 누가 봐도 수상해 보이십니다.”

“음, 그 부분은 인정. 근데 내가 영 못미덥고 수상했으면 그쪽이 그렇게 애써 경계하지 않아도 본부장이 어련히 알아서 내치지 않았을까? 송다정 씨가 더 잘 알 것 아니야, 차은도 성격.”

“혹시 또 모르죠. 눈여겨 지켜보고 계실 수도.”

“좋은 아군을 뒀네.”

그리 말하며 자리에서 일어나 다가온 주원이 작게 속삭였다.

“오늘 나 만난 건 비밀로 해 줘요. 했던 말들도 전부 다.”

기가 막혔다. 다정은 피식 웃으며 주원의 눈을 피하지 않고 똑 부러지게 제 의사를 전달했다.

“그렇게 말씀하실 거였으면 처음부터 절 부르지 마셨어야죠. 제가 보기보다 입이 가벼워서요.”

“생각보다 말귀를 못 알아듣는구나. 송다정 씨는.”

“얼마든지 제 과거에 대해 발설하셔도 상관없습니다. 대신, 나중에 벌어질 일들은 책임지셔야 할 거예요. 그럼 전 이만."

다정은 꾸벅, 고개를 가볍게 숙이고는 그대로 주원을 스쳐 지나갔다. 홀로 남게 된 주원은 헛웃음을 터트리며 다정의 뒷모습을 좇았다.

"저거 진짜 물건이네……."

누가 누구더러 협박한다는 거야.

12

상해의 하늘은 당장이라도 비가 쏟아질 것처럼 흐렸다.

최근 들어 부쩍 인테리어에 관심을 보이고 있는 중국인들을 상대로 인터넷 쇼핑몰, 휴대폰 앱 홍보에 총력을 기울인 것은 성공적이었다. 한국만큼이나 발 빠르게 급변하는 중국의 추세를 놓치지 않고 읽어 낸 은도의 공이 컸다.

첫째 날은 와이탄에 위치한 상해 지사에 들러 투자자들을 만나 제작한 영상을 보여 주며 현재 준비 중인 중국 프로모션을 브리핑했고, 둘째 날엔 쇼룸을 방문하여 제품의 가격대가 멋대로 변동되고 있진 않은지, 한국 본사에서 교육한 서비스가 제대로 실시되고 있는지, 누락된 제품은 없는지 등을 확인했다.

틈이 나는 대로 다정에게 연락을 하고는 있었지만, 길어 봤자 10분 내외였다. 조금 쉴 만하다 싶으면 새벽 시간이라 다음 날 출근해야 하는 다정의 잠을 방해할까 선뜻 전화를 걸지 못했다.

그럼에도 다정은 서운한 티 한번을 내지 않았다. 고마우면서도 미안한 마음이 더 컸다. 한국으로 돌아가는 비행기 탑승은 앞으로 네 시간 뒤였다. 분명 시간이 흐르고는 있는데, 3일이 3년처럼 느껴져 마음이 급해지는 것은 어쩔 수 없었다.

"무슨 생각을 그렇게 해?"

맞은편에 앉아 있던 이동석 부회장이 와인 잔을 내려 두며 물었다. 아무런 생각 없이 바깥 풍경을 바라보던 은도의 고개가 정면으로 돌아왔다.

"아닙니다. 아무것도."

어쩌다 보니 일정이 겹쳐 이동석 부회장과 식사 자리를 갖게 됐다. 은도가 어렸을 적부터 봐 온 윤 회장의 측근 대부분은 각국으로 흩어져 지사 관리를 맡고 있었기 때문에 한국 본사에서 은도의 존재를 알고 있는 사람은 이동석 부회장이 유일했다. 이번 분기에는 상해에 총력을 기울여야 한다는 은도의 브리핑에 따라 항상 우선시됐던 미국, 일본, 프랑스를 제치고 2박 3일 상해 출장을 지시한 사람도 이동석 부회장이었다.

그는 지금처럼 가끔씩 은도를 만날 때마다 떡잎부터 알아봤단 말을 자주 했다. 은도가 마음에 들었던 것도 있지만, 관계를 밝히지 말아 달라며 흘러가듯 부탁한 윤 회장의 말 한마디에 지금까지도 굳건히 약속을 지켜 주고 있을 만큼, 믿을 수 있는 인물이기도 했다.

"그래서. 윤 회장은 요즘 어디서 뭘 해? 회사에서 얼굴 본 게 언젠지 이젠 기억도 안 날 지경이야. 네가 가서 농땡이 그만 부리고 출근 좀 하라고 말려 봐라."

동석은 잘게 썬 스테이크 한 조각을 입에 넣으며 추궁하듯 말했다. 윤문혁 회장과 이동석 부회장은 고등학교 동창이자, 같은 부대를 전역한 전우였다. 약주를 좋아해 만나면 둘 중 한 명이 끝장나야 술자리가 파하곤 했는데, 이젠 그럴 기력도 없다며 서로에게 건강만 해치는 해충 같은 존재라 만나기 무섭다 했다.

이동석 부회장를 두고 전우애를 생각해서 지금까지 안 자르고 내버려 두는 거라며 열을 올리던 회장님이 생각나 은도는 슬쩍 미소를 지었다.

"많이 적적해하십니다. 한번 찾아뵙는 건 어떠십니까."

"아서라. 그 양반 성격 몰라? 까딱하면 내가 하는 방식이 이래서 싫네, 저래서 싫네 잔소리나 하지. 계급장 떼고 붙으면 쨉도 안 되는 놈이 말이야."

쯧, 동석은 혀를 차며 다시금 와인을 한입 들이켰다.

"아, 은도야. 방금 한 말은 비밀이다. 알지?"

"그럼요."

"그나저나 주원이 놈이 황 전무를 구워삶고 있다는 소문이 파다하던데. 사실이냐?"

"……."

"대답이 없는 걸 보니 사실인가 보네. 대책 없이 무턱대고 그럴 녀석은 아닌데 말이지."

이동석 부회장은 은도만큼이나 주원도 아꼈다. 속정이 많아 부모가 죄지, 자식이 무슨 죄가 있겠느냐며 늘 안타까워했다.

"너도 미리 알아 둬야 할 것 같아 말해 두지만, 황 전무는 아마 이번 해를 끝으로 퇴임하게 될 거야. 주주 분위기가 그래."

은도는 말을 아꼈다. 이미 예상한 결과였기 때문에 딱히 놀랍지도 않았다.

"워낙 말 많고 탈 많은 노인네였어야지. 여직원들 추행 신고가 하루에도 두세 건씩 꼬박꼬박 올라오고 있는 판국에 횡포는 말할 것도 없고. 여론이 예민한 상황에서 방관해 봤자 회사 이미지만 나빠질 테니, 원."

"……그렇습니까."

"그러고 보면 주원이 놈도 참 영악하다 해야 할지, 똑똑하다 해야 할지 모르겠어. 어차피 떨어져 나갈 노인네니 앞세워 이용한 것 아니냐."

동석이 문득 시선을 올려 은도를 가만히 바라보았다.

"너희 말이야. 곧 죽어도 화해할 생각은 없어?"

"예?"

"모르는 척할 생각 마라. 말만 싸운 적 없다 하지, 내가 둘 속을 모를 거라 생각했어? 은도 너나 주원이나 사정은 충분히 이해해. 그래도 너희는 서로에게 없는 다른 강점을 가지고 있잖아. 둘이 힘만 합치면 무서울 게 뭐가 있어."

은도는 말없이 잔에 담긴 검붉은 레드와인에 시선을 고정했다.

"하긴……. 착실히 맡은 일에만 집중하기 바쁜 너한테 무슨 문제가 있겠냐. 속을 알 수 없는 주원이 놈이 문제지."

동석은 은도의 눈치를 살피며 위로 아닌 위로를 건넸다.

"그래도 너무 미워하진 마. 주원이 말이야. 부모가 잘못 키운 죄야. 삐뚤어질 만했고. 하나 확신할 수 있는 건, 윤 회장은 주원이가 다른 계략을 품고 있을 거라 했지만 그게 결코 나쁜 쪽은 아닐 거란 거다."

"예. 새겨듣겠습니다."

"그래. 사내놈들끼리 뭐 있어? 술 한잔 마시면 알아서 오해도 풀리고 그러는 거지. 정 말이 안 통한다 싶으면 주먹다짐이라도 해 보든가. 서로 꽁해서 입 꾹 다물고 있으면 뭐가 해결이 돼?"

은도는 소리 없이 웃기만 했다.

"문제는 주원이 엄마야. 그 여편네, 보통내기가 아니라고."

동석은 미정을 끔찍하게 싫어했다. 자신의 둘도 없는 친구를 34년간 쫓아다니며 돈을 요구하고 지금까지도 괴롭히고 있으니.

시간을 확인한 동석이 이내 자리를 정리하기 시작했다.

"시간이 벌써 이렇게 됐군. 내가 너를 너무 오래 잡아 뒀어. 그만 일어나자. 너도 한국 가서 쉬어야지."

윤주원 팀장과 찝찝한 만남 이후로 이틀이 흘렀다. 인간의 뇌는 생각보다 훨씬 더 단순했다. 회사 일이 바빠지고 마주칠 일도 딱히 없다 보니 고민스러웠던 주원과의 대화도 점차 자연스럽게 잊혔다.

무엇보다 오늘은, 본부장님이 돌아오는 날이다.

[본부장님. 식사하셨어요?]

[아직. 지금 하러 가는 중.]

[오늘 몇 시쯤 도착하세요?]

얼마나 썼다 지워 가며 고민하다 보낸 문자였는지 모른다. 가슴이 두근두근 뛰었다. 물론, 점심때 보낸 문자 이후로 답장이 여태 도착하지 않고 있다는 것이 문제였지만.

"송 피엠님. 오늘 아시죠?"

"응? 오늘?"

어느새 정연은 일을 전부 끝내고 짐을 싸고 있는 중이었다. 다정이 정말 모르겠다는 표정을 짓자, 정연은 허탈하게 웃으며 재차 설명했다.

"오늘 회식하는 날이잖아요."

"아……. 맞네."

"본부장님은요? 오늘 돌아오신다는 소식은 듣긴 했지만, 정말 참석 가능하시대요? 다들 기대 안 하고 있는 눈치긴 한데, 과장님은……."

젠장.

다정은 슬금슬금 눈동자를 돌렸다. 아니나 다를까, 처음으로 본부장님과 친목을 다질 수 있는 기회가 생겼다는 생각에 기대로 가득 찬 오 과장의 얼굴은 한껏 들떠 있었다. 다정은 목소리를 낮추며 정연에게만 들리도록 속삭였다.

"어떡하지? 오늘 회식 자리에 오실지, 안 오실지 정확히 모르겠는데……."

"헐……. 과장님 아까부터 본부장님 웃게 해 드리겠다고 아재개그 열심히 준비하시던데. 어떡해요. 이번에 가입한 자전거 동호회에서 만난 여자분이랑 연애하게 됐다고 없던 승진 의지 불태우시는 중이에요."

"미치겠다. 이번엔 진지한 거야?"

"네. 그쪽 여성분도 돌싱이래요."

그때, 콧노래를 부르던 오 과장이 재킷을 둘러 입으며 다정이 있는 방향으로 고개를 들었다.

"이봐, 송 피엠. 본부장님 공항 도착하셨대?"

"아, 그게……."

"내가 톡으로 주소 찍어 줄 테니까, 그쪽으로 오시라 말씀드려. 아님, 내가 모시러 다녀오는 게 나을까?"

"아, 아뇨! 괜찮을 것 같습니다."

"그래, 그럼. 얼른 퇴근들 하자고."

기획 1팀과 3팀 직원들이 한데 어울려 우르르 사무실을 빠져나가고 있는 가운데, 다정 홀로 우두커니 서 있자 오 과장이 손짓하며 채근했다.

"뭐 해, 송 피엠! 얼른 오지 않고."

"먼저들 가 계세요. 저 아직 받아야 할 자료가 남아 있어서요."

"그래, 그럼. 얼른 처리하고 와. 정연 씨는?"

"아, 네! 지금 갑니다!"

피엠님. 얼른 오세요, 라고 말하며 정연마저 사무실을 떠났다. 이제 어쩐다……. 착각했다. 내일이 회식인 줄 알았다. 이제 막 출장이 끝나 피곤하실 것 같은데 뭐라 말씀을 드려야 할지 난감했다.

문자를 남겨야 할지, 아님 과장님에게 솔직하게 말씀드리고 중간에서 처리해야 할지 고민하고 있는데, 호성이 사무실 문을 열고 다가왔다.

그래. 저 남자가 남아 있었지. 호성의 얼굴을 보자마자 잊고 있던 윤주원 팀장이 떠올랐다. 호성은 삐딱하게 서서 한 손으로 파일철을 내밀었다.

"기획안이요."

아, 진짜 또 열받게 하네.

"제출 시간 늦었으면 최소한 늦어서 미안하단 말은 해 주는 게 예의 아니에요?"

"아. 네. 죄송하네요."

저건 절대 죄송한 표정이 아니다. 넌 짖어라, 내 알 바 아니다. 딱 그런 얼굴이었다. 다정은 울컥 치미는 감정을 가까스로 참아 내며 기획안 파일철을 건네받았다.

"제품은, 변경하기로 한 건가요?"

"보시면 아시잖아요."

아, 저 씨, 발 냄새가…….

다정은 입술을 꽉 짓이겨 물며 억지스러운 웃음을 지었다. 싸워 봤자 얻을 게 뭐가 있겠느냔 생각으로 호성에게서 시선을 떼고 서류를 꼼꼼히 훑었다. 다행히 남은 재고로 돌려 막기 하려는 수작은 포기한 듯 보였다. X브랜드로 올라온 제품은 본 적 없는 신제품이었다.

그렇게 안 된다며 박박 우겨 댄 것치고는 빨리 수정됐다.

“안정성 검사는 통과된 거구요?”

“서류 보면 아실 거 아닙니까.”

불퉁스러운 호성의 말투에 기가 막혀 다정은 힘주어 답했다.

“없으니까 물어보는 겁니다. 이호성 담당자님.”

“심사받고 있는 중이랍니다.”

성의 없는 대답을 던진 채 호성은 뒤도 돌아보지 않았다.

뭐 저런…….

기가 막히고 어이가 없어 다정은 헛웃음을 터트렸다.

다정은 호성을 붙잡지 못했다. 이런 식으로 양아치 같은 면모를 보일 줄은 전혀 생각지도 못했던지라 순간적으로 패닉 상태에 빠져 버린 탓이다.

와, 하, 하…….

생각할수록 황당하고 진정이 안 돼서 다정은 앞에 놓인 소맥을 벌컥벌컥 들이켰다.

“피엠님. 회사에서 무슨 일 있었어요? 아까부터 계속 혼자 따르고 마시기만 하고. 표정 엄청 안 좋아 보여요.”

옆자리를 지키고 있던 정연이 걱정스럽게 물어 왔다. 그제야 아무것도 모르고 즐겁게 웃고 떠드는 직원들이 보였다. 그래. 끝까지 따져 물어봤자 피차 좋은 꼴은 못 봤을 거다.

상대가 무례한 것은 사실이었어도 장소는 회사였으니까. 똥이 무서워서 피하냐. 잘 참았다. 다정은 애써 스스로를 타일러 가며 썩은 미소를 머금고는 고개를 흔들었다.

"아니, 아무것도."

"담당자한테 수정된 기획안은 받으셨어요?"

"응."

"어때요? 이번엔 괜찮았어요?"

"지적한 부분은 어떻게든 바꿔 놨더라."

그러려는 척했다는 것이 문제지만.

"안정성 검사는? 못해도 한두 달은 걸릴 텐데. 통과됐대?"

턱을 괸 채 다정을 물끄러미 바라보며, 미래가 퉁명스레 물었다. 다정은 푹 한숨을 내쉬며 절레절레 고개를 내저었다.

"아뇨. 아직이래요."

"난 좀 찜찜한데. 하반기에 출시 예정이었던 신제품을 몇 개월이나 앞당길 수 있다고? 것도 일주일 만에 손바닥 뒤집듯이? 솔직히 말이 좀 안 되지 않아? 그럴 거였으면 처음부터 왜 전에 출시된 제품을 우려먹어."

다들 미래의 말에 공감한다는 듯, 고개를 끄덕였다.

"남은 재고 처리하고 싶었나 보죠. 기회잖아요."

막 화장실을 다녀온 박지호 대리가 자리에 앉으며 끼어들었다.

"〈르보아〉는 아직 신생 업체라 아무리 SNS 대란이 있었다고 해도 고객 유입에 한계가 있잖아요. 이번 기회에 먼저 쌓여 있는 재고부터 싹 팔아먹잔 생각 아니었을까요? X브랜드 프로젝트로 우리 덕 좀 봐서 어느 정도 이름 날리게 되면, 신제품 출시 땐 단독으로 판매하는 게 훨씬 더 이득일 테고요."

"그렇게 대충 넘어갈 계획이었는데, 송 피엠님이 놓치지 않고 팩트를 꽂아 버린 거네요?"

정연이 진짜 대단하다며 추켜세워 주자, 다정은 멋쩍게 웃음을 흘렸다.

"근데, 〈르보아〉는 진짜 간도 크네요. 아직 확정된 것도 없는데 그런 수작을 부렸다는 게. 이거, 우리가 그대로 본부장님께 보고 올리면 끝나는 게임 아니에요?"

"주임 단 지가 언젠데 정연 씨는 아직도 그런 일차원적인 생각을 해?"

화해는 했다지만 김미래 팀장 특유의 말투는 여전했다. 모르는 사람 입장에선 대놓고 꼬집어 말하는 김 팀장의 말투에 기분이 상할 수도 있지만, 그런 모습은 이미 익숙했기에 정연은 어깨를 으쓱이며 대수롭지 않게 응했다.

"그럼요?"

"계약서가 괜히 있는 줄 알아? 거래처 제품이 안정성 검사에서 미달이 떴거나, 상대 업체가 본사 브랜드 이미지를 실추할 때만 가능해. 그렇게 호락호락하지가 않다고. 무턱대고 해지 통보 때려 버리면 갑질당했다며 언론에 찌르고 다닐걸? 여론 물타기 당하게 되면 〈르보아〉만 이득 볼 텐데, 누구 좋으라고 해지를 해 줘? 우리만 손해야."

그런 거래처를 한두 번 본 줄 아느냐며 미래는 진저리가 난다는 표정으로 술을 들이켰다.

"어쨌든. 난 누구 줄 타고 들어왔는지 난데없이 프로모션 심사 통과된 〈르보아〉도 마음에 안 들지만, 이호성 그 담당자는 더 마음에 안 들어. 어느 안전이라고 싸가지도 정도껏 없어야지."

미래가 연신 툴툴거리자, 음흉하게 웃던 박 대리가 팔을 툭 쳤다.

"오, 김 팀장님이 웬일이래요? 송 피엠님 편도 다 들어 주시고. 두 분 이제 진짜 화해하신 거예요?"

미래는 당황한 듯 꽥 소리쳤다.

"누, 누가 편을 들어 줬다고. 난 원래 낙하산 제일 싫어하거든? 분명 〈르보아〉도 우리 쪽에서 뒤 봐준 사람이 있을걸?"

"김 팀장님. 그럼 제가 낙하산인 줄 알고 그동안 그렇게 미워하셨던 거예요?"

음울한 화제를 전환시키고자, 다정은 일부러 짓궂은 질문을 던지며 입술을 축 늘어뜨렸다.

2차로 당황한 김 팀장은 밉지 않게 다정을 흘겼다.
“오해 풀렸으면 된 거지. 자기 은근 뒤끝 있다?”
“장난이에요, 장난.”
의도대로 자연스럽게 화제가 바뀌면서 분위기의 텐션 또한 올라갔다.
빠르게 술잔이 채워지고, 부딪치고, 꺾어지며 점점 더 많은 술병들과 새로운 안주들이 테이블에 세팅되었다.
다들 조금씩 취기가 돌기 시작할 때쯤, 테이블의 중앙을 차지하고 있던 오 과장이 다정을 향해 손짓했다.
“이봐. 송 피엠. 그래서 본부장님은 대체 언제오시는 건데? 제대로 연락드린 거 맞아?”
맞다. 〈르보아〉 업체 일 때문에 본부장님을 까맣게 잊고 있었다.
“아, 잠시만요.”
다정은 바지 주머니에 넣어 둔 휴대폰을 부랴부랴 꺼내 들었다. 30분 전에 도착한 문자 한 통이 눈에 들어왔다.
[곧 도착 예정.]
짧고 간결했다. 그나저나 어딜 도착하셨단 거지. 인천공항? 아님, 회사? 다정의 손가락이 휴대폰 액정 위로 바쁘게 날아다녔다. 어디에 도착하셨, 까지 문장을 완성했을 무렵, 술집 문이 활짝 열렸다.
직원들의 수많은 시선이 출입문 쪽으로 쏠렸다. 다정도 뒤늦게 고개를 들었다. 술집 문을 열고 들어오는 남자를 확인하자마자 하마터면 놀라 까무러칠 뻔했다.
“어이쿠, 본부장님 오셨습니까!”
누구보다 본부장을 애타게 기다려 온 당사자인 만큼, 오 과장은 헐레벌떡 자리에서 일어나 두 손으로 빈자리를 가리키며 은도를 에스코트했다.
“출장 일정 때문에 많이 피곤하셨을 텐데, 괜찮으십니까? 직원들이 얼마나 감동했는지 모릅니다. 어서 앉으시죠, 본부장님.”
척추에 고장이라도 난 듯, 오 과장의 허리는 곧게 펴질 생각이 없어 보였다. 과장이 쉴 새 없이 굽실거리자 보고만 있을 순 없었는지 직원들도 하나둘씩 자리에서 일어나 기획팀 최고 실무진을 맞이했다.

이들이 지금처럼 유난을 떠는 것도 이해가 안 되는 건 아니었다. 아무래도, 본부장이 회식에 참석했던 경우는 흔치 않았으니까.

이 주임도, 김 팀장도, 박 대리도 오겠다 말만 하고 안 오겠지, 생각한 모양인지 의외의 인물의 등장에 다들 하나같이 놀란 눈치였다.

"편하게 드세요."

은도의 낮은 목소리에 다른 여직원들은 일제히 파우치를 꺼내 들기도 했다. 회사에선 당연하게 기피 대상 취급을 받았던 그였으나, 절로 찬양하게 되는 수려한 외모엔 다들 장사 없는 모양이다. 물론, 최근 들어 평판이 좋아진 이유도 크게 한몫했겠지만. 더군다나 이곳은 사석이다. 그것도 무려, 혼날 일도, 혼낼 이유도 없는 술집.

좋은 의미였든, 나쁜 의미였든 화제의 인물이었던 그와 사석에서 술을 마신다니. 이런 기회가 또 있을까. 많은 질문을 삼킨 눈동자들이 말똥말똥 빛났다.

오랜만에 만난 그는 익숙하면서도 낯설었다. 다정은 어쩐지 은도를 똑바르게 마주할 수가 없었다. 하필이면 유일하게 비어 있는 자리가 자신의 옆자리라니.

은도는 주위 시선을 신경 쓰지 않고 다정의 곁으로 자연스럽게 다가왔다. 그가 옆에 앉자, 시원한 향수 냄새가 훅 퍼졌다.

"본부장님! 제가 한 잔 따라 드리겠습니다. 받으시죠."

오 과장이 술병을 집어 들며 팔을 쭉 뻗자, 은도는 자신보다 나이가 많은 과장을 우대해 주려는 듯 손바닥을 보이며 막아 세웠다.

"제가 먼저 따라 드리겠습니다."

"아이고, 아이고……."

"어려워하지 마시고 편하게 받으세요."

은도는 오 과장 손에 들려 있던 술병을 쉽게 빼앗으며 두 손을 받쳐 공손히 술을 따라 주었다. 두 상사가 과하게 차리고 있는 예의가 우스웠는지, 다들 빵 터지고 말았다.

"본부장님! 저도 본부장님께 술 한 잔 받고 싶습니다! 두 번은 없을 영광의 기회를 제게도 주십쇼!"

이번엔 박 대리가 능청을 떨며 술잔을 들었다. 은도는 입술을 늘이며 지호에게 술을 따라 주었다.

"감사합니다!"

오 과장 대신 박 대리가 은도의 잔에 술을 따라 주는 것으로 마무리를 짓고 나서야 드디어 그도 자리에 앉을 수 있었다.

다정은 이러지도 저러지도 못하고 테이블에 시선을 고정한 채, 허벅지에 올려 둔 손가락만 꼬물거렸다.

답장은 왜 그렇게 늦었어요? 저녁은 먹었어요? 잠은 좀 잤어요? 여긴 어떻게 알고 왔어요?

묻고 싶은 것들이 많았지만, 보는 눈이 많아 어쩔 수 없이 입술을 꾹 다물었다. 단연 화제의 중심엔 본부장이 있었지만, 직원들은 선뜻 은도에게 말을 걸어오지 못했다. 힐긋거리며, 저들끼리 떠들기 바빴다.

그때였다. 누구의 시선도 닿지 않는 곳. 테이블 밑으로 그의 손이 겹쳐져 온 것은. 은밀하고도 대범한 행동에 화들짝 놀란 다정이 턱을 들어 그를 바라보았다.

그는 초연했다. 엄지로 다정의 손끝을 살살 문지르며, 시선은 정면에 고정한 채로 슬쩍 웃었다. 솜털이 삐죽 솟았다. 그러다 어느 순간, 그의 고개가 천천히 옆으로 돌아갔다. 나른한 눈과, 긴장한 눈이 정통으로 부딪쳤다.

"술 먹느라 정신없었나 봐. 답장도 없고."

작은 목소리는 시끄러운 대화 속에 금세 묻혔지만, 다정의 귓가엔 보다 정확하게 머물렀다.

"많이 마셨나?"

누가 들으면 어쩌지. 들킬까 조마조마한 마음과 함께 벅찬 설렘이 가슴을 뭉클하게 만든다.

"아뇨……."

다정이 복화술 하듯 입을 꼬옥 다문 채 웅얼대자, 그가 바람 빠진 웃음을 흘렸다.

"귀여워."

순식간에 다정의 얼굴이 시뻘겋게 달아올랐다.

"안 보고 싶었어?"

이, 이 남자…….

"나는 많이 보고 싶었는데."

심장이 터질 것 같다. 본부장님과 자신이 이런 대화를 나누고 있을 것이라고는 그 누구도 상상하지 못할 것이다.

다정은 마른침을 꿀꺽 삼키며 눈동자를 굴려 주변을 살폈다. 다행히 왼쪽 옆자리를 차지하고 있던 정연은 화장실에 갔는지 자리를 비우고 없었다.

"들켜요."

"내 입 다물게 만들고 싶으면 말해. 보고 싶었다고."

열네 명의 직원들이 뿌옇게 보이는 착각이 들었다.

오로지 한 명.

"보고, 싶었어요. 아주 많이."

흡족한 표정을 짓고 있는 남자 친구, 본부장님만 또렷하게 보일 뿐.

회식 자리는 성황이었다.

어느새 인기 스타로 자리매김한 은도는 자리의 정중앙을 차지했고, 다정은 끄트머리로 밀려나 있었다. 그렇다고 은도가 다정을 못 본 체하며 관심 주지 않는 것은 아니었다. 언뜻 보면 직원들을 바라보고 있는 것 같지만, 시선의 끝은 항상 다정에게 고정되어 있었다.

오히려 은도의 눈을 피하는 쪽은 다정이었다. 본부장에게 잘 보일 수 있는 절호의 기회라며 굳게 마음을 다잡고 오늘만을 고대해 온 오 과장은 은도의 잔이 비워지는 순간을 놓치지 않았다. 술잔은 오 과장의 손에 의해 끊임없이 채워지고 비워지길 반복했다.

회사 내에서 단연 1위를 차지할 정도로 오 과장은 소문난 주당이자 애주가였지만, 1차부터 쉬지 않고 달린 탓인지 거하게 취해 있었다.

저러다 실수하시면 어쩌려고. 괜히 보는 사람이 더 불안했다. 그것을 미연에 방지해 주는 역할은 박지호 대리의 담당이었다. 곁에 바짝 붙어 앉아 오 과장이 과해진다 싶으면 선을 그으며 눈치껏 화제를 돌렸다.

축구, 농구, 야구, 스쿼시, 당구까지. 다양한 운동 종목이 언급되자 과묵하게 침묵을 지키던 본부장님도 서서히 말을 맞추며 남자 직원들 사이에 자연스레 물들어 갔다.

그 모습을 흐뭇하게 지켜보고 있는 다정을 물끄러미 건너다보던 미래가 문득 피식, 웃음을 터트렸다.

"좋아 보이네."

뜬금없는 미래의 말에 다정은 화들짝 놀라며 고개를 정면으로 돌렸다.

"직원들 말이야. 회사에서 본부장님 눈만 마주쳤다 하면 못 볼 걸 본 사람들처럼 죽어라 피해 다닐 땐 언제고, 막상 등장하니 좋아 죽잖아. 보는 내가 다 창피할 지경이야."

다정도 미래의 말엔 어느 정도 동감했다. 그도 그럴 것이, 제멋대로 본부장님을 냉미남이라 칭하며 차갑고 사나운 인상 때문에 무서워 죽겠다느니, 성격이 더럽다느니 어쩌니 하는 루머를 터트린 사람이나, 그 말도 안 되는 소문에 고개를 끄덕였던 사람들까지 전부가 모여 있는 자리였으니.

본래 앞뒤가 다른 사람을 질색하던 김 팀장의 입장에선 손바닥 뒤집듯 태세를 전환한 이들이 좋게 보일 리 없었다.

"내가 본부장님이었으면 대놓고 지랄까진 아니더라도 엿 정도는 먹였을걸. 꼴 보기 싫어서 회식 자리엔 오기도 싫었을 거야. 저 나이에 본부장

직급 괜히 달고 있겠어? 본부장님 엄청 똑똑하시잖아. 눈치도 엄청 빠르시고. 그런 분이 직원들끼리 뒤에서 자기 욕하는 걸 모르겠냐고."

술을 홀짝이며 필터링 없이 생각을 뱉는 미래의 목소리는 다행히 크지 않아 시끄러운 분위기에 금세 묻혔다. 하지만 다정은 혹여나 다른 직원들 귀에 들릴까 조마조마했다.

"뭐, 나도 몇 주 전까지만 해도 같은 입장이었으니까 할 말은 아닌데. 적어도 난 저렇게 양심 없이 대놓고 친한 척은 못 하겠더라. 대단들 해. 하여튼."

다정은 마땅한 대답을 찾지 못하고 어색하게 웃기만 했다.

"아니지. 본부장님이 대단한 거지. 인류애인지, 애사심인지, 인내심인지. 뭐가 됐든 예수, 부처 뺨 돌려 치는 수준이니까."

다정은 결국 풋, 하고 웃음을 터트리고 말았다.

"그러지 마시고 김 팀장님도 같이 어울려 보지 그러세요? 저번에 본부장님 다르게 보였다 하셨잖아요."

미래는 정색하며 손을 저었다.

"됐어. 난 그런 거 못 해. 양심이 있지."

자존심 때문이 아니라, 미안한 마음 때문일 것이다. 아마도. 미래는 술병을 집어 들며 다정의 앞에 놓인 빈 잔에 술을 따라 주었다. 다정은 재빨리 두 손으로 잔을 받쳐 들었다.

"그동안 미안했어. 괜히 자기한테 히스테리 부려서. 이런 말로 없던 일이 되진 않겠지만."

"……네?"

다정은 자신의 귀를 의심하며 턱을 들었다.

"이제 와서 말 바꿀 생각 없어. 나, 솔직히 다정 씨 싫어했어."

다정은 그저 멋쩍게 웃었다.

"공석이었던 팀장 자리를 채우려는 목적은 아니었다 해도, 갑자기 프리랜서가 웬 말이냐고. 그것도 계약직 프로젝트 매니저래. 근데 심지어 나이도 어려. 공채도 아니고 본부장님 개인적으로 진행한 면접이야. 백번 양보해서 팀장은 아니라는 데에 위안 삼으려고 해 봤는데, 결국 인수인계 받아서 프로젝트 이끄는 건 다정 씨였잖아."

"……."

"주변 직원들이랑 잘 지내는 것만 봐도, 일 잘하는 건 대충 알고 있었어. 못했으면 진작 말 한 번쯤은 나왔을 테니까. 그래도 믿기 싫었어. 1팀 사람들 착하잖아. 그래서 다정 씨를 편견 없이 대해 준 거라고 멋대로 생각했어. 그냥 마음에 안 들었으니까."

미래는 한숨을 내쉬며 소맥을 들이켰다.

"나, 여기까지 올라오는 데 볼 꼴 못 볼 꼴 다 보면서 버텼다? 솔직히 자긴 운이며 기회며 흐름이며 삼박자 모두 잘 탔잖아. 혹여나 다정 씨 마음이 바뀌어서 경력직으로 들어오면 어쩌나 싶었어. 내 노력들을 한순간에 물거품으로 만들까 봐 불안했던 것도 사실이고."

미래가 씁쓸하게 웃었다. 익히 들어서 알고 있었다. 김 팀장이 주임이었을 때만 해도, 단지 여자란 이유 하나만으로도 승진에 한계가 있었다고.

"이제 내세울 건 커리어밖에 없는데. 죽을힘을 다해 버티는 게 고작인데. 그래, 못난 거지."

"아니……."

"됐어. 궁색하게 위로받고 싶은 마음도 없고. 그냥, 미안했다 말해 주고 싶었어. 자기, 조금 있으면 계약 기간 끝나니까."

잊고 있었다. 나, 이제 곧 이곳을 떠나는구나.

"다정 씨라면 충분히 어디서든 인정받을 거야. 성격 더러운 나마저 좋아하게 만들었잖아."

이보다 더한 감동이 있을까. 나를 싫어했던 사람에게 인정받게 되었을 때보다 더한 희열은 없다. 그때 테이블에 올려 둔 휴대폰이 부르르 진동했다.

뭉클함을 뒤로하고 술을 들이켜며 시선만 힐긋 내렸다. 액정을 확인해 보니, 발신자는 본부장님이었다.

[나와.]

연이어 문자가 한 통 더 도착했다.

[도망치자.]

"……캑!"

대담하다 못해 파격적인 문자 내용에 하마터면 입에 머금고 있던 술을 전부 내뿜을 뻔했다. 다정은 손등으로 입 주위를 닦아 내며 잔을 내리고는 서둘러 주변을 살폈다. 정말로 본부장님이 앉아 있던 자리는 비어 있었다. 하지만 본부장님의 빈자리를 다들 크게 신경 쓰는 분위기가 아니었다.

"가 봐."

"네?"

"내가 알아서 대충 둘러댈게."

미래가 턱짓으로 바깥을 가리키자 다정은 연신 좌불안석하며 난감한 기색을 내비쳤다.

"뭐 하고 있어? 얼른 가라니까."

미래의 채근에 다정은 마지못해 죄송하단 말을 남기고는 조심스레 엉덩이를 떼어 냈다. 누구에게도 들키지 않고 빠져나가기란 참으로 어려운 일이었다.

화장실에 가는 척하던 다정이 발을 돌려 술집을 빠져나가자, 직원들은 한마음 한뜻으로 어휴, 하며 탄식했다.

"모르는 척해 주는 것도 힘드네."

박 대리의 말에 이 주임이 맞장구를 쳤다.

"맞아요, 맞아. 아까부터 계속 둘이 눈빛 교환하고 난리던데. 안타까워 죽는 줄 알았다니까요?"

"저 두 명은 지금 우리가 꿈에도 모르고 있을 거라고 생각하겠지?"

대체 둘이 썸을 타는 거야, 사귀는 거야, 짝사랑이야, 뭐야? 뭔데! 지호와 정연을 제외한 다른 직원들의 수군거림이 커졌다. 하나 다행인 것은, 오 과장은 상황이 어찌 됐는지도 모른 채 코를 골며 잠에 취해 있었다는 것이다.

굳이 나서지 않아도 다들 알고 있었다는 눈치여서, 미래는 어처구니가 없다는 듯 헛웃음을 터트렸다.

다정은 헐레벌떡 뛰어나와 두리번거렸다. 본부장님은 쉽게 찾을 수 있었다. 멀지 않은 곳에 있었으니까. 언제 잡아 둔 건지, 택시 앞에 서서 이리 오라며 다정에게 손짓했다.

다정은 한걸음에 달려가 취조하듯 따져 물었다.

"본부장님! 어떻게 된……."

"일단 타자."

"아니, 잠시만요."

"들키고 싶으면 그렇게 해. 난 상관없어."

그제야 그의 말뜻을 이해했다.

입술을 앙다문 채 뒤를 힐긋거리던 다정은 마지못해 뒷좌석에 몸을 실었다.

"놀랐잖아요!"

택시가 순조롭게 출발하자, 다정은 은도의 어깨를 팍, 내쳤다.

"아."

"으아, 죄송해요. 아프셨어요?"

"멍들었을 것 같아."

그가 장난스럽게 웃자, 다정은 눈을 치뜨며 입술을 삐죽거렸다.

"못됐어, 진짜. 그렇게 갑자기 부르시면 어떡해요. 그러다 걸리기라도 하면……."

"재밌잖아."

천진난만한 소년 같은 말투였다. 이미 다 눈치채고 있는데. 송다정 혼자 모르고 있다. 그 모습이 조금은 안쓰러워 은도는 사실대로 말해 줄까 했지만, 그만두었다.

귀여우니까.

"그런데, 지금 우리 어디 가요?"

"너희 집."

"왜요? 데려다주지 않으셔도 저는 괜찮은데요. 취하지도 않았고. 본부장님 피곤하시잖아요."

"항상 말하잖아. 내가 안 괜찮다고."

그가 입매를 들어 올렸다.

"내 특권이야. 건들지 마."

쓸데없이 근사한 옆모습에 다정은 말문이 턱 막히고 말았다. 택시는 어느덧 한강 야경을 풍경 삼아 대교를 건너고 있었다.

택시에서 내린 후, 어스름한 골목길에 진입했다. 둘은 서로의 손을 맞잡은 채 말없이 걸었다. 평소 퇴근할 땐 그렇게 길게만 느껴지던 길목이 오늘따라 유난히 짧게만 느껴졌다.

신축 빌라 앞에 멈춰 선 다정은 아쉬운 기색으로 히죽 웃었다.

"데려다주셔서 감사합니다."

"회사도 아닌데 언제까지 극존칭 쓸 생각이야. 숨 막힌다."

다정은 골똘히 생각에 잠겼다. 그러다 힐끔 눈동자를 올리며 품었던 욕구를 조심스레 꺼내 놓았다.

"잘 가. 은도야."

장난기 가득한 말투에 은도의 눈썹이 꿈틀댔다.

"뭐?"

"히히. 조심히 들어가세요."

쪽. 그녀가 발꿈치를 세우며 다가와 은도의 입술에 입을 짧게 맞추었다. 눈 깜빡할 사이에 벌어진 일에 어처구니가 없다는 듯 그가 실소했다.

"너……."

다정은 나 몰라라 하며 새침하게 뒤돌아섰다. 그대로 한 발짝 떼어 내려는 순간, 은도에게 손목을 붙잡혔다. 그가 손에 힘을 주며 다정을 끌어당기자, 빙그르르 그녀의 몸이 쉽게 돌아갔다.

"어딜 가."

"집이요."

뭘 묻느냐는 말투가 당돌하다. 조금은 괘씸해서, 은도는 그녀를 꿰뚫듯 직시했다.

"가지 마."

"……네?"

은밀한 욕구를 품은 그의 짙은 눈동자가 가로등 조명 빛을 받아 사납게 번뜩였다.

"안고 싶어."

쉽게 보내 줄 리가 없잖아. 처음부터 목표는 송다정. 너 하나였는데.

안고 싶어.

그 이중적인 말을 어떻게 해석해야 할까. 다정은 갈 곳 잃은 눈동자를 이리저리 굴려 대다 어설프게 두 팔을 뻗었다.

"아, 안아 줄까요?"

대답이 없다.

"이, 이게 아닌가?"

혼란스러워하는 다정의 눈을 빤히 들여다보던 은도는 피식 웃음을 터트리며 고개를 가볍게 끄덕였다.

"응."

허공에 뻗어져 있던 두 팔이 무안해지려는 찰나, 한 발짝 가까이 다가온 은도가 작은 다정의 어깨를 감싸 안았다. 가녀린 몸이 은도의 넓은 품에 폭, 파묻혔다. 곧이어 어깨 위로 그의 입술이 내려앉는다.

"……아니야."

사근사근 간지럽게 흘러나오는 그의 숨결에, 긴장한 나머지 목이 빳빳하게 세워졌다.

"아닌데, 이것도 좋네."

그가 원하던 것은 이게 아니었다. 별다른 행동을 하는 것도 아닌데, 발끝부터 정수리까지 쭈뼛 서는 기분이 들었다.

"솔직하게 말해도 돼?"

낮게 잠긴 목소리가 느리게 흘러나왔다. 다정은 차마 대답하지 못하고 삐그덕 고개만 끄덕였다.

"더 욕심내고 싶어."

무작정 질주하고 싶은 마음을 최대한 억누르며 전한 진심. 그 타격은 실로 대단했다.

"어……. 그게……."

은도는 바람 빠진 웃음을 흘리며 다정의 어깨를 감싼 손에 힘을 풀고 허리를 곧게 세웠다. 비스듬히 고개를 기울인 채 노골적으로 다정을 바라보던 은도는 검지로 그녀의 미간을 꾹 누르며 장난이야, 했다.

"들어가. 더 무례하게 굴기 전에."

눈을 깜빡이며 은도를 올려 보던 다정은 뒤늦게 그의 말뜻을 이해한 모양인지 허겁지겁 다시금 몸을 돌렸다.

이대로 가는 게 맞는 건가? 그래도 그냥 헤어지긴 아쉬운데. 지금 집 상태 완전 답 없는데. 아……. 모르겠다. 결국 다정은 몇 걸음 걷지 못하고 되돌아가 은도의 손목을 덥석 잡아챘다.

"가요."

예상 못 한 다정의 행동에 은도의 눈이 크게 떠졌다.

"……뭐?"

"저희 집이요."

"너……."

"그렇게 보지 마세요. 어떻게 해야 할지 모르겠어요. 창피해요."

다정은 은도의 눈을 똑바르게 쳐다보지 못하고 홱 얼굴을 내렸다. 은도의 시선이 밑으로 내려갔다. 있는 힘껏 꽉 말아 쥔 두 주먹이 귀여워 절로 터지려는 웃음을 겨우 참아 냈다.

"들어가는 순간부턴 참을 생각 없는데."

"……."

"감당할 수 있겠어?"

물릴 수 있는 마지막 기회. 배려라는 것을 알지만, 왠지 야속한 마음에 다정은 새침하게 은도를 흘겼다.

"미안."

은도는 나른한 미소를 지으며 넓은 보폭으로 성큼 다가왔다.

"사실은, 그냥 마음에도 없는 착한 척 한번 해 봤어."

긴장했다. 땀으로 흥건해진 덕분에 손가락이 미끄러져 다정은 도어록 비밀번호를 세 번이나 틀렸다. 그녀는 입술 안을 질끈 씹으며 다시 손을 올렸다. 뒤를 지키고 있는 그의 존재감이 생각보다 훨씬 더 묵직하게 느껴져서, 손이 다 떨렸다. 손가락뿐만이 아니라, 몸 전체가 떨렸다.

현관문이 열리고, 은밀한 공간이 펼쳐졌다. 어수선하게 널브러진 신발들이 가장 먼저 이들을 반겼다.

현관 센서 등이 켜지자마자, 다정은 급한 대로 이리저리 다리를 움직이며 공간을 확보했다.

"죄송해요. 집 상태가……."

허겁지겁 정신없이 움직이다, 주춤거리며 뒤로 물러서려는 순간이었다. 턱에 발을 잘못 딛고 다정이 뒤로 휘청거렸다. 은도는 순발력 있게 팔을 뻗어 다정의 가는 허리를 가볍게 둘러 안았다.

"그렇게 긴장한 모습 대놓고 보여 주면 내가 너무 몹쓸 짓 하려는 놈 된 것 같잖아."

"아, 아니."

"그건 반말이고."

은도가 다정의 상체를 제 쪽으로 힘 있게 끌어당겼다. 조금이나마 긴장을 풀어 주고자 던진 말이었지만, 다시금 가까워진 거리에 역효과가 나 버린 듯하다. 다정은 힘껏 얼굴을 뒤로 뺐다.

"저, 본부장님 잠깐만."

주춤, 주춤. 다정이 자연스레 한 발자국 뒤로 물러서면, 그는 한 발자국 더 가깝게 다가왔다. 신발을 어떻게 벗었는지 생각해 볼 겨를조차 없었다.

"참을 생각 없다고 분명히 말했어. 난."

단호했다.

자비라곤 찾아볼 수 없는 입술이 과감하게 부딪쳐 왔다. 절대 놓치지 않겠다는 듯 집어삼키려는 기세에 저절로 다정의 얼굴이 뒤로 밀려났다. 하지만 한 손으론 허리를, 다른 손으론 목덜미를 단단히 받치고 있는 그의 힘은 그마저도 허락지 않았다.

어두컴컴한 공간을 자세히 살피지도 않고 그저 본능에 맡겼음에도 그는 무리 없이 헤쳐 나갔다.

밀려나고, 뒷걸음질 칠수록 그의 입술은 더욱 빈틈없이 촘촘하게 붙어왔다. 깊게 혀를 빨아 당기고, 억압해 오는 숨결에 정신이 하나도 없다.

그러다, 어느 순간 침대에 종아리가 닿으며 모든 움직임이 멈추었다. 감겨 있던 그의 눈꺼풀이 천천히 위로 떠밀려 올라갔다.

"아……."

은도는 힘겹다는 듯이 숨을 집어삼키며 말을 이었다.

"미치겠다."

달아오를 대로 달아오른 흥분을 주체할 수 없어 힘겨웠다. 이성보다 먼저 반응하기 시작한 것들이 낯설기는 은도 역시 마찬가지였다. 반짝이는 다정의 눈동자를 피해 시선을 내렸다. 언뜻 흐트러진 블라우스 사이로 드러난 다정의 가슴골이 눈에 들어오자 온몸의 근육들이 딱딱하게 굳었다.

은도의 몸이 욕망으로 물들어 가고 있는 무렵, 다정은 그의 속도 모르고 조심스럽게 입술을 움직였다.

"본부장님."

"응."

"혹시, 저 지금 많이 쉬워 보이나요?"

"전혀."

"……떨려요."

"나도."

"이러다 점점 더 빠져서 헤어 나오지 못하게 되면 어쩌나, 걱정도 돼요."

"……나도 마찬가지야."

나만 그런 게 아니었구나. 다행이다. 긴장을 감추고자, 다정은 애써 웃었다.

"그렇게 웃으면 내가."

일순 누그러졌던 은도의 눈빛이 다시금 맹렬하게 빛났다.

"못 참지."

다정의 상체를 받치고 있는 그의 팔에 힘줄이 울컥거리며 선명하게 치솟았다. 은도의 몸이 점점 앞으로 기울어졌다. 팔에 힘을 풀어내자 자연스레 다정의 몸이 중심을 잃고 침대 위로 풀썩 쓰러졌다.

놀라 동그랗게 떠진 눈을 지그시 바라보았다. 백 마디 말보다 더 큰 위안이 되었던,

때 묻지 않은 눈빛.

너를 좋아하게 된 이유. 무방비한 상태로 자신을 올려다보는 그녀를 내려다보고 있는 지금, 은도는 그 어느 때보다 아드레날린이 솟구쳤다.

"본부장님."

또랑또랑했던 평소와 달리 여린 목소리에 힘주어 주먹을 세게 쥐어 보고, 입을 악다물어 보기도 했지만, 벅차오르는 흥분을 참기가 버거웠다.

"……응."

은도가 억지로 쥐어 짜내듯 힘겹게 대답하자, 다정이 빙그레 웃었다.

"이제 참지 않으셔도 괜찮아요. 저 준비됐어요."

이제 와서 튕길 생각은 추호도 없다는 것을 말해 주고 있는 거였다.

"송다정."

지금 누굴 달래고 있어……. 정작 떨고 있는 사람은 너잖아. 은도는 한쪽 다리를 침대에 올린 채, 다정의 머리 옆으로 팔을 뻗어 무게를 지탱했다. 그가 부드럽게 다정의 뺨을 쓰다듬으며 입술을 늘여 웃었다.

"예뻐."

다정의 얼굴이 화르륵 달아올랐다.

"너. 진짜 정신없이 예쁘다고."

다시 한번 쐐기를 박으며 그대로 무너져 내렸다. 다정의 아랫입술을 지그시 깨물다가, 혀로 아랫입술을 훑듯 쓸었다. 자극은 배가되어 돌아왔다.

차츰 허리를 배회하던 그의 손이 그녀의 블라우스 안으로 침범하며 보드라운 살결을 타고 조금씩 올라갔다.

불길처럼 화르륵 타오르는 무언가에 으응, 절로 교성이 터졌다. 다정 스스로도 놀랐는지, 신음을 억지로 참으려 곧장 입을 꽉 깨물었다. 끊임없이 다정의 입술을 탐하던 그가 잠시 입을 떼어 내고 중얼댔다.

"깨물지 마."

으르렁거리며 경고하듯 한층 더 낮게 잠긴 목소리였다.

"참지도 말고."

그것에 묻어난 무거운 숨결이 입술을 스치고 지나갔다.

"솔직하게 해. 평소처럼."

브래지어 와이어 부근에 그의 기다란 손가락이 닿았다. 은도는 잠시 멈칫하는가 싶더니, 우습게 경계선을 넘어왔다. 커다란 손이 다정의 가슴을 움켜쥐었다. 차가우면서도 뜨거웠다.

"으읏……!"

사정없이 날뛰는 맥박이 오롯이 전해졌다. 낯선 감촉에 어쩔 줄을 몰라 하며 눈을 질끈 감고 있는 송다정은 사랑스럽다.

입술은 부드러웠고, 타액은 달콤했다. 살짝살짝 붙었다 떨어지다가도 목구멍 끝까지 밀고 들어와 다정의 혀를 강하게 옭아맸다.

서로의 뜨거운 온기가 전부 전해졌다. 그만둘까, 말까. 어쭙잖은 갈등은 금세 소멸되었다. 문득, 다정의 표정이 궁금해져 은도가 슬며시 눈을 떴다.

그녀는 더할 나위 없이 야했다. 은도는 넋을 놓은 채 다정을 내려다보았다. 맹렬하게 쏟아지는 그의 눈빛이 진해질수록 길어지는 침묵이 부끄러웠는지 그녀는 성급하게 팔을 뻗어 은도의 목을 감싸 안고 아이처럼 매달렸다.

뭐라도 해 달라고. 얼른, 얼른.

요구를 들어주려는 듯 은도의 입술은 점점 더 밑으로 향했다. 손으론 끊임없이 살결을 유린했다. 자극적인 감촉에 다정이 상체를 움찔거렸다.

"아읏!"

은도의 입술은 그녀의 뺨을, 목덜미를 타고 내려오며 아릿한 흔적을 남겼다. 지금처럼 성급했던 적이 있었나. 참을성 없이 다정의 블라우스 단추를 하나둘씩 풀어 헤쳤다. 온전히 제 모습을 드러낸 아름다움에, 은도는 묵직한 숨을 내쉬며 그대로 한가득 입에 물었다.

사랑이라는 것이. 그 성스러움 앞에 솔직해질 수 있다는 것이.

감격스럽다. 이보다 더, 그보다 더, 전보다 더. 무너지고 싶게.

맹목적으로 혀를 굴리며 마음껏 탐닉했다. 아아, 아아. 돌아온 반응은 빠르고, 솔직했다. 다정은 생경한 감촉을 참지 못하고 허리를 크게 들썩였다.

"하……!"

한쪽 가슴은 이미 그의 손에 잠식되었고, 다른 한쪽은 입술에 희롱당했다. 그의 작은 행동 하나하나가 전부 조심스럽고 상냥해서 미칠 것만 같았다. 허벅지를 어루만지던 그의 손이 범접하자 다정은 막대기처럼 딱딱하게 얼어붙었다. 앞이 캄캄했다.

"보, 본부장님."

다정은 다급하게 은도의 손목을 두 손으로 잡아채며 두 다리를 바짝 오므렸다. 하지만 은도의 허벅지 힘에 어쩌지도 못하고 다시금 벌어졌다.

괜찮다는 듯, 어르고 달래 가며 다시 은도가 가볍게 입맞춤을 건넸다. 키스하며 다정의 손목을 잡아 위로 올려 결박했다. 촉, 촉 부딪치는 소리에 서서히 긴장이 녹아내렸다.

"어떡……."

하아, 뿜어져 나오는 그녀의 신음은 지극히도 색정적이다. 은도는 미간을 찌푸리며 다시 한번 주먹을 세게 쥐었다 폈다.

"나, 너한테 다 걸었어."

"으읏……."

그러니까, 걱정하지 말라고. 그런 뜻이었다. 무게감 있는 목소리는 결코 장난이 아니었다. 다정은 고된 고갯짓으로 허락을 대신했다.

"미친 소리로 들릴 수도 있는데."

그가 나른한 목소리로 중얼댔다.

"자꾸 욕심이 생겨. 너만 보면."

지금껏 단 한 번도, 감히 가져 본 적 없던 욕심이.

"그래서 가끔 겁이 나."

조금은 슬픈, 씁쓸한 눈이 아프게 휘어졌다.

"누구든……."

그래요. 다정은 달뜬 숨을 겨우 들이켜며, 겨우 말을 뱉었다. 그 말에, 은도가 씨익 웃었다.

낮보다 뜨거운 밤의 시작이었다.

13

망설일 이유가 없어지자, 그는 거침없이 돌진했다. 다정의 머리를 잡고 그녀의 입술을 집어삼켰다. 주변의 공기가 후끈하게 달아올랐다.

은도의 혀가 다정의 입안을 거침없이 헤집고 다니며 연약한 살점을 건드렸다. 혀와 혀가 미끈하게 얽혔다.

입술을 떼고 상체를 일으킨 은도가 다정의 옷을 벗겼다. 하늘거리는 블라우스가 순식간에 말려 올라갔다. 그가 등 뒤로 손을 뻗어 브래지어 후크를 풀어내자 여실히 드러난 실오라기 하나 걸치지 않은 여체가 은도의 시선을 사로잡았다.

그 모습을 뚫어져라 바라보며 은도는 답답하게 목을 옥죄고 있는 넥타이를 거칠게 흔들어 내렸다. 그마저도 성에 차지 않는지 그대로 벗어 던졌다.

한 손으로 셔츠 단추를 거침없이 풀어내는 그의 손놀림은 지극히 불안정하게 떨리고 있었다. 정교하고 보다 섬세하게 조각된 은도의 상반신이 전부 드러나자, 다정의 가슴팍이 크게 들썩였다.

탁, 바지 버클이 풀리는 소리와 함께 다정은 번쩍 정신이 되돌아왔다. 본부장님의, 몸. 눈을 어디에 두어야 할지 몰라 턱을 바짝 당기고 눈을 꽉 감아 버렸다.

"준비됐어?"

그의 목울대가 깊게 잠겼다 떠올랐다. 많이 마시긴 했지만 분명 멀쩡했는데, 이제 와서 취하는 기분이다.

"아……."

"난 준비됐어."

기다란 그의 손가락이 살결에 닿자 싸한 기운이 불길을 잠재웠다. 배회하는 손길이 집요해질수록 다정의 등이 제멋대로 붕 떠올랐다.

"으, 제발……."

이거 이상해요. 다정의 작은 목소리가 바르르 떨렸다.

"어떡해, 빨리……. 어떻게 좀 해 줘요."

다정은 저도 모르게 은도의 어깨를 세게 쥐었다. 무엇을 원한다는 건지, 다정 저조차 인지하지 못했다. 그저, 더한 것을 바라게 되고 그의 품에 더 깊게 안기길 바랐다. 간질거리고 낯선 이 기분이, 차라리 폭발했으면 좋겠다고.

주어도, 목적어도 없는 재촉에 은도가 설핏 웃으며 물었다.

"뭘?"

그녀가 버릇처럼 입술을 씹었다.

은도가 미간을 좁히며 훈계하듯 말했다.

"입술 깨물지 말고 말로 해."

"모르겠, 모르겠어……."

무방비한 상태에서 듣는 그녀의 반말보다 더한 도발은 없었다. 야릇한 목소리에 휘젓는 손짓이 전보다 더 대담해졌다. 머릿속이 새하얘졌다.

"으읏……."

모든 예민한 감각들이 바짝 곤두섰다. 아아, 천국을 맛보게 된다면 이런 기분이 아닐까.

"좋아……. 좋아요."

쾌락의 끝은 보이지 않았다. 갈수록 더 거센 파도가 몰아쳤다. 두 다리가 부르르 떨리며 윽, 소리가 절로 나왔다.

"아, 제발요, 제발 본부장님!"

더는 못 참겠다, 정말 못 참겠다를 연달아 소리치던 그녀의 목소리가 한계를 넘어설 때쯤, 그가 자세를 고쳤다. 상상조차 못 한 광경이 눈앞에 펼쳐졌다. 호기롭게 매달리던 다정의 모습은 온데간데없었다. 그녀는 겁에 질린 얼굴로 달뜬 숨만 가까스로 토해 냈다.

둔부에 느껴지는 묵직함은 여태까지의 모든 행위가 장난이었음을 대신 말해 주는 듯했다. 척추가 저절로 뻣뻣해졌다.

"아……. 본부장님……."

본부장님, 본부장님. 하염없이 은도를 외치는 다정의 애절한 목소리는 남자의 본능적인 지배욕을 불러일으키기에 충분했다.

천천히, 천천히 두 개의 나체가 겹쳐지며 느리게 뚫고 들어온다. 쨍한 통증에 다정은 저도 모르게 은도의 머리를 움켜쥐었다.

"아, 아파요!"

쾌감을 뒤로하고 아프다며 소리치는 그녀의 모습에 은도가 멈칫했다. 조금 더 속도를 늦추기도 해 봤지만, 태어나 처음으로 느껴 보는 감각으로 하여금 정신이 아득해졌다. 온전히 하나가 되어 버린 순간, 동시에 숨이 멎었다.

술기운 탓인지, 예상했던 것보다 통증의 시간은 잠시뿐이었다. 다정의 머리 옆으로 기둥처럼 박혀 있던 은도의 팔에 어마어마한 힘이 실렸다. 그는 이를 악물며 움직임을 참아 냈다.

네가 아플까 봐. 다칠까 봐. 무턱대고 움직이고, 점령하고 싶은 마음을 간신히 삭였다.

하지만 불현듯 찾아온 황홀함은 그 어떤 것과도 비교할 수 없었다. 지금 당장 죽어도 좋을 것 같다. 그때, 그녀가 무의식적으로 골반을 움직였다.

그 자극적인 감각 때문에 하마터면 매너 없이 굴 뻔했다. 은도가 간신히 참아 내며 손가락을 말아 쥐자, 침대 시트가 볼품없이 구겨졌다. 그와 동시에 그의 미간이 잘게 좁아졌다. 인상을 찡그리며 입술 안쪽을 씹었다.

그녀가 고통스러워하지 않았으면 하는 마음이면서도, 그 모습이 더없이 예뻐 참을 수가 없다.

"나."

말이 뚝뚝 끊겼다.

"더 못 참겠어."

아프게 하지 않을 거란 거짓말을 차마 뱉을 수 없었다. 은도가 몸을 움직였다. 완급을 조절하며 느리게, 보다 천천히 감당할 수 있도록.

"아아!"

유지하던 속도는 조금씩 빨라지기 시작했다. 리드미컬하게 허리를 흔들던 몸짓이 점차 정점으로 올라서고 있었다. 더 이상 점잖게 굴던 본부장님은 없었다.

살과 살이 맞부딪치며 속도가 붙을수록 부끄러움을 뒤로하게 될 만큼 속이 들끓었다. 다정은 우직하게 벌어진 은도의 어깨에 손톱을 찔러 넣었다. 두 다리가 퍼들퍼들 떨려 오는 줄도 몰랐다.

외설스러운 신음과 살결이 부딪치는 소리가 방 안을 가득 채워 갔다. 야릇한 감각에 머릿속이 혼미해졌다. 도무지 참을 수 없는 무언가가 몸을 지배해 왔다.

그녀는 계속해서 그를 불렀다. 비명을 지르다가도 애원하며 끝없이 헐떡였다. 발끝부터 정수리까지 찌릿찌릿 전기에 감전된 듯 어찌할 바를 몰랐다.

이미 한계를 넘어선 희열에 잠식당한 지 오래였다.

제대로 호흡할 수 없었다. 시신경 하나하나 제멋대로 주물림을 당하는 기분이다.

"하! 보, 본부……."

혼신을 다해 부딪쳐 오는 통에 말도 안 나왔다. 그의 이마에 땀방울이 맺혔다. 얼마나 지금 이 순간에 집중하고 있는지, 자신을 사랑해 주고 있는지, 말은 없었지만 다정은 충분히 느낄 수 있었다.

입에서 단내가 날 정도였다. 몸은 더 이상의 쾌락을 감당할 수 없다며 아우성치고 있었다. 활처럼 휜 상체가 부들부들 떨었다. 전에 느낀 감각과는 차원이 달랐다. 하지만 은도는 쉽게 다정을 놓아주지 않았다.

갈증 때문에 쉿소리가 나올 무렵, 눈앞이 어지럽게 느껴질 때쯤. 그의 잇새로 거친 숨소리가 흘러나왔다. 동시에 은도가 그녀의 가슴팍으로 부서져 내렸다.

"사랑."

그는 다정의 어깨에 얼굴을 묻은 채, 나지막하게 속삭였다.

"……사랑해."

처음으로 누군가를 향해 전한 말.

사랑해. 은도는 끊임없이 되뇌었다 사랑한다고, 정말 많이, 사랑한다고. 벅차올랐다.

눈물이 날 정도로.

내가 너의 것이 되고,

네가 나의 것이 되었던,

오늘 밤.

폭염의 낮보다 뜨거운 밤이었다.

힘이 하나도 없었다. 다리에 힘이 풀려 움직일 수도 없었다. 관계가 끝났으니 힘들 텐데, 그는 다정에게 짧은 입맞춤을 건네는 것을 잊지 않았다. 묵묵히 뒤처리를 끝낸 은도는 가볍게 다정을 안아 들었다.

함께 샤워를 하고, 나란히 좁은 침대에 누워 서로의 얼굴을 마주 보았다. 그는 가만가만 그녀의 뺨을 쓰다듬다가, 흘러내린 잔머리를 귀 뒤로 넘겨 주기도 하면서 질리지도 않는지 하염없이 다정의 얼굴을 눈에 담았다.

"제 민낯, 이상하지 않아요?"

"……예쁜데."

"거짓말."

다정은 힘없이 웃었다. 정말이야, 하며 속닥거리는 그의 낮은 음성이 나쁘지 않았다. 침대가 좁은 싱글이라 더 좋았다. 빈틈없이 그에게 안겨 있을 수 있어서.

"많이 아팠어?"

"아뇨, 하나도요."

다정이 얼굴을 흔들자, 은도가 설핏 웃음을 흘렸다.

"거짓말."

"……진짠데."

미안해할까 봐, 안심시키려 하는 말이라는 것을 안다.

"본부장님. 저 오늘 되게 힘든 하루였어요."

"누가 괴롭혔어?"

"아뇨. 그냥 한번 해 본 말이었어요."

다정이 희미하게 웃는다. 은도는 그녀에게 팔베개를 해 준 상태로 몸을 움직여 더 가깝게 그녀를 끌어안았다.

품에 파묻혀서 다정의 얼굴은 보이지 않았지만, 곳곳에서 퍼지는 송다정의 체취가 좋았다. 은도는 그녀의 정수리에 턱을 세우고 작게 중얼거렸다.

"미안해."

"뭐가요?"

가슴팍으로 다정의 따뜻한 숨이 고르게 퍼져 갔다.

"아프게 해서."

자세히 말하지 않아도 전부 알아차릴 수 있는 것들이라서, 다정은 조용히 미소 지었다. 팔을 뻗은 다정이 은도의 허리를 둘러 안자, 그가 싱긋 웃으며 그녀의 등을 토닥토닥 두드려 주었다. 잠이 올 듯 말 듯, 정신이 나른해질 무렵 은도가 조근조근 말을 걸어왔다.

"다정아."

다정한 부름이었다.

"송다정."

"응……."

잠결에 대답하자, 그가 피식 웃으며 물었다.

"졸려?"

도리도리, 다정이 다시 고개를 내저었다.

"내 얘기, 듣고 싶다 했었지."

그 말에 졸음이 확 달아났다. 다정은 대답 대신 고개를 끄덕였다.

"난 어머니가 둘이었는데."

첫마디부터 충격이었다. 어떤 말을 해야 할지 몰라 다정의 입이 느슨하게 벌어졌다. 이런 반응일 거라 예상한 사람처럼, 그는 초연하게 말을 이었다.

"한 분은 어렸을 때 지병으로 돌아가셨고, 다른 한 분은 차량 전복 사고로 돌아가셨어. 아버지와 함께. 그곳엔 내가 함께 있었고."

긴 이야기였다. 새어머니가 중국인이었다는 것. 그 이유로 초등학교 학부모 참관 수업 때마다 아이들의 놀림을 피할 수 없었다는 것. 그럼에도 새어머니가 창피한 적은 단 한 순간도 없었다는 것.

"그래서 그놈들 때려 줬나요?"

차마, 힘들었느냐고 물을 수 없어 대신 던진 질문이 고작 저거였다. 그냥 많이 힘들었느냐고 할걸. 스스로를 타박했다.

그런 속내를 알 리 없는 은도는 입매를 올리며 간략하게 대답했다.

"아니."

"왜요? 그런 것들은 콱 맞아야 정신을 차리는데."

오히려 다정이 자신의 일처럼 화를 내자, 은도가 크게 웃음을 터트렸다.

"왜 웃어요?"

"귀여워서. 당장이라도 나 대신 혼내 주러 갈 것 같아."

그 이야기를 시작으로, 크고 작은 소소한 일까지 전부를 꺼내어 들려주

었다.

"처음엔 저주를 받은 거라고. 그런 우스운 생각도 들었어."

어떤 말을 해 줘야 할지 몰라 다정은 가만히 듣고만 있었다.

"단순히 운이 없었다고 치부하기엔, 너무 잔혹했으니까."

너무 짧은 시간이었다. 그의 깊고 진했던 어두운 과거를 전부 흡수하기엔. 절실히 공감하며 진심 어린 위로를 건네기엔, 턱없이 부족한 시간이었다. 아팠느냐고, 견디느라 수고롭지 않았느냐고 어쭙잖은 위로를 할 수 없었다.

아직은 마냥 신나야 할 나이에 혼자가 되었을 때. 그 누구에게도 보호받지 못하게 된 현실을 직면하게 되었을 때. 작고, 어린 소년과 어울리지 않는 검은색 양복을 입고, 부모님의 영정 사진을 드는 상주가 되어야 했을 때. 장례를 찾아온 조문객들을 맞이하고, 어린 나이에 참 안됐네, 라는 소리를 들어야 했을 때. 그 시절 꼬마였던 당신은 어떤 기분이었을까.

엉엉 울며 그들을 찾아 헤매었을까. 왜 나만 혼자 남겨 두고 떠나 버린 거냐며 원망했을까. 아니라면, 지금의 당신처럼 의젓했거나, 또는 현실을 받아들이지 못해 무표정한 얼굴로 부모님의 마지막을 무덤덤하게 지켜보았을까.

감히 상상할 수 없다. 가슴이 아팠다. 저조차 아직 경험해 보지 못한 상실감이, 어린 그에겐 얼마나 거대했을지, 가늠이 되지 않아 더 안쓰러웠다.

어른이 되어 서른을 바라보는 자신 역시, 막상 그런 상황에 부딪치면 오열할 것 같아서. 터져 나오는 울분과 감정을 주체할 수 없을 것 같아서. 너무나 머나먼 이야기 같아서.

그래. 그 당시 어렸던 차은도는, 이미 어른이었다. 그는 어머니도, 새어머니도, 아버지도 모두 자신의 소중한 부모님이었다고 말했다.

사랑한다는 말 한 번을 전하지 못한 것이 아직도 마음에 남아 괴롭다고. 지금도 불현듯 피범벅이 되어 버린 사고 현장이 떠올라 가끔 악몽에 시달린다 했다. 아무것도 남지 않아 공허했다고. 상처를 받고 있는 줄도 몰랐다고.

그러던 순간에 자신을 거둬 준 사람이 있었다 했다. 아버지이자, 은사

이자, 친구 같은 사람이 있다고. 그에게 보답하기 위해 회사로 들어왔다고. 그때부터 이뤄야 할 목적과 꿈은 일방통행처럼 정해졌다 했다. 그것 말고는 생각해 본 적이 없다고.

말투는 덤덤했지만, 여기저기 긁혀 상처투성이가 되어 버린 그는, 정작 자신을 들여다볼 여유가 없었다. 묻고 싶었다.

혹시, 본부장님을 거둬 준 사람이 회장님이냐고. 맞는다면, 모든 의문과 상황이 맞물렸다. 윤문혁 회장의 친조카인 윤주원. 그리고 차은도. 가족이라 할 수 있지만 결코 그리될 수 없는 관계. 각별하지만, 미워할 수밖에 없는 관계. 윤주원이 했던 의미심장한 말들, 전부 다.

하지만 다정은 묻지 않았다. 굳이 들추고 싶지 않았다. 그 무엇도 중요하지 않았다.

"본부장님은, 그러니까 차은도 씨는 저에겐 엄청 소중한 사람이에요."

다정의 말에 은도가 희미하게 웃었다.

"마음껏 꿈꿔도 돼요. 그럴 자격 있어요. 충분히. 본부장님은 이제 겨우 서른넷이잖아요."

"비꼬는 건가?"

그가 짓궂게 물었다.

"아닌 거 알면서 그러신다. 저는요. 본부장님이 어떤 사람이든 상관없어요. 다른 누구도 아닌, 내가 선택한 남자니까."

"감동이네."

"혹시, 원망한 적 있나요?"

조심스러운 다정의 질문에 은도는 의아하다는 표정으로 되물었다.

"예를 들면?"

"사람이든, 상황이든."

그가 자신 앞에서만이라도 솔직해지길 바랐다. 스스로를 억압하고 있던, 모든 것을 터트려 주었으면 좋겠다고 생각했다.

"글쎄."

"그럼, 그런 약점을 두고 협박한 사람은요?"

주원을 떠올리며 물었다.

"약점에, 협박까지 나올 정도면. 누구 만났어?"

"아니요."

다정은 고개를 흔들며 슬쩍 턱을 들었다. 그는 알 수 없는 눈빛을 하고 있었다.

"제가 너무 갔나 봐요. 본부장님한테 약점이 있을 리가 없는데. 완전 철벽남이니까."

그는 입을 다문 채 곰곰이 생각에 잠겼다. 그러다 이내, 한쪽 입술을 늘이며 시선을 내려 다정의 얼굴을 넌지시 들여다보았다.

"있어."

"뭔데요?"

다정이 놀란 듯 눈을 크게 떴다.

"너야. 내 약점."

예상을 꿰뚫어 버린 대답이었다.

언제 잠이 들었는지 기억이 나지 않는다. 꽤 오랜 시간 동안 그의 이야기를 들으며 등을 토닥거려 주는 소리를 자장가 삼아 잠들었다.

드문드문 기억이 나는 것은, 몽롱한 정신으로 벽에 걸려 있는 시계를 바라봤을 때 시간이 새벽 3시였다는 것. 그리고 반쯤 열려 있는 창문 사이로 불어오는 바람과 기분 좋은 새벽 냄새. 배를 문질러 주는 그의 손길에 굉장히 기분이 좋았다는 것, 정도였다.

……아, 아니다.

"억지로 깨워서 또 하자고 하면 힘들겠지."

혼잣말하듯 깊게 잠겨 버린 낮은 목소리가 언뜻 들린 것도 같다.

"아프게 해서 미안해."

혹시라도 잠에서 깰까 염려되었는지 머리카락을 넘겨 주던 그의 손길은 무척이나 조심스러웠다. 본부장님의 향기가 너무 좋아서, 무의식적으로 품을 파고들었다.

"아……."

곤란한데. 그의 잇새로 긴 탄식이 흘렀다. 얼마쯤 지났을까. 촉, 이마에 부드럽게 입을 맞추는 감촉이 사라지고 난 뒤, 현관문이 닫히는 둔탁한 소음을 끝으로 다정은 다시금 깊은 잠에 빠졌다.

시끄러운 알람 소리가 사정없이 고막을 때렸다. 다정은 인상을 찌푸리며 눈을 감은 채로 중얼거렸다.

"으…… 진짜 회사 때려치우고 싶다."

출근 시간이 다가오면, 습관처럼 뱉는 말이었다.

"그 때려치운다는 소리 좀 그만하지. 듣는 상사 서운하게."

익숙한 목소리에 다정의 눈이 번쩍 떠졌다. 은도는 침대 끄트머리에 걸터앉은 채 다리를 꼬고 있었다. 그는 어느새 출근 준비를 완벽히 마친 상태였다.

어제와 같은 슈트가 아니었다. 다정은 부스스한 머리를 정리하며 상체를 일으켰다.

"혹시, 집에 다녀오신 거예요?"

"응."

"깨우지 그랬어요."

"회사에서 힘들어할까 봐."

요즘 회사에 일이 많아 정신이 없었던 것은 사실이지만, 그 부분까지 알고 있을 줄은 몰랐다. 출장까지 다녀오느라 본부장님 역시 바빴을 텐데, 피곤한 기색은커녕 새벽부터 일어나 준비를 마치고 다시 돌아왔다니.
……체력이 어벤져스급인가. 아님, 정신력이 대단한 건가. 아직 잠이 덜 깬 탓인지 다정이 정신을 못 차리고 넋을 놓았다. 현재 자신이, 속옷 차림이라는 것조차 인식하지 못한 채.
은도의 뜨거운 시선이 점차 집요해지자, 그제야 정신을 차린 다정이 물었다.
"뭘 그렇게 보세요?"
"네 몸."
"엥?"
"예뻐서."
언제부터 본부장님이 저런 노골적인 말을 서슴지 않고 하셨던 분이었나. 새삼 적응하기가 힘들었다. 다정의 눈이 그의 시선이 닿아 있는 곳을 따라 천천히 내려갔다. 어느 지점에 다다르자 자신의 현재 상태를 알아차리고는 냅다 이불을 끌어당겼다.
"아, 정말! 보지 마요!"
이성이 돌아오면서 잠결에 잊고 있던 어제의 외설스러운 행각들이 모조리 떠올라 얼굴이 시뻘겋게 달아올랐다. 하지만, 은도가 더 빨랐다. 팔을 뻗으며 다정이 움켜쥐고 있는 이불을 잡아챘다.
"가리지 마."
아직 채 가시지 않은 욕망의 눈빛이 빠르게 타올랐다. 어떻게 막아 보기도 전에 벌어진 일이었다.
"참아 보려고 했는데."
꼼꼼하게 신경 쓴 티가 확연한 넥타이 사이로 손가락을 밀어 넣은 그가 목을 세우며 거칠게 손목을 흔들었다.
"도저히 안 되겠다."
재킷과 셔츠는 그의 손에 의해 순식간에 바닥으로 내팽개쳐졌다.
"아니, 지금 출근……."

"알 게 뭐야."

알 게 뭐냐니. 흐트러짐이라곤 찾아볼 수 없던, 그 누구보다 철칙을 중요시하던 융통성 없는 차은도는 어디에서도 찾아볼 수 없었다.

그의 허벅지 사이로 다정의 골반이 꼼짝없이 갇혔다. 그가 집어삼키듯 다정의 입술을 빨아 당겼다. 다정은 은도의 힘을 감당해 내지 못하고 침대 위로 다시 쓰러졌다.

그 역시 다정을 따라 그대로 무너졌다.

눈, 코, 입, 목덜미 순으로 쪽, 쪽 부딪쳐 오며 그의 입술이 점점 더 아래로 내려갔다. 마치, 어제가 반복 재생 되는 것만 같은…….

"정, 말 안…… 되는데……."

출근해야 하는데……. 근데, 아아. 정말, 좋다. 굴곡진 선을 타고 내려온 그의 입술이 봉긋 솟아오른 가슴을 집중적으로 핥다가 이내 아프지 않게 깨물었다. 흠칫, 간질거림과 동시에 찾아온 욕구는 더 이상 창피하지 않다.

"하아……."

서서히 다리에 힘이 풀렸다. 다정은 제 가슴에 파묻힌 은도의 머리를 세게 끌어안았다.

"어제 무리해서 힘들 것 같으면 미리 말해."

다정은 종아리를 최대한 높게 들어 그의 탄탄한 상체를 감쌌다.

"알 게 뭐예요."

아프든 말든 지금 당장 좋아서 미치겠는데. 어제와 달리 놀랄 정도로 솔직해진 다정의 호기로운 태도에 은도가 설핏 웃음을 흘렸다.

그래. 이래야 송다정이지.

이제 막 사랑에 빠진 이들을 막을 수 있는 것은 아무것도 없었다.

기획팀 회의실은 프로젝트 회의 준비로 분주했다. 〈르보아〉X〈지성가구〉 협

업 프로젝트가 어느 정도 진행되었다고는 하나, 결국 제자리걸음이라 더 이상 두고 볼 수 없다는 결론이 설 무렵, 〈르보아〉 측에서 먼저 회의를 요구했다. 대리급 이상 실무진들만 참석하는 중요한 회의인 만큼, 실무진들의 표정은 대부분 어두웠다.

쌓인 업무가 많아, 마저 처리하고 오느라 정신이 없었다. 다행히 시간에 맞춰 도착한 다정은 서둘러 자리에 착석하며 자료를 정리했다.

불도저 같았던 본부장님과 뜨거웠던 정사의 여파로 허리 부근에서 뭉근한 통증이 지속되었지만, 다정은 안색 한번 변하지 않고 초연했다.

"이호성 담당자는, 아직인가요?"

"네."

박 대리는 빔 프로젝트를 컴퓨터와 연결하다 말고 고개를 끄덕였다. 다정의 미간이 가늘게 좁혀졌다. 언짢은 기색을 최대한 감추며 다시 물었다.

"〈르보아〉 업체 측 한 부장님은요?"

"그게……. 본부장님 참석하시는 시간에 맞춰 오시겠답니다."

〈지성가구〉의 직원회의는 팀장급 이하 직원들끼리 먼저 진행한다. 그 후, 해당 직원이 결과를 보고하거나, 또는 결재를 받으러 본부장실로 직접 찾아가는 것이 일반적이었지만, 은도는 중요한 회의가 있을 때마다 없는 시간을 쪼개어 가며 회의실에 들러 직접 피드백을 전달해 주었다.

헌데, 협력업체. 〈지성가구〉에게 잘 보이기 위해 수단과 방법을 가리지 않아도 모자를 신생 업체가 너희 본부장이 직접 얼굴을 비칠 때까진 나도 갈 일 없다며 갑질을 하고 있는 것이다.

다정은 기가 막혀 실소를 터트렸다.

"이번 회의 일정, 〈르보아〉 업체 부장님이 부탁하셔서 잡았던 것 아니었어요?"

"네. 맞습니다."

"미치겠네, 진짜……."

〈르보아〉 측 부장이 없으면 회의를 하나 마나, 무용지물이었다.

지각 때문에 일에 진전도 없고, 계속해서 엇갈리는 의견을 조율하기 위한 자리인데 정작 죄송하다며 고개를 숙여야 할 당사자는 자리에 나타나지도 않고, 자존심만 내세우고 있는 꼴이다.

고개를 뒤로 젖힌 채 열을 식히고 있는 다정을 지켜보던 미래가 보다 못해 나섰다.

"박 대리. 지금 당장 〈르보아〉한테 연락 넣어. 15분 내로 안 튀어오면 계약이고 프로모션이고 나발이고 간에, 상부에 보고 때려서 위약금을 물든 말든 상관없이 해지 통보 날릴 거라고. 지금 누굴 호구로 봐?"

단호한 미래의 말에 실무진들은 놀란 듯 눈치를 살폈다.

"하지만……."

박 대리가 말끝을 흐리자, 미래는 더 볼 것도 없다며 서류를 덮었다.

"누군 할 일 없어서 이러고 있니? 안 그래도 바빠 뒤지겠는데 얻다 대고 이래라저래라 명령질이야? 열받게."

분명, 전무님께 호되게 당하고 온 것이 확실했다.

미래의 히스테리가 더 심해지기 전에 박 대리는 즉시 주머니에서 휴대폰을 꺼내어 들었다. 때마침, 회의실 문을 열고 호성이 등장했다.

"어? 다들 먼저 와 계셨네요. 좋은 아침입니다."

호성은 냉랭하기 그지없는 실무진들의 얼굴을 빤히 봐 놓고도 천연덕스럽게 인사를 건네 왔다. 좋은 아침 같은 소리 하고 앉아 있네. 헛웃음을 터트린 미래가 팔짱을 끼며 사납게 눈을 세웠다.

"호성 씨는 시간 개념이 없나?"

"네?"

"지금 회의가 장난이냐고. 일방적으로 일정 잡아 놓고, 지금 뭐 하자는 겁니까?"

분위기가 걷잡을 수 없게 살벌해지자, 이쯤에서 중재하는 것이 맞다 판단한 다정이 엉덩이를 들썩인 찰나였다.

"어? 연락 못 받으셨습니까? 저, 조금 늦는다고 한 시간 전에 다정 씨한테 연락드렸는데."

저건 또 무슨 소리……. 실무진들의 시선이 다정에게 집중되었다. 다정은 재빨리 휴대폰을 꺼내어 확인했다. 두 번 세 번 확인해 봐도 부재중 전화나, 문자는 없었다. 다정이 연락받은 적 없다며 고개를 흔들자, 호성은 얄밉게 웃으며 어깨를 으쓱였다.

"죄송해요. 제가 번호를 잘못 저장했나 봅니다. 당연히 대학교 때랑 번호가 같을 줄 알았거든요."

"대학교?"

"네. 다정 씨랑 저랑 대학교 동기예요. 뭐…… 당사자는 기억 못 하고 있는 눈치지만."

동기였다고? 호기심을 품은 눈빛들이 여기저기에서 쏟아졌다. 전혀 생각지도 못한 전개로 상황이 치닫게 되자, 당황한 다정은 어처구니가 없다는 눈으로 호성을 바라보았다.

"잠시만요. 이호성 담당자님."

"이제 와서 말하는 건데, 나 진짜 서운했다? 일부러 기억 못 하는 척하는 건지, 진짜 못 하고 있는 건지는 모르겠지만, 나는 너 처음 보자마자 진짜 반가웠는데."

그래서 초면부터 은근슬쩍 말을 놓으려고 했던 건가. 하지만 정말 기억이 안 났다. 기껏 대학교 생활이라 해 봤자 1년 하고도 반이 전부였으니까.

"그래서 저는 다정이가 이쪽 계열로 치면 대기업인 〈지성가구〉에 프로젝트 매니저로 입사했으니까, 잘 못 나가는 동기는 쪽팔려서 알은체하고 싶지 않은 건가, 하고 시답잖은 생각까지 했었다니까요?"

호성은 피식 웃으며 말을 이었다.

"못 믿는 눈친데, 인영대학교 경영학과 일공 학번. 아직 회의 시작 안 했으니까 이참에 좀 묻자. 송다정 너, 진짜 나 기억 안 나?"

"안 나요. 그리고 지금 회의실에서 할 얘기는 아닌 것 같은데요. 개인적인 대화는 나중에도 할 수 있……."

“아아, 맞네. 넌 나 기억 못 할 수도 있겠다. 그때 네가 워낙에 유명했어야지. 입학할 때도 수석이었고, 마지막은……. 설마, 너 여기 입사했을 때 학력 사항에 인영대 졸업으로 쓴 건 아니지?”

다정의 낯빛이 싸하게 굳어졌다.

“너 자퇴했잖아, 도망치듯이. 무고한 교수님 성희롱 가해자로 만들어 놓고. 아, 나 실수한 건가?”

노린 것이 분명했다.

그런 게 아니고서야 지극히 공적인 회사 회의실. 그것도 무려 실무진들이 모인 곳에서 저런 말을 아무렇지 않게 꺼낼 이유가 없지 않은가.

회의실은 고요했다. 누구 하나 시원하게 입을 열지 못했다. 걱정 반, 설마 하는 마음 반으로 힐긋거리는 시선들이 두려웠다.

아니라고 말하면 다들 믿어 줄까? 대응할 가치도 없는 말인데 그냥 무시할까? 하지만, 오해가 점점 더 부풀면? 고학력이 대부분인 실무진들 입장에서 봤을 땐 충분히 억울할 수 있다. 본부장님은 이제야 겨우 평판이 좋아지고 있는 상태인데. 뒷거래가 있었다고 생각하면 어쩌지?

“하…….”

절로 실소가 터졌다. 그래, 뭐 어때. 드르륵, 의자를 밀고 일어난 다정이 뚫어져라 호성을 마주 보았다.

“아무리 생각해 봐도 난 이호성 씨 기억 안 나요. 그렇다는 건, 이호성 씨가 내겐 별로 중요한 사람이 아니었다는 뜻이겠죠.”

흔들림 없는 다정의 눈빛에 호성은 저도 모르게 흠칫했다. 다정은 그런 호성을 비웃기라도 하듯 입술 끝을 올렸다.

“근데.”

다정의 얼굴이 삐딱하게 기울어졌다.

"난 이호성 씨한테 말 놓으라 한 적 없는 것 같은데, 저번부터 은근슬쩍 계속 말 놓네. 내가 그렇게 만만해요?"

조금은 타격받았으리라 생각했건만, 눈 한 번 깜빡하지 않고 잘못을 타박해 오니 호성은 적잖게 당황한 눈치였다. 하지만 죽어도 물러서긴 싫었는지 억지로 웃음을 짜냈다.

"누, 누가 만만하다 했습니까? 나는 그냥 동기라서 반가운 마음에……."

"이호성 씨는 반갑다는 인사를 이런 식으로 하나 봐요. 난 지금 이호성 씨가 어떻게든 날 엿 먹이고 싶어서 안달 난 사람처럼 보이는데."

"오해……."

"아, 그런 걸로 몰아붙일 생각은 없고."

다정은 굳은 표정을 풀었다.

"너구나? 윤주원 팀장님한테 그런 말도 안 되는 개소리를 사실처럼 씨불이고 다닌 게."

호성의 동공이 흔들렸다. 평소 상냥하고 활기가 넘치던 다정의 입에서 투박한 욕설이 쏟아지자, 처음 보는 그녀의 낯선 모습에 직원들 역시 놀란 것은 마찬가지였다.

"자퇴한 것도 맞고 더러워서 도망친 것도 맞는데, 무고한 교수님? 다 알고 있으면서 그런 말 하면, 피해자인 동기들한테 미안하지도 않아요? 팩트만 말해요, 팩트만. 어디서 이상한 말이나 주워듣고 와서 생각 없이 막 뱉지 말고."

다른 건 몰라도 힘겹게 쌓아 온 커리어를 무너뜨리는 호성의 졸렬함은 도저히 참을 수가 없다. 다정은 들고 있던 파일철을 던지듯 호성에게 안겨 주었다. 호성은 모욕감에 이를 악물며 부르르 주먹을 떨었다. 그런 호성을 뒤로하고 다시 자리로 되돌아온 다정은 태연했다.

"제법인데, 송다정?"

다른 실무진은 전부 넋이 나가 있는데, 김미래 팀장만이 유일하게 만족스럽다는 듯 웃으며 팔꿈치로 다정의 어깨를 툭 쳤다. 다정은 애써 웃었다. 사실, 아무렇지 않은 척했지만 심장이 터질듯 뛰었다.

어쩐지 고개를 들 수가 없다. 다른 직원들이 저를 어떻게 생각하고 있을지. 감히 예상할 수 없어 불안했다.

대학교 사건 이후로 트라우마 때문인지 타인의 시선을 과하게 신경 쓰게 됐다. 불합리한 일을 당하게 되어도, 부러 나서지 않았다. 결코 도망친 게 아니었다.

힘도, 돈도, 인줄도 없는 내가 제아무리 목청껏 소리쳐 봤자, 결국 이 사회에선 오지랖 넓고 쓸데없이 예민한 사람 취급을 받게 되거나, 낙동강 오리알처럼 외면받게 될 테니 가만히 입 다물고 있는 편이 최선이라 생각했다.

하지만 한 살, 두 살 나이를 먹어 갈수록 방향성은 점차 달라졌다. 그래. 잘못한 것이 없는데 왜 죄인처럼 숨어야 하며, 질타를 받아야 해. 손가락질하는 사람들이 이상한 거지. 그렇잖아. 그게 맞는 거잖아.

……분명 그렇게 생각했는데. 생각만 하던 것이 현실로 벌어지자 사고가 멈추고 숨이 턱턱 막혔다. 무겁게 가라앉은 회의실의 분위기 속에서 기약 없는 기다림은 점차 길어졌다.

해외 바이어와의 미팅 시간이 늘어졌다. 가구의 좋은 원자재를 확보하기 위해선 그 어느 때보다 신중해야 했고, 긴 시간을 필요로 했기 때문에 큰 손실은 아니었다. 그러나 경쟁사에서도 눈여겨보던 사안이었기에 자칫했다간 빼앗길 수 있어 마음이 급한 것도 사실이었다.

잠시 숨을 돌리려는 때였다. 곁으로 다가온 진우가 조용한 음성으로 기획팀 회의 진행 상황을 보고했다.

"〈르보아〉 업체 한 부장이 기획팀 직원들 속을 썩이고 있는 모양입니다."

"속?"

"그게……. 본부장님이 오실 시간에 맞춰 가겠다며 회의를 지체하고 있다 합니다."

인상을 살풋 구기던 은도는 이내 작게 고개를 끄덕였다. 그리고 마지막까지 차분하게 미팅을 마무리 지었다. 긴박한 상황이었지만 다행히 결과는 좋았다. 최대한 여유로움을 잃지 않고 재촉하지 않았던 것이 바이어에겐 좋은 인상을 남긴 듯 보였다.

쉴 틈은 없었다. 두 남자는 즉시 본사로 향했다.

본사 로비에 들어서자마자 걸음은 더욱 빨라졌다. 이곳저곳에서 꾸벅 고개를 숙이며 인사하는 것도 마다하며 엘리베이터 앞에 섰다.

"아이고, 이거. 본부장님 아니십니까."

말만 존댓말이었지, 억양으로만 봤을 땐 무시하는 티가 역력한 말투였다. 은도의 고개가 옆으로 돌아갔다. 기획팀이 전략팀을 흡수할 것이란 소문이 돌게 되면서 알게 모르게 은도를 경계하고 있던 인물이자, 윤주원의 측근으로 새롭게 자리매김한 전략팀 박성호 차장이었다.

"이것 참 한 회사에 머무는데, 마주칠 일이 없어 오랜만에 뵙는 것 같습니다."

간신배와 같은 미소로 고개를 꾸벅이는 모양새만 봐도 속은 뻔했다.

윤문혁 회장의 친조카가 전략팀 팀장으로 발령되었으니 믿을 수 있는 줄도 생겼겠다, 더는 네 녀석 앞에서 굽실댈 일은 없을 거다. 이 뜻이다. 은도는 가볍게 웃으며 고개를 주억거렸다.

"그러네요."

일부러 감정을 소모할 필요도, 상대할 가치도 없었다. 은도는 무심한 표정으로 다시 엘리베이터를 주시했다.

알게 모르게 무시당한 기분을 지울 수 없었는지, 박성호 차장의 미간이 언뜻 구겨졌다. 하지만 언제 그랬냐는 듯 이내 싱글거리며 웃었다.

"지금 회의 중이라 들었습니다. 이번에 저희가 추진한 X브랜드 프로젝트, 모쪼록 잘 좀 신경 써 주십시오."

'저희'라는 대목에서 절로 실소가 터졌다. 때마침 엘리베이터가 도착했다. 은도는 묵묵히 발을 떼어 냈다. 정면을 보고 선 은도는 물끄러미 박성호 차장을 직시하며 천천히 입술을 열었다.

"일하는 사람 따로, 지시하는 사람 따로 있나 봅니다."

"……예?"

가만히 앉아서 날로 먹으려는 속셈이었냐는 말을 돌려 하는 거였다. 물론, 당사자는 이해하지 못한 눈치였지만.

"언제까지고 추진만 하지 마시고, 직접 참여하는 척이라도 하란 소립니다."

엘리베이터 문이 서서히 닫히기 시작했다. 꾸벅 고개를 숙이던 박성호 차장이 작게 중얼댔다.

"어린 새끼가 끝까지 지랄은……."

은도와 진우 귀에 정확히 꽂혔다. 싸하게 표정을 굳힌 진우가 참지 못하고 몸을 움찔댔다. 그러자 은도가 팔을 뻗으며 진우를 막아 세웠다.

"지금은 지는 게 이기는 겁니다. 실장님."

나설 때를 분명히 하자는 뜻이었다.

회의실은 그야말로 난장판이었다. 뒤늦게 등장한 〈르보아〉 업체 한석호 부장이 소란을 피운 탓이다.

"이쪽 본부장 도착했다며! 그래서 바쁜 일 다 제쳐 두고 왔더만 왜 아직 코빼기도 안 보여?"

"아주 누가 보면 서비스 센터 찾아온 진상 고객인 줄 알겠네……."

들릴 듯 말 듯 불만을 중얼거리는 지호의 혼잣말을 용케 들은 한 부장은 사납게 눈을 치떴다. 그리고 당장이라도 지호에게 달려들 기세로 손가락질을 퍼부었다.

"야! 너 뭐라고 했어. 진상? 해 봤자 대리 따위가 얻다 대고!"

아, 혈압아. 한 부장이 뒷목을 잡았다. 사실 받아치고 싶은 말들이야 셀 수도 없이 많았다. 하지만 누구 한 명 선뜻 나서지 못했다. 신생 업체 부장이 얼굴에 철판을 깔고 떳떳하게 나올 정도면 분명 본사 상부 중 믿고 있는 줄이 있을 것이라 생각하는 눈치였다.

함부로 건드려 봤자 좋을 게 없었기에 직원들은 머리를 쓸어 올리거나, 답답한 마음을 참지 못하고 연거푸 한숨을 토해 냈다.

결국 다정이 기획 서류를 들고 한 부장 앞에 섰다.

"부장님. 진정하시구요. 이번 신상 제품 말인데요. 디자인은 좋습니다. 다 좋은데 혹시 모를 상황을 대비해 서로 곤란해지지 않도록 안정성 검사를 요구했던 겁니다."

"우리가 언제까지 니들이 하라는 대로 예, 예 하면서 굽실거려야 하냐고! 하청업체라고 무시해? 것도 한두 번이어야지. 보는 눈 없어? SNS에서 한번 대란 터졌고, 그것 때문에 니들이 제발 와 주쇼, 해서 계약한 거 아니야. 이미 물량도 확보해 놨다니까?"

듣고만 있던 김미래 팀장이 자리에서 벌떡 일어섰다.

"이보세요! 지금 여기가 어딘 줄 알고 바락바락 소리를 질러요! 누군 목 없어서 못 지르는 줄 아나. 우리가 제발 와 달라 했다고? 대체 누가 그래요? 내가 아는 곳만 해도 이번 프로모션에 심사 들어온 업체가 150곳……."

안 돼. 저 고릴라를 더 흥분하게 만들어선 안 돼요, 팀장님. 다정이 미래의 팔을 붙잡으며 고개를 세차게 흔들었다.

스읍……. 다정은 지그시 눈을 감고 호흡을 크게 들이마셨다. 그리고 특유의 자본주의 미소를 걸쳤다.

"부장님. 저 역시 SNS 봤습니다. 봤는데, 그만큼 혹평도 많았던 게 사실이잖아요. 그래서 저희는 미연에 방지……."

"보자 보자 하니까 이것들이 진짜 사람 불러다 놓고 뭐 하자는 거야. 어? 뭐? 혹평? 이제 보니까 여기 직원들 인성이 아주 엉망이네! 야. 너 이름이 뭐야? 직급 뭔데!"

한 부장은 다정의 어깨를 손가락으로 꾹꾹 아프게 찔렀다. 다정은 뒤로 밀려나지 않으려고 온몸에 힘을 주어 버티며 입술을 꽉 물었다.

"프로젝트 매니저입니다."

"하. 그 계약직 프리랜서가 너였어? 계약직 따위와 대화할 생각 없으니까 본부장은 됐고 윤주원 팀장 불러와!"

다정의 얼굴에 서류들이 흩뿌려졌다. 한 부장이 들고 있던 서류를 냅다 집어 던진 것이다.

그때였다. 회의실 문이 벌컥 열린 것은.

직원들과 한 부장의 이목이 순식간에 문 쪽으로 집중되었다.

숨 막히는 정적이 감돌았다.

직원들은 즉시 두 손을 모으고 바르게 섰다. 답도 안 나오는 지금 이 상황을 경쾌하게 해결해 줄 수 있는 유일한 구원자의 등장에 다들 안도하는 눈치였지만, 걱정스러운 것도 사실이라 침묵을 지켰다.

무표정한 은도의 얼굴은 화가 난 것 같기도 하고, 아닌 것 같기도 했다. 좀처럼 생각을 읽어 내기가 어려웠다.

벌어진 상황을 파악하려는지, 은도의 고요한 눈동자가 느리게 움직였다.

"엉망이네."

그가 낮은 목소리로 중얼거렸다. 은도는 바닥에 널브러져 있는 서류와 한 부장, 그리고 다정을 번갈아 쳐다보다가 천천히 다리를 움직였다.

"김미래 팀장."

잠시 걸음을 멈춘 그가 고개를 돌려 낮게 깔린 목소리로 김미래 팀장을 불렀다.

"네. 본부장님."

"내가 회의 시작하기 전에 뭐라고 일러뒀는지 기억합니까?"

"그게……."

미래는 말을 잇지 못하고 한 부장의 눈치를 살폈다.

"말해 보세요."

"……도착하시기 전까지 본부장님의 역할을 대신하라 하셨습니다."

"그럼. 내 역할이 뭐였을까요."

"……."

"내가 왜 김미래 팀장에게 그런 부탁을 했을 거라고 생각합니까."

"죄송합니다. 제 불찰입니다."

미래에게 머물러 있던 눈길이 거두어졌다. 다시금 곧게 날아든 은도의 시선에 한 부장은 주춤하며 눈을 굴렸다.

"뭐 하고 있습니까. 줍지 않고."

"무슨……."

"내가 할까요?"

은도가 태연하게 물었다.

은도의 턱이 비스듬하게 기울어졌다. 미묘한 신경전이 흘렀다. 회의실 안에 있는 사람들은 그 모습을 숨죽인 채 방관했다. 자신보다 한참 어린 본부장의 지시에 자존심이 상한 듯 보였으나, 무어라 설명할 수 없는 위압감에 짓눌려 한 부장은 입술 안쪽을 짓이겨 물며 허리를 숙였다.

마치 무릎을 꿇게 된 것 같은 모양새였다. 서류를 줍는 동안 한 부장의 손이 부르르 떨렸다.

"혹시 자존심 상하십니까?"

은도의 노골적인 질문에 한 부장은 답이 없었다.

"여기 있는 사람들, 한 부장님 직원 아닙니다. 내 직원들이지."

함부로 대하지 말라는 경고였다.

"회의 끝나면 해당 직원에게 정중히 사과하세요. 그 정도 양심은 있을 거라 믿겠습니다."

내려다보는 은도의 눈빛은 아랫사람 대하듯 거만했고, 오만했으며, 더 나아가 살벌하기까지 했다. 한 부장은 밀려오는 수치스러움을 막을 길이 없어 이를 악물었다.

"하나 더. 앞으로 업무 진행 방식에 불만이 있으면 내게 와서 직접 따지세요. 본사 직원한테 화풀이하듯 모멸감 주지 마시고."

"……."

"한 번만 더 이런 소란이 내 귀에 들려오게 되면, 그땐 나를 무시하겠다는 뜻으로 간주하겠습니다."

그리 말하며 은도는 지정된 자리에 착석했다. 앞에 놓인 서류를 들춰가며 빠르게 내용을 훑어보던 은도는 숙지를 끝낸 듯, 고개를 들고 다정에게 말했다.

"송다정 씨. 브리핑 시작하죠."

"아, 네!"

정신을 놓고 있던 다정은 헐레벌떡 스크린 앞으로 달려갔다.

발표는 당연히 프로젝트 매니저인 다정의 몫이었다. 조금 전 벌어진 사건으로 침체된 분위기 속에서 발표하는 것은 쉽지 않은 일이었지만, 여러 기업들을 전전하며 숱하게 겪어 온 일이었기에 대수롭지 않았다.

순조롭게 진행되던 브리핑은 어느덧 끝을 향해 가고 있었다.

"〈지성가구〉는 친환경 원목 가구만 취급합니다. 하지만 〈르보아〉 가구는 대체적으로 인공 판재를 사용하죠."

인공 판재. 특히 PB/MDF는 흔히 말하는 새집 증후군, 아토피, 혈액암을 유발하는 포름알데히드 수치가 높게 잡히기 때문에, 100% 친환경 원목 가구를 고집하여 대중들의 신뢰를 받고 있는 〈지성가구〉 입장에선 대충 무시하고 넘어갈 문제가 아니었다.

"해서, 저희가 요구하는 것은 두 가지입니다. 하나. 한국대학교 포름알데히드 센터에서 안정성 검사를 통해 적정 수치가 나왔다는 확인서를 받아 저희 측에 증명할 것. 둘. 짧은 기간에 물량 확보를 할 수 있었던 경로와 재고 상태를 본사 담당 직원들에게 투명하게 공개하는 겁니다. 이상입니다."

7년의 경력이 괜히 있는 것이 아니었다. 다정은 떨지도 않았고, 내용을 거의 외운 탓에 서류는 쳐다보지도 않았다. 심지어 전달하는 과정에서 발음도 정확했다.

문제는 그다음이었다. 〈르보아〉 업체를 대표하여 회의에 참여한 수정과 한 부장의 얼굴엔 못마땅하단 기색이 역력했다.

"거참. 신뢰가 없어도 너무 없는 것 아닙니까? 누가 보면 우리 업체가 뒤에서 분탕질이라도 쳤다 오해하겠수."

한 부장은 정중앙 자리에 앉아 있는 은도의 존재를 무시할 수 없었는지 30분 전보단 많이 누그러진 태도를 보였지만, 불만스러운 표정까진 숨기지 못했다. 은도가 나서기 전에 다정이 재빨리 대변했다.

"오해하지 않으셨으면 좋겠습니다. 〈르보아〉 업체에게만 해당되는 부분이 아닙니다. 매년 분기마다 진행됐던 X브랜드 프로젝트에 협업한 업체들도 위와 같은 절차를 밟아 왔어요."

답답함을 이기지 못한 한 부장이 연거푸 주먹으로 회의실 책상을 두드리며 목청을 높였다.

"그러니까……. 우리 입장도 이해를 해 줘야 할 거 아니냐는 거지, 내 말은! 같이 일하기로 했으면 협력업체를 좀 믿어 봐요. 우리도 양심이란 게 있는데 요즘처럼 까다로운 소비자들 상대로 무슨 깡이 있어서 원자재를 속여 판답니까? 그걸 하나하나 다 검열받으면 시간만 더 늦어지지. 서로 좋게, 좋게 이쯤에서 판 접기로 하고 얼굴 붉히지 맙시다. 예?"

다음 장으로 서류를 넘기던 은도의 손이 멈칫했다. 그걸 알 리 없던 한 부장은 거친 항변을 계속 이어 갔다.

"그리고, 원초부터 생각해 보면 우리 업체를 최종적으로 선별해 주신 전무님도 조용하시고 전략팀도 알아서 하라는 눈치인데, 왜 유독 기획팀에서만 쥐 잡듯이 하는지. 나 원 참.”

점점 도가 지나치려는 한 부장의 말에 기획팀 직원들의 눈살이 구겨졌다.

“말이 안 통할 것 같다 싶으면 본사 상부 핑계 대라고. 누가 그렇게 시켰습니까?”

묵묵히 침묵을 지키던 은도가 마저 서류를 검토하며 묻자, 한 부장은 적잖게 당황한 듯 답했다.

“……무엇을 말씀이신지요.”

드디어 서류에서 눈을 뗀 은도가 의자에 편히 등을 기대었다. 곧이어 그의 시선이 날렵하게 정면으로 올라왔다.

“〈르보아〉 업체는 사사건건 말끝마다 전략팀과 황덕현 전무님 꼬리표가 붙네요. 당장 프로모션 진행하고 있는 쪽은 저희 기획팀인데 말입니다.”

똑바르게 날아든 매서운 눈빛에 한 부장은 마른침을 꿀꺽 삼켰다.

“요즘 매트리스에서 검출된 라돈 발암 물질 사건만 봐도 소비자들이 얼마나 분노했고 불안해하고 있는지. 충분히 알고 계실 텐데, 이상하네요.”

“…….”

“친환경 원목 가구가 아닌 이상, 혹시 모를 것들을 대비해 PB/MDF 판재인지 아닌지 감별해 달라 해도 싫다. 포름알데히드 수치 검사를 받아와라 해도 싫다.”

은도는 〈르보아〉 측이 준비해 온 서류를 툭, 건드리며 헛웃음을 터트렸다.

“더군다나 서류 내용은 뒤죽박죽, 무슨 말을 하고 싶은 건지 당최 알아볼 수조차 없고. 대체 어쩌란 건지…….”

툭, 툭, 툭. 펜 끝으로 서류 종이를 두드리던 소리가 뚝 끊겼다.

은도는 앞에 놓인 서류를 뒤집어 놓으며 몸을 일으켰다.

“저거, 치워요.”

은도가 눈짓으로 무언가를 가리켰다. 미니어처 모형으로 제작된 〈르보아〉 업체의 신상품, 수납장과 침대 샘플이었다.

가까이 있던 직원은 서둘러 은도의 지시를 따랐다.

"오늘부로 X브랜드 프로젝트 접습니다. 진행하던 업무 전부 스톱하세요."

파격적인 선언에 직원들은 전부 입을 떡 벌렸다.

"아니, 이게 무슨……!"

한 부장 역시 은도가 지금처럼 강경하게 나올 줄은 전혀 예상하지 못한 듯 당혹스러운 표정을 감추지 못하고 서둘러 엉덩이를 떼어 냈다.

"대체 뒷감당을 어쩌려고 이런 무책임한……. 이건 명백히 협력업체를 향한 갑질입니다!"

"잘 보셨네요. 맞습니다, 갑질하는 거. 그리고 그에 대한 책임은 내가 집니다. 그러니 더는 토 달지 마세요. 상대하기도 귀찮으니까."

그야말로 충격과 공포였다. 점차 커지는 웅성거림을 뒤로하고 은도 홀로 초연했다. 그는 재킷 단추를 마저 잠그며 뒤도 돌아보지 않고 회의실을 빠져나갔다.

박성호 차장은 급히 전략팀 팀장실을 찾았다. 거친 숨을 도해 내며 힘겹게 본론을 꺼냈다.

"윤 팀장님. 차은도 본부장이 드디어 일을 낸 것 같습니다."

모니터를 응시하고 있던 주원이 박성호 차장을 힐끔 바라보았다.

"일?"

"예. 이번에 〈르보아〉와 함께 추진 중이었던 프로모션을 일방적으로 해지하겠다며 통보했답니다."

주원은 조금 놀란 기색을 보였지만 그뿐이었다. 설핏 자조적인 웃음을 흘리며 손등에 턱을 괴었다.

"……좀 늦었네."

"예?"

박성호 차장이 눈을 크게 떴다. 주원은 아무것도 아니라며 손을 내젓고는 다시 모니터로 시선을 옮겼다.

“팀장님은 일이 이렇게 됐는데도, 괜찮으신 겁니까?”

“내가 안 괜찮을 건 또 뭐가 있어요? 그쪽이 능력 없어서 해지당한걸.”

“…….”

“설마. 진심이었습니까? 〈르보아〉 업체를 이번 프로모션에 투입시키려고 했던 거. 나는 당연히 박 차장님이 장난치는 줄 알았는데.”

주원이 의미 모를 미소를 짓자, 박성호 차장은 움찔, 미약하게 어깨를 떨었다.

“박 차장님도 아시잖아요. 난 차은도 못 이겨. 지금 경력만 봐도 짬 차이가 몇인데. 따라가려면 아직 한참 멀었지. 안 그래요?”

“윤주원 팀장님.”

박 차장이 한 글자 한 글자 곱씹듯 힘주어 부르자, 주원은 피식 웃음을 터트렸다.

“무서워라. 이러다 한 대 치시겠습니다?”

“…….”

“몰랐네요. 박 차장님이 이 정도로 애사심이 깊은 분인 줄. 아, 그 반대인가?”

박성호 차장은 모르쇠로 일관하며 살살 속을 긁어 오는 주원에게 욕을 한 바가지 쏟고 싶은 마음을 가까스로 참아 냈다.

“이대로는 안 됩니다. 무슨 수를 써서라도 진행시켜야 합니다. 그러려면 팀장님의 도움이 필요하고요. 팀장님도 손해 보실 일은 아니지 않습니까.”

본부장에 이어 팀장까지. 어린놈들이 판을 치고 있는 회사 꼴이 마음에 들 리 없다. 하지만, 박성호 차장은 다시금 자존심을 내려놓고 고개를 숙였다. 그러거나 말거나 주원은 모니터 속 총 게임에 열중했다.

5분쯤 흘렀을까. 주원의 잇새로 안타가운 탄식이 흘렀다.

“아……. 죽었네.”

끝나 버린 게임에 흥미를 잃었는지 주원은 입술을 꽉 짓이겨 물고 있는 박 차장에게로 시선을 돌렸다.

"박 차장님."

"예."

"부러워 죽겠죠. 하루 종일 게임질만 하는데도 억 소리 나는 연봉 따박따박 타 먹으면서 본사 팀장 직급 달고 있는 내가."

주원의 잇새로 바람 빠진 웃음이 흘러나왔다.

"지금까지 박 차장님 요구는 다 들어준 것 같은데. 이 이상 더 도와 달란 말은 너무하지 않나? 볼 것도 없는 업체를 그렇게 적극적으로 추천하시길래 무리하면서까지 대형 프로모션에 꽂아 주기도 했고. 난 할 만큼 했다고 생각한단 말이죠."

"이대로 회사 여론이 차은도 본부장에게 집중되기 시작하면, 팀장님 입지에도 좋지 않습니다. 비록 제가 추천드린 것은 맞지만, 어찌 됐든 결과적으론 팀장님이 선택하신……."

"오, 지금 날 협박하는 겁니까?"

웃음기를 머금고 있던 주원의 얼굴이 순식간에 굳었다.

"그럼 나도 협박해도 되나? 공평하게."

"……예?"

박성호 차장이 뻣뻣하게 굳었다.

"그게 무슨……."

"아니요. 아닙니다. 아무것도."

주원은 의미심장한 표정을 지으며 어깨를 으쓱였다.

오늘 새로 받은 네일아트가 꽤나 마음에 들었었는지 미정은 허공에 손바닥을 펼쳐 보이며 만족스러운 미소를 걸쳤다.

그러나 그 웃음은 얼마 가지 못했다. 반갑지 않은 소식을 전해 듣자마자 그녀의 표정이 순식간에 굳었다.

"우리 애가 그런 말을 했다고?"

— 예, 여사님.

"흐음……."

— 저도 참, 난감한 입장입니다. 윤 팀장님도 그렇고 여사님마저 의중을 알 수 없으니 더 불안하기도 하고요. 이제 저는 누굴 믿어야 할지.

미정의 눈이 가늘어졌다.

"그 애는."

— 네?

"차은도 말이야. 그 새끼는 지금 어디에서 무얼 하고 있느냐고."

— 그게……. 사실 최근 들어선 뒤를 밟기가 힘듭니다. 아무래도 지금쯤 눈치채지 않았을까 싶습니다. 차 본부장도 그렇고 서 실장 역시 틈을 보이지 않고 있어서요.

"흐음……."

— 여사님. 저는 큰 것을 바라는 게 아닙니다. 윤 팀장님과 여사님이 확실히 제 편에 서 주신다는 확증만 있으면, 여사님이 원하시는 게 무엇이든 무리 없이 이뤄 드릴 수 있습니다.

갖고 놀기 편하도록 네 아들 알아서 잘 타일러 봐라. 뭐, 이런 뜻인가. 요즘따라 족보도 없는 새끼들이 주제도 모르고 설친단 말이야. 삐뚤게 올라선 미정의 잇새로 헛웃음이 터졌다.

"이봐, 박 차장."

— 예.

"받은 지분도 없고, 직급조차 없는 내가 뒤에서 궁상맞게 아들 덕 보려고 이 지랄 떨고 있으니까, 우습게 보여?"

— 아, 아닙니다. 그럴 리가요.

"뒷거래로 불법 입점 시켜 놓고 덕도 보고, 돈도 쓸어 모을 생각에 아주 혼자 살판났나 봐? 그것들 전부 묵인하며 도와주려고 했던 사람이 누구였는지, 그새 잊었어?"

— ……그럴 리가요.

돈에 환장한 당신이나, 나나. 다를 게 없다니까.

"난 당신 같은 부류를 아주 잘 알고 있거든. 가식도 상대 봐 가며 적당히 떨어야지."

박성호 차장은 긍정도, 부정도 하지 못했다. 성급히 나섰다간, 언제 덜미를 잡힐지 모른다고 판단한 것이다.

"박 차장. 사기꾼도 똑똑한 사람이나 할 수 있는 거야. 나, 자원봉사하자는 마음으로 박 차장 도와주고 있는 거 아니다?"

— 여사님.

"내가 모를 줄 알았어? 박 차장 마누라 명의로 따로 회사 설립해 둔 거. 불법 입점 시킨 거 이번이 처음 아니잖아. 회사 이름이 뭐였더라. A&G? 그래, 맞네. A&G. 이름도 그게 뭐니. 촌스럽게."

— 그걸 어떻게…….

당황한 박성호의 목소리가 잘게 떨렸다.

"그러니까 내가 항상 말하잖아요. 꼬리가 길면 잡힌다니까? 욕심도 적당히 부렸어야지. 족보도 없는 것들이 가지고 싶은 것만 많아서야. 당신이 차은도 그 새끼랑 다를 게 뭐가 있어?"

미정은 말아 쥔 손을 튕기며 싱긋 웃었다.

"난 우리 박 차장이 최대한 오래, 오래 버텨 줬으면 좋겠다? 우리 애가 차은도를 짓밟고 올라설 수 있을 때까지. 내가 어느 정도 지분을 차지할 수 있을 때까지."

때마침 현관문 너머로 도어록 비밀번호를 누르는 소리가 들려왔다.

"그러니까. 쓸데없는 곳에 머리 굴릴 생각 말고, 내가 시키는 일이나 잘 마무리 지으세요."

미정은 현관을 힐긋거리며 통화를 마무리했다.

❖ ❖ ❖

미정은 거실 테이블 위에 던지듯 휴대폰을 올려 두고 상냥한 얼굴로 한 걸음에 달려 나와 주원을 맞이했다.

"아들! 이제 퇴근한 거야? 오늘은 일찍 왔네?"

"네."

주원은 애써 웃으며 고개를 끄덕였다. 미정이 두 손을 내밀었다.

"재킷 벗어서 엄마 줘. 대신 정리해 둘게."

"직접 할 수 있어요."

"얘는. 벌써 다 컸다, 이거지?"

주원은 말없이 웃기만 했다.

"내일 2시에 대원은행 쪽 손녀딸이랑 W호텔에서 선 자리 있는 건 알지? 실수 없어야 해."

미정은 주원의 방까지 쫓아와 괴롭혔다.

"알지? 엄만 너만 믿고 있는 거. 네가 잘돼야, 엄마도 두 다리 쭉 뻗고 잘 수 있지."

짜증이 날 법도 한데 주원은 여전히 웃음을 잃지 않았다. 웃는 얼굴로 어머니가 원하는 대로 움직이며 안심시켜 주는 것. 이미 습관이 되어 버려서 그다지 어려운 일도 아니었다.

"주원아. 엄마, 어제 청담에 있는 피부과로 옮겼거든? 어때? 좀 더 예뻐진 것 같니?"

"네."

"예전에 다녔던 피부과는 직원들이 너무 싸가지가 없어. 대기 줄이 길다고 기다려 달라는 거 있지. 감히 내가 누군지 알고."

미정은 끊임없이 아름다움을 추구했다. 점차 늙어 가는 것을 끔찍하게 여겼고, 병적으로 재벌가 사모들과 어울리기를 즐겼다.

"아, 그리고 재원그룹 셋째 아들 알지? 건너, 건너 들었는데 글쎄 그 아들이 서자라더라. 그 여편네 귀족 행세 하고 다니더니 결국 뭣도 없었어. 그런 줄도 모르고……."

미정의 말이 길어질수록, 주원의 표정은 점점 굳어졌다.

"뭐, 다행이지. 그간 비위 맞춰 주느라 얼마나 고생했는데. 그렇게 떵떵거리다가 이젠 내 앞에서 기도 못 펴는 꼴을 보니까 얼마나 속 시원했는지 몰라."

"어머니."

주원은 셔츠 단추를 풀다 말고 고개를 돌려 가만히 미정을 응시했다. 그 눈빛 속엔 일말의 감정조차 담겨 있지 않았다.

"응?"

"저, 옷 갈아입어야 돼요."

"그게 뭐가 어때서? 엄마 앞에서 창피할 게 따로 있지. 너 아기 때는 엄마가 똥오줌 다 받아 줬는데, 뭘. 아, 참. 요즘 회사는 어떠니? 상무이사 선임 기간까지 얼마 안 남았잖아. 직원들이랑 잘 지내고 있어?"

그녀는 일반적인 부모와 달라도 너무 달랐다. 바랄 것도 없었다. 귀찮게 하지만 않아 줬으면 좋겠는데, 그마저도 무리다.

"그나저나 너희 큰아버지는 상무이사 투표를 왜 직원들한테 맡긴다니? 주주 총회로 끝낼 것이지. 회사 일이 애들 장난도 아니고, 뭣도 모르는 그깟 일개미들한테 덥석 권리를 쥐여 주고 있어. 어디 그래 가지고야 직원들이 임원을 무섭게 보겠냐구."

"어머니."

"응?"

"쉬고 싶다고 말씀드린 것 같은데."

주원의 말에 미정의 표정이 싸하게 식었다.

"네가 지금 쉴 시간이 어디에 있니. 한시라도 빨리 인수인계받고 본사 일 익혀야지. 박 차장한테 보고서 미리 받아 놨어. 밥은 서재로 가져다줄 테니까 옷 갈아입고 나오렴."

미정은 주원이 대답할 시간도 주지 않고 뒤돌아 드레스룸을 빠져나갔다. 매번 이런 전개의 연속이라 그다지 놀랍지도 않다. 월급의 80%는 미정의 손에 쥐어졌다. 무엇 하나 뜻대로 얻어진 것이 없다.

옷장에 걸려 있는 옷과 슈트, 신발과 액세서리. 하나부터 열까지 전부 다 그녀의 안목으로 정해진 것들이었다. 온갖 잔인한 방법들로 상처를 새겨 놨으면서 겉만 번지르르한 것들로 가려 두려는 솜씨가 제법이다.

그런다고 숨겨질 것들이 아닌데. 주원은 셔츠를 마저 벗고, 전신 거울에 비친 자신의 상반신을 물끄러미 바라보았다. 몸 구석구석엔 어렸을 때부터 고등학생 때까지 질리도록 받아 온 학대의 흉터가 적나라하게 남아 있었다.

어느 때는 다정한 엄마인 척 가증스러운 모습을 보이다가도, 또 어느 날은 정신병에 걸려 버린 미친 여자처럼 집 안의 물건을 내던지고, 어린 주원을 때렸다. 그마저도 분에 안 풀린다 싶으면 칼을 가져와 자신의 아들이 보는 앞에서 자해를 하려던 적도 있었다.

'너 때문이야.'

'너와 개만도 못한 그 새끼가 내 인생을 망쳤어.'

'내 젊음도, 청춘도, 열정도 다. 다. 전부 다!'

주원은 피식 웃으며 미정이 사라진 방문을 향해 낮게 중얼거렸다.

"저걸 어떻게 치워 버리지."

거울에 비친 제 모습을 경멸 어린 시선으로 바라보았다.

괴물이 낳은 괴물. 그 이상, 그 이하도 아닌 것이 저를 비웃고 있었다.

"안녕하십니까, 본부장님. 경영진단 부서 소속 팀장 김재윤입니다."

경영진단 부서는 흔히 말하는 내부 감사를 진행하는 곳이었다. 재윤은 혼자가 아니었다. 몇 명의 내부 감사 직원들이 그의 뒤를 지키고 서 있었다. 그것만 봐도 사사로운 일 때문만은 아니란 뜻이다. 재윤은 사무적인 투로 말을 이었다.

“찾아온 이유는 본부장님도 어느 정도 알고 계시리라 생각합니다.”

“잘 모르겠지만, 적어도 반가운 일은 아니겠죠.”

은도는 덤덤히 답하며 자리에서 일어났다. 그때, 재킷 안주머니에서 휴대폰이 부르르 떨며 진동했다. 집무실 접대 소파로 걸어가던 은도는 다리를 멈춰 세우고 고개를 살짝 주억거렸다.

“잠시 실례하겠습니다.”

“예.”

재윤의 허락이 떨어지자, 은도는 재킷 안으로 손을 집어넣어 휴대폰을 꺼내 들었다.

[본부장님, 지금 이게 대체 무슨 일이에요? 갑자기 왜 감사팀이 본부장님 집무실에 들이닥쳐요? 어제 일 때문에 그런 거예요?]

바로 옆에서 다정의 목소리가 들려오는 것만 같은 착각이 들었다. 은도는 희미한 웃음을 흘리며 고개를 틀었다. 바깥의 기획팀 풍경은 봐 줄 만했다. 갑작스러운 경영진단팀의 등장에 당황한 듯 일에 집중하지 못하는 직원들 사이에서 유독 불안해하는 송다정이 보였다.

은도는 다시금 시선을 돌려 재윤을 마주 보았다.

“직원들이 많이 동요할 것 같은데, 나가서 대화하시죠.”

14

[걱정하지 마.]

그 답장을 끝으로 하루가 지났다. 벌써 저녁 10시가 훌쩍 넘어가고 있었다. 초조함이 극에 다다른 다정은 연신 손톱을 물어뜯으며 휴대폰을 꼭 쥐었다.

"왜 아직도……."

연락이 없지. 무슨 일이 벌어지고 있는 걸까. 경영진단팀 소속 직원들이 다녀간 이후 회사는 한바탕 뒤집어졌는데, 정작 당사자에게 돌아오는 연락은 없으니 다정은 불안하다 못해 미칠 지경이었다.

본부장님이 〈르보아〉에게 일방적으로 해지를 통보한 것 때문에 책임을 물으려고 움직인 걸까. 아니. 아니다. 언제 어떤 식으로 언론에게 거짓 정보를 퍼트릴지도 모르는데, 〈르보아〉에게서 본사 실무진인 본부장님을 보호하려고 했으면 모를까, 결코 책임을 물 이유가 없다.

하지만 분위기가 살벌하던데. 물론, 그쪽 사람들이 밝게 웃으며 찾아오는 게 더 이상하지만.

한숨을 흘려보내기 무섭게 휴대폰이 진동했다.

[자?]

고작, 한 글자. 너무나 단출한 내용이었다. 심장이 쿵쿵 뛰었다. 괘씸했다. 화도 조금 났다. 하지만 연락이 닿았다는 이유만으로도 안심되는 게 사실이다.

대체 어떻게 된 거예요? 뭐 하다가 이제야 답장해요? 얼마나 걱정했는지 알아요? 수많은 말이 머릿속을 가득 채우고 있어 과부하에 걸려 버린 탓에 무엇부터 물어야 할지 모르겠다. 잠시 고민하던 다정은 떨리는 손으로 톡톡 액정을 두드렸다.

[아니요. 아직요.]

[화났어?]

아니라고 보내야…….

[네.]

신속하게 도착하던 답장이 끊겼다. 조금 뜸을 들이나 싶더니, 얼마 지나지 않아 새로운 메시지가 도착했다.

[그럼 좀 곤란한데.]

문자 내용을 보자마자 저도 모르게 허탈한 웃음이 터졌다. 연이어 진동이 울렸다. 이번엔 문자가 아닌 전화였다. 괘씸해서 한번 튕길까 했지만. 다정은 큼큼, 헛기침을 내뱉으며 목소리를 가다듬고 휴대폰을 귓가로 가져갔다.

"여보세요."

짧은 정적이 흘렀다.

— 집 앞이야.

갑자기?

"무슨 집이요? 설마, 우리 집?"

— 응.

아. 맙소사.

— 나올 수 있어?

"당연한 거 자꾸 묻지 마세요."

다정은 자리에서 벌떡 일어섰다.

❖ ❖ ❖

대충 후드 티를 걸치고 현관문을 나섰다.

은도는 차량에 기대어 서 있었다. 한 걸음, 두 걸음 걷는 발소리가 가까워지자 그가 천천히 고개를 들었다. 조금은 피곤해 보이는 얼굴이었다. 다정을 발견한 은도는 애써 아무렇지 않은 척 입술을 늘이며 미소 짓고 있었지만, 지친 기색까진 숨길 수 없었다.

다정은 은도 앞에서 우두커니 멈춰 섰다. 만나게 되면 묻고 싶은 것들이 산더미처럼 쌓여 있었는데, 정작 얼굴을 보게 되자 지우개로 싹 지워버린 것 같다. 아무것도 기억나지 않았다. 거짓말처럼. 물끄러미 다정을 바라보던 그가 천천히 입술을 열었다.

"늦어서 미안."

은도는 짧은 사과를 건네며 등 뒤로 감추고 있던 팔을 뻗었다.

"바빴단 핑계 안 댈게."

그의 손엔 케이크 상자가 들려 있었다.

"생일 축하해."

너무 뜬금없고 생각조차 못 한 상황에 다정의 눈이 크게 떠졌다. 알고 있었구나. 어떤 말을 해야 할지 몰라, 다정은 입술을 벙긋거렸다.

"식사는, 하셨어요?"

고맙다고 말해야 하는데 엉뚱한 말이 튀어나왔다. 연락이 닿지 않아 서운했고 화도 났지만, 케이크를 들고 있는 그를 보자마자 걱정부터 앞섰다. 그래서 던진 말이 고작 저거였다.

"아직."

"지금 시간이 몇 신데 왜 아직도 안 드신 거예요?"

속상한 마음에 입술을 꾹 닫고 있던 다정은 은도를 흘기며 말했다.

"잠깐 들어갔다 가요. 같이 먹어요, 케이크."

"아니."

은도는 손목을 들어 시간을 확인하고는 불쑥 입을 열었다.

"우리 집으로 가자."

어울리지 않게 조급한 말투였다.

어두운 골목을 뚫고, 활기를 잃은 도로를 지나 몇 개의 터널을 통과할 동안 거치대에 끼워 둔 그의 휴대폰은 쉬지 않고 진동했다. 하지만 은도는 휴대폰에 눈길조차 주지 않았다. 무심한 표정으로 운전에 집중하고 있을 뿐이었다.

전방을 주시하던 은도가 이따금씩 조수석을 힐긋거릴 때마다 다정은 시선을 어디에 두어야 할지 몰라 괜히 허벅지에 시선을 고정했다. 사이드 미러를 확인하려 했다는 것을 알고 있었으면서도. 신경이 쓰이고 답답했다. 그 이유는, 그의 휴대폰 액정에 번갈아 가며 떠오르고 있는 발신자 이름을 목격한 탓이다. 진우 선배와 그 외에 모르는 전화번호. 그리고…….

[회장님]

단지 이름 세 글자를 눈에 담았을 뿐인데, 엄청난 위압감이 휘몰아쳤다. 손을 뻗으면 바로 닿을 정도로 가까운 거리였지만, 수백 킬로미터는 떨어진 것 같다. 새삼 실감했다. 내가 너무 애들 장난처럼 쉽게만 생각했던 건 아닐까. 이렇게 있어도 되나, 싶었다.

현재 그가 있어야 할 곳은 자신의 곁이 아니었다. 분명 인지는 하고 있었지만, 무엇 하나 확신할 수 없는 상황에서 무턱대고 그의 등을 떠밀 수도, 대체 무슨 일이 벌어지고 있는 거냐며 캐물을 수도, 그렇다고 위로를 건넬 수도 없었다.

별일 아니겠지, 괜한 잡념일 것이라고 가볍게 떨쳐 내려 해 봤지만 도리어 조급해졌다. 점점 더 불안함만 가중되었다.

"무슨 생각 해."

복잡하게 엉켜 있던 정신이 순식간에 환기되었다.

"전화는 왜 안 받으세요? 중요한 연락인 것 같은데."

"운전에 집중해야지."

"블루투스 있잖아요."

"사고 나면 어떡해."

"……."

"아."

그가 조용히 탄식을 흘리며 씩 입술을 들어 올렸다.

"송다정은 예외야."

이건, 반칙이다.

제 발로 현관문 앞까지 걸어왔으면서, 막상 들어서려니 발이 움직이질 않았다. 머뭇거리는 다정의 속내를 은도 역시 눈치챈 모양이다.

"들어오기 싫어?"

다정이 고개를 내저었다.

"그런 표정 짓고 있으면, 내가 너무."

무례하게 굴고 있는 것 같잖아. 은도는 한숨을 작게 흘려보내며 말문을 텄다.

"조사받았어."

"조사요?"

다정의 눈이 휘둥그레 떠졌다.

"걱정 마. 정황상 맞지 않는 것들뿐이라 순조롭게 풀려났어. 보다시피, 무사하고."

이런 순간에서도 그는 짓궂게 웃으며 여유를 부렸다.

"그런 상황에서 연락하면 좋을 게 없으니까."

내게 향한 화살이 혹여나 네게로 돌아갈까 봐 연락하고 싶어도. 보고 싶어도.

"……참았어."

시선을 내렸다. 꼼짝하지 않으면서도 자신의 손가락을 놓지 않고 꼬옥 붙잡고 있는 다정의 작은 손이 불현듯 앙증맞단 생각이 들어, 피식 짧은 웃음이 터졌다. 다시금 눈꺼풀을 밀어 올린 은도가 다정을 빤히 바라보았다. 그 작은 머리로 무슨 생각을 하고 있을까.

"할 수만 있다면 네 머릿속에 잠깐이라도 들어가 보고 싶다."

"저야말로 본부장님이 무슨 생각을 하고 있는지 궁금해요."

그녀가 기어들어 가는 음성으로 말을 이었다.

"본부장님."

"응."

"아무래도 저는 아직 한참 멀었나 봐요."

"무슨 말이야, 그게."

은도의 눈썹이 작게 꿈틀거렸다. 다정은 은도의 재킷 단추에 시선을 고정한 채 차분히 답했다.

"세월 좋게 저랑 데이트하고 있을 때 아니라는 거 알아요."

회장님과 진우 선배한테 쉴 틈 없이 연락 온 것만 봐도.

"제 걱정 말고 얼른 가 보라고, 급한 일부터 해결해야 하지 않겠느냐고, 보내 드려야 하는데. 그게 맞는데, 잘 안 돼요. 맘에 없는 말, 도무지 못 하겠어요."

오늘만큼은. 당신과 함께 있고 싶었다. 이기적이게도. 문득, 그가 희미하게 웃었다.

"듣던 중 반가운 소린데."

"저 지금 장난치자는 거 아니거든요."

다정이 밉지 않게 흘기며 불퉁거렸다. 그러거나 말거나 은도는 어깨를 으쓱이며 능청을 떨었다.

"나 지금 되게 진지한데."

"됐어요. 무슨 말을 해……."

말은 그렇게 했지만, 다정은 그 짧은 정적을 견디지 못하고 참을성 없이 다시금 입술을 움직였다.

"사실은요."

"응."

"저는 본부장님에 대해서 이제 다 알고 있으니까, 무리 없이 전부 감당할 수 있을 거라고 내심 자부했거든요. 분명 자신 있었어요. 근데, 전부 착각이었나 봐요."

"착각?"

"쉽게 생각했어요. 죄송해요."

좀처럼 이해하기 힘든 말에, 은도의 눈가가 작게 구겨졌다.

"일단, 들어가자. 들어가서 얘기해."

"아뇨. 여기서 할래요."

"또. 고집부린다."

"한 번만 져 주세요. 그래야 마음 편하게 본부장님 얼굴 볼 수 있을 것 같아서 그래요."

그녀가 조심스럽게 눈을 맞춰 오자, 은도는 가만히 고개를 끄덕였다.

"아까요. 회장님께 연락 온 것만 봤을 뿐인데, 순간적으로 겁먹었어요. 본부장님이 엄청 먼 사람처럼 느껴졌어요. 앞으로 어떤 일이 벌어지게 될지. 과연 내가 감당할 수 있을지. 지금은 그런 걱정을 할 때가 아닌데. 지금껏 경영진단팀한테 시달리느라 본부장님도 충분히 곤욕스러웠을 텐데. 전 고작 그런 거에 불안해했어요. 생일인데 연락 한번 안 해 준다고 섭섭해했어요."

조곤조곤 내뱉는 다정의 말을 심각하게 경청하고 있던 은도는 뭔가 이상하다는 것을 뒤늦게 알아차렸다. 심각하게 굳어진 그의 얼굴이 서서히 풀어졌다.

“그러니까, 네 말은.”

아……. 생각할수록 진짜.

“회장님이 너와 내 사이를 못마땅하게 생각하실까 봐 걱정스럽고.”

“걱정 말고 불안이요.”

이런 순간에도 말을 정정하는 다정의 집요함에 하마터면 웃음이 터질 뻔했다.

“그래, 불안했고. 또…….”

“생일.”

또.

은도는 입술을 꽉 다물며 간신히 평정심을 되찾았다.

“그래, 생일. 내가 경영진단팀 일로 정신없는 것도 이해하고, 걱정도 되는데. 그래도 하필 오늘처럼 중요한 날에 하루 종일 연락 두절이라 섭섭했다. 그런 이기적인 생각을 했다는 게 미안하고 염치가 없다. 이거지.”

다정이 작게 고개를 끄덕였다.

“맞아요. 그거예요.”

아아……. 아무래도 안 되겠다.

“송다정.”

“…….”

“다정아.”

“왜 자꾸 불…….”

다정은 말을 채 잇지 못했다. 말보다 손이 더 빨랐다. 허리를 굽힌 은도가 단숨에 다정의 목덜미를 감싸 당겼다.

길어질 줄 알았던 입맞춤은 굵고 짧았다. 다정의 입술을 탐닉하던 은도의 입술은 아쉬움을 뒤로하고 느릿하게 떨어졌다.

"뭐야. 그 아쉽다는 눈빛은."

"……놀리지 말아요."

짓궂게 웃으며 놀리는 은도가 얄미웠는지, 다정은 아프지 않게 그의 가슴팍을 툭, 밀었다. 그는 아, 하고 웃음 섞인 신음을 흘리며 엄살을 떨었다. 얇은 손목을 가볍게 낚아챈 은도가 다정을 손쉽게 품으로 끌어당겼다.

"아쉬워하지 마. 밤은 길어."

"변태."

"보여 줄 게 있어."

"뭔데요?"

다정이 신발을 마저 벗으며 묻자, 은도는 어울리지 않게 진중한 표정으로 경고했다.

"놀리지 않겠다고 약속해."

"알겠어요."

연신 머뭇거리던 은도는 내키지 않아 하는 눈치였지만 어쩔 수 없다는 듯 걸음을 옮겼다. 다정도 그를 따라 주방으로 향했다. 식탁 위를 가득 채우고 있는 것들을 발견한 다정의 눈이 동그랗게 떠졌다.

"이게 다 뭐예요?"

식탁 위에는 단출한 생일상이 차려져 있었다. 다정의 눈동자가 빠르게 움직였다. 미역국과 쌀밥. 그리고 계란프라이 두 개. 시간이 오래 지난 탓인지 퉁퉁 불어 버린 미역국과 굳은 밥. 그나마 구색을 갖추고 있던 계란프라이마저 노른자가 다 터져서 그릇에 눌어붙어 있었다.

"저거…… 본부장님이 다 만드신 거예요?"

"응."

"식을까 봐 그렇게 급하게 재촉하셨던 거고요?"

"응."

다시 생각해 봐도 스스로가 자랑스러웠는지, 얼른 칭찬해 달라는 표정으로 자신만만하게 대답하는 그의 모습에 다정은 그만 크게 소리 내어 웃고 말았다. 조금 전 마음을 들쑤시며 괴롭혔던 잡념들이 하나도 생각나지 않을 만큼.

불편해. 불편해 죽겠다. 체할 것 같아.

힐긋, 다정은 조심스럽게 맞은편을 바라보았다. 그는 앞에 놓인 음식엔 손도 대지 않았다. 천천히 물을 마시며 노골적으로 다정의 얼굴만 바라보고 있다. 정확히 말하자면, 자신의 반응을 유심히 살피고 있었다. 기대감에 가득 찬 눈과 정통으로 부딪치자 당황한 다정은 황급히 시선을 내렸다.

얼른 맛있다고 해. 입에서 살살 녹는다고 해. 머릿속에서는 쉬지 않고 명령을 내리고 있지만, 다정은 도무지 입을 뗄 수 없었다.

미역국의 맛은 그야말로 우유니 소금 사막 저리 가라 할 만큼 충격적이었다고 하겠다. 그야말로 망치로 혀를 두들겨 패서 박살 내 버리는 맛. 하마터면 숟가락을 입에 넣자마자 다시 국그릇에 뱉을 뻔했다.

계란프라이는 더 짰다. 단짠단짠도 아닌 짠짠짠. 이건 과자다. 과자다. 최선을 다해 최면을 걸며 프라이를 삼켰다.

"맛은 어때."

올 것이 왔다. 은도는 그녀의 얼굴을 뚫어져라 바라보며 세상 진지하게 물어 왔다. 다정은 억지로 입술 끝을 끌어 올려 웃었다. 웃어야만 한다.

"맛……. 맛있어요."

다정이 헛기침을 터트리자 은도가 얼굴을 찌푸렸다.

"아닌 것 같은데."

"아, 아뇨. 정말 맛있어요."

"……."

"진짠, 데……."

짧은 침묵이 흘렀다. 좀처럼 믿지 못하겠다는 표정이다. 다정은 따갑게 와 닿는 은도의 시선을 슬그머니 피했다. 보다 못한 그가 숟가락을 들었다.

"저, 본부장님. 잠시만요!"

다정이 다급하게 말려 오자, 미역국으로 향하려던 그의 손이 멈칫거렸다.

"왜?"

"혹시, 요리하실 때 간 보셨나요?"

"아니."

뭐가 저렇게 당당해, 이 남자.

"왜요?"

그는 잠시 고민하는 듯하더니 말문을 텄다.

"……원래 다들 그렇게 하지 않나."

"본부장님 요리해 보신 적 없죠."

"해 봤어."

"뭐 해 보셨는데요?"

"닭 가슴살, 파프리카 같은 거."

간을 볼 필요도 없는 메뉴다.

"자, 잠깐만요. 그거 다이어트나 운동하는 사람들이 먹는 거 아니에요?"

그가 고개를 끄덕였다.

"주로 그렇지."

"다이어트하세요?"

"간편해서."

서늘한 침묵이 감돌았다. 눈치를 살피던 다정이 먼저 말문을 텄다.

"그럼 매일 닭 가슴살만 드세요?"

"그런 건 아닌데, 집에선 따로 밥 챙겨 먹을 일이 별로 없으니까."

그의 바쁜 일과를 생각해 보면 이해가 아예 안 되는 것도 아니지만. 지나치게 깔끔한 싱크대를 보자, 마음 한구석이 어그러진다.

"본부장님."

“응.”

“앞으론 시간 날 때마다 제가 직접 요리해 드릴게요.”

그녀가 난데없이 비장한 얼굴로 굳게 다짐하자, 은도는 당혹스러움을 감출 수 없었다.

“요리 잘해?”

“아뇨. 그런 건 아니지만요.”

본부장님보단 잘할 수 있다고 확언할 수 있습니다. 제 혀를 위해서라도, 그래야 할 것 같네요.

“그래. 나도 배워 볼게. 같이해.”

기대하겠단 말이 나올 줄 알았는데, 함께하잔다. 말도 참 예쁘게 한다, 이 남자. 다정이 활짝 웃었다. 꼭 행복하게 해 줘야지. 슬픈 일은 조금도 생각나지 않도록, 항상 기쁘게 해 줘야지. 다시 한번 다짐하면서.

비록 음식은 완벽하진 않았지만, 사랑스러웠다. 만드는 내내 내 생각만 했다는 거니까. 그것만으로도 충분하다. 남은 음식을 마저 먹으려는 찰나, 그의 손이 미역국을 향해 천천히 움직이기 시작했다. 방심했다.

“본부장님 안 돼욧!”

끼이익 소릴 내며 의자가 대리석 바닥을 긁었다. 벌떡 엉덩이를 떼어 낸 다정이 급박하게 손바닥을 펼쳐 보았지만, 때는 이미 늦었다. 우유니 소금 사막 맛을 방불케 하는 미역국은 이미 그의 혀를 마비시켰을 터. 아니나 다를까, 그의 눈살이 과격하게 찌푸려졌다.

“…….”

툭. 그의 손에 들린 숟가락이 매몰차게 식탁 위로 떨어졌다.

“먹지 마.”

입 버려.

기획안이 엉망진창이었을 때도. 입사 초반에 저지른 실수로 미팅이 흐지부지하게 끝나 버렸을 때도. 하물며, 지각을 했을 때마저도. 차은도가 이토록 단호했던 적은 확신하건대, 단 한 번도 없었다.

❖ ❖ ❖

식사는 흐지부지하게 종결되었다. 대접받았으니 설거지는 맡겨 달란 말마저 처참히 외면당했다. 결국 다정은 쫓겨나다시피 거실 소파에 덜렁 남겨졌다. 어느새 뒷정리를 마친 듯, 느린 걸음으로 다가오고 있는 은도를 발견한 다정이 엉거주춤 몸을 일으켰다.

"본부장님. 정말 맛있었어요. 미역이 어찌나 담백하고 맛있던지……. 사실, 제 입맛이 그래요. 국물보단, 건더기! 그리고 무엇보다 짠 것에 환장하거든요."

"됐거든."

입에 침이나 바르고 거짓말해라. 성심을 다한 어필이었음에도 그의 얼굴은 좀처럼 풀어질 기미가 보이지 않았다. 어쩔 수 없군. 비밀 병기 카드를 꺼내 드는 수밖에.

다정은 예고도 없이 있는 힘껏 그의 품에 뛰어들었다. 은도는 무방비한 상태에서 잠시 주춤하는가 싶더니 무리 없이 다정의 허리를 둘러 안아 무게를 지탱했다.

"특별했어요. 최고의 생일이었어요. 완벽한 본부장님도 못하는 게 있구나, 신기하면서도 나만 아는 빈틈이 생긴 것 같아 뿌듯했어요."

"너……."

"귀여웠을 것 같아. 레시피 찾아보면서 허둥대는 모습. 무엇보다, 정말, 정말 기뻤어요. 요리하는 동안만큼은 내 생각으로 가득했다는 거잖……."

다정은 말을 다 잇지 못했다. 허리를 감싸고 있는 팔의 힘이 점점 더 강해져서. 은도의 널찍한 가슴팍에 다정의 가슴이 밀착되었다.

"또 정신 못 차리게 하지."

사정없이 쿵쾅거리는 심장 소리는 누구 것이라 단정 짓기 어려웠다.

"그런 예쁜 말 하는 법은 어디서 배워 왔어."

"최근 회사 일 때문에 많이 힘드셨죠?"

"아니."

"거짓말."

"사실은, 조금."

"묻지 않을게요."

"정리되면 듣기 싫다 해도 말해 줄게. 지겹다고 할 때까지."

"어떻게 위로를 해 줘야 할까요."

"필요 없어."

은도가 다정의 목덜미에 입술을 묻으며 작게 중얼댔다.

"나한텐 네가 위로야."

합. 다정은 호흡하는 것조차 잊어버렸다. 뜨거운 숨결이 간지러워 솜털이 바짝 솟았다.

"그래도, 음식은 밖에서 맛있는 걸로 사 줄 걸 그랬다. 미안."

"괜찮대도 그런다……."

빈틈없이 꼼꼼하게 맞붙어 있던 몸이 느슨하게 떨어졌다. 별안간 그가 두 팔을 뻗어 왔다. 목덜미로 차가운 기운이 느껴져 시선을 내렸을 땐, 영롱한 빛이 반짝이고 있었다. 다정이 반사적으로 손을 올려 목을 쓸어 냈다.

목걸이었다.

"선물이 뭐가 이렇게 많아요. 충분한데, 진짜."

말은 그렇게 했지만, 감동받아 일렁이는 눈동자는 차마 감출 수 없었다.

"아직 안 끝났어."

그가 희미하게 웃으며 낮게 속삭였다.

"뭐가요?"

"선물."

"뭔데요?"

고개를 숙이며 가깝게 다가온 그가 은근하게 눈을 맞춰 왔다.

"나야."

은도는 다정이 대답할 시간도 주지 않고 입술을 겹쳐 왔다. 다정의 턱이 느슨히 벌어진 틈을 타 집요하게 혀를 빨아 당겼다.

농도가 점점 더 깊어지려는 순간, 은도의 입술이 천천히 떨어졌다. 가슴을 크게 들썩거리며 잠시 서로를 말없이 바라보았다.

은도의 상체가 조금씩 숙여지기 시작하자, 다정의 허리가 뒤로 꺾였다. 버틸 수 있는 한계에 다다랐을 때, 은도가 다정의 뒷덜미를 감으며 입맞춤은 다시 시작되었다. 은도의 무게를 이기지 못하고 풀썩, 소파 위로 다정이 무너졌다. 그 모습이 지나치게 아름다워 순간 넋이 나갔다.

"뭔데 예뻐, 설레게."

"본부장님이 더 예뻐요."

"까분다."

지그시 내리깔린 그의 시선은 묘하게 풀어져 있어 더할 나위 없이 색정적이다.

"자고 갈래?"

은도가 그녀의 입술을 깨물었다.

"자고."

잘게 스치고, 부딪치며 애간장을 태운다.

"같이 출근하자."

전보다 훨씬 깊은 입맞춤이었다. 질척거리는 소리가 한층 더 야해졌다. 둘은 누가 먼저랄 것도 없이 이성을 잃었다. 문득, 은도가 뒤통수를 받치고 있던 손바닥에 힘을 주며 다정을 일으켜 세웠다. 그리고 그대로 그녀를 제 허벅지 위에 안아 올렸다.

짙은 눈빛에 빨려 들어갈 것만 같다. 다정은 대답 대신 은도의 머리카락 깊이 손가락을 끼워 넣으며 자신의 가슴으로 얼굴을 끌어당겼다.

"본부장님."

말을 채 잇기도 전에 그의 손길에 의해 그녀의 상의가 조금씩 위로 말려 올라갔다.

"응. 계속 말해."

곧이어 따뜻한 입술이 그녀의 가슴에 닿았다.

"으읏. 사랑……….."

"내가 더 사랑해."

생경한 감촉에 다정은 두 눈을 질끈 감으며 은도의 머리카락을 세게 움켜쥐었다.

"있잖아."

그의 시선이 날렵하게 올라왔다.

"안 재워도 돼?"

"안 돼……."

원했던 대답이 아니었는지, 그의 혀 놀림이 전보다 더 집요해졌다. 으응. 무의식적으로 흘러나온 야릇한 교성에 은도의 입매가 길게 늘어졌다.

"알겠어."

내일 일은, 내일 생각하자.

"안 재울게."

며칠 사이, 회사 분위기는 미묘하게 달라져 있었다. 예고 없이 기획팀 사무실에 들이닥친 경영진단팀 소속 직원들, 본부장님의 독단적인 결정으로 〈르보아〉 업체와의 협업 프로젝트가 하루아침에 무산.

상상을 초월한 사건들이 펑펑 터졌는데 평화로운 게 더 이상할지도 모른다. 그것도 문제였지만, 이곳저곳에서 힐긋힐긋 쏟아지는 시선은 그 나름대로 껄끄러워 견디기가 벅찼다.

이유는 아마 중대한 프로젝트를 이끌어 가야 할 프로젝트 매니저의 최종 학력이 인영대학교 자퇴생이었다는 것. 그와 더불어 이호성 담당자가 교묘하게 꾸며 퍼트린 헛소문에 휩쓸렸을 확률이 컸다.

"후우……."

절로 한숨이 터졌다. 출근할 날도 이제 고작 한 달도 채 남지 않았고, 정말 좋은 사람들이 있는 곳에서 인정받으며 행복하게 일하다 기분 좋게 마무리하고 싶었는데, 진작 물 건너간 것 같아 그 부분이 참 아쉽다.

차라리 먼저 다가와 대놓고 물어봐 주었으면 좋겠다. 저들끼리 모여 수군대고 있을 대화 내용은 듣지 않아도 대충 예상이 가능했다. 기획팀의 차은도 본부장과 송다정 프로젝트 매니저 사이에 무언가 있을 것이다.

입사하기 전부터 만났던 사이였고, 결국 사심이 섞인 채용이라든가. 그 때문에 경영진단팀이 나선 거라든지. 내막을 자세히 알지 못하는 이들에겐 그 어떤 상상력도 전부 허락되는 상황이었다.

이를테면, 회사 내 스캔들이나 루머 같은 것. 그것들은 심심하고, 지루하고, 반복되는 일상 속에서 가족보다 더 자주 만나는 직원들끼리 권태로움을 환기시키기에 더없는 최적의 방법이었다. 반면, 곁에서 걱정해 주는 측근들도 분명 있었다.

"피엠님. 괜찮으세요?"

옆자리에서 내내 다정의 안색을 살피던 정연이 조심스럽게 물어 왔다. 별일 아니라며 대수롭지 않게 웃어 주고 싶지만, 도무지 대답이 나오지 않았다.

"어울리지 않게 왜 이렇게 축 처져 있어. 보는 사람까지 기운 빠지게. 이호성 담당자한테 팩트로 뼈 때리던 송다정은 어디 갔는데? 궁상맞게 그러지 마. 회사에서 영양가 없는 스캔들 터지는 게 대수니? 그러고 있으면 더 의심당해."

어느새 자리로 다가온 김미래 팀장이 파일을 내려 두며 따끔하게 조언했다. 그러는 와중에도 호기심 어린 눈길들은 다정에게서 떠날 줄 몰랐다.

"너흰 대체 뭐가 그렇게 궁금해서 힐긋힐긋 쳐다봐? 일 안 해? 시간 많아 보이는데, 야근시켜 줄까?"

미래의 공격적인 투에 언제 그랬냐는 듯 다른 직원들은 하던 일에 집중했다. 그제야 미래도 한숨을 밀어 내며 다시 고개를 돌려 다정을 응시했다.

“우리는 다정 씨를 잘 알고 있지만, 다른 직원들은 잘 모르니까 자기들끼리 추측해서 떠벌리기 쉬워. 회사가 어떤 곳이니. 순진해서 멍청하게 당하고 있는 것보단 차라리 영악한 년 소리 듣더라도 당당하게 자기 밥그릇 챙기는 편이 훨씬 나아.”

맞는 말이다.

“나 같았으면 내 이미지 멋대로 헤집고 다닌 원인 제공자 어떻게든 찾아낸다. 걘 그냥 저지르고 떠나 버리면 그만이지만, 난 아니니까. 혈압 올라서 제명에 못 살아.”

“고마워요, 팀장님.”

“뭘?”

“위로해 주셔서.”

다정을 말없이 내려다보던 미래는 헛기침을 뱉으며 마음에도 없는 말을 했다.

“허, 참. 위로라니? 아니거든? 그냥 두고 보고 있자니 자기가 하도 답답해 보여서 한마디 해 준 거야. 네가 뭐가 예쁘다고…….”

미래는 새침하게 눈을 흘기며 미련 두지 않고 자리를 휙 떠나 버렸다.

“김 팀장님 괜히 저러시는 거 아시죠? 다른 부서 직원들은 어떨지 모르겠지만, 적어도 우리는 피엠님 믿어요. 누구보다 가까운 곳에서 송 피엠님을 지켜봤으니까, 얼마나 능력 있는지도 잘 알고 있구요. 분위기에 휩쓸려서 이상하게 생각하지 않아요.”

그래. 굳이 나를 모르는 사람들이 손가락질하는 것까지 신경 써 가며 전전긍긍할 필요가 있을까. 나를 좋아해 주는 사람들에게 더 잘하면 되는데.

“이 주임 덕분에 힘 난다. 고마워.”

“에이, 뭘요. 제가 한 일이 뭐가 있다고…….”

다정은 정연의 어깨를 두드려 주며 자리에서 일어났다.

“어디 가세요?”

"탕비실. 가서 생수 한잔하고 올게. 얼른 정신 차리고 집중해서 일해야지."

❖ ❖ ❖

탕비실 앞에 다다른 다정은 선뜻 안으로 들어서지 못했다.

"소식 들었어요, 담당자님. 본부장님이 일방적으로 프로젝트 해지 통보하셨다면서요. 어떡해요, 정말."

"……어쩔 수 없죠, 뭐."

슬쩍 곁눈질로 탕비실 안을 살폈다. 내부 사정을 잘 모르고 있을 영업지원팀 여직원들과 호성이 대화를 나누고 있었다.

"그래도 그렇죠. 사정이 어떤지 자세히는 모르지만……. 저희끼리도 얘기 많이 했거든요. 어쩐지 이상하다 싶더라구요. 4년제 대학 졸업했으면 빠르게 준비해도 스물여섯일 텐데, 경력 7년 차라 해서."

"송 피엠님 말하시는 건가요?"

"아, 맞아요. 송다정 씨. 어쨌든, 우리 회사도 많이 좋아졌죠. 기획팀 팀장님 육아 휴직 끝날 때까지 공석 자리 채우려는 목적도 있었다고 들었는데, 어쩌자고 프로젝트 매니저한테 팀장 직무를 맡긴 건지. 본부장님이랑 연애한다는 소문도 있더라구요. 호성 씨 마음 충분히 이해해요. 동문인데 직원들 다 보는 앞에서 좋지 못한 말 들으면 화가 날 만도 하죠. 무시당하는 기분도 들고."

"아닙니다. 제가 일에 익숙하지 못해서 그런 거죠. 그리고 다정이가 자퇴를 하긴 했지만 대학교도 수석으로 입학했고, 본부장님도 다른 사심이 있어서 채용한 건 아닐 거예요."

"어머……. 호성 씨 진짜 대인배다. 나 같으면 정말 못 참았을 거예요. 아무튼, 힘내요."

대화가 마무리되자, 영업지원팀 여직원들은 무리를 지어 탕비실을 빠져나왔다. 그 앞에서 다정과 마주치자 뜨악하며 어쩔 줄 몰라 하는 모습이 꽤 봐 줄 만했다.

서로 민망한 입장은 피차 마찬가지였다. 한 소리 할까 했지만, 그마저도 처지가 우습게 될 것 같았다. 다정은 고개를 꾸벅 숙이며 급히 곁을 지나쳐 가는 여직원들을 잡지 않았다.

다정은 꿋꿋이 탕비실 안으로 걸음을 옮겼다. 테이블 위에는 상자 하나가 놓여 있었다. 그 속엔 짧은 기간이었지만 회사에 머무는 동안 사용했던 호성의 물건들이 들어 있었다. 무시하고 정수기 앞으로 다가가 전용 컵을 가져다 대려는 순간, 호성이 먼저 말문을 텄다.

"다 들었어?"

"……."

"들었어도 어차피 앞으로 마주칠 일 없는 사이라 상관은 없지만. 어때. 이제 좀 속이 시원하냐?"

다정이 고개를 돌렸다. 호성은 무표정한 다정의 얼굴을 죽일 듯 노려보며 말했다.

"혹시나 해서 말하는데. 사과할 생각은 추호도 없으니까 바라지도 마."

미안할 짓 한 건 인정하나 보네. 다정은 호성의 말을 무시하며 마저 물을 채웠다.

"너도 그동안 직원들 앞에서 나한테 못할 짓 했잖아, 사람 쪽팔리게. 차라리 잘됐네. 이따위 취급 받으면서 악착같이 버텨 봤자, 더러워서라도 몇 달 회사에서 부장님 욕받이 하고 말지."

"……."

"야. 근데 넌 진짜 운도 좋다. 누군 비싼 돈 투자해 가면서 겨우 명문대 졸업했는데도 소기업 대린데. 이참에 물어나 보자. 너 여기서 연봉 얼마 받냐? 아, 그래 봤자 계약직이니까 정규직 월급의 반은 받으려나?"

픽. 조롱 섞인 호성의 웃음소리에 콸콸 시원하게 쏟아지던 물줄기가 뚝 끊겼다.

"그렇게 믿고 싶은 거겠지."

"뭐라고 했냐, 너."

"원하는 대답 못 해 줘서 미안한데. 나, 여기 정규직 직원들이랑 같은 연봉으로 계약했어. 얼마 전에는 연장 권유도 받았고."

"뭐……."

"근데 내가 깠어. 벌어 둔 돈은 많은데 정작 쓸 일이 없어서 해외여행이나 다녀오려고. 숨 좀 돌리면서 탕진하는 재미라도 느껴 보게. 모아 둔 돈 다 떨어져 봤자 다시 받아 줄 곳은 많아서, 크게 걱정도 안 해 봤어."

다정은 얼굴색 하나 변하지 않고 호성의 속을 박박 긁어 댈 만한 말을 서슴없이 내뱉었다.

"너한테 사과 바란 적 없어. 그럴 일은 없겠지만 했어도 안 받아 줬을 거고. 그러니까, 넌 평생 지금처럼 너보다 잘난 사람한테 열등감, 자격지심 느끼면서 살아."

열등감. 자격지심. 자기 자신을 더 괴롭게 만드는 미련한 감정. 안타깝게도 호성은 그 중요한 사실을 모르는 듯했다.

"내가 너보다 먼저 사회생활을 하면서 배운 게 있는데, 요즘 기업들. 너처럼 인성 바닥인 애 선택 안 해. 너보다 똑똑하고 성격 좋은 인재가 널리고 깔렸는데 뭐 하러."

"뭐라고 했냐, 너?"

"나, 멍청하고 착해서 참고 있는 거 아니야. 회사니까, 너와 똑같은 사람 취급 받고 싶지 않으니까. 그래서 참고 있던 거야."

"……."

"뒤에선 얼마든지 내 얘기 하고 다녀도 돼. 그렇게 없는 말 지어내면서 남 깎아내려야만 스트레스가 풀릴 것 같으면 마음껏 해. 말릴 생각 없으니까. 대신, 내 귀에 들려오게만 하지 말아 주라."

다정은 부드럽게 웃었다.

"이제 와서 굳이 네 잘못 따져 묻지 않을게. 어차피 회사 돌아가면 네 말처럼 너희 부장님 욕받이 하면서 스트레스 많이 받을 텐데. 힘내라."

탕비실을 빠져나가기 위해 그녀가 몸을 비틀려는 찰나였다. 호성이 강한 힘으로 다정의 어깨를 잡아 돌렸다. 그러고는 피할 새도 주지 않고 그대로 다정을 벽에 밀치며 멱살을 잡아 올렸다. 벽에 부딪치는 바람에 뒤통수로 아릿한 통증이 전해졌지만, 당황한 나머지 생각할 겨를도 없었다.

"지금 뭐 하는……."

"너 진짜 죽고 싶지?"

이건 장난이 아니었다. 호성은 당장이라도 거리낌 없이 다정의 얼굴에 손찌검을 날릴 기세였다. 성별을 떠나 폭력을 당할 위기에 처한 적은 처음이었다.

멱살을 쥐어 잡고 있는 호성의 악력은 풀어질 기미가 보이지 않았다. 오히려 점점 더 거세졌다. 캑, 다정의 잇새로 절로 헛기침이 토해졌다.

"여자라고 봐주니까 이게 진짜 미쳤나……. 야. 다시 말해 봐. 뭐라고? 인성? 네까짓 게 뭔데 내 인성을 운운해."

이대로라면 정말 위험했다. 그때였다. 탕비실 문이 벌컥, 열림과 동시에 익숙한 목소리가 쩌렁쩌렁 울려 퍼졌다.

"박 대리! 동영상 제대로 찍고 있지?"

"네, 네!"

"야, 이 새끼야. 그 손 당장 안 풀어? 이거 완전 또라이 아니야? 회사에서 이게 무슨 추태야!"

김미래 팀장과 박지호 대리였다. 예상치 못한 인물의 등장에 흠칫한 호성이 손힘을 풀었다. 그 틈을 놓치지 않고 잽싸게 빠져나온 다정이 호성의 손목을 잡아 비틀며 등 뒤로 팔을 꺾었다. 그러고는 무릎으로 그의 오금을 푹 눌렀다. 결국 그는 속수무책 바닥으로 널브러졌다. 거기서 끝이 아니었다.

"아악!"

커다란 괴성이 쩌렁쩌렁 울려 퍼졌다. 다정이 다른 손으로 그의 뒷목을 잡아 누른 탓이다. 조금도 움직이지 못하도록 어마어마한 힘이 호성을 압박했다. 호성은 다정에게 짓눌린 상태로 연신 신음을 토해 냈다. 김 팀장과 박 대리 역시, 예상 범위를 한참 뛰어넘은 다정의 박력에 놀라 눈을 휘둥그레 떴다.

"그래. 오늘 너 죽고 나 죽자! 어차피 계약도 끝나 가는 마당에 같이 사이좋게 경찰서 나들이 한번 가 보자. 어?"

이성을 잃고 날뛰는 다정을 멍하니 바라보던 박 대리는 뒤늦게 떠오른 것이 있는 듯, 탄식을 뱉으며 중얼거렸다.

"아, 맞다……. 송 피엠님 주짓수 유단자라고 했는데……."

양평에 위치한 단독 주택. 그곳은 윤문혁 회장의 개인 공방이자 쉼터로 사용되고 있었다. 무엇 하나 아내의 손길이 닿지 않았던 것이 없다. 아내는 아기자기한 정원을 직접 가꾸는 취미가 있었고, 윤 회장은 그 가운데에 자리를 잡고 앉아 원목 가구를 만들곤 했다.

봄엔 성공할 미래를 그리며 따뜻한 기운이 만연한 바람을 느꼈고, 여름엔 귀뚜라미 소리를 배경 음악 삼아 수박을 나눠 먹으며 풀 냄새에 취해 성공할 미래를 그렸고, 가을엔 봄에 구상해 놓은 원목 가구를 함께 만들었으며, 겨울엔 집에 콕 들어박혀 벽난로에 손을 녹였다.

윤문혁 회장은 잡념이 많아질 때마다 습관적으로 이곳을 찾았다. 자리를 잡고 원목 자재에 사포질을 하던 윤 회장이 문득 손을 멈추었다.

"그래서. 앞으로 어쩔 생각이야."

윤 회장이 진중한 음성으로 물었다. 은도는 침묵했다. 잠시 끊겼던 사포소리가 다시 사각사각, 울려 퍼졌다. 은도는 물끄러미 윤 회장의 움직임을 지켜보았다.

평범한 어르신의 모습이었다. 작업복도, 햇빛 차단용으로 착용한 밀짚모자나, 성한 곳 없는 투박한 손까지. 회장이란 무거운 직책과는 거리가면 차림이었다.

"목장갑이라도 쓰세요. 그러다 다치시면 어쩌려고 그러십니까."

"아서라. 네놈이 무얼 알겠어. 손때가 타야 그만한 값어치의 물건이 나오는 법이야. 멀쩡한 손 아껴서 국 끓여 먹을 것도 아니고. 감각 떨어져 싫다."

여전한 고집에 은도는 희미한 미소를 흘렸다.

"들었다. 경영진단팀에서 널 의심하고 있다고."

"……."

"매도 미리 맞는 게 나을 것 같아 찾아온 거냐? 그런 거라면 타박하거나 의심할 생각 없으니 걱정 말고 돌아가."

"……아닙니다. 그런 이유."

"그럼 왜."

"별 뜻 없이 왔습니다."

그 말에 윤 회장이 크게 웃음을 터트렸다.

"왜. 너도 나처럼 이곳에 오면 마음이 편해지냐?"

은도는 대답을 아꼈다. 서걱서걱, 사포질에 열중하던 윤 회장이 천천히 입을 열었다.

"융통성도 없고, 야망도, 욕심도 크지 않아. 지나치게 양심적인 면도 그렇고, 넌 사업가와 맞는 부분이 없어."

우회하지 않고 직설적으로 파고드는 윤 회장의 말에 은도는 잠시 주춤했다.

"서운하냐? 여태 죽기 살기로 노력해 왔는데, 기껏 노인네 입에서 나온 말이 전부 부정적인 말뿐이라."

"아닙니다."

짧은 정적 끝에 윤 회장이 말을 이었다.

"……하지만 말이다. 그건 어디까지나 세상 사람들이 멋대로 정한 지론일 뿐이지. 내 생각은 좀 달라."

윤 회장은 사포를 내려 두며 얼굴을 돌려 은도의 눈을 똑바르게 응시했다.

"적어도 내 마음엔 쏙 든다."

아버지와 같은 표정이었다.

"어때. 이번 건 백 점짜리 대답이었지?"

윤 회장이 씩 웃었다.

"힘이 됐습니다."

"끝까지 버텨 볼 의지가 생겼어?"

은도는 대답을 아꼈다. 윤 회장은 바지에 묻은 가루를 훌훌 털어 내며 자리에서 일어났다.

"차라도 한잔하고 갈 테야?"

"아뇨. 바로 회사에 들어가 봐야 합니다."

"그래라, 그럼."

집 안으로 들어가기 위해 등을 돌린 윤 회장은 발을 떼어 내려다 말고 멈칫했다.

"악착같이 한곳에 조급하게 매달리지 마. 멀리 봐야 까마득한 것도 가깝게 다가오는 법이니까."

문득 뜨거운 바람이 불었다. 여름이, 다가오고 있었다.

빽빽하게 차량들로 채워진 도로는 좀처럼 시원하게 뚫릴 기미가 보이지 않았다. 운전대를 잡은 채 별 감흥 없이 정면을 주시하던 은도는 멈춰 있는 시간이 점점 길어지자 지루함을 참지 못하고 슬쩍 시선을 돌려 풍경을 바라보았다.

퇴근을 하는 사람들, 약속 장소로 향하는 사람들, 집으로 돌아가는 사람들, 고된 하루에 지쳐 버스 창가에 기대어 잠든 사람들. 반대편 대교에선 지하철이 빠른 속도로 지나치고 있었다. 서서히 어둠이 내려앉자, 불빛들이 하나둘씩 켜지기 시작했다.

며칠 전, 경영진단팀 소속 실장과 나눈 대화가 문득 떠올랐다.

'불필요한 서론 없이, 바로 본론부터 말씀드리겠습니다.'

재윤은 지나치게 사무적인 투로 이어 보고했다.

'3년 전부터 작년 8월까지. 전략팀 박성호 차장이 타 기업 임원들과 부당한 거래를 목적으로 지속적인 만남을 가져 왔다는 제보가 들어왔습니다. 역삼역 일대의 유흥업소, 고가의 음식점 등. 다양한 곳에서 복지카드로 결제한 내역을 다수 발견했습니다. 내부 조사 결과, 저희는 정황상 90% 확실하다 보고 있습니다.'

예상대로였다.

'더불어 이번 프로모션에 〈르보아〉 업체를 밀어주는 조건으로 일정 비율의 커미션을 받았던 부분은, 불시에 박성호 차장의 데스크톱 본체를 압수해 조사에 착수할 예정입니다.'

짐작했던 것들은 한 치의 오차도 없이 정확하게 들어맞았다.

'3년 전이라면 본부장님께서 본사로 발령받기 전이라 의심할 여지가 없겠지만, 작년 8월까지 만남이 지속되었다면 말이 달라집니다. 묻겠습니다. 정말, 모르셨습니까?'

경영진단팀의 의심은 합리적이었다. 〈르보아〉 업체는 윤주원과 황덕현 전무의 독단적인 결재 승인으로 진행된 사안이었지만, 은도 역시 별다른 이견 없이 넘어갔기에 사건의 선상에서 피해 갈 수 없었다.

어디까지나 지켜보려는 의도였다. 황덕현 전무는 이번 해를 마지막으로 연임되지 않겠지만, 아직 본사 소속 임원이란 사실엔 변함이 없어 그의 의견에 대놓고 반기를 들 수는 없는 실정이었다. 그 대신 조용히 움직임을 주시하려 했다.

그런데, 일이 이런 식으로도 틀어질 수 있단 생각까진 미처 하지 못했다. 어처구니가 없어 웃음만 나왔다. 마침, 조수석에 올려 둔 서류가 눈에 들어왔다. 재윤에게 건네받은 것이었다.

「전략팀 박성호 / A&G」

'보시면 아시겠지만, 4년 전 신생 업체 A&G가 이번 일과 비슷한 경로로 X브랜드 프로젝트 협력업체에 선정되었던 이력이 있습니다. 알아보니 A&G 업체의 명의가 박성호 차장의 아내로 되어 있더군요. 처음 말씀드렸던 타 기업 임원들과 가져 온 만남의 목적이 이것이 아닐까 추정하고 있습니다.'

아내의 명의로 설립해 둔 회사의 거래처 확보. 재윤은 간략하게 줄여 전달했지만, 서류에 적힌 내용들은 심각하게 장황했다. 단순히 넘겨짚을 일이 아니라는 뜻이다.

'이것 역시 의심되는 인물 중 한 명이 나다, 이겁니까?'

그래서 물었다. 하지만 돌아온 재윤의 대답은 뜻밖이었다.

'그건 아닙니다. 본부장님이 의심받고 있는 부분은, 박성호 차장과 타 기업 임원들 사이에 뒷거래가 있었던 것. 그리고 <르보아> 업체가 심사 기준에 미달되었음에도 프로모션 협력업체로 선정되었던 것까지입니다.'

'……'

'한 가지 본부장님께 좋은 소식을 전해 드리자면, 이번 회의 도중 협력업체에게 일방적으로 해지를 통보하셨더군요. 치밀한 계략이 아니라면, 그 선택 덕분에 본부장님은 <르보아> 사건에서 개입 가능성이 적어졌습니다.'

경영진단팀에서 현재 박성호 차장의 배후자로 지목한 인물은 자신과 윤주원 그리고 황덕현 전무였다.

'일개 실무진 비리 사건에 기업의 핵심적인 인물 세 분이 연루되어 있다 의심되는 상황이라, 당황스러운 것은 저희도 마찬가지입니다. 덕분에 저희 KPI(자기 평가) 분기 달성 목표는 문제없겠지만, 지극히 개인적인 바람으로 저는, 본부장님은 아니었으면 좋겠습니다.'

그 말은, '나는 네가 마음에 든다' 는 뜻이었다.

잡념이 길다. 은도가 반쯤 창문을 내리자, 그 사이로 밀려들어 온 선선한 바람에 답답함이 조금은 환기되었다.

"퇴근했으려나."

무의식적으로 중얼거렸다. 그녀의 얼굴이 불쑥 떠오른다. 다정을 생각하는 일은 어느새 습관이 되어 버렸다. 실없는 웃음이 샜다.

때맞춰 전화가 걸려 왔다. 창문에서 시선을 떼고 발신자를 확인한 은도는 블루투스 이어폰을 귀에 꽂아 넣었다.

"네."

— 본부장님, 김미래 팀장입니다.

"말씀하세요."

— 본부장님 지시대로 오늘 오후 〈르보아〉 업체와 관련된 프로젝트 서류도 일괄 폐기 처리 했습니다. 그리고 부탁하신 송다정 씨는…….

"별일 없던가요."

— 아, 그게…….

어쩐지 말끝을 흐리는 김 팀장의 목소리에 은도의 눈가가 작게 구겨졌다.

"김 팀장님."

— 사실은 작은 소동이 있었습니다.

"소동?"

— 이호성 담당자와 실랑이가 있었는데, 다정 씨 멱살을 잡는 바람에…….

"뭐?"

은도의 표정이 삽시간에 일그러졌다. 하지만 뒤이어 흘러나온 김 팀장의 부연 설명에 은도는 넋을 놓고 말았다.

— 아, 다행히 걱정하실 만한 일은 벌어지지 않았습니다. 현장에 도착해서 제가 말려 보기도 전에 송다정 씨가 이호성 담당자를 때려눕혔거든요.

허. 상상도 못 한 반전에 절로 헛웃음이 터졌다. 누가, 누굴 때려눕혀? 송다정이? 생각도 못 한 전개였지만 어쩐지 머릿속에 그림이 그려진다. 은도는 결국 참지 못하고 박장대소를 터트리고 말았다.

❖ ❖ ❖

"내일 봬요."

"수고하셨습니다."

그토록 기다려 온 퇴근 시간이 다가오자 하나둘씩 맡은 업무를 마무리 짓고 사무실을 떠났다. 다정 역시 뒤늦게 자리를 정리하고 몸을 일으켰다. 늘 불이 켜져 있던 본부장실은 하루 종일 적막하기만 하다. 하지만 전처럼 불안하진 않았다.

[점심 맛있게 먹어.]

문자를 보내 놓고도 성에 차지 않았는지 일부러 전화를 걸어 체하지 말고 꼭꼭 씹어 먹으라던 근사한 목소리가 생생하다.

얼른 밖에 나가서 전화해야지. 벌써부터 마음이 들떠 큰일이다. 서둘러 엘리베이터로 걸음을 옮겼다. 그러나 스르륵, 열린 문틈 사이로 등장한 남자와 눈이 마주친 순간, 다정의 얼굴에서 웃음기가 싹 가셨다.

"오랜만이네요?"

윤주원 팀장은 생글, 미소 지으며 손을 흔들었다. 그대로 비상구로 내려갈까 생각했지만, 뒤엔 몇몇 직원들이 남아 있었다. 피할 이유가 뭐가 있겠나 싶어 다정은 대수롭지 않게 엘리베이터로 몸을 실었다.

다른 직원들이 탑승하길 기다리고 있는데, 주원은 망설임 없이 닫힘 버튼을 누르며 직원들을 향해 아쉬운 소리를 했다.

"미안한데, 내가 지금 좀 급해서. 다음 거 타 줘요."

황당한 표정을 짓고 있는 직원들을 뒤로하고 다정이 무어라 말려 보기도 전에 엘리베이터 문이 굳게 닫혔다. 어처구니가 없어 말도 안 나왔다. 다정이 고개를 홱 틀었다.

"지금 뭐 하시는 거예요?"

"오늘 이호성 씨와 대판 싸웠다면서요."

하. 벌써 퍼졌구나.

다정은 입술을 앙다문 채로 정면에 시선을 고정했다.

"듣기론, 엄청났다던데."

"……."

"송다정 씨 카운터펀치."

주원은 두 팔을 번갈아 뻗으며 복싱 자세를 흉내 냈다.

"아, 나도 그 모습을 봤어야 했는데. 그거 하난 좀 아쉽네."

놀리는 것이 분명하다.

"식사는. 했어요?"

이 사람이 보자 보자 하니까.

"팀장님."

"응?"

"아시다시피 저 이제 계약 기간까지 얼마 남지도 않았고, 그 기간 동안만큼은 최대한 있는 듯 없는 듯 조용히 지내고 싶거든요. 더 이상 사고 치고 싶지도 않고, 그래서도 안 돼요."

"음, 그래서 나한테 무슨 말이 하고 싶은 건데요?"

주원이 고개를 비스듬히 기울이며 빙긋 웃었다. 다정은 똑바로 주원을 마주 보며 진지하게 경고했다.

"하극상만큼은 참고 싶단 소립니다. 윤주원 팀장님."

묵직한 정적이 흘렀다. 가만히 다정을 주시하던 주원이 대뜸 크게 푸흐읍, 웃음을 터트렸다.

"와, 진짜 미치겠다."

배를 잡고 한참 껄껄거리던 그는 보란 듯이 손등으로 눈가를 찍어 내는 시늉까지 보였다. 반면 다정은 눈썹을 구기고 벌레 보듯 주원을 흘겼다. 드디어 미친 건가. 생각될 때쯤, 주원은 간신히 감정을 추스르며 입을 열었다.

"나랑 밥 한 끼 할래요?"

"싫은데요."

일말의 망설임조차 없이 단호한 대답이었지만, 주원은 무안해하기는커녕, 도리어 그럴 줄 알았다는 듯 피식거렸다.

"그쪽 남자 친구 때문에?"

"네."

타이밍이 좋았다. 때마침 1층 로비에 도착한 엘리베이터 문이 스르륵 열렸다.

"그럼 조심히 들어가세……."

다정은 말을 잇지 못했다. 문이 열리자마자 한곳만 주시하는 주원의 시선을 따라간 곳엔 그가 서 있었다. 살벌한 눈빛으로 주원을 노려보고 있는 차은도가. 엘리베이터 바로 앞에 서 있었다.

"이리 와."

고요하게 가라앉은 목소리였다.

"다정아."

끓어오르는 화를 가까스로 억눌러 참고 있는 것처럼.

"전 정말 괜찮다니까요."

택시 정류장 앞에서 때아닌 실랑이가 벌어졌다.

"나도 괜찮아. 데려다줄게."

"혼자 갈 수 있어요. 나 어린애 아니야."

다정이 싱긋 웃으며 은도의 등을 떠밀었다.

"억지로 화해하라는 것도 아니고, 친해지라고 강요하는 건 더 아니에요. 풀든 말든 서로 쌓아 둔 응어리 정도는 속 시원하게 터트리라고 보내주는 거예요."

"……."

"사실 저는 두 분 사이가 어떤지 잘 몰라요. 다른 직원분 통해서 대충 건너 들은 게 전부지만, 본부장님 그런 무서운 표정도 처음 봤고."

다정은 주원이 저를 통해 일부러 은도와 마주치려고 한다는 것을 직감적으로 알아차렸다. 지켜보는 눈이 많은 회사에서 대놓고 저를 데려가 놓고, 자신과 만났던 일을 본부장님에게 말하지 말라며 당부하는 것이나, 괴롭힘이라 단정 짓기엔 짓궂게 놀리는 행동이 너무 두서가 없다.

"일단, 뭐가 됐든 두 분이 대화를 나눠야 할 것 같다는 게 제 결론이에요."

자꾸 두 남자 사이에 끼어들게 되는 모양새가 곤란한 것도 사실이다. 다정은 자꾸만 뒤돌려 하는 은도의 등 위로 손바닥을 올려 두며 "움직이지 말아요."라고 말했다. 꼼짝없이 정면만 바라보게 된 은도는 허탈한 웃음을 터트렸다.

"뭐 하는 거야, 지금."

"그냥 무시해 버리라고 말해 줄 수도 있어요. 굳이 얽혀 봤자 좋을 거 하나 없으니까. 무시하는 편이 차라리 속 편하니까. 다른 사람이었다면 그렇게 말해 줬을 거야."

"……."

"하지만 아예 안 보고 살 수 있는 관계 아니잖아요. 무시한다고 쉽게 끊어질 사이도 아니고, 좋든 싫든 마주쳐야 하잖아요. 윤주원 팀장님, 회장님 친조카라면서요. 답답하지 않아요? 서로 의미 없이 오랜 시간 동안 싫어하다 보면 감정 소모에 지칠 텐데. 그러니까, 그냥 다 쏟아 내고 훌훌 털어 버려요."

다정은 힘내라는 의미로 은도의 등을 두어 번 토닥거려 주었다.

"그렇다고 지고 오라는 소린 아니에요. 꼭 이겨서 와요."

저절로 웃음이 픽, 새어 나왔다.

"내 남자는 강해야 하니까."

어느새 은도는 몸을 돌려 다정을 말없이 내려다보았다. 전과 다르게 유순한 눈빛으로. 한참을 그렇게 바라보기만 하던 은도가 천천히 말문을 열었다.

"내가 널 좋아할 수밖에 없었던 이유를 알 것 같아."

"뭐예요, 갑자기."

그의 커다란 손이 다정의 머리 위에 살며시 내려앉았다.

"조금, 많이. 사랑스럽네, 너."

난데없는 그의 손길에 당황한 다정이 눈을 깜빡였다.

"워, 원래 그런 말을 아무렇지 않게 하는 사람이었어요?"

"하게 만들잖아, 네가."

"허허……."

다정이 머쓱한 듯 너털웃음을 터트렸다. 은도는 다정의 부푼 볼을 꾹 누르며 입매를 늘였다.

"다친 곳은 없어?"

그 역시, 전해 들은 모양이다.

"제가요?"

"그래."

저보단 이호성 담당자를 걱정해야 할 것 같은데요. 다정은 말을 삼키며 웃었다.

"완전 멀쩡해요. 근데 화 안 내시네요?"

"내가 왜."

"그래도 회사에서 그러면 안 되는 거였잖아요. 끝까지 참아야 했는데."

"잘했어."

낮은 음성에 다정의 눈동자가 힐끔 위로 향했다.

"끝까지 참았으면, 내가 나섰을 거야."

"때렸을 거라고요?"

"당연하잖아."

"오……."

본부장님이 폭력이라니. 완전 안 어울리는데.

"사실, 소식 듣고 내내 미안했어."

“……뭐가요?”

“말로만 못 참겠다, 좋아한다, 곁에 두고 싶다 해 놓고 실속은 제대로 챙겨 주지 못했던 것 같아서.”

“알고 있었어요? 대박.”

“혼날래?”

분위기 깨트리는 데 선수지, 아주. 은도가 작게 인상을 찡그리자 다정은 뭐가 그리도 좋은지 히히, 웃었다. 못 말리겠다는 듯, 표정을 풀어낸 그가 마지못해 웃었다.

“마음 같아선 열어서 보여 주고 싶은데.”

“…….”

“사실, 방법을 잘 몰라.”

슬픔을 참고, 고역을 감내하는 것이 습관이 되다 보니 언제부턴가 삭막해졌다. 그 무엇에도 딱히 관심을 갖게 되는 일이 없었다. ……너를 만나기 전까지는.

“오늘은 하늘이 예뻤어.”

너만큼, 아름다웠어.

“같이 보고 싶었어.”

그런 마음이야.

“정말요? 저는 하루 종일 사무실에 있느라 몰랐는데. 조만간 한강 공원 또 가요. 거기서 먹는 컵라면이랑 맥주가 그렇게 최고래요.”

재잘거리는 다정을 물끄러미 바라보며, 은도가 가볍게 고개를 끄덕였다. 그래, 가자. 어디든 데려다줄게. 함께 보고, 함께 웃고. 생각만으로도 벅찬 일이다.

“아무래도 조만간 큰일 날 것 같다, 나.”

“갑자기? 왜요?”

“갈수록 좋아져서.”

콩콩 심장이 뛰었다. 다정은 자꾸 올라서려는 입술을 억지로 끌어 내리며 애써 침착하게 말했다.

"얼른 가 봐요. 진짜 흉부 열어서 확인해 보기 전에."

BAR 내부엔 잔잔한 재즈가 흘렀다. 어두운 주황빛 조명이 감돌고 있는 탓에 그늘진 사람들의 얼굴은 자세히 보이지 않았다.

"이런 날이 다 오네."

독한 양주를 들이켜던 주원이 스트레이트 잔을 내려놓으며 쓰게 웃었다.

"표정 좀 풀어. 송다정한테 등 떠밀려서 억지로 나온 거 티 너무 나는데."

은도는 가볍게 주원의 말을 무시하고 본론을 꺼냈다.

"대충 알고 있어. 지금 네가 어떤 생각을 하고 있고, 무슨 수작을 부리려는 건지."

"그래?"

주원은 그다지 놀란 기색이 아니었다. 너라면 눈치챌 줄 알았다는 듯 도리어 초연한 얼굴로 빈 잔에 양주를 따랐다.

"일부러 집무실까지 찾아와 놓고 심기를 건드린 것치고는 이상하리만큼 얌전해서, 그때부터 뭔가 이상하다 싶었어."

은도의 턱이 삐뚜름하게 기울어졌다.

"박성호 차장이 벌여 놓은 부정 사건이나, 황덕현 전무의 연임 사안. 그리고 이번 협력업체 사건까지. 넌 이미 일이 이렇게 될 거라고 확신하고 있었어. 내가 널 대신해서 움직여 주길 바라고 있었겠지."

"……."

"몇 년간 조용했던 건, 해외 지사에서 머무는 동안 본사 내부에서 문제를 일으키고 있는 인물들 리스트 뽑아내느라 정신없었을 거고. 아, 아닐 수도 있겠네. 너희 어머니 휴대폰 통화 기록 훔쳐보면 충분히 답 나오는 문제일 테니까."

덤덤한 목소리로 명확히 유추해 내는 은도의 말을 들으며, 주원은 어깨를 으쓱였다.

"그래서. 동기는?"

"너희 어머니와 협력해서 나를 동조한 인물로 몰아세운 뒤 밀어내려고 했다거나. 정말 순수한 의도로 비리를 저지른 인물을 선별하기 위함이었다거나."

주원은 참지 못하고 웃음을 터트렸다.

"소설 한번 거창하네."

"……."

"전자는 그럴싸했는데, 후자는 좀 아니지. 너도 알잖아. 난 뒤통수를 쳤으면 쳤지, 누구 돕고 사는 성격은 못 되는 거."

"그것도 아니면."

은도는 주원을 똑바로 직시하며 말을 이었다.

"처음부터 작정하고 회사에서 잘릴 생각이었다거나."

정확히 핵심을 찔러 오는 은도의 말에 주원의 표정이 싸하게 굳어졌다.

"네가 어떤 목적을 갖고 있든, 무슨 생각으로 머리를 굴리고 있든. 상관없어."

"……."

"경고했었지. 송다정 건들지 말라고."

전과 비교할 수 없을 정도로 은도의 짙은 눈동자에 싸늘한 한기가 감돌았다.

15

미동 없던 주원의 얼굴에 미미한 변화가 스쳤다. 차은도는 칼로 찔러도 눈 한번 깜빡이지 않을 만큼 무심한 남자였다. 매순간 스스로를 이방인이라 생각하며 살았다. 만약 네 자리를 내놓으라 하면, 그래, 하고 순순히 물러섰을지도 모른다.

열일곱을 시작으로 열아홉을 지나 스물하나, 그 이후로도. 악의가 있었다기보다는 신기해서 반응을 보고 싶었다. 언제까지 감당할 수 있을지. 아무렇지 않은 척할 수 있을지. 궁금했다.

너를 보며 내 처지를 위로했다. 그래서 일부러 더 아픈 말을 뱉었다. 상처가 깊게 벌어져 염증이 곪아 터지는 것이 뻔히 보이는데도 차은도에게선 동요하는 모습을 찾아볼 수 없었다.

분명 화가 날 법도 할 텐데. 분명 한 번쯤은 강하게 반박하며 그게 내 잘못이었냐고 따져 묻고도 싶었을 텐데. 처음이었다. 고작 여자 한 명 때문에 당장이라도 저를 죽일 듯 살벌하게 노려보고 있는 차은도의 모습은.

인정하고 싶진 않지만, 당황했다. 놀랐고, 의아했다. 속이 뒤틀렸다. 처한 상황은 다르지만 묘하게 비슷한 너와 나의 공통점이라면, 숨 막히는 현재를 간신히 참아 내며 가까스로 견뎌 가고 있다는 것뿐이었으니까.

"……많이 변했다?"

긴 시간이 흐른 뒤에 뱉어진 주원의 말속엔 뾰족한 가시가 돋아 있었다.

"더 건드렸다간 사람 한 명 골로 보내겠어. 무서워서 살겠냐."

한쪽 입술을 들어 올리며 비웃는 비틀린 웃음까지도.

"아, 뭐. 그래. 그동안 너나 나나 오늘내일 버티느라 당장 살아가기 바빴는데, 여자에 관심 갈 리가 있나. 이해는 해. 생전 처음 느껴 보는 감정이었겠지."

"……."

"근데 있잖아. 저런 쓸모없는 없는 감정 모아서 키워 봤자 사람 병신되는 건 시간문제야."

주원이 설핏 웃음을 터트리며 들고 있던 술잔을 휘휘 흔들었다.

"그건 됐다 치고, 지금 네 모습 되게 웃긴 건 알지? 사람이 생전 하지 않던 짓 하면 죽는다더라. 소름 돋게 안 어울리니까 작작 하라고."

"……여전하네, 넌."

혼잣말하듯 고요하게 중얼거리는 은도의 목소리를 정확히 듣게 된 주원이 단번에 표정을 굳혔다. 주원은 사납게 눈을 치뜨며 뚫어져라 은도를 직시했다.

"뭐라고 했어? 지금."

"예전이나, 지금이나. 넌 여전하다 했어."

너무 단순해서 가늠하기가 쉽지.

"그냥 다 집어치우고 원한다면 너와 같은 급이 되어 줄 수도 있어. 나한테 송다정이 약점인 것처럼 네겐 어떤 것이 가장 치명적일까. 누구보다 널 가장 잘 알고 있는 나는 그게 뭔지 알겠는데."

말해 줘? 그리 묻는 차은도는 낯설었다.

"제일 효과적인 방법은 내가 이 회사 때려 치는 거야. 윤주원, 네가 너희 어머니에게서, 이곳에서 도망치지 못하도록 회사에다 묶어 두는 거."

"차은도."

뚝, 뚝. 습관적으로 손가락 관절을 끊어 내던 주원이 의연하게 안색을 풀었다.

"아, 그사이에 똑똑해졌네. 인정할게. 나 지금 어떻게든 회사에서 잘리고 싶어 환장했어."

"……."

"이 짓이 적성에 맞겠어, 내가? 그 정신병자 같은 여자 취향에 맞춰 놀아나느라 충분히 정신없어 죽겠는데."

주원이 한숨 섞인 웃음을 흘리며 말을 이었다.

"뭘 모를 땐 뒤지기 직전까지 팰 힘이라도 있었겠지. 근데 이젠 아들 새끼가 지 몸집보다 커지니까, 어쩌지도 못하겠는지 결국 죽겠다는 방향으로 방법을 바꿨더라. 나름 신박했지."

주원은 물 대신 도수 높은 술을 단숨에 들이켰다.

"둘 중 하난 죽어야 편해질 것 같긴 한데."

묵묵히 주원의 말을 듣고 있던 은도는 어쩐지 속이 꽉 짓눌린 듯 답답했다.

"그런데 말이야, 차은도. 넌 정말 이 회사 그만둘 수 있냐? 큰아버지한테 〈지성가구〉가 어떤 존재인지 알면서, 무능력한 나 따위를 묶어 둘 수 있겠어?"

주원은 탁, 소리 나게 잔을 내려 두며 비릿한 웃음을 흘렸다.

"내가 선택할 수 있는 방법은 하나뿐이었어. 박성호 차장은 그저 도구일 뿐이고."

"……."

"이 회사가 망하든 말든 내 알 바 아니거든."

어처구니가 없어 은도는 웃음조차 나오지 않았다.

"작년엔 당 의원도 만났었어. 주가 떨어트리기에 안성맞춤인 제안이 있어서. 제대로 한탕 쳐 볼까 했는데, 그마저도 무산됐어. 그때까지 버티고 기다리기엔 시간이 너무 아깝더라고. 이상하게 네 생각도 조금 났고."

"결과만 말해. 궁금하지도 않은 과정 구구절절 장황하게 늘어놓지 말고. 관심 없으니까."

주원은 여전히 미소를 걸친 채로 잔에 담긴 주황빛 양주를 내려다보았다.

"내가 이런 말 해도 버리지 못할 너를 잘 알거든. 예전이나 지금이나 한번 마음 주기 시작하면 밑도 끝도 없이 퍼 주는 새끼잖아, 너."

동정, 연민. 부정하고 싶어도 외면할 수 없는 감정이었다.

"누구는 이따위로 살고 있는데, 누구는 연애질이나 하면서 행복하게 하고 싶은 것 다 하면서 살면. 그건 너무 불공평하지."

"너."

"감사팀에 익명으로 사건 제보한 거, 이미 예상했겠지만 그거 나 맞아. 널 의심하게 만든 것도 나였고."

은도의 입술이 일자로 꽉 다물렸다.

"그러니까 왜 자꾸만 거슬리게 해. 왜 행복해지려고 발버둥을 치냐고. 은도야, 우리 지금이라도 분수에 맞게 살자. 어?"

지그시 눈을 감은 은도가 묵직한 숨을 밀어 냈다.

"나, 네 자리 뺏을 생각 없다니까? 상무이사든 뭐든 너 혼자 다 하라고. 네 말처럼 조용히 사리고 있다가 이번 사건 박 차장 대신 뒤집어쓰고 꺼져 주겠다니까, 내가?"

애써 평정심을 유지하던 주원의 눈이 바르르 떨렸다. 상황은 점차 파국으로 치닫고 있었다.

"쥐뿔도 없이 동정심 하나로 큰아버지 눈에 들어서 여기까지 올라왔으면, 너도 나한테 최소한 미안한 감정이 조금이라도 남아 있을 거 아니야. 그러니까 그 정도는 그냥 해 줘라. 누구는 갖고 싶어도 못 갖는 자린데, 그거. 어?"

주원의 입매가 삐딱하게 올라섰다. 나는, 네가 싫었지만 싫지 않았다. 미워하면서도 밉지 않았다. 이유는 모르겠지만 어딘가 연결되어 있는 것만 같은 묘한 동질감이 나쁘지 않았다.

단 한 번도 경험해 보지 못한 유대감이라는 감정이 이런 게 아닐까 생각했다. 어렸던 그 당시엔. 그래서 잠시나마 원망도 했다. 평범한 환경 속에서 충분한 관심과 분에 넘치는 사랑을 받으며 지내다, 학교에서 만나게 되었다면. 너와 난 둘도 없는 친구가 될 수 있지 않았을까. 지금처럼, 존재만으로도 상처가 되는 관계가 아닌, 친구로.

"송다정이 진심으로 널 원하는 것 같아 보여?"

"그만."

"걔 입장에선 나쁠 게 없는 조건이긴 해. 얼마나 좋겠어. 조만간 상무이사에 나중엔 전무, 그다음엔 부사장. 그리고 그 끝은 회장 자리마저 차지하게 될 텐데. 돈 세는 재미로 살다가 가끔 재롱떨듯 다리 한번 벌려 주고, 사랑한다 속삭여 주면 끝인데."

"그만하라고 했어."

"과연 네가 아무것도 없는 별 볼 일 없는 놈이었으면. 부모 뒤진 상태 그대로, 도와주는 회장님도 잘난 얼굴도 돈도 운도 없었으면. 그 여자가 지금처럼 네 곁에 있어 줄 것 같냐? 아니, 전혀. 아마 우리 어머니 같아질걸."

"입. 닫으랬지."

"차은도. 지금 넌 동화 속에서 살고 있는 거야. 사랑? 지랄하고 있네. 정신 차려, 미친 새끼야."

말이 끝나기 무섭게 자리를 박차고 일어난 은도가 주원의 멱살을 거칠게 잡아챘다. 그 반동으로 자리에 앉아 있던 주원의 몸이 허공으로 떠올랐다.

"이러다 한 대 치겠다?"

"착각하지 마. 끼어든 게 미안해서, 고작 그런 죄책감 때문에 입 다물고 있어 준 거 아니야. 너도 나름대로 피해자니까, 이해했던 것뿐이지."

은도는 한 글자 한 글자 씹어 뱉듯 나직하게 읊조렸다. 주원이 실성한 사람처럼 고개를 젖히며 크게 웃음을 터트렸다.

"네가 뭔데 날 이해해, 미친놈아."

"제정신 아니야. 너."

"그걸 이제 알았어? 나 꽤 오래전부터 제정신 아니었어. 어떻게 멀쩡할 수 있겠어. 너 같으면 그게 가능할 것 같냐?"

은도는 무표정한 얼굴로 주원의 멱살을 제 쪽으로 강하게 끌어당겼다.

"지금부터 내가 하는 말, 한 글자도 빠트리지 말고 똑바로 새겨들어."

얼마나 세게 힘을 준 건지, 주원의 멱살을 쥐고 있던 은도의 팔에 핏줄이 선명하게 튀어 올랐다.

"송다정 근처에서 헛소리 지껄일 생각도 말고, 내 앞에서 그 이름 들먹거리면서 매도하지도 마. 적어도 너보단 자기 앞가림 분명하게 결정짓고 사는 현명한 사람이야, 그 여자."

주먹이 부들부들 떨려 오는 줄도 몰랐다.

"하나 더. 박성호 차장이 저지른 비리, 혼자 뒤집어쓸 생각 말고 마지막까지 가만히 입 닥치고 있어. 나는, 너. 이대로 끌려 나가게 안 놔 둬."

주원은 비아냥거리며 짧은 웃음을 토해 냈다. 그런 것은 안중에도 없다는 듯, 은도는 계속 이어 말했다.

"이미정. 그 여자가 동조자였다는 거, 무슨 수를 써서라도 밝혀낼 거야. 그 후에 절차대로 사직서를 제출하든, 징계를 받든 말든 네 좋을 대로 해."

"……대단한 영웅 나셨네."

"착각하지 마. 널 위해서가 아니야. 회장님을 위해서지."

은도가 내던지듯 멱살을 풀어내자, 주원은 힘없이 의자로 나가떨어졌다.

"남 행복해지는 꼴 보면서 불안해할 시간 있으면 스스로한테 물어. 나는 왜 지금껏 불행했어야만 했는지. 왜 예전이나 지금이나 달라지지 못하고 있는 건지."

뒤늦게 취기가 올라온 주원은 짜증스러운 표정으로 머리를 쓸어 올리며 깊은 숨을 몰아쉬었다.

"답이 안 나오면 끊임없이 묻고 또 물어. 깨닫게 될 때까지. 애새끼처럼 사정 알아 달라 칭얼대지 말고."

그런 주원을 한심하다는 듯 흘겨보던 은도는 낮은 음성으로 말했다.

"……불쌍한 새끼."

여전히 어리고, 나약하고, 미련스러운 널. 냉정히 내칠 수 없는 나 역시도.
병신 같아.

머리를 비운 채 한 시간쯤 걷다 보니 익숙한 골목길이 나왔다. 동네는 한산하고 조용했다. 꺼질 듯 말 듯 위태롭게 흔들리는 가로등 빛 아래에서 우두커니 멈춰 선 은도가 슬그머니 고개를 들었다.

10분 정도 계속 걷다 보면 성심마트가 나오는데, 그 옆에 있는 신축 빌라 2층이 자기 집이라고. 전세 구천오백에 실평수 10평짜리가 땅값은 더럽게 비싸다며 투덜거리던 다정의 말이 떠올라 실없는 웃음이 터졌다.

'오늘 회사에 안 나오셔서 제가 얼마나 걱정을 했는데 어떻게 그런 말을 하실 수가 있어요?'

네가 처음으로 나를 걱정해 주고,

'사람들이 나한테 실망하게 되는 모습이 두렵고 무서워서요. 이제 정말 어른이 된 건가 싶으면서도 나다운 것이 뭐였는지 가끔은 헷갈려요. 몰랐는데, 나이를 먹을수록 자꾸 겁쟁이가 되는 것 같아요.'

스스로의 밑바닥을 아무렇지 않게 터놓고,

'그 당시엔 정말 힘들고 못 버티겠던 일들이 시간이 지나면서 무뎌졌어요. 좋은 사람들을 만나다 보면 그 존재 자체가 위로가 돼서 정말 다 괜찮아져요. 만약, 본부장님한테 그런 사람들마저 없다면, 내가 대신 해 주면 되지.'

위로가 되어 주던 곳.

왜 그 말들이 지금에 와서 떠오르는 건지 모를 일이다. 바지 주머니 안에 있는 휴대폰을 쥐고 만지작거리기만 하던 은도는 못내 망설이다, 어렵게 꺼내 들었다. 신호음은 길지 않았다.

— 여보세요.

그 단순한 말이 뭐라고, 송다정 목소리 한번 들었을 뿐인데 이토록 안심이 된다.

……마법 같아.

"잤어?"

— 잠깐 잠들었는데, 다 깼어요.

"미안."

— 히히. 아니에요.

아니라고는 하지만 피곤이 잔뜩 묻어난 음성이었다.

— 일은, 잘 해결된 거예요?

모르겠어. 이성을 잃고 흥분해서 되는대로 내뱉긴 했는데 과연 잘한 행동이었는지, 사실 잘 모르겠어. 분명 상처는 내가 줬는데, 배로 받은 기분이야.

— 지금은 어디예요?

조금만 휘청거려도 네게 의지하려는 꼴을 봐. 있지, 나 많이 약해진 것 같아.

"뭐 하나만 물어봐도 돼?"

— ……뭔데요?

은도는 잠시 머뭇거리다 이내 천천히 입술을 떼어 냈다.

"약한 남자는, 정말 별론가?"

대답은 곧장 돌아오지 않았다. 짧은 공백이 지나고, 휴대폰 너머로 풋! 웃음소리가 터졌다.

— 누가 본부장님더러 약하대요? 어떤 놈이 그랬어요? 당장 데려와요. 내가 혼내 줄게.

주먹을 불끈 쥐며 미간을 좁힌 채 마치 제 일인 양 분노하고 있을 다정의 모습이 머릿속에 그려져, 저절로 웃음이 새어 나왔다.

— 무슨 일, 있었던 거죠?

"외면하고 싶은데, 도무지 그럴 수가 없을 땐 어떻게 해야 돼?"

— 쉽지만 대답하기엔 어려운 질문이네요. 음…….

다정은 곰곰이 생각에 잠긴 듯했지만 얼마 지나지 않아 명쾌한 답을 내놓았다.

— 뭐, 복잡하게 생각할 필요 있나요? 그냥 마주 보면 되죠. 정면 승부!

어쩐지, 송다정답다.

"있잖아."

— 네.

"나, 오늘 많이 힘들었어. 아니, 사실은 꽤 오래전부터 지쳐 가고 있었는데, 애써 모르는 척하고 있었던 걸지도 모르겠어."

차마 얼굴을 마주 보고서는 말할 수 없었어. 무너지는 모습이 너무 볼품없을까 봐. 이런 내 나약함에 실망할까 싶어서.

"가끔씩 불현듯, 회의감이 들곤 해."

그래서 나는 꿈 많고 에너지 넘치는 널 보며 대리 만족을 느꼈던 것 같아.

"네가 없었을 땐 기댈 곳조차 없어서 많이 힘들었어. 희미한 과거가 자꾸 선명해지는 착각에 괴로웠어."

사실은, 부모님이 보고 싶었어. 혼자 살아남았다는 생각에 괴로웠어. 그 모든 것을 이해한다는 눈으로 측은하게 바라보던 윤주원을,

"잠시나마 친구라고 생각했어."

점점 무너져 가는 나를, 네가 볼 수 없음에 정말 다행이다.

— 위로, 필요해요?

"말했잖아. 너 자체가 위로라고."

— 그럼 또 내가 가만히 있을 수 없지. 조금만 기다려요.

"내가 지금 어디에 있는 줄 알고……."

저도 모르게 시선을 올렸다. 언제부터였을까. 창문을 열고 자신을 빤히 바라보고 있는 다정과 눈이 마주치자 적잖게 놀란 은도의 눈동자가 크게 떠졌다.

"너……."

— 말해요. 지금 당장 내가 필요하다고.

"나오지 마."

— 정말요?

"얼른 자. 금방 갈 거야."

— 그럼 여긴 왜 왔어요?

다정이 정확하게 정곡을 찔러 오는 탓에 은도는 말문이 막혔다. 그래, 아마도 일부러 덤덤하게 아무렇지 않은 척했던 것은, 정말 괜찮고 싶었기 때문이다.

— 나, 감당할 수 있어요.

무거운 철가면에 조금씩 금이 가기 시작했다.

— 본부장님이 가지고 있던 상처도, 과거도 함께 짊어질 수 있어요.

자신의 표정이 어떻게 일그러지고 있는지, 은도는 알지 못했다.

— 사랑은 그런 거예요.

그녀가 말했다. 사랑은요, 상대의 밑바닥도, 무너지는 모습마저도 사랑스럽게 느껴질 수 있도록 만들어 줘요. 대단하지 않나요? 라고.

"위로해 줘."

그렇게 말하는 너의 앞에서 도무지 거짓을 말할 수 없었다.

"와서 나 좀 안아 줘."

그녀가 웃었다.

— 끊지 말고 기다려요.

부스럭거리는 소리와 함께 쾅, 현관문이 닫히는 소음이 휴대폰 너머로 적나라하게 들려왔다. 타닥, 타닥. 바쁘게 달려오는 조급한 발걸음이 느려질 때쯤. 그녀가 빌라 앞에 모습을 드러냈다. 말간 미소를 지으며 손을 흔들어 보이던 다정이 말했다.

"밤에 보니까 더 잘생겼네."

다정이 눈을 찡긋거렸다.

"완전 감동이었죠?"

가슴 끝에서부터 무언가가 벅찰 정도로 차올랐다. 무뎌져 메말라 버린 줄 알았는데, 아직도 남아 있었다는 것이 신기해 은도는 느리게 눈을 깜빡였다. 순간, 따뜻한 체온이 느껴졌다. 그녀가 은도를 안아 준 것이었다.

저 작은 몸이, 오늘따라 왜 이렇게 커 보이는지. 도통 모를 일이다. 은도는 얌전히 그녀의 어깨에 입술을 묻었다. 생각보다 훨씬 더, 많이 지쳐 있었나 보다. 참아 내고 있었나 보다. 썩어 가는 줄도 모르고, 망가져 가는 줄도 모르고.

다정은 움찔했지만 은도를 감싼 손에 힘을 주며 더욱 세게, 꽉 안아 주었다.

"소원이 이뤄졌네요."

토닥토닥, 등을 다독여 주는 손길이 그녀의 이름처럼 다정하다.

"오랜 꿈이었거든요. 잘생긴 남자 울려 보는 게."

"안 울거든."

"그래요. 안 운다고 쳐요."

"넌 진짜……."

결국 웃어 버리고 말았다. 다정은 눈을 동그랗게 뜨며 물었다.

"진짜 뭐요?"

"가끔은 변태 같아."

"……뭐라고요?"

"난 미친 것 같고."

허리를 감고 있는 다정의 팔을 풀어내며 지그시 그녀를 내려다보던 은도가 허리를 숙여 짧게 입을 맞추었다.

"너한테 미쳐 버린 것 같다고, 나."

어떡하지.

"주원이, 너. 어떻게 된 거야?"

미정의 날 선 음성이 아프게 날아들었다.

"어디서 뭘 하다 이제 왔어! 하, 술 냄새 좀 봐. 설마 선 자리 파투 내고 지금껏 술 마시다 온 거니?"

미정은 손으로 코를 막으며 인상을 찌푸렸다. 그러거나 말거나, 주원은 상대하기도 귀찮다는 듯 미정을 무시하며 지나쳤다.

"지금 엄마 말 무시하고 어딜 가!"

미정이 어깨를 밀치며 막아 세우자, 주원은 서늘하게 식어 버린 무감정한 표정으로 미정을 바라보았다.

"뭐, 뭐니. 그 눈빛은?"

"피곤하니까 건들지 마세요."

다시 발을 떼어 내려고 했지만 역시나 무리였다. 미정이 앞을 가로막은 탓이다.

"너, 지금 그게 엄마 앞에서 무슨 말버릇이야! 내가 그 선 자리 만들려고 얼마나 노력했는지 알아?"

"아……."

짜증을 억누른 탄식이었다.

"윤주원!"

"……."

"뒤늦게 사춘기라도 온 거야, 뭐야! 네 나이가 벌써 서른넷이야. 알고는 있어?"

아아, 벌써 그렇게 됐나. 이 나이 처먹도록 아무것도 못 하고, 세월 참 빠르네. 야속하게. 주원의 잇새로 자조적인 웃음이 새어 나왔다.

"웃어? 지금 웃니? 지금 이게 나 좋으라고 그러는 것 같아? 아들놈 배부르게 살게 해 주려고 이러는 거 아니야! 지금껏 돈 걱정 없게 해 준 사람이 누군지 잊었어? 내가 너한테 큰 거 바랐니? 그냥 넌 내 말만 듣고, 하라는 대로 따라와 주기만 하면 된다는데도 그게 그렇게 어려워?"

……나 좋으라고? 당신이 편하고 싶어서겠지. 비소가 흘렀다.

"그 집 딸, 참 괜찮더라. 예의 바르고 참하고. 그쪽 집안에서 우리가 달갑기나 하겠어? 아주버님이 직계 경영 안 하겠다 통보한 시점에서부터 주변 재력가들은 너나 나나 거들떠도 안 봐! 그런데도 내가 그 여편네들한테 돈 써 가며 얼마나 비위를 맞추고 다녔는데, 어떻게 네가 나한테 이래!"

미정이 쉬지 않고 찔러 올수록, 주원의 속은 썩어 갔다. 간신히 감내하며 평정심을 유지해 온 감정들이 들썩이다 못해 폭발할 듯 휘청거렸다.

"어떻게든 큰아버지 눈에 들어야 할 것 아니야. 근본도 없는 차은도 그 새끼가 상무 되게 가만히 내버려 둘 거야? 이번 프로젝트만 성공했어도 입지 충분히 늘어날 수 있었는데! 내가 너 이렇게 놀고먹으라고 해외 지사에서 본사로 데려다 앉힌 줄 알아?"

"가만히 두지 그러셨어요. 그랬으면 이렇게까지 열받진 않았을 텐데."

"……뭐?"

"차라리 솔직하게 말씀을 하세요. 아들 덕 보고 싶다고. 가만히 앉아서 돈 세는 재미로 살고 싶다고. 재력가 사모님들 사이에서 떵떵거리고 싶다고."

주원의 목소리엔 그 어떤 감정도 담겨 있지 않았다.

"너, 이 새끼……. 또 엄마 죽는 꼴 봐야 정신을 차릴 거야?"

"그럼 그냥 죽지 그러세요. 시늉만 하지 마시고."

짜악! 주원의 뺨이 옆으로 돌아갔다. 얼마나 세게 내리친 건지, 입안에서 비릿한 피 맛이 감돌았다.

"다시 한번 말해 봐."

사납게 눈을 치뜨고 있는 미정에게선 전처럼 아들을 감싸고도는 어미의 모습은 찾아볼 수 없었다. 그래, 저 눈이었다. 다시 또 내 인생을 망치려 드느냐는 원망 섞인 눈.

"죽으라고. 하는 척만 하지 말고. 자식 사랑 넘치는 부모인 척, 상처받아 속상한 척 위선 떨지 말고."

"배부르게 키워 준 은혜도 모르고 네가 감히……."

주원이 피식거렸다.

"어떻게 잊겠어요. 이제 막 여섯 살 된 자기 새끼 한번 죽여 보겠다고 올라타서 목 조르던 당신을 내가 어떻게 잊어."

미정의 눈이 크게 떠졌다.

"내가 왜 당신 앞에서 옷을 안 갈아입는 줄 알아?"

"……."

"드러내기가 끔찍해서 그래. 다 기억하고 있으면서도 못 하는 척하는 당신이, 역겨워서."

"너……."

"오늘은 안 불렀나 봐요? 그 노인네. 누구였더라. 아, 이번 선 자리에 나올 여자 할아버지였다고 했나? 무슨 은행 회장?"

"아니야! 네가 생각하는 그런 건 절대 아니야."

미정이 급박하게 소리치자, 주원은 비스듬히 얼굴을 기울이며 미정을 직시했다.

"초등학생 때부터 다른 남자와 몸 섞는 꼴 한두 번 본 것도 아닌데 왜 이러세요, 새삼스럽게."

조롱하듯 히죽거리던 주원은 매몰차게 미정의 어깨를 밀치고 스쳐 지나갔다. 방문 앞에 다다랐을 무렵, 미정은 절박하게 매달리듯 주원의 손을 붙잡았다.

"오해야. 정말 아니라니……!"

"손 떼세요."

주원은 오물을 만진 사람처럼 미정의 손을 내쳤다.

"구역질 날 것 같으니까."

주원의 눈빛 속엔 경멸만이 남아 있었다.

16

「경영진단팀입니다. 현재, 회사 내 불합리한 사례, 부정, 부도덕한 행위 등 정직에 위배되는 사항에 대한 제보를 받고 있습니다. 어떠한 제보라도 익명이 보장되고 있으며 자진 신고 시, 정상 참작하여 경감 처리될 수 있습니다. 참고 부탁드리며, 자진 신고 없이 문제가 확인될 시에는 처벌이 가중될 수 있으니 이 점 유의 바랍니다.」

오전 11시. 〈지성가구〉 전 직원에게 전체 공지 메일이 도착했다. 가끔씩 있는 의례적인 통보라 여기며 대수롭지 않게 넘기는 분위기였지만, 기획팀과 전략팀만큼은 달랐다.

"분명 이거 경영진단팀에서 뭔가 있다고 확신한 거야. 그래서 은근슬쩍 떠보려는 것 같단 말이지."

박지호 대리가 훈수를 두자, 이정연 주임이 걱정스레 물어 왔다.

"공지 메일 말하는 거죠? 혹시 저희 팀을 의심하는 걸까요? 우리 팀 직원들 중엔 그럴 분은 없는 것 같은데……."

일에 통 집중하지 못하고 있는 기획팀 직원들의 웅성거림이 잦아지자, 오 과장이 손을 휘휘 내저으며 흐름을 끊었다.

"뭘 벌써부터 사서 걱정하고 있어. 몇 개월마다 한 번씩 불시에 찾아오거나 지금처럼 정기적으로 메일 보내고 그랬잖아. 경영진단팀에서 이런 적이 한두 번이야? 찔리면 알아서 자수하고, 상관없다 해도 적당히 조심하란 거지. 그쪽 사람들이 맡은 일 하는 것 가지고 너무 예민하게 굴지 말고 다들 업무 봐."

맞는 말이라 반박할 수는 없지만 내심 찝찝한 마음이 드는 것도 사실이었다. 반면 다정은 그 분위기에 휩쓸리지 않으려 의연한 얼굴로 일에 집중하고자 노력했다. 계약 만료일이 얼마 남지 않은 이 시점에선 더욱 신중해야 했다. 자신을 선택해 준 기업에게 마지막까지 최선을 다하고 싶은 마음이 컸다.

〈르보아〉 업체가 아니었다면 X브랜드 프로젝트에 함께했을 〈DY〉 업체 측에 다시 연락을 넣고, 몇 번이나 죄송하다며 고개를 숙여야 했다. 다행히 〈DY〉 업체 측에선 지금이라도 〈지성가구〉와 일하게 될 수 있어 영광이란 긍정적인 답변을 보내왔다.

실력이나 고객의 신뢰도, 디자인, 제품까지. 무엇 하나 흠이 없는 기업이었음에도 불구하고 지나치게 겸손했다. 어디 업체와는 기본부터가 다른 태도였지만, 다정은 선뜻 안심할 수 없었다. 아마도 묘하게 틀어져 버린 회사 분위기 때문이 아닐까.

때아닌 소란에 걱정하는 사람들이 있는가 하면, 상황과 전혀 어울리지 않게 들떠서 각종 루머를 퍼트리고 다니는 사람들도 존재했다. 처음은 〈르보아〉 업체 측 문제로 몰고 가다가, 소문의 꼬리를 물고 돌고 돌아 끝내 박성호 차장과 관련하여 '전략팀 윤주원 팀장 VS 기획팀 차은도 본부장'의 기 싸움으로 변질되기 시작했다.

물론, 아예 틀렸다고는 할 수 없겠지만 루머의 선상에 오른 당사자와 가장 가깝다고 말할 수 있는 측근의 입장에선 그런 꼴이 달가울 리가 없다. 여러 일에 신경을 쏟다 보니 점점 두통이 밀려오기 시작해, 다정이 이마를 짚었다.

"대박! 다들 오셔서 이것 좀 보세요!"

옆자리의 정연이 모니터를 삿대질하며 급하게 소리쳤다. 근처에 있던 직원들의 이목이 다시금 순식간에 집중되었다.

"방금 올라온 건데, 이 기사 내용 완전 우리 회사 저격하는 것 같은데요?"

'기사'라는 단어에 다정의 시선이 자연스레 옆으로 돌아갔다.

「SNS 대란의 주인공 신생 가구업체 〈르보아〉, '당하고만 있을 수는 없었어요.' 피해 호소. …상대는 인테리어 유통사계의 대기업 JS?」

「신뢰도 최고치 〈지성가구〉, 힘없는 소규모 업체를 상대로 일방적인 갑질 논란. 소비자들 '유감'」

"하, 애네 진짜 미친 거 아니에요? 자기네들이 잘못한 건 생각도 안 하고?"

정연은 밀려오는 분노에 치를 떨며 헛웃음을 터트렸다. 바로 뒤에 서 있던 박 대리가 진정하라는 듯 정연의 어깨를 툭툭 치며 눈으로 기사를 마저 읽었다.

"이 기사, 방금 올라온 거네? 내용 보니까 김미래 팀장님이 예상하신 그대로네요. 이번 기회에 언론으로 유명세 좀 타 보잔 생각."

"와아! 진짜 한 대 때려 주고 싶게 얄밉네요. 윗분들도 알고 계시겠죠? 이대로 있으면 우리만 바보 되는 거잖아요. 바로 반박 기사 쓰고 기업 이미지 실추로 확 고소 넣어 버리면 안 되나?"

정연의 포효에 어느새 곁으로 다가온 김미래 팀장은 짐짓 심각한 얼굴로 절레절레 고개를 흔들며 거들었다.

"아니지. 봐 봐. '일방적인 해지 통보'까지만 나와 있잖아. 내용으로만 봐선 대놓고 겨냥한 것 같지만, 완벽하게 거짓도 아니라서 우리 쪽에서도 적극적으로 몰아붙일 수는 없을 거야, 아마."

"그럼 어떡해요?"

"본부장님께서 책임지겠다고 하셨으니 믿어 봐야지."

기획팀 직원들이 일심동체가 되어 분노와 허탈함을 느끼고 있는 사이, 오직 다정. 그녀 혼자 태연했다. 이런 일이 벌어질 줄은 꿈에도 상상 못 했던 것이 사실이다.

그러나 자신마저 허둥거리게 되면, 안 그래도 정신이 없을 그에게 더욱 무거운 짐을 얹어 주는 꼴이 될 것 같다. 그러니, 절대 내색해선 안 된다. 다정은 입술을 지그시 깨물고 덮어 둔 서류들을 다시 펼쳤다.

〈지성가구〉 대회의실엔 각 부서를 대표하는 실무진과 임원들이 긴급 소집 되었다. 이미지와 고객의 신뢰도를 가장 중요시해 온 기업인 만큼, 이런 불미스러운 사건으로 언론에 오른 건 이례적이었다. 해서, 그냥 넘겨선 안 된다 판단한 것이다.

"현재, 〈르보아〉 업체는 기획팀 차은도 본부장님의 일방적인 해지 통보를 납득하지 못하고 있는 상황입니다. 스크린을 보면 아시겠지만, 포털 사이트에 올라온 기사는 대부분 소규모 가구업체라는 점을 이용해 농락했다는 내용이 대부분입니다."

홍보팀의 보고에 한 임원이 입을 열었다.

"현재 여론 상황은 어때."

"아무래도 언론에 먼저 보도를 요청한 〈르보아〉 업체 측을 옹호하고 있는 추세입니다."

"주가 상태는?"

"아직까진 심각한 기세로 급락하고 있지는 않습니다만, 서서히 하락하고 있습니다."

상황을 전달받은 임원들의 표정은 썩 밝지 못했다. 〈르보아〉 업체를 처음 선별한 전략팀의 박성호 차장과 윤주원 팀장. 그중에서도 일방적으로 해지를 통보한 당사자, 기획팀 본부장 은도에게 유독 달갑지 않은 눈총이 쏟아졌다.

"자네들은 왜 이런 사달을 만들어서 바쁜 사람들을 불러 모아! 한낱 소규모 업체한테 끌려다니는 꼴이라니……. 장단 맞춰 놀 수 있는 상대라면 또 몰라!"

상부의 따가운 호통 또한 피해 갈 수 없었다. 거기다 황덕현 전무는 업체 선별에 최종적인 결재를 승인해 준 이력이 있어, 어지간히 찔리는 모양이었다. 차마 염치가 없어 주변 임원들과 눈을 마주치지 못했다.

"흠. 내 그리 안 된다 말렸는데도. 윤주원 팀장이 워낙에 고집을 부리니 막을 수가 있나……."

기어들어 가는 목소리는 높은 직책과 어울리지 못하게 소심했다. 예전 같았다면 자신의 입지를 뚜렷하게 밝혔겠지만, 연임 결정이 불투명해진 시점에서 목소리를 높여 봤자 자신에게 이로울 것이 없다 판단한 것이다.

간사하기 짝이 없는 변명에 장내에 모인 임원들은 황덕현 전무를 흘겨보며 쯧, 혀를 찼다. 그러면서 정중앙 자리를 차지하고 있는 이동석 부회장의 눈치를 살피는 것도 잊지 않았다. 주원과 박성호 차장을 꿰뚫듯 번갈아 바라보던 임원 중 한 명이 물었다.

"듣자 하니, 요즘 전략팀이 꽤나 시끄럽던데. 경영진단팀에서 눈여겨보고 있다 들었어. 본사로 발령받자마자 기다렸다는 듯이 사건이 터지니 묻겠네. 윤주원 팀장. 혹시 자네는 이번 일, 이렇게 될 거라는 것을 미리 알고 있었나?"

회의에 참석한 인물이라면 누구든 속에 품고 있는 핵심적인 질문이었다. 다만, 주원이 회장님의 친조카였으니 선뜻 나서지 못하고 조심했을 뿐. 직계 경영을 지양하겠다는 윤문혁 회장의 뜻을 잘 인지하고 있던 임원이라 가능한 발언이었다.

"주제넘게 죄송합니다만……."

박성호 차장은 중대한 일로 모인 상부들의 위압감을 감당하기 버거웠는지 마른침을 꿀꺽 삼켰다. 상황은 점점 더 최악으로 치닫고 있었다. 전부 다 계획에 없던 일이었다.

"주제넘는 태도인 것은 알고 있군. 난 지금 자네에게 물은 것이 아니야."

임원의 단호한 말투 속엔 조무래기는 입 닥치고 있어, 라는 무언의 명령이 담겨 있었다. 박성호 차장은 시선을 돌려 주원을 바라보며 살려 달라 애원했다. 그런 박성호 차장의 뜻을 이해한 듯, 주원은 맞은편의 은도를 의미 모를 눈으로 응시하다, 천천히 입을 열었다.

"잘 파악하고……."

"그 사안은 경영진단팀에서 판별할 문제입니다."

그러나 주원은 말을 다 잇지 못하고 입을 다물어야 했다. 은도가 불쑥 끼어든 탓이다. 낮지만 힘 있는 은도의 목소리에 장내의 많은 시선이 한곳으로 쏠렸다.

전과 달리 흥미롭게 관망하는 이동석 부회장의 애정 어린 시선과, 언짢다는 듯 아래위로 훑어보는 부정적인 시선들이 동시에 뒤섞였다.

"〈르보아〉 업체는 몇 번이고 본사의 지침을 무시했던 이력이 있습니다. 미팅 시간도, 방향성도 전부 무시하며 독단적으로 진행하길 수차례였습니다. 실질적으로는 인공 판재를 사용해 온 업체입니다. 그 자재가 폐목재일 수도 있었다는 뜻입니다."

은도가 동요 없이 차분하게 말을 잇기 시작하자, 회의실은 순식간에 조용해졌다.

"소비자들에게 보다 큰 신뢰를 얻고 있는 것이 강점인 본사 측의 상황을 고려해, 송다정 프로젝트 매니저가 〈르보아〉 업체에게 몇 가지를 제시했습니다. 하지만 안정성 검사 결과를 본사에 증명해 달란 최소한의 부탁도, 짧은 기간에 물량 확보를 할 수 있었던 경로와 재고 상태를 투명하게 밝혀 달란 요구도 전부 묵살당했고요."

느리게 주변을 훑어보는 은도의 표정은 굳어 있었다.

"잘잘못을 따지는 순서부터가 잘못됐다, 이 말입니다. 작은 것 하나하나 눈앞에 갖다 바쳐 가며 설명하고, 변론하고, 변명하는 것 자체도. 솔직히 말씀드리자면 내키지 않습니다."

마치, 적잖게 화가 난 사람처럼.

"밖에서 억울하게 얻어터진 회사 직원들은 누가 지켜 줍니까. 저는 회의에 참석하기 전까지만 해도 여기 계신 분들이라 생각했었는데요."

은도의 허를 찌르는 말에 임원들은 헛기침을 토해 내며 불편한 속을 대놓고 드러냈지만, 묵묵히 미소 짓고 있는 부회장의 반응 때문에라도 쉽게 나서지 못했다.

"제가 〈르보아〉 업체에게 일방적으로 해지를 통보했던 가장 큰 이유는, 내가 보는 앞에서 내 직원에게 서류를 집어 던지는 〈르보아〉 직원의 몰상식한 행동 때문이었습니다."

곧게 뻗어 있는 은도의 짙은 눈동자는 오로지 주원에게만 향해 있다.

"분명 여기 계신 분들 또한, 제 입장이 되었을 때 부하 직원의 정신 건강을 위해서라도 저와 같은 선택을 하셨으리라 믿어 의심치 않습니다. 제 말이, 틀렸습니까?"

"그건 그렇지만. 크흠."

당장 상무이사 후보로 내정된 인물인 만큼 은도는 기업을 위해 군말 없이 헌신해 온 인재였다. 더군다나 회장님이 내리 고집해 오던 말을 그대로 가져와 자신들에게 묻고 있으니, 누구 한 명 선뜻 반기를 들지 못했다.

그때, 줄곧 상황을 지켜보던 이동석 부회장이 드디어 입을 열었다.

"그리 자신만만한 걸 보아하니 따로 생각해 둔 대책이 있나 본데."

"말씀드리면, 제 뜻에 따라 주실 겁니까?"

"어렵지 않지. 대신, 그에 따른 책임 또한 자네 몫이야."

은도는 동석과 짧게 시선을 주고받은 뒤, 기다렸다는 듯 막힘없이 말을 이어 나갔다.

"홍보팀은 방금 제가 말한 것들, 토씨 하나 빠트리지 말고 그대로 반박 기사 올리세요. 법무팀은 〈르보아〉 측에서 물고 늘어지거나 날조하려는 태도를 취하는 즉시, 계약서 조항대로 이행할 수 있도록 조속한 조치 부탁드립니다."

지시를 끝낸 은도는 가볍게 고개를 숙이며 자리에서 일어났다.

"그럼, 전 아직 처리해야 할 일이 남아 있어서 먼저 들어가 보겠습니다."

"빌어먹을. 어떻게 도움 될 만한 놈들이 하나도 없어!"

사무실로 돌아온 박성호 차장은 신경질적으로 넥타이를 풀어 헤치며 들고 있던 서류를 책상 위에 던지듯 내팽개쳤다. 죄 없는 전략팀 직원들만 이러지도 저러지도 못하는 처지가 되었다.

〈르보아〉 대표는 아예 연락 두절이다. 유흥비에 접대비만 합쳐도 5천에 가까운 돈이었다.

"뭣도 없는 새끼들이 주제도 모르고……."

박성호 차장은 힘껏 말아 쥔 주먹을 부르르 떨었다. 설상가상 윤주원 팀장을 등에 업고서 기세등등해진 이미정 여사 또한 일방적으로 연락을 피했다. 아니, 일부러 무시하고 있는 것이 틀림없다. 누군 낭떠러지에 몰리고 있는데 다른 누구는 아주 천하태평이지.

기가 막혀 헛웃음만 터트리고 있는데, 전략팀 사무실 문을 열고 경영진단팀 소속 직원들이 우르르 들이닥쳤다.

"뭐, 뭐야. 당신들!"

당황한 박성호 차장이 주춤거리며 뒤로 물러섰다. 놀란 것은 전략팀 직원들도 마찬가지였다.

"저희와 함께 가 주셔야겠습니다. 박성호 차장님."

재윤의 무뚝뚝한 목소리에 박성호 차장의 인상이 삽시간에 일그러졌다.

"어딜 같이 가! 뭐 하는 짓이냐고 묻잖아, 지금!"

"적당히 하고 말 높이시죠."

나이는 어리지만 엄연히 재윤의 직급은 팀장이었다. 박 차장은 뒤늦게 그 사실을 인지했지만, 놀라 들썩이는 가슴을 잠재우기엔 시간이 턱없이 부족했다. 재윤의 눈짓 한 번에 경영진단팀은 신속하게 움직였다.

박성호 차장 자리에 놓인 수많은 서류, 책상 아래에 위치한 본체와 곳곳에 숨겨 둔 새끼손가락만 한 USB까지 무엇 하나 놓치지 않고 상자 안으로 쓸어 갔다. 순식간에 벌어진 일에 직원들은 눈을 끔뻑거리며 조용히 상황을 지켜보았다.

"아니, 증거 있어? 있느냐고! 일하는 사람을 다짜고짜 끌고 가는 게 어디 있느냔 말이야!"

재윤은 대답 없이 똑바르게 박성호 차장의 눈을 직시했다. 검은 눈동자는 꿰뚫듯 집요했고, 무언의 명령이 묻어나 있었다.

"아시겠지만 저희는 준비되어 있지 않은 상황에서 무턱대고 움직이지 않습니다. 하고 싶은 말씀은 다음 자리에서 하시지요."

처음부터 마지막까지 감정이라곤 조금도 담겨 있지 않은 사무적인 말투였다. 사색이 되어 버린 박성호 차장은 좀처럼 움직이려는 생각이 없어 보였다.

"너희가 경찰이야? 뭐라도 되는 것처럼 하는데, 다 신고할 거야! 알아? 어?"

박성호 차장은 악바리로 버티며 젖 먹던 힘을 쏟아 내 발악했다.

"출석 요구는 거절하셔도 괜찮습니다. 다만, 의심 가중과 직원들의 시선을 생각하신다면 저희와 동행하시는 편이 더 나을 것이라 판단됩니다. 선택하시죠."

주원은 묵묵히 모니터만 응시하고 있었다. 소란스러움을 느낀 건지 주원의 얼굴이 천천히 옆으로 돌아갔다. 고개를 푹 숙인 채 경영진단팀 소속 직원들의 뒤를 따르고 있는 박성호 차장의 뒷모습이 보였다.

"놀고들 있네……."

주원은 관심 없다는 듯 설핏 실소를 터트리며 고개를 돌려 버렸다. 이번엔 책상 위에 올려 둔 휴대폰이 정신없이 울려 대기 시작했다. 발신자는 어머니일 것이 뻔했다. 주원은 휴대폰을 쳐다보지도 않고 돌려놓았다. 시선은 오로지 한곳에 고정되어 있었다. 모니터에 띄워진 창.

「……어떠한 제보라도 익명이 보장되고 있으며 자진 신고 시, 정상 참작하여 경감 처리 될 수 있습니다. 참고……」

내부 고발. 주원은 그 맥락에서 좀처럼 시선을 떼지 못했다. 경감 처리는 바라지도 않았다. 그저 슬슬 일이 귀찮게 돌아가니 따분해졌을 뿐. '이쯤에서 조용히 전부 끝내 버리고 아무도 모르게 사라져 버릴까.' 그런 생각을 아예 안 해 봤던 것도 아니지만, 부질없었다.

말을 꺼내 보기도 전에 끼어들어 가로막던 차은도의 잔상이 생각보다 머릿속에 오래 머물렀다. 나 하나쯤 어떻게 된다 해도 전혀 상관없을 문제였다. 스스로를 아끼지도 않았을 뿐더러 노인네들끼리 권력을 앞세워 가며 떵떵거리는 모습이 역겨워 자리를 지키고 있는 것만으로도 곤욕이었으니까.

하지만, 어째서 윤문혁 회장이 그토록 아끼는 차은도를 방관하고 있는지 알 것도 같았다. 병신처럼 착하기만 하니까. 나 같은 것도 친구 취급해 주며 외면하지도 못하고 어물쩍거리는 것만 봐도, 능력과 별개로 차은도는 경영 쪽과 어울리지 않는다.

의미 없이 설렁설렁 마우스를 클릭하다 무언가를 발견한 주원은 손가락을 멈추었다.

「21일, 〈지성가구〉가 〈르보아〉의 주장을 전면 반박하고 나섰다.

100% 입증된 친환경 원목 가구만 취급하기로 유명한 〈지성가구〉는 본사 매뉴얼과 상이한 업체의 제품을 무분별하게 판매할 수 없었다고 밝혔다.

〈지성가구〉는 본사 지침에 따라 협력업체로 선정된 〈르보아〉에게 한국대 포름알데히드 센터에서 안정성 검사를 권유했으나, 수차례 거절당했다고 주장했다.

그 외에도 〈르보아〉는 〈지성가구〉 본사 직원에게 무례한 행동과 발언을 서슴지 않았으며, 프로모션 일정도 몇 번이나 무시하는 등 잡음과 악행을 반복했다고 반박했다.

〈지성가구〉 차은도 본부장은 오랜 기간 동안 쌓아 온 소비자들과의 신뢰를 조금이라도 깨트리는 일이 있어선 안 된다며 강력히 목소리를 높였다.

또한, 본사 직원들을 보호해야 할 의무가 있음에도 직원들이 받은 피해를 외면하고 묵살하는 것은 있을 수 없는 일이라고 주장했다.

〈지성가구〉는 "〈르보아〉의 날조가 지속될 시, 제반 과정에 대해 법적 절차를 따라 적극적으로 대응할 예정이다."라고 밝히며 입장을 일축했다.」

단독 기사였다. 다정은 한 글자도 빠트리지 않고 반박 기사 내용을 눈에 담았다. 그 아래에 실시간으로 미친 듯이 달리기 시작하는 댓글들도 빠트리지 않고 전부 읽었다. 다행히, 반응은 대부분 나쁘지 않았다.

소규모 업체의 양아치 기질이 어디 가겠냐며 조롱하는 댓글이 대부분이었다. 이래서 가구는 싼 맛에 사면 안 된다고, 예전에 한번 구매했던 적이 있었는데 갈라지고 뒤틀리는 현상이 나타났다며, 환불 요청을 했더니 들은 척도 하지 않더라는 등 때아닌 불만도 속출했다. 그뿐만 아니라, 〈지성가구〉에서 언급한 '본사 직원 보호'에 대한 대응을 칭찬하는 댓글도 여럿 보였다.

"후우……."

그제야 안도의 한숨이 터졌다.

이제 좀 안심할 수 있겠다. 그 심정은 다른 직원들도 마찬가지인 모양이었다.

"어휴, 이제 좀 살겠네."

"그러게요. 진짜 다행이에요. 근데, 우리 본부장님 진짜 멋있지 않아요?"

"내 말이. 이런 분이 위로 가셔야 우리가 편해. 이번 상무이사는 무조건 본부장님이다. 다들 투표하는 거 귀찮다고 건너뛰면 안 됩니다. 오케이?"

분위기도 확연히 달라졌다. 차기 대통령을 뽑는 것도 아닌데 다들 비장한 기세였다. 그런 직원들의 모습이 귀여워 다정은 저도 모르게 웃음을 터트리고 말았다.

"송 피엠님, 너무 대놓고 좋아하시는 거 아니에요?"

음흉하게 눈매를 늘인 정연이 팔꿈치로 옆구리를 쿡쿡 찔러 오자 다정은 합, 입술을 집어삼키고는 정색했다.

"내가 언제?"

"어? 저기 본부장님 오신다."

"어디? 어디?"

"뻥인데."

기다렸다는 듯 격하게 목을 꺾으며 주변을 살피는 다정의 즉각적인 반응이 꽤 볼만했는지, 정연은 큭큭거리며 놀려 댔다. 아무래도 놀리는 데 맛이 들린 모양이다.

"어? 이번엔 진짜예요."

"안 속거든."

다정은 밉지 않게 정연을 흘겨보다, 그녀가 가리키는 곳은 거들떠보지도 않고 서류를 책상에 탁탁 내리치며 각을 맞추었다.

"진짠데……."

정연이 말끝을 흐리자, 다정의 눈동자가 빼꼼 위로 향했다. 이번엔 정말이다. 기획팀 사무실 문을 열고 그가 등장했다. 은도가 천천히 다리를 움직이자, 누가 먼저랄 것도 없었다. 수고하셨단 의미가 담긴 박수갈채가 열렬하게 쏟아졌다.

은도는 생각지도 못한 열띤 반응에 당혹스러워하는 눈치였다. 슬쩍 미소 지으며 받아 주거나, 그러지 말라며 자리를 피해도 괜찮을 법한데, 은도는 직원들과 눈을 마주치지 않고 끝끝내 외면했다. 모르는 사람이 본다면 싸하게 굳어 있는 그의 표정을 보고 화가 난 건 아닐까, 기분이 언짢으셨나 생각할 수도 있겠지만, 이젠 아니다. 그의 귀가 붉게 달아올라 있었으니까.

뭐야. 귀엽잖아. 다정이 입을 틀어막았다.

은도가 다정의 자리를 스쳐 지나가는 찰나의 순간, 허공에서 눈이 마주쳤다. 머무른 시간은 생각보다 훨씬 더 짧았지만 부정할 수 없는 그의 애틋한 눈길에, 슬쩍 올라선 입매에 얼굴이 다 화끈거렸다. 심장이 벌렁벌렁 제멋대로 뛰어 댔다.

은도가 집무실 안으로 사라진 뒤에도 다정은 통창 너머로 움직이는 그의 동선을 멍하니 주시했다. 당연히 책상으로 갈 줄 알았건만, 은도는 말끔하게 올라가 있는 블라인드 앞에 멈춰 서서 지그시 다정을 바라보았다.

다정은 손가락으로 제 가슴팍을 콕 가리켰다. '저요?' 라는 뜻이었다. 얼마 지나지 않아 은도의 입술이 느릿하게 움직였다.

'이리 와.'

다정한 얼굴로 손을 까딱이며, 나에게 오라고.

그 신호를 알아차린 다정은 당장이라도 자리를 박차고 일어나고 싶었지만, 보는 눈이 많아 그럴 수 없었다. 이런 적이 있었나? 상황이 사람을 바꾼다지만, 사내 연애는 무엇 하나 쉬운 것이 없다.

다정은 후끈 달아오른 분위기가 조금은 누그러질 때까지 조용히 상황을 살피다, 직원들이 다시금 업무에 집중하기 시작할 때쯤 천천히 엉덩이를 떼어 냈다. 괜히 쓸데없는 서류를 한 아름 품에 안고서.

"피엠님, 어디 가세요?"

아니나 다를까, 최대의 아군이자 적군인 정연이 순수한 얼굴로 호기심을 드러냈다. 다정은 억지로 입술을 끌어 올리며 통하지 않을 변명을 급조해 냈다.

“겨, 결재받을 게 있어서.”

“결재요? 아…….”

다정이 팔에 끼워 둔 검은색 결재 파일을 보란 듯이 들어 보이자, 끈질기게 달라붙을 줄 알았던 정연은 예상과 달리 순순히 고개를 끄덕였다.

아무래도 내가 공과 사는 구분할 줄 아는 사람이라 생각하는 모양인데, 미안하지만 정연 씨. 그거 완전 틀렸어. 다정은 혹여나 정연에게 붙잡힐까 싶어, 후다닥 걸음을 옮겼다.

순식간에 도달한 집무실 앞. 예전과는 전혀 다른 긴장감에 가슴이 쿵쾅쿵쾅 요란을 떨었다. 마른침을 꼴깍 삼켜 내고, 주책없이 펌프질해 대는 가슴을 진정시키려 몇 번이고 숨을 가다듬은 뒤에야 천천히 문손잡이를 돌릴 수 있었다.

온전한 그의 구역으로 조심스레 한 걸음 내딛자, 집무 책상에 곧은 자세로 앉아 업무를 보고 있는 은도의 모습이 눈에 들어왔다. 구김 없이 말끔한 슈트 자태는 오늘따라 더욱 빛을 발했다. 가까이서 보니 어느 한구석도 근사하지 않은 곳이 없어 다정은 그만 넋을 놓고 말았다.

인기척을 느꼈으면서도 은도는 서류에서 눈을 떼지 않았다. 묵묵히 서류를 뒷장으로 넘기며, 희미한 웃음을 걸친 채 말했다.

“내 얼굴 뚫리겠다.”

그의 시선이 정면으로 올라왔다. 다정을 빤히 응시하던 은도가 고개를 비스듬히 기울였다.

“언제까지 그러고 있을 거야.”

“아, 그게…….”

“가까이 와.”

그의 작은 손짓에 주춤거리던 다정이 어렵게 발을 떼어 냈다.

“더.”

답답한 움직임이 성에 차지 않는지, 은도는 밉지 않게 눈살을 구기며 다정을 재촉했다.

“더 가까이 와. 그래야 직원들이 의심 안 하지.”

아아……. 그 이유 때문이구나. 슬쩍 고개를 돌려 보니 블라인드가 내려가 있지 않아 내부가 훤히 들여다보이는 상황이라 위험했다. 긴장이 풀린 다정은 머쓱하게 뒷덜미를 긁적이며 집무 책상 바로 앞까지 걸어갔다.

“무슨 일로 부르신 거예요? 딱히 보고드릴 사안도 없는데.”

“우리가 언제부터 일이 있어야 부를 수 있는 사이였는데?”

은도가 짓궂게 입술을 말아 올리자, 다정은 바로 정색했다.

“그, 그렇게 웃지 마세요!”

“이젠 웃지도 못하게 하네.”

“밖에서 다 보이잖아요. 평소엔 잘 웃지도 않는 분이 제 앞에서 무방비하게 웃고 계시면 다들 이상하다…….”

다정의 말이 채 끝나기도 전에 벌어진 일이었다. 둔탁한 소리와 함께 좌륵, 내려온 블라인드가 통창을 완벽히 가렸다.

“됐어?”

“아, 네. 된 것 같네요.”

“진짜 웃겨, 송다정.”

턱을 괸 은도가 가만히 다정을 올려다보았다. 은근한 눈빛을 피할 수 없어 얼굴이 화끈하게 달아올랐다. 화제. 화제를 돌리자.

“마, 맞다! 기사 봤어요. 잘 풀린 것 같던데, 맞죠?”

“음, 표면적으로는?”

“아직도 갈 길이 멀어요?”

“잘될 거야.”

“정말로요?”

“네가 나였다면 그렇게 말해 주지 않았을까.”

“뭐예요, 그게…….”

“걱정했어?”

"그럼요. 직원들 전부가 걱정했어요. 아침부터 난리도 그런 난리가 없었다구요."

"너도?"

새삼스러운 질문이었다. 다정은 멀거니 은도를 바라보다, 열심히 고개를 끄덕였다.

"당연하죠!"

씩씩한 대답에 저절로 미소가 그려졌다. 다정도 배시시 따라 웃었다.

"그나저나 본부장님. 축하드려요."

"축하?"

"평판이요. 전과 다르게 완전 좋아지셨잖아요. 원하셨던 결과 아닌가요?"

"아아……."

별다른 감흥이 없어 보이는 시큰둥한 탄식에 다정은 의아하다는 듯 물었다.

"별로 기쁘지 않아 보이시네요?"

"아니, 좋아. 그동안 고생 많았어."

다정은 능글맞은 표정으로 손을 휘휘 내저었다.

"에이, 또 띄워 주신다! 아니에요. 제가 한 일이 뭐가 있다구요. 본부장님 스스로 해내신 거죠, 뭘."

천연덕스럽게 웃어넘기는 다정의 모습은 개구쟁이처럼 천진난만했다. 홀리듯 그녀를 건너다보던 은도는 제법 진지한 투로 운을 뗐다.

"사실은."

그런 것 따위 필요 없었어.

"수작 부린 거였어."

"네? 수작, 이라뇨?"

"너 좀 어떻게 해 보려고."

엮이고 싶어서.

"그게 무슨……."

"어울리지 않게 편법 한번 써 봤다."

무심히 고백하는 은도에 비해 다정의 표정은 각양각색으로 뒤바뀌었다. 얼떨떨함. 황당함. 어이없음에서, 억울함으로.

"진심이에요? 와, 이분 진짜 큰일 날 분이시네! 제가 본부장님 도와드리려고 얼마나 밤낮으로 고민한 줄 알고 계세요?"

"너무 그렇게 억울해하지 마. 나도 최근 들어 깨달았어."

"와……."

"배신감 들어?"

"네! 우리가 아무 사이 아니었을 때 저는 졸지에 본부장님을 짝사랑하는 순정녀로 오해받고 다녔다고요!"

순정녀. 나쁘지 않은데 왜.

"싫었나?"

"그때는 당연히 불편했죠!"

"서운하네."

비 맞은 강아지처럼 축 처져 있는 은도를 흘겨보다 말고, 다정은 푹 한숨을 흘리며 굳혔던 표정을 풀었다.

"그래도 기분은 좋네요."

"뭐가?"

"잘생겼는데 플러스로 능력도 있는 남자가 나한테 관심 있어서 그랬다는데, 기분 안 좋은 게 이상한 거죠. 그 전략적인 편법이 문란했다면 모를까, 지극히 건전한 의도였잖아요. 아, 그만할게요. 너무 기 살려 주면 안 되니까."

어떻게 농담하는 모습마저 예쁜지. 은도는 미동조차 없이 지그시 그녀의 눈을 들여다보았다.

"설마, 이거 말하려고 저 부르셨던 거예요? 일하는 중에?"

"아니."

"그럼……."

별안간 은도가 예고도 없이 의자에서 몸을 일으켜 세웠다. 곧이어 그의 상체가 앞으로 서서히 기울어졌다.

"왜, 왜 이러세요?"

점차 가까워지는 거리에 다정은 본능적으로 목을 뒤로 쭉 뺐다. 은도는 대답이 없었다. 그녀가 뒤로 물러서지 못하도록, 한 손으론 책상을 짚고 다른 한 손으론 다정의 목덜미를 감싸며 살짝 앞으로 당겼다. 입술과 입술이 닿기 직전, 당혹감에 젖은 다정의 눈동자가 불안스레 흔들렸다.

"혹시나 해서 물어보는 건데요. 제가 생각하는 그거, 하려는 건 아니죠?"

"맞아."

참아 보려고 했는데, 도무지 그럴 수가 없었어.

"지금 여기, 회사인데요?"

"그럼 내 눈에 띄질 말든가."

그랬다면 어떻게든 찾아냈겠지만.

"CCTV도 있는데요?"

"고장 났어."

"누가 들어오기라도 하면요?"

"다시 나가라고 할게."

"그걸 지금 말이라고……."

"뭐 어때. 한 번쯤은 괜찮아."

고개를 숙이며 다가온 은도가 입을 맞추었다. 짧고 가벼운 입맞춤이었지만 다정은 전기에 감전된 듯 그 어느 때보다 짜릿한 감각에 정신을 차릴 수 없었다. 그런 속을 아는지 모르는지, 은도가 입술을 들썩였다.

"회사니까 봐준다."

어둠이 내려앉은 밤. 모두가 나름대로의 휴식을 취하고 있어야 할 시간이었지만, 주원이 존재하는 곳은 애석하게도 그러지 못했다.

"좋니? 계획한 일 전부 말아먹게 생겼는데. 이제 좀 속이 시원해?"

미정의 원망 섞인 통곡이 등 뒤로 날카롭게 날아들었다.

"박 차장이 너나 나를 가만히 둘 것 같아? 그 인간, 죽더라도 혼자서는 절대 안 죽을 양반이야. 감사팀에 전부 불고도 남을 거라고. 너는 동조자, 나는 협조자! 그뿐이니? 그 회사 회장인 너희 큰아버지 이미지는 어쩔 거야?"

하지만 주원은 꿈쩍도 하지 않았다. 소파에 편안히 기대어 앉은 채로 느긋하게 독서를 즐겼다.

"백번 양보해서 회장님 말고는 회사와 연관 없는 난 그렇다 쳐. 넌 어쩔래? 상무고 나발이고 징계받고 유배당하게 생겼는데, 지금 책 읽을 여유가 있어?"

숨차게 따져 묻는 미정의 말을 흘려들으며 책장을 넘기던 주원이 무표정한 얼굴로 성의 없이 대꾸했다.

"그러게 왜 가담하셨어요. 그렇게 가족 이미지를 걱정하시는 분이."

"뭐야? 너, 이제 아주 엄마 안 보고 살려고 작정했어?"

묵묵부답인 주원을 야멸차게 노려보던 미정은 지친 얼굴로 파르르 떨리는 숨을 간신히 흘려보냈다.

"요즘 들어서 대체 왜 이러는 거니, 정말. 예전처럼 엄마 말 잘 듣고 착했던 아들로 돌아와 줄 수는 없는 거야?"

미정 입장에선 전혀 예상 못 한 전개였다. 그토록 믿고 의지했던 아들이 배반할 것이라고 생각하는 부모는 없을 테니 말이다. 아니, 잠깐. 이 애, 이걸 노리고 여태 참고 있었던 건가.

미정은 순간 섬뜩해졌다. 처음 차은도를 밀어낼 수 있는 계획을 말해 주었을 때, 도리에 어긋나는 일임을 분명 인지하고 있었을 텐데도 고분고분 수긍하며 웃어 주던 아들의 미소가 이제 와 다시 생각해 보니 꺼림칙하다.

"일이 이렇게 된 이상 어쩔 수 없겠어. 주원이 너, 아무런 변론도 하지 마. 감사팀에서 캐물으면, 그냥 순순히 인정하고 징계받는 편이 좋겠어.

지금 상황이 상황인 만큼, 억울하다 말해 봤자 괜한 의심만 받을 테니까."

책을 읽느라 바삐 움직이던 주원의 눈동자가 일순 멈추었다.

"넌 어린 나이에 팀장 자리를 맡았으니 철이 없어 잠깐의 실수였다 둘러대면 되지만, 내가 개입된 사실까지 회장님 귀에 들어갔다간 그대로 끝이야."

갑작스럽게 노선을 바꾼 미정의 속내가 뻔히 보여 웃음만 나왔다.

"일단, 차은도를 끌어내리는 건 조금 더 지켜보도록 하자. 아무래도 그게 좋겠어. 2년 정도 자숙하는 척하며 조용히 지내다가 나중……."

주원은 탁, 소리 나게 책을 덮으며 미정의 말을 끊어 냈다.

"이미 메일 보냈어요."

"……뭐? 무슨 메일."

"자진 신고 하면 정상 참작해서 경감 처리 해 주겠다 해서."

"윤주원!"

메일을 보냈다는 것은 거짓말이었다. 무엇을 기대했던 건지. 저 가증스러운 여자도 끔찍하지만, 그것보다 저 여자에게 잠시나마 희망을 걸었던 자신도 더없이 한심하다.

"일단, 저부터 살고 봐야 할 것 같아서요."

"저, 저……!"

"그래도 아들인데, 그 정도 희생은 기꺼이 감수해 주실 거죠? 어머니."

주원은 웃었다. 경멸에 찬 눈으로 제 어미를 바라보며, 부드럽게 웃었다.

"……해서, 현재 USB 외 각종 서류들과 본사, 거래처 직원들의 추가적인 제보가 이어지고 있어 박성호 차장의 해고는 조만간 확정될 것 같습니다."

진우는 그간 벌어진 회사 사정들을 윤 회장에게 낱낱이 보고하고 있었다.

"비록 회사에서 피해 본 횡령 금액이 적은 편은 아니지만, 최근 불거진 불미스러운 일 때문에 부추겨 봤자 좋은 결과를 얻지 못할 것이라 판단한 듯합니다. 박성호 차장 해고로 마무리 짓고 조용히 덮고 넘어가자는 의견에 찬성하는 측근이 많습니다."

묵묵히 약주를 들이켜고 있는 문혁의 눈치를 잠시 살피던 진우가 다시 입을 열었다.

"문제는, 박성호 차장이 그 외의 증거가 불충분한 내용들을 전면 부인하고 있습니다. 박 차장 증언에 따르면, 본인은 1분기 협력업체 선별 심사 때 〈르보아〉를 추천하기만 했을 뿐, 황덕현 전무에게 결재 승인을 받아 낸 것도, 직접 〈르보아〉 측 담당자와 미팅을 진행한 것 역시 윤주원 팀장님이었다고……."

피가 섞인 혈연이라는 것은 부정할 수 없는 사실이었다. 이번 사건이 수면 위로 떠오를 경우, 피땀 흘려 쌓아 온 윤 회장의 위신이 바닥으로 추락하게 될 것은 물론이거니와, 최악의 상황에선 떠밀리듯 은퇴를 맞이하게 될 것이다.

직원들의 존경과 인정을 받으며 조용히 자리에서 물러나는 것. 무거운 짐을 내려 두고 한결 가벼워진 마음으로 아내와의 추억을 곱씹다 편안히 눈을 감게 되는 것.

마지막 남은 작은 염원이 전부 박살 나게 될지도 모르는 상황에서도, 그는 동요 없이 침착했다. 윤문혁 회장은 조용히 잔을 내려 두며 시선을 들어 올렸다.

"왜 아까부터 내 눈치만 보고 있어? 계속 보고하지 않고."

"그게……."

"내가 한번 맞춰 볼까?"

"예?"

"주원이 엄마가 박성호 차장 뒤를 봐주고 있었겠지. 주원이 그 미련한 놈은 지 어미 부탁이라 거절도 못 하고 로봇처럼 행동한 것뿐일 테고. 감사팀에서 그리 의심하고 있는 것 아니야?"

"그걸 어떻게……."

"내가 방구석에서 나이만 처먹은 줄 알아? 임원들끼리 삼삼오오 모여

작당 치다 걸린 거였다면 또 몰라. 부르지도 않았는데 헐레벌떡 찾아와선 직원 한 명이 같잖게 잔머리 쓰다 걸린 것 가지고 주절주절 떠들고 있을 이유가 뭐가 있어. 보나 마나 내게 마지막 남아 있는 골칫거리들이 움직이기 시작했으니 자네도 한걸음에 달려왔겠지."

한 치의 오류도 없이 정확하게 핵심만 짚어 내는 문혁의 통찰력에 진우는 놀랄 수밖에 없었다.

"이봐, 서 실장."

"예. 회장님."

"내가 그 당시에 어째서 경력도, 나이도 한참 부족했던 신참인 자네를 곁에 두려 했던 건지, 알아?"

"……잘 모르겠습니다."

"하하. 그래, 말을 안 했으니 알 리가 있나. 자네도 마음고생이 이만저만이 아니었을 거야."

지금의 상황과 전혀 상관없는 말이었다. 진우는 속이 타들어 갔지만, 내심 궁금했던 것도 사실이라 불안한 심경을 숨겼다. 처음 입사하자마자 회장 전속 비서팀으로 발령받을 확률은 불가능에 가까웠다.

윤 회장은 자신을 선택한 이유를 단 한 번도 언급한 적이 없었다. 감사한 마음도 있었으나 어린 마음에 원망도 했다. 직원들의 시선이 고울 리 있나. 여직원이고 남직원이고 할 것 없이 여러 수단으로 괴롭혀 왔다. 말수도 없고 감정을 쉽게 드러내는 편도 아니었지만, 정말이지 그 당시엔 생지옥을 봤다.

어떤 사연을 들려주시려나. 제법 호기심이 묻어난 진우의 표정에 비해 문혁은 짓궂은 대답을 내놓았다.

"운전을 참 잘했어."

"……예?"

황당한 나머지 앞에 계신 분이 누군지도 잊어버린 듯, 진우의 미간이 작게 구겨졌다.

"반응 한번 볼만하구만."

아아. 장난이었구나. 윤문혁 회장은 지금처럼 실없는 소리를 할 때가 잦았다. 안내 데스크 여직원의 이름이 인수였는데, 지쳐 있는 그녀를 향해 고생이 많다는 말 대신, "인수가 화나면 뭔 줄 아나?" 물었던 분이셨다. "잘 모르겠습니다." 하는 그녀의 대답에 윤문혁 회장은 "인수분해다." 했고, 덕분에 주변은 싸하게 얼어붙었다.

물론, 0.5초도 지나지 않아 누가 먼저랄 것도 없이 복근이 터질 것 같다며 배를 잡았지만. 그것만 봐도 말 다 했다.

"회장님. 지금은 농담을 하실 때가……."

"대화야. 단 5분이라도 몇 마디 말만 나눠 보면 보여."

장난스럽던 표정은 온데간데없었다. 녹록지 않은 세월의 흔적이 그대로 스며들어 있는 문혁의 얼굴에 인자한 미소가 감돌았다. 문혁은 끙, 소리를 내며 무릎을 짚고 일어섰다. 서둘러 다가온 진우가 팔을 부축했지만, 윤 회장은 단호히 손을 내저으며 괜찮다 했다.

"내일 이동석이한테 나 출근한다고 전해 둬."

"부회장님께, 말씀이십니까?"

"그래."

"어쩌실 생각인 건지……."

앞서 걷던 문혁이 별안간 걸음을 멈추고 고개를 돌려 진우를 바라보았다. 몇 초간의 공백이 흐르고, 곧이어 간결하고도 투박한 대답이 던져졌다.

"어쩌긴 뭘 어째. 회사 때려치워야지."

"회장님, 지금은!"

"잔소리 마. 지금이 가장 적절할 때야. 언제 죽을지도 모르는 노인네가 이 나이 먹도록 회사에 출근하고 있는 것이 더 미친 짓이고."

말은 그렇게 하지만, 속뜻은 전혀 달랐다. 반평생 헌신하며 아내와 이뤄 낸 회사를, 영광을, 내 사람들을 지켜 낼 수 있는 유일한 방법. 은도가 직원들을 보호할 수 있을 만큼, 그러고 싶어질 만큼 강해졌을 때를 기다렸다.

"그나저나 이놈의 파리들은 왜 이렇게 많이 꼬여?"

타들어 가는 진우의 속도 모르고 문혁은 허공에다 파리채를 휘휘 흔들었다.

저녁마저 더운 기운이 물씬 풍겼다. 바람조차 뜨거웠다. 길가를 지나다니는 사람들이 입고 있는 옷도 확실히 얇아졌고, 한 손에 부채나 휴대용 선풍기를 들고 다니는 모습도 쉽게 찾아볼 수 있었다. 저녁 8시 30분. 한창 퇴근한 직장인들로 북적거릴 줄 알았던 쌈밥집은 한산했다.

"고기가 먹고 싶었으면 말을 하지 그랬어. 괜찮은 곳 알고 있는데."

"에이, 그래 봤자 레스토랑이잖아요. 느끼해서 싫어요. 칼질하는 것도 귀찮고."

"그래?"

은도의 입술이 일자로 길게 늘어졌다.

"네. 전 쌈파거든요."

다정은 물기가 묻어 있는 상추를 두어 번 툭툭 털어 내고는 손바닥에 올려놓았다.

"고기는 이렇게, 크게 크게 먹어야 제맛이죠."

상추, 깻잎, 치커리, 케일, 양배추. 쌈 채소의 종류가 하나씩 쌓이자, 은도의 눈이 크게 떠졌다.

"이게 한입에 다 들어간다고?"

"당연하죠."

"진심이야?"

도무지 믿기 힘든 표정이었다. 은도가 눈살을 작게 구기자, 다정은 가소롭단 웃음을 터트렸다.

"제가 왜 거짓말을 해요."

"무리하지 마."

은도는 잘 익은 고기 한 점을 젓가락으로 집어 다정의 쌈 가운데에 얹어 주었다. 다정의 미간이 확 구겨졌다.

"지금 뭐 하시는 거예요? 제 손바닥 위에 놓인 쌈 채소만 몇 갠데."

은도는 바쁘게 움직이는 다정의 젓가락을 설마, 하는 표정으로 불안하게 바라보았다.

"이—만큼은 얹어 줘야 맛이 나죠."

그녀는 차돌박이를 거의 쓸어 모으다시피 했다.

"입 찢어지겠다."

"고작 이 정도로."

다정은 씨익 웃으며 야무지게 쌈을 쌌다. 그 크기는 다정의 주먹만 했다. 저러다 다 흘리려고. 하지만 그 걱정은 보란 듯이 어긋났다. 주먹 크기의 쌈이 거짓말처럼 깔끔하게 다정의 입속으로 쏙 사라졌다. 이제 보니 송다정 입은 쌈만큼 컸던 모양이다.

"마술 보는 줄 알았어."

은도는 세상을 다 가진 사람처럼 행복하게 우물거리는 다정을 말없이 바라보다, 이내 못 말리겠다는 듯 피식, 짧은 웃음을 터트렸다. 한동안 쉴 새 없이 움직이던 입술이 멈추고, 음식물을 꿀꺽 삼킨 다정이 참아 둔 말을 급하게 꺼냈다.

"……저 혹시 지금 좀 보기 흉했나요?"

"예뻤는데."

표정 한번 변하지 않고 이런 낯간지러운 말을 아무렇지 않게 하는 것도 능력이라면 능력인가.

"어우, 우리 본부장님 콩깍지 제대로다."

"그러니까 내 말이."

"어머. 이젠 능청스럽기까지?"

"더 해 줘?"

"사양하겠습니다."

문득 은도가 팔을 뻗었다. 그의 엄지가 입술을 훑고 지나가자, 놀란 다정이 흠칫거렸다. 입술에 묻어 있는 상추 조각을 떼어 주려는 의도였음을 뒤늦게 알아차린 다정은 괜히 민망해서 아무런 말이나 뱉어 버렸다.

"어쩜 우리 본부장님은 손도 참 크고 손가락도 기네요. 곱다, 고와."

"까불지, 또."

"진짠데."

"그래서. 언제까지 본부장님 호칭 붙일 거야."

다정의 동공이 잘게 흔들렸다. 분명 당황한 것이다.

"습관이 돼서 그런지 저는 본부장님이라 부르는 게 편한데……."

"계약 기간 끝나서도 본부장님이라 부르려고? 슬슬 듣기 별론데, 그거."

"그럼, 차은도 씨는 어때요? 아, 너무 딱딱한가? 아님, 은도 씨?"

은도의 인상이 확 구겨졌다.

"선보러 나왔어?"

"그, 그러네요. 아, 아무래도 안 되겠어요. 뭘 붙여도 반말하는 것 같아. 전 도무지 딱 떠오르는 게 없는데, 본부장님은 있으세요?"

"있어."

"말씀해 주세요. 고려해 볼게요."

별것도 아닌데 은도는 꽤나 심각해 보였다. 진지하게 고민하던 그가 어렵게 입술을 떼어 냈다.

"……자기."

푸, 크흡! 생수를 마시던 다정은 요란한 헛기침을 토해 내며 다급하게 입술을 틀어막았다.

아, 이건 진짜 상상도 못 했다.

17

은도는 말없이 앞에 놓인 물수건을 내밀었다.

"그 호칭이 그렇게 충격받을 정도인가?"

얼떨결에 물수건을 건네받긴 했지만, 다정은 패닉 상태였다. 그 낯간지러운 단어를 아무렇지 않게 내뱉은 본부장님의 중저음 목소리가 머릿속에서 도통 떠나질 않아 자꾸만 쿨럭, 헛기침이 터졌다.

연애를 시작하는 순간부터 은연중 호칭에 대해 생각해 본 적은 있지만, 지금처럼 심각하게 고민해 본 적은 없었다. 하루의 절반을 보내는 장소도 회사였고, 50%는 업무와 관련된 대화였으며, 그 역시 '본부장님' 이라 부르는 저에게 불만을 갖지 않았으니까. 물론, 방금 전까지만 해도 말이다.

"본부장님. 모르시는 것 같아 말씀드리자면, 저는 형제라곤 언니 한 명뿐인 데다가 그 흔한 이성 친구도 없었답니다? 더군다나 무려 여중, 여고를 나왔다죠. 네. 사실은 마음의 준비가 덜 된 것 같습니다."

"빠져나가는 실력이 수준급인데. 어디서 배웠어?"

"기분 나쁘게 듣지 마세요. 그냥, 어색하고 낯설어서 어느 정도는 유예 시간이 필요할 것 같단 말이었어요."

냉수를 한입 들이켜던 은도가 컵을 테이블에 내려 두며 시선을 올렸다.

"별로 기분 안 나빠. 주변에 여자밖에 없었다니 오히려 좋은데, 특별해진 것 같아서."

다정은 툭툭 입 주변을 닦아 내며 고개를 세차게 흔들었다.

"그래도 아직은 무리예요."

"왜?"

"1년 가까이 되는 시간 동안 입이 마르고 닳도록 본부장님이라 불렀는데, 어떻게 한 번에……."

"난 바로 말 놨잖아."

"급이 다르죠. 본부장님은 원래 상사였고, 저는 부하 직원이었으니까. 처음부터 핸디캡 있던 걸로 그러시면 너무 불공평하다고 생각합니다만."

은도의 입이 일자로 다물렸다. 다정은 순간 움찔했다.

"그럼."

다정은 저도 모르게 꿀꺽 마른침을 삼켰다.

"……오빠는?"

오, 주여.

다정은 이마를 짚고 말았다.

이대로 헤어지기가 아쉬워 자연스레 당도한 곳은 집 근처에 위치한 작은 놀이터였다. "잠깐 놀다 갈래요?"라고 묻는 다정의 제안에 은도는 미약하게나마 긍정의 고갯짓을 보이며 불평불만 없이 다정의 손길에 이끌려 주었다.

"어렸을 땐 엄청 커 보였는데, 신기하게 지금은 되게 작아 보여요. 엇! 그네다!"

은도의 손을 놓고 냅다 달려간 다정은 그네에 엉덩이를 찰싹 붙였다.

"그렇게 좋아?"

"그럼요. 어렸을 땐 이것 때문에 언니랑 엄청 싸웠거든요. 먼저 타고 싶어서.”

“밀어 줄까?”

“네!”

그녀가 활짝 웃는다. 뒤쪽으로 다가간 은도가 팔을 뻗었다. 곧이어 커다란 손바닥이 다정의 어깨 부근에 닿았다. 다칠까 싶어 처음엔 최대한 힘을 빼고 조심스럽게 등을 밀어 주었다.

다정을 태운 그네는 본래 자리를 크게 벗어나지 못했다. 제자리에서 허무하게 흔들거리는 것이 성에 차지 않았는지, 짓궂은 투로 은도를 자극시켰다.

“이게 뭐예요. 힘이 그것밖에 안 돼요? 더 세게 밀어 주세요. 있는 힘껏!”

두 번째, 세 번째. 갈수록 등을 밀어 주는 힘이 강해졌다. 그 덕분인지 다정은 까만 하늘과 가깝게 붕 떠올랐다. 기분 좋게 터지는 그녀의 웃음소리가 듣기 좋았다. 점점 과도하게 치솟는 통에 결국 먼저 백기를 흔든 쪽은 다정이었다.

“우윽. 멀미 나요. 본부장님 힘센 거 인정할 테니까 이제 그만!”

“싫어.”

그의 얼굴엔 장난기가 언뜻 묻어나 있었다. 말론 싫다고 했지만, 행동은 달랐다. 다정이 내려올 타이밍에 맞춰 그네 줄을 가볍게 당겨 멈추게 했다.

“어후, 죽는 줄 알았네. 무슨 힘이…….”

“언제는 세게 밀어 달라며.”

맞는 말이라 반박할 수 없어 더 얄밉다. 다정은 슬쩍 은도를 흘겨보다가 그만 풋, 웃음을 터트리고 말았다. 뭘 잘못했는지 모르겠다는 얼굴로 멀뚱멀뚱 자신을 바라보고 있는 모양새가 마치 꼭…….

“본부장님 지금 모습 왠지 주인한테 혼난 강아지 같아요. 아, 체격이 크니까 대형견?”

‘강아지’에 이어 ‘대형견’이라니. 썩 달갑지 않은 비유에 은도는 인상을 작게 찡그리며 중얼거렸다.

“진짜 확 물어 버린다.”

"귀엽다는 뜻이었어요."

다정은 은도의 손을 잡아끌며 눈짓으로 비어 있는 옆쪽 그네를 가리켰다.

"본부장님도 앉으세요. 이번엔 제가 밀어 드릴게요."

"됐어."

"얼마나 재밌는지 모르셔서 그래요."

반쯤 복수하고 싶은 속내도 있었다. 은도는 못 이기는 척 옆쪽에 있는 그네에 앉아 빤히 다정을 들여다보았다.

"알고 있어."

"네?"

"일곱 살 전까진 어머니가, 그 이후엔 새어머니가 가끔씩 태워 주셨던 기억이 나."

"아……."

미친. 이놈의 입방정이 문제지. 다정이 속으로 스스로를 타박하고 있는 것을 알아차린 모양이다. 별안간 손을 뻗은 은도가 다정의 이마를 툭 쳤다.

"또 이상한 생각 하지."

"아, 아니에요."

둘은 약속이라도 한 것처럼 말이 없었다. 잠시 흔들거리던 다정의 그네가 우두커니 멈춰 서고, 그녀가 먼저 입을 열었다.

"그래도 정말 다행이네요."

"뭐가?"

다정의 고개가 천천히 옆으로 돌아갔다.

"솔직히 저는 새어머니라고 하면, 부정적인 모습을 먼저 떠올리게 됐거든요. 그것도 물론 없어져야 할 편견 중 하나겠지만, 그래도 본부장님이 힘든 유년 시절을 보내야 했을 때 곁에 있어 준 분이 좋은 분이라서 정말 다행이라고 생각해요."

은도는 조금 놀란 듯했지만, 이내 미약한 웃음을 흘려보냈다. 다정은 그 웃음을 보지 못했다. 목을 크게 젖히고 새카만 밤하늘을 바라보느라 여념이 없었다.

"와, 오늘따라 별이 엄청 잘 보여요. 서울에선 좀처럼 보기 힘들던데."

정말이었다. 그녀의 말처럼 보석같이 박혀 있는 별들이 제 존재감을 뽐내며 쉴 새 없이 반짝이고 있었다. 하늘을 향해 팔을 쭉 뻗은 다정이 어느 한 곳을 가리키며 말했다.

"저기요, 저기. 별 두 개가 딱 붙어 있어요. 두 분, 오늘따라 유독 본부장님이 더 보고 싶으셨나 봐요."

낯간지러운 것을 극도로 기피하는 다정의 입에서 나왔다고는 좀처럼 믿기 힘든 말이었다. 누군가에겐 유치하고, 보다 더 우습게 들릴 수도 있지만 은도는 전혀 아니었다. 저 자신도 가끔씩 그녀처럼 밤하늘을 올려다보곤 했으니까.

목이 빠져라 하늘을 올려다보는 다정의 옆모습을 넋 놓고 지켜보다가, 은도는 무언가에 홀린 사람처럼 중얼거렸다.

"예쁜 말 했으니까, 줄게. 선물."

"설마, 또 뽀뽀하시려고요?"

다정이 냉큼 입술을 가려 버리자, 은도는 어처구니가 없다는 표정으로 헛웃음을 짧게 터트렸다.

"은근히 원하는 눈친데."

"누, 누가 원한다고……!"

발끈하는 다정을 뒤로하고 은도가 재킷 안에서 꺼내 든 것은 하얀색 봉투였다.

"자."

다정은 자신에게 내밀어진 봉투를 물끄러미 내려다보기만 할 뿐, 좀처럼 쉽게 받아 들지 못했다.

"이게 뭐예요?"

"선물이라니까."

"돈은 아니죠?"

뻔뻔한 다정의 물음에 은도의 미간이 좁아졌다.

"혼날래?"

"장난이었습니다. 왠지 모양새가 사장님한테 보너스 받는 것 같아서 그만."

"맞아, 보너스."

"진짜요?"

"내 밑에서 버티느라 그동안 고생 많았잖아."

"오, 알고 계셨네요?"

"너 진짜……."

됐다. 싫으면 마.

은도가 다시 재킷 안으로 넣으려는 제스처를 취하자, 다정은 재빠르게 봉투 끝을 꽉 붙들었다.

"에이, 그렇다고 줬다 뺏는 게 어디 있습니까. 인정 없게. 뭔지는 모르겠지만 감사합니다, 본부장님."

두 손으로 공손히 받아 낸 봉투는 결국 다정의 품으로 돌아갔다. 그녀는 똘망똘망한 눈빛으로 은도를 바라보며 물었다.

"지금 열어 봐도 돼요?"

은도가 고개를 끄덕이자, 다정은 빛의 속도로 봉투를 열었다. 안에는 두 장의 종이가 들어 있었다.

"이게 뭐예요?"

"직접 봐 봐."

다정은 봉투에서 꺼내 든 종이를 눈으로만 읽었다.

「〈지성가구〉 미국 지사 면접 제안서」

그러니까, 이건…….

"미국 지사에서 프로젝트 매니저를 구하고 있다는 연락을 받았어. 그쪽 면접 제안서야."

눈이 번쩍 뜨였다.

"며, 면접이요?"

"내가 해 줄 수 있는 건 고작 종이 한 장 전해 주는 일이 전부야. 합격이 될지 말지는 내 관할 밖이라."

하지만 내가 아는 송다정 너라면, 분명 성공하고도 남을 것이라 믿어 의심치 않는다.

"배우고 싶은 것도 많고, 유학도 다녀오고 싶다 했었잖아."

종이를 들고 있는 다정의 손이 부르르 떨렸다. 말로는 패기를 부렸었지만, 바쁜 회사 일에 치여 사느라 사실은 무엇 하나 알아본 것이 없었다. 계약 기간이 끝나고 나면 천천히 알아보려 했는데, 어디서부터 조사를 해야 할지 몰라 막막했던 것도 사실이다.

마음 편히 놀고 즐기고 싶은 생각은 조금도 없었다. 경력을 쌓기 위해선 일을 찾는 것이 중요했다. 그런데.

"어, 어떻게 언제……. 회사 일 때문에 바쁘셨을 텐데……."

말조차 제대로 나오지 않았다. 그가 유학을 다녀오라 허락해 준 것은, 자신의 고집을 꺾지 않았던 이유는 저에게 잘 보이기 위해 그런 것이라고, 내가 실망할까 마지못해 허락해 준 거라고. 솔직히 그렇게 생각한 것도 없지 않아 있었다. 장거리 연애는 결코 쉽지 않은 문제였으니까.

"그렇게 좋아?"

"좋죠, 좋은데……."

말끝을 흐리며 어쩔 줄 몰라 하는 다정을 흐뭇하게 지켜보던 은도가 슬쩍 웃었다.

"사실, 그거 주기 싫었어."

자꾸만 커지는 욕심을 주체할 수 없었다.

"겉으론 응원한다 했지만 속으론 보내기 싫었어. 싫다 해도 억지로 곁에 두고 싶었어. 그건 지금도 마찬가지고."

보고 있어도 보고 싶었으니까.

"그런데, 무작정 내 욕심만 강요했다간 도망칠 것 같아서. 이걸 전해 주는 일이 잘한 일인지는 잘 모르겠지만."

권태와 무기력함에 지쳐 있던 나와 다르게 너는 꿈 많고 열정이 넘치는 사람이었으니까. 그런 송다정에게 반한 것도 부정할 수 없는 사실이라서.

"너를 떠올리는 일이 그리 나쁠 것 같지만은 않겠단 생각도 들었……."

순간, 은도가 앉아 있던 그네가 크게 휘청거리며 흔들렸다. 더 볼 것도 없다는 듯, 은도의 품으로 왈칵 안겨 든 다정 때문이다.

"이게 뭐예요, 진짜……."

바지가 더러워지는 줄도 모르고, 다정은 흙바닥에 무릎을 꿇고 앉아 그의 허리가 부서져라 세게 감싸 안았다. 은도는 다정을 일으켜 세울까 했지만, 지금 이 기분이 나쁘지 않아 그냥 내버려 두었다. 다정의 머리를 부드럽게 쓰다듬으며, 주길 잘했다는 생각을 했다.

"어디 한번 죽어라 고생해 봐. 괜히 갔단 후회도 마음껏 해 보고, 그곳이 지금과 비교할 수 없을 정도로 더 치열하다는 것도 몸소 느껴 봐."

"감동하게 만들어 놓고 갑자기 악담 퍼붓기 있어요?"

품에 파묻힌 다정이 우는소리를 내자, 은도는 크게 웃음을 터트리고 말았다.

"열심히 노력하고, 악착같이 버텨서 내가 있는 곳까지 올라오란 뜻이야."

은도는 다정의 작은 등을 토닥거려 주었다. 왠지, 그의 기가 전해지는 기분이 들어 다정은 잠자코 은도의 손길을 느꼈다.

"그거 알아?"

"뭐를요?"

"널 보고 있으면 빛이 나."

그 말을 듣는 순간, 은도의 허리를 감싸고 있던 다정의 팔에 스르륵 힘이 빠졌다.

"……도요."

"뭐?"
"본부장님도 빛난다구요."
"그거 말고."
다 들었구만, 뭐.
다정의 얼굴이 홍당무처럼 붉게 달아올랐다.
"고마워요."
그제야 만족스럽다는 듯 그가 씨익, 웃는다.
"정말로, 진심이에요."
그 어느 때보다 근사한 미소였다.

감사팀 사무실에 자주 들락거리는 모습은 직원들에게 썩 좋은 인상을 남기지 못했다. 그것을 감안하여 급한 대로 빌린 소규모 회의실엔 재윤과 은도가 서로를 마주한 채 앉아 있었다.

경영진단팀의 요구를 받아들인 은도가 제출한 투서를 꼼꼼히 훑어보던 재윤은 꽤 놀란 눈치였다. 그럴 만도 했다. 박성호 차장의 뒤를 봐주고 있던 동조자는 은도 아니면 주원 둘 중 하나로 지목되고 있었다. 정황상 은도가 아니라는 것이 밝혀졌으니 의심은 자연스레 주원에게로 향했다.

허나 뒤에서 조종하고 있던 인물이 윤주원의 친모였다니. 제아무리 유능한 감사팀 팀장이라 할지라도 차마 그 부분까진 생각 못 했을 것이다. 재윤은 당황한 기색을 감추고 의연하게 시선을 올렸다.

"그간 수고 많으셨습니다, 본부장님. 그동안 의도치 않게 의심할 수밖에 없었던 저희 입장도 너그럽게 이해해 주셨으면 합니다."

"도움이 됐다면 그걸로 됐습니다. 하지만 어디까지나 내 기준에서 인지하고 있는 부분을 기재했을 뿐, 확대 해석 하는 일은 없었으면 좋겠습니다."

"예. 인지하겠습니다. 감사 조사의 특성상 쉽지 않은 결정이셨을 텐데,

힘을 실어 주신 덕분에 큰 도움을 얻을 수 있었습니다. 본부장님께서 제출해 주신 투서가 큰 역할이 됐고요."

의례적인 재윤의 감사 인사를 끝으로 자리에서 일어난 은도가 멈칫했다.

"하나 묻고 싶은 것이 있는데."

"아, 편히 말씀하시죠."

"감사 조사는 어디까지 진행된 겁니까."

"예상보다 많은 전략팀 직원들이 내부자 고발에 동참해 주셨습니다. 정황이나 증거는 90% 확보된 상황이지만, 전부 익명으로 들어온 것들이라 진단팀 소속 직원들이 구별하는 것에 애쓰고 있는 실정입니다. 그런데…… 본부장님의 투서로 여태 조사한 것들이 전부 뒤집어지게 생겼군요."

그 말인즉, 사건의 가장 핵심적인 열쇠와 같은 존재인 주원이 아직도 입을 다물고 있다는 뜻이었다. 사실상, 박성호 차장과 관련된 이번 사건은 내부에서 조용히 처리하는 쪽으로 가닥을 잡았다. 회사에서 피해받은 횡령 금액은 이번 감사 자료를 취합해 민사 소송을 취할 것이다.

계획대로 무리 없이 착착 진행되고 있었다. 지금처럼 주원이 자신의 뜻대로 가만히 있어 주기만 하면 화살은 이미정, 그 여자에게 돌아가게 될 것이다.

"마지막까지 잘 부탁드립니다."

은도는 끝끝내 속내를 감추고 회의실을 빠져나왔다. 그대로 걸음을 돌리려는 찰나, 두 발자국 정도 떨어진 곳에서 뜻하지 못한 인물과 마주쳤다.

주원이었다. 동시에 우두커니 멈춰 선 두 남자는 무감정한 눈빛으로 서로를 마주 보았다. 짧은 시간이 흐르고, 먼저 발을 뗀 사람은 주원이었다. 회의실 바로 앞까지 도달하고 나서야 다시금 발이 멈췄다. 주원이 회의실 문손잡이를 잡아 돌리려는 때였다.

"허튼수작 부릴 생각 하지 마."

은도가 한껏 가라앉은 목소리로 경고하자, 주원은 조롱하듯 비웃음을 흘렸다.

"어울리지 않게 왜 그래?"

"……."

"융통성 없는 그 성격, 이참에 갖다 버리기로 했나 봐? 설마. 내가 네 말을 순순히 들어줄 거라 생각했던 건 아니지?"

"시비 걸지 말고 돌아가."

"그런다고 있던 일이 없던 일로 바뀌기라도 해?"

의미심장한 주원의 말에 은도의 입이 일자로 다물렸다.

"너한테 말 못 한 게 있는데. 나, 어머니와 박 차장이 뒤에서 짜고 치는 거 알게 된 지 얼마 안 됐어."

"무슨 소리야, 그건 또."

"알면서 묵인한 것도, 누구한테 따로 지시받고 행동한 것도 아니었다고. 혼자 눈치채고 동조했던 건 내 의지였어. 그러니까, 어쭙잖게 감싸 줄 생각 하지 마. 바란 적 없으니까."

감싸 줄 생각은 처음부터 없었다. 하지만 이런 식으론 아니다. 본인이 저지른 잘못만 인정할 성격이었다면 애초에 막아 세울 이유도, 필요도 없었겠지만. 동기, 목적, 이유, 결과. 모든 것을 자신에게 뒤집어씌우고도 남을 성격이라 문제가 되는 것이었다.

은도가 눈살을 구겼다.

"윤주원."

"취소할게. 네가 마음에 든다고 했던 말."

"……."

"한때나마 비슷한 처지라고 생각했던 거. 전부 없던 일로 하자."

너와 나는 친구가 될 수 없어. 비슷했던 게 아니었어. 너와 나는, 처음부터 달랐으니까.

"난. 네가 정말 싫어."

하지만 은도는 직면하고 말았다.

"끔찍할 정도로."

옅게 흔들리는 주원의 눈동자를.

❈ ❖ ❈

"네, 네. 정말 감사합니다, 담당자님! 그럼 이번 주 안으로 일정 조율해서 미팅 잡아 볼게요."

X브랜드로 새로 함께하게 된 〈DY〉 업체와의 프로젝트는 일사천리로 진행되었다. 〈르보아〉 업체와 얽혀 있는 불미스러운 사건이 언론에 공개되면서 그 시기와 계약이 맞물려 조금은 껄끄러워하지 않을까 걱정했지만, 전부 쓸모없는 걱정이었다.

없던 의지가 활활 타올라 다정은 더 바쁘게 움직였다. 영업지원팀과 회계팀, 〈지성가구〉 공식 쇼핑몰 MD팀과 홍보팀을 쉬지 않고 뛰어다니며 적극적으로 업무에 임했다. 다정이 팀 사무실에 등장할 때마다 또 시작됐구나, 혀를 차는 직원들도 있었지만 대부분 회사가 정상적인 방향을 타고 있음에 안심하는 기색이었다. 오후 2시가 되어서야 제대로 숨을 돌릴 수 있었다. 다정은 카페테리아에 들러 커피라도 사 마실 겸, 엘리베이터에 올랐다.

"그 소식 들었어?"

"무슨 소식이요?"

고요한 엘리베이터 안에서 간간히 속닥거리는 여직원들의 목소리에 다정의 귀가 쫑긋 세워졌다.

"이번에 〈르보아〉 업체 부정으로 끼워 넣은 직원 말이야, 해고 처리 됐다는데?"

"헐. 정말요? 그게 누군데요?"

비단, 그것은 자신뿐만이 아니라 엘리베이터 안을 빼곡하게 채우고 있는 직원들 역시 마찬가지일 것이다.

"나도 자세한 내막은 모르겠고, 우리 팀에 진단팀 직원이랑 잘 알고 지내는 친구가 한 명 있는데, 그 직원 말로는 전략팀 박성호 차장이래."

"대박……."

"놀라긴 일러. 그 회장님 조카 있지? 이번에 중국 지사에서 전략팀 팀장으로 발령받은 윤주원 팀장."

"아아, 그 잘생긴 분이요? 기획팀 본부장님이랑 쌍벽을 이룬다는 소문이 자자하던……."

은도의 이름이 거론되는 순간, 다정은 흠칫했다.

"지금 그게 문제가 아니야. 박성호 차장 뒤를 봐주던 사람이 윤주원 팀장님이었대. 회장님 조카니까 힘도 엄청났을 것 아니야. 그래서 이번 사건도 그렇고, 박성호 차장 해고도 조용히 처리됐다는 게 핵심이야."

"진짜 어쩐대요? 저, 길 가다가 윤주원 팀장님이랑 몇 번 만났던 적 있거든요. 살갑게 인사 받아 주시길래 그땐 되게 다정다감하셔서 그럴 분이라고는 상상도 못 했는데, 반전에 반전이네요. 무슨 깨어나 보니 꿈이었다는 영화 '인셉션' 도 아니고."

"그래서 사람은 겉모습으로만 판단하면 안 된다고 하는 거야. 그나저나 이번 일 때문에 회장님 타격 엄청날 텐데 걱정이네……. 뭐, 덕분에 직계 경영을 기피하셨던 연유를 알 것 같기도 하고. 가족들이 전부 이 모양이 꼴이니, 나 같아도 직계 경영은 싫었겠다."

어쩐지 마음이 무거워졌다. 제아무리 경영진단팀에서 쉬쉬하며 조용히 일을 처리하고 있다 한들, 알게 모르게 퍼져 나가는 소문까진 막지 못하는 것이 현실이란 것쯤은 알고 있지만, 씁쓸한 마음은 어찌할 도리가 없다.

"회장님 자식도 아니고 조카라면서요. 왜 사촌들이 더 날뛰고 난리래요?"

"그거 몰라? 회사 설립된 직후에 사고로 사모님 돌아가셨잖아. 그 당시에 임신했었다, 뭐다 그런 소문도 많긴 했는데, 어쨌든 회장님도 참 안됐어. 그 정도로 애처가에 양심적인 분도 없는데. 잘못은 사촌이 저지르고 그 책임은 회장님이 물게 생긴 거지. 안쓰러워도 어쩌겠어, 뭐."

"완전 콩가루 집안이네요."

불편한 대화는 끝날 줄 모르고 계속 이어졌다. 숙덕거리는 소음이 점점 커져 갔다. 타이밍 좋게 엘리베이터가 멈추고 문이 열리자 우르르 빠져나가는 인파에 떠밀려 다정도 힘겹게 엘리베이터를 벗어날 수 있었다. 참고 있던 답답한 숨이 크게 흘러나왔다.

"……지들이 뭘 안다고."

하여튼, 오지랖은 세상 최고지. 꾹꾹 억눌러 둔 불평불만이 저도 모르게 튀어나왔다. 하지만, 어쩌면 내 사람과 관련된 일이라 더 예민하게 반응하게 되는 걸지도 모르겠다. 만약 나와 전혀 상관없는 일이었다면, 그렇구나 하며 고개를 끄덕였을지도 모르는 일이다. 그냥 스스로를 되돌아보며 반성할 수 있었던 계기라고 생각하는 편이 낫겠다 싶다. 다정이 등을 돌린 순간이었다.

"그렇지. 나도 자네 말에 동감해."

중후한 목소리에 다정의 눈이 번쩍 떠졌다. 잘게 새겨진 주름이 가득한 인자한 얼굴. 대충 보아, 못해도 70대에서 80대 사이의 연령대로 추정됐다. 분명 일면식 한 번 없는 인물임이 틀림없는데. 뭘까, 이 익숙한 느낌은……. 노인은 혼자가 아니었다.

"서, 선배?"

진우였다. 분명 본부장님 곁에 있어야 할 전속 비서가 왜 노인의 뒤를 지키고 있는 건지. 진우는 애써 웃으며 어깨를 으쓱거리기만 할 뿐이었다. 갈수록 수많은 물음표가 다정의 머릿속을 가득 채워 갈 때쯤이었다.

"그래도 뭐, 이해는 한다만. 타인의 사정을 안주 삼아 떠드는 것보다 흥미로운 일은 없으니 말이야."

포털 사이트에서, 인터뷰 기사에서, 회사 홈페이지 하단에 노출되어 있는 임원진 소개란에서 몇 번이나 뵌 적 있는 분이다. 평범한 노인이 아니다. 이 사람.

"회, 회……."

"헌데, 그동안 내가 우리 직원들에게 그리 불쌍한 취급을 받고 있었다니. 그건 조금 충격이구만. 상처받았어."

그래. 그러니까 이분은. 내 앞을 가로막고 있는 이분은. 직원 전용 엘리베이터에 굳이 탑승해 자신의 평판을 전부 듣고도 껄껄거리며 호탕하게 웃어넘기는 여유를 가진 이분은.

"회, 회장……. 회장님?"

그야말로 충격과 공포였다.

한껏 격양된 다정의 목소리에 로비를 거닐던 직원들의 시선이 단숨에 집중되자, 뒷짐을 지고 있던 문혁은 미간을 좁히며 급히 검지를 입술로 가져다 댔다.

"쉿!"

"어, 억……."

"목소리 낮춰. 동네방네 소문내려고 작정했어?"

"아, 아니……."

지금의 기분을 말해 보라 하면 환장과 당황, 그 어디쯤이었다.

"자네가 송다정이, 맞지?"

"아, 예. 맞아요……가 아니라, 맞습니다."

"자네 지금 잠깐 시간 좀 있나?"

없어도 당장 만들어 내야 할 것 같은데요. 바들바들 떨리는 입술을 억지로 들어 올리며 연신 굽실거리는 다정의 모습은 꽤 봐 줄 만했다.

"아, 예. 예. 그럼요. 되, 됩니다."

"다행이구만. 그럼 차는 내가 사도록 하지."

입을 떡 벌린 채 영혼이 빠져나간 다정을 뒤로하고 문혁은 기세등등한 걸음으로 앞장섰다.

멀리 가출한 이성이 되돌아올 때쯤엔 회사에서 조금 멀리 떨어진 카페에 앉아 있었다. 무려, 진우 선배와 회장님을 마주 보고.

'너무 그렇게 기죽어 있지 마. 회장님은 답답하게 머뭇거리는 거 별

로 안 좋아하셔.'

카페에 들어오기 전에 진우가 은밀하게 전해 준 조언이었다.

'깊게 생각하지 말고 다정이 네 성격대로 밀고 나가. 분명 마음에 들어 하실 거야.'

나답게 행동하는 거. 그게 가장 어려운 일이거든요? 이게 다 어떻게 된 일이냐고 따져 묻고 싶었지만, 얼른 들어오라며 손짓하는 회장님 덕분에 더는 시간을 지체할 수 없었다.

미각을 잃었다. 라떼가 목구멍으로 들어가는지, 콧구멍으로 들어가는지 알 게 뭐란 말인가. 맛을 느끼는 것 자체가 사치였다. 그저 견디기 힘들 정도로 목을 옥죄고 있는 침묵과 고요에 타는 갈증을 참을 수 없어 살기 위해 들이켰다.

불편하다. 숨이 턱턱 막혔다. 어떤 말을 먼저 꺼내야 하나. 맛은 어떠신지 여쭤봐야 할까. 날씨가 좋다며 화제를 돌려야 할까. 시간은 왜 내 달라고 하신 걸까. 본부장님과 연애하는 중임을 눈치채신 걸까. 만약 그렇다면?

'내 아들과 당장 헤어져 주게!'

라든가.

'이거나 받고 당장 떨어져!'

라든가. 설마……. 돈다발을 뿌리시려는 건 아니겠지. 어디에서 본 건 있어서 슬슬 불안해지기 시작했다. 그야말로 멘탈 붕괴 직전이었다. 다정은 마지막 한 줄기 희망이라도 붙잡아 보잔 심정으로 진우를 바라보았다. 제발 살려 주세요. 그 애절한 눈빛을 목격한 진우는 흠칫하며 시선을 피했다.

하, 선배. 지금 내 눈 피했어요? 다시 한번 눈에 힘을 팍 주고 부리부리하게 노려보자, 더 피할 수 없음을 느낀 진우가 입술을 움직였다. 하지만 진우가 무슨 말을 꺼내 보기도 전에 카페를 훑어보던 윤 회장이 먼저 선수를 쳤다.

"자네, 원목재 가구의 매력을 아는가?"

뭘까. 이 '도를 아십니까.'와 비슷한 맥락은. 당황한 나머지 요상하게 구겨진 다정의 표정을 확인한 문혁이 호탕하게 웃음을 터트렸다.
"하하. 미안하네. 나도 어쩔 수 없는 늙은이라 그런지 요즘 젊은이들과 대화하는 법을 잘 몰라."
다정은 반박자 늦게 억지로 복근을 비틀어 짜내며 열렬한 리액션을 취했다.
"아. 하하, 하하하! 아닙니다! 정말 신선한 질문이었습니다!"
미친……. 다정아. 제발 그 입 좀 다물어.
"네 이년! 가식이 얼굴에 덕지덕지 붙었구나!"라는 쓴소리가 돌아올 것이라 믿어 의심치 않았건만, 문혁은 다정의 예상을 깨고 눈을 동그랗게 뜨며 적극적인 관심을 드러냈다.
"오, 그래? 혹시 직접 만들어 본 적은 있는가? 톱질이나 판재 사포질이라든가. 손이 고운 것을 보아 그쪽 방면으론 취미가 없어 보이긴 한다만."
"아……. 죄송합니다. 제가 만드는 쪽으론 재능이 부족해서……."
"흠. 그러냐."
문혁은 내심 섭섭한 기색을 감추지 못했다. 슬슬 불안한 기운을 감지한 다정은 때를 놓치지 않고 주먹을 불끈 쥐었다.
"하지만! 비록 경험은 없지만, 기회만 된다면 꼭 도전해 보고 싶습니다!"
"오오. 좋은 자세야. 무엇이 됐든 도전하고 싶은 마음가짐만 있다면 못 할 것이 뭐가 있어."
"그, 그럼요! 백번 지당하신 말씀입니다!"
"기백이 대단한 친구로구만."
뭐랄까. 의도치 않게 만난 여자 친구 부모님에게 잘 보이려 애쓰고 있는 남자 친구가 되어 버린 이 기분. 차라리 외부 업체 담당자를 만나 성과를 만들어 내는 것이 더 쉽겠다.
"혹시 자리가 불편해?"
"아, 아닙니다. 절대……."
저를 뚫어져라 바라보는 문혁의 눈총을 견딜 수 없어, 다정은 결국 진심을 실토했다.

“네. 사실은 조금, 불편하긴 합니다. 아무래도 회장님 앞이라 많이 긴장한 것 같습니다.”

문혁의 인상은 인자한 분위기가 강했지만, 괜히 회장 자리를 차지하고 있는 것은 아니었다. 묵직하고 강한 기세를 무시할 수 없었다.

시원하게 웃음을 터트릴 땐 옆집에 사는 할아버지처럼 친근하게 느껴지다가도, 지금처럼 얼굴을 굳힌 채 눈을 가늘게 좁히고 있으면 속을 간파당한 기분이 들었다. 몇 초간 짧은 정적이 흘렀다. 안경 너머로 치뜬 눈을 치워 낸 문혁이 별안간 시익, 웃었다.

“그래. 충분히 그럴 수 있지. 너, 솔직해서 마음에 든다.”

다정은 얼떨떨한 표정으로 고개를 수그렸다.

“가, 감사합니다.”

“프, 뭐시기 매니저라고?”

“예. 프로젝트 매니저입니다.”

“이름은 다정이고?”

“네. 맞습니다.”

“들었을 때부터 생각했지만, 참 좋은 이름이야.”

“감사합니다.”

차를 한입 들이켜며 잠시 뜸을 들이던 문혁이 슬슬 본론을 꺼냈다.

“그래서. 어떻게, 만나기로 한 거야?”

“예……?”

“그 왜, 기획팀에 덜떨어진 본부장 한 명 있잖아. 차은도라고.”

아무래도 회장님은 모르고 계신 모양이다. 본부장님에게 사정을 전부 전해 들었다는 사실과, 불처럼 뜨겁게 연애하고 있는 사이임을. 사실대로 고해야 할까. 하지만 아직 본부장님과 의견을 조율하지 못했는데 멋대로 인정해도 괜찮은 걸까.

“아, 저 그게…….”

"허. 아직도 미루고 있는 게야?"

"네?"

"우리 애가 어디가 어때서 여태 고민을 하고 있어? 외모도 그만하면 출중하지, 그 나이에 혼자 힘으로 본부장 자리까지 올라갔으면 능력은 보나마나 입증된 것일 테고. 성격이야……."

찝찝한 구간에 진입한 문혁은 차마 돌파하지 못하고 묵직한 한숨을 토해 냈다.

"설마. 성격이 문제냐?"

"아니, 그게 아니라……."

"인정한다. 그놈 그 무뚝뚝한 성격이 어디 가겠어? 하지만 말이다, 그리 못된 놈은 아니야."

지금 이게 어떻게 돌아가고 있는 상황이람. 어째서 회장님이 본부장님을 죽어라 어필하고 있는 것으로 느껴지는가. 대뇌에 더 빨리 움직여 보란 명령을 내려 봐도 도통 말을 듣지 않았다. 금붕어처럼 입을 뻐끔거리는 다정이 답답했는지 문혁은 잠시 인상을 찡그렸지만, 뒤늦게 무언가를 깨달은 듯 탄식을 뱉었다.

"아, 그래. 네 입장에선 이 할애비가 왜 이러나 싶기도 하겠구나. 혹시나 노파심에 말하지만, 비밀 하나 정돈 지켜 줄 수 있지?"

"그럼요. 편히 말씀하세요."

"실은, 은도 그 녀석이 내 아들이다."

어때. 엄청 깜짝 놀랐지? 회장님은 그리 묻고 있는 것 같았다. 놀라야겠지? 놀라는 척이라도 해야겠지? 이미 알고 있었다 하면 안 될 것 같아. 판단을 마친 다정은 곧장 손을 들어 입을 가렸다.

"헉! 정말요? 맙소사! 세상에! 그건 진짜 생각도 못 했는데!"

"더 정확히 말하자면 아들 같은 놈이지. 흣."

"하지만 진짜 부자지간이라 하셔도 믿을 것 같은데요? 회장님과 본부장님 정말 많이 닮았다고 생각했거든요."

"그래? 내가 그리 잘생겼어?"

다행히도 회장님은 내심 기분이 좋으신 모양이다.

"그럼요. 회장님이 과거에 어떠셨을지 직접 보진 않아서 잘은 모르겠지만, 지금 본부장님 모습이 아니었을까 생각할 정도입니다."

다정이 쌍엄지를 번쩍 추켜올리자, 문혁은 흐뭇함을 숨기지 못하고 껄껄 웃음을 터트렸다.

"말은……. 그런데, 내가 그 녀석과 그 정도로 닮았단 말이야?"

다정은 최선을 다해 고개를 끄덕였다. 그 모습이 우스웠는지, 내내 침묵을 지키고 있던 진우는 아무도 모르게 피식거렸다. 초면임에도 불구하고 분위기가 좋다. 둘이 은근히 잘 맞지 싶다.

"사실, 회장님이라 지칭하지 않았을 뿐이지 말씀은 많이 들었습니다."

"그 녀석이 내 이야기를 했어?"

문혁이 의아하다는 듯 묻자 다정은 입을 달싹이다 말을 이었다.

"아버지 같은 소중한 분이 계신다고 했어요."

"호오……."

문혁의 입가로 진한 미소가 번졌다. 단 한 번도 솔직한 속내를 밝힌 적 없던 무심한 은도였기에, 지금 다정의 말이 그 어느 때보다 반가웠다.

"그래서 꼭 한 번은 찾아뵙고 싶었습니다."

"그 말은, 둘 사이에 진전이 있었다 생각해도 괜찮은 게지?"

다정은 얼굴을 붉히며 작게 고개를 주억거렸다.

"그러면 그렇다고 진작 말을 했어야지! 얼마나 가슴 졸였는지 알어?"

그제야 문혁도 한결 시름을 놓은 듯 전과 다르게 차분히 운을 뗐다.

"자네도 알고 있겠지만, 지금 회사 상황이 개판으로 돌아가고 있는데도 내가 이러는 것이 이해가 안 될 수도 있어. 다 큰 놈 연애하는 것을 두고 참견한다, 유난 떤다 생각할지도 모르겠지만, 내게 은도는 아픈 손가락이야. 워낙에 속마음을 드러내질 않던 무심한 놈이라 궁금하기도 했고, 꼭 한 번은 직접 단둘이 만나 보고 싶었어."

재벌이라 하면 딱딱하고, 무섭고, 숫자에 집착할 것이라는 편견이 와장창 깨지는 순간이었다.

"어떤 사람이든 상관없었다. 은도 그놈이 선택한 사람이라면 보나 마나 좋은 인성을 지녔을 테지. 무작정 데려와 불편하게 만든 무례를 용서해 주렴."

"아뇨, 용서라니요……."

"수고롭게 했으니 나도 은도 그놈이 말 못 했을 비밀 하나 알려 주랴?"

"비밀이요?"

문혁이 가까이 오라며 손짓했다. 그러자 다정은 주춤거리며 상체를 테이블 쪽으로 숙였다. 진우 역시 궁금했는지, 문혁 쪽으로 슬쩍 얼굴을 기울였다. 문혁의 귓속말을 전해 듣자마자 다정은 그만 참지 못하고 웃음을 터트렸다.

"허세만 잔뜩 들었지, 정작 실속은 없는 놈이지?"

동시에 웃음이 터졌다. 때마침 카페 문이 활짝 열리며 익숙한 얼굴이 등장했다. 셋의 시선이 동시에 문 쪽으로 향했다. 조금은 화가 난 듯, 무표정하게 저벅저벅 막힘없이 걸어오는 은도를 확인하자마자 누가 먼저랄 것도 없이 홱 눈길을 돌려 피했다.

"양반은 못 될 놈이군. 이것 참. 망했네. 망했어."

자그맣게 중얼거리는 문혁의 말이 끝나기 무섭게 은도의 두 다리가 우두커니 멈추어 섰다.

"지금 뭐 하시는 겁니까, 회장님."

살벌했다. 다정은 눈을 깜빡이며 그러지 말라는 뜻으로 도리도리 고개를 흔들었다.

"회장님."

은도의 묵직한 목소리에도 문혁은 들은 척조차 하지 않았다. 화창한 바깥 풍경을 바라보기도 하고, 괜스레 카페 천장을 올려다보기도 하면서 애먼 진우를 향해 말했다.

"크흠. 서 실장, 오늘 날도 좋은데 약주 한잔 어떤가?"

한 시간 전. 동석의 부름을 받아 부회장실을 찾은 은도는 심상치 않은 분위기를 감지했다.

"대체 이게 어찌 된 일이야. 은도 너, 정말 회장님한테 들은 것 없어?"

"……예."

"말로만 그만둔다, 때려치우겠다 했지 직접 나서서 확언한 적은 없단 말이야. 헌데 회사 사정 뻔히 알고 있을 인간이 다짜고짜 찾아와선 한다는 말이 고작……. 주주들이 그 말을 듣고 얼마나 당황했는지 알아? 너라면 무엇 때문인지 대충 예상은 될 것 아니냐."

"……."

동석의 말이 맞다. 짐작되는 부분은 있었지만, 은도는 쉽게 입을 열지 못했다. 자신이 본사로 발령받은 지도 벌써 2년이 흘렀고, 회장님이 암묵적으로 모든 업무를 이동석 부회장에게 미룬 지도, 출근을 거부하고 있는 시간도 벌써 2년이 지났다.

꽉 막힌 답답함을 떨쳐 내지 못해 동석은 제 가슴팍을 퍽퍽 내리쳤다. 은도는 그 모습을 덤덤하게 바라보다 어렵게 말문을 텄다.

"……아무래도 예측하신 모양입니다."

"뭐?"

은도를 등지고 있던 동석이 홱, 몸을 비틀었다.

"제가 미국 지사에서 인수인계를 마치고 본사로 넘어왔을 때, 회장님께서 따로 불러 조언하셨던 적이 있습니다."

"조언?"

"예."

그 당시엔 확실히 이해할 수 없는 말이었다.

'임원들 사이에서 쓸데없이 기 싸움이나 하고 있을 시간에 직원들 인정부터 얻어.'

나중을 위해서라도 당연히 직원들의 인정보단 임원들에게 자신의 존재감을 알리는 것이 먼저라고 생각했다.

'네가 고개를 들기 시작하면 알아서 움직이게 될 거야. 그때를 놓치지 마라.'

'그때'가 언제가 될지, 알아서 움직이게 될 인물이 누가 될지 무엇 하나 확실하게 알 수 없었다. 하지만 시간이 지나며 문혁의 의도를 서서히 깨달았다.

윤문혁 회장이 그렇게나 떨쳐 내고 싶어 하던 마지막 골칫거리가 이미정 여사라는 것. 그녀의 야망은 고장 난 브레이크보다 위험하다는 것. 회장님은 의지와는 상관없이 미정의 희생양이 되어야 했던 주원을 구원해 주고 싶어 했다는 것.

그리고……. 서서히, 조금씩 세상과 안녕을 고할 준비를 하고 있다는 것. 윤문혁 회장은 본인의 힘이, 기업 내의 입지가 점차 줄어들고 있음을 인지하고 있었다. 그 전까지 은도가 스스로 강해질 수 있도록, 자립심을 완벽하게 구축할 그때를 간절히 바라며 염원한 것이다.

"회장님은 처음부터 일이 이렇게 되리란 것을 알고 준비하신 것 같습니다."

"박 차장 일을 말하는 거냐?"

"아니요."

"……주원이 놈 엄마. 이미정과 관련된 일 맞지?"

은도의 침묵을 곧 긍정이라 받아들인 듯, 동석은 눈을 질끈 감았다 떴다.

"미리 말 좀 해 주면 어디가 덧나? 어릴 때부터 알 수 없는 놈이었다는 것은 알고 있었다만, 기가 막히는군."

신경질적으로 재킷 단추를 풀어낸 동석이 소파에 털썩 주저앉았다.

“아마 문혁이 그놈은 가족이 저지른 문제로 지 평판이 어찌 될지는 안중에도 없을 게야. 내 생각엔 혹여나 이미정이 너와 문혁이 관계를 폭로했을 때, 애먼 은도 너에게 피해가 갈까 싶어 은퇴 시기를 앞당기면서까지 무리한 게 아닐까 싶다. 미연에 방지하자고 계산을 마쳤겠지.”

“…….”

“덕분에 나만 개고생하게 생겼구만. 이게 다 뭐냐. 독한 놈 같으니라고.”

투박한 동석의 말을 흘려들으며 은도가 자리에서 벌떡 일어섰다.

“먼저 일어나 보겠습니다.”

“회장님 찾으러 가냐?”

“예. 혹시 어디에 계신지, 알고 계십니까?”

“네 애인 찾으러 간다고 그런 어처구니없는 말을 하긴 했다만……. 그래, 맞아. 이참에 좀 물어나 보자. 은도 너, 여자 만나냐?”

아아. 또 쓸데없는 말을 하셨네. 은도는 골치가 아파 미약하게 눈살을 찌푸렸다. 회사 걱정하던 동석은 온데간데없었다. 은도에게 삿대질을 해가며 박장대소를 터트렸다.

“이놈 좀 보게? 얌전한 고양이가 부뚜막에 먼저 올라간다더니. 요망하기 짝이 없어! 언제냐? 언제부터 회사에 애인을 숨겨 둔 거야?”

그로부터 은도는 15분이나 더 동석에게 붙잡혀 시달려야 했다.

끝까지 딴청 부리는 회장님을 집요하게 물고 늘어져 봤자 소용없으리란 결론을 내린 은도는 방향을 바꿔 다정의 손목을 잡아끌었다. 얼떨결에 은도를 따라 카페 밖으로 나오게 된 다정은 탄탄한 팔을 퍽퍽 야무지게 내리치며 재촉했다.

“아휴, 본부장님. 이러시면 안 돼요. 얼른 들어가세요. 회장님 기다리시잖아요.”

"왜 연락 안 했어."

"연락할 시간이 어디에 있어요. 기절할 뻔했는데."

"……."

"화나셨어요?"

다정은 무표정한 은도의 얼굴을 흘깃거리고는 조심스럽게 두 손을 잡았다.

"미안해. 곤란하게 만들어서. 대신 사과할게."

그가 나직한 목소리로 말하자, 다정은 말갛게 웃으며 고개를 흔들었다.

"처음엔 조금, 아니 많이 당혹스럽긴 했는데, 지금은 만나길 잘했단 생각이 들어요."

화를 낼 줄 알았는데. 은도는 당황한 눈치였다.

"본부장님이 왜 그렇게 회장님을 따르는지 알 것 같아요. 권위 높은 자리에 계신 분인 만큼, 엄청 무서울 줄 알았거든요. 돈 봉투로 뺨 맞는 건 아닐까 살짝 쫄았어요."

그녀가 장난스레 말하며 분위기를 풀어냈다.

"친근했어요. 돌아가신 할아버지랑 성격이 너무 비슷해서 놀랐고요. 대화도 엄청 많이 나눴어요. 그거 아세요? 회장님이 저한테 본부장님 어필 엄청 하셨는데."

"애쓰지 마."

"정말이라니까 그러네. 속고만 사셨어요?"

그 모습에 은도는 픽, 웃음을 터트리고 말았다.

"알겠어. 믿을게."

"그러니까, 얼른 들어가 보세요. 저도 바로 회사 들어가 봐야 해요."

딱히 급한 것은 없었지만, 다정은 무언가에 쫓기는 사람처럼 은도의 등을 떠밀었다. 그녀의 시선이 닿는 곳을 따라 은도의 눈길 또한 멀어졌다. 무엇이 그리 궁금한 건지, 카페 통창 너머로 슬쩍슬쩍 훔쳐보는 호기심 어린 두 사람의 눈동자가 심히 거슬릴 만도 했다.

은도는 묵직한 숨을 밀어 내며 다정에게로 얼굴을 돌렸다. 입술을 꾹 짓누르며 배시시 웃는 그녀의 모습이 심각하게 어색했다. 의식하고 있는 것이 분명했다. 은도는 다정의 긴 머리카락을 매만지다 화제를 돌렸다.

"요즘 송다정 일 열심히 한단 소문이 자자하던데."

"어머. 소문이 벌써 그렇게 퍼졌어요?"

"고마워."

"에이……. 본부장님도 회사 일 때문에 정신없잖아요. 저라도 정신 바짝 차려야죠."

"받은 게 있어서가 아니라?"

"어느 정도는요?"

그의 짓궂은 장난을 다정은 재치 있게 받아쳤다.

"저, 다음 주에 면접 잡혔어요."

"미국 지사 면접?"

"네. 본부장님한테 서류 받고 집에 가자마자 바로 지원서 넣었거든요. 포트폴리오에 그동안 전전해 온 기업에서 이룬 성과들 꽉 채워 넣었더니 서류 면접 통과됐다고 오늘 아침에 연락받았구요. 못해도 일주일은 걸릴 줄 알았는데, 생각보다 빨라서 놀랐어요."

어떤 표정을 지어야 할지 모르겠다. 그런 마음도 모르고 한껏 신이 난 다정은 지칠 줄 몰랐다.

"태어나서 처음으로 미국 땅 밟아 볼 기회가 생긴 건가! 하고 엄청 기대했는데, 본사에서 면접 본대요. 그게 좀 아쉽긴 한데, 그래도 질의응답 준비랑, 마지막 프로모션에 집중하기로 했죠. 정신없어 죽겠어요."

"정신없는 사람치고는 상당히 즐거워 보이는데."

"헛. 티 많이 나요?"

아쉬웠다. 당장 내일 떠나는 것도 아닌데 이상하게 가슴 한구석이 텁텁하다.

"그렇게 좋아?"

"좋기도 한데, 아쉽기도 해요."

지금이라도 안 가면 안 돼? 그냥, 내 옆에서 일하면 안 돼? 목구멍까지 차오른 그 말을 가까스로 삼켜 냈다. 송다정은 훨씬 더 멀리 날 수 있다. 그런 너의 날개를 억지로 꺾을 수 있는 권한이 내게 있을 리 없다.

내가 너의 남자가 되었다고 해서. 네가 나의 여자가 되었다는 이유로 멋대로 꿈을 짓밟을 수 있는 것은 아닐 테니, 그저 나는.

"응원할게."

희미한 미소를 걸친 채로 고개를 숙인 은도가 그녀의 이마에 짧은 입맞춤을 남겼다. 다정의 눈이 크게 떠졌다.

"미쳤나 봐! 사람들 다 보는데!"

수줍게 얼굴을 붉힌 다정이 타박하듯 속삭였다.

"어쩌라고. 괘씸하게 군 벌이야."

은도는 그리 말하며 검지로 다정의 뺨을 아프지 않게 살짝 튕겼다.

"조심히 들어가."

"본부장님."

"응."

"회장님한테 물어보셨다면서요?"

의미 모를 말에 은도의 미간이 작게 좁혀졌다.

"뭐를?"

"여자한테 어떤 선물을 해야 하는지. 그 말 듣고 얼마나 귀여웠는지 아세요?"

"야."

"이따가 연락하세요, 귀염둥이!"

저게 진짜. 귀엽다 귀엽다 해 주니까 아주 머리 꼭대기까지 올라가서 놀리고 있어. 총총걸음으로 멀어져 가는 다정의 뒷모습을 물끄러미 바라보았다. 하여튼, 못 말리겠다. 절레절레 고개를 흔들다가도 은도는 끝내 웃고 말았다.

❖ ❖ ❖

"훤한 대낮에 어디 다 큰 남녀가 입술을 비비적대고 말이야……. 남사스러워서 원."

문혁의 불만이 끊이지 않았다. 물론, 그 말투에는 놀리려는 의도가 짙게 묻어났다. 알고 있었음에도 은도는 가라앉은 표정을 지워 내지 못했다. 바깥 풍경을 의미 없이 바라보다 말고 문혁이 운을 뗐다.

"많이 변했구나, 너도."

아마, 그 애 덕분이겠지.

"나는 마음에 든다."

다정을 가리키는 것이었다.

"씩씩하고, 똑 부러지고. 허영심 없어 보이는 모습이 순수해 보였어. 이름처럼 다정하더구나. 이 늙은이가 주책 떠는 것까지 무리 없이 받아 주는 것을 보면."

문혁은 어딘가 모르게 들떠 보였다. 평소 같았다면 슬쩍 웃어 주며 그러셨습니까, 하고 받아 주었겠지만 굳어진 은도의 얼굴은 좀처럼 펴질 생각이 없었다.

"……어째서 그런 선택을 하신 겁니까."

은도의 숨은 뜻을 알아차린 문혁은 그저 나른히 웃었다.

"바깥을 좀 봐라. 퇴사하기 참 좋은 날씨 아니냐?"

장난꾸러기 같은 말투였다.

"무엇이 그리 무섭고 두려워. 내가 예고 없이 바람처럼 사라질까 노파심에 그러는 것이라면 걱정 마라. 네 결혼식 정돈 지켜봐 주고 갈 테니."

"회장님."

그보다 더 야속한 말이 있을까. 말아 쥔 은도의 주먹에 힘이 실렸다.

"나 하나 없어진다 해서 달라질 게 뭐가 있어. 주변을 천천히 둘러봐.

이제 네 곁엔 내가 아니더라도 좋은 사람들이 있지 않니."

부쩍 잦아진 마른기침 소리에 수십 번은 더 가슴이 덜컥 내려앉는다. 그 사실을, 당신은 알고 있을까.

"그렇지만 떠날 땐 떠나더라도 치워야 할 것들은 깔끔히 정리해 둬야 마음이 편하겠지."

문혁이 혼잣말하듯 중얼거렸다.

18

“혼자 살아 보겠다고 이제 와서 발 빼겠단 소립니까?”

박성호 차장의 억양이 한껏 격양되었다. 그러거나 말거나 미정은 조금도 흥미 없단 표정으로 손톱을 튕기며 말했다.

“뭐라도 이용 가치가 있어야 투자를 하든 말든 하지, 어느 미친 인간이 가치 떨어진 사람한테 투자를 해?”

“여사님!”

집 안이 뒤흔들릴 정도로 내지른 고성에 미정은 인상을 찡그리며 시선을 올렸다.

“감히 누구 앞에서 목청을 높여? 무시할까 했던 전화도 받아 주고, 걸릴 수 있는 위험 부담마저 감안해서 집으로 불러 만나 준 사람 성의를 뭐라고 생각하는 거야?”

잃을 것이 없다 생각하는 미정이었다. 그런 그녀에게 박성호 차장이 두려울 리 없었다. 치우기 귀찮아 방치해 둔 한낱 먼지 같은 존재라면 또 모를까.

“그리고 말이야. 가만 듣자 하니 박 차장 말에 오류가 있네. 누가 혼자 살겠다고 발을 빼? 이봐, 박 차장. 당신이 회장이라면 아무리 내가 뒤에서 헛짓거리를 하고 돌아다녔다 한들, 설마 가족인데 내치기야 하겠어? 힘없는 당신만 매장시키고 입 다물게 만들면 끝이야. 이 바닥 몰라?"

박성호 차장은 치밀어 오르는 분노를 주체하지 못해 부들부들 몸을 떨기만 할 뿐, 차마 반박하지 못했다.

"왜 회장님이 직계 경영을 하지 않겠다고 선언한 건지 머리가 있으면 생각이란 것을 좀 해 보란 말이야. 회사에서, 매스컴에서 그렇게나 추켜세워 주며 떠들어 봤자, 결국 그 인간도 어쩔 수 없는 이 바닥 사람이라니까? 다 계산된 거라고. 요즘 기업 경영인들도 연예인 못지않게 이미지로 먹고살아야 하는 시대야."

미정은 손톱을 후후, 불어 내고는 다리를 꼬았다.

"그러니까, 내가 뭐라 했어. 너무 나대지 말라 했지?"

"내가 가만히 당하고 있기만 할 거라 생각하는 거요?"

"하이고, 무서워라. 가만히 당하고 있지 않으면 어쩔 건데? 회장님한테 쪼르르 달려가서 고자질이라도 하게?"

"못 할 이유도 없지요."

"증거는?"

"정말 없으리라 생각합니까? 저번 주에 들이닥친 진단팀이 USB며 본체며 서류며 다 쓸어 가 버린 상황이고, 나머지 증거물도 반강제로 제출한 상황입니다. 그것만 봐도 덜미 잡히는 것은 시간문제일 텐데요."

미정이 멈칫했다.

"무엇을 제출했는데?"

"계좌 거래 내역 사본 말입니다. 초반에 여사님께서 자금을 마련해 주신 것과, 〈르보아〉 측 대표에게 수금한 금액에서 5% 떼어 드린 돈까지 전부 다 기록되어 있을 계좌요. 그러니 말씀드리는 겁니다. 이쯤에서 서로 사이좋게 머리 맞대고 생각해 보자고. 한 명이 죽든 두 명이 죽든 그런 최악의 상황 생각하지 말고, 둘 다 살아 보자 이 말입니다, 나는."

아아……. 미정이 조소를 띠며 비아냥거리듯 탄식을 흘렸다.

"그래 봤자 그 계좌 명의, 우리 아들로 되어 있지 않나?"

하나만 알고 둘은 모르는 무식한 여편네 같으니라고. 박성호 차장은 긴 숨을 내쉬며 대답했다.

"윤주원 팀장이 입만 열면 끝날 문제지 않습니까."

"최근 들어서 사이가 뒤틀리긴 했어도 우리 아들이 날 배신할 리는 없어. 절대로."

"무엇을 근거로 그리 확신하고 계신지는 모르겠지만, 그렇다 치더라도 아들분이 어찌 되든 상관없다, 이겁니까?"

"음, 아마도? 주원이도 어차피 회사 관두고 싶어 안달 난 상태였으니 오히려 이때가 기회다 싶을걸? 물론, 내가 그 자유를 길게 두진 않을 테지만."

"하……."

악마다. 마녀보다 더한 여자. 궁지에 몰리게 되자 자기 아들마저 팔아먹으려 하다니. 성호는 모성애라고는 조금도 찾아볼 수 없는 지독한 미정의 속내에 치가 떨렸다.

"……그래서. 여사님은 제게 협조할 생각이 일절 없다, 이 말씀이군요."

"그래, 맞아. 이제야 말이 좀 통하는 것 같네."

정이 많은 윤문혁 회장의 약점을 교묘히 파고들었다. 미정은 회장 남동생의 아내로 살아온 가련한 자신의 처지를, 과거를 문혁이 결코 외면하지 않으리란 확신을 가지고 있었다.

"대신, 그간 자네와 협력하며 지내 온 시간을 생각해서라도 어느 정도 배려는 해 줄게. 민사 소송 문제는 완벽하게 해결해 주진 못하겠지만, 괜찮은 변호사 한 명쯤 붙여 줄 수 있는 능력은 돼. 그거면 충분하잖아? 어차피 박 차장도 새로운 사업 시작하게 될 거고, 회사 돈으로 임원들 만나며 인줄도 두텁게 쌓아 왔으니 문제없을 테고. 〈르보아〉에게 두둑이 챙겨 받은 돈도 있으니까 완전 손해 본 장사는 아니지."

자존심을 있는 대로 다 갉아먹고선 이제 와 살살 달래는 모양새가 기가 막혔다. 그런 성호의 속을 다 알면서도 미정은 슬쩍 눈웃음을 보였다.

"너무 그리 서운해하지 마. 사람 사는 게 다 그런 것 아니겠어?"

박성호 차장은 들끓는 속을 억척스럽게 구겨 넣고는 입술을 아프게 씹었다.

"이해했습니다. 더 이상 여사님과 나눌 대화는 없을 것 같군요. 그럼 저는 이만."

"아, 박 차장. 마지막으로 회사 나가기 전에 회사에다 차은도 그 새끼 소문 좀 근사하게 퍼트리고 가."

"소문이라니요."

"요즘 들리는 말로는 직접 채용한 프로젝트 매니저인지 뭔지 하는 계집년 만나고 다니느라 정신없다더라. 지금 때가 어느 때인데 여유를 부리고 있어, 같잖게. 나나 박 차장이나 차은도 언짢게 생각하고 있던 건 피차 마찬가지였으니, 어려운 일도 아니지?"

귀가 있으니 들려오는 소문을 인지하고는 있었다. 교수와의 스캔들로 자퇴한 여자를 편법으로 채용했다나 뭐라나. 하지만 그 루머는 〈르보아〉 업체 사건이 터지면서 순식간에 사그라졌다.

성호 본인 역시 그간 누구보다 바쁘고 곤욕스러운 나날을 보내느라 잊고 있었다. 하지만 박성호 차장은 마지막 미정의 말에 대꾸하지 않고 몸을 돌려 집을 빠져나왔다.

외부 업체와 1차 미팅을 끝낸 기획팀 직원들은 하나둘씩 회의실을 빠져나왔다.

"아, 이번 여름은 작년보다 빨리 온 것 같아요. 더워 죽겠어요."

"맞아. 회사는 춥고 밖은 덥고. 아주 그냥 하루에도 몇 번씩 아프리카랑 남극을 왔다 갔다 하는 기분이라니까."

직원들은 삼삼오오 모여 수다를 떨며 기획팀 사무실로 돌아가기 위해 바삐 움직였다. 이제 막 코너를 꺾으려는데, 맞은편에서 주원이 가깝게 다가오고 있었다.

"어? 윤 팀장님이다. 인사해야 할까요?"

"돌고 있는 소문 못 들었어? 박성호 차장이랑 한패였다잖아. 괜히 얽혔다가 피 본다. 하지 마. 무시하자, 그냥."

박 대리와 이 주임을 포함한 기획팀 직원들은 서로 약속이라도 한 것처럼 슬쩍 시선을 돌려 주원을 외면했다. 하지만 그 사이에 끼어 있던 다정은 그러지 못했다. 다가오는 주원과 정통으로 눈을 마주치고 말았다.

"피엠님. 안 오시고 뭐 하세요?"

"아……. 지금 가!"

느려진 걸음이 다시금 빨라졌다. 마치, 처음부터 모르는 사이였던 것처럼 무시하며 머뭇거림 없이 서로를 스쳐 지나갔다. 찰나의 순간이었다. 능청스러운 모습도 얄궂은 표정도 전부 변함이 없는데, 어쩐지 어딘가 모르게 지쳐 보이는 눈빛과 씁쓸해 보이는 미소를 목격하게 된 것은.

결국 다정은 몇 걸음 떨어진 곳에서 우두커니 멈추었다. 마음이 불편했다. 사정을 잘 알지도 못하는 사람들에게 받는 손가락질이 얼마나 고통스러운지, 잘 알기 때문이다.

'당신은 경멸받기에 충분해. 그 이유는 모르겠지만 다른 사람들이 그렇다고 하니, 내 뜻도 그래.'

그건, 아니라고 생각한다. 결국 다정은 몸을 돌렸다.

"윤 팀장님!"

우렁찬 그녀의 목소리에 멈칫, 걸음을 세운 주원이 슬쩍 고개를 비틀었다. 그녀가 꾸벅, 정중하게 허리를 숙였다. 그것이 전부였다. 예상 못 한 상대에게 인사를 받은 그의 표정이 어떨지, 거기까진 알 바 아니었다. 내 마음 편하자고 건넨, 단순한 인사. 그 이상, 그 이하도 아니었으니까. 할 일을 끝낸 다정은 자신을 기다리고 있는 직원들을 향해 달려갔다.

"뭐야 저건 또……."

멀어지는 다정의 뒷모습을 한동안 물끄러미 바라보던 주원이 반박자 늦게 헛웃음을 터트렸다. 악의가 묻어난 웃음은 아니었다.

❖ ❖ ❖

제집인 양 당당하게 집무실 문을 열고 등장하는 박성호 차장의 뻔뻔함에 은도는 어처구니가 없다는 듯 짧은 실소를 토해 냈다.

"지금 여기가 어디라고 찾아온 겁니까."

"아직 퇴사 처리에 승인 난 것도 아닌데, 대놓고 못 올 곳에 온 사람 취급을 하시니 거참, 서운합니다."

박성호 차장은 끝까지 뻔뻔했다. 은도는 손에 쥐고 있던 펜을 내려 두고 매섭게 눈을 치떴다.

"내 제안에 협력할 마음이 생기면 비서를 통해 연락 달라고 분명 말씀드렸을 텐데요."

"퇴사 절차를 밟고 있는 내가 무서울 것이 뭐가 있겠습니까. 잃을 것이 없어 눈에 뵈는 것도 없어진 모양이니, 그 정도는 높은 양반이 이해해 주쇼."

박성호 차장은 애초부터 은도를 언짢아했다. 회사를 다닐 때나 어린놈 직급에 맞춰 대우해 줬지, 그럴 명분이 사라졌으니 마음 가는 대로 맞먹으며 삐딱한 어투로 은도를 상대했다.

비리를 저지른 자가 직접 본부장실에 걸음을 한다는 것 자체가 말도 안 되는 일이었다. 자신으로 하여금 은도의 입장이 난처해질 것을 알면서도 일부러 저러는 것이 분명했다. 박성호 차장은 주머니에서 꺼낸 직사각형 물체를 던지듯 집무 책상에 내려 두었다.

감사팀 눈을 피해 숨겨 둔 USB. 혹시 모를 사태를 대비해 그녀와 나눈 문자와 전화 내역, 통화 내용 등이 기록되어 있을 것이다. 은도는 USB를 잠시 흘겨보다 덤덤히 집어 들어 본체에 연결시켰다.

"그 여자. 생각보다 더 독한 여자요. 그만큼 무식한 것도 사실이지만."

볼일은 전부 끝났다는 듯, 박성호 차장은 옷을 추스르며 삐딱하게 대꾸했다.

"뭐가 됐든 원하는 물건도 가져다줬으니, 약속은 반드시 지켜요."

민사 소송 건은 없던 일로 무마시켜 주겠다는 약속. 본체에 연결시킨 USB 내용물을 꼼꼼히 살펴보던 은도가 조소를 흘렸다. 가지가지 하는군.

"예전부터 느꼈던 거지만, 박성호 씨는 나를 꽤 만만하게 보는 것 같네요. 하나는 알고 둘은 모르는. 그 부분은 누구와 비슷한 것 같고."

귀에 꽂혀 있는 이어폰을 빼어 낸 은도는 영상을 일시 정지 시키곤 시선을 올려 무덤덤한 표정으로 박 차장을 직시했다.

"뭐요?"

박성호 차장의 안색이 과격하게 일그러졌다.

"죄를 지었으면 벌을 받게 되는 것은 당연한 이치인데. 내가 무슨 권한으로 회사에서 진행하겠다는 소송 건을 막겠습니까."

"이……!"

"나는 도둑질을 한 사람에게까지 아량을 베풀어 줄 만큼 선한 사람이 못 돼서요. 그 부분은 안타깝게 됐습니다."

"지금 약속을 깨겠단 말이오? 원하는 것 순순히 가져와 줬잖아! 이거 순 양아치 새끼 아니야!"

박성호 차장이 버럭 소리를 내질렀다. 은도는 동요 없이 대꾸했다.

"여기까지 찾아온 용기는 가상하지만, 말은 바로 하셔야죠. 누가 누구더러……."

양아치 새끼래.

"저번부터 저급한 욕설을 입에 달고 사는 게 취미인 모양인데."

당장이라도 씹어 삼킬 것처럼 매서운 눈빛이 똑바르게 와 닿자, 박성호 차장은 저도 모르게 흠칫하며 뒤로 한 발자국 물러섰다.

"이만큼 대우해 줄 때 곱게 돌아가세요. 정도껏 열받게 하시고."

박 차장은 충혈된 눈을 부릅뜨며 죽일 듯 은도를 노려보았다. 당장이라도 달려들 기세였다.

"곱게 돌아가? 끝까지 본부장 대접해 주니까 내가 만만해 보여? 어?"

"그만하시죠."

때맞춰 등장한 진우가 재빠르게 박 차장의 팔을 붙잡았다.

"놔! 이 거지 같은 회사 놈들은 남의 팔 붙잡고 힘쓰는 게 특기야? 어?"

박 차장은 목에 핏대를 세워 가며 악을 질러 댔다. 벗어나려 사정없이 몸을 비틀어 봤지만, 움직이지 못하도록 진우가 강한 힘으로 결박시킨 덕분에 그마저도 무리였다.

❖ ❖ ❖

"부르셨다고요."

감정 없는 첫인사였다.

"앉아라."

문혁이 눈으로 소파를 가리켰다. 주원은 목석처럼 가만히 서 있기만 했다. 어색했고, 낯설었으며, 불편했다. 발을 딛고 있는 이 장소가, 흐르는 침묵이, 마주하고 있는 상대가.

목재 향이 진동을 했다. 온통 원목 자재로 이루어진 큰아버지의 공간. 그리고 회장님 곁엔 늘 차은도가 있었다.

"그리도 가까이 오기가 싫어?"

콧등 아래에 슬쩍 걸친 무테안경 너머로 곧게 날아든 눈빛은 좀처럼 거둬질 기미가 보이지 않았다. 탁상 위에 놓인 액자 속 사진에 시선을 두고 있던 주원은 어쩔 수 없이 눈길을 치워 내고 다리를 움직였다. 주원이 소파에 앉는 것까지 확인한 문혁은 지체하지 않고 말문을 열었다.

"내가 무슨 연유로 너를 불렀는지 알아?"

"……인지는 하고 있습니다."

"연락 넣어 뒀다. 내일 오전 중으로 불러서 결판을 낼 생각이야."

미정을 말하고 있는 것이었다.

"이런 상황에서도 내 전화는 반갑게 받더구나. 아직 눈치채지 못한 게지."

짧은 정적 끝에 주원이 물었다.

"그런 말씀을 왜 저에게 하시는 건지 의중을 모르겠습니다."

"반응을 보고자 했다."

아무리 그녀가 도덕적이지 못한 행동을 저질렀다 한들, 주원에겐 어머니였다. 친모와 관련된 일인데도 이상하리만큼 침착한 주원의 태도에 의구심이 들었는지 문혁의 눈이 가늘어졌다.

"내가 원망스럽지 않아?"

"원망스럽지 않습니다."

"그럼."

"큰아버지의 선택이 무엇이 됐든, 겸허히 받아들여야 마땅하다고 생각합니다."

"호오……."

주원의 대답에 흥미로움을 느낀 것은 사실이었으나, 결코 기특하진 않았다. 주원은 끝까지 문혁의 눈을 피했다. 문혁은 그런 주원의 옆모습을 물끄러미 주시하다, 천천히 의자에서 몸을 일으키곤 소파로 다가갔다.

"네 엄마는 그렇다 치고. 너는 어떠냐. 너 역시 죗값을 받을 준비가 되어 있어? 아니면, 일부러 내 앞에서 바짝 엎드리는 척하며 기회를 엿보고 있는 거야?"

"준비되어 있습니다."

망설임도 없이? 어처구니가 없구만. 문혁은 허탈한 웃음을 터트리며 주원의 맞은편에 엉덩이를 붙였다.

"마치 이 순간만을 기다려 왔단 뜻으로 들려."

주원은 대답이 없었다.

"네 키가 내 허벅지 정도 왔을 때였지, 아마. 네가 나를 찾아왔던 게."

홍수가 날 것처럼 비가 쏟아지던 그날. 한밤중 찾아온 소년은 온통 상처투성이였다. 몸도, 마음도.

"기억하냐."

"예."

"내가 너를 집으로 데려와 치료를 해 주었던 것도?"

"……예."

그 당시 일이 이제 와 무슨 소용일까. 구태여 무시했어도 딱히 당신을 원망하는 일은 없었을 텐데. 네 주제를 알라는 뜻일까. 주원의 입술 끝에 자조적인 미소가 잠시 걸렸다 사라졌다.

"눈에 보이지 않는 곳에서 평생 없는 듯이 살라 하시면, 그리하겠습니다. 선처 없이 소송 걸겠다 하시면, 그 또한 반박 않고 달게 받겠습니다."

"쓸데없는 잔소리는 그쯤 하고 결론만 말하고 끝내라, 이거군?"

주원은 답이 없었다. 그것은 곧 긍정과 같았다. 윤 회장은 긴 숨을 흘려보냈다.

"그때도, 지금도. 나는 널 가엾다 여긴다."

"……."

"모진 너희 엄마를 모르는 척할 수도 있었지만 그러지 않았던 것은, 너 때문이었어. 어린 네가 눈에 밟혀서."

대놓고 동정하는 문혁의 말에 내내 변화 없던 주원의 얼굴이 작게 구겨졌다.

"널 처음 봤을 때 철없던 동생 놈이 떠오르더구나. 한편으로는 내 아내가 살아 있고, 건강히 아이를 낳았더라면 너와 비슷한 얼굴을 하지 않았을까, 하고 미친 생각도 잠시 했다."

불행한 당신의 인생 속 작은 틈. 조금이나마 숨통을 트이게 해 줄 매개체. 난 당신에게 고작 그 정도였겠지.

"감사히 생각하고 있습니다. 큰아버지 덕분에 누군가는 평생 경험해 보지 못할 것들을 잠시나마 마음껏 누려 볼 수 있었으니까요."

"죄책감이었다."

"……."

"넌 나에게 못난 동생 놈을 똑바른 길로 잡아 세우지 못했던 죄책감이 낳은 결과물이었어."

문혁은 습관처럼 창밖을 내다보며 말을 이었다.

"다 가진 것처럼 보이겠지. 그래, 나는 명예와 부를 얻었다. 대신 그것과는 비교도 안 될, 더 소중한 것들을 잃었지."

여름이 다가오니, 잔디밭은 한층 더 푸르렀다.

"우습지? 그리 쟁취하고자 악착같이 앞만 보며 달려왔는데, 정작 이루고 나니 전부 부질없다 말하고 있는 내가."

문혁은 창밖에서 시선을 떼고 고개를 돌려 주원을 똑바로 바라보았다.

"아직도 네 엄마를 증오해?"

주원은 차마 아니라고 답할 수 없었다. 그렇다고 증오하고 있다고 말할 수도 없었다. 주원이 혼란스러워하는 와중에도 문혁의 직설적인 질문은 끝나지 않았다.

"아직도 차은도가 견뎌 온 고통이 네가 겪은 고통에 비해 우습게 느껴져?"

"큰아버지."

"아니라면. 그 애가 처한 현실을 묵묵히 참고 감내하는 모습에 그나마 위안을 삼던 것이 무너져서 속이 뒤틀리기라도 해?"

문혁이 정확하게 핵심을 찔러 오자, 주원의 입술이 꽉 다물렸다.

"그거였군. 너, 그것을 무어라고 말하는지 알고 있어?"

"……."

"질투라고 한다."

문혁은 비식거리며 쓴웃음을 흘렸다.

"너도 참 괴로운 길을 택했구나."

세상사, 고단했던 사정 하나 없는 사람이 어디 있겠냐마는. 문혁이 낮게 읊조렸다.

"주원아."

순간, 울컥하고 알 수 없는 감정들이 목구멍 끝까지 치밀어 올랐다.

"……예."

힘겨운 대답이었다.

이름. 고작 그 두 글자 불러 주었을 뿐인데, 그게 뭐라고.

"그간, 아프진 않았냐?"

전과 달리 다정한 목소리에 주원의 눈동자가 거칠게 흔들렸다. 난생처음 듣는 말이었다. 그 말을 건넨 상대가 회장님이라 더 믿을 수 없었다.

한참 주원을 건너다보던 윤 회장은 하고픈 말이 많은 듯 몇 번이고 입을 달싹이며 고민하다 어렵게 말했다.

"……욕봤다."

주원은 악착같이 입술을 짓이겨 물었다.

"네 진심을 알고 싶어 모진 말을 했어."

어떤 반응을 보여야 할지 대책 따윈 처음부터 존재하지도 않았다. 이렇게 될 것이라고는 상상조차 못 했으니까.

"너를 조금 더 일찍 부를 수도 있었다. 그러지 않았던 이유는 지금이 적절한 때라고 생각해서야. 그 전에 너를 불렀다면 갈등만 더 깊어졌겠지. 그 고집과 자존심 센 유전이 어디 가겠냐."

하. 주원의 잇새로 외마디 탄식이 터졌다.

"너도 나름대로 이곳에 오기까지 마음고생 많았을 테니, 더 잡아 둘 생각은 없어. 각설하고 말하마."

허망했다.

"애썼다."

무엇 때문에 그토록 스스로를 옭아매며 학대해 온 걸까. 고작 그 한마디에 꽉 동여매 둔 줄이 허무하게 풀어져 버렸다. 도무지 이 어처구니없는 기분을 이해할 수가 없다.

그래, 나는. 그 흔한 모성을 그리워하던 어린 시절의 나는, 질투에 눈이 멀었다. 내가 갖지 못한 여러 사랑을 쟁취해 낸 차은도에게.

어쩌면 나는, 누군가의 작은 위로가 필요했고, 원망을 쏟아 낼 곳이 간절했으며, 무엇이든 괜찮다 다독여 줄 사람이 필요했던 걸지도 모른다.

"……죄송하단 말은 차마 못 하겠습니다."

그는 그저 조용히 웃었다.

"용서 마세요."

다그침은 없었다.

"그래."

용서도, 없었다. 아마도. 그럴 것이다.

이틀 내내 밀린 업무를 밤새 몰아쳐 처리한 결과는 참혹했다. 감당하기 힘들 정도로 묵직한 피로가 밀려와 은도는 눈을 질끈 감았다 떴다.

명조체와 하얀색 종이는 이제 끔찍할 지경이다. 서류를 치워 내고 엄지로 관자놀이를 꾹 눌러 봤지만, 두통은 좀처럼 가시질 않았다.

결국 자리에서 일어난 은도는 바람이라도 쐬고 올 생각으로 집무실을 빠져나왔다. 넓은 사무실에 들어서자마자 은도의 시선은 자연스럽게 다정의 자리로 향했다. 얼굴을 보면 개운해지지 않을까 내심 기대하며 다정을 찾았지만, 자리는 텅 비어 있다.

"본부장님, 혹시 송 피엠님 찾으세요?"

곁을 스쳐 지나가던 여직원 한 명이 음흉한 미소를 그리며 말을 걸어왔다.

"아……."

이정연 주임이었던가.

"송 피엠님 지금 영업지원팀 가셨어요."

"고마워요."

짧은 한마디였을 뿐인데도 금세 난리 통이었다. 어느새 모여든 다른 여직원들 때문이었다.

좀처럼 적응이 되질 않았는지, 은도는 서둘러 걸음을 재촉했다. 일 때문이라는데 영업지원팀까지 찾아가 다정을 난감하게 만들 생각은 없었다. 그런데 이놈의 몸이 머리와는 다르게 멋대로 움직이고 있다는 것이 문제다.

얼굴만 보고 돌아가자. 굳게 다짐을 새기며 영업지원팀 사무실에 다다랐을 때쯤, 익숙한 목소리가 귓전을 파고들었다.

"아, 정말 감사드려요. 이 과장님 덕분에 살았어요."

"아니요, 제가 한 일이 뭐가 있다고요."

웬 젊은 남자 목소리에 은도의 시선이 저절로 돌아갔다. 창문 너머 영업지원팀 사무실 내부를 훑었다. 다정을 찾는 일은 그다지 어렵지 않았다. 물론, 그 옆에 의문의 남자까지도.

"아, 맞다. 다정 씨 혹시 오늘 시간 있어요?"

"시간이요? 왜요?"

"저번에 말했잖아요. 가볍게 치맥 한잔하자고. 근처에 새로 생긴 곳이 있는데 엄청 맛있대요. 분위기도 괜찮고."

얼씨구.

"아, 정말요? 언제요?"

허어. 언제요? 사무실에서 나란히 걸어 나오는 두 남녀의 모습에 돌연 은도의 눈빛이 매섭게 세워졌다.

"다정 씨는 언제 시간 되는데요?"

"으음……. 저는 아무 때나 상관없긴 한데……."

상관이 없긴 왜 없어. 이 여자 진짜 안 되겠네.

"그럼 오늘 퇴근 후 어때요?"

"송다정 씨."

남자 직원의 말을 싹둑 잘라 낸 은도가 거침없이 둘에게로 다가섰다.

"흐억, 깜짝이야!"

"아, 안녕하십니까. 본부장님."

전자는 다정이었고, 후자는 남자 직원이었다. 은도는 남자 직원의 말을 귓등으로 듣는 둥 마는 둥 하면서 성의 없이 대충 고개를 주억거렸다.

"보, 본부장님. 여긴 어쩐 일로 오셨어요?"

너 잡으러 왔다. 당장이라도 뱉고 싶은 말을 가까스로 억눌러 참아 냈다. 그 여파였는지, 은도의 턱이 삐딱하게 기울어졌다.

"송다정 씨는 나 좀 보지."

"지, 지금요?"

"지금 당장."

"왜, 왜요?"

"뭐? 왜요?"

"오늘 결재받을 것 없는……."

다정은 말을 다 잇지 못했다. 살벌하게 굳은 얼굴로 꿰뚫듯 자신을 노려보며 검지를 까딱이고 있는 본부장님 덕분에.

"안 되겠다. 너 오늘 야근이야."

그의 입술 끝이 올라섰다.

"누구 마음대로요!"

"내 마음대로."

은도의 서늘한 시선이 옆으로 돌아갔다.

"그런 의미에서 오늘 치킨은 못 먹는 걸로."

분명 다정에게 하는 말일 텐데, 왠지 자신에게 하는 말처럼 들려 남자 직원은 흠칫 눈을 깜빡이다 고개를 끄덕이고 말았다.

자신이 끼어들 자리가 아니라는 것을 직감한 남자 직원은 서둘러 자리를 피해 주었다. 그제야 다정은 눈치 보지 않고 푸핫! 크게 웃음을 터트렸다. 은도의 의도를 눈치챈 것이다.

"설마 지금 질투하세요?"

"말도 안 되는 소리 하지 마."

어린애도 아니고 질투는 무슨.

"에이, 맞는 것 같은데?"

"어쭈."

"맞구만, 질투하는 거."

반대편에서 걸어오는 직원들을 발견하자마자 다정은 곧장 태세를 전환했다.

"흠, 흠. 본부장님. 저는 아직 업무가 남아 있어서 이만."

속도에 맞춰 걷던 은도가 별안간 우두커니 멈춰 섰다.

"송다정 씨. 갈수록 너무한 것 같다고 생각하지 않아?"

"어머. 제가요?"

은도의 눈가가 구겨지는 것을 목격한 다정은 장난을 그만두기로 했다.

"죄송해요. 그만 까불게요. 본부장님 질투하시는 모습은 처음이라, 새롭고 귀여워서 저도 모르게 그만."

두 번 놀렸다간 울 것 같아요. 본부장님. 그의 입술이 일자로 꽉 다물렸다. 가늘게 뜬 눈으로 말없이 다정을 흘겨보던 은도가 삐딱하게 섰다.

"계속 이런 식으로 나오시겠다?"

"이런 식이라니요?"

다정은 큰 눈망울을 깜빡였다.

"그렇게 보지 마."

"허. 이젠 보지도 말라고요?"

"화 풀리려고 하잖아. 예뻐서."

"아! 미쳤나 봐, 진짜!"

다정은 재빨리 주변을 살피곤 은도의 가슴팍을 주먹으로 퍽 내리쳤다.

"아."

"여기 회사거든요? 잊으신 건 아니죠?"

"알아."

은도가 픽 웃음을 터트렸다.

"바람 쐬러 나갈래?"

이 남자 진짜 어떡하지? 이젠 아주 막나가기로 작정한 건가.

"일해야죠."

"지금 자유 시간이잖아."

벌써 시간이 그렇게 됐나?

다정이 손목을 들어 시간을 확인했다. 오후 3시. 정말이었다. 점심 식사 후 스멀스멀 올라오기 시작하는 나른함에 지친 직장인들이 가장 피곤해하고 힘들어하는 시간. 점심시간을 제외하고 오후 3시부터 4시까지 한 시간 동안 전 직원들에게 휴식 시간이 주어진다. 수면실이나 휴게실에서 숙면을 취하든, 디저트를 먹으러 나가든 상관없었다.

일부 임원들의 염려와 달리 업무 효율이 전폭적으로 증가하는 대이변을 보였지만, 바쁜 시즌엔 본인 의지로 더 집요하게 일에 매달리는 직원들도 있었다. 그 직원 중 한 명이 바로 다정이었다.

"안 돼요."

"왜?"

"잊으셨나 본데, 저 엄청 바쁜 사람이거든요?"

단호한 다정의 거절에 은도의 미간이 바짝 좁아졌다.

"남자 직원과 떠들 시간은 있고?"

"그건……! 아니다. 마음이 바뀌었어요. 그냥 말 안 해 줄래."

"뭐?"

"수고하세요."

다정은 고개를 한 번 까딱이곤 미련 없이 등을 돌렸다. 또각, 또각 대리석 바닥에 구두 굽을 찍으며 걷는 뒷모습이 새침하기 짝이 없다. 어이가 없네. 은도의 잇새로 헛웃음이 터졌다.

누가 이기나 해 보자 이거지. 은도는 느리게 복도를 한 번 쭉 훑어보다가 바지 주머니에 손을 밀어 넣으며 멀어져 가는 다정을 향해 말했다.

"어이, 여자 친구."

지극히 여유로운 말투였다. 하지만 돌아온 대답은 없었다. 일부러 무시하는 건지, 듣지 못한 건지. 괘씸한 마음에 은도는 조금 더 목소리를 높였다.

"자기야."

은도의 입에서 나왔다고는 도무지 믿겨지지 않는 말이었다. 낯간지러운 호칭의 힘은 실로 대단했다. 삽시간에 홱 몸을 돌려세운 다정이 입술을 질끈 씹어 삼키고는 공격적으로 와다다 달려왔다.

"저한테 진짜 왜 이러세요?"

"그러니까, 한 번 말할 때 들어주면 좀 좋아. 나 자극해서 좋을 거 없어."

"혹시 점심때 뭐 잘못 드셨어요? 무슨 남자가 연애 한번 한다고 그렇게 환생한 것처럼 손바닥 뒤집듯 바뀔 수가 있어요?"

"보통은 좋아하지 않나?"

"좋지만 회사에선 싫어요!"

"왜. 더한 것도 할 수 있는……."

그의 말이 끝나기도 전에 다정은 빛의 속도로 손을 뻗어 순식간에 은도의 입술을 덮었다.

"아악! 알겠다! 알겠어요! 제가 졌어요. 야근 피하려고 그런 거였어요. 칼퇴하고 본부장님이랑 데이트하려고!"

"그리고?"

"그리고라니……. 아, 호윤 씨 일은 이번에 업무와 관련해서 크게 도움 받은 일이 있었어요. 그 일 때문에 제가 한번 대접해 드리겠다고 한 거였고요. 물론 다른 직원들도 같이……."

"이 과장."

"네?"

"이름 말고 이 과장."

"아, 네. 이 과장님이……. 허어. 질투하는 것 맞구만, 뭐."

다정이 입술을 삐죽거렸다. 그 표정이 귀여워 은도는 설핏 웃음을 터트렸다. 하지만 이내 얼굴을 굳히며 단호하게 말했다.

"다정아."

"네?"

"앞으로 영업지원팀 가지 마."

오, 세상에. 융통성이라곤 쥐뿔도 찾아볼 수 없던 차은도가 맞나 싶다. 회사에서 질투를 하질 않나, 여자 친구에 이어 자기란 말을 하질 않나. 이젠 또 억지까지.

다정은 깨달았다. 남자의 질투는 무서운 것이라고.

결론부터 말하자면 칼퇴의 꿈은 산산조각 났다. 오늘만 살자는 각오로 정시 퇴근만 바라보며 화장실에 들르는 것조차 잊고 죽어라 업무에 매달려 봤지만, 결국 자정이 가까워지는 시간이 되어서야 기지개를 켤 수 있었다.

"죽겠네, 진짜."

다정은 뻑뻑해진 눈두덩이를 손으로 꾹꾹 누르다, 목을 뒤로 젖혔다. 밖에선 언제부턴가 때아닌 비가 쏟아지고 있었다.

"하……. 우산 없는데."

짙은 한숨이 저절로 새어 나왔다. 한참 창밖을 넋 놓고 바라보다 뒤늦게 생각난 약속에 다정의 눈이 번쩍 뜨였다.

"아, 이러고 있을 때가 아니지."

외부 미팅이 잡혀 있으니 끝나는 대로 데리러 오겠다던 은도가 생각난 탓이다. 분명 회사 로비에서 기약 없는 기다림에 지쳐 가고 있을 것이다. 곁에 있으면 더 신경 쓰일 테니 방해가 되지 않도록 얌전히 밖에서 기다리겠다는 그의 말이 문득 떠올라 실없는 웃음이 터졌다.

허겁지겁 정리를 마친 다정은 서랍에 넣어 둔 백을 챙겨 들곤 걸음을 재촉했다. 그때였다. 집무실을 지나치던 두 다리가 우뚝 멈춘 것은.

"깜빡하셨나 보네."

불을 끄기 위해 슬쩍 안으로 발을 내디뎠다. 자연스레 다정의 시선이 책상으로 향했다. 빈틈없이 빼곡하게 책상을 뒤덮고 있는 서류들을 보자, 놀라움의 탄식이 터졌다.

"허……."

힘든 티를 내지 않기에 이 정도일 줄은 몰랐다. 정도를 넘어선 업무량만으로도 과부하 상태일 텐데, 그는 대체 무슨 마음으로 이 많은 짐들을 묵묵히 감당해 온 걸까. 감히 상상할 수도 없다.

바람이나 쐬자는 복에 겨운 말을 아무렇지 않게 뱉기에 이젠 아주 대놓고 놀자 판이구나, 생각했던 저 자신이 새삼 부끄러워지는 순간이다.

"바람 쐬러 가자 했을 때 그냥 그러자 할걸……."

다시 생각해 보면 웬만해선 고집부리는 일이 없던 남자였다. 얼마나 답답하고 피곤했으면. 본부장실을 나와 마침 도착한 엘리베이터 안으로 냉큼 올라탄 다정은 초조하게 층수 판을 바라보았다. 3층, 2층, 1층. 띵, 소리와 함께 문이 열리자마자 총알처럼 튕겨 나갔다.

걷는 속도가 점차 빨라졌다. 회전문 너머로 익숙한 뒷모습이 눈에 들어왔다. 몇 시간 전에 봤으면서, 다시 보니 더 반가웠다. 출입문을 힘껏 잡아당긴 다정이 반갑게 소리쳤다.

"본부장님!"

그의 몸이 비스듬히 옆으로 틀어졌다. 활짝 웃으며 손을 흔드는 다정을 확인한 은도가 입매를 길게 늘였다.

"안녕."

"많이 기다리셨죠."

"방금 왔어."

거짓말.

"죄송해요. 진짜 일찍 끝내 보려고 했는데, 데이터에 오류가 나는 바람에 갈아엎고 처음부터 다시 하느라……."

"괜찮아."

그가 시익 웃었다. 쓸데없이 근사하게.

"비가 오네요. 분명 아까까진 괜찮았는데."

그는 이렇게 되리란 것을 예상한 사람처럼, 검은색 우산을 어깨에 걸친 채였다.

"혹시 비 오는 거, 알고 계셨어요?"

"아침에 일어나면 제일 먼저 일기 예보 확인하는 게 습관이라."

"저는 귀찮아서 확인 잘 안 하게 되던데."

송다정답다.

"상관없어. 내가 챙겨 주면 되니까."

"어떻게요?"

"지금처럼?"

그가 손목을 내리자 우산이 앞쪽으로 비스듬히 기울어졌다.

"어어, 본부장님 어깨 젖잖아요! 얼른 우산 똑바로 쓰세요."

"괜찮아."

"제가 안 괜찮아요. 제 건 쇼핑몰에서 산 옷이라 막 입어도 된단 말이에요. 왜 밖에 나와 계셨어요? 비도 오는데. 차는 어쩌고……."

"하나씩 물어봐. 안 힘들어?"

"걱정되는 게 한두 개가 아니니까 그렇죠."

은도는 물끄러미 다정을 내려다보았다. 애써 미소 짓고 있었지만 못내 곤란하다는 얼굴로.

"미안한데, 오늘은 차로 못 데려다줄 것 같아."

"그게 왜 미안한 일이에요? 택시 타고 가면 되지."

다정은 말갛게 웃으며 은도의 손을 잡았다. 기다란 손가락 사이사이로 그녀의 손가락이 꼭 맞게 끼워졌다. 부드럽게 밀려오는 감촉이 나쁘지 않았다. 은도는 다정을 빤히 주시했다.

"이렇게 가만히 서서 비 오는 거리를 보고 있는 것도 꽤 낭만적인 것 같아요."

어느새 정면으로 몸을 돌려세운 다정은 텅 빈 차도를 바라보고 있었다.

"있잖아요, 본부장님."
"응."
"뭐 하나만 물어봐도 돼요?"
"얼마든지."
"조금 직설적으로 물어볼 건데."
"물어봐."
한참 동안 입술을 오물거리던 그녀가 어렵게 말문을 열었다.
"혹시, 비 오는 날 운전하기 힘드신 거예요?"
이를테면, 트라우마 같은 거.
"……조금."
"사고 당시에 비가 왔나요?"
"응."
"가끔 잠결에 악몽도 꾸세요?"
"점쟁이야?"
그의 손을 잡고 있던 다정의 손에 힘이 실렸다.
"죄송해요. 일부러 아픈 곳을 들춰낼 생각은 없었는데. 그냥, 알아 둬야 나중에 당황하는 일이 없을 것 같아서, 그래서 물어본 거예요. 악의 없이."
"알아."
"……물론 다 알고 싶은 욕심도 있어요. 특별한 사이니까."
무엇이든 공유하고 싶은 마음.
"대답하기 어려우셨을 텐데 솔직하게 말씀해 주셔서 감사해요."
대답 대신 그의 입가로 희미한 미소가 번졌다. 쏴아아. 빗줄기는 점점 더 굵어졌다. 한동안 둘은 빗소리를 들으며 서로의 손을 꽉 잡은 채 체온을 나누었다. 말하지 않아도 느낄 수 있었다. 당신을 위로하고 있음을, 당신으로 하여금 위로받고 있음을.
"비가 엄청 많이 와요."
"소나기래."

"금방 그칠까요?"

"글쎄."

"한참 더 내릴 수도 있겠네요?"

그녀의 얼굴이 은도 쪽으로 천천히 돌아갔다.

"그럼 저, 본부장님 집에서 자고 갈래요."

"……뭐?"

예기치 못한 발언에 적잖게 당황한 은도와 달리, 다정은 초연했다.

"천둥 번개가 무서워서요."

그녀가 입술을 말아 올려 배시시 웃었다.

"재워 주실 거죠?"

당돌하게도.

"아……. 현타 온다."

다정은 뒤늦게 후회했다. 호기롭게 들어오긴 했지만, 고요한 이 남자의 집은 늘 난제였다. 하물며 욕실 너머로 들려오는 물줄기 소리는 어떻겠는가. 거실 소파에 홀로 덩그러니 앉아 있던 다정은 어쩌지도 못하고 애먼 눈동자만 이리저리 굴려 댔다.

먼저 씻고 나오라는 그의 제안을 거절하지 말 걸 그랬다. 그의 나체가 자꾸 생각나 절로 발가락에 힘이 들어갔다.

"어우, 나 진짜 미쳤나 봐."

그와의 경험이 아예 없는 것도 아닌데, 이런 상황과 기다림은 처음 겪어 봐서 그런지 여러모로 난감했다.

마음도 머리도 온통 혼란스럽게 만들었던 원흉, 물줄기 소리가 뚝 끊겼다. 달그락거리는 소음과, 길지도 짧지도 않은 정적 끝에 욕실 문이 열리며 그가 등장했다. 개복치의 심신 안정을 위해 트레이닝 바지를 입어 준 것은 정말 감사했지만, 상체는 날것 그대로였다.

그래 뭐……. 내가 저 정도의 핫 바디를 가진 남자였다면 얼마든지 벗고 다니겠다만. 은도는 목에 걸쳐 둔 수건으로 젖은 머리를 탈탈 털어 내며 다정이 있는 곳으로 천천히 다가왔다.

다정은 은도와 눈이 마주칠 때마다 멋쩍게 웃어 보이며 뒷덜미를 긁적였다.

"죄지었어? 보고 싶으면 대놓고 봐. 왜 계속 힐긋거려."

"어휴, 본부장님도 참. 제가 언제 훔쳐봤다고……."

"훔쳐봤다고 말한 적 없는데."

훔쳐봤나 봐?

그가 짓궂게 웃었다.

"으, 놀리지 마세요!"

내내 굳어 있는 다정의 긴장을 풀어 주려고 일부러 던진 농담이었다. 다정은 최대한 그와 시선을 마주하지 않으려 노력했다. 하지만 피한다고 피한 곳이 그의 탄탄한 가슴이었다는 것이 문제였다.

"하여튼, 신기해. 송다정."

"뭐가요?"

"너, 말이야."

"저요?"

"그래."

"제가 왜요?"

"그냥 이것저것 다 신기해, 넌."

부끄러움이 많은 것 같다가도 당돌하고, 덤벙거리는 것 같다가도 섬세하고, 둔한 것 같다가도 놀랄 정도로 눈치가 빠르다.

종잡을 수 없는 다정의 성향에 신기했던 것도 한두 번이 아니었다. 정작 당황해야 하는 자신보다 자고 가겠단 말로 폭탄 발언을 던진 당사자가 더 어쩔 줄 몰라 하고 있으니.

"좋은 뜻이죠?"

"응."

은도는 줄곧 뭐 마려운 강아지처럼 우물쭈물하는 다정을 빤히 직시하다 물었다.

"근데, 안 씻어?"

"아, 아……. 씨, 씻어야죠!"

다정이 발딱 일어났다. 하지만 좀처럼 앞으로 나아가지 못했다.

"문제 있어?"

"아뇨. 그런 건 아닌데……."

"씻겨 줘?"

"그건 더 아니고요."

그녀가 바로 정색하며 선을 긋자 은도의 잇새로 짧은 웃음이 터졌다.

"그럼 왜."

"저, 본부장님."

"어디 불편해?"

도리도리. 다정이 고개를 흔들었다. 손가락을 매만지며 어울리지 않게 망설이다 어렵게 입을 떼어 냈다.

"혹시, 그거…… 하실 거예요?"

다정의 말뜻을 제대로 이해하지 못한 은도가 미간을 좁혔다.

"그거?"

"네. 그거."

그러니까. 그게 뭔데 대체. 잠시 생각에 잠겨 있던 은도가 낮게 탄식했다. ……아, 그거. 은도의 얼굴에 언뜻 장난기가 감돌았다.

"그건 왜 묻는데?"

"제가 미처 준비를 못 해서요."

"그거 하는데 준비가 왜 필요해?"

그날인가. 아니더라도 혹여나 다정이 불편한 기색을 보인다면 손끝 하나 건드리지 않을 테지만 말이다. 슬슬 걱정이 되려는 찰나였다.

"……속옷이요."

"뭐?"

"속옷 컨택이 완전 꽝이라구요."

아. 이건 진짜 예상 못 했다. 은도가 쿡, 웃음을 터트렸다.

"우, 웃지 마요!"

아아……. 하여튼 송다정 진짜. 은도는 입술을 잘근 씹으며 간신히 웃음을 참아 봤지만, 멋대로 올라서는 입술까진 막을 수 없었다. 뚫어져라 다정의 얼굴을 들여다보다, 느린 걸음으로 그녀에게 한 발자국 더 가까이 다가갔다.

"상관없어."

"보, 본부장님만 상관없으면 뭐 해요? 내가 창피한……."

"벗으면 안 보이잖아."

"그게 무슨 말도 안 되는 소리랍니까."

다정이 힘껏 정색하자, 은도는 여유로운 표정을 지으며 삐딱하게 섰다.

"선택해. 내가 벗길까, 아니면 네가 직접 벗고 나올래."

은도가 턱짓으로 욕실을 가리켰다. 그의 눈빛엔 '당장이라도 널 안아 들고 침실로 직행하고 싶다' 는 욕망이 들끓고 있었다.

"3번은 없나요?"

"응. 없어."

"본부장님 스태미나는 엄청난가 봐요. 요즘 엄청 바빠서 피곤하실 텐데."

"1번이라고?"

"일단 씻고 생각해 보겠습니다."

재치 있는 결론을 내리며 다정은 총총걸음으로 멀어져 갔다. 귀여워. 은도의 입술에 잔잔한 미소가 떠날 줄 몰랐다.

슬슬 한계였다. 꿰뚫어 버릴 듯 시계만 노려보고 있은 지도 벌써 35분

이 흘러가고 있었다.

저 문이 뭐라고. 답답함에 인상이 작게 찡그려졌다. 하지만 그마저도 오래가진 않았다. 그녀가 욕실로 들어가기 전 나눈 대화가 잊을 만하면 떠올라 피식피식 웃음이 샜다.

속옷이 그렇게 중요했나. 그건 그렇다 쳐도 스태미나 발언은 또 뭔데. 그러다 문득 어느 한 곳에 시선을 빼앗겼다. 은도는 침대 맞은편 거울에 비친 자신의 얼굴을 물끄러미 바라보았다.

웃는 얼굴이 저런 모습이었나. 새삼스러웠다. 그러고 보면 언제부턴가 반갑지 않았던 악몽도, 불면증도 차차 줄어들고 있었다.

때마침, 삐걱거리며 조심히 열린 침실 문틈 사이로 다정의 얼굴이 빼꼼 나타났다. 침대에 느른히 기대어 있던 은도가 몸을 일으켰다. 화장기 하나 없는 얼굴마저 청아하다. 무언가에 홀린 듯, 은도는 묵묵히 목표물을 향해 걸었다. 그녀는 두 손으로 가운 깃을 꽉 여민 채, 시선을 피했다.

"……보여 줘."

다정은 눈동자만 올려 근심 어린 얼굴을 절레절레 흔들었다. 작은 손등 위로 은도의 커다란 손이 얹어졌다.

괜찮아. 그가 엄지로 부드럽게 쓸어 내자, 가운을 꽉 쥐고 있던 다정의 악력이 느슨해졌다.

그 사이로 드러난 아찔하게 부풀어 오른 가슴골이 은도의 눈을 사로잡았다. 굳이 보지 않아도 알 수 있다.

"뭔데 야해."

안 입었구나. 속옷.

"왜 이렇게 오래 걸렸어. 기다리는 사람 애타게."

은도의 낮은 목소리가 한층 더 깊게 잠겼다.

"이런 반응 보이실까 봐요."

"내 반응?"

당장 잡아먹을 것처럼.

"쑥스러우니까 더 묻지 마세요."

앙다문 입술이 탐스러워 은도의 목울대가 크게 잠겼다 떠올랐다. 지그시 내리깔린 눈빛은 당장이라도 집어삼킬 듯 암흑처럼 짙었다.

"그거 알아?"

그가 말했다.

"나 요즘 너 때문에 살아."

사는 이유가 생긴 요즘이라고.

"제가 뭘 했다고요?"

"존재 자체가."

"……."

"예쁘니까."

말이 끝나기 무섭게 은도가 다정의 목덜미를 한 손으로 확 잡아끌었다. 읍. 숨이 먹혔다. 예고도 없이 불쑥 입을 맞춰 오는 그의 입술은 성급했다.

"보, 본부장니……."

"말고."

은도가 여린 입술을 살짝 물며 다그치자, 다정은 뭉개진 발음으로 중얼거렸다. 그녀의 말캉한 혀가 천천히 움직였다. 자극은 배가되어 돌아왔다.

잘했다고 칭찬해 주듯 은도가 그녀의 입술을 훑었다. 곧이어 강렬하고, 보다 더 깊게 그녀의 입안 구석구석을 배회하기 시작했다. 은도가 집요하게 파고들수록, 힘에 눌린 다정의 턱이 아래로 당겨졌다.

탐욕스러운 여체를 어떻게든 방어해 보겠다고 어쭙잖게 갑옷 역할을 수행하던 고작 가운 따위는 제 기능을 잃어버린 지 오래였다. 은도가 허리끈을 가볍게 당기자 맥없이 풀어졌다. 그 사이를 헤집고 들어선 손은 움푹 파인 굴곡진 허리를 지나, 솟아오른 가슴을 한가득 움켜쥐었다.

"흐읏!"

예민한 부위를 건드리는 차가운 손길과 아찔한 감각에 다정의 얼굴이 뒤로 젖혀졌다. 때를 놓치지 않고 은도는 다정의 쇄골에 얼굴을 묻은 채 자연스럽게 서 있는 위치를 바꾸었다. 한 손으론 가슴을 희롱하고, 입술로는 목덜미에 깊은 흔적을 남기며 한 걸음씩 내디뎠다. 끝없이 뒤로 밀려나 갈 곳을 잃고 방황하던 다정의 두 다리가 우뚝 멈추었다. 그가 느리게 입술을 떼어 냈다.

"내일이 무슨 날인 줄 알아?"

그녀의 어깨가 바짝 움츠러들었다. 힘겹게 달뜬 숨만 내쉬는 다정 대신 은도가 답해 주었다.

"토요일이야."

"그게 무슨 상관…… 앗!"

은도의 무게를 이겨 내지 못한 다정은 풀썩 침대로 쏟아져 내렸다.

"잠은 다 잤다는 소리지."

하얀 침대 시트 위를 도화지 삼아 그린 작품은 걸작이었다. 여과 없이 드러난 그녀의 나체를 몇 번이고 눈에 담고 또 담아 봐도 질리지 않았다. 곱씹어 볼수록 정복욕만 들끓게 만들 뿐. 뻗쳐오르는 흥분을 가까스로 억눌러 참으며 그녀의 허벅지를 쓸었다. 천천히 움직이던 손은 어느덧 예민한 곳에 도달했다.

"아!"

뭉근하게 전달되는 감각에 다정의 허리가 사정없이 비틀렸다. 작은 부분도 빠트리지 않고 탐닉하느라 바쁜 그의 입술과 손은 갈수록 집요해졌다. 마시지도 않은 술에 취한 것만 같았다. 그녀의 연한 체취에, 신음에, 몸짓 한 번에. 더는 못 참겠단 신호가 전신의 신경계를 타고 빠른 속도로 퍼져 갔다. 상체를 일으킨 은도는 불처럼 뜨겁게 달아오른 곳에 자신의 욕망을 토해 냈다. 아, 기어코 다정의 입에서 신음이 터져 나왔다. 얼마나 힘을 준 건지, 가는 목덜미에 시퍼런 혈관이 선명하게 튀어 올랐다.

잠시 정지된 상태로 멈춰 있던 은도가 조금씩 움직이기 시작했다.

"다정아."

"하아, 으으……."

"다정아."

"으응, 응."

다정아. 다정아. 다정아. 은도는 쉬지 않고 다정의 이름을 불렀다. 질끈 눈을 감고 있는 모습도, 꾹 다물고 있는 입술도, 불그스름하게 달아오른 뺨도, 무엇 하나 예쁘지 않은 곳이 없어 어찌해야 할지 모르겠다. 할 수만 있다면 몇 번이든 심장을 떼어 내 보여 주고 싶다는 심정으로 강하게 허리를 튕겼다.

움직임이 격해질수록, 붙었다 떨어지는 속도가 한계에 다다르고, 그 한계를 넘어서 다른 한계에 도달해 갈수록 다정은 숨김없이 솔직해졌다. 끝도 없이 길기만 했던, 힘겨운 이 밤이 끝나지 않기를 바랐던 적은 처음이다. 너와 함께 술잔을 부딪치고, 진한 입맞춤을 새기며, 사랑이란 감정에 전율을 느끼게 된 순간부터.

"아, 좋아요. 좋아 죽겠어, 흐윽."

절정이었다. 우는소리와 함께 전해진 그녀의 고백에 정신이 빼근해졌다. 잡념들이 순식간에 사라졌다. 은도는 이를 꽉 비틀어 물며 박차를 가했다. 멈출 수 없었다. 그 잠깐을 기다리지 못해 참을성 없이 불쑥 튀어나온 본심을 막지 못했다. 그의 미간 사이로 주름이 깊어졌다.

탁. 힘이 풀렸다. 거칠던 움직임은 잦아들었지만 한계점을 넘어선 열기는 가라앉지 않았다. 심장이 터질 것만 같았다. 은도는 그녀의 입술에 짧은 입맞춤을 남기는 것을 잊지 않았다. 다정은 헐떡이면서도 힘겹게 팔을 들어 올려 은도의 이마에 맺혀 있는 땀방울을 닦아 주었다.

"다정아."

"……네."

"사랑한다는 말로밖에 표현이 안 돼서 화가 날 것 같은 기분, 혹시 알아?"

그녀가 힘없이 웃었다.

"잘은 모르겠는데, 왠지 알 것 같아요."

"사실. 오늘만큼은 네가 곁에 있어 주길 바라고 있었어."

어쩌면, 간절했을지도.

"꽤 힘든 밤이 될 뻔했는데."

은도의 눈꺼풀이 매끄럽게 떠밀려 올라갔다.

"무슨, 뜻이에요?"

"괴롭지 않아서, 신기해."

"오늘…… 무슨 날이었어요?"

"오늘 말고, 내일이."

그의 입술이 길게 늘어졌다.

"부모님 기일이야."

약간의 씁쓸함과 아픔이 담긴 미소였다.

이제 다정은 어떤 반응을 해야 할지 망설이지 않는다. 과감하게 그의 목에 팔을 둘러 안았다. 힘을 신자, 순순히 따라 내려온 은도의 얼굴이 가슴 깊숙이 파묻혔다.

"같이 가요. 인사드리러."

함께하겠다고. 은도가 나지막하게 속삭였다.

"그래."

내 사람이 되어 주어서 고맙다고.

19

커튼 사이로 쏟아진 밝은 햇살에 눈살을 찡그리며 눈을 떴다. 비스듬히 고개를 돌리자, 세상모르게 잠들어 있는 다정이 눈에 들어왔다.

"……예쁘네."

새삼 예뻤다. 깨어 있을 땐 재잘재잘 떠드느라 바쁜 모습이 귀여워 예쁘고, 얌전히 잠들어 있는 모습은 그 나름대로 사랑스러워 예뻤다. 아무래도 이 정도면 병이 아닐까.

평화로운 밤이었다. 어떤 꿈도 꾸지 않고 깊은 단잠에 취할 수 있었던 것은 전부 그녀 덕분이었다. 품에 폭 파묻혀 날이 밝아 올 때까지도 다정은 은도의 등을 토닥거려 주었다. 고질병 같았던 불면증과 지옥 같은 악몽들이 어땠었는지 기억조차 나지 않았다.

송다정이 곁에 머무른 이후로. 이래서 결혼을 하는 건가. 은도는 시간 가는 줄도 모르고 뒤척거리는 다정을 내려다보았다. 뺨을 툭, 찔러 보기도 하고 가지런한 눈썹을 매만지기도 했다.

"일어나기 싫은데."

……어쩌지. 난생처음으로 늦장을 부리고 싶어지는 것을 보면, 너에게 단단히 빠졌나 보다. 은도는 피식 웃으며 다정의 머리카락을 귀 뒤로 조

심히 넘겨 주었다. 시간은 야속하게도 금방 흘렀다. 더는 지체할 수 없었다. 은도는 그녀가 깨지 않도록 조심히 침대에서 내려왔다.

암막 커튼을 꼼꼼하게 쳐 주고, 근처 도시락 전문집에 들러 식사거리를 샀다. 집으로 돌아와 외출 준비를 마친 뒤, 혹시라도 다정이 잠에서 깨어나면 갈증이 날까 싶어, 침대 머리맡에 생수를 한 잔 올려 두는 것도 잊지 않았다. 마지막으로 간략한 내용을 담은 포스트잇을 탁상 위에 올려놓았다.

"잘 자."

다정아. 오늘은 긴 하루가 될 것 같아.

"다녀올게."

다정의 이마에 짧은 입맞춤을 남긴 은도는 아쉬움을 뒤로한 채 집을 나섰다.

— 목적지에 도착했습니다.

예상한 시간보다 일찍 도착했다.

내비게이션은 단지 도로 상황과 규정 속도를 지키려는 수단으로 사용될 뿐이었다. 길은 익숙했지만, 이 공간에 들어서는 일만큼은 여전히 익숙하지 않다. 카드 키를 가져다 대자 둔탁한 소리와 함께 성문 같은 대문이 열렸다. 현관문은 열려 있었다. 하지만 은도는 선뜻 안으로 들어서지 못하고 두 다리를 우뚝 멈추었다.

"아주버님!"

악을 써 대는 미정의 앙칼진 목소리가 아프게 귓가를 스친 탓이다.

"하, 대체……. 제게 그런 터무니없는 계략을 저지를 동기가 어디에 있다고 그러세요! 아주버님. 저 문식 씨와, 아니 아주버님 남동생과 결혼한 여자예요. 잊으셨어요?"

어떻게든 회장님께 동정심을 얻어 보려 기를 쓰는 그녀의 태도가 가증스럽기 짝이 없다.

통로 벽면에 잠시 멈춰 선 은도는 고개만 돌린 채 상황을 지켜보았다. 식탁에는 미정과 문혁, 그리고 주원이 함께였다. 주원이 있을 것이라곤 차마 예상하지 못했다. 은도는 멈칫하며 침묵하고 있는 주원을 뚫어져라 직시했다.

“감사팀은 나를 위해 움직이는 곳이 아니다. 회사를 위해 움직이는 곳이지. 그들이 아무런 증거도 없이 무작정 너를 의심하고 있다 생각하는 거야?”

문혁은 던지다시피 식탁에 서류 뭉치를 내려놓으며 억양을 높였다.

“감사팀에서 그동안 너희를 쫓아다니며 역추적한 자료들이다. 너도 눈이 있으면 좀 봐! 차명 계좌로 거래하면 평생 걸리지 않을 줄 알았어?”

“차, 차명 계좌라니요. 제가 미쳤다고 아들 계좌로 비리를 저지르고 다녔겠어요?”

“내가 언제 너에게 주원이 계좌라고 했지?”

과한 흥분이 초래한 결과였다. 문혁의 일침에 미정은 흠칫거렸다.

“왜 하나는 알고 둘은 몰라! 네가 은행을 이용하고 있던 시간에 주원이 녀석은 회사에 있었단 말이다! 회사 CCTV 몇 개만 뒤져 보면 다 알 수 있는 문제인 것을 언제까지 뻔뻔스럽게 잡아뗄 생각이야!”

“그, 그건……!”

“부모라는 작자가 하나뿐인 자식 앞에서 창피하지도 않아!”

“주, 주원이가 부탁한 거예요.”

“……뭐야?”

“철이 없어 그랬대요. 아주버님이 도와주셨을 때부터 부족한 것, 힘든 것도 모르고 컸잖아요. 팀장 직급을 맡기엔 아직 부족해서, 아니 제가 부족한 탓이니 부디…….”

하. 문혁이 헛웃음을 터트렸다.

“진정 미친 게야. 물욕에 미쳐 돌아선 지 새끼를 팔아먹고도 어찌 그리 눈 한 번 깜빡이지 않고 거짓말을 뱉어.”

혈압을 걱정하게 될 정도로 목에 핏대를 세워 가며 몰아치던 문혁의 모습은 온데간데없었다. 단 한 번도 본 적 없는 단호한 모습이었다.

"그때 널 받아 주지 말았어야 했다."

"그게 무슨……."

미정의 눈동자가 잘게 흔들렸다.

"후회한다. 너를 단호하게 내치지 못한 것을. 철저히 외면하지 못하고 방관만 했던 지난날을."

"……."

"너에게서 주원이를 데려오지 못한 것을 진심으로 후회하고 있어."

잠시 말을 멈춘 문혁은 묵혀 둔 숨을 내쉬며, 본론을 꺼냈다.

"이제 그만 주원이 놓아줘라."

"그게 무슨 말도 안 되는……!"

미정은 곁에 서 있던 주원의 팔을 잡아 흔들며 재촉했다.

"주원아. 네가 말해. 언제까지 그렇게 입만 다물고 있을 거야. 사실대로 말씀드리고 잘못했다 사죄드……."

쾅! 커다란 굉음이 집 안을 뒤흔들었다. 문혁이 식탁을 세게 내리친 것이다.

"이미정!"

결국 터져 버린 윤 회장의 분노에 미정은 그대로 얼어붙었다. 지그시 눈을 감고 있던 주원이 서서히 눈꺼풀을 밀어 올렸다.

"……죄송합니다. 큰아버지."

"무엇이 죄송해! 너, 나와 나눴던 대화는 전부 잊었어? 용서하지 말란 뜻이 겨우 이것 때문이었던 거냐?"

문혁의 다그침에도 주원은 덤덤히 말을 이었다.

"이번 일은……."

뒷말까진 뱉지 못했다. 어느새 그들 곁으로 다가온 은도가 식탁 위에 작은 직사각형 물체를 올려 두며 흐름을 깨트렸다. 갑작스러운 등장에 세 명의 시선이 일제히 은도에게로 쏠렸다.

"박성호 차장이 전부 실토했습니다."

아직 상황을 제대로 이해하지 못한 듯, 몇 번 눈을 깜빡이던 미정의 얼굴이 보기 싫게 일그러졌다.

"낄 자리 구분 못 해? 여기가 어디라고 근본도 없는 새끼가 감히……!"

미정은 눈을 까뒤집으며 당장이라도 은도를 잡아먹을 것처럼 노려보았지만, 정작 은도에겐 조금의 타격도 없었다.

"이번 사안은 본사 임원 과반수가 동의했으므로 이견 없이 법적 절차 밟습니다. 그 부분에 대해선 아무리 회장님이실지라도, 관여하실 수 없습니다."

문혁은 대답이 없었다. 그러나 미정의 입장은 달랐다. 이때다 싶었는지 회장님 앞에선 애써 숨겨 온 적대심을 거침없이 드러냈다.

"어디서 배워 먹은 버르장머리야! 못 배운 것은 알고 있었다만, 버릇없이 회장님 앞에서 그따위 언사를 함부로 뱉어? 회장님이 오냐오냐해 주니 아주 눈에 뵈는 게 없어?"

은도는 미정을 똑바르게 직시하며 말했다.

"그런 말을 여사님께 듣게 되니 감회가 새롭네요."

"뭐, 뭐라고?"

능청스러운 은도의 말투에 더욱이 기함한 미정은 속눈썹을 파르르 떨었다.

"처한 입장쯤이야 피차 마찬가지 아니겠습니까. 사고로 부모를 잃어 고아가 되어 버린 저나, 오갈 곳 없이 버려져 회장님께 도움을 청했던 당신이나."

"너, 너……!"

분을 이기지 못해 말을 더듬는 미정을 한심하게 바라보던 은도가 피식, 웃음을 터트렸다.

"지금 웃어?"

"그럼, 우습지 않게 생겼습니까, 이 상황이?"

"하. 그래서. 날 겨냥한다고 성대하게 준비한 게 고작 이거니? USB 하나 내밀며 협박하면, 내가 무서워할 줄 알았어? 우습지도 않지."

애써 가벼운 일이라 치부하는 듯 보였으나 눈을 부릅뜬 미정의 얼굴은 불안감으로 잔뜩 뒤틀려 있었다.

"여기에 뭐가 들어 있을 줄 알고 그런 말씀을 함부로 하시는 겁니까."

은도는 검지로 USB를 툭툭 두드리며 말을 이었다.

"박 차장과 나눈 통화 내역. 그 외에 전략팀 직원에게 갑질하던 영상까지. 장르가 아주 다양하던데요. 더 대단한 게 뭔지 아십니까? 이 USB를 제게 건네준 사람이 당신에게 협조하던 박성호 차장이란 겁니다."

놀람과 당황, 분노와 절망을 지나 미정의 얼굴이 창백하게 질려 갔다.

"많이 놀라신 모양입니다."

"너……."

"그러니까, 일이 이렇게 커지기 전에 주변 관리에 신경 좀 쓰지 그러셨어요."

미정은 가까스로 이성을 유지하며 반론했다.

"뭐, 원본도 아닌 것들 백날 내 앞에 내밀어 봤자 아무런 타격도 없어!"

"그건 법정에서 판결 나게 되겠죠."

평정심을 유지하던 은도의 눈빛이 돌연 매섭게 세워졌다.

"제가 가장 경멸하는 부류가 뭔지 아십니까?"

고요한 정적이 감돌았다.

"당신 같은 사람입니다."

대놓고 적대감을 드러내는 은도에게선 일말의 자비도 남아 있지 않았다.

"우습지도 않은 약점 하나 잡았다고 뭐라도 된 것처럼 방전될 때까지 이용해 먹다가, 가치가 떨어지면 혼자 살아 보겠다고 한심하게 도망치는, 치졸하고 비겁한."

아들 또래에게, 짓밟아 뭉개 버려도 시원찮을 상대에게 그런 말을 듣고 있으니 미정은 파도처럼 밀려오는 모욕감에 어찌할 바를 몰랐다.

"혹시, 자존심 상하셨습니까?"

점차 숨이 가빠진 탓에 미정의 가슴팍이 크게 들썩거렸다.

"충고 하나 드리자면, 심보든 나이든 뭐든 하나라도 곱게 가져야 그나마 인간 대접 받고 살 수 있는 겁니다."

"아니야! 아니야! 내가 한 짓이 아니라고!"

결국 이성을 놓아 버린 미정이 괴성을 내질렀다.

분을 이기지 못해 악에 받친 미정은 시익, 시익 거친 숨을 뿜었다. 은도는 차마 문혁의 얼굴을 바라볼 수 없었다. 무조건적으로 그를 위해 택한 길이었다. 그 선택이 저의 의지가 아니었더라도 이제야 조금씩 좋아지기 시작했는데. 목표를 다짐할 욕심이 생기기 시작했는데.

앞으로 어찌 견딜 수 있을까. 당신을 알지 못하는 타인들이 내던질 조롱 어린 시선과 손가락질을. 도무지 덤덤히 감내할 자신이 없다.

"지금 당장 최악의 상황만 탈피해 보자는 절박한 심정은 잘 알겠습니다만. 통할 리 없는 억지는 그쯤 하세요. 추합니다. 당신이 아무리 아니라고 결백을 주장해 봤자, 진단팀과 박 차장이 제출한 증거와 증인까진 피할 수 없을 겁니다."

억지로 한껏 끌어 올린 미정의 입술 끝이 벌벌 떨렸다. 그나마 믿었던 아들이란 놈은 입에 접착제라도 붙인 것처럼 침묵하고 있고, 그래도 가족이라 감싸 줄 줄 알았던 윤 회장은 고개를 돌린 채 외면하고 있다.

더군다나 저 빌어먹을 차은도는 무슨 수로 박 차장을 구워삶아 낸 건지, 경로를 알 수 없는 증거물을 눈앞에 들이대고 있으니. 철저하게 자존심이 짓밟힌 미정은 미치지 않고서야 제정신을 유지할 수 없었다.

하나 확실한 것은, 더는 빠져나갈 구멍이 없었다. 차은도. 저놈만 없었어도. 윤문혁 회장이 저놈을 회사에 데려다 앉혀 놓지만 않았어도…….

미정은 입술을 잘근잘근 씹으며 머리를 굴렸다. 그래. 아무리 자존심이상하고 치욕스럽다 해도, 일단은 살고 봐야 한다.

"나도, 나도 어쩔 수 없었어!"

미정이 발끈하며 소리쳤다.

"너만 나타나지 않았어도 지금 네 자리는, 네가 누리고 있는 모든 것은 내 아들 주원이 것이었겠지. 회장님의 애정도, 관심도……!"

잠시 말을 멈춘 미정은 급히 문혁을 향해 닦달하듯 하소연을 토해 냈다.

"아주버님! 이제 남은 가족이라곤 저희뿐이잖아요. 가족이 이렇게 두 눈 뜨고 멀쩡히 살아 있는데……. 은도 걔는 그만큼 받았으면 충분하지만, 우리는요! 가족, 그 이상 이하도 아닌 껍데기만 갖고 있던 저희는 정작 뒷방 신세 아니었나요?"

발악하는 미정의 목소리엔 절박함과 괴로움, 고통스러움이 뒤섞여 있었다.

"좋든 싫든 부유한 집안 사모들과 엮일 수밖에 없었어요. 아시잖아요, 이 바닥에선 사사로운 모임조차 무시할 수 없다는 거! 형님이 하셔야 할 내조를 누가 대신 맡아 했다고 생각하세요? 저예요! 저, 이미정이었다고요!"

쉬지 않고 이어지는 미정의 변호에 문혁은 이마를 짚었다. 정이 많은 점을 노렸다. 아득한 과거에서부터 현재까지 쓴소리를 뱉으면서도 차마 확실히 내치지 못했던 윤문혁을 한편으론 우습게 생각했다.

아들의 힘을 빌려 조금만 더 위로 올라서고 나면 더 많은 것들을 발아래에 두고 떵떵거리며 살 수 있을 것이라 믿어 의심치 않았다. 오직 그 순간만을 고대해 왔는데. 조금, 이제 아주 조금 남았는데. 전부 물거품이 되어 버릴 위기다. 하지만, 계획한 모든 일들이 수포로 돌아가게 될지언정 윤 회장은 결코 나를 버리지 못할 것이다.

인류애를 그토록 중시하던 노인네가, 애절하게 매달리는 자신의 처연함을 모른 체할 리 없다. 근거 없는 확신을 직감한 미정은 아무도 모르게 입술을 들썩거렸다.

"너. 나를 무시하고 있는 게로구나."

고요히 상황을 지켜보던 문혁이 핵심을 찔러 오자, 미정은 어깨를 움찔거렸다.

"윤주원. 너희 엄마를 어찌하면 좋겠어. 어찌해 줄까."

잔인한 물음이었다. 그러나 주원은 문혁의 의도를 잘 파악하고 있었다. 벌. 윤 회장이 자신에게 내릴 수 있는 가장 합당한 벌이었다. 누군가에겐 잔인하고 감당하기 벅찬 벌이겠지만, 주원에겐 아니었다.

가장 가볍고, 쉬웠다. 누구보다 이 순간을 간절히 바라 왔으니까. 터무니없는 희망을 품은 간악한 여자의 얼굴이 보였다. 마지막까지도 그녀에게선 진정한 어머니의 모습은 찾아볼 수 없었다. 고민할 필요가 없으니 후련하면서도 가슴이 꽉 틀어막힌 것 같았다.

불쾌했다. 주원은 말없이 의자를 밀고 자리에서 일어났다.

"딱히 생각해 본 적 없습니다."

처음부터 이 자리를 한시라도 빨리 벗어날 생각뿐이었다. 당신이 나를 자식이라 생각한 적 없듯, 나 또한 당신을 부모라 여긴 적 없다. 단 한 순간도.

"지침대로 해 주세요. 저 역시, 처분 기다리고 있겠습니다."

전혀 예상 못 한 전개에 적잖게 당황한 듯 미정의 턱이 느슨히 벌어졌다. 그대로 넋이 나가, 멀어지는 아들을 잡을 수 없었다. 설상가상 문혁마저 더 볼 것도 없다는 듯 몸을 일으켰다.

"나머진 은도 네가 마무리 짓고 돌려보내라."

뒷짐을 진 채 걸음을 옮기던 문혁이 문득 멈춰 섰다. 슬쩍 고갤 돌려 굳어 있는 미정을 무뚝뚝하게 바라보았다.

"자네가 뭔가 오해를 하고 있는 것 같아 말해 두겠네. 앞으론 두 번 다시 마주칠 일 없을 테니."

그녀의 눈동자가 거침없이 뒤흔들렸다.

"늦둥이 동생 놈의 아내. 하물며 그놈과도 나이 차이가 컸던 너는 비록 조카뻘이었지만, 난 단 한 순간도 널 업신여겨 본 적 없다."

"……."

"비가 오던 그날. 주원이 녀석이 처음 나를 찾아왔을 때 내게 뭐라 했는지 알고 있어?"

미정은 말이 없었다. 기억 못 하는 모양이군. 문혁은 묵직한 한숨을 내쉬며 말문을 열었다.

"한 번도 만나 본 적 없던 나를 보자마자 다짜고짜 사랑한다 말했다."

긴 시간이 흘러도 잊을 수 없었다. 그만큼 충격이었다.

"그렇게 말하면 내가 돈을 줄 거라고. 어머니가 그리 말했다고 했어."

미정의 얼굴이 파리하게 질렸다.

"회사 일은 둘째 치고, 지금까지 네가 주원이에게 한 짓은 명백한 학대였어. 난 그 사실들을 은연중에 알고 있었음에도 방치했고 말이지."

학대…….

"그간 너의 행보를 눈감아 주었던 것은 너를 위해서가 아니었단 뜻이야. 내 죄를 속죄하려 꾀한, 일종의 이기적인 회피였지."

문혁은 그 말을 끝으로 뒤도 돌아보지 않고 멀어져 갔다.

"하……."

순식간에 판이 뒤집혔다. 잡을 새도 없이 일망타진된 상황에 허망한 웃음만 터졌다.

이제 단둘만 남았다. 은도는 차분하게 상황을 정리했다.

"그럼, 이번 사건의 배후자가 여사님이었다는 사실을 인정한 것으로 간주하고 전달하겠습니다."

"넌 좀 닥……!"

"당신 말이야."

은도가 말허리를 단호하게 잘라 냈다. 흔들림 없이 곧게 와 닿는 은도의 시선에 미정은 간신히 마른침을 삼켰다.

"그만큼 대우해 줬으면 처한 처지 정돈 알아서 구분해."

섬뜩했다. 윤 회장이 분노했을 때와 같은 얼굴을 하고 있었다.

"과거에 무슨 사정이 있었든, 당신 아들과 어떠한 연유로 관계가 뒤틀리게 되었든. 그 사실 여부가 무엇이 됐든지 간에 그건 내 알 바 아닙니다."

미정의 눈이 빠르게 떠졌다 감겼다.

"그쪽이 부린 어쭙잖은 욕심 하나 때문에 회장님의 위신이 전부 박살 나 버리게 생겼어요. 그 사실에 참을 수 없을 정도로 화가 치밀 뿐이지, 난 당신에게 그 어떤 감정도 없습니다."

분노를 억누르는 것 자체만으로도 곤욕이었다.

"내가 받았던 악담과 조롱, 무시, 모멸. 아무래도 좋다 이겁니다."

은도는 한 손으로 재킷 단추를 반듯하게 채우곤 밑단을 탁탁 털어 내 옷매무새를 정돈했다.

"내 주제는 누구보다 내가 더 잘 알고 있으니까요. 하지만. 적어도, 당신보단 백 번 천 번 옳은 일을 하고 있다고 장담해."

은도의 발이 서서히 움직이기 시작하자, 미정은 뒷일을 생각할 새도 없이 무릎을 꿇다시피 제자리에 털썩 주저앉았다.

"내, 내가 잘못했어! 잘못했다고!"

은도가 피식 웃었다.

"무엇을, 말입니까?"

"지금 그게 중요해? 너라면, 은도 너라면 회장님 마음을 돌릴 수 있을 것 아니니. 하, 한 번만 도와줘!"

"그러니까, 제가 왜요."

"돈. 그래. 너 돈 필요하지? 그래서 이러는 것 아니야. 말만 해. 얼마든지 얹어 줄 수 있어. 언제까지 중견 가구 회사에서 놀 거니. 이젠 조금 크게 놀 때도 됐지? 나 정도면 대기업 임원들과 연줄을 맺어 줄 수도 있고, 개인 사업을 원한다면 무리 없이 도와줄 수도 있어. 아, 그래. 원한다면 지금……."

"박성호 차장도 그런 말로 꿰어 내셨습니까?"

"뭐?"

"알 만한 것은 다 아실 분이 왜 이러십니까. 아시잖아요. 이용 가치가 떨어진 것들은 단돈 일 원이라도 투자할 이유가 없다는 것. 여사님의 신념이라고 알고 있는데 말이죠."

박 차장과 나누었던 대화를 상세히 알고 있다. 그 말인즉, 저 조그만 USB가 빼도 박도 할 수 없게 진짜였다. 미정은 수치스러움을 참지 못하고 입술을 잘근 씹었다.

"너, 끝까지 날 놀리니 재미있어? 널 무시했던 만큼 당해 보라 이거야?"

"예."

"뭐?"

"당신 한 명 때문에 지금 몇 명이 피해를 봤는지 인지하는 척이라도 하셨으면 좋겠습니다. 부디."

"이 건방진 새끼가……. 내가 가만히 있을 것 같아? 회장님만 아니었으면 뭣도 없었을 놈이!"

별안간 걸음을 멈춘 은도가 몸을 돌려세워 미정을 마주 보고 섰다.

"더 하실 말씀, 남으셨습니까?"

있어도 입 닥치란 소리였다. 경고성이 짙게 묻어난 나지막한 목소리에 미정의 동공이 잘게 진동했다. 하지만 그뿐이었다. 더 무너질 곳이 없어졌으니 자연스레 미정의 본심이 튀어나왔다.

"이리될 줄 알았다면, 널 죽이든 불구를 만들어 놓든 미리 손을 써 놨어야 했어. 너희 부모가 죽었던 것처럼."

"아쉽게 됐네요."

부모를 능멸하는 언사에도 은도의 반응은 싱거웠다. 그녀에겐 이제 분노조차 느껴지지 않았다. 그저, 우스웠다.

"그럼, 멀리 나가진 않겠습니다."

은도는 그대로 자리를 빠져나왔다. 걷는 동안 온 집 안을 뒤흔들 정도로 커다란 괴성과 비명이 연달아 터져 나왔지만 은도는 눈 한 번 깜빡이지 않았다.

❖ ❖ ❖

앞으로 진행시킬 일을 보고할 겸, 회장님의 상태가 걱정되어 서재에 들렀다. 예상대로 상황은 좋지 못했다.

"대화는 나중에 하자. 좀 쉬어야겠어."

문혁은 이마를 짚곤 그만 나가 보란 손짓을 보였다. 지친 기색이 다분한 안색에 은도는 말을 아끼고 뒤돌아서야 했다. 현관문을 닫고 나와서야 묵직한 한숨이 새어 나왔다. 시원하다. 후련하다. 통쾌하다. 그런 종류의 감정이 아니었다.

끝끝내 미정의 자존심을 꺾고 자백을 받아 냈는데. 분명 해결은 잘된 것 같은데. 질긴 악연도 내심 속으로 느껴 오던 죄책감도 사라진 것이 분명한데, 이상하게 석연치가 않았다.

그것은 비단 저뿐만이 아니라 회장님 역시 자신과 같은 기분을 느끼고 있을 터였다. 제아무리 밉고 원망하던 상대라 한들, 속수무책 무너지는 모습을 지켜보는 일이 결코 유쾌할 리 없다. 찝찝했다. 그간 참아 온 것들을 봇물처럼 쏟아 내고 나니 지끈거리는 두통이 전해졌다.

은도는 손가락으로 관자놀이를 꾹꾹 누르며 주차시켜 놓았던 차량 앞에 도달했다. 운전석 문을 열기 위해 손을 뻗으려는 찰나였다. 코끝을 스치는 알싸한 담배 냄새에 은도의 움직임이 멈추었다.

"……새롭더라?"

주원이었다. 생각보다 멀쩡해 보여 다행이라 해야 할지, 발목을 잡혀 불행이라 해야 할지는 모르겠으나 적어도 비아냥거리는 말투는 아니었다.

내내 마음이 불편했던 이유는 아마, 주원이 보는 앞에서 미정을 짓밟았기 때문일 것이다.

그 부분은 변명할 여지가 없었다. 서로를 향한 감정이 어땠든 주원의 어머니였고, 가혹했다.

은도는 구두 끝에 머물러 있던 시선을 정면으로 올렸다.

"후회는 없어."

그러나 속내와 달리 입 밖으로 내뱉은 말은 단호했다.

"아아……."

주원은 담배를 비벼 끄며 작게 실소를 터트렸다.

"끝까지 불쌍한 놈 만드네."

주원은 은도의 속내를 알아차렸다. 눈앞에서 어머니를 조롱하던 행동에 찝찝해하고 있음을.

"생각보다 훨씬 더 아무렇지 않아서 신기했어. 내심 더한 결말을 기대하고 있었거든. 오히려 별것 없어 허무하던데……. 라고 말하면 믿겨져?"

"네가 그렇다면 그런 거겠지."

"너도 참 여전하다. 더럽게 재미없는 거."

앞으로 어쩔 계획이냐고 묻고 싶었지만 은도는 그러지 않았다. 관계를 개선하고 싶지도, 그의 향후를 걱정하고 싶지도 않았다. 그래. 너와 난 딱 이 정도가 적당하다. 눈에 불을 켜고 달려들 만큼 서로를 혐오하지도, 반갑게 웃으며 인사를 건네지도, 서로의 미래를 응원하지도, 궁금해하지도 않을 사이.

"먼저 간다."

먼저 고개를 돌려 외면한 것은 은도였다. 다시금 차 문손잡이를 잡았을 때였다.

"만약."

주원의 말에 멈칫한 은도가 시선을 틀었다.

"정말 만약에 이런 개 같은 상황만 아니었다면."

주원의 입술 끝이 언뜻 올라섰다. 씁쓸함이 서려 있는 미소였다.

"아마 우린 꽤 좋은 친구가 될 수 있지 않았을까."

본인 스스로가 뱉은 말이었지만 다시 생각해 봐도 어처구니가 없었는지, 주원의 입매에 자조적인 미소가 걸렸다.

"혹시 그런 미친 생각 해 본 적, 단 한 번이라도 있냐?"

은도의 입술은 움직일 생각 없이 일자로 꽉 다물려 있었다.

"이제 와서 말하지만, 난 몇 번 있었어."

주원은 구름 한 점 없는 하늘을 의미 없이 올려다보다 턱을 내렸다.

"물론. 네가 나처럼 사상부터 삐뚤어진 놈이었거나, 내가 너처럼 불의를 참지 못하는 놈이었다는 전제하에, 가능한 얘기겠지만."

어쩌면 주원은 끝없는 외로움에 사무쳐 누군가의 오지랖을 간절히 갈망하고 있었는지도 모른다.

"근데. 여전히 나는 너한테 조금도 미안하지 않아."

하지만 그러지 않았던 것이 더 나은 선택이었을 수도 있다.

"물론. 고맙지도, 않고."

시간이 약이란 말이 있듯, 사건을 끝내 놓고 나니 한편으론 마지막까지 모진 말을 뱉는 너의 마음을 조금은 이해할 수 있을 것 같다. 짧지도, 길지도 않은 침묵이 흘렀다. 예상한 결과라고 생각하며, 주원은 더 이상 미련 두지 않고 몸을 돌렸다. 마침내 은도가 입을 열었다.

"앞으론 어쩔 생각인데."

은도를 등진 채로 주원의 두 다리가 우뚝 멈추었다.

"지금 누가 누굴 걱정해."

장난스러운 어투였다.

"농담할 생각 없어. 쓸데없는 소리 말고 묻는 말에 대답이나 해."

"그거 알아? 사람은 고쳐 쓰는 거 아니라는 말."

주원은 다시금 꺼낸 담배를 입에 물었다.

"난 변할 생각도 없고. 정의 구현을 할 거면 제대로 하라는 뜻이야. 나중에 큰아버지처럼 개고생하고 싶지 않으면."

팅, 소리와 함께 주원의 손에 들린 지포 라이터가 열렸다.

"관심 끄고 살자. 서로 마음이라도 편하게."

그것이 끝이었다. 할 말을 끝낸 주원은 끝내 뒤돌아보지 않았다. 팔을 반쯤 접어 올린 채 손등을 보이는 것으로 인사를 대신하며 그대로 멀어져 갔다.

"미친놈."

은도가 고요히 중얼거렸다. 17년. 무려 17년 만이었다. 오랜 시간의 흔적이 머물러 있는 지금 이곳은 무엇 하나 변한 것 없이 그대로였지만, 남은 것은 고작 희뿌연 담배 연기뿐이었다. 그마저도 금세 소멸되었다. 쾌쾌한 공기 역시, 언제 그랬냐는 듯 청명하게 환기되었다.

마치, 처음부터 그 누구도, 아무것도 존재치 않았던 것처럼.

어젯밤의 약속을 지키기 위해 은도는 다시 집으로 돌아왔다. 혹시 집으로 돌아간 것은 아닐까, 걱정과는 달리 다정은 은도의 집에서 얌전히 기다리고 있었다.

그녀의 얼굴을 보자마자 복잡하게 엉켜 있던 잡념들이 말끔하게 지워졌다. 제멋대로 나부끼던 감정들마저 차분해진 착각이 들었다. 신기했다. 둘은 그 상태로 가만히 서서 서로를 가만히 마주 보았다. 충분히 궁금할 텐데도 다정은 집요하게 재촉하지 않았다.

오갔던 대화는 더없이 간결했다. 놀란 마음을 가라앉힌 다정이 미소를 지으며 "잘 다녀오셨어요?"라고 묻자, 은도는 "응."이라며 짤막하게 대답했고, 그에 돌아온 것은 "그럼, 갈까요?"라는 말이 전부였다.

용인에 위치한 묘원으로 향하는 길. 다정과 은도를 태운 차량은 적막했다. 다정은 선뜻 말을 걸지 못하고 은도의 눈치만 살피며 애먼 손가락을 매만졌다. 묘원에 다다랐을 때쯤, 어쩔 줄 몰라 하는 다정을 향해 은도는 여전히 전방을 주시한 채 넌지시 물었다.

"밥은, 먹었어?"

"아, 네. 덕분에……."

분명 속으론 끙끙 앓고 있을 텐데, 잘도 참고 있다.

"기특하네."

"네? 뭐가요?"

은도는 핸들을 부드럽게 돌리며 다정이 그토록 궁금해할 주제를 먼저 꺼냈다.

"회장님 댁에 다녀오느라 늦었어."

놀란 듯, 다정의 고개가 홱 꺾어졌다. 은도는 의연하게 말했다.

"아……."

다정은 어떤 반응을 해야 할지 몰라 말끝을 흐렸다.

"걱정하지 마. 잘 해결됐어."

"정말, 로요?"

"응."

"회장님은요? 회장님은 괜찮으신가요? 충격이 크실 것 같은데."

고작 한 번 만나 놓고 그 영향이 꽤 컸던 모양이다. 다정은 진심으로 윤회장의 안위를 걱정했다.

"처음부터 일이 이렇게 될 거라고 예상하셨던 것 같아."

"그래도요. 예상만 했던 일이 현실로 벌어지게 되면 체감하는 정도가 다르잖아요."

"……그렇겠지."

언제든, 무엇이든 물어 오면 솔직하게 전부를 말해 줄 의향이 있었지만, 다정은 더 이상 캐묻지 않았다. 어느새 차량은 묘원 입구에 진입했다. 구불거리는 길을 지나 10분을 더 달렸다. 그렇게 한참을 막힘없이 오르고 있는데, 다정이 다급히 은도를 불러 세웠다.

"본부장님! 잠시만요. 잠시만 세워 주세요."

은도가 즉시 브레이크를 밟았다. 그 반동으로 다정의 상체가 크게 들썩였다.

"왜?"

은도가 고개를 돌려 묻자, 다정은 말갛게 웃으며 창문 옆을 손가락으로 가리켰다.

"꽃이요. 꽃 사 가요, 우리."

❖ ❖ ❖

산꼭대기 주차장에 주차를 시키고 지정된 묏자리를 향해 내리막길을 걷고 있는데, 다정의 모습이 퍽 위태로웠다.

"그러게 나눠 들자니까."

"제 돈 주고 산 선물인데 왜요? 얹혀 가려는 속셈이 뻔히 보이는데, 그렇게 둘까 봐요? 저 혼자 다 들 거예요."

고집하고는. 은도는 비식거리며 얼굴을 절레절레 흔들었다. 누가 꽃인지. 무려 세 다발이나 사 왔다. 거기다 그 크기는 거대했다. 꽃다발에 폭 파묻혀 다정의 얼굴이 제대로 보이지도 않을 정도였다.

아니나 다를까, 내리막길에서 몸의 중심이 앞으로 쏠린 상태로 시야가 가려져 있던 탓에 다정이 휘청거렸다. 은도는 순발력 있게 팔을 뻗어 그녀의 허리를 받쳐 주었다. 다른 손으로는 다정의 품에 안겨 있는 꽃다발 중 하나를 빼앗듯 가로챘다.

"엎어지면 누굴 원망하려고 그래."

"어? 그 비슷한 말, 예전에 들었던 것 같은데."

"또 말 돌리지."

티격태격하면서도 느긋하게 걷는 그를 뒤따랐다. 어느 지점에서 은도의 다리가 우두커니 멈춰 서자, 널찍한 등에 다정의 이마가 콕 박혔다.

"묘가 하나네요?"

"작년에 합쳤어."

"……서운하실 것 같은데."

"누가?"

당연히 본부장님 어머니들이요.

"아니요. 아닙니다. 아무것도."

애석하게도 저 남자는 여자의 질투를 모르고 있는 모양이다. 다정은 자리가 자리인 만큼 평소의 장난기를 숨기고, 의젓하게 은도의 곁에 섰다.

"절, 할까요?"

그러나 그것도 잠시뿐이었다.

"세 분 다 기독교셔."

갑자기 분위기 기독교.

"앗, 죄송. 실례했습니다."

다정은 묘를 향해 공손히 사죄하며 손바닥을 맞잡고 기도하는 자세를 취했다. 그 모습에 은도는 참지 못하고 피식 웃음을 터트리고 말았다.

"장난이야."

"아, 뭐예요, 진짜. 놀리니까 재밌어요?"

그가 가볍게 고개를 끄덕였다. 당연한 것을 왜 묻느냐는 듯이. 다정은 밉지 않게 은도를 흘겨보다가, 꽃을 내려 두었다. 그러곤 크게 심호흡하며 정면을 마주 보고 서서 씩씩하게 인사했다.

"안녕하세요! 처음 뵙겠습니다. 차은도 본부장님 오른팔 역할을 맡고 있는 똘똘한 부하 직원이자, 예쁜 여자 친구 송다정입니다."

은도는 활짝 웃으며 종알대는 다정을 물끄러미 지켜보았다.

"갑자기 예고도 없이 찾아와 많이 놀라셨죠? 조금 더 일찍 찾아뵀어야 했는데 많이 늦어 죄송해요. 아, 맞다."

그녀가 난데없이 어깨에 걸쳐 둔 백을 뒤적거리기 시작했다. 알 수 없는 그녀의 행동을 뚫어져라 주시하던 은도는 다정이 백에서 꺼낸 물체를 보고 허, 하고 헛웃음을 터트렸다.

"그건 또 무슨……."

"혹시, 세 분 술 좋아하세요?"

그게 문제가 아니잖아, 지금.

"그건 또 언제 챙겼어."

"본부장님 도착하시기 전에요. 이왕이면 비싼 약주로 하고 싶었는데, 사정이 안 돼서 급한 대로 소주로 샀어요. 아니, 그래서 술 좋아하시냐니까요?"

"그랬던 것 같기는 한데."

얼떨결에 대답을 하긴 했지만, 생각할수록 어처구니가 없었다. 그런 은도의 마음을 아는지 모르는지 다정은 일사불란하게 움직였다. 술병을 들고 있던 손목을 휘휘 돌리고 팔꿈치로 밑바닥을 툭툭 치더니 말끔하게 뚜껑을 땄다.

"그럼 일단, 세 분 한 잔씩 받으시죠. 미래의 며느리가 기똥차게 말아 드리겠습니다."

은도는 미래의 며느리란 대목에서 한 번, 기똥차게 말아 드리겠단 대목에서 또 한 번 흠칫했다. 그녀의 돌발 행동은 거기서 끝이 아니었다. 맥주 한 병과 맥주잔 세 개가 연달아 백에서 나오는 것을 목격한 은도의 턱이 힘없이 벌어졌다. 기똥차게 말아 드리겠단 뜻이 소맥이었나. 진짜, 널 무슨 수로 말리겠니. 은도는 결국 고개를 푹 숙인 채 웃음을 크게 터트리고 말았다.

처음이었다. 부모님의 기일 날 묘 앞에서 이토록 한없이, 다른 생각 없이 시원하게 웃어 본 적은.

"드디어 웃으시네요?"

다정이 길게 입술을 늘였다. 은도는 그런 그녀를 애틋하게 보며 낮은 목소리로 답했다.

"그래. 처음이야."

"뭐가요?"

"이곳에서 지금처럼 웃어 본 적. 처음이었어."

"이번에도 제 덕분인가요?"

"응."

"오, 뿌듯하네요."

공기의 흐름이 바뀌었다. 강한 뙤약볕이 물러가고 서서히 해가 저물기 시작하려는 듯, 선선한 바람이 불어왔다. 본격적인 여름이 시작되었지만, 산이라 그런지 이곳의 오후는 아직 봄이었다.

다정은 힐긋거리며 은도를 몰래 훔쳐보았다. 여전한 저 무덤덤한 표정. 초반엔 당최 무슨 생각을 하는 건지 알 수가 없어 조마조마했었다. 물론 지금도 딱히 달라진 것은 없지만. 서로를 본격적으로 들여다보기로 한 시간은 너무나 짧았으니까. 하지만, 그 대신.

"무슨 생각 하세요?"

솔직해지기로 했다. 고심하듯 그가 느리게 눈을 감았다 떴다.

"잡념이 많아서 무엇부터 생각해야 할지 모르겠어."

너를 보고 있으면 머릿속이 온통 백지가 되어 버리는 것도 문제고.

"음……. 그럼, 다른 생각은 잠깐 미뤄 두고 오랜만에 찾아뵌 거니까, 부모님께 하고 싶었던 말 해 보는 건 어때요?"

하고 싶은 말이라……. 어려웠다. 가끔, 아주 가끔씩 그들이 그리워지면 밑도 끝도 없이 깊은 수렁으로 추락하게 될까 두려워 그 마음을 지워 내기에만 급급했다. 일에 매달리고, 예정에 없던 일정을 추가적으로 끼워 맞추며 지금껏 견디다시피 살면서.

"속으로만 말하면 하늘까지 닿지 않을 수도 있으니까 육성으로요. 절대 궁금해서 이러는 거 아니에요."

"싫어."

"창피해서요?"

"그런 거 아니거든."

"맞구만, 뭘."

은도는 다정에게서 시선을 떼고 잡초 하나 없이 잘 정돈되어 있는 봉분을 지그시 바라보다 반박자 늦게 입을 열었다.

"……저 왔습니다."

다정의 작은 손을 맞잡은 은도의 손에 절로 힘이 실렸다. 긴장했구나. 이 남자. 다정은 있는 힘껏 그의 악력을, 어려운 심정을 함께 견뎌 주었다.

"잘, 지내고 계시죠."

백 번 천 번 부르고 물어도 절대 돌아오지 않을 대답이란 걸 안다.

"벌써 제가 그 당시 아버지 어머니 나이가 됐어요."

무언가가 목구멍을 꽉 억누르는 것 같은 느낌에 잠시 숨을 고르게 쉬었다.

"늘 죄책감에. 괴로웠습니다. 그래서 가끔은 일부러 찾아오지 않았던 적도 있어요."

회피하고 싶어서.

"항상 참고, 억누르고, 비우고 사느라 지금 생각해 보면 사실, 당연하다 여겼던 모든 것이 엉망이었던 것 같습니다."

옆으로 와 닿는 다정의 뭉근하면서도 따뜻한 눈길이 느껴졌다.

다정은 다른 의미로 울컥했다. 주먹으로 명치를 치대듯 뻐근했다. 보지 못했던 그의 지난 과거가 눈앞에 생생하게 그려지는 것만 같은 착각이 들어서. 은도는 차마 봉분을 바라보지 못하고 앞에 놓인 소주와 맥주에 시선을 두었다. 입술 안쪽의 여린 살을 아프게 씹었다. 그는 몇 초의 짧은 공백을 뒤로하고 다시금 입술을 열었다.

"각설하고 더는 후회할 짓 하지 않고 열심히 잘 살겠습니다."

은도는 다정의 손을 더욱 치밀하게 움켜잡았다.

지금은 꽤 좋은 사람들과 섭섭지 않게 삽니다. 어디 가서 무시당하지 않을 위치에서 돈을 벌고, 그만큼 베풀려고 노력하고 있습니다. 그러니, 더는 밤마다 찾아오지 않으셔도 될 것 같습니다. 기다려 주세요. 분수에 넘치는 삶, 뻔뻔하게 조금 더 즐기다 가겠습니다.

전해졌을까. 셀 수도 없는 무수한 감정들과, 말로는 차마 담을 수 없었던 것들까지. 오랜 세월이 흘러 흙으로 돌아간 당신들은 비록 형체마저 사라져 버렸지만. 영혼이란 존재와 이곳과는 다른 세상이 있을지 그 또한 확언할 수 없지만. 지금 이 순간만큼은 믿고 싶었다.

지금의 내 나이일 때 아쉬운 삶을 뒤로해야만 했던 당신들은, 나름의 천국이라 불리는 그곳에서 그 어떤 아픔과 고통 없이 평생을 행복하리라고. 만에 하나 미련이 남았다면, 그것은 가련한 당신들이 애지중지하며 품어 온 어리고 작았던 '나' 일 테니.

그런 '나' 마저 행복하게 되었으니, 분명 이젠 그 찰나의 미련조차 남지 않게 되었으리라고. ……그리 믿고 싶었다. 내 마음 편하자고, 이기적이게도.

"조금 더 일찍 데려올 걸 그랬어."

독백 같은 은도의 조용한 목소리에 다정은 소리 없는 미소를 그리며 그의 손을 잡아당겼다.

"우리 뒤돌아서 앉아 있다 가요. 어른들 편히 술 드시게."

은도가 어떤 대답을 내놓기도 전에 다정은 잔디 위에 풀썩 앉았다. 그녀가 제 옆을 손으로 탁탁 내리치며 재촉하자, 은도는 마지못해 몸을 내렸다.

"너무 예뻐요."

을씨년스러운 분위는 어디에서도 찾아볼 수 없었다. 푸릇하게 돋아난 잔디와 잘 가꾸어진 나무들. 셀 수도 없이 많은 봉분 앞에 놓인 화려한 꽃들이 제각기 아름다움을 뽐내었다. 아마, 먼저 세상을 떠난 이들을 그리워하는 사람들이 찾아온 흔적일 것이다.

평화로웠다. 사람의 손을 타지 않은 청솔모와 까치들이 여유롭게 묘원 산을 활보했다. 어느새 새파란 하늘과 대조되는 다홍빛 노을이 조금씩 짙어지고 있었다. 그 감성에 젖어 물끄러미 하늘을 바라보다 말고 다정이 천천히 입술을 떼어 냈다.

"저, 말씀드리지 못한 것이 있는데요."

"뭔데?"

"사실은, 오늘 오전에 면접 보고 왔어요."

은도가 멈칫했다. 하지만 애써 초연한 척하며 고개를 돌렸다.

"오늘?"

"네. 원래는 내일모레였는데, 미국 지사 쪽 면접 담당자분 일정이 꼬이는 바람에 어쩔 수 없이."

"너무하네. 상도덕도 없이 누가 토요일에 면접을 봐. 담당자 누구야."

일부러 얄궂게 농담하려는 의도가 물씬 풍기는 장난스러운 어투였지만, 다정은 화들짝 당황하며 황급히 손을 내저었다.

"아, 아니에요. 곤란하면 뒤로 미뤄도 괜찮다고 하셨어요. 제가 일부러 앞당겨 달라고 한 거구요."

"그렇게 빨리 가고 싶었어? 서운하게."

"더 기다리게 되면 긴장해서 면접 망칠까 봐 그런 거였어요. 본부장님 일 보시는데 신경 쓰일까 봐 미리 말씀 못 드렸어요. 죄송해요."

안절부절못하는 다정의 모습에 은도는 바람 빠진 웃음을 흘렸다.

"장난이야. 쫄기는."

"치."

"그래서. 면접은 잘 봤고?"

"그럼요. 제가 누군데요."

다정은 어깨를 으쓱거리곤 새침하게 입술을 삐죽였다. 하지만 귀여운 허세는 얼마 가지 못하고, 이내 근심 어린 표정으로 한숨을 흘려보냈다.

"사실 걱정돼요. 처음부터 끝까지 영어 질의응답으로 진행됐는데, 준비 기간이 짧아서 중간중간 삐끗거렸거든요. 영어라 해 봤자 고작 대학 영어 짧게 독학으로 배웠던 게 전부라."

"영어 실력이 유창했든, 부족했든 그런 건 그다지 중요하지 않아. 그쪽 사람들은 자신감 있게 프로젝트를 이끌어 내고 제품을 어필할 줄 아는 직원을 원했으니까."

"알죠……."

"결과는 언제 나온다는데?"

"일주일 안으로 나올 거래요."

일주일. 너무 짧은 시간이다.

"붙을 거야."

"정말, 그럴까요?"

"내심 떨어졌으면 좋겠지만."

"아, 진짜!"

다정이 사납게 은도를 노려보며 씩씩거렸다. 평소 같았다면 이 또한 장난이었다 했을 텐데, 이번엔 달랐다. 은도는 나른한 미소를 지으며 정면으로 고개를 돌렸다.

"대체 이 기분이 뭔지 모르겠다."

너를 조금만 덜 사랑했다면 온 마음 다해 응원해 줄 수 있지 않았을까. 수백 번도 넘게 마음이 이랬다, 저랬다 말도 아니다. 그 순간, 문득 기분 좋은 미풍이 둘의 사이를 비집고 불어왔다.

"부모님이 좋아하시겠어요. 이렇게 예쁜 애인 데리고 와서."

"그러니까."

바람을 탄 기다란 다정의 머리카락이 휘날리고, 은도의 앞머리가 작게 들썩였다. 은도는 다정의 눈을 지그시 들여다보며 말했다.

"결혼할래?"

뭐……. 다정이 눈을 몇 번 깜빡였다. 아침밥은 무엇을 먹었느냐고 묻는 것처럼 더없이 평화로운 말투였다. 잘못 들은 줄 알았다. 귀가 어떻게 된 줄 알았다.

"무슨……. 뜬금없이 그게 무슨 소리예요?"

"나랑 결혼하면 적어도 시집살이는 없을 거라고 보장할 수 있어."

"굉장히 솔깃한 어필이긴 한데요, 엄청 당황스러운 거 아시죠?"

"평생 떠받들며 살게."

"아니, 잠깐……."

"이런 기회 흔치 않아. 1년 내내 내 밑에서 매일 굴림만 당하느라 그동안 속이 말도 아니었을 텐데, 이번 기회에 평생 굴려 볼 생각도 한번 해 봐. 진지하게."

그 역시 나쁘진 않다만.

"설마, 이거 프러포즈인가요?"

"너무 볼품없나?"

"그런 게 아니라……."

다정의 얼굴로 언뜻 당혹감이 스쳤다. 난감함과 곤란함이 뒤섞였다. 손을 뻗은 은도가 그녀의 목덜미를 부드럽게 둘러 안으며 턱을 비스듬히 기울인 채 다정을 눈에 담았다.

"제대로 된 프러포즈는 더 그럴싸한 장소에서 입도 못 다물 정도로 근사하게 해 줄게. 걱정 마."

"아……."

"그냥, 내가 불안해서 그래."

"뭐가요?"

"장거리 연애는 처음이라."

"그건 저도 마찬가지인걸요."

혹시나. 혹시라도 네가 떠날까 봐.

"조바심이 뭐라고 사람을 이렇게까지 멋없게 만들까."

형편없었다. 그러나 자꾸만 실없는 웃음을 흘리게 되는 것을 막을 길이 없다.

"본부장님 완전 멋있는데."

"너는 조금만 덜 예쁘면 안 돼?"

"또 그러신다."

"다정아."

"네?"

나직한 목소리에 그녀가 고개를 들었다. 자연스레 은도의 시선이 내려갔다. 내가 이리 안달 나게 된 건 전부 다 네 탓이야, 라는 억지스러움마저도.

"사랑해."

결국, 사랑이야.

은도가 고개를 숙였다. 다정의 입술 가까이 다가갔을 때쯤, 그녀가 턱을 당겨 그의 움직임을 멈추게 했다.

"본부장님. 시부모님 되실 분들이 다 보시는 앞에서 이러는 건 좀, 쑥스러운데요."

진지하면서도 재치 있게 상황을 피하는 모습이 사랑스러워, 은도의 잇새로 짧은 웃음이 툭 터졌다.

"뭐 어때."

"그렇게 말하면 도무지 거절할 수가 없잖아요."

"거절할 생각이었어?"

"봐서요. 그래도 묘원 프러포즈는 나쁘지 않았어요."

"벌써부터 이런 식으로 밀고 당기면 어떡해."

안달 나게.

"누가 그랬거든요."

다정은 은도의 눈을 똑바로 쳐다보며 근엄하게 충고했다.

"결혼은 미친 짓이라고."

"틀렸어."

이번만큼은 은도 역시 물러서지 않았다.

"서로한테 미쳐야만 할 수 있는 게 결혼이지."

"오……."

감탄사가 절로 흘러나왔다.

"꽤 능청스러워지셨네요."

"칭찬이야?"

"그래서."

다정은 은도에게 얼굴을 가깝게 들이대며 새초롬하게 말했다.

"키스는 언제 하실 건데요?"

은도는 그대로 힘껏 다정을 끌어당겼다. 토요일 오후. 눈부신 석양 아래에서 두 입술이 뜨겁게 맞물렸다.

20

며칠 후, 〈지성가구〉 본사 분위기는 한차례 폭풍이 휩쓸고 지나간 듯 어수선했다. 활기가 넘치던 평소와 크게 달라진 것은 없었지만, 직원들은 필요 이상으로 동요하고 있었다.

당연했다. 전략팀 차장 직급 실무진이 불미스러운 비리를 저질러 퇴사를 당했다는 것만으로도 충분히 충격적인데, 그 배후자가 〈지성가구〉 총수인 윤문혁 회장의 제수(弟嫂)와 그녀의 아들이었다는 것은 회사 설립 이후 사상 초유의 이슈였으며, 수치스러운 추문이었다.

이틀 전 월요일. 예정에 없던 주주 총회가 열렸다. 적극적으로 윤 회장을 변호하는 이도 있었지만, 관리가 미숙했다는 점을 지적하며 분개하는 이도 있었다. 무엇 하나 마땅한 대안이 없어 총회는 흐지부지 마무리되었지만, 급속도로 퍼져 나간 소문은 결국 기자들의 귀에까지 들어갔다. 결국 언론이란 도마 위에 놓이게 되었고, 네티즌들의 매서운 질타를 피해 갈 수 없었다.

끝내 이사급 임원들이 소집되었는데, 참석한 임원들은 두 라인으로 나눠졌다. 곧 진행될 상무이사 투표에서 은도를 지지하는 임원과 다른 이를 지지하는 임원으로. 팽팽한 접전은 벌써 한 시간째 지속되고 있었다. 이때다 싶었는지 회장님의 애정과 관심을 독차지한 젊은 실세 은도를 내내 언짢게 생각하던 몇몇 임원들은 눈에 불을 켜고 득달같이 달려들었다.

"회사 꼴이 대체 이게 뭡니까! 우리가 무슨 사고 뒤처리 전담반도 아니고, 눈만 감았다 뜨면 기다렸다는 듯이 여기저기서 사고가 터져 나오니, 불안해서 어디 살겠습니까?"

눈을 찢으며 은도를 훑어보는 모양새만 보더라도 진심으로 기업의 안위를 걱정하기보단 이 기세를 몰아 은도의 입지를 억압하고, 저들의 수중에 있는 수하를 상무 자리에 앉혀 보다 수월하게 라인을 구축하려는 뻔한 속내일 터다. 그 일원 중 한 명이 힘을 보탰다.

"맞습니다, 부회장님. 차은도 본부장이 이번 사건에 개입되어 있는지 아닌지도 불분명한 상황에서. 아니, 그 사실을 제외하더라도 무려 한낱 본부장을 임원 회의에 참석시켰다는 것 자체가 모순입니다!"

은도의 반대파에 선 임원들의 항의는 점점 거세졌다. 쉴 새 없이 쪼아오는 통에 골치가 아픈 듯, 이동석 부회장은 묵직한 한숨을 내쉬며 이마를 짚었다. 부회장의 시선이 가장 끝자리로 멀어졌다. 그곳엔 덤덤하게 자리를 지키고 있는 은도가 있었다.

무표정한 얼굴도, 임원들의 도를 넘는 억지스러움에 이따금씩 헛웃음을 터트리는 모습도. 언제 나서야 좋을까, 적절한 기회만 노리고 있는 사람처럼 침착해 보였다. 걱정했던 것보다 멀쩡한 은도의 상태를 확인하고 나서야 이동석 부회장도 한시름 놓을 수 있었다. 하지만 안심이 됐다 해서 상황이 나아지는 것은 아니었다.

"이참에 묻겠네, 차은도 본부장. 이번 프로모션 말이야. 주가도 폭락하고 있는 상황에서 프로모션마저 말아먹게 되면, 그 책임은 어쩔 텐가? 그때 가서도 지금처럼 뻔뻔하게 상무 후보로 나설 수 있겠어?"

기가 막히는 언사였다. 물론 힘을 합쳐 온 많은 부서들의 노고도 무시할 수 없지만, 2년 전 적자 위기까지 떠내려간 〈지성가구〉의 매출이 몇 배로 뛸 수 있었던 이유는 남다른 기획력과 진취력을 발휘하여 팀을 이끌어 진두지휘해 온 은도의 공이 컸다.

당시엔 자네라면 그리될 줄 알았다며 제 밥그릇 한번 챙겨 보려 달콤한 칭찬과 격려를 밑도 끝도 없이 늘어놓을 땐 언제고, 이제 와선 능력을 의심하다 못해 견제에 질타라니. 은도에게 화살을 돌리고 있는 임원들은 상대할 가치도 없는 무능한 인간들이었다.

본사로 발령받았을 당시, 회장님이 어째서 때가 되면 알아서 움직이게 될 거라 하셨는지 이제야 납득이 됐다. 은도는 실소를 터트리며 고개를 들었다. 자신을 비아냥거리던 임원의 눈을 피하지 않고 곧게 응시하며 입을 열었다.

"이상하네요. 해당 프로모션 첫 주 매출 보고서는 5일 전에 재무회계팀에서 결재 올린 것으로 알고 있는데 말입니다. 혹시, 아직도 확인 못 하셨습니까?"

말도 안 되는 잔소리를 가만히 듣고 있어 줄 정도로 결과가 형편없진 않았다는 것과, 제대로 일하지 않을 거면 입이라도 다물고 있으라는 일침을 적절히 섞어 돌려 말한 것이었다. 한껏 당황한 임원은 괜히 헛기침을 뱉었다.

"그, 흠. 보고받는 도중에 뭔가 오류가 있었던 것 같군. 그건 그렇고, 요즘 자네 말이야. 사내에서 여직원과 한가롭게 연애나 하고 있다는 소문이 파다하던데. 이런 상황에서 그게 말이나 되는 일이야? 팔자 한번 좋아."

"회사 걱정에 잠 못 이루신다는 분들이 고작, 일개 실무진 개인 사생활에 이렇게나 많은 관심을 갖고 계실 줄은 미처 몰랐습니다. 문제가 된다면 어떻게, 헤어져 드릴까요?"

은도가 픽, 웃음을 터트렸다. 그러자 은도를 저격하고 싶어 혈안이 되어 있는 몇몇 임원들의 얼굴이 붉으락푸르락 변했다.

"회장님의 불참 사유는 다들 아시겠지만, 최근 불미스러운 일로 건강이 악화된 상태입니다. 때문에 회장님께서 결정하신 대책을 대신 전해 드리기 위해 참석한 겁니다."

대부분의 임원은 '네가 뭔데?' 라는 황당한 표정으로 은도를 바라보았다.

"먼저, 이미정과 그녀의 아들 전 전략팀 팀장 윤주원. 그리고 박성호와 관련하여 벌어진 사건과 회장님은 아무런 관련이 없습니다. 하지만."

은도는 그 호기심을 의연하게 무시하곤 차분하게 말을 이었다.

"회장님께선 아무리 방계라 할지라도 혈연이라……."

타이밍 좋게 대회의실 문이 활짝 열렸다.

"회장님 들어오십니다."

청천벽력과 같은 보고에 수많은 시선이 한곳에 쏠렸다. 정말이었다. 윤문혁 회장은 거동이 불편한 탓에 지팡이를 짚고 비서들의 부축을 받으며 힘겹게 회의실로 들어서고 있었다.

때아닌 보스의 등장에 순식간에 주위가 소란스러워졌다. 은도 역시 예상치 못한 전개라 놀란 것은 마찬가지였다. 자리에 착석하기도 전, 문혁은 등장보다 더 충격적인 말을 뱉었다.

"내가 책임지고 물러나겠어."

통보였다.

"이미정과 윤주원은 예정대로 법적 절차를 밟게 될 것이고, 나는 이번 일에 대해서만큼은 그 어떤 선처도, 빠져나갈 수 있는 구실도 주지 않을 생각이니 다들 쓸데없는 걱정 말고 맡은 일이나 잘해."

오랜만에 회사에 모습을 드러낸 윤문혁 회장은 꽤 야윈 모습이었지만, 그 위용과 대범함은 누구와도 비교할 것이 못 되었다.

"회장님! 이, 이게 무슨……."

임원들은 약속이라도 한 것처럼 놀람과 당혹스러움을 감추지 못하고 입을 떡 벌렸다.

"진실 하나를 구분 못 해서는, 쯧. 내 새끼 손가락 하나라도 건들기만 해 봐. 인계 처리 되기 전에 온갖 권한을 부려서라도 모가지를 댕강 잘라 버릴 테니까. 알아들었어?"

여기서 '내 새끼' 라 하면 은도를 가리키는 것이었다. 눈칫밥 하나로 겨우 임원 자리를 꿰고 있는 이들이 그걸 모를 리 없었다. 어차피 회사 때려 치울 건데 그간 지켜 온 양심과 도덕이 무슨 소용이냐고 말하는 문혁의 경고는 파격적이었다.

은도는 심각하게 당황했다. 상황이 정리될 때까지만이라도 회사는 절대 나오시지 말아 달라 당부에 또 당부를 드렸건만…….

"일하러 안 가고 뭣들 하고 있어? 다른 직원들은 죽어라 일하며 치열하게 버티고 있는데, 몇 배는 높은 연봉 받고 있는 것들이 고작 회의한답시고 노가리나 까며 세월아 네월아 퇴근만 기다리고 있는 게야? 확, 빠져 가지고."

불같은 호통에 임원들은 서로 눈치만 살피다 주춤거리며 엉덩이를 떼어 냈다.

이제 3일 남았다.

미운 정, 고운 정. 정이란 정은 전부 들어 버린 〈지성가구〉와 이별하게 될 날이. 미국 지사 면접 결과에 따라 영영 이별이 될지, 잠시만 안녕이 될지 모르겠지만, 어찌 됐든 계약이 끝나고 자리를 떠나는 것은 변함이 없었다. 점심을 먹고 팀원들과 함께 로비로 들어서는 동안, 정연의 한숨은 끊이지 않았다.

"하아……. 송 피엠님. 미국 지사 가지 말고 진짜, 제발 본사에서 계약 1년만 더 연장하시면 안 돼요? 피엠님 없으면 저는 누구랑 놀아요."

정연의 귀여운 칭얼거림이 기분 나쁘지 않아 다정은 장난스럽게 눈을 흘겼다.

"지금 말은 여태까지 회사에 놀러 다녔다는 건가, 이 주임?"

"어휴, 그런 뜻 아니라는 거 아시면서 그런다. 아쉬워서 그래요, 아쉬워서."

"정연 씨 마음은 나도 알지. 그래도 헤어짐이 있어야 만남도 있는 법이란다."

"이럴 땐 진짜 단호한 거 아시죠? 미국 지사 기간 채우고 나면 꼭 본사로 돌아오셔야 해요?"

"긍정적으로 생각해 볼게."

말은 그렇게 했지만 진심으로 본사에 돌아올 생각은 없었다. 그렇게 되면 본부장님과 계속 마주치며 일해야 하는데, 그 그림이 직원들 입장에선 마냥 달갑진 않을 테니까. 다정은 멋쩍게 미소만 지을 뿐 상세한 대답은 아끼기로 했다.

"이제 정말 곧이네요."

"응? 뭐가?"

"상무이사 투표 기간이요."

"아아……."

사실, 다정과는 관계없는 일이었다. 투표 권한은 어디까지나 정규직에게만 주어지는 특권이었으니 말이다.

"걱정 마세요. 저는 무조건 본부장님 픽할 거예요."

……그래. 그것 참 고맙다. 엘리베이터를 기다리는 동안, 이틀 전부터 붙어 있는 대문짝만한 공고문에 저절로 시선이 묶였다. 회장님의 은퇴에 관한 것이었다. 물의를 일으킨 것에 죄송하다는 말과, 이번 사건의 책임을 통감하고 있다는 말.

처음 이 공고문의 파급력은 대단했다. 다들 옹기종기 모여선 저마다 한마디씩 던지곤 했는데, 지금은 그저 휑했다. 시간이 약이라는 말이 있듯, 똑같은 먹잇감으로 되새김질하는 것도 슬슬 질리는 모양이지. 물론, 암묵적으로 상부에서 쉬쉬하고자 하니, 평사원들도 금기어로 지정하고 있는 것이 더 큰 이유였지만.

다정이 쓰게 웃음을 짓는 사이, 정연이 적극적으로 나섰다.

"아! 그럼 오늘 술 한잔 어때요? 회식하자고 해요! 주제는, 피엠님 마지막 송별회."

“저번에 하지 않았어?”

“에이, 그건 그냥 본부장님을 위한 자리였구요.”

거절할 이유는 없었다. 내심 별 탈 없이 좋은 관계로 동고동락해 온 기획팀 직원들과 헤어지려니 아쉽던 차였는데.

때마침 뒷주머니에 넣어 둔 휴대폰이 진동했다. 설마. 면접 결과인가? 다정은 급히 휴대폰을 꺼내 들며 어리둥절하게 서 있는 정연에게 양해를 구했다.

“……잠시만.”

손가락이 다 떨렸다. 휴대폰 비밀번호를 세 번이나 틀리고 나서야 잠금을 풀 수 있었다.

[〈지성가구〉 미국 지사 기획팀 ‘프로젝트 매니저’ 면접에 지원해 주셔서 감사드립니다. 32번 송다정 씨는……]

어느 맥락에서 다정의 움직임이 멈추었다. 곧이어 툭, 손에 힘이 풀리며 꽉 힘을 주어 쥐고 있던 휴대폰이 처참하게 바닥으로 떨어졌다.

“괜찮으세요? 무슨 일이기에 그러세요?”

앞서 걷던 정연이 급히 발을 돌려 다정에게 다가왔다. 정연은 엉망진창이 되어 버린 다정의 휴대폰 상태를 확인하곤 펄쩍 날뛰었다.

“피엠님 휴대폰 어떡해요! 액정에 금 갔어요! 할부 얼마나 남으셨어요? 이거 고치려면 못해도 삼십은 족히 나올 텐…….”

정연은 말을 다 잇지 못했다. 액정이 박살 났든 뭐가 됐든 넋이 나간 채 그대로 일시 정지 되어 버린 다정의 상태가 심상치 않음을 감지한 탓이다.

“피엠님?”

정연은 다정의 면전에 대고 손을 흔들었다. 그제야 흐려진 초점이 천천히 돌아왔다. 깜빡, 깜빡 눈꺼풀이 몇 번 느리게 감겼다 떠지기를 반복한 끝에서야 현실성 없다는 듯 다정이 말했다.

"어떡하지?"

"네? 그게 무슨 말인……."

다정의 안색이 묘하게 변했다. 울상이 되었다가, 풀어졌다가. 숨을 크게 내쉬었다가, 입술을 파르르 떨었다가. 심장이 쿵 떨어진 것 같다가, 펌프질하듯 과하게 뛰어 댔다가. 얼마나 시간이 흘렀을까. 점차 이성이 돌아오기 시작했다.

"나……."

"피엠님."

"지, 지금 몇 시야?"

"퇴근 시간이에요. 피엠님, 정말 괜찮으세요? 피엠님, 피엠님! 어디 가세요!"

다정은 뒤도 돌아보지 않고 질주했다. 앞만 보고 달렸다. 태어나서 이토록 빠른 속도를 내 본 적은 단언컨대 처음이었다. 기획팀 사무실로 내달리는 동안, 몇몇 직원들과 어깨를 부딪쳤다. 사과할 정신도 없을 만큼 급박했다.

코너를 돌아 그대로 기획팀 사무실 문을 두 손으로 힘껏 열어젖혔다. 직원들 반 이상은 퇴근한 상태였고, 나머지 다른 직원들은 자리를 정리하고 있었다. 그러나 그 모습이 다정의 눈에 제대로 보일 리 없었다.

다정은 고민 없이 본부장실을 향해 걸었다. 때마침 타이밍 좋게 본부장실을 빠져나오고 있는 그와 시선이 정통으로 마주쳤다. 이름마저 근사한 차은도. 묘한 눈길이 얽히고, 몇 초간 짧은 정적이 흘렀다. 평소와 달라도 너무 다른 다정의 분위기를 직감한 것인지 은도는 약간의 걱정이 스친 눈빛으로 그녀를 가만히 주시했다.

마치 무슨 일이냐고, 어디 아프냐고, 문제 있느냐고 묻고 있는 듯. 더 이상 망설일 이유가 없었다. 다정은 오로지 은도만 눈에 담으며 전력 질주 했다.

"본부장님!"

우렁찬 호명에 사무실에 남아 있는 직원들의 시선이 한데 집중되었다. 조금은 당황한 그의 표정, 놀라 흠칫하는 모습, 말릴 새도 없이 무작정 달려오는 다정을 보고 반사적으로 팔을 뻗어 주는 반응까지 확인했을 때.

힘껏 뛰어오른 다정이 풀썩, 그의 품에 안겨 들었다. 윽, 낮은 신음 소리와 함께 속수무책 뛰어든 다정을 힘겹게 받아 낸 은도의 다리가 무게를 감당하지 못하고 뒤로 밀려났다.

어머……. 맙소사. 세상에. 대박. 같은 마음을 담은 여러 감탄사가 이곳저곳에서 터져 나왔다. 놀라움, 당황함이 가득한 얼굴들은 안 봐도 뻔했다.

일찍 퇴근하지 않고 지금까지 남아 있던 것이 신의 한 수였다고. 추측과 소문으로만 떠돌던 프로젝트 매니저와 본부장의 관계가 한순간에 현실로 증명된 역사적인 순간이었다.

"너……."

은도는 하고픈 말을 가까스로 억누르며 말끝을 흐렸다. 그러거나 말거나 다정은 대롱대롱 매달린 상태로 은도의 목을 감싼 팔에 더욱 힘을 주었다.

"저, 합격했어요."

"……뭐?"

"합격이요! 면접에 합격했다구요!"

떨어질 줄 알았는데. 정말 불합격일 줄 알았는데. 기대도 안 했는데. 입술은 활짝 웃고 있었지만, 다정의 눈동자는 벌겋게 충혈되었다. 뒤늦게 상황을 파악한 은도는 희미한 웃음을 흘리며 다정의 등을 다독거려 주었다.

찰칵, 찰칵 적나라한 카메라 셔터 음 소리가 둘의 귀를 스치고 지나갔다. 그러나 지금 이 순간엔. 계약 만료까지 3일도 채 남지 않은 이 시점에서 열렬한 사랑을 나누고 있는 이 둘을 방해할 수 있는 건 그 무엇도 없었다.

"발칙하네……."

"너무 좋아요. 다 본부장님 덕분이에요. 어떡해, 진짜 나 어떡해."

"그렇게 좋아?"

"좋은데 슬프고, 슬픈데 좋고, 좋은데 걱정되고 시원섭섭하고 모르겠어요. 이 기분을 어떻게 설명해야 할지."

눈가에 그렁그렁 눈물이 맺혀 있다. 은도의 잇새로 픽, 짧은 웃음이 터졌다. 나쁘지 않았다. 어제까지만 해도 이걸 후회해야 하나 말아야 하나 고민했던 것들이 전부 부질없게 느껴졌다.

네가 이렇게나 좋아하는데. 꿈만 같다며 웃으며 울고 있는데. 타인의 시선을 그 누구보다 두려워하던 네가, 처음으로 그런 것 따위 조금도 신경 쓰지 않고 한걸음에 달려와 주었는데. 싫을 리가. 후회스러울 리가 없잖아.

"대학생 때 억울했던 것들, 여태까지 제대로 이룬 것 하나 없는 것 같아 회의감이 들던 날들이나 중퇴란 낙인 때문에 면접을 볼 때마다 한계에 부딪치던 억울함들 전부, 한 방에 청산된 기분이에요."

"바보네. 송다정."

"너무, 너무너무 좋아요."

"축하해. 진심이야."

"흐으……. 감사해요. 정말."

당신에게 가장 먼저 말해 주고 싶었어요.

"그동안, 내 밑에서 고생하느라 수고 많았어."

가장 먼저, 인정받고 싶었다. 서른을 바라보고 있는 나이라서. 인생의 제2막, 무모한 도전보단 안정적인 삶의 발판을 다져야 하는 시기라서 어쩔 수 없이 포기해야 했던 것들이 셀 수도 없지만, 그 모든 것을 뒤로하면서까지 어렵게 다시 도전할 수 있던 이유는, 새 출발을 시작할 수 있었던 원인은 무조건 당신 덕분이다. 다정은 그 어느 때보다 마음 편하게 웃을 수 있었다.

"저, 지금 미친 듯이 소리 지르고 싶은 기분이에요."

"어차피 3일 뒤엔 때려 칠 거잖아. 이왕 그만둘 거 역대급 사건 하나 만들고 그만둬."

"후회 없죠?"

"나머진 내가 감당할게."

은도의 말이 끝나기 무섭게 휘익, 휘파람 부는 소리가 들렸다. 다정이 고개를 돌려 주변을 살폈다. 가늘게 눈을 뜬 채, 음흉한 표정을 지으며 놀리고 있는 직원들과 흥미롭다는 듯 구경하는 직원들이 보인다. 다정은 흐읍, 크게 심호흡을 하며 두 팔을 번쩍 추켜들었다.

"나 합격했다!"

후련하게 만세 삼창을 외쳤다. 분명 아니꼽게 생각하는 사람들도 있겠지만, 뭐가 됐든 상관없었다. 축하해 주는 이들이 훨씬 많은 이곳. 〈지성가구〉 기획팀 사무실은 이제 내 사람들뿐이니까. 연달아 박수갈채가 쏟아지고, 진심 어린 응원이 터졌다.

"축하해요, 다정 씨!"

"송 피엠님. 딱 걸렸어요. 이제 빼도 박도 못하게 인정하셔야겠네요."

먼발치에서 팔짱을 끼고 있던 정연이 턱짓했다.

"연애하시는 거, 맞죠? 저 그럼 이제 마음 놓고 소문냅니다?"

다정은 입술을 늘이며 함박웃음을 지었다. 피차 입이 간질거린 것은 마찬가지야.

"맞아. 나, 연애해! 이 좋은 걸 여태 왜 숨기고 다녔는지 모르겠는데, 완전 좋아!"

그러니까, 뭐 어때. 어차피 회사도 사람 사는 곳인데.

"본부장님과 송 피엠을 위하여!"

"위하여!"

"송다정의 미국 지사 적응을 위하여!"

"위하여!"

술이 빠르게 비워지고, 다시 채워지기를 반복했다. 회사에서 은도와 눈빛으로 신호를 보냈다. 얼른 같이 집에 가자고. 하지만 통할 리 없었다. 기획팀 직원들은 때를 놓치지 않고 악착같이 들러붙었다. 다른 사람도 아니고 여자 친구가 면접에 붙었는데 이대로 그냥 가실 거냐고. 본부장님이 크게 한턱내시라는 직원들의 조름을 무시하지 못했다.

결국 남아 있던 기획팀 직원들 전부를 데리고 회사 근처에 위치한 술집에 도착한 지도 벌써 한 시간이 훌쩍 흘렀다. 술은 오늘따라 더 달았다.

"피엠님. 부모님껜 연락드렸어요?"

맞은편에 앉은 정연의 물음에 다정은 절레절레 얼굴을 흔들었다.

"아직. 경황이 없어서."

"이 경사를 왜 여태 말씀 안 드렸어요. 얼른 전화하세요!"

"그럴까?"

기획 1팀 직원들은 다 함께 약속이라도 한 것처럼 고개를 끄덕이며 입을 꾹 다물었다. 다정이 슬쩍 곁눈질하자, 옆자리의 은도마저도 그렇게 하란 뜻으로 고개를 주억거렸다. 다정은 망설임 없이 휴대폰을 꺼내어 들었다. 짧은 고요함을 뚫고 반가운 목소리가 들려왔다.

"엄마?"

스피커폰! 스피커폰! 정연이 작은 목소리로 재촉하자, 다정은 마지못해 액정으로 손가락을 가져다 댔다. 스피커폰 버튼을 누르자마자 융단 폭격이 터졌다.

— 하이고 이 시간에 웬 전화질이야! 계집애야, 너 또 술 처먹었지?

아. 이게 아닌데.

직원들이, 그것도 무려 본부장님이 다 듣고 있는 마당에 제발 그러지 마.

"아니. 엄!"

— 또 시작이네, 또 시작이야.

"나 할 말 있어."

— 한 번만 더 회사 때려 칠 거란 개잡소리 하기만 해 봐.

"그게 아니라……."

— 그게 아니면 뭐. 철없이 회사 계약 기간만 끝나면 해외여행 갈 거니까 보내 달라고?

"합격했다고!"

— 뭘!

"〈지성가구〉 미국 지사 면접에 합격했다고!"

— 아이고, 화상아. 술을 대체 얼마나 마셨으면 망상증에 걸릴 정도로 취한 것이냐. 엉?

몰래 통화를 엿듣고 있던 직원들은 끝내 푸하하! 웃음을 터트리고 말았다.

다정의 얼굴이 시뻘겋게 달아올랐다.

"아니, 진짜라니까?"

— ……진짜라고?

"응! 나 이번에 진짜 미국 가! 돈도 벌고 공부도 하고 여행도 가! 회사에서 집도 구해 준대!"

잠시 정적이 흘렀다. 10초 정도 흘렀을까.

— 아이고, 그게 정말이야? 경사 났네! 우리 딸 출세했어!

"그치? 그렇지? 나 완전 출세했지?"

— 근데, 미국 지사보다 본사가 더 좋은 거 아니니?

아. 이 분위기 진짜 어쩔 거야.

"……끊어, 엄마."

아무런 소득 없는 통화였다. 하지만 다정의 입가에 머무르고 있는 웃음은 도통 지워질 기미가 보이지 않았다. 그 이유는 아마, 처음부터 지금까지 내내 손을 꼭 맞잡고 있어 준 그의 손길 때문일 것이다. 화기애애한 분위기는 다시 고조되었다. 시간이 흐를수록 화제는 다양하게 바뀌었고, 어느덧 시간은 새벽 1시를 가리켰다.

"흑……. 이제 언니라고 불러도 되죠?"

정연은 만취했다.

"언니, 언니. 언니 보고 싶어서 어떡해요. 전화해도 돼요?"

"그럼, 당연하지."
"언니. 제 전화 무시하시면 안 돼요?"
훌쩍이는 그녀를 챙겨 주는 것은 당연히 박지호 대리였다.

그렇게 30분이 더 흐르고 직원들 몰래 결제를 마친 은도는 이번에도 다정을 데리고 눈치껏 자리를 빠져나왔다.
달빛 아래를 거닐며 집으로 돌아가는 길. 유난히 밤 내음이 좋다.
"이제 이렇게 손잡고 걷는 것도 당분간은 못 하겠네요."
다정은 은도의 커다란 손을 잡고 허공에다 휘휘 흔들며 걸었다. 그러다 별안간 다정의 다리가 뜻하지 않게 멈추었다. 은도가 걸음을 세운 탓이다.
"왜요?"
"앞으로 한 달 남았나."
"아, 네. 아마도요."
"안 되겠다."
그의 눈빛이 짙어졌다.
"같이 살자."
이건, 부탁이 아니라 통보야.
풋. 뜬금없는 웃음이 터졌다.
"왜 웃어."
은도가 인상을 찡그렸다.
"귀여워서요."
"하지 마."
"왜요? 왜 저와 함께 살고 싶은데요?"
은도는 그걸 몰라서 묻는 거냐는 듯, 눈으로 추궁했다.
"네가 없던 날. 내가 어떻게 살아왔는지 기억이 잘 안 나."
다정의 턱이 느슨하게 벌어졌다.
"미친 소리 하나 해 줄까?"

"뭔데요?"

"아까 너."

그의 턱이 삐딱하게 기울어졌다.

"우는 것조차 예뻤어."

"아……."

"회사고 뭐고 당장 데리고 들어가서 안고 싶은 충동이 들 정도로."

다정의 얼굴이 순식간에 붉게 달아올랐다.

"이만하면 충분히 증명됐지. 내가 너에게 미쳐 있다는 거."

둘은 서로의 눈을 한동안 말없이 가만히 들여다보았다.

"본부장님."

"응."

"본부장님을 만난 건, 제 인생의 완벽한 터닝 포인트였어요."

그녀가 수줍게 웃었다. 그 모습을 물끄러미 바라보던 은도가 나지막하게 말했다.

"나는."

널 만난 것 자체만으로도.

"기적이었어."

두 번 다신 오지 않을, 기적이었다고.

스물아홉 밤이 지났다.

잠이 많아 깨는 것을 유독 힘들어하던 다정은 어디에서도 찾아볼 수 없었다. 오후 2시 비행기라 시간은 충분했지만, 눈을 뜬 시각은 새벽 5시였다. 일찍 일어날 수밖에 없었다. 출국하기 3일 전부터 도통 잠을 이룰 수 없었으니까. 엊그제까지는 본부장님의 품에 안겨 있음에 안심이 되어 그나마 덜했지만, 어제는 최악이었다.

짐을 챙기기 위해 집으로 돌아와 이것저것 준비를 마치고, 잊은 것은 없나 다시 한번 꼼꼼하게 체크를 마쳤다. 새벽 2시가 다 되어서야 침대에 누울 수 있었는데, 정말 이상하리만큼 정신이 멀쩡했다.

회사에 다닐 땐 누울 곳만 있으면 까무룩 잠들었는데, 극한의 피곤함마저 사라지니 그 또한 적응이 되질 않았다.

"……정말, 마지막이네."

무어라 확언할 수 없는 미약한 한숨이 절로 흘러나왔다. 다정은 화장대에 놓인 액자 속 사진을 빤히 들여다보았다. 극도로 사진 찍는 걸 싫어하는 본부장님을 어르고 달래어 가며 반강제로 겨우겨우 찍은 사진.

물론 휴대폰 사진도 딱히 상관없었지만, 왠지 필름 사진이 더 끌려 억지를 부렸다. 총 3장의 사진은 겨우 2주 전에 찍은 거였는데, 엄청 멀게 느껴졌다.

첫 번째 사진 속의 차은도는 어색한 듯 무표정한 얼굴이었고, 두 번째 사진 속의 차은도는 쳐다보라는 카메라 렌즈는 안 보고 고개를 돌려 환히 웃고 있는 다정을 바라보고 있었다.

마지막 세 번째 사진. 쉽게 볼 수 없는 그의 웃는 얼굴에서 좀처럼 시선이 떠나질 않는다. 비록 입술만 슬쩍 늘였을 뿐이지만, 다정이 가장 좋아하는 사진이었다. 다정은 아쉬움을 감추지 못하고 연신 사진을 손으로 문질렀다.

"막상 가려고 하니까 아쉽네."

이렇듯 사람 마음은 참 간사하다. 한 달 전 회사에선 목청껏 좋다며 신난다 소리칠 땐 언제고, 그의 집에서 함께 있는 시간이 길어질수록 그냥 가지 말까, 한국에서도 충분히 경력 쌓을 수 있지 않나, 하는 교활한 생각을 갖게 됐다.

솔직히 말하자면 그리움도 걱정인데, 그보다 더 걱정이 되는 것은 혹시라도 그의 마음이 서서히 식어 갈까 봐. 가만히 서 있기만 해도 뭇 여성들의 가슴을 설레게 할 만큼 근사한 피사체를 지닌 남자임을 잘 알기에 불안해서.

"후으……."

다정은 꾹 가슴을 짓누르는 답답함에 사진에서 손을 떼고 머리를 쓸어 넘겼다.

"그만 가자."

목이 멘 목소리를 들켜선 안 된다. 분명 가지 말라고 할 테니까. 다정은 몸집만 한 캐리어를 바라보다, 손잡이를 있는 힘껏 꽉 잡았다.

"잘 있어라."

내 집. 수많은 고단함과 위로와 추억들이 함께했던 곳.

"정말 공항에다 내려 주기만 하면 돼? 괜찮은 거야?"

"괜찮대도."

"나 진짜 간다?"

"오냐. 가라."

벌써 10분째 친구 지윤과 옥신각신하는 중이었다. 일주일 전, 술을 마시며 회포를 풀었고 그다음은 만나자마자 헤어져야 했지만 그녀들은 조금도 아쉬워하는 기색이 아니었다.

"3일 뒤에 출장 가니까 방 하나 비워 둬라. 난 분명히 말했다? 만약에 그때 남자 친구랑 같이 있어도 나 내쫓을 생각 마."

"알겠어, 계집애야. 얼른 가. 너 회사 다시 들어가 봐야 한다며."

"조심하고. 도착하면 꼭 연락해. 혹시라도 동양인이라 무시하면 중지 번쩍 세워 주는 것도 잊지 마."

"좋은 거 알려 줘서 고맙다."

지윤과의 작별 인사는 군더더기 없이 깔끔했다. 뒤도 돌아보지 않고 운전석에 탑승한 지윤의 모습을 끝까지 지켜보던 다정은 출발하기 시작한 차량이 작은 점이 되어서야 걸음을 돌렸다.

"그래서. 난 이제 어디로 가야 하는데."

비행기를 타 봤어야 알지. 앞이 캄캄했다. 여차저차 사람들에게 길을 묻고 물어 메모장에 적어 둔 대로 침착하게 움직였다. 먼저 체크인부터. 항공사 찾아가고, 탑승 수속 밟고, 수화물 부치고. 또……. 광활한 공항 내부를 어리숙하게 훑어보고 있는 때였다. 누군가가 얇은 손목을 가볍게 잡아당겼다. 그 반동으로 다정의 몸이 뒤로 빙글 돌려졌다.

"아……."

차은도. 그였다.

"오셨어요?"

"늦었어?"

얼마나 급히 달려온 건지, 멀끔한 슈트 차림과 어울리지 못한 땀방울이 그의 이마에 송골송골 맺혀 있었다. 간신히 거친 숨을 참아 내고 있는 듯했지만, 크게 들썩거리는 가슴팍까진 숨기지 못했다. 다정은 싱긋 웃으며 은도를 안심시켜 주었다.

"아니요. 딱 맞게 오셨어요."

"최대한 빨리 마무리 짓는다고 노력하긴 했는데, 조율이 늘어지는 바람에. 미안해."

"바쁜 시즌이잖아요. 일 보셔야 하는데, 저 때문에 무리해서 와 주신 것만으로도 충분히 감동인걸요."

"너는 왜 말도 예쁘게 해."

사실 그는 무리해서라도 휴가를 내겠다며 억지를 부렸었다. 눈코 뜰 새 없이 바쁜 시즌인 것은 얼마 전까지만 해도 현역이었던 다정이 더 잘 알고 있기에 단호하게 거절했었다.

'자꾸 억지 부리면 저 미국에서 안 돌아올 거예요!'

최후의 필살기였다. 상처받은 그의 눈빛에 순간 마음이 약해질 뻔했지만, 물러서지 않았다.

"체크인했어?"

은도는 평소와 다르게 급한 모습을 보였다.

"네."

"수속은, 밟았고?"

"그럼요."

"수화물은."

"부쳤어요. 제가 애도 아니고."

"비행기 처음 타 본다며."

"……출장 좀 많이 다녀 봤다고 자랑하시는 거예요?"

장난스러운 다정의 농담에도 은도는 진지했다.

"걱정하는 거야. 쩔쩔매고 있을 모습이 훤히 보여서."

"장난도 못 치겠다."

"밥은, 먹었어?"

다정이 절레절레 고개를 흔들었다.

"긴장한 상태로 먹으면 체할까 봐요. 기내식 챙겨 먹으려구요."

그제야 조금은 진정한 기색이었다. 은도는 안도의 숨을 내쉬며 다정을 빤히 주시했다. 문득, 그의 시선이 다정의 귀 밑에서 멈추었다.

"그건 뭐데."

"네?"

"귀 밑에, 동글동글한 거."

"아, 이거……."

멀미약 스티커.

"혹시 몰라서요. 제가 버스만 타면 멀미를 하거든요. 비행기도 그만큼 흔들린다고 지윤이가 그랬어요. 그래서 꼭 붙이라고."

피식. 은도가 고개를 수그리며 웃음을 터트렸다. 친구가 놀렸네. 그걸 믿는 송다정은 더 귀엽고.

"왜요? 설마……."

"아니야. 혹시 모르니까 잘했어."

은도는 동그랗게 뜬 눈으로 자신을 올려다보는 다정이 사랑스러워, 그녀의 머리를 쓰다듬어 주었다.

"잠은, 잘 잤어?"

"걱정만 하시네요?"

"그래서 큰일이야. 보내고 나면 이것보다 더 유난 떨게 될까 봐."

그녀가 빙그레 입술을 말아 올리며 어여쁜 미소를 그렸다.

"사실 호기롭게 다녀오겠다 했지만, 걱정이 많아요. 잘 적응할 수 있을까, 부족한 영어 실력은 어떡하며, 아무도 모르는 곳에서 혼자 잘해 낼 수 있을지도 의문이고……. 차라리 한국에서 꽁냥꽁냥 연애나 하면서 경력 쌓는 것도 나쁘지 않을 것 같단 생각이 부쩍 많아졌거든요."

"지금이라도 늦지 않았어. 물려도 돼. 난 언제든 환영이니까."

"그런 말 하실 것 같아서 참았죠."

그는 소리 없이 입술로만 웃었다.

"많이 무서워?"

"무서웠는데, 은도 씨 얼굴 보니까 다 괜찮아졌어."

넌 괜찮아졌다니 다행인데, 나는 여전히 괜찮지 않아. 그래도.

"더 멋지게 커서 와."

그 시간만 견뎌 내면 우린 전보다 조금 더 완벽해질 수 있을 거란 생각 하나로 버티는 요즘이야.

"응. 그럴게요."

"불안하게 만들지 마."

그가 눈에 힘을 주어 말했다. 그러자, 다정이 배시시 웃는다.

"그런 일 없을 테니까. 본부장님이나 조심해요."

"걸리기만 해. 바로 비행기 타고 날아가서 잡아 올 테니까."

다정은 대답 대신 은도의 손등 위로 제 손을 겹쳐 올렸다.

"제 꿈, 응원해 줘서 고마워요."

"그 말만 오십 번도 넘게 들었다."

"해도, 해도 모자란데 어떡해요."

"고맙다, 미안하다는 진부한 말 말고. 사랑한다고 해 줘. 그거면 충분해, 난."

안심이 되니까. 은도의 눈매가 부드럽게 내려앉았다. 다정은 부끄러운 듯 입술을 달싹이며 고백했다.

"사랑해요."

"나도, 사랑해."

아쉬움 가득한 둘의 눈빛이 허공에서 부딪쳤다.

"그럼, 저 이만 들어가 볼게요."

은도가 작게 고개를 끄덕였다. 천천히 그녀의 발이 땅에서 떨어지고 손끝이 미끄러지려는 찰나, 그는 다시금 그녀의 손목을 꽉 움켜쥐곤 제 품으로 당겼다. 놀란 그녀의 눈이 크게 떠졌다.

"한 번만."

"……."

"한 번만 안아 보자."

대답이 돌아오기도 전에, 은도는 여린 그녀의 몸이 으스러지도록 세게 안아 주었다.

"잘하고 돌아와."

은도는 다정의 등을 토닥거려 주며 없던 기마저 끌어모아 전부 전해 주었다. 끝내 그녀의 어깨가 들썩거렸다.

"안 울어요. 저 진짜 안 울어요."

"안 물어봤어."

젖은 목소리로 웅얼거리는 것이 안쓰러우면서도 귀여워 죽겠다. 은도는 다정의 허리를 감싸고 있던 팔을 풀어내고 그녀의 턱을 잡아 올렸다. 하지만 다정은 힘껏 도리질 치며 그의 시선을 외면했다.

"씨이. 보지 말아요. 창피해."

"안 봐."

"보지 말랬다고 진짜 안 보는 게 어디 있……."

"키스할 거야."

말이 끝나기 무섭게 은도의 입술이 다정의 입술로 내려앉았다. 따뜻한 열감에 안심이 됐다. 걱정 또한 저만치 아래로 잠겼다. 가벼운 입맞춤은 점차 짙어졌다.

이대로 시간이 멈추었으면 좋겠다. 간절한 염원과 달리, 호흡이 점차 가빠 올 때쯤 그의 입술이 천천히 떨어졌다. 애석하게도. 은도는 엄지로 다정의 눈물을 조심스레 닦아 주며 은근한 미소를 머금었다.

"나, 여기 그대로 있을게."

만약에, 정말 만약에 네가 변한다 해도 나는 여전할게. 질척거리며 받아 줄 때까지 매달릴게.

"그러니까 울지 마."

화창하고 뜨거운 날이었다.

"웃어, 평소처럼. 당당하게."

당신으로 하여금.

에필로그
01. 재회

공항 출입문이 가까워질수록 걷는 속도도 점차 빨라졌다. 마음이 급했다. 다른 짐은 미리 부쳐 두었지만 그것 말고도 챙겨야 할 짐이 수두룩했다. 바쁜 걸음으로 출입구를 향해 얼마나 걸었을까. 드르륵, 드르륵 굴러가는 캐리어 바퀴 소리가 일순 뚝 끊겼다. 다정은 꼬옥 쥐고 있던 캐리어 손잡이에서 손을 떼고, 그대로 두 팔을 활짝 벌렸다.

"아…… 바람 좋다."

역시, 이거지. 지그시 눈을 감고 크게 숨을 들이켰다. 숨 막히게 그리웠던, 익숙하지만 어쩌면 조금 낯설어진 한국 고유의 향기가 코끝을 찔렀다. 4월의 한국은 낮엔 덥고, 밤엔 쌀쌀한 사막 기후의 LA와 달리 아직 선선했다. 만연한 봄기운에 장시간 비행으로 얻은 피로가 싹 가시는 기분이 들었다. 절로 가슴이 떨렸다.

"대체 이게 얼마 만이냐고……."

감격스럽다. 이상한 사람 보듯 힐긋거리는 시선쯤이야 아무래도 좋았다. 한국에 있을 땐 타지에서의 낯선 모험을 그렇게도 갈망했으면서, 막상 국경을 넘어 모진 풍파와 고생이란 고생을 온몸으로 겪어 보니, 새삼 모국의 소중함을 느꼈다.

매콤한 음식, 빠른 인터넷 속도, 어느 곳에서도 무리 없이 빵빵 터지던 와이파이, 막힘없는 소통, 한국인들 사이에서만 느낄 수 있는 문화.

그리고…….

"빨리 보고 싶다."

수백 번, 수천 번 불러 봐도 끝내 닿지 않던. 눈물겹게 그립던. 수많은 밤을 뒤척이게 했던 그 이름.

차은도.

영어가 익숙지 않아 버벅거릴 때마다. 무슨 말을 하는지 당최 알아들을 수 없어 답답한 가슴을 퍽퍽 내리칠 때마다. 한국에선 결코 하지 않았을 실수를 반복하고, 죄책감에 잠 못 이룰 때마다. 예쁜 공원을 지나칠 때나 맛있는 음식을 먹을 때마저도. 하루 24시간 온통 그의 얼굴이 머릿속에 둥둥 떠다녔다.

그래서 일주일이나 일정을 앞당기면서까지 무작정 와 버렸다. 무리한 덕분에 지옥 같은 인수인계로 한 달 동안 밤을 지새우며 일에 매달려야 했지만, 뭐 어쩔 텐가. 결과만 좋으면 됐지.

청량한 기류를 한껏 만끽하고 있는데, 바로 앞에서 경적 소리가 짧고 굵게 울려 퍼졌다.

슬쩍 눈을 뜨자, 새빨간 스포츠카가 눈에 들어왔다. 누구지? 미간을 좁히려는 순간, 운전석에서 장신의 남자가 모습을 드러냈다. 한눈에 알아볼 수 있었다.

"Jameson!"

제임슨.

〈지성가구〉 미국 지사에서 프로젝트 매니저로 근무하는 동안 친해진 한국계 미국인 지나의 소개로 알게 된 친구였다. 근사한 외모와 다부진 체격을 가진 만큼, LA에선 이미 유명한 모델로 현역 중에선 입지가 꽤 큰 편에 속했다.

제임슨은 한국 문화에 관심이 많았다. 아직 미숙하지만 기본적인 소통도 가능했다. LA에서 처음 생활을 시작할 때 많은 도움과 의지가 되어 주던 소중한 지인이었다.

"다정!"

어리숙한 말투가 반가웠다.

"세상에. 제임슨! 여긴 어떻게 알고 나왔어?"

"지나 통해서 들었어. 몇 시 비행기인지."

한걸음에 곁으로 다가온 제임슨은 다정의 뺨에 제 뺨을 가져다 대며 반갑게 인사했다. 다정은 활짝 웃으며 물었다.

"근데 애인은 어쩌고?"

그의 애인은 한국인이었다. 그러다 보니 당연히 한국 문화에 관심이 많을 수밖에 없었다.

제임슨은 입술 끝을 축 늘어뜨리며, 커다란 체격과 어울리지 않게 물벼락을 맞은 강아지처럼 끙끙거렸다.

"감금당했어."

"감금?"

"응. 회사에 출근해야 해서 집에 있으래. 얌전히."

"아아……."

지나치게 활발하고 도전 정신이 강한 제임슨의 성향을 잘 알기에 그의 애인이 걱정하는 부분이 아예 이해가 안 되는 것도 아니었다.

"애인 몰래 나 데리러 와 준 거야? 괜찮겠어? 나중에 혼나면 어떡해? 싸우는 거 아니야?"

"오, 다정. 천천히 하나씩."

"그러니까 영어로 대화하재도 그런다. 나 이제 잘하는데."

"그건 안 돼. 한국에선 한국말."

한국이라서가 아니라, 애인 때문이면서. LA에 있을 때도 무조건 한국어를 강요당했다. 그래도 마음이 예쁘지 않은가. 다정은 제임슨이 기특하다는 듯 씩 웃으며 한 글자 한 글자 천천히 말해 주었다.

"애인, 말 안 들었다가, 혼나면 어쩌려고!"
"아, 다정은 괜찮아. 허락받았어."
"정말?"
"당연하지. 우린 친구니까."
제임슨은 어깨를 으쓱이며 다정의 캐리어를 가뿐히 들어 올려 트렁크에 대신 실어 주었다.
"내가 해도 괜찮은데."
"다정, 너는 조금 쉬어야 할 필요가 있어."
"고마워, 제임슨."
제임슨은 대답 대신 멋들어지게 웃으며 조수석 문을 열어 주었다. 왠지 공주님 대접 받는 기분인데. 낯간지럽지만 나쁘지 않았다. 다정은 새침하게 고개를 끄덕이며 조수석에 올라탔다.
"캉남? 그곳으로 가면 돼?"
캉남이래. 귀여워. 다정 큭큭 숨죽여 웃으며 고개를 주억거렸다.
"응. 내가 내비게이션 찍어 줄게."
이제 곧이다. 곧, 그를 만날 수 있다.
그 생각만으로도 다정은 당장 가슴이 터질 것만 같았다.

해가 길어졌다. 가죽 의자에 느른히 기대어 앉아 있던 은도는 커다란 통창을 등진 채, 모니터를 꿰뚫듯 들여다보고 있었다.
"전무님. 내일 오전 11시에 W호텔에서 L&M 측 고완석 회장님 내외와 조찬이 잡혀 있습니다."
진우의 보고가 들리지 않았다. 벌써 한 시간째 은도는 손등 위에 턱을 괴고서 의미 없이 마우스 버튼만 탁, 탁 두드리고 있었다.
"그리고 오후 2시엔 중국 측 바이어와 미팅이 잡혀 있고, 3시엔 주주 총회 일정이…….”

진우가 말끝을 흐렸다. 도통 제 말에 집중하지 못하고 있음을 뒤늦게 알아차린 것이다.

“전무님.”

대답이 없다. 그도 그럴 게, 지금 같은 이상 증세는 갑자기 나타난 것이 아니었다. 외부 일정을 끝내고 집무실에 있을 때 은도는 지금처럼 멍하니 모니터만 들여다보고 있었다.

[본부장님!

아니, 상무. 아아, 아니다. 이젠 전무님이라고 불러야겠죠?

아직도 익숙하지가 않네요.

벌써 LA는 더워요. 낮에는 땀이 흐르기도 하지만 밤엔 또 어찌나 추운지. 저는 요즘 눈코 뜰 새도 없이 너무 바빠요.

한국은 벚꽃 축제가 한창이겠네요. 되게 예쁠 텐데 제가 갈 때쯤이면 전부 떨어져 있겠죠?

얼른 보고 싶다! 이제 2주 남았어요. 시차가 커서, 혹시 주무시고 계실까 봐 장문으로 카톡 남겨요.

모쪼록 오늘 하루도 힘내요♡]

벌써 수도 없이 읽은 메시지 내용은 이제 달달 외울 지경에 이르렀다. 그 밑에 첨부된 사진을 보자 은도의 인상이 살풋 찡그러졌다. 새파란 LA의 하늘과, 여전히 예쁜 송다정. 그리고 그 옆엔 친구인 모양이고, 반대편에 있는 건.

“……누군데. 대체.”

혼잣말하듯 낮게 읊조렸다. 용케 알아들은 진우가 시선을 올렸다.

“예?”

“…….”

다시 침묵.

다정이 알려 준 대로 은도는 3년 전 PC 카카오톡을 다운받았다. 문자는 하루에 세 번 이상. 전화는 한 통씩. 빠짐없이 꼬박꼬박 잊지 않고 연락했다. 그중엔 사진도 포함이었는데, 5장 중 1장 꼴로 언제부턴가 활짝 웃고 있는 다정의 곁엔 정체 모를 외국인 남자가 함께였다.

괜히 속 좁아 보일까 쉽게 물어보지도 못하고 끙끙 앓던 것까진 좋았다. 일적으로 만나 친해진 직장 동료일 수도 있으니.

섣부르게 판단하긴 이른 감이 있어 잘 참아 왔다. 여전히 잘 웃고, 활기찬 모습이었으니까.

휴대폰 너머로 몰래 훌쩍이는 모습은 온데간데없어 그것만으로도 충분히 다행이라 생각했다. 그런데. 일주일 전부터 연락 두절이다.

혹시라도 피해가 가진 않을까 조심스러웠지만, 걱정되는 마음도 사실이었기에 미국 지사에 직통으로 연락을 취해 보기도 했다. 그러나 돌아온 대답은 미팅 또는 회의로 자리를 비웠다는 멘트뿐이었다.

요즘 미국 지사가 새 매장 오픈 준비로 바쁘단 것쯤은 익히 들어 알고 있었다. 앞으로 일주일 뒤 입국 일정이 잡힌 만큼, 남아 있는 인수인계로 정신없는 것도 백번 이해하겠다.

그래도.

"바쁘다. 그 세 글자 남겨 두는 게 그렇게 힘든 일인가?"

속으로 품어 온 불만이 고요히 흘러나왔다.

"……전무님."

여전히 반응이 없자, 결국 진우는 참지 못하고 집무 책상 앞으로 다가가서 다시 한번 불렀다.

"전무님."

그제야 은도가 고개를 들었다.

"아, 말해요."

상태를 보아 일정 소화는 무리란 판단이 섰다.

“오늘 일정은 내일로 미룰 테니 그만 들어가 쉬시는 편이 좋을 것 같습니다.”

“아…….”

본부장에서 상무이사로. 상무에서 전무로 진급한 이후, 신경 쓸 것이 많아 제대로 잠을 이루지 못했다. 그래서 예민해진 건가. 은도는 엄지로 관자놀이를 지그시 누르며 눈을 감았다 떴다.

“차량 대기시켜 두겠습니다.”

“……아니.”

“예?”

“잠시 나가서 바람 좀 쐬다 들어오면 됩니다.”

그 말을 끝으로 은도가 의자에서 몸을 일으켰다. 어딘가 위태로운 모습이 걱정스럽기도 했지만, 그 이유쯤 쉽게 알아차릴 수 있었기에 아예 이해가 안 되는 것도 아니었다. 진우는 슬쩍 비켜서면서 문을 대신 열어 주며 말했다.

“모시겠습니다.”

괜찮다 딱 잘라 거절해도 몇 발자국 뒤에서 따라올 진우를 알기에, 은도는 가볍게 고개를 끄덕이며 걸음을 옮겼다.

엘리베이터는 막힘없이 하강했다. 업무가 한창인 시간이라 비교적 한산한 로비를 가로질러 걸었다. 몇몇 직원들의 인사를 받아 주고, 정문을 나선 때였다. 본사 바로 앞에 정차되어 있는 새빨간 스포츠카가 눈에 밟혔다. 얼마 지나지 않아 운전석에서 웬 남자가 모습을 드러냈다.

“……외국인?”

이상한 일이었다. 처음 보는 사람이 분명한데, 어쩐지 낯이 익다. 그 자리에 우두커니 멈춰 선 은도는 남자 외국인의 움직임을 따라 천천히 시선을 움직였다. 차량 보닛을 지나, 조수석 앞에 멈춰 선 남자가 문을 열었다. 그러자, 그 안에서 익숙한 얼굴이 등장했다.

선글라스를 쓰고 있었지만, 한눈에 알아볼 수 있었다. 3년 전보다 길어진 머리. 조금 더 성숙해진 얼굴. 송다정. 네가 왜……. 일정대로라면 분명 일주일 뒤에 입국이어야 맞았다.

사전에 연락도 없이. 그것도 무려 다른 남자와 나타났다고. 일부러 놀라게 하려고 비밀리에 이뤄진 계획이었다면 어느 정도는 성공이었다. 반가운 것도 맞았다. 하지만 다음으로 이어진 광경에 절로 턱이 팽팽하게 당겨졌다.

"제임슨, 고마워! 덕분에 잠도 푹 잤고, 편하게 왔어."

"천만에."

남자는 가볍게 포옹하며, 다정의 뺨에 입을 맞추었다. 그 애틋한 모습을 두 눈으로 직접 목격하자마자 은도의 미간이 확 구겨졌다. 기억났다. 저놈. 은도는 목을 꽉 조이고 있던 넥타이를 느슨히 풀어 헤치며 걸음을 마저 떼어 냈다. 한 걸음, 두 걸음. 저벅저벅 걷던 걸음이 멈추고.

"송다정."

지나치게 잠긴 목소리가 나직하게 흘러나오자, 두 사람의 얼굴이 느릿느릿 옆으로 움직였다. 짧은 시간이 흐른 뒤, 가까이 다가온 얼굴을 확인한 다정의 눈이 휘둥그레 떠졌다.

에필로그
02. 영원이라는 이름

카페에 도착했다. 경기도 외곽 남양주와 하남 사이에 위치한 팔당 호수를 마주 보고 있어 탁 트인 절경은 더할 나위 없이 아름다웠지만, 은도는 좀처럼 웃지 못했다.

"아, 맞아요. 내 자리 첫 번째 서랍 열어 보면 수주랑 발주 내역 정리해 둔 파일철 있을 거예요. 그거 참고해요."

차에 태우고 카페에 도착할 때까지, 그녀는 한시도 쉴 틈이 없었다. 대화를 시도해 보려고 하면 기가 막힌 타이밍에 전화가 걸려 왔고, 겨우 끝냈나 싶으면 다른 발신자가 통화를 연결해 왔다. 의문의 외국인 남자의 정체도, 사전에 연락도 없이 덜컥 나타난 영문도 물어볼 시간이 없었다. 맞은편의 다정은 어깨 사이에 휴대폰을 끼워 넣은 채, 다이어리를 넘기며 다시 말을 이었다.

"아아, 확인했어요? 그리고 모니터 밑에 분홍색 USB 있죠? 거기에 이번 프로젝트 피피티랑 이번 년도 F/W 시즌 기획서도 들어 있거든요. 아마 다음 브리핑 발표자가 서영 씨 차례일 텐데, 전해 주면 알아서 재검토해서 결재 올릴 거예요. 비밀번호는 모니터 하단 포스트잇에 적어 뒀어요."

저리 바쁜데 물어볼 틈이 있나. 한걸음에 달려와 와락 품에 안기는 눈물겨운 상봉까진 바라지도 않았다. 적어도 반가워는 할 줄 알았는데, 현실적이다 못해 너무하다 싶을 정도다. 이건 뭐. 울어야 할지. 웃어야 할지. 그저 헛웃음만 터졌다.

그녀의 꼼꼼한 성격상 인수인계를 대충 처리하진 않았을 터다. 분명 나름대로 몇 번이고 재검토하며 심혈을 기울였겠지만, 누구든 지금과 같은 상황은 불가피했다. 아마, 앞으로 일주일은 더 이런 상황이 이어지리라. 본사에서 근무할 때에도 세 명의 몫을 혼자 해내던 그녀였다. 그 당시에도 다정의 부재는 남은 직원들에게 꽤나 큰 타격이었다.

본사에 비해 지원 인력이 턱없이 부족한 미국 지사라면 그 사정은 말해 뭐 할까. 더욱 궁핍하겠지. 이해를 못 하는 건 아니었지만, 어쩐지 씁쓸하고, 조금은 서운한 마음을 지울 수 없었다. 따가운 눈총을 느낀 것인지, 슬슬 은도의 눈치를 살피던 다정이 서둘러 마무리를 짓기 시작했다.

"아아, 일단…… 제가 지금 급한 일이 있어서 나머진 조금 이따가 따로 연락드릴게요. 네네. 네에."

다정은 테이블에 휴대폰을 내려놓으며 조심스럽게 시선을 올렸다.

"죄송해요. 제가 너무 바빴죠."

눈을 휘며 웃는다. 속도 모르고.

"다 끝났어?"

"이, 일단은?"

"아아. 일단은."

"본부장니임."

"이제 본부장 아니거든."

"아, 맞다. 전무님이었지. 미안해요. 입에 붙어서 습관이 됐나 봐."

미안한 일도 참 많다. 너는. 은도가 밉지 않게 다정을 흘기자, 그녀는 뭐가 그리도 좋은지 마냥 해사하게 웃었다.

"화났어요?"

"아니."

"그럼, 서운했어요?"

"……아니."

"아! 토라졌구나!"

"야."

"맞네. 삐졌네. 완전 삐졌구만."

진짜 얘 무슨 자신감이지. 은도는 한숨 섞인 숨을 내쉬며 다정을 빤히 들여다보았다.

생글생글 웃는 모습은 여전히 예뻤다. 활짝 웃을 때마다 하트 모양으로 변하는 입술이나, 작은 얼굴에 오목조목 채워진 사랑스러운 이목구비. 특히, 저 또렷한 눈매가. 바로 앞에 있다는 사실만으로도, 현실인가 싶은 게. 도무지 화를 낼 수가 없다.

"왜 말도 없이 왔어."

"당연히 놀라게 해 주려고 그랬죠. 덕분에 한 달 내내 정말 딱 죽을 만큼 힘들었지만요. 잘생긴 얼굴 보고 싶어서 참을 수가 있어야지."

말이라도 못 하면.

"연락 못 한 건 정말 죄송해요. 근데, 저 진짜 거짓말 하나도 안 보태고 일 끝나면 쓰러지다시피 잠들었단 말이에요. 그러니까 한 번만 봐주면 안 될까요? 이렇게 노력했는데. 대신, 일주일 희생한 대가가 좋았잖아요."

"내 앞에서 거래하려고 들지 마. 여기 회사 아니야."

"어머. 무슨 말을 그렇게 서운하게 해요? 난 진심인데."

다정은 제 휴대폰 액정을 은도의 눈앞에 들이밀었다.

"봐요. 배경 화면도 본부장님 사진이고, 또……. 여기 메모장 보이죠? 이거 전부 다 한국 돌아가면 본부장님이랑 같이 가고 싶은 곳 써 둔 거예요. 하루에 하나씩. 이거 보면서 버텼다고요."

이제 본부장 아니라니까 그러네. 그래도……. 저렇게까지 필사적으로 어필하는데 한 번은 눈감아 줄까. 은도의 잇새로 실없는 웃음이 흘러나왔다.

"안 피곤해?"

"전혀요!"

"그래도 미리 말해 주지 그랬어. 데리러 갔을 텐데."

"에이. 제가 애도 아닌데요, 뭘."

일주일. 고작 7일 연락이 안 됐을 뿐인데 그 시간 동안 내가 얼마나 마음 졸였는지 아니.

"아까는 왜 바로 안 달려왔어. 송다정답지 않게."

"아까요?"

"그래."

다정은 곰곰이 생각에 잠긴 듯 얌전히 입을 다물었다. 그러다 이내 회사 앞에서 재회한 장면을 떠올린 모양인지 손뼉을 짝 부딪치며 작게 탄식했다.

"회사 앞이잖아요. 괜히 직원들 눈에 발각되면 본부장님 입장 난처해질까 봐 참았죠."

"네가 언제부터 그런 거 신경 썼다고."

"잊으셨어요? 저 남 시선 되게 신경 쓰던 사람이었는데."

"3년이나 지났잖아. LA 출장 갔을 땐 덥석덥석 잘도 안기더니."

"미국은 한국이랑 다르게 좀 개방적이잖아요."

"퍽이나."

은도의 눈매가 가늘어졌다. 짧은 정적이 감돌았다. 묵직한 침묵을 먼저 깨트린 것은 푸핫— 하고 기분 좋게 터진 다정의 웃음소리였다.

"아, 진짜. 본부장님 그사이에 엄청 귀여워지셨네요!"

썩 기분 좋은 칭찬은 아니었다.

"아이, 그러지 말고요. 본부장님 우리 정말 오랜만에 재회한 건데, 기분 푸세요. 응?"

"풀 게 뭐가 있어. 나, 화 안 났어."

"났으면서."

"안 났다니까."

"알겠어요. 안 났어."

"났어."

"네?"

"났다고. 조금."

정말 어떡하지, 이 남자. 대체 언제부터 소심해진 건가. 귀여워 죽겠네……. 다정은 이를 꽉 다물며 자리에서 일어났다. 그러자 은도의 시선이 그녀를 따라 천천히 위로 향했다.

"어디 가게."

"나가요. 밖에."

"밖?"

"네. 노을 지고 있잖아요. 너무 예쁜데……. 같이 걷고 싶어요."

창밖을 내다보는 그녀의 얼굴에 서서히 내려앉는 햇빛이 닿았다.

새삼 아름다워, 시선을 뗄 수 없었다. 그녀의 고개가 천천히 움직이고, 다시 한번 눈이 부딪쳤다. 무의식적으로 말이 흘러나왔다.

"……보고 싶었어."

거짓말처럼, 마법에 걸린 것처럼. 그녀의 입술이 길게 늘어졌다.

"저도요."

"정말 많이, 보고 싶었어."

하루에도 수십 번. 당장 비행기 표를 끊고 네가 있는 곳으로 가고 싶었어.

"참을 수 없을 만큼."

네가 절실했어.

팔당 호수를 따라 긴 산책로를 나란히 걸었다. 그의 손을 꼬옥 부여잡은 채. 꿈이 아닐까. 환상이 아닐까. 손만 맞잡고 있을 뿐인데, 새삼 그의 손이 크다는 것을 느꼈다. 기다란 손가락, 손등 위로 불거진 핏줄. 은은히

풍겨 오는 그의 향수 냄새. 여전히 근사한 얼굴과 멋들어진 슈트까지.

그는 3년 전과 조금도 달라지지 않았다. 여태껏 불안하고 애달아 했던 감정이 허탈해질 정도로, 그대로였다.

"회장님은 잘 지내시죠?"

"응. 널 보고 싶어 하셔."

"내일 뵈러 가요. 같이."

"그래. 좋아하실 거야."

다정이 작게 고개를 끄덕였다.

"회사 사람들은 잘 지내요? 아, 맞네. 본부장님은 이제 전무님이니까 평사원 관리 안 하시죠? 그럼 잘 모르겠다."

"다들 잘 지내고 있어. 가끔 회식도 같이해. 시간 날 때 축구 동호회도 참석하고 있고."

"그렇구나. 다행이다……."

여전히 잘 동화되고 있구나. 안도감에 절로 미소가 지어졌다. 그때, 생각지도 못한 복병 같은 질문이 불쑥 튀어나왔다.

"그래서. 그 남자는 누구야."

"남자? 누구요?"

"제임슨인지, 뭔지 하는 외국인 있잖아. 그 남자 덕분에 잠도 푹 잤다며."

"아, 그거!"

잠깐. 설마…….

"제임슨 때문이었어요?"

다정이 정곡을 푹 찔러 오자, 은도의 미간이 옅게 구겨졌다.

"대답이나 해."

"제임슨은 미국 지사 동료 소개로 알게 된 친구예요. 애인도 있구요."

"애인 있는 남자와 단둘이 차를 타고 와? 무방비하게 옆에서 잠도 자고?"

"아, 그게……."

그 애인이 남자인데요. 제임슨이 게이라는 사실을 순순히 털어놓을까 했지만 다정은 끝내 묵인하기로 했다. 그의 질투는, 어쩐지 조금 귀엽고 또 많이 사랑스러웠으니까.

"허락받았거든요. 제임슨 애인한테. 정말 아무런 사이도 아니에요. Just Friend!"

3년 사이 현지인들 틈에 끼어 영어 좀 배웠다고 그새 굴리는 발음부터가 달라졌다. 능청스러운 애교는 말할 것도 없었다. 내가 널 어떻게 이길 수 있을까. 은도는 그만 피식, 웃음을 터트리고 말았다.

"그나저나 본부장님."

"응."

"키가 얼마나 돼요?"

"185. 갑자기 그건 왜?"

"원래 이렇게 컸나 싶어서요."

"예전엔 작다고 느꼈나?"

"아니요, 그건 아닌데……. 오래 떨어져 있다 보니까 가끔 멀게 느껴졌거든요. 원래 존재하던 사람이 맞나 싶고."

강가의 물결을 타고 봄바람이 술술 불어왔다. 나뭇잎이 사아아, 소릴 내며 흔들리고, 수풀 사이를 가르며 머리카락을 헤집고 지나갔다.

비릿하지만 상쾌한 향기가 코에 닿았다. 좋은 냄새였다. 다정은 머리카락을 귀 뒤로 넘기며 싱긋 웃었다.

"꿈만 같아요."

"뭐가?"

"이렇게, 손잡고 나란히 걸을 수 있는 게. 여유롭게 거닐 수 있는 게. 평소 같았으면 정말 아무것도 아닌 일인데, 지금은 왠지 전부 꿈만 같아요."

앞으로 나아가던 은도의 두 다리가 별안간 우두커니 멈췄다.

"왜 멈춰요?"

"예뻐서."

저절로 손이 움직였다. 허리를 숙여 온 은도가 다정의 목덜미를 그대로 감싸 당겼다. 예상치 못한 입맞춤에 다정의 눈이 동그랗게 떠졌다.

"아……."

부드럽고 따뜻한 그의 입술 감촉이 애틋하다. 얼마나 기다렸던가. 왠지, 눈물이 날 것 같다.

"보고 싶었어요. 정말로."

입술을 맞댄 채, 작게 속삭였다.

"나도. 끔찍할 정도로."

다정이 발끝을 세웠다. 그의 양 볼을 감싸 안고, 다시 한번 촉. 입술을 맞췄다.

"너무, 너무 좋아요."

다시 만나 반가워요.

그의 입술 끝이 올라섰다.

"송다정 씨."

"……네?"

"아직 할 일, 남은 걸로 아는데."

엥?

"뭔데요?"

아…….

다정의 얼굴이 확 달아올랐다.

"저, 저 아직 준비를 못 했는데요. 하하. 집에 들러서 옷도 갈아입어야 하고, 또……."

"무슨 생각을 하는 건데."

"네? 뜨거운 밤 보내자는 소리 아니었어요?"

무슨 말을 해도 그렇게……. 진짜 못 말리겠다. 송다정.

"잊었습니까?"

은도는 터져 나오려는 웃음을 가까스로 참아 내며 말을 이었다.

"재계약 협상해야죠, 우리."

다시 한번 더, 이번엔 영원히. 내 세상으로 들어오란 뜻이었다.

벌써 산 중턱까지 기울어진 태양은 그 어느 때보다 뜨겁게 작열하며 두 사람의 머리 위로 잘게 부서져 내렸다.

— *Fin*

외전

01. 안과 밖이 다른 여자

목표치를 달성한 성과와 해외 지사에서의 경력을 인정받아 다정은 무리 없이 기획 1팀 팀장 자리에 오를 수 있었다. 이견은 없었다. 그녀와 한 번이라도 일을 함께해 본 사람이라면 충분히 납득하고도 남을 결과였으니.

오히려 달갑지 않은 시선과 반응은 전혀 상관없는 부서, 또는 조금도 관련이 없는 이들에게 있었다. 하지만 그마저도 금세 휘발되었다. 이유는 간단했다.

"뭐? 또?"

다정은 기함하며 자리에서 벌떡 일어났다. 정연은 어쩔 줄 몰라 하며 그녀의 눈치를 살폈다.

"네……. 절대 안 된다고 하셨대요. 이번엔 워낙 완강하셔서 이제 조 상무님도 전무님 설득하는 건 한계라고 하시고요."

초반에 비하면 갱생한 수준이었지만, 옛날 버릇이 어디 갈까. 차은도 전무가 업무에 관해선 잔인하리만큼 융통성이 없다는 것쯤, 모르는 사람 빼곤 전부 다 아는 사실이니 말이다.

어디까지나 차은도, 그를 위한 임시방편 자리였던 '본부장' 직급은 은도가 공식적으로 임원직 계약을 마친 뒤 자동 소멸 되었다.

임원인 은도와 회사 내에서 마주칠 일은 극히 드물었다. 하지만 지금처럼 직원들 과반수가 동의한 사안이 처참히 외면당하거나 도무지 설득이 불가하다 판단될 땐 조 상무에게 등 떠밀리듯 어쩔 수 없이 다정이 나서곤 했는데, 그럴 때마다 전쟁이 따로 없었다.

강남 상권의 〈지성가구〉 쇼룸 입점 불발. 기획팀 직원들과 다정이 그 어느 때보다 자신 있게, 적극적으로 추진한 사안이었지만, 볼 것도 없다는 듯 매정히 반려당한 횟수만 해도 벌써 다섯 번째였다.

"일단, 내가 상무님 만나 보고 올게. 지금 집무실에 계시지?"

"전무님 말고 상무님을 만나러 가시겠다고요?"

"당연하지. 지켜보는 눈이 몇 갠데. 전무님 집무실에 다이렉트로 찾아갔다가 뒤에서 무슨 소릴 들으려고. 이럴수록 더 확실하게 절차 밟아야 해."

솔직한 심정으로 이럴 땐 은도가 전무이사인 것이 답답하기도 했다. 직급이 상무였다면, 직속상관이란 이유로 그나마 눈치 보지 않고 찾아갈 수라도 있을 텐데. 벌어진 격차가 너무 크다. 회사에서 다정과 은도의 사이가 존중받을 수 있었던 건, 전부 다정의 확실한 성격 덕분이었다.

남부럽지 않은 든든한 울타리가 그녀의 뒤를 지키고 있었음에도 다정은 은도의 힘을 악용하거나 앞세우지 않았다. 회사의 평화를 위해서라도 너무하다 싶을 정도로 과정과 수칙을 철저히 지켰다.

"힘내세요, 송 팀장님. 예전이나 지금이나 고생이 많으시네요."

결국 달라진 건 하나도 없었다. 그도 그럴 것이 기획팀은 내심 다정이 팀장직으로 돌아왔을 때 조금 더 편한 회사 생활을 기대하는 눈치였지만, 그 기대는 일주일도 채 지나지 않아 풍비박산 났다.

"걱정하지 마, 정연 씨. 내가 어떻게든 결재 따낼게. 이번만큼은 나도 절대 양보 못 해."

양보가 아니라, 아직 우리는 차 전무님 말발에 대적할 급이 안 되는 것 같은데요. 말해 봤자, 통할 리가 없다.

"네. 파이팅이요……."

씩씩하게 기획팀 사무실을 나서는 다정의 당찬 모습과 달리, 실패를 확신하는 정연의 목소리는 안타깝게도 밝지 못했다.

이번 해는 유독 바쁜 일의 연속이었다. 전국 각지에 〈지성가구〉의 쇼룸이 입점하기 시작했고, 마지막으로 서울 지점의 지역 결정을 남겨 두고 있는 시점에서 여러 난관에 부딪쳤다.

쇼룸은 판매보다 전시에 비교적 더 큰 목적을 두고 있어 유지하는 데 들어가는 비용이 컸다. 그로 인한 적자를 피해 가긴 힘들었다. 그 사실을 모를 리가 없는데도 이번 기획팀에서 올라온 기획안은 터무니없이 무리수였다.

"쇼룸 위치를 강남으로……."

보나 마나 모험을 즐기는 송다정이 불어넣은 입김일 것이다.

"그렇게 안 된다 해도 고집은."

희미한 웃음이 샜다. 일반적인 쇼룸 위치는 경기 외곽 지역으로 정해진다. 비교적 땅값이 저렴하고, 어마어마한 평수를 감당하기 위해선 어쩔 수 없는 선택이었다.

하지만 다 알면서도 다정은 벌써 몇 차례나 고집을 부렸다. 그 대단한 집념만큼은 크게 샀지만 여전히 은도는 그녀의 의견을 통과시켜 줄 마음이 없었다. 그건 둘째 치더라도 이해할 수 없는 것은 다정의 일관된 행동이었다. 일주일 내내 지금처럼 뜻을 굽히지 않고 강력히 어필할 정도면 회사 밖에서 개인적으로 한 번쯤 언급할 만도 한데, 그녀는 꿋꿋이 입을 다물었다.

서운한 기색을 보이지도, 기획안을 반려한 이유를 따져 묻거나 왜 안 되는 거냐며 억울함을 내비치지도 않았다. 평소처럼 사랑스러웠고, 장난꾸러기 같은 면모 또한 그대로였으며, 어제와 다를 바 없이 상냥했다.

"그래서 더 무섭단 말이지……."

신종 고문인가. 분명 상사는 자신이고 합당한 이유로 결재 승인을 내주지 않고 있는 것인데, 이상하게 그녀의 눈치가 보인다.

은도는 서류에서 시선을 떼고 집무 책상 위에 놓인 작은 액자를 물끄러미 바라보았다. 액자 속엔 불과 한 달 전 치른 결혼식 사진이 들어 있었다. 새하얀 웨딩드레스를 입고서 제 팔짱을 낀 채 활짝 웃고 있는 다정의 얼굴이 눈에 들어찼다.

다정이 미국 지사에서 돌아온 이후, 조급한 마음을 참을 수 없었다. 그래서 그간 단련해 온 영업 수법을 총동원해 다정에게 전부 쏟아부어 얻을 수 있던 결과였다. 결혼식 이후로 은도는 좀처럼 일에 집중하지 못했다. 할 만하다 싶으면 지금처럼 액자 속 다정의 얼굴에 넋을 놓았다. 너무 예뻐서.

'뭔가 제대로 낚인 기분이에요!'

장난 반, 진심 반. 억울하다는 듯 울상을 지으면서도 프러포즈 반지를 받고 엉엉 울던 그녀의 모습이 떠올랐다. 생각하니, 또 보고 싶다.

"일해야지……."

공과 사를 구분하는 것이 이토록 버거운 일이었다니. 새삼 체감했다. 무슨 수를 썼는지 저만큼이나 확실한 조인호 상무의 결재 승인을 수차례 따낸 것은 기특했지만, 이번 역시. 아쉽게 됐다. 사진에서 눈길을 떼고, 다정의 결재 기획안에 큼지막하게 'X'를 그으려는 때였다.

업무용 키폰에서 띠띠띠, 소음이 울렸다. 호출 전화였다. 은도는 천천히 팔을 뻗어 버튼을 눌렀다.

"네."

— 전무님. 기획 1팀 송 팀장님이 결재 건으로 찾아오셨는데, 어떻게 할까요.

은도의 눈이 크게 떠졌다.

"……송다정?"

잘못 들었나 싶어 되물어 봤지만 대답은 같았다. 단 한 번도 집무실을 찾았던 적이 없었는데.

"들여보내요."

말을 끝내기 무섭게 집무실 문이 벌컥 열렸다. 열린 문틈 사이로 당황한 여비서의 얼굴과 단단히 마음을 굳힌 듯 비장한 다정의 얼굴이 보였다. 은도는 비서가 문을 닫고 사라진 뒤에야 말문을 열었다.

"무슨 일……."

"잠깐만요, 전무님. 잠시 스톱."

"……뭐?"

이해할 수 없는 다정의 말에 은도의 미간이 작게 좁혀졌다.

"지금 제가 올린 기획안에 또 대문짝만하게 엑스 치시려고 하는 거잖아요. 아니에요?"

"……맞는데."

한 치의 망설임도 없는 수긍에 다정은 입술을 꾹 깨물었다.

"좋아요. 하시던 거, 마저 계속하세요."

결재 올린 기획안을 찢어 버리든 태워 버리든, 멋대로 처리하라는 뜻이다. 그래. 하긴 할 건데, 네 앞에서 대놓고 반려시키면 내가 좀. 미안해지잖아.

"무슨 일인데, 다정아."

애정이 가득 묻어난 은도의 낮은 목소리에 다정이 흠칫 어깨를 떨며 동요했다.

"그렇게 다정하게 제 이름 부르지 마세요. 회사입니다. 전무님."

"둘밖에 없는데 꼭 그래야 해?"

"네. 왜냐면 저는 지금 전무님을 설득시키러 온 입장이니까요. 일단, 하시던 거 얼른 마저 처리하시죠."

펜을 쥐고는 있었지만 은도는 선뜻 선을 긋지 못했다. 난감함에 절로 인상이 찡그려졌다.

"저는 정말 괜찮다니까요?"

가까이 다가온 다정은 눈을 부릅뜨며 웃었다. 그러고는 등 뒤에 숨겨 둔 파일철을 꺼내어 떡하니 책상에 올렸다.

"너, 설마……."

"네, 맞아요. 쇼룸 설립 기획안입니다. 제 기준 부족하다 싶은 부분도 싹 다 뜯어고쳤고요, 결재 승인란 보면 아시겠지만, 조 상무님 사인도 다시 받아 왔습니다."

그러니까, 너만 오케이 하면 돼. 다정은 혹시나 은도가 단칼에 안 된단 말을 뱉을까 싶었는지 즉시 말을 가로챘다.

"전무님이 무엇을 염려하는지 잘 알고 있어요."

"그런데?"

"그래도 강남이어야 합니다. 초창기엔 전무님 의견대로 적자를 피해 갈 수는 없겠지만, 그것도 어디까지나 투자금이라 생각하고 감수해야 해요."

은도는 가느다란 숨을 내쉬며 반박했다.

"기업은 이윤과 창출을 목적으로 하는 곳이지 치기 어린 도전 정신으로 승부를 보는 도박장이 아니야. 대책 없는 무모함을 감수하면서까지 무작정 네 손을 들어 줄 수는 없어."

"저도 무조건 애처럼 알아 달라 조르는 거 아니거든요? 쇼룸은 전시장이라고 생각하는 사람이 대부분인 만큼, 정말 구매할 게 아니라면 잘 찾아오지 않잖아요. 외곽 지역은 거리도 멀고, 차량이 없는 고객들은 엄두도 낼 수 없어요. 결국 포기하고 덜컥 인터넷으로 주문했다가 피 본 사람도 많습니다. 아시잖아요."

"……."

"문구점이나 마트 같은 개념으로 연령대와 상관없이 언제든 가볍게 찾아올 수 있는 분위기를 조성하는 거예요. 1층은 판매, 2층과 3층은 전시장. 그 외에 키즈 놀이방이나 카페, 음식점 입점도 하고요."

"그건 이미 다른 지역 쇼룸에서도 진행하고 있는 거잖아."

"그걸 축소하자는 거예요. 비교적 자리 차지가 덜한 인테리어 소품을 주로 밀면서요. 전무님 말처럼 강남은 타격이 크니까 온라인 공식 판매점에 이벤트 배너 걸고요. 구매 전, 강남점 쇼룸을 찾아 주시는 분들에게 최대 35%까지 할인해 주겠다고 하면서."

대답이 없다. 은도는 묵묵히 다정의 말을 들으며 그녀가 내려놓은 서류를 꼼꼼히 살폈다. 조금 놀랐다. 거기까지 생각해 올 줄은 몰랐는데. 짚고 넘어가려 했던 부분과 미처 자신이 생각지도 못한 부분까지 보완해 올 줄이야. 은도의 침묵은 호의적이었지만, 다정은 점차 조급해지기 시작했다.

"아시죠? 말도 안 되게 높은 땅값으로 유명한 명동에 왜 그렇게 많은 기업들이 무리해서 매장을 내는지."

"……홍보."

"맞아요. 그거죠."

주장을 끝낸 다정은 적잖게 긴장한 얼굴로 초조하게 답을 기다렸다. 짧은 침묵이 흐른 끝에 은도의 입술이 천천히 벌어졌다.

"좋아."

다정의 눈이 동그랗게 떠졌다.

"정말요?"

"생각해 볼게."

안 된다는 부정보단 훨씬 나았지만 어쩐지 애매한 대답에 다정은 실망한 기색이 역력했다.

"긍정적으로."

그러나 이어진 은도의 말 한마디로 하여금 축 처진 그녀의 입술 끝이 금세 올라섰다.

"진짜죠?"

"응."

"아휴, 다행이다. 그럼 저는 이만 돌아가 보겠습니다!"

다정은 꾸벅 허리를 숙여 인사를 하고는 그대로 뒤돌아섰다. 이게 아닌데……. 은도의 눈가가 찌푸려졌다.

"송 팀장."

"네?"

문손잡이를 돌리려다 말고 다정이 몸을 돌려세웠다.

"기획팀 사무실에 꿀이라도 숨겨 뒀어? 볼 장 다 봤다고 너무 매정하게 돌아서는 게 아닌가 싶은데."

"얼른 가서 소문내려고요. 그래야 전무님도 빼도 박도 못하게 결재 승인해 주죠."

속도 모르고 다정은 히히 웃었다. 정말 너무한 거 아니니, 너.

"그래도 출장 이후로 일주일 만에 보는 남편 얼굴인데. 별로 안 반가운가 봐?"

그제야 은도의 속내를 알아차린 듯, 다정은 슬슬 눈치를 살피기 시작했다.

"에이, 그럴 리가 있겠어요?"

눈동자를 이리저리 굴리며 입술을 오물오물 움직였다. 마치, 중요한 것을 숨겨 놓은 사람처럼. 그러곤 의미심장하게 웃었다.

"솔직히 말해. 무슨 수작인데."

"수, 수작이라니요!"

"사고 쳤어?"

"에헤이. 그런 거 아니에요."

"근데 얼굴이 왜 그래."

"제 얼굴이 어떤데요?"

"뭔지는 몰라도 숨기고 있잖아. 얼굴은 말하고 싶어 죽겠다는 표정이고."

다정은 정곡에 찔린 사람처럼 혼잣말하듯 불만을 중얼거렸다.

"……정말 이럴 땐 귀신이 따로 없다니까."

좀처럼 감을 잡을 수 없다. 은도는 나가려다 말고 몸을 돌려 다시 곁으로 다가오는 다정을 경계 어린 시선으로 바라보았다. 다정은 책상을 지나쳐 의자 옆에 멈춰 서더니 별안간 상체를 숙였다. 그녀의 동선을 따라 은도의 시선도 느리게 움직였다. 다정이 그의 귀에 입술을 가까이 가져다 댔다.

"너, 지금 뭐 하는……."

말을 이을 수 없었다. 귓가에 내려앉는 뜨거운 숨결과 작게 속삭이는 대사는 더없이 자극적이었다.

"저 어제 속옷 샀어요. 엄청 야하고 섹시한 걸로."

"뭐……?"

"그러니까, 일찍 퇴근하시라고요. 보고 싶으면."

대담하다 못해 발칙한 도전장을 던져 놓고서, 다정은 뒤도 돌아보지 않고 그대로 도망치듯 집무실을 빠져나갔다. 뒤늦게 상황을 이해한 은도는 그녀가 사라진 곳을 망연히 바라보며 헛웃음을 터트렸다.

"……지금 누굴 놀려."

아무래도 좀 혼나야겠네, 너.

외전

02. 상사와 남편 사이

결혼 후 많은 것들이 달라졌다.

중요한 회의나 미팅 도중 때와 장소를 가리지 않고 잠깐 방심했다 싶으면 다정의 얼굴이 떠올랐다. 실없는 웃음을 참아 내느라 곤욕스러웠던 적이 한두 번도 아니었다.

은도는 퇴근 시간이 가까워질수록 조급함을 감추지 못했다. 평소보다 빠른 속도로 업무를 처리한 뒤, 미련 없이 집무실을 벗어났다. 급박하게 저를 불러 세우던 진우의 부름마저 단칼에 무시했다. 결코 반가운 소식이 아닐 테니까.

그것이 은도에게 찾아온 가장 큰 변화였다.

일밖에 모르고 살았던 지난날이 어땠는지. 지금의 그는 조금도 기억하지 못했다.

직급이 높아질수록 업무량은 전과 비교할 수 없을 정도로 많아졌고, 기업에 대한 책임감도 막중해졌지만 아직까지는 버틸 만했다.

이런 식으로 일의 능률을 올려 줄 것이라곤 상상도 못 했는데.

“여러 의미로 능력자네. 송다정.”

은도는 피식 웃음을 터트리며 핸들을 돌렸다.

❖ ❖ ❖

벌써 10시가 넘은 시각이었다. 최대한 서둘러 보겠다고 노력해 봤지만 말처럼 쉽지가 않다. 제멋대로 굴 수 있는 자리가 아닌 만큼 일이 많은 건 백번 그렇다 치더라도 차량들로 앞뒤가 꽉꽉 막혀 있는 도로 사정은 도무지 이해할 수 없다.

"막힐 시간이 아닌데……."

혼잣말하듯 작게 중얼거리는 은도의 목소리에 짜증이 스쳤다.

제자리에 멈춰 있는 차량이 좀처럼 움직일 기미가 보이지 않자 은도는 시선을 돌려 한강 대교를 바라보았다.

어둠이 내려앉은 서울은 제법 근사한 빛을 내고 있었다. 어느새 익숙해진 풍경이었지만, 지루하지 않았다. 마음이 차분해지고, 뭉클해지는 지금의 기분이. 안 되겠다. 기다리고 있을 텐데. 이미 6시에 먼저 퇴근을 하고 집에서 저를 기다리고 있을 다정이 걱정이다. 그녀에게 전화를 걸 생각으로 블루투스 버튼을 누르려는 때였다.

"……타이밍 한번 참."

거치대에 꽂혀 있는 휴대폰 액정에 시선이 고정되었다.

[아버지]

어느새 회장님에서 아버지로 바뀌어 버린 발신자 이름을 물끄러미 바라보던 은도는 희미한 웃음을 흘리며 통화 연결 버튼을 눌렀다.

"예."

— 어디냐. 퇴근했어?

"하는 중입니다."

— 새아가는?

"집에 있을 겁니다."

— 있습니다, 도 아니고 있을 겁니다? 녀석아. 일이 끝났으면 곧장 새

아가한테 전화부터 걸었어야지.

지금 하려고 했는데…….

억울했지만 은도는 입술을 꾹 다물었다. 어째 갈수록 자신은 안중에도 없는 듯하다. 문혁의 유별난 며느리 사랑은 누구도 말릴 수 없었다. 그때, 쿨럭이는 문혁의 잔기침 소리가 차 안을 울렸다.

"기침이 심한 것 같은데, 괜찮으신 겁니까?"

— 가벼운 감기라던데. 몸이 예전 같지 않으니 낫는 것도 더딘 모양이야. 네 등쌀에 떠밀려서 오장육부 확인한 지 얼마 안 됐다. 전부 정상이라 하니 걱정 마.

당장 내일이라도 세상을 떠날 것처럼 여러 사람을 불안에 떨게 했던 문혁은 보란 듯이 건강을 되찾았다. 연신 말하기를 머뭇거리던 문혁이 어렵게 말문을 열었다.

— 그…… 은도야. 요즘 새아가는 어떠냐?

말끝을 흐리는 문혁의 의도가 불안했던 은도는 살풋 눈가를 찡그렸다.

"무슨 말씀이신지."

— 왜, 그. 소식 없느냐고.

"……."

— 아이고, 내가 괜한 걸 물었다. 미안하다, 미안해. 이래저래 사돈댁과 자주 만나는데 그 양반들도 궁금해하기에 물어봤다. 새아가한테 묻자니 부담스러워할까 싶어서.

다정은 아직 임신 계획이 없는 것 같았다. 자신이 보기엔 그렇게 느껴졌다. 그녀는 현장에서 현역으로 뛰며 더 많은 일을 배우고 싶어 하는 의지가 강했고, 그러길 바랐다.

그녀의 열정을 알기에 은도는 주저하지 않았다. 혹시 모를 상황을 대비해 아직까지도 관계 시 피임을 고집했다. 지금과 다른 시대를 살아온 어른들의 입장에선 아쉬움을 감추지 못할 것 같아 다정의 입장을 고려해 밝히지 않았던 것인데, 아무래도 언제 건강이 악화될지 모르는 문혁은 내심 손주를 바라는 마음을 숨기지 못하겠단 눈치였다.

“아직 결혼한 지 1년도 안 됐습니다. 제가 요즘 회사 일이 많아 바쁘기도 하고요. 적어도 이번 해엔 계획 없습니다.”

— 허어. 저, 저……. 세상 무정한 놈 같으니! 너만 바쁘냐? 새아가도 바쁘겠지! 결혼한 기간은 짧지만 연애한 기간만 보면 진작 애 셋은 낳았겠다! 아주 누가 보면 회사 일 혼자 하는 줄 알겠어! 모옷나안 놈!

매정하게 단칼에 잘라 내는 은도의 반응이 퍽 충격적이었는지 문혁은 한껏 흥분하며 질타했다. 누구보다 아이를 원했던 건 은도였다. 혹여나 그녀의 입장이 난처해질까 싶어 이유는 저에게 있다고 둘러댄 것인데, 단단히 오해한 문혁은 은도에게 온갖 저주를 퍼부었다.

— 설마 너. 거기에 무슨 문제라도 있는 거야?

“그건 또 무슨…….”

— 안 되겠다. 병원은 내가 아니라 네 녀석이 가 봐야겠다! 당장 서 실장한테 비뇨기과 연락 넣어서 예약 잡아 두라 해. 아무래도 너, 아랫도리에 문제가 있는 게 확실한 것 같으니.

은도의 눈썹이 꿈틀거렸다.

— 장어라도 보내 주랴? 사내놈이 회사 일이 바빠 힘을 못 쓴다는 게 말이나 되는 소리냐? 어디 가서 창피해 말도 못 하겠다. 아이고…….

“끊습니다.”

은도는 더 볼 것도 없다는 듯 전화를 끊었다. 바닥 친 자존심이 말이 아니었는지, 핸들을 쥔 손에 바짝 힘이 실렸다.

오늘 식사 당번은 다정의 차례였다. 모든 방면에 월등한 실력을 가진 은도였지만, 요리 실력만큼은 영 꽝이었던지라 괜찮다며 극구 말려 봐도 그는 다정의 말을 들어주지 않았다.

둘의 연봉을 합치면 남부럽지 않은 생활을 즐기고도 남았다. 충분한 여유가 있으니 가사도우미를 쓸까 생각도 해 봤지만, 왠지 집 안에 낯선 사람이 들락거리면 불편할 것 같아 그마저 포기했다.

은도의 식사 당번 차례가 되면 다정은 늘 긴장해야 했다. 하지만 결과는 의외였다. 처음 몇 번은 고개가 절로 숙여질 정도로 끔찍한 맛이었지만, 그의 요리 실력은 날이 갈수록 늘어 갔다.

진우 선배 말로는 외근 이동 중 차 안에서 레시피를 달달 외운다고 했다. 그 말을 듣고 어찌나 웃었는지…….

"아, 다 됐다!"

밥솥에서 취사가 완료되었다는 안내가 흘러나왔다. 다정이 버튼을 누르려는 순간, 현관에서 도어록 소리가 어렴풋이 넘어왔다. 다정은 그릇을 내려놓고 와다다 달려갔다.

"왔어요?"

"응."

다정은 저도 모르게 배시시 웃음을 흘렸다.

"전무님. 아까 퇴근 전에 상무님께 보고서 하나 올렸는데. 전달받으셨어요?"

애정이 가득 담긴 목소리였지만, 은도는 어딘가 못마땅하다는 듯 인상을 찌푸렸다.

"여기 회사 아니거든?"

"아, 맞다. 버릇이 돼서 저도 모르게 그만."

"다시 불러 봐."

이쯤 되면 조금 익숙해질 법도 한데, 이게 뭐라고 어색해 죽겠다. 다정은 입술을 오물거리며 망설이던 끝에 수줍게 얼굴을 붉히며 입술을 떼어 냈다.

"……자기야?"

직접 말해 놓고도 낯선 호칭에 오소소 소름이 돋았다. 다정은 쑥스러움을 참지 못하고 슬쩍 시선을 피했다. 여전히 존댓말을 고집하는 부분은 조금 불만이었지만 이 정도면 충분히 발전했다. 은도는 만족한 듯 씩 입꼬리를 들어 올렸다.

"왜?"

"그냥요……. 그냥 한번 불러 봤어요."

"뭐 잊은 건 없고?"

집요한 남자 같으니라고.

다정은 밉지 않게 은도를 흘겨보다, 못 이기는 척 발꿈치를 세웠다. 곧이어 촉, 소리와 함께 그의 입술에 다정의 입술이 짧게 머물다 떨어졌다.

"어, 얼른 들어와요. 밥 다 됐어요."

회사에서 여러 부서 팀장들과 목청껏 대립하던 쌈닭 송다정은 어디에서도 찾아볼 수 없었다. 이 공간에서만큼은 수줍음에 어쩔 줄 몰라 하는 사랑스러운 여자였다.

다정의 손에 이끌려 옥스퍼드 구두를 벗고 집 안으로 들어서는가 싶던 은도는 몇 발자국 내딛지 못하고 우두커니 멈춰 섰다.

"왜 갑자기 멈춰요?"

다정이 고개를 돌려 은도를 바라보았다.

"표정은 또 왜 그래요."

물끄러미 저를 응시하는 그의 얼굴은 어쩐지 평소와는 조금 달랐다. 기분 탓인가?

"회사에서 무슨 일 있었어요?"

"아니."

"그런데 왜……."

그의 시선이 천천히 아래로 향했다. 다정은 그의 눈길을 따라 고개를 숙였다. 가슴. 가슴?

"지금 어딜……."

허벅지까지 내려오는 하얀색 박스 티에 검은색 브래지어가 언뜻 비치는 것 같기도 했다. 다정은 잽싸게 두 팔을 교차시켜 가슴팍을 가렸다.

"그 음흉한 눈 좀 치우죠?"

은도는 그녀의 말을 가뿐히 무시했다. 도리어 전보다 더 집요하게 가슴을 꿰뚫듯 바라보며 물었다.

"그렇게 놀리고 가니까 좋았어?"

"놀렸다니요? 제가요?"

그의 시선이 천천히 올라왔다.

"아침에. 회사에서."

"아……."

뒤늦게 자신이 저지른 만행을 기억해 낸 다정은 작게 탄식하며 눈동자를 굴렸다.

"난 제대로 일도 못 했어."

"하, 하하……. 왜, 못 하셨을까?"

은도는 삐딱하게 고개를 기울인 채 무심히 말을 받아쳤다.

"그걸 왜 나한테 물어보실까. 멀쩡히 일하던 남편 속 안달 나게 만든 당사자가 알아야지."

잊고 있었다. 말발로 이길 수 있는 상대가 아닌데. 머리야, 굴러가라. 굴러가라. 지금은 일단 어떻게든 회피하는 것이 우선이다.

"일단 우리 식사부터……."

"지금 입고 있어?"

"네?"

"입고 있냐고."

"뭐를요?"

"당신이 엄청 야하고 섹시하다 했던, 새로 산 속옷."

오, 주여. 다정의 얼굴이 순식간에 달아올랐다. 결재 통과 가능성이 높아져 기분이 좋아진 나머지 섣부르게 말을 뱉어 버린 게 화근이었나. 그래도 다행이다.

"아쉽게도 아직 개봉 안 했어요. 그건 이따가 밥 먹고……."

순식간에 벌어진 일이었다. 다정이 채 말을 잇기도 전, 그가 다정의 다리 사이에 팔을 끼워 넣고 단숨에 일으켜 안아 올렸다.

"으앗!"

몸이 허공에 붕 떠오르게 되자, 다정은 반사적으로 은도의 목을 감싸 안았다.

"지금 뭐 하는 거예요!"

"알면서 뭘 물어. 시작 전부터 서로 힘 빼지 말자."

두 다리를 버둥거리는 다정이 버거웠던지, 은도는 살풋 눈가를 구기며 경고하듯 조언했다.

"속옷 안 입었다니까요?"

"더 좋은데."

"아니, 그런 의미가 아니라. 새로 산 속옷을 안 입었다구요!"

"필요 없어. 어차피 벗길 건데."

"허, 허……."

거침없는 그의 대범한 언사에 그저 허탈한 웃음만 나왔다. 다정의 속을 아는지 모르는지 그의 두 다리는 망설임 없이 착실하게 걸어갔다. 침실 문턱을 넘은 순간, 다정은 애타게 소리쳤다.

"밥! 우리 밥부터 먹읍시다. 제가 아주 기가 막히게 차렸는데요!"

최후의 발악에도 은도는 어림도 없다는 듯 피식 웃었다.

"너보다 맛있는 건 없어."

나 이기려면 10년은 더 커서 와.

외전
03. 두 번째 프러포즈

결혼식 이후, 그는 눈만 마주쳤다 하면 득달같이 달려들었다. 융통성 없기로 소문이 자자한 전무님께선 집 안에서만큼은 때와 장소를 가리지 않았다.

현관문, 소파, 화장실, 침실. 심지어는 그가 업무를 보는 서재에서까지. 흡사 불도저를 연상케 하는 그의 집요함에 다정은 이것이 신혼인지 아니면 퀘스트인지 슬슬 분간하기가 어려웠다. 힘겹다거나 지쳤다거나 싫은 것은 결코 아니었다. 도리어 시작만 했다 하면, 괴로울 정도로 달아올라 흥분에 허우적거리는 제 몸을 감당하기 어려웠던 것뿐.

더군다나 이번엔 그가 출장에서 돌아온 이후 처음으로 함께 있게 된 순간이었다. 일주일 동안 참아 둔 것들을 전부 폭발시킬 생각인지, 은도는 어딘가 조급해 보였다.

은도가 거칠게 넥타이를 흔들어 풀어 헤치며 침대 위로 올라왔다. 그의 다리 사이에 꼼짝없이 갇혀 버린 다정은 마른침을 꼴깍 삼켰다.

은도는 다정의 눈을 빤히 들여다보며 한 손으로 툭, 툭 셔츠 단추를 풀어냈다. 단추가 하나둘씩 열리고, 그 사이로 언뜻 단단한 가슴 근육이 드러났다. 그의 기다란 손가락을 물끄러미 바라보던 다정은 시선을 올려 짙어진 눈동자를 들여다보았다. 나른하면서도, 거만한. 자신감이 넘치는 그의 눈빛에 심장이 뛴다.

회사에서만큼이나 침대 위에서도 완벽한 남자였지만, 그 속에 철저히 감춰진 그의 야한 모습은 오직 다정에게만 허락되는 것이었다. 그 사실만으로도 치미는 흥분을 참을 수 없었다. 회사에서 우연히 마주칠 때마다 밤을 지배하던 그가 떠올라 얼마나 속으로 얼굴을 붉혔던가.

"다정아."

저를 부르는 나긋한 음성이 소름 끼치도록 좋다. 다정은 대답 대신 팔을 뻗어 그의 목을 감싸 안았다. 그녀의 손길에 이끌려 그의 얼굴이 아래로 내려갔다. 곧 진한 키스가 이어졌다. 촉, 초옥. 입술과 입술이 짧게 붙었다 떨어지고, 살짝 벌어진 틈 사이로 그의 혀가 부드럽게 밀려 들어왔다. 깊은 입맞춤에 저절로 그녀의 턱이 크게 벌어졌다. 한참 동안 입안 곳곳을 배회하던 혀가 목덜미를 타고 천천히 내려왔다.

"으응……."

그녀의 잇새로 절로 교성 어린 신음이 흘러나왔다. 그의 입술이 쇄골 밑까지 내려왔을 때, 별안간 입술을 떼고 은도가 고개를 들었다. 팔을 세워 무게를 지탱하며, 은도는 어쩐지 참기 힘든 얼굴로 다정을 내려다보았다. 곤란한 듯 은도가 작게 눈가를 구기자, 다정이 눈을 깜빡였다.

"……무슨 일, 있어요?"

"아니. 일은 없는데."

"그럼 뭔데요? 부탁?"

은도는 선뜻 말을 터놓지 못했다. 다정은 고집스럽게 일자로 꽉 다물린 그의 입술을 멀뚱히 바라보았다.

"말해 봐요."

그는 쉽게 눈을 마주치지 못하고 아랫입술을 지그시 물며 망설였다. 슬슬 답답해진 다정이 다시 재촉했다.

"다 들어줄게요."

은도의 눈이 잘게 흔들렸다.

"전부 다?"

"응. 그게 뭐든지. 다른 사람도 아니고 남편 부탁인데 내가 그것 하나 못 들어줄까 봐요? 왜요, 별이라도 따다 줄까요?"

눈을 마주하며 그녀가 장난꾸러기처럼 말갛게 웃자, 은도는 실없는 웃음을 터트리며 다시금 얼굴을 내렸다.

"너만 보면."

그는 다정의 티셔츠 속으로 손을 밀어 넣으며 천천히 말을 이었다.

"자꾸 욕심이 나."

어떡하지. 진짜. 그의 손길을 따라 목 언저리까지 말려 올라간 티셔츠는 순식간에 그녀의 머리를 통과했다. 은도는 브래지어에 가려진 그녀의 가슴을 한참 동안 뚫어져라 바라보았다.

더없이, 자극적이다. 그의 입술 사이로 묵직한 숨이 훅 토해졌다. 평소답지 않게 망설이던 그는 온데간데없었다. 등 뒤로 손을 밀어 넣고 단번에 브래지어를 풀어냈다. 형태가 온전하게 드러나자, 뒤늦게 민망함이 밀려왔다. 다정이 성급히 팔을 올려 가슴을 가리려는 찰나, 그가 잽싸게 손목을 가로챘다.

"일주일 만이라 부끄러운 건 알겠는데."

그가 가슴을 꽉 움켜쥐었다.

"그래도 가리지 마."

은도의 입가로 야릇한 미소가 떠올랐다. 커다란 손바닥으로 끊임없이 주물럭거리다, 금세 질렸는지 손끝으로 원을 그리기도 하고, 손가락 사이에 끼워 넣은 채 비틀기도 하면서 끊임없이 다정을 자극했다.

"하…… 전무님……."

은도의 손이 잠시 멈칫했다. 실수했음을 뒤늦게 깨달은 다정이 눈동자를 굴리며 입술을 감쳐물었다.

"미, 미안해요. 나도 모르게."

그가 피식 웃었다.

"좋은데."

"……네?"

"침대 위에서 부하 직원한테 죄짓는 느낌도 나쁘지 않네."

아내와 부하 직원. 상사와 남편 사이. 그보다 자극되는 것이 또 있을까.

"다시 불러 봐."

명령 같은 부탁이었다. 현재 그의 오만한 얼굴은, 회사에서 봐 온 것 그대로였다. 어쩐지 참을 수 없는 흥분이 전신을 휘감았다. 은도가 천천히 그녀의 바지 속으로 손을 밀어 넣자, 다정은 경기를 일으키듯 몸을 흠칫 떨었다.

"으응. 전무님……."

간드러지는 그녀의 신음은 언제 들어도 듣기 좋은 소리였다. 성급히 고개를 숙인 은도가 가슴을 입에 한가득 머금었다.

예민한 부위를 핥고, 물고, 빨자 그녀의 허리가 제멋대로 비틀렸다. 그러는 와중에도 아래에서 느껴지는 속도감에 질끈 눈을 감으며 입술을 꽉 짓이겨 물었다.

"으읏……."

"다정아."

이름처럼 다정하게 그녀의 이름을 부르며, 은도는 잠시 움직임을 멈추었다.

"……나, 아이 갖고 싶어."

전혀 예상하지 못한 말에, 다정의 눈이 번쩍 떠졌다.

"네?"

"너 닮은 아이."

"아……."

"보고 싶어."

깊게 잠겨 갈라진 목소리로 말했다. 우리의 아이를 갖고 싶다고. 다정은 멍했다. 잘못 들었다고 생각했다. 왜냐하면 그는.

“너 욕심 많은 거 알아.”

지금껏 단 한 번도 아이를 갖고 싶다 말한 적이 없었으니까. 아이와 관련된 이야기 자체를 하지 않았으니까.

“거절해도 돼.”

“아이, 싫어하는 줄 알았는데.”

다정이 작게 중얼거리자, 은도는 미간을 좁히며 되물었다.

“뭐?”

“왜…… 말하지 않았어요?”

“그건.”

네 꿈을, 더 응원해 주고 싶었으니까. 부담 주고 싶지 않았으니까.

“이래서 부부는 대화가 중요하다고 하나 봐요.”

은도의 속을 용케 알아차린 듯 그녀의 입술이 희미하게 호선을 그렸다. 기분 좋은 미소였다.

“왜 언급하지 않았는지, 말하지 않아도 왠지 알 것 같아. 우리 남편 성격에.”

“그 말은.”

“남자 아이가 좋아요, 여자 아이가 좋아요?”

그의 턱이 팽팽하게 당겨졌다. 목울대가 깊게 잠겼다 떠오르고, 짧은 정적 끝에 그가 나직하게 말했다.

“뭐가 됐든, 상관없어.”

탁, 그의 정장 바지에 채워진 벨트가 헐겁게 풀어졌다.

“너만 닮으면 돼.”

그 말이 끝이었다. 평소보다 탁해진 목소리로 작게 읊조리며, 그녀의 입술에 조용히 입을 맞추었다. 그의 손짓은 다시 시작되었다. 손가락이 깊게 들어왔다 빠져나가길 반복했다. 움직임이 빨라질 때마다 다정의 허리가 작게 튕겨 올랐다.

여린 호흡은 점차 거칠어졌다. 그의 손길이 스치고, 성마르게 밀려 들어올 때마다 배 속에 무언가가 가득 채워졌다. 넘실넘실, 넘칠 듯 위태로웠다. 참을 수 없는 쾌감에 다정은 다급히 은도의 목덜미를 끌어안고 저도 모르게 이를 세워 살점을 씹었다.

아찔함에 은도가 찰나에 멈칫했다. 하지만 움직임은 멈추지 않았다. 다정은 점점 한계를 느끼고 있었다. 고작, 손가락에 조금씩 정신이 아득해졌다. 퍼들퍼들 떨리는 여체를 모르는 척하며, 더 깊은 곳까지 파고들었다. 그리고 어느 순간. 그녀가 조금 더 크게 동요하는 부분을 정확히 짚어내며 긁고 내려온 그 순간.

"……흐윽."

무언가가 왈칵 흘러내렸다. 다정이 정신을 차릴 틈도 주지 않고 은도는 그대로 돌진했다. 채워도, 채워도 모자란 밤이었다. 둘만 있는 세상 속에서, 방해가 될 것은 그 무엇도 없었다. 너로 인해 내가 되고, 나로 인해 네가 될 수 있던, 황홀함과 쾌락과 희열이 난무했던,

그런 밤.

끝이라고 생각하면,

보란 듯 다시 시작되었다.

몇 달이 지나 오랜만에 온 가족이 모였다. 먼저 도착해 있던 문혁과 다정의 부친은 일찍이 식사를 마친 뒤, 거실에서 경제와 관련된 대화를 나누고 있었다. 회사 일로 늦게 도착한 다정과 은도는 이제 막 식사를 시작하려는 참이었다.

"차 서방, 많이 먹어요."

맞은편의 종숙의 얼굴에선 웃음이 떠날 줄 몰랐다.

"엄마. 나는 안 보여?"

"응응, 보여."

성의라고는 어디에서도 찾아볼 수 없는 말투였다.

"차 서방. 뭐 따로 좋아하는 반찬 있어요? 말만 해요. 내가 없는 솜씨 얼른 발휘해 볼게."

"괜찮습니다. 지금도 충분합니다."

은도는 잔뜩 심통 난 다정의 눈치를 살피며 부드럽게 웃었다. 한 순갈 들기 무섭게, 부담스러우리만큼 초롱초롱 눈을 빛내는 종숙과 시선이 마주쳤다.

"어머. 미안해요. 나도 모르게……."

은도는 멋쩍게 웃었다.

"엄마, 진짜 이러다 차 서방 먹기도 전에 체하겠어."

"아휴, 미안해요. 미안. 내가 너무 주책이었네. 그래도…… 볼수록 훤칠해서 자꾸 눈이 가."

"주책, 진짜."

"다정이 너, 옆집 말숙이 이모 알지?"

"아까 집 들어올 때 현관에서 마주쳤던, 그 아줌마?"

"응. 그래, 맞아."

"옆집 아줌마는 왜?"

"그 집 딸도 작년에 결혼했는데 마주쳤다 하면 그렇게 사위 자랑을 하더라고."

"그럼 엄마도 자랑하지 그랬어."

그도 그럴 것이 어디 내놔도 절대 꿀리지 않을 스펙이지 않던가.

종숙은 어깨를 으쓱이며 손을 휘휘 저었다.

"됐다 그래, 얘. 백 마디 말보단 한 번 직접 보는 게 더 정확한 법이잖니. 아까 너희 들어가고 나서 말숙이 아줌마 슬쩍 봤는데, 표정이 말도 아니더라구. 입 떡 벌리고 놀라 까무러치는데, 통쾌해 죽는 줄 알았지 뭐니. 우리 차 서방이 좀 잘생겼어야지. 아주 가만히 서 있기만 해도 부티가……."

종숙이 쉬지 않고 찬양하자, 은도는 작게 말아 쥔 주먹을 입에 가져다 대고 쿨럭거렸다.

"엄마 이제 진짜 그만. 보는 내가 다 부담스러워."

"알겠다, 알겠어. 얼른 먹어. 엄마 밖에 어른들한테 다과 가져다 드리고 올게."

종숙이 자리에서 몸을 일으켰다. 그제야 다정이 뒤늦게 첫술을 뜨려는 때였다.

"우욱!"

다정은 다급히 손으로 입을 가리며 구역질을 삼켰다. 어쩐지 집에 들어온 순간부터 음식 냄새가 메스껍다 했더니.

"괜찮아?"

은도가 서둘러 숟가락을 내려놓고 걱정스러운 낯빛으로 다정의 등을 쓸어 주었다.

"아, 괜찮. 우윽!"

하지만 한번 시작된 구역질은 멈출 기미가 보이지 않았다. 분명 체한 건 아니었다. 그렇다면 답은 하난데. 정말일까? 워낙 회사 일이 바쁜 탓에 평소에도 월경 주기가 불규칙한 편이라 섣불리 판단할 수 없었다. 아, 더는 못 참겠다. 다정이 의자를 밀치고 벌떡 몸을 일으켰다. 종숙이 의아해하며 말을 붙였다.

"너 어디 아프니? 밥이라면 환장을 하는 애가 갑자기. 체한 거야? 오기 전에 뭐 먹……."

별안간 종숙이 말을 멈추고 뚫어져라 다정을 바라보았다. 그러다 알 수 없는 표정을 지으며 슬쩍 고개를 돌려 은도를 응시했다.

"설마, 너희……."

놀라움에서 당황으로, 당황에서 설마 하는 얼굴로, 그리고 다시 놀라움으로. 종숙과 은도의 눈이 동시에 점차 커졌다. 설마, 정말 설마.

"다정이 아빠!"

종숙이 목청껏 소리치자, 문혁과 다정의 부친이 서둘러 달려왔다.

"무슨 일이냐?"

문혁의 물음에 종숙보다 은도가 더 빨랐다. 은도는 의자에 걸쳐 둔 정장 재킷을 단번에 둘러 입으며 말했다.

"장모님. 제가 다녀오겠습니다."

"아니, 아니야. 차 서방은 다정이랑 있어. 약국 어디에 있는지도 모르잖아. 당신, 얼른 약국 좀 다녀와요."

"약국은 왜? 다정이 어디 아파?"

"어휴, 됐어요, 내가 다녀올게. 그때까지 다들 다정이 귀찮게 하지 말아요! 아무것도 묻지도 말고!"

가만히 있으라고 말하는 사람치고는 종숙은 제법 흥분한 상태였다. 그녀가 서둘러 집을 나선 뒤에 문혁이 조심스럽게 물었다.

"아가, 새아가. 대체 무슨 일이야. 응? 어디 아픈 게야?"

다정은 애써 웃으며 고개를 흔들었다. 그럼에도 문혁의 표정은 쉬이 풀릴 줄 몰랐다. 문혁이 눈길을 돌려 무슨 일이냐고 눈짓하자, 은도는 대답 없이 슬쩍 미소만 지었다.

그리고 30분 뒤.

다정의 집은 그 어느 때보다 소란스러웠다. 축복과 웃음이 끊이질 않았다.

외전
04. 누군가는 궁금할 이야기

길게 늘어진 돌담길 앞에 흰색 차량이 정차했다. 주원은 룸미러를 통해 제 얼굴을 물끄러미 바라보다, 이내 시동을 끄고 운전석에서 내려왔다.

어느새 노을이 지고 있었다. 새빨갛게 무르익은 태양은 벌써 산 중턱에 아슬아슬 걸려 있었다. 그 때문인지 푸르른 논밭과 산으로 둘러싸인 곳에 덩그러니 위치한 2층 단독 주택은 어느 곳보다 따뜻한 기운이 만연했다.

대문 앞에 선 주원은 이유 모를 긴장감을 감추지 못하고 가느다란 한숨을 내쉬며 마음을 다잡았다. 주원은 한쪽 손에 쥐어진 건강식품을 힐긋 내려다보았다. 오늘 아침, 공항 면세점에 들러 구입한 것이었다.

몇 년 만일까. 기억조차 가물가물했다. 그동안 연락 한번 없이 살다 대뜸 나타나 얼굴을 비치고, 선물이라며 홍삼을 건넸을 때. 그의 반응은 어떠할까.

냉담히 내쫓아도 할 말이 없다. 이곳으로 차를 몰았던 것은 어디까지나 충동적인 선택이었다. 이번이 아니면 영영, 늦을 것만 같아서. 처음으로 나를 품어 주었던 당신에게 진심으로 용서를 구하려고 마음을 먹었을 땐, 이미 이 세상에 없을 것만 같아서. 그 두려움을 이겨 내지 못하고 무작정 비행기에 올랐다. 주원은 잡념을 뒤로하고 망설인 끝에 인터폰 버튼을 눌렀다.

— 누구세요!

중년 여성의 목소리가 넘어왔다. 목소리만 들어도 누군지 알 수 있었다. 오랜 시간 큰아버지를 모셨던 가사도우미 아주머니였다.

"저, 주원입니다."

— 누구요?

짧은 정적이 감돌았다. 그리고 얼마 지나지 않아 화들짝 놀란 음성이 다급하게 넘어왔다.

— 주, 주원 도련님? 어머. 어머! 세상에나. 정말 도련님이세요?

한바탕 소란 끝에 덜컥, 대문이 열렸다. 손에 절로 힘이 실렸다. 발목에 족쇄를 달아 놓은 것만 같아 한 걸음 떼는 것조차 버거웠다. 어렵게 대문을 통과하자, 문혁이 손수 가꿔 놓은 정원이 보였다. 활짝 만개한 각양각색 꽃들과 잘 정돈된 잔디를 가로질러 걸었다. 많은 생각과 감정이 교차됐다.

어릴 땐 그토록 넓어 보이던 정원이 이젠 그다지 크게 느껴지지 않는다. 이따금씩 들렀던 곳인데, 왜 이제 와 새삼 이런 기분을 체감하고 있는 것인지 도통 모를 일이다. 현관문과 다섯 발자국 정도 떨어진 곳에 다다른 때였다.

"도련님!"

반가움이 잔뜩 묻어난 아주머니의 활기찬 목소리에 주원은 천천히 고개를 들었다.

"그동안 잘 지내셨어요? 어떻게 연락 한번 없이……. 너무 반가워요. 아픈 곳은 없으시고요? 어휴, 내 정신 좀 봐. 회장님은 지금 자리를 비우셨긴 한데, 금방 돌아오실 거예요. 어서 들어와요."

몇 년 만에 재회한 주원의 존재가 아직도 믿겨지지 않는지, 아주머니는 숨 한번 쉬지 않고 안부를 물어 왔다. 하지만 주원은 좀처럼 입을 열지 못했다. 아주머니의 등 뒤에 숨어 있는 정체 모를 아이와 시선이 부딪친 탓이다.

아이는 작은 두 손으로 아주머니의 옷깃을 꼬옥 붙들고는 빼꼼 얼굴을 내밀다가도, 주원과 눈이 마주치자 어깨를 확 움츠리며 다시금 등 뒤로 쏙 숨어 버렸다.

"아주머니, 저 애는……."

"아, 은성이요?"

"은성?"

"은도 도련님 아들이에요. 오늘 사모님과 데이트하는 날이라, 세 시간만 부탁받아서 돌보고 있었어요. 회장님은 공구 구입하실 겸, 은성이 간식 사러 시내에 나가신 거구요."

"아……."

차은도의 아들.

결국, 그렇게 됐구나.

"은성아, 어서 인사드려야지. 큰아버지셔."

큰아버지.

고작 세 달 일찍 태어났다는 이유로 편의상 붙여진 호칭일 테지만 어쩐지 낯설고 어색했다.

큰아버지라……. 불현듯 저 아이만큼이나 작았을 때, 문혁을 만났던 날이 떠올랐다.

'큰아버지. 사랑해요.'

일말의 감정도 담기지 않았던, 더없이 무감정한 그 고백이, 그에게 어떤 의미로 남아 상처가 되었을지. 감히 상상할 수 없다.

"아휴, 이해하세요. 은성이가 낯을 조금 가려서……."

은성이 경계심 가득한 얼굴로 주름진 손을 잡아끌자, 난감해하던 아주머니는 머쓱하게 웃으며 화제를 돌렸다.

"도련님. 식사는 하셨어요?"

"네. 먹고 왔습니다."

"저…… 그럼. 무리한 부탁 하나만 해도 될까요?"

"말씀하세요."

"회장님 오실 때까지만 은성이 좀 봐 주십사 해서요. 지금 집안일이 많이 밀려 있어서."

"아……."

거절할 수도, 쉽게 수락할 수도 없는 부탁이었다. 단 한 번도 아이를 돌봐 본 경험이 없었으니까. 하지만.

"일 보세요."

"아이고, 먼 길까지 오셨는데 죄송해요. 그럼, 정말 잠시만 부탁 좀 할게요!"

아주머니는 가슴을 쓸어내리면서도 내심 걱정스러운 눈빛으로 은성을 바라보았다.

"은성아, 큰아버지랑 잠깐 놀고 있어. 알겠지? 아줌마, 일하고 올게."

은성은 처음 보는 낯선 사람과 단둘만 남게 되는 것이 두려웠는지 필사적으로 얼굴을 흔들며 거부 의사를 보였다.

"아휴, 큰아버지 무서운 사람 아니셔. 좋은 사람이야. 은성이 그림놀이랑, 로봇놀이도 같이해 주신대. 그렇죠, 도련님?"

그런 놀이는 어떻게 하는 거지. 알 방도는 없었지만, 주원은 마지못해 고개를 끄덕였다.

"봐 봐. 큰아버지도 은성이랑 같이 놀고 싶다 하시잖아. 응?"

은성은 입술을 삐죽이며 시선을 피했다. 토라진 것이다. 이러지도 못하고 저러지도 못하는 아주머니가 안쓰러웠던 주원이 보다 못해 나섰다.

"들어가 보세요. 제게 맡기시고."

아주머니는 부탁한다, 죄송하단 말을 몇 번이나 반복한 끝에 겨우 멀어졌다. 어색한 기류가 흐르고, 말없이 슬쩍 주원을 올려다보던 은성은 주원을 피해 도망치듯 어딘가로 달려갔다.

정원 구석에 펼쳐진 돗자리. 그 위엔 색연필과 스케치북. 그리고 인형과 로봇, 공룡 장난감이 어질러져 있었다. 제게 등을 진 채 앉아 무언가를 열심히 그리고 있는 은성을 넌지시 지켜보던 주원은 하릴없이 걸음을 떼어 냈다.

곁으로 다가가 앉았는데도, 은성은 눈길 한번 주지 않았다. 소심한 성격인가. 누가 차은도 아들 아니랄까 봐, 얼굴이나 성격마저 차은도와 판박이다. 그야말로 리틀 차은도. 무엇을 그렇게나 열심히 그리고 있는 건지 문득 궁금해진 주원은 슬쩍 고개를 돌려 스케치북을 바라보았다.

"……스테고사우르스?"

주원이 저도 모르게 작게 중얼거렸다. 형체를 알아보기 힘들 정도로 엉망진창이었지만, 분명 공룡이었다.

"……어떠케 알아여?"

제 작품을 한눈에 알아본 것이 놀라웠는지, 은성이 눈을 휘둥그레 뜨며 주원을 쳐다봤다.

주원이 픽 웃음을 터트렸다.

"왜 몰라, 그걸."

"울 엄마는 모르던데……."

아. 다시 생각해 보니 충분히 그럴 만도 했다. 외우기 쉬운 흔한 이름은 아니었으니까. 금세 신이 난 듯, 은성은 스케치북을 한 장 뒤로 넘기며 다른 그림을 보여 주었다. 이번에도 역시 공룡 그림이었다.

"이거또 알아여?"

"……브라키오사우루스."

"우와……. 천재다."

어린애한테. 그것도 무려 차은도 아들에게 천재란 말을 듣게 되는 날이 다 오는구나. 어처구니가 없는 것도 잠시, 다음 장으로 넘어간 스케치북을 눈짓으로 가리키며 이번엔 주원이 물었다.

"넌, 이게 뭔지 알아?"

"웅. 이건, 벨로키랍토르고, 또 이건 디플로두쿠스."

어눌한 발음으로 공룡 이름만큼은 애써 또박또박 말하려는 모습이 귀여워, 주원은 설핏 웃음을 흘렸다.

"그걸 어떻게 다 아는데?"

"그냥. 내가 좋아해서."

"좋아하는 건 다 외워?"

"응."

은성은 세차게 고개를 끄덕이며 활짝 웃었다. 자신이 좋아하는 것에 관심을 가져 주니 낯가리며 불편해하던 얼굴은 온데간데없었다. 주원이 느리게 눈을 감았다 떴을 때였다. 마침 대문이 열리고, 그 사이로 문혁이 모습을 드러냈다. 예상치 못한 인물과의 조우에 문혁은 자못 당혹스러워하며 그 자리에 우두커니 멈춰 섰다. 당황한 것은 주원 역시 마찬가지였다.

"하라부지!"

문혁을 한눈에 알아본 은성이 어색한 흐름을 끊어 내며 발딱 자리에서 일어났다. 그대로 오도도 달려가 문혁의 허리에 안겼다. 문혁은 주원에게 머물러 있던 시선을 거둬 내고 은성의 머리를 다정히 쓰다듬었다.

"아이고, 우리 똥강아지. 할애비 없는 동안 얌전히 잘 있었냐?"

"웅, 웅. 큰아부지랑 그림 그리면서 놀아떠요."

큰아버지. 또 한 번, 멈칫했다. 주원은 천천히 자리에서 몸을 일으키며 똑바로 섰다.

"회장님, 오셨어요?"

현관문을 열고 가사도우미 아주머니가 가까이 다가왔다.

"잠시 애 좀 봐 주세. 손님이 온 것 같으니."

"예, 예. 그럼요."

문혁은 걸음을 옮기며 흘러가듯 물었다.

"밥은. 먹은 게야?"

"……예."

"은도 녀석은, 보고 갈 테냐? 곧 도착할 텐데."

"아니요. 아직은."

준비가 덜 된 것 같다고. 그 뜻을 알아차린 문혁은 대수롭지 않게 고개를 주억거리며, 아주머니를 향해 말했다.

"은도네 오면 알아서 잘 돌려보내. 주원이 왔다는 소린 말고."

아주머니는 주원의 눈치를 살피며 알겠다는 대답 대신 입술을 늘였다.

"주원이 너는 따라와라."

주원은 뒷짐을 진 채 느린 걸음으로 멀어져 가는 문혁의 뒷모습을 물끄러미 바라보았다. 저에겐 고작 몇 년이었던 그 시간이 그에겐 꽤나 긴 세월이었나 보다. 부쩍 노쇠해진 그의 얼굴이 좀처럼 머릿속에서 떠나지 않았다.

"네 엄마는. 어떻게 지내."

"잘, 모릅니다."

일방적으로 의절한 뒤 남보다 못한 사이가 되었다. 어떻게 지내는지, 살아 있긴 한지. 궁금하지도, 걱정되지도 않았다. 제 의지로 철저히 혼자가 되었지만 딱히 나쁘지 않았다. 외롭지도, 슬프지도. 그렇다고 후련하지도 않았다. 그 모호하고 이상한 감정을 굳이 해석하고 싶은 마음 또한 없었다. 그렇게 지금껏, 살았다.

"쉽게 생을 저버릴 분은 아니니 어련히 알아서 잘 살고 있으리라 생각합니다."

"……그러냐."

무정한 주원의 말에, 문혁은 조금 씁쓸한 표정으로 대답했다. 문혁은 어딘가를 바라보고 있었다. 주원의 시선도 그를 따라 천천히 통창 밖으로 흘러갔다. 문혁의 눈길 끝엔 어느새 도착한 은도와 다정의 손을 잡고 재잘재잘 떠들기 바쁜 은성이 있었다.

"가족이란 그런 것이지."

넌지시 그들을 바라보며 문혁이 내놓은 말은 해석하기 힘든 추상적인 것이었지만 어쩐지 주원은 이해할 수 있을 것 같았다.

"이곳에 오기까지 수많은 고민과 싸웠으리란 걸 안다. 망설였겠지."

"……."

"너의 속죄는 그것이면 충분해."

대문을 나서기 직전, 별안간 은성이 몸을 돌려세웠다. 환하게 웃으며 쭉 뻗은 손을 크게 흔들었다. 인사였다.

"큰아부지! 하라부지! 나중에 또 만나여!"

씩씩한 목소리가 희미하게 들려왔다. 인지하지 못한 사이 입꼬리가 올라서려는 찰나, 은도와 눈이 마주쳤다. 놀란 눈이었다.

"주원아."

주원과 은도는 한동안 서로를 마주 보고만 있었다. 그래서 대답할 수 없었다.

"행복해지렴."

저를 향해 미소 짓고 있는 은도의 얼굴을 보았기 때문이다.

아아……. 그래. 너는 이제 행복해졌구나. 더 이상 혼자가 아니구나. 나와 다르게 너는, 너는. 끝끝내 이겨 냈어. 보란 듯이, 일어섰어.

"……네."

주원의 목소리는 문혁에게 닿지 않을 만큼 작았다.

"그렇게 하겠습니다."

쇠사슬로 꽁꽁 묶어 둔 답답한 무언가가, 케케묵은 더러운 감정들이 전부 말끔히 사라져 간다. 주원의 입매가 서서히 올라섰다. 편안한 웃음이었다.

이상한 일이다.

그 웃음을 마주한 순간,

반드시.

행복해지고 싶어졌다.

오피스 스캔들

1판 1쇄 찍음 2019년 8월 6일
1판 1쇄 펴냄 2019년 8월 13일

지은이 | 탐 나
펴낸이 | 정 필
펴낸곳 | **(주)뿔미디어**

기획 · 편집 | 이영은, 심은지, 박지희
표지 디자인 | 우 물

출판등록 | 2002년 9월 11일 (제1081-1-132호)
주소 | 경기도 부천시 소향로 17, 303(두성프라자)
전화 | 032)651-6513 / 팩스 032)651-6094
E-mail | dahyangs@naver.com
블로그 | http://blog.naver.com/dahyangs
비북스 | http://b-books.co.kr

값 13,000원

ISBN 979-11-315-9842-9 03810

※파본은 구입하신 서점에서 교환하여 드립니다.